大国顶梁柱

——“央企楷模”报告文学作品集

国务院国资委党委宣传部　编

2021

中国经济出版社
CHINA ECONOMIC PUBLISHING HOUSE

·北京·

图书在版编目（CIP）数据

大国顶梁柱："央企楷模"报告文学作品集. 2021 / 国务院国资委党委宣传部编. -- 北京：中国经济出版社，2023.2

ISBN 978-7-5136-7222-1

Ⅰ.①大… Ⅱ.①国… Ⅲ.①报告文学-作品集-中国-当代 Ⅳ.①I25

中国国家版本馆CIP数据核字（2023）第016170号

项目统筹 李煜萍
责任编辑 王 帅
责任印制 马小宾

出版发行 中国经济出版社
印 刷 者 中煤（北京）印务有限公司
经 销 者 各地新华书店
开　　本 710mm × 1000mm 1/16
印　　张 28.5
字　　数 434 千字
版　　次 2023年2月第1版
印　　次 2023年2月第1次
定　　价 98.00元
广告经营许可证 京西工商广字第8179号

中国经济出版社 **网址** www.economyph.com **社址** 北京市东城区安定门外大街58号 **邮编** 100011
本版图书如存在印装质量问题，请与本社销售中心联系调换（联系电话：010-57512564）

目录

时代楷模

全国道德模范

央企楷模

时代楷模

于无声处壮国威

——记中国核工业集团有限公司彭士禄

◎文／徐莉莎　高炳焱　李晓翔

他是同事眼中的“垦荒牛”，严谨治学、勇于开拓，成为我国核潜艇事业的开拓者和工程科技界楷模。

他是晚辈眼中的“彭大哥”，和蔼可亲、谆谆教诲，为我国核电事业培养了一批批杰出人才。

他是医护人员眼中的“开心果”，幽默诙谐、待人和善，让我们感受到一代功勋的低调谦逊。

他伟大，他将青春年华化作对祖国、对人民的热爱，数十年间，让中国拥有了深海中前行的潜艇、动力澎湃的核电站。

他平凡，他将鲜花荣誉融入平凡的心，无问西东，多年隐姓埋名，在平静恬淡的坚守中为我们注入了前行的力量。

他就是中国工程院首批及资深院士、著名核动力专家、中国核潜艇第一任总设计师——彭士禄。

2021 年 3 月 22 日，他走完了 96 岁的人生。他留下遗愿，将自己的骨灰撒进大海，永远守望着祖国的海洋。

生命无法永恒，精神却能不朽。

展开历史的卷轴，这位大国栋梁近百年的峥嵘岁月缓缓展现在我们面前。

坎坷童年：
“这段经历磨炼了我不怕困难艰险的性格。”

1925年11月18日，广东省汕尾市海丰县海城镇城桥东社传来一声婴儿的啼哭。彭士禄出生了。

彼时，海丰农民运动正进行得如火如荼。而彭士禄的父亲——彭湃正是这一运动的主要领导人。其母亲蔡素屏，虽说出身当地富商之家，但也一直用行动默默支持着丈夫的工作：她曾卖掉陪嫁的金银首饰，把钱捐出来作为农会的活动经费。

动荡的时局、父母坚定的革命信念，注定了彭士禄的童年是颠沛流离的——

彭士禄出生后没多久，蔡素屏就将他托付给奶妈照顾，自己转而投身于轰轰烈烈的农民运动之中。1928年，海丰农民运动失败。同年9月21日，蔡素屏不幸被捕、英勇就义。

“彭家的人，抓到一个杀一个！一个不留，斩草除根。”不光彭湃，年幼的彭士禄也被敌人纳入了搜捕范围。

彭士禄在自述中曾描述过当时逃难的情景：“3岁时的一个黑夜里，奶妈背着我就逃难了，在黑夜里逃到一个牛洼里去，在牛洼里待了一个晚上，马上又将我转移走……”之后，彭士禄和奶妈又辗转了好几个村庄。

一年后，澎湃在上海龙华被秘密杀害。不到4岁的彭士禄成了孤儿。

为继续躲避敌人的搜捕，1930年，七婶杨华将彭士禄悄悄接到澳门。彭士禄在澳门、香港的祖母和五叔家待了一段时间。1931年，党组织让彭士禄的七叔彭述将其送到广东潮安一带，等待机会前往中央苏区瑞金。

在《难忘的少年时代》中，彭士禄曾这样回忆：“跟着七叔上了岸，步行到庵埠附近一个小村……我们进村后来到一个大房间，里面聚集着二三十人，有带驳壳枪的，有人躺在床铺上，不久，七叔对我说，他要去‘出恭’（上厕所），但一去就没再回来。”

看不到七叔，彭士禄哭了起来，一个房间里的叔叔们哄他，把他带到一户人家里去。因为国民党当局要查户口，七叔离开的这段时间里，彭士禄先后在几十个贫苦百姓家生活过。他吃百家饭、穿百家衣。每到一家还要改名换姓。虽然没有亲人的爱，但彭士禄在那里感受到了老百姓对他的深情厚爱。

在新乡陈村相邻的杨姓小村寄住时，有一天，两个陌生的叔叔给他带来一篮衣服，都是当地百姓为他准备的，有薄的、厚的、长的、短的。第二天，叔叔准备带他去瑞金。但是，当船行至潮安留隍时，敌人拦住他们进行盘查，并带走了两位叔叔。

得知苏区去不成了，红军游击队队长陈永俊把小士禄带回位于潮安县彩塘区的家，交由母亲潘舜贞抚养。在那里，小士禄待了一年，并称潘为姑妈。虽然很穷，但姑妈一家待他如亲人：家里有个鸡蛋都先让彭士禄吃，过年过节有鹅肉，让他吃肉，自己的女儿啃骨头。为了让彭士禄读书受教育，姑妈还和全村村民一起凑钱，把小士禄送去学堂。在那里，他断断续续地念了半年小学。

1933 年，由于潮安县委书记陈醒光的背叛，国民党知道了彭士禄的行踪。阴历七月十五日一早，国民党反动派包围了潘舜贞的家，潘舜贞一家和 8 岁的彭士禄一起被逮捕押送到潮安监狱。

监狱生活异常难挨。在那里，他吃的饭菜里满是沙子、虫子，浑身都是虱子、疥子，晚上睡觉盖的是破麻袋……看到他衣衫破烂，监狱里 300 多人，一共凑了近 10 元给他做了一件红格上衣，一条蓝格裤子。

正是穿着这身衣服，彭士禄登上了国民党版的报纸。当时国民党让他站在监狱门口照了一张相，并在《南山剿匪记》和广州《民国日报》上配文："共匪彭湃之子被我九师捕获。"

后来，他被转押到广州感化院监狱。在那里，他大病了一场，连续发了一个多月的高烧。当时一个红军哥哥跑上跑下地照顾，才让他慢慢好了起来。病好后，彭士禄落下了后遗症。一直到晚年，只要感冒发烧，彭士禄的双腿就会好几天不能动弹。

看到彭士禄没"造反"，国民党反动派当局对其进行了遣散。两年多的监狱生活终于结束了，凭着记忆，小士禄回到姑妈家，却发现姐姐不在家，姑妈还在坐牢。没办法，他只好跟着隔壁婶娘沿着铁道流浪，乞讨度日。

然而，监狱生活并没有结束，一段时间后彭士禄再度被捕，又被关进潮安监狱。为了营救他，地下党组织安排其祖母周凤通过彭湃的战友陈卓凡将其营救出狱。

1936年夏，12岁的彭士禄和祖母在党组织的安排下，从汕头辗转到香港。一到香港，周凤就想方设法让彭士禄进入圣约瑟英文书院的小学二年级读书，全英文教学。

苦难是人生的试金石。动荡的时局、亲人的牺牲、苦难的经历，深深影响着彭士禄，也造就了他不怕困难艰险的性格。他逐渐意识到，自己有更加重要的使命——救国、救家、救百姓。

1939年，抗日救亡运动进行得轰轰烈烈。正在读书的彭士禄一横心，与堂弟彭科逃离香港，奔向惠阳平山，加入东江抗日游击队。

到了1940年，周恩来派副官龙飞虎将彭士禄和另外几名烈士子女送到重庆。在重庆八路军办事处，彭士禄第一次见到周恩来和邓颖超。周恩来一见到彭士禄便禁不住激动："终于把你找到了。你爸爸是我的好朋友！"简单的一句话，多年的苦难浮现眼前，彭士禄泪流满面。到了年底，在周恩来的嘱咐下，彭士禄又被辗转送到延安。

自此，颠沛流离的童年生活结束了。每每回忆起，彭士禄总是饱含深情地说："坎坷的童年经历，磨炼了我不怕困难艰险的性格。几十位'母亲'给予我的爱抚，激发了我热爱老百姓的本能。父母亲把家产无私地分配给了农民，直至不惜生命，给了我要为人民、为祖国奉献一切的热血。我对人民永远感激，无论我怎样努力，都感到不足以回报他们给予我的恩情。"

多方求学：
"不好好学习，怎么对得起党？"

经历过人生的苦，才能体会到生活的甜。延安的生活，彭士禄格外珍惜。

初到延安，彭士禄先后在"泽东青年干部学校"少年班、延安大学中学部学习。也许是经历了太多的坎坷，和延安的其他烈士遗孤、干部子女相比，彭士禄显得很成熟。

每逢星期天或者节假日，这些孩子都成为很多首长家中的小食客。但这中间却很少见到彭士禄。周恩来、叶剑英、蔡畅、帅孟奇等人经常叫他出去，他却很少去，独自一个人留在学校里读书、劳动。

“要继承你爸爸的遗志，好好学习，努力工作。”他始终记得周恩来对他说的话，也时刻用行动来践行自己的承诺。

因为之前四处奔波逃亡，彭士禄没有接受过系统的教育。所以刚开始，他学得很吃力。

记得在一次数学课上，没学过几何的他听不懂三角函数，就着急地问老师：“为什么叫 sin、cos？”老师告诉他，三角函数公式要下功夫死记硬背。于是，彭士禄刻苦学习，在期末的时候取得了优秀。一直到晚年，这些三角函数公式都还储存在彭士禄的大脑中，他经常说，这个基础是在延安大学中学部打下的。

彭士禄还用自己的言行影响着其他同学。他所在的班级，大多是烈士、干部子女，年龄参差不齐，有的还不懂学习的重要性。彭士禄担任第四小组组长，在一次小组会议上，他对同学们说：“我们的父母经过残酷的斗争，有的流血牺牲了，要不好好学习，怎么对得起自己的父母亲，怎么对得起党？”同学们听了备受鼓舞。同学黄鲁表示，今后一定要好好学习。林汉南决定改掉不注意听讲的坏毛病。

为解决小组内学习能力参差不齐的问题，彭士禄还和同学们运用“互相帮助，有问必答”的学习方法，研究问题、答疑解惑，将老师讲的内容彻底弄懂、弄通。有一次，有同学产生依赖心理，以为有别人负责，自己听课就不必认真。为了纠正这一点，他们改变了分工办法，在规定的时间内，他们一块儿研究、讨论、提出问题、解答问题。后来，为了便于互助和检查，他们又把 10 个人分成两个小组，设两个小组长，但开会、讨论依然在一起，主要由彭士禄负责。当然，争论也是常有的事。但这些争论并不涉及私事，都是全组的学习和生活问题。每次争论过后，他们的关系比以前更好了。

不光学习，第四组在劳动上也是模范。那时在劳动生产中，一般同学半天可以纺二三两毛线。但是，彭士禄和组员们开动脑筋，给纺车安上加速轮，半天就可以纺半斤毛线。他们 3 架纺车一起开工，一周纺了 8 斤毛线。谁的衣服单薄就先给谁织毛衣。

彭士禄的表现，班主任贾芝看在眼里也记在心上。她专门在《解放日报》上发表了《第四组》一文。文章中介绍，“延大中学部出现了一个模范组，组长彭士禄是先烈彭湃同志的儿子。他的工作，叫人相信他不愧是一个革命先烈的后代……彭士禄和他的第四组，以及他们学习和生活的团结互助的精神，成了全校的榜样。”

1942 年，中央机要处和中央医院到学校招收工作人员。彭士禄主动要求去中央医院当护士。这期间，他分别在内科、外科、妇科、传染科学习工作过。他不怕苦不怕累，经常给病人端屎倒尿。由于劳累过度，他得了肺病。医生心疼他，命令他休息，他还是偷偷地工作。一直到 1943 年 8 月，中央组织部下达调令，他才不得不从医院出来，经过短期休息和治疗，他重新回到延安大学中学部学习。

1944 年春，彭士禄转到延安大学自然科学院化工系学习。这期间，经陈湧岷和陈锦华介绍，他加入了中国共产党，并破例免去预备期。

由于时局变化，1945 年 12 月，延安大学自然科学院在迁往东北的路上在张家口留了下来，并与张家口工业学校合并成立晋察冀边区工业学校。

当时的晋察冀革命根据地物资非常匮乏，尤其是硫酸、盐酸等用于制造炸药的军需用品。彭士禄和其他延安自然科学院过来的同学一边学习化工知识，一边从事化工、炸药的生产。

1946 年 8 月，彭士禄等一批同学被派到原自然科学院化工系主任李苏领导下的宣化炼焦厂工作，分别担任过见习生、技术员等。为了支援前线，他们用土法生产硝化甘油。硝酸、硫酸的酸气甚至溶液经常溅到他们手上、棉袄上、棉裤上，彭士禄的手上至今还可以看到小的疤痕。

虽然工作繁忙，但闲暇时，彭士禄还是喜欢到附近的老百姓家转转。有一次，彭士禄在外面溜达，了解到一个老乡的盐酸厂需要制造弹药用的硫酸。彭士禄白天上班，晚上着手帮助老乡建硫酸厂。第一天晚上，他就画出了设计图，第二天就安排人员按照图纸采购所用物资。仅仅用了 15 天，一座日产 200 千克、浓度为百分之七八十以上的硫酸小厂就建成了，保证了一个小盐酸厂制造弹药的需要。

1948 年 12 月，组织安排彭士禄到哈尔滨工业大学进修。1949 年 9 月，彭士禄和延安的一批同学进入大连工学院应用化学系学习化学机械专业。

留学苏联：
“你愿意改行吗？”“只要祖国需要，我当然愿意。”

1951 年，在哈尔滨工业大学化工系预科进修的彭士禄，以优异的成绩通过了留学苏联的考试，前往喀山化工学院学习。

临行前，周恩来接见了彭士禄和其他留苏学生。当时周恩来语重心长地对他们说：“我们老一辈打下了江山，现在要靠你们年轻的一代来建设社会主义和共产主义的大厦了，你们一定要刻苦学习，努力钻研，学好本领，回国后为建设社会主义祖国服务。”

出国那天，彭士禄穿上了他最好的衣服。那是一套黄色呢子的中山装，是 1949 年贺子珍专门为他做的。

当时，国家培养一名留学生的花费是普通大学生的二十多倍。彭士禄清楚地记得，当时苏联教授每教一节课，中方要另付 80 卢布的报酬。“80 卢布啊！这是老阿妈用血汗钱叫儿崽上洋学堂，我们能不努力吗？”深知机会得来不易，彭士禄抓紧时间努力学习，从没有在晚上 12 点前睡过觉。

从 1951 年到 1956 年，他在喀山化工学院、莫斯科化工机械学院学习化工机械专业，修了 36 门课程，其中 33 门均为优秀。他的毕业论文题目是“带悬臂操控叶轮的全自动卧式过滤机离心机”，老师对其评价为“作者提出了独特的叶轮悬浮设计，可以减少机器的外形尺寸……总体上，论文写作的技术水平较高，测算注释章法良好，图纸绘制优秀。论文评价优秀”。

综合彭士禄的课程和论文成绩，毕业时，他获得了莫斯科化工机械学院颁发的优秀化工机械工程师证书。

收获的不止知识。

在喀山就读时，一天，他接到中国驻苏大使馆的电报，让他到车站去接一个叫马淑英的中国留学生。“她来苏联留学，组织派我去火车站接她，对一个来学习的留学生，她到苏联什么都不知道，什么事情都找我来安排，吃呀住呀，长得又漂亮，人也很聪明。”而当时的彭士禄也是留苏学子中有名的才子，他谈吐不凡，又不失诙谐幽默……这一切也深深吸引着马淑英。

两年后，中国留学生收缩到莫斯科、列宁格勒等几个大城市，彭士禄和马淑英一起到了莫斯科。马淑英被分配到门捷列夫化工学院，彭士禄在莫斯科化工机械学院。在莫斯科，他们确定了恋爱关系。

彭士禄还记得，有一次马淑英在做化学试验时，受了伤的脸上包了一层又一层的纱布。“她说假如自己脸上长大麻子了怎么办，我说不嫌弃她，还会娶她。”后来，回国后，他和马淑英顺理成章地组建了家庭。

留学期间，世界形势的变化也悄然改变着彭士禄的人生轨迹——

20 世纪 50 年代，国际核技术和核武器发展迅猛：英国爆炸了原子弹；美苏爆炸了氢弹；美国核潜艇“鹦鹉螺”号试验成功，这个巨大而灵巧的“黑色水怪”仅用一块小小的铀做燃料，就能潜入太平洋，游过墨西哥湾、南美洲、大西洋、欧亚非大陆，回到美国东海岸……一系列事件，迫使我国在制定 1956—1968 年科学技术发展远景规划中，将原子能工业列为第一项重点任务。

1956 年，陈赓大将到苏联访问，将即将本科毕业回国的彭士禄密召到中国驻苏大使馆参加座谈。当时参加座谈会的有彭士禄、阮可强、蒋滨森、韩铎等人。

座谈会上，陈赓问彭士禄：“美国和苏联都已搞出了原子弹、氢弹，美国还有了核潜艇，我们国家要不受别人欺负，也要有这些东西。中央已决定，选一批留学生改行学原子能核动力专业，你愿意改行吗？”“只要祖国需要，我当然愿意。”彭士禄的回答斩钉截铁，他忘不了这些年国家对他的培养，忘不了父母伟大的信仰和理想。就这样，彭士禄等人加上国内来的 30 多人被派到莫斯科动力学院进修核动力专业。这 40 多人后来都成了我国潜艇核动力领域的栋梁之材。

当时，苏联和美国的核技术理论水平相当，又逢中苏关系“黄金时期”，苏方不遗余力地向中国留学生传授知识，包括彭士禄在内的这批中国留学生也得到了正规、系统、深入的培训，迅速掌握了反应堆物理、热工、水电、控制、屏蔽等理论知识。

学习期间，他们参观了位于莫斯科附近的奥布灵斯克石墨轻水堆核电站，这是世界上第一座核电站。虽然只是粗略地参观访问，但彭士禄内心还是十分震撼。这也更坚定了他在核动力领域走下去的决心。

学成回国：“核潜艇一万年也要搞出来！”

1958 年，彭士禄学成回国，被分配到核工业部原子能所工作，担任技术 6 级工程师、俄语翻译，主要从事屏蔽堆研发工作。

同时，一个重大战略也在酝酿中——

聂荣臻向毛泽东提交了《关于开展研制导弹原子能潜艇的报告》，将核潜艇研究列为中央专委的重点项目。这项事业后来被命名为“09 工程”。

由于新中国一穷二白、基础薄弱，国家最开始将搞核潜艇的希望寄托在苏联身上。

但谁承想，在中苏国防新技术协定谈判时，苏联拒绝了中国的请求。1959 年 9 月，赫鲁晓夫到中国参加新中国成立十周年庆典，谈及核潜艇的事情，赫鲁晓夫傲慢地回答：“你们中国搞不出来，只要我们苏联有了，大家建立联合舰队就可以了。”他甚至提出，在中国设立长波电台，建设供苏联的潜艇停靠的基地。

毛主席听后愤怒地站了起来说：“过去英国和其他外国人占领我国多年，我们再也不会让任何人为了自己的目的使用我国领土！核潜艇，一万年也要搞出来！”

毛主席的这句话也深深地影响了包括彭士禄在内的一批专家、学者。

但从零开始谈何容易。中国核动力研究设计院专项总师陈炳德介绍，核潜艇全艇设备、仪器仪表等多达 2600 多项，近 5 万台件，电缆总长近百千米，管道总长 30 余千米。而作为核潜艇心脏的动力装置，反应堆的研制更是难上加难。

怎么办？

在这项“09 工程”推进过程中，彭士禄开始主持潜艇核动力装置的论证和主要设备的前期开发。

当时彭士禄所在的研究室里的大多数人都是刚毕业的大学生，而且学的都不是核专业。核动力研究院的黄士鉴十分感慨：“因为没有什么资料，大家水平就这水平，谁也没搞过潜艇核动力，甚至是连核动力为何物都不知道。”

为了让这些不熟悉专业的同事也姓“核”，彭士禄和其他几位留苏的同学当起了老师，开设了反应堆等 5 门专业课给他们讲。

“他（彭士禄）的房间每天是关灯最晚的。有时我们起来上厕所就看到他屋里灯还亮着呢，门缝儿下面还亮着呢。他同时也给我们讲课，讲得很有意思……互教互学气氛非常浓。”黄士鉴回忆。

那时，国内核动力专业基础十分薄弱，相关资料非常少。他们下狠功夫，研究手头有限的书和资料，“大家学，讨论这周工作怎么弄”。

为了拓展大家的知识面，彭士禄不仅将在苏联学习使用的书籍全部带回来，还托人购买了大量俄文参考书。考虑到大家只懂俄语不懂英语的情况，他还组织大家学习英语，边学边看相关英文资料。早上起床背英语单词，上厕所在背，睡觉前也在背……就这样，大家不仅过了语言关，还摸清了国外核电站、核动力装置的基本情况。

他们还面临一个更为棘手的问题——谁也不知道核潜艇长什么样子。他们手中所有的资料仅仅是一张从报纸上翻拍过来、模糊不清的外国核潜艇照片和一个儿童核潜艇模型。那个模型是一个外交官从美国回来买给孩子的礼物，是一艘铁皮做的导弹核潜艇，通体咖啡色、铁灰色相间，火箭发射筒和各舱室可装可卸。听说了这个消息后，他们连夜从外交官孩子手里要了过来，摆到办公桌上细细研究。

实践方面也没有放松。彭士禄将研究室的工作人员分批派出去，带着问题下工厂或者到其他研究单位请教学习。就这样，边学习边实践，彭士禄和同事们逐渐掌握了核动力装置的基本原理及各系统、各专业间的内在关系。

这些“门外汉”悄无声息地站到了核动力科学研究的前沿。

除了推进核潜艇项目，那段时间，彭士禄还受邀担负起培养中国核专业人才的重任。

当时，中国仅在清华大学、中国科技大学等少数几个大学里设置了原子能专业，师资队伍相对不成熟。而同时，彭士禄所在的原子能研究所集中了我国最多的原子能专业人才。因此，包括彭士禄在内的许多专家、青年知识分子被聘到这些大学里当兼职教师。

1961 年，彭士禄开始在中国科技大学当兼职教师，讲授“堆物理热工计算”等课程。他不仅自己编教材，还向学校就专业建设提出了一系列有针对性的意见和建议。比如，他提出，兼职教师不熟悉教学法，只适于教授高年级专业课，但搞毕业设计、论文等，应该请科研人员指导。“这样做出的论文质量高，更切合实际。”

和彭士禄一起在苏联留学的韩铎当时也在中国科技大学现代物理系讲授“堆物理设计与计算”课程。那时，中国科技大学在长安街西面，每次上课时，他们都要从北京西郊的研究室乘坐很久的公共汽车到学校。当时正处于经济困难时期，他们在公共汽车上经常饿得肚子咕咕叫。

功夫不负有心人，两年的研究、教学时光让彭士禄收获了很多——研究室里的工作人员成了核动力专家，而中国科技大学受教于彭士禄的学生们也成了核潜艇工程的种子。

时隔数十年后，彭士禄的学生，后来成为核潜艇技术专家的焦增庚对当时的情景还记忆犹新。“那时，彭士禄老师讲的专业课——核反应堆热工设计，是我们大学里最复杂的课程。他写板书，长长的反应堆热工计算公式推导和数学计算，不看书，不抄本，准确严谨……”

1963 年，由于核潜艇研制工作划归海军负责，彭士禄随之转入海军第七研究院原子能潜艇核动力工程研究所（以下简称“715 所”）任副总工程师、副所长职务，同时，他也告别了在中国科技大学的执教生涯。

1964 年 10 月，中国第一颗原子弹爆炸成功。同时，随着国民经济的好转，中国常规潜艇仿制和自行研制成功，核动力装置开始初步设计，核反应堆具备了开展核潜艇工程研制的技术基础。

核潜艇的核心是核动力，核动力的心脏是核反应堆。中国核动力研究设计院原副院长杨朝勇回忆："潜艇核反应堆的研制，是在彭老总的带领下完成的。"

入川工作：
"我充其量就是核潜艇上的一枚螺丝钉。"

1965 年，中央专委批准正式研制核潜艇，选择地处西南的一片山区作为建造核潜艇陆上模式堆的厂址，并要求于 1970 年建成陆上模式堆。

因为陆上模式堆试验基地的筹备工作，彭士禄带领核动力研究所 800 余名科技人员从北京西直门车站乘火车来到四川的崇山峻岭间。这支队伍中的大部分人在核潜艇研制成功后留在了成都，组建了现在的核动力研究设计院。

刚到基地，担任陆上模式工程核动力装置设计技术总负责人的彭士禄和科技人员们就紧锣密鼓地完成了扩初设计，并及时对重大设备进行订货。

但是没想到，第二年"文革"开始，彭士禄被扣上"反动学术权威"的帽子，项目进展也随之变得极为缓慢。一直到 1968 年夏天，主厂房基坑还未挖出，10 个主要实验室一个也没有建成。

得知情况后，1968 年 7 月 18 日，毛泽东指派部队参加陆上模式堆的建设，并签发"7・18"批示，聂荣臻也一再强调，核潜艇工程"只能提前，不准推后，要抓紧，要落实"。与此同时，彭士禄也想尽办法，将基地上 8000 名解放军、工人、干部、科技工作者联合起来，齐心协力赶工期。

那段时间，彭士禄吃住都在工地上。白天，他在现场解决问题，晚上，他又和技术人员研究设备安装、调试等方案。

经过数月的昼夜奋战，终于，1969 年 3 月，模式堆主厂房落成。1969 年 10 月，核动力装置大厅进入安装阶段，两个月后，陆上模式堆土建工程基础完成。按照全模拟原则建造的陆上模式堆由 2.67 万余台件设备、部件组成，为核潜艇核动力装置的安装、调试、运行提供了宝贵经验和可靠依据。

模式堆建在了靠近大山的隐蔽角落。那里荒草遍野、蛇虫出没……由于防空需要，大家住“干打垒”的半地下室，没有空调暖气，阴冷潮湿。由于基地的蚊子很能吸血，夏天晚上，他们要不停地拍打蚊虫。彭士禄的老部下高星斗记得，彭士禄经常拿着一个大瓷碗，排队在食堂打饭，食堂饭没有太多荤腥，大多数时候是酸咸菜。

为了支持彭士禄的工作，1969 年 9 月，马淑英带着子女二人从北京迁到四川。离开北京化工学院时，很多学生不舍得马淑英老师，大家都哭着和她拥抱，久久不能放手。到了陆上模式堆试验基地后，马淑英正式转行参与到基地建设工作中来。

生活的困难大，科研的困难更大。

没有复印设备，大家就用手抄写。没有电动计算机，就用手摇计算机，没有经验，就自己一步步摸索。彭士禄曾在自述中表示：“研究室每人每月的办公费才 5 元，这里面还包括出差费和办公用品费……那时没有电脑，大家就拉计算尺、打算盘，那么多的数据都是靠这些工具没日没夜算出来的。”“经常看见他（彭士禄）晚上穿着大裤衩又到办公室搞计算。”设计专家张敬才回忆。

由于研究人员学术背景不同，大家经常对某个技术上的问题意见不一致，甚至经常发生激烈的争论。出现这种情况，彭士禄就对他们说：“不要吵，做试验，用试验结果说话。试验结果，我来签字，我负责！”为此，彭士禄也被人称为“彭大胆”“彭拍板”。

不过，他的“大胆”，并非有勇无谋，“拍板”也并非胸中无数。因为他手里有“几张牌”：一是七分牌。凡是有七分把握的，就能当场拍板；当场不能拍板的，回去后立即研究，很快拍板，绝不拖拖拉拉。二是数据牌。对核潜艇、核电站的每个系统、每个部件都了如指掌，重要数据都亲自计算一遍，做到心中有数。三是简单牌。凡事越简单越好，做事要做减法，把复杂的工程问题和经济问题做最简单的求解。四是团队牌。依靠团队的力量、集体的智慧来解决问题、完成任务。

比如，针对反应堆的工作压力，彭士禄断定，苏联列宁号核动力破冰船的报道资料200个大气压的数据是错误的，不能作为参照。对此，很多人提出疑问。然而，最终的试验证实了彭士禄的推算是正确的。“如果采用200个大气压，估计陆上模式堆现在也搞不出来。”著名核动力专家周永茂曾回忆。

当然，他也有拍错板的时候。当时高温高压全密封主泵采用垫片密封，出厂试验时不漏，但装到艇上却时漏时不漏。经过讨论，彭士禄拍板采用“O”形环密封，结果一样。最后，他们查阅了螺栓的设计强度，还有余量，又加大了预紧力，问题就解决了。说明这两个方案都可用，恢复了垫片密封方案。

这件事之后，彭士禄的体会是：不怕拍板，不怕拍错板，最怕不拍板。“错了，我就改过来，再继续前进。干事情总要有点冒险精神，只要有70%的把握，就可以干。不然，都准备好了，还要我们干什么？”

1970年7月，核潜艇反应堆试验进入最后阶段，要冲刺满功率。然而，每提高一档功率，出现的险情就增多。在这种情况下，彭士禄力排众议，继续提升功率。8月30日，他决定实现主机“满功率”。

这一天，实验现场围满了人，负责数据运算的黄士鉴并不知道彭士禄

“满功率”的计划，下午六点多钟，黄士鉴发现，竟然满功率了！他以为自己算错了，继续算第二遍、第三遍，直到第三遍他才确定。当时，大厅内外欢呼声一片，中国第一代核潜艇陆上模式堆终于成功了。而此时，彭士禄却一屁股坐在椅子上沉沉地睡了过去。

几个月后，我国第一艘核潜艇下水。这艘艇上有 4.6 万个零部件，需要的材料多达 1300 多种，但没有用过一颗外国的螺丝钉。中国成为继美、苏、英、法之后第 5 个拥有核潜艇的国家，成功击破了那些超级大国的核威胁、核讹诈、核封锁，掌握了人类智慧最强的火焰。

1978 年，当得知荣获国家科学技术进步奖特等奖时，彭士禄惊讶地说：“我也可以得奖？”因为他总认为，中国核潜艇研制成功绝不是一两个人的能力所能及的，它是集体智慧的结晶。“我充其量就是核潜艇上的一枚螺丝钉。”

转战核电：
“一定要把技术掌握在自己手里。”

完成第一代潜艇核动力装置研制后，彭士禄又转战核电，从军工转入民用领域。

1970 年春节前夕，周恩来听取上海市电力情况的汇报后指出：我们不能只有“弹”而没有“电”，“从长远来看，华东地区缺煤少油，要解决华东地区用电问题，需要搞核电”。

当年 2 月 8 日，上海市组织传达了周恩来总理关于建设核电的指示精神并研究了落实措施，我国第一座核电站工程上马开工，被命名为“728 工程”。

工程起步时，业内对究竟走熔盐堆技术路线还是压水堆技术路线存在分歧。

“熔盐堆技术不成熟，一旦堆芯凝固，再也没法启动了；我们核潜艇采用的压水堆有设计、研制和运行的经验，应该利用这个经验。”彭士禄提出使用压水堆方案。

采集小组崔广余研究员描述：“从当时的国家条件来说，发展哪个堆型，关键取决于你的配套系统是走什么路线，当时大家众说纷纭。因为学者都说着各自的道路，最后国务院拍板确定压水堆路线，在这里彭部长和欧阳院士起了很大的作用。”

压水堆方案确定后，彭士禄带领40多人到上海与728院的同志一起，开展方案设计，确定主参数、系统配置等内容。在这些方案的基础上，秦山核电站一期工程诞生了，实现了我国大陆核电零的突破，也对后续我国核电走以压水堆为主的技术路线起到了关键作用。

改革开放初期，广东能源短缺，电力经常“停三开四”。考虑到这种情况，1982年，国家决定在广东引进国外技术设备，建造内地第一座大型商用核电站，并成立广东核电建设指挥部。

1983年2月，彭士禄正式调任水利电力部副部长，同时被任命为广东大亚湾核电站筹建总指挥，负责广东核电站工作。

接到调令后，彭士禄带着参加过核潜艇工程的10名技术骨干来到深圳，驻扎在蛇口区招商局不到15平方米的办公室里。当时，彭士禄的夫人、孩子都在北京工作，他除了每月底回北京述职一次以外，其他时间都在办公室，吃泡面盒饭、煮面条，有时候忙起来，还几天几夜不睡觉。

参与建设的老专家郭天觉曾撰文回忆，那时，彭士禄讲得最多的是“抓紧时间”“尽快保证广东核电站建成，每一天就是100万美元的利息”。

作为改革开放以来最大的中外合资项目，大亚湾核电站建设项目遇到很多过去从未有过的政策性问题，必须恰到好处。经过长期的讨论，他们确定了大亚湾核电站用法国的技术、英国的汽轮发电机，和香港合营，利用英国的资本，占领香港用电市场，通过借款来偿还。

1986年，苏联发生切尔诺贝利事故。不久，有些国家放弃或修改了核电发展计划。一时间，核安全问题被推到风口浪尖。爱喝酒的彭士禄拿高度酒和低度酒做了一个比喻：核电站像啤酒，铀含量约为3%；原子弹像酒精，铀含量高达90%以上，酒精用火一点就着，而啤酒是点不着的……简单易懂的话，让人们懂得了核电的基本常识。

关注安全的同时，电价也是建设时期较受关注的一项内容。对此，彭士禄更是亲自计算。翻开他当年的手稿和笔记本，我们都能找到他当年计算电价的过程。

在广东工作的这几年，让彭士禄受益匪浅。他说，他在大亚湾学到了三点：一是懂得了一些经济；二是验算了法国核电的主要参数；三是学到了点儿管理学。

20 世纪 80 年代中期，我国开始筹建秦山二期核电站。不巧的是，由于西方发达国家的制裁，谈判无法继续。“一定要把技术掌握在自己手里！”彭士禄深感自力更生的重要性，就提笔给时任总理李鹏写了一封信，提出“我们有技术，要‘以我为主，中外合作’建设核电站”。

1986 年 7 月，国务院核电办明确用“以我为主，中外合作”的方针来建设 60 万千瓦时的秦山二期核电站。

在担任秦山二期核电站董事长期间，他做出了三大贡献：

一是选点，确定在杨柳山建秦山核电站。

二是提出股份制，建立了董事会制度；和之前不同，秦山二期核电站一开始就面临着缺钱的问题：两台 60 万千瓦时机组要 148 亿元，国家、核工业部都拿不出那么多钱。为筹集资金，项目负责人彭士禄带着人，一周内马不停蹄地跑了安徽、浙江、江苏和上海，拉三省一市一起来投资。最终，中国核工业总公司、华东电力公司与三省一市共同出资，成立核电秦山联营有限公司。中国核工业总公司党组任命彭士禄为秦山二期核电站的董事长。

三是进行初步设计，亲自计算了核电站主参数、编制计划和投资。彭士禄仔细计算了 60 万千瓦时核电站的主要参数以及技术、经济数据，所编制的“一级进度表”得到了美国专家的极大赞赏。他仅用 1 周时间，就计算出 100 多个一级主参数，同时列出了设计、设备订货制造、土建、安装、调试等一级进度计划表。他有一本枣红色的 16 开大小的硬皮厚本，被同事称作“天书”。里面有精练、浓缩的数据、公式和图表，也有各种材料价格数据，外汇市场行情的波动。

彭士禄还将“招投标制”引入工程建设。当时，正值改革开放初期，很多人头脑中都有“计划经济”的框框，主张设备要定点生产。最后，彭士禄拍板，坚持设备、订货实行招投标制，设计由谁来做也全部实行招投标制。当时的核二院就是通过投标争得了总包院的地位。

1987 年 9 月，我国召开第六届太平洋地区核能大会。国际原子能机构干部布里克斯博士认为：秦山核电站和大亚湾核电站采用的堆型是安全的，对我国这两个核电站的安全性非常认同。

1988 年，彭士禄获国防科工委颁发的“为国防科技事业做出了突出贡献”的优秀总设计师(43 名人员中，彭士禄位列第一）荣誉奖。

发展核电：
“全国牡丹是一家，齐心协力争国花。”

20 世纪 90 年代，中国核电事业还处在蹒跚学步阶段。在技术方针、专业发展道路等方面，各种说法、意见不一，专家学者们也众说纷纭。

当时我国只有秦山和大亚湾两个核电站，和全国整体发电量相比，核电比例还很小，相关配套设施、技术人员数量等都不足。

当时摆在政府面前的问题是：给核电发展一个什么样的定位、什么样的政策以及什么样的管理体制。

1990 年，彭士禄当选中国核学会第三届理事会副理事长。“全国牡丹是一家，齐心协力争国花。”他决定，由中国核学会下属核动力学会出面，组织一次核能发展战略研讨会，让政府、企业等从不同角度进行交流，解决当时核电发展面临的一系列问题。

为了保证研讨会的权威性和各个方面意见的代表性，学会邀请国务院发展研究中心技术经济研究部、中国工程院能源与矿业工程学部等单位协办会议。当时彭士禄对学会的要求是，到这些部门拜访商谈，必要的话，他会带队登门。看到彭士禄诚恳的态度，这些单位纷纷表示，将大力支持会议，并认真准备参会讲话和文章。

因为规格高，会议在核工业界引起了强烈反响。有参会人员回忆：“在这个会上大家从不同的角度进行分析，这样就把思路统一起来了，理出一个清晰的思路来，有利于将当时大家的不同观点、在各种杂志说的不同的思想统一起来，在这个会上，彭部长起了很大的作用，因为这里他的很多观点，应该说也是国务院的智囊团部门领导的观点，对行业里面的方方面面都有很大的启发。”

此外，在彭士禄的支持下，学会还进行了多样化的探索和实践。彭士禄常说，核电是一个多学科、多行业的高科技综合体，谁也离不开谁，要想持续安全、快速地发展，行业和学科的合作与协调比什么都重要。因此，在大型学术活动中，他们邀请法国、日本、韩国等国外企业、专家代表前来参加，在非保密领域畅所欲言。看到中国市场机会，国外企业纷纷前来进行宣传、交流。而国内同行企业也通过交流深深意识到了自身的差距与不足。

1990 年 7 月，彭士禄作为代表团团长对日本核电进行考察访问并撰写《中国核工业总公司核电代表团赴日考察报告》，访问期间，他们拜会了伊藤忠商社、亚洲交流协会，参观了三菱原子力工业公司、北海道泊原子力发电所、三菱重工高砂制作所、高砂研究所等核电设计、研究、制造、运行单位，并与三菱重工进行了合作会谈。谈及为何选择三菱重工进行合作，彭士禄表示，当时，日本已形成完整的核电工业体系，具有自主设计、自主建造的能力，而三菱重工掌握当时最先进的核电建造技术，与三菱重工合作，可以与德国、法国的公司形成竞争，有利于促进国际竞争，真正做到货比三家。

1991 年 10 月，秦山核电站物理调试临界试验成功，核动力学会邀请核电厂、设计院、建筑安装、设备制造和有关管理部门等 44 家单位的 110 名代表，总结我国在核动力研究设计、设备制造、建筑安装、调试运行、生产准备等方面的经验和不足。对于如何加快核电站的建设，彭士禄曾提出两点看法：一是要充分利用外资和各地集资，华东、华南各省市还可采取发行股票或买核电公债的办法筹集资金；二是引进国外先进技术和设备以争取速度和时间，一定要发扬自力更生的精神，通过合作生产把技术引进来。

1992 年 12 月，中国核动力学会召开扩大常务理事会。时任核动力学会理事长彭士禄，就当时的核电形势做了较详细的发言，并着重介绍了发展 AP-600 型核电站的前景。

类似的事情还有很多。在他的推动下，在学会中，各企业、单位始终保持着密切和谐的关系，学会也成为行业发展中不可或缺的一部分。他常强调，学会是群众组织，人人平等，工作人员要给大家服好务。开会时募集到的企业赞助等都会公布账目，接受大家的审查和监督。

除了学会这个抓手，彭士禄还通过发表专著、文章等来推动学科发展。

1995 年 2 月，由彭士禄主编的《核能工业经济分析与评价基础》一书由原子能出版社出版。刚开始撰写此书时，国内既无可借鉴的历史资料，又没有统一的规范和技术经济参数。为了能顺利地开展工作，把核能工程的基本建设规范化、程序化，彭士禄和其他主创人员参考国外相关资料，结合我国 20 世纪八九十年代的实践，总结出一套行之有效的方法和经济参数，完成了本书的编写工作。

为向大众普及核电知识，1996 年，彭士禄给《小火星报》题词：努力学习成才，开拓进取创未来。1998 年，他和原子能出版社副总编辑李盈安合著《寻找永恒的动力——著名科学家谈能源科学》，用简明易懂的文字描述了核电的发电原理以及核电在更多领域的应用。他还向公众普及：只要小心、安全地使用，核能将带给人类更多的福祉。

淡泊名利：
“是党把我从一个孤儿培养成专家，我知足了。”

在工作中倾尽全力的彭士禄，却对名利十分淡泊。在他看来，恬淡自守就是最大的幸福。

1978 年，当得知获得全国科学大会奖时，彭士禄正在工地上。有人通知他去参加全国科学大会，他根本不知道自己是受奖者。在荣获国家科学技术进步奖特等奖时，他还惊讶地说：“我也可以得奖？”

1985 年，彭士禄作为第一完成人主持完成的“我国第一代核潜艇研究设计”项目获得“国防科学技术进步奖”特等奖。1991 年，在撰写中国导弹核潜艇的诞生历程时，彭士禄的事迹才开始被更多的人所知晓。

当时，国内外很多人称赞他是“中国核潜艇之父”“中国核电站创建人”，对此，彭士禄坚决反对：“我不是什么之父，我充其量就是核潜艇上的一枚螺丝钉。”他还谦虚地说：“由于历史的误会，我有幸参加了我国核潜艇研制的全过程。时值‘文化大革命’，老虎都被赶下山了，只好‘猴子’称王，我也被抬上‘总师’宝座。”

1994 年，彭士禄当选中国工程院首批院士，为终身荣誉。

荣誉面前，彭士禄总是想着别人。

1959 年，工程师李宜传就参加了潜艇核动力设计工作。因为身体原因，他在陆上模式堆之前就割了一个肾，但他仍然带病坚守在工作岗位上。从1970 年初主控室进入安装阶段后，李宜传吃住都在现场，每天的饭菜都由别人送进主控室。最后，他牺牲在试航的核潜艇上……

李宜传的经历总是让他感慨万千。他经常说：“我只是做了我应该做的，但功劳不是我个人的，核电潜艇研制成功也不是少数几个人可以完成的，需要大家集体力量共同完成。”他还在《现代舰船》中发表文章说：“参加研制核潜艇工程的每一个人，所做的每项工作，都是严格按照科学规律，一丝不苟地去努力奋斗的，他们才是真正的英雄。”

对于可敬的战友，彭士禄念念不忘，但对自己的事情，他总是很“糊涂”。

什么时候调级、什么时候评职称、什么时候涨工资，他一概不知，也不打听。别人的房子是越调越大，而他却从七间的将军楼搬到四室一厅的单元房里，把大房子让给别人。别人提起来，他总说：“党和国家给我的比我付出的要多得多。”“党对我有恩，是党把我从一个孤儿培养成专家，我知足了！”

工作以外，彭士禄谦逊低调、“普通而又简单”，他和同事们不仅是上下级，更是挚友。

尽管后来当了副部长，彭士禄的东西还常常被拿去“共产”，从鞋子、衣服、打火机到烟酒茶，谁需要就拿去。

他还总是关心别人。在北京，一位技术工人患了心脏病，正在住院。彭士禄得知后，立即驱车百余公里赶去看望。

在辽宁葫芦岛，黄海燕的父亲曾在当地船厂工作，51 岁时突然离世。6 个未成年的孩子、1 位七旬老人……面对这样的家庭，黄海燕的母亲多次到基地寻求帮助。但由于规定所限，基地领导有心无力，只好无奈地说：“等北京的彭部长来基地时，你直接去找他。”

当时彭士禄经常往返于北京、葫芦岛之间。那天见到彭士禄后，黄海燕的母亲泪流满面。了解了情况后，彭士禄当即翻遍自己的口袋，掏出自己身上所有的钱，塞到了黄海燕母亲手里。随后，他指示基地领导按特殊情况尽快解决黄海燕的工作问题。

为缓解黄海燕家的生活压力，彭士禄还与基地几位领导商量，分别认养了他们姐弟几个。黄海燕记得，有一次彭伯伯一个人从基地办公楼出发，手里提着一个大包裹，里面装满了本子、笔等学习用品，还有衣服、水果和补品，步行走了 5 里地，来家里看望他们。“看到彭伯伯累得满头大汗，还拿来这么多礼品，家人立刻围拢过来，就像见到了久别的亲人。”

中国核动力院原科技委秘书长兼办公室主任胡明刚回忆，2006 年黄山学术年会后，他陪彭士禄一起爬黄山。“爬山路上，我叫他彭部长，问他黄山好不好。彭老对我说：‘小胡，不要叫我彭部长，叫我彭大哥。’之后，他还开玩笑地说：‘黄山什么都好，就是没有二锅头，要是有二锅头就更好了。’”短短几句话，胡明刚倍感彭士禄的和蔼可亲，待人和善，谈吐幽默，“完全没有一点架子，是一位非常和蔼的老人。”

古稀耄耋：
“年轻人思想活跃，我们没有必要什么都把持在手里。”

从筹备到建成，几十年过去了，中国核电建设队伍在江苏海盐建起了 9 座核电机组。秦山也随之成为国内核电机组最多、堆型最丰富的核电能源基地。

核电发展如火如荼，而彭士禄已至古稀之年。

2000 年以后，彭士禄开始行动不便，外出经常需要坐轮椅。尽管如此，已退居二线的他还身体力行地实地考察，参加各种学术活动。

仅 2000 年，他就去过成都、青岛等地进行考察。当年 6 月，他在成都核动力院参观原 909 基地、成都热工水力实验室。几个月后，他又前往青岛参加并主持核潜艇应急注射系统、排污系统、补给水系统的改进工作，确定改进方案。2006 年 12 月，受邀请，他到广东省云浮市考察，为当地核电项目建设提出建议。2008 年 8 月，他又到浙江省台州市三门核电站进行现场考察工作。

2009 年 11 月，中国核学会在北京召开主题为“创新——核科学技术发展的不竭源泉” 学术年会。已 84 岁高龄的彭士禄连续 3 天坚持与参会代表进行交流。他观点权威、作风民主，有他参加的研讨会总是气氛和谐，欢声笑语不断。

不外出的时候，彭士禄也没有在家享受生活，而是依然坚持每天去办公室。

每天上午 9 点，他就来到办公室整理资料。晚上又待到很晚才回来。

孙女彭瑶很不高兴。因为每天爷爷回来时，她已经睡着了，等她早上醒来时，爷爷又出门工作了。

为了让爷爷多在家休息休息，她和彭士禄签订了一份特殊的“合同书”，约定爷爷每天下午五点半前要回到家，迟到 1 小时罚款 10 元。如一周内都准时回家，奖励啤酒两罐或一瓶。每天晚上 12 点以前必须睡觉。

看到父亲如此辛苦，女儿彭洁很心疼，多次劝他“少工作，多休息”，彭士禄却说，他希望把这些珍贵的资料保存好，一代代传下去。“只要为他们铺好路，到时候我不在也没关系。”

培养年轻人，为他们铺好路，是这一时期彭士禄的一个主要目标。

“核电建设是一项复杂艰巨的系统工程。需要资金和人才的结合，但更应看重人才。多出人才，出好人才，连接好一个个年龄梯队的人才链条，是我们核电建设的可靠保证。”

对于老一代核电人，他说，世界变化很快，新技术发展更苦，年轻人思想活跃，接受新生事物快，我们没有必要什么都把持在自己手里，没必要认为自己都是正确的。“人有了一定的地位、权力、成就、资格后，就容易自以为是、倚老卖老，总认为自己是对的，容易对别人做事不放心，这很容易阻碍新生力量的发展。”

而对于年轻一代，他却这样要求：要责任第一、安全第一、不断学习、勇于创新，人无论做什么事情都要“坐下来，钻进去，入了迷”，知其然还要知其所以然……有了这些，任何艰难险阻都能克服。

在彭士禄的带动下，中国核电行业涌现出了很多优秀人才。

中国核动力院原科技委秘书长兼办公室主任胡明刚从西安交通大学毕业后，被分配到二所三室从事核动力装置蒸汽发生器研究设计工作。当时彭士禄已离开核动力院。但因为都是从事核动力工程研究，参加学会的学术交流活动较多，胡明刚有幸认识并与彭士禄有过较多的接触，从他那里，胡明刚学到了很多东西。

彭士禄还曾捐出获“何梁何利基金科学与技术成就奖”的 100 万港元奖金，用来设立“彭士禄核动力创新奖”。

因为敢于创新担当，中核集团中国核动力院设计所四室党支部书记、副主任何正熙成为“彭士禄核动力创新奖”的首批获奖者之一。如今，他正瞄准研发新一代智能化测控技术，保证核电站运行得更安全、更高效。“彭院士把他的期望和嘱托或者他的一些心愿，通过这样一个奖项来再一次亲手交到了我们新一代的年轻人手里，所以我认为拿到这个奖项之后，更多的是一种使命感，一种责任。”

最后时光
他是医院里的“开心果”“老顽童”

2012 年 10 月，近 90 岁高龄的彭士禄因病住院。但是，这依然没有阻挡他工作的脚步，这期间，他撰写了多篇论文，在业界引起了强烈反响。

在医护人员眼里，彭士禄没有一点“大干部派头”，是医院里的“开心果”“老顽童”。大家都愿意和这位老人家聊天，有时还开他玩笑，他总是笑眯眯的。在医院走廊里，遇到其他病人，彭士禄都会主动打招呼，有时还很幽默地跟大家“hello”。

彭士禄爱喝酒，住院期间，医生让他“禁酒”。他却偷偷在被窝里藏了两罐啤酒，留着朋友探望时“待客”用。他笑称：“一生最大遗憾之事就是‘夫人’太多，共有三个。第一‘夫人’是核动力，第二‘夫人’是烟酒茶，第三‘夫人’才是小玛莎(彭士禄夫人马淑英)。小玛莎不甘心当第三，造反了，非晋升不可。为了和睦，只好升为第二，才算平息。来世能否当第一夫人?

很难说。”

病重治疗时，彭士禄身上插了许多管子。护工问他：“爷爷，您身上插着这么多管子干啥呀？”他回答道：“我在充电呢，充了电好过年呀。”

尽管如此，他在和工作过的核动力设计研究院干部通话时，仍时刻不忘远在四川的夹江“老家”，关心着华龙一号的新进展。

2020 年 1 月 15 日，中国核工业创建 65 周年之际，彭士禄最后一次公开露面。镜头前，他念念不忘的还是国家的核事业。他说：“我们核工业必须做大做强，新一代的核工业人，你们要努力加油干，你们是最棒的。”

同年 11 月 18 日，一个蛋糕，满屏祝福，在女儿彭洁的陪伴下，彭士禄幸福地度过了 95 岁生日。那一天，这位须发皆白的老人特地戴上海军官兵送他的海军帽，帽子上的金色丝线绣着“中国海军核潜艇部队”，抱着一个维尼熊，笑得像孩子一样。

2021 年 3 月 22 日，彭士禄走完了 96 岁的人生。临终前，他病床床头摆放着两样东西：一个核潜艇模型和一顶海军帽，代表着他一生的挚爱——核潜艇和核事业。他向女儿交代了自己的三个愿望：不做临终抢救；后事简办；将他和夫人的骨灰一并撒入大海。

几天后的追悼会上，前来参加的人群自动排成三排。第一排的是白发苍苍的老者，他们多是跟彭士禄并肩战斗过的“战友”。中间一排是两鬓微霜的中年人，彭士禄是他们的领导、老师，他们亦师亦友，奋战在科研一线。最后一排是年轻人，他们是中国核潜艇事业的希望。

彭士禄曾说：“活着能热爱祖国，忠于祖国，为祖国的富强而献身，足矣；群体团结，是合力，至关重要，最怕‘窝里斗’，分力抵消，越使劲越糟糕，最后变成负力，悲矣！尽自己的力气去做正功，没有白活。”

“活着能热爱祖国，忠于祖国，为祖国的富强而献身，足矣。”彭士禄用自己的一生，践行了自己的诺言。

后　记

如果非要总结彭士禄的一生，那么我们可以将其概括为“两件事”和“两本账”。

“两件事”是指造核潜艇和建核电站。

这两件事，一件是大国重器，于无声处壮国威，另一件是国之光荣，事关国计民生。

20 世纪五六十年代，中国在核潜艇方面的知识几乎为零，在这种情况下，他从零开始，凭借满腔热血和不懈的努力，主持了核潜艇动力装置的论证、设计、试验以及运行的全过程；参加指挥了第一代核潜艇的调试和试航工作。

改革开放后，他转而投入核电的研发中。他为大亚湾核电站提出投资、进度、质量三大控制要素，为工程后续工作打下良好的基础。在秦山二期核电站建造过程中，他提出“以我为主，中外合作”理念，并亲自计算主参数、进度和投资，为其提供了可靠的科学依据。

“两本账”则是“明白账”和“糊涂账”。

明白是对公事。凡是工程技术大事，他都搞得清清楚楚、明明白白。当年，为了建立反应堆物理的计算公式，他和科研人员用一台手摇计算机和计算尺计算了十几万个数据，最后确定了自己的计算公式。后来，无论他身居多高的位置，重要的数据参数，他都要亲自算得清清楚楚、明明白白。

糊涂是对私事。工作多年，他获得荣誉无数。但是他却不知道自己拿多少钱，上下班坐的是什么车，也不知道住的房子是多少平方米……别人的房子是越调越大，而他却主动将房子越调越小。

他的一生，有太多的荣誉：先后荣获全国科学大会奖、何梁何利科学技术奖、国家科技进步特等奖、“为国防科技事业做出了突出贡献”的荣誉状、成为中国工程院首批院士等。但他却说：“做一个明白人谈何容易？要有超前意识，对问题有新思路、新见解；对工程技术能亲自计算主要数据；对工程进度能说出某年某月应办哪几件关键事；对技术攻关能亲自挂帅出征，出主意，给点子……但当一个糊涂人则更难，凡对私事，诸如名利、晋升、提级、涨工资、受奖等，越糊涂越好。”

而今，斯人已去，精神永存。

彭士禄在自述中写到自己的三个愿望：一是盼望祖国早日拥有更加强大

的核潜艇力量；二是盼望祖国早日成为核电强国；三是盼望祖国早日实现中华民族伟大复兴，早日圆了老百姓过上幸福生活的中国梦！

带着他的愿望，我们不忘初心，继往开来。

我们不断学习，学习他不怕困难艰险、顽强探索的精神，将个人成长奋斗融入党和国家的事业。

我们努力前行，沿着他不求荣誉回报、一心为国的道路，从党的百年奋斗历程中感悟前进的力量。

我们创新开拓，发扬他敢拼敢试敢干、努力进取的作风，在社会主义现代化建设的浪潮中，不断实现人生价值。

甘为战贫孺子牛　燃尽芳华献老区

——追记中国化学工程集团有限公司邱军

◎文 / 安志鹏　梅金娟

2021 年 1 月 8 日下午，年仅 39 岁的中国化学工程集团有限公司定点帮扶华池县挂职副县长邱军，因病抢救无效，永远地离开了这片他所热爱的华池土地。

2018 年 12 月，37 岁的邱军响应国家扶贫号召，到中国化学工程集团定点帮扶的华池县挂职副县长，主抓定点帮扶工作，踏上了助力革命老区脱贫奔小康的“长征路”。

两年来，他恪守党员初心，不负韶华使命，发扬“孺子牛”“拓荒牛”“老黄牛”精神，倾力扶贫，忘我工作，把最美的芳华绽放在了红色圣地。2019 年，华池县整县脱贫，邱军被评为甘肃省脱贫攻坚帮扶先进个人。

在两年挂职即将期满的时候，邱军病倒了。经过 50 多天的抢救，仍然没能挽留住宝贵的生命。

斯人远去，泪雨纷飞。2021 年 1 月 12 日上午 9 时，在西安举行的邱军同志遗体告别仪式现场，哀乐低回，从北京、安徽、陕西、甘肃各地赶到的领导、同事、父老乡亲心情沉重、泪眼婆娑，与邱军作了最后的告别。

“魂飞万里，盼归来，此水此山此地。百姓谁不爱好官？”提起邱军，无论是亲友、领导、同事，还是华池的父老乡亲，总有道不尽的感激和不舍。

大家缘何如此难舍这样一位党员干部？

淬火红土地，立志酬脱贫——在行动中绽放青春

1981 年，邱军出生于安徽省淮北市一个普通家庭。2001 年，他以优异的成绩考入安徽建筑大学，2003 年加入中国共产党。大学毕业后，入职中国化学工程集团所属的东华工程科技股份有限公司。2013 年，32 岁的邱军成为东华公司一个重要项目的控制经理。

2015 年到 2018 年，始终秉持精益求精工作态度的邱军，迎来了事业上的三级跳，先后被提拔为公司项目管理部主任助理、内蒙古康乃尔乙二醇项目副经理及公司项目副经理，成为中国化学工程集团年轻管理层中的一员。

“让青春之花绽放在祖国最需要的地方。”这是习近平总书记对广大青年的殷殷嘱托。

2018 年 12 月，在脱贫事业攻坚拔寨的关键时刻，邱军主动请缨，来到黄土高原华池县，从行业尖兵变成扶贫战士。

虽然无论是扶贫，还是华池县，邱军都是陌生的，但他始终一片赤诚、满怀激情，他在日记中曾这样写道：“我来自农村，所以要倍加珍惜这样一次回馈土地和乡亲们的机会。”

华池县位于甘肃省东部，1934 年，刘志丹、习仲勋等老一辈无产阶级革命家在华池南梁创建了西北第一个红色政权——陕甘边苏维埃政府，后以此为中心形成了陕甘革命根据地，自此，这里一直“红”到了今天，被史学界称为“永远的红区”。

2009 年 6 月 7 日，时任中共中央政治局常委、中央书记处书记、国家副主席的习近平在南梁视察时再次肯定了以华池南梁为中心的陕甘革命根据地的历史地位为“两点一存”，即这里是党中央和各路红军长征的落脚点、八路军奔赴抗日前线的出发点，是土地革命战争后期我党硕果仅存的革命根据地。

而 2019 年前的华池，既是国扶县，又是六盘山特困片区县，还是甘肃省 18 个干旱困难县之一。全县建档立卡贫困人口 9279 户 35596 人，贫困发生率为 26%。

贫穷不应该是革命老区的代名词。邱军主动请战，担任起华池县最难啃

的脱贫"硬骨头"——城壕等乡镇的包片领导和城壕镇包乡领导。

迅速克服自然环境、工作环境以及饮食等方面的巨大差异后，他开始了扶贫的第一步——摸清把准贫困现状。

没有比脚更长的路，没有比人更高的山。刚到华池的那些日子，邱军几乎每天都奔波在大山里。每到一个乡镇，他都要与乡村干部座谈交流；每到一个村子，他都要看住房、看饮水、看产业发展；每到农户家里，他都要问收入、问教育、问医疗、问困难。

若是车辆难以到达的地方，他就步行前往。很多时候吃完早餐，吃下一顿饭已是夜幕降临。白皙的脸晒黑了，嘴上干起了一层又一层皮，衣服上经常沾着土，黑皮鞋到了晚上就变成了"灰皮鞋"……

一个多月时间里，他走访调研了华池县 15 个乡镇、75 个行政村。手里的扶贫笔记记得密密麻麻。通过这种方式，他不仅掌握了扶贫的第一手资料，还在与老百姓打交道的过程中，学会了华池方言，对扶贫工作，也有了自己的想法。

拓荒兴牛业，荒山变福地——在靶向施策中奉献

城壕镇位于华池县南部，山大沟深，产业单一，有建档立卡贫困村 8 个，贫困人口 1297 户 5243 人，贫困发生率为 41%。这里是华池脱贫的"难中之难、坚中之坚"，也是邱军扶贫战役正式打响的地方。

考虑到城壕镇有大面积的天然草场，以及优质的水源和空气，经过充分论证，邱军提出：建奶牛饲养场，带领群众养牛致富。

这个提议在既没有奶牛养殖企业，又没有民间奶牛养殖经验的城壕镇，引来干部群众的一片质疑声。

为打消群众顾虑，邱军利用央企帮扶资金作为政策补贴，确定了"企带户养"的产业发展模式，并和乡村干部在田间地头、窑口院外挨家挨户讲政策、算对比账，动员城壕镇 162 户贫困户养殖奶牛 810 头。

为进一步解决养牛群众的后顾之忧，他又对接正大集团，在城壕镇、柔远镇搞起肉牛养殖，养殖企业与农户签订保底收购协议，构建起了企业与农

户抱团发展的利益联结机制。

就这样，城壕群众发起了“牛财”。2018 年底，城壕镇养牛户户均增收 5000 元以上。

2020 年，城壕镇新建 1 处肉牛养殖场，从动土到竣工，邱军每周至少到现场调研两次。养殖场建成后，他与镇上干部多次座谈，探索经营模式，最后招引兰州正大公司托管代养，不仅让群众变“股民”享受分红，还带动 6 个村集体增收 15 万元以上。

华池地处黄土高原沟壑区，“沉睡”的荒山较多。踏上华池大地后，邱军一直在思索如何将这些荒山利用起来。

沙棘，干旱地区怒放的生命，在华池的大山里也零零散散倔强地生长着。

沙棘配荒山，邱军点了“鸳鸯谱”。通过反复调研和咨询专家，邱军倡导的沙棘产业生态扶贫项目很快上马。

在他的积极协调下，中国化学工程集团投入 138 万元产业发展资金，在城壕镇庄科村范台组流转土地 55 亩，新建配套棚灌设备钢架大棚 62 座，建冷库，打灌溉机井，实施沙棘扦插苗培育，然后移栽到荒山。这个项目育沙棘苗 620 万株，带动 44 户贫困户户均年稳定增收 1.5 万元以上，并辐射带动周边 4 个乡镇 150 多人实现劳务增收。

2020 年 9 月，邱军带队前往陕西省，与西安一家科技公司对接华池沙棘研发工作。经过实验，华池沙棘籽的出油率为 49.5% ~ 56.23%，实验品经西北农林科技大学分析，内含黄酮、有机酸、生物碱、固醇类等 200 多种生物活性成分，具有较大的开发价值。

华池县扶贫办主任李媛媛介绍，620 万株沙棘苗，不仅绿化了荒山，还将在未来 10 年内，持续产果，给当地群众带来源源不断的经济效益，成为群众的致富林、幸福林。

“邱县长这两年到城壕镇调研脱贫攻坚 52 次，走遍了全镇 1310 户贫困户，真正与广大群众结成了‘亲戚’。群众只要听说邱县长来到城壕，总是争相邀请他‘串亲戚’‘唠家常’。”城壕镇党委书记李伟说。

办好暖心实事，心系“希望工程”——在真情尽责中诠释初心

城壕镇余家砭村的燕刚今年 27 岁，2011 年父亲病逝，2015 年母亲因病瘫痪，燕刚和妹妹守着母亲靠低保生活。

“我不知道出路在哪儿，看不到未来。”燕刚说，“就在我感觉无法撑下去的时候，邱大哥来了。”

2018 年底，一个笑容可掬、平易近人的大个子走进燕刚家，这个人就是邱军。了解情况后，他多次上门，一面鼓励燕刚振作起来，参加技能培训，掌握一技之长；一面联系中国化学工程集团等定点帮扶单位，为像燕刚这样的农村青年找出路。

在他的努力下，2019 年 4 月，华池县第一期焊工技术培训班开班。燕刚和华池 20 余名青年走进课堂，经过 3 个月的专业培训，获得资格认证。有了一技之长的燕刚，在邱军的推荐下，找到了一份月薪 5000 元的工作。

在一次次的家访和电话联络中，邱军渐渐成了燕刚家的一员，燕刚家不管大事小事都要事先给邱军打电话商量。邱军也像兄长一样，时常打电话关心燕刚的生活和工作情况。

38 岁的饶晓恩是城壕镇庙湾村建档立卡贫困户，近些年他几乎都是在外漂泊，因懒、因“浪”，日子过得一贫如洗。这两年，乡亲们发现——饶晓恩变了！他家硬化了院子，住进了新房，务工收入也增加了，还摘掉了“穷帽子”。

饶晓恩的变化，离不开“贵人”邱军的反复鼓励和支持。

“年轻人不应该自暴自弃，生活要不断向前看、向前走”“无奋斗不青春”“要把日子过得红红火火”……一次次、一遍遍的鼓励让饶晓恩幡然醒悟。

2019 年 6 月，经邱军介绍，接受了培训的饶晓恩找到一份月薪 4500 元的工作，成了“有薪”一族，饶晓恩从里到外也变得精神起来。

不止燕刚、饶晓恩，在邱军的多方协调争取下，多种“订单式”技能培训在华池及周边县展开，先后有千余名贫困农村青年参加培训，掌握了“看家本领”。

扶上马，送一程。开展培训之余，邱军衔接中国化学工程集团及所属企业举办就业扶贫专场招聘会，面向华池县、环县开展招聘，优先录用建档立卡贫困户，特别是未脱贫的贫困户。先后有 175 名大学生、23 名贫困农村青年在中国化学工程集团所属企业稳定就业。

在邱军的努力下，中国化学工程集团所属东华公司还与华池县建筑企业签订了两个帮扶项目，以“央企 + 民企 + 贫困户”的形式，秉持“就近、集中”原则，带动劳动力就近输转，进一步拓宽了当地贫困群众的就业渠道。

教育是国之大计，是脱贫奔小康的希望。

2019 年 8 月，华池 27 名品学兼优的高中学生在陕西西安进行了为期一周的研学交流活动，这样的活动在华池尚属首次。而促成这次活动的正是邱军，他以“邱老师”的身份全程参与，在照顾孩子们的同时，为他们答疑解惑。

“不能让贫困限制孩子们的想象！”在研学交流座谈会上，邱军说，他希望孩子们克服困难，发愤图强，把感恩之情化作成才之志，争取早日为祖国和家乡建设作贡献。

两年间，邱军帮助华池引进中国扶贫基金会助学基金 60 多万元，引资为乡村学校安装太阳能路灯 150 盏，引进社会帮扶资金 20 多万元，进一步改善了华池贫困乡村的教学条件。

卖力当“网红”，借梯登高处——在巧搭平台中服务群众

“绿色宝库”子午岭在华池境内有150多万亩面积，加上充足的光照、较大的温差等独特的自然条件，孕育出了许多品质上佳的农特产品，白瓜子、黄花菜、黑木耳、小杂粮驰名陇上，但一直“养在深闺”，给华池群众带来的效益微薄。

“山货”出山，是当地群众的夙愿，也是邱军的一块“心病”。毛泽东同志曾为华池县县长李培福题词“面向群众”，如今在庆阳各单位的办公楼、会议室、办公室及广场之上、宣传栏里随处可见“面向群众”的题词，“面向群众”已深入庆阳各级干部的血液里，也深深地感染着邱军。

“共产党人任何时候都要走好群众路线。”邱军曾不止一次表达过这一认知。邱军是甘肃第一批直播带货的“网红县长”，借助网络开启了一条新的为民谋福之路。

他全程指导华池县商务局利用不到一周时间，完成了县域十佳企业和十佳网店电子化资料，并“全面撒网”，力挺地方企业进驻各种网上扶贫平台。

各种产品展销会、推介会，只要有机会，邱军永远都站在前面“吆喝”。就在发病的前几天，他还准备带领华池县农特产品生产企业到陕西榆林对接产品展销事宜。

2020 年中国农民丰收节金秋消费季直播活动，是邱军第一次上直播。担心忘词，他一遍又一遍地反复推敲材料。因为准备充分，一场直播下来，收获 3700 多单，销售收入突破 20 万元。

“心激荡，来说唱，脱贫攻坚暖庆阳。放眼望，干群忙，革命老区迎曙光……”2019 年春节，由邱军执笔创作的南梁说唱《扶贫赞》，在腾讯视频及各大网站播出，在社会各界引起强烈反响，这既坚定了贫困群众脱贫的信心，也让更多的人关注到了华池脱贫攻坚事业。

随着直播次数的增多，邱军的直播效果越来越好。他在直播室里卖力推荐，让华池老百姓感动不已，每逢有他的直播活动，很多当地干部群众都会主动关注，主动宣传。

在邱军的带动下，“为家乡代言”成为热潮，党的十九大代表王雅丽、民间工艺大师赵星萍等纷纷走进直播间，向外推荐华池，推荐家乡的土特产，“华池土特产”在各大平台受到广泛关注。

邱军还借助央企帮扶优势，衔接中国化学工程集团云采平台为华池农特产品量身定制了销售平台，协调华池农特产品进驻了中国建设银行善融商务平台央企扶贫馆、中国农业银行扶贫商城……

各种帮销模式让华池县“山货”走出大山，走上了更多消费者的餐桌。两年来，在邱军的倾力帮助下，华池累计实现助农扶贫产品销售 1000 多万元。

舍小家顾大局，留下无尽遗憾——把生命定格在扶贫事业上

在妻子眼里，邱军总是在工作、出差。结婚 10 年，夫妻两人总是聚少离多，就连女儿出生，邱军都没能守候在妻子身边。到华池后，邱军更忙

了，有时候连打一通视频电话都要推后好久。

2020 年 6 月儿子出生，邱军在微信朋友圈写下了这样一段话：“感恩眷顾，好字凑齐；感谢亲朋好友，特报喜讯。初次见面，百看不厌；寒来暑往，来日方长；唯愿平安快乐，加油少年，奔跑吧，后浪！”

这是近两年邱军发的唯一一个与工作无关的微信朋友圈。儿子出生，他也仅请了一周假，来去匆匆。翻看邱军的微信朋友圈，两年来共发布动态 65 条，其中 64 条是关于扶贫的。

而在重症监护室中，邱军依然不忘工作，在病床上用颤抖的手写下三件事，对扶贫工作做了最后的嘱托。

“一是把自评报告交给宋部长。

“二是全年和四季度工作总结，数据完善到 11 月 30 日。

“三是明年的牛产业要做大，菊花产业要做强，乡上和村上工作要加强，对明年资金使用要有个大概规划，县上要加强与中国化学工程集团沟通，做好老百姓的动员工作……”

2020 年 11 月 17 日上午，邱军突感身体不适，送医院检查后确诊为主动脉夹层 A 型。随着病情的加重，他说不出话来，就用笔写。

他给家人写道：“好想一家人一起吃顿饭，我去买，给你们做。”“我很好，家中一切以安稳安全为要，尽量少麻烦大家。”“我不在家，家中一切从简……”

在邱军办公室的墙壁上，挂着这样一个小白板，上面写着：1.2019 年奶牛项目、回收、企业；2.2020 年肉牛养殖、厂、牛；3. 石油伴生气项目、可研、园区；4. 消费、就业、教育、一对一；5. 南梁巡展、榆林项目（就业 + 消费）；6.11 月 30 日前，集团调研、全县任务。

虽然语句并不完整，但能明显地看出这是一位行色匆匆的扶贫干部对重点工作的清晰盘点。

在邱军的办公桌上，放着一个杯子和一盒尚未喝完的葡萄糖。办公桌玻璃台下压着一张平整的小纸条，上面是他的女儿用稚嫩的笔迹写的一段话：“爸爸，你要多休息，我们走了，再见，你开完会以后来找我们，写给爸爸，谢谢，爱你的邱熙岳。”

全国道德模范

苍穹筑梦 向月而飞

——记中国航天科技集团有限公司杨孟飞

◎文 / 邓 雅 李苹洁

【人物小传】杨孟飞，1962 年 10 月生，是探月工程三期探测器系统总指挥、总设计师，中国科学院院士，中国航天科技集团中国空间技术研究院科技委副主任。杨孟飞是我国空间飞行器系统领域的领军人物之一，他以炽热的报国情怀，勇于创新、追求卓越，带领团队出色地完成了“嫦娥五号”探测器研制工作，首次实现我国地外天体采样返回，为我国探月工程“绕、落、回”三步走收官之战做出了重大贡献。

第一篇 结缘航天

梦想的种子

“二下五去三”“三去七进一”稚嫩的童声熟练地背诵着珠算口诀，随着小手在算盘上的上下拨动，当同龄孩子还在游戏的时候，杨孟飞就体现出了对计算的浓厚兴趣。湘江边上长大的杨孟飞，在山清水秀的乡野里汲取着灵气。虽然生活条件贫寒，但父母也从不吝啬把最好的都给他，尽力让他拥有一个虽清贫但幸福的童年。父亲是生产队的会计，杨孟飞从小在父亲身边听着清脆的算盘声长大，耳濡目染下，逐渐对计算产生了兴趣。

1978 年，16 岁的杨孟飞从湘阴九中毕业，参加高考并取得了优异成绩。正值全国高考恢复，计算机科学技术刚刚引入国内，凭着对数字计算的浓厚兴趣，他在填报志愿时毫不犹豫地选择了计算机专业。“国家提供机会让我们去学习、研究这么先进的东西，是一种莫大的幸福。”大学期间，他对选择的计算机专业非常着迷，不放弃任何一个学习、锻炼的机会，积极研读最新的计算机技术成果，如饥似渴地汲取各种计算机专业的知识，为后来从事相关科研工作打下了扎实的基础。

1982 年，杨孟飞大学毕业，20 岁的他踌躇满志。“如果能将计算机技术应用于空间探索，将自身所学知识的价值发挥到最大，这样的人生不是更有意义吗？”于是，带着对“空间”二字的憧憬，杨孟飞考研进入北京控制工程研究所（隶属中国空间技术研究院）学习空间计算机及其应用专业，自此迈进了中国航天的大门。

在北京控制工程研究所，杨孟飞师从张翰英老师。张翰英是北京控制工程研究所的创立元勋之一，是参与东方红一号卫星研制的老专家。跟着导师，杨孟飞度过了充实的 3 年硕士研究生生活。毕业后，他留在了北京控制工程研究所工作，这一年，杨孟飞 23 岁。

初生牛犊建新功

自幼对计算的敏锐性，7 年扎实的专业功底，使他在卫星姿态和轨道控制计算机研制方面的出色才能很快显现出来。入职后，主要从事第三代返回式卫星控制计算机的研制工作。行内人常说：“卫星难，难在控制。”控制计算机是航天器的大脑，掌管着卫星姿态和轨道控制系统。

空间环境不同于地面，如何确保计算机在空间辐照、极端温度、高强振动等恶劣环境且无法维修的情况下稳定可靠地长时间连续运行，一直是困扰国际航天界的难题。为了提高计算机系统的稳定性和可靠性，杨孟飞和团队不断试验，提出并实现了“三机冗余 TMR/S 可变结构高可靠控制计算机容错方案”。通俗地说，就是三台机器共同工作、互为备份，一台机器出现问题，可以自动转换到另一台机器。

自技术方案确定后，他立即购买机器，开展可行性验证工作，在夜以继日的试验中奠定了新技术上马的基础。到投产时，他对印制板反复检查确认，还提出了军品器件应首先进行高低温试验的建议，这一前瞻性的措施保证了调试工作的顺利进行。

带着几年埋头钻研的成果，怀着跃跃欲试的兴奋和忐忑，顶着一段时间内航天型号接连失利的巨大压力，牢记着“一定要确保第三代返回式卫星首发成功”的叮嘱，1992 年 6 月 19 日中午，杨孟飞随第三代返回式卫星 01 星试验队如期踏上了西去的列车，奔赴酒泉卫星发射中心，这是他第一次来到发射场。

在发射场，他作为青年突击队的一员，和队友们一起，主动承担了几乎所有重体力劳动。控制系统是卫星中复杂的大系统，部件多、测量复杂，进场设备有大小近 300 个木箱，再加上生活必需品，装满了整整 5 个集装箱。在盛夏的日头下，他们争先恐后，登上爬下，一声不吭地完成了装箱开箱、设备展开、转场转运、电缆更换等工作，心怀梦想的他们，仿佛有使不完的力气。

8 月 9 日下午，晴空下的戈壁发射场，火箭呼啸升空，目送卫星直上蓝天的杨孟飞，相信自己的方案终会经受住“上苍”的考验。

这次飞行试验成功验证了方案的可靠性，这种采用软件表决、硬件仲裁的三模冗余容错方法，具有可靠性高和瞬时故障处理及恢复能力。初试身手，大功告成，杨孟飞与同事一起荣获了部级科技进步一等奖，还作为国家机关首批百优青年，受到国家领导人的亲切接见。

4 个月，21 小时

“选择事业和方向，要以国为重、攻坚克难。”带着这种想法，杨孟飞加入了神舟飞船团队，从事神舟飞船制导、导航与控制（以下简称“GNC”）系统控制计算机的研制。有了第三代返回式卫星控制计算机的研制基础，在飞船研制初期，杨孟飞提出的“三机热备份加一机冷备份的混成容错”方法，也满足了我国神舟飞船在即使双机故障情况下依然能可靠安全运行的需求。

神舟飞船与返回式卫星有相通之处，但由于多了“人”，对各项技术的要求更高，复杂程度也更大，必须先在地面充分验证，完成初样、正样两个阶段。到 1998 年初，神舟飞船工程初样研制进入关键时期。当时，以长二捆火箭为基础的“长征二号” F 火箭打造完成，准备在 1999 年进行首次飞行试验。为了充分增加飞行试验机会，大系统两总经过认真分析，创造性地提出将仅用于地面电性能测试的试验飞船改造为试验船的方案，用以考核飞船的返回技术。

这一打破常规的决定，给 GNC 系统的全体研制人员带来了巨大的压力，因为这考核的正是 GNC 系统正在攻关的难题，并且这考核也来得太早了些。GNC 系统硬件是全新的前后台双 CPU 8086+8087 三机容错计算机，敏感器使用了两个新研的惯性测量单元(以下简称“IMU”)，软件更是全新的、功能复杂的庞大代码量，GNC 系统的状态与能够发射上天还有很大差距。

直到“神舟一号”飞船进发射场时，GNC 系统仍在不断地调试完善中，这样的状态在过去的研制史上还从未出现过。此时的杨孟飞已经历了十多年的一线锻炼，成长为团队的主力，别人搞不定的难题，总要请他出马。

在发射场，飞行试验测试计划被安排得非常紧凑，杨孟飞和同事们一边参加飞行试验合练，一边调试修复 bug。每天心里就只装着这一件事，白天大家围在一起分析异常现象的原因，晚上伏在计算机前调试代码，两只手不停地在键盘上敲击、修改、计算……一遍又一遍，直到出现满意的结果，有时调到后半夜也没能解决，心有不甘的他带着问题辗转难眠，第二天一早便快步奔向测试间，去验证想了一夜的思路。4 个月的发射场生活，他每一天都是这样度过的，休息成了一件非常奢侈的事。

11 月 20 日，“神舟一号”一飞冲天，举国上下无不振奋。历经 21 小时，飞船安全返回地面，这一刻，杨孟飞高度紧张的神经才终于放松下来。

两年后，杨孟飞在“神舟三号”飞船 GNC 系统的研制过程中，为解决实时性以及计算量大的问题，又一次发挥了他非同一般的聪明才智。他提出的采用前后台处理机任务分组、并行流水线工作的计算机结构，进一步提高了系统的安全性与可靠性，使系统的主要技术指标达到或超过了国外同类产品水平，为2002年“神舟三号”的发射成功再立新功。

第二篇　敢为人先

“你们应该研制电子模拟负载”

长期奋战在科研一线，又能保持开阔的视野，杨孟飞具有很强的前瞻性判断力，常常在不同场合提醒研究人员：“要做好研究方向的国际对标，结合国家重大战略需求，深入开展前沿技术研究，为后续国家重大工程提供坚实的技术支撑。”

20世纪90年代末，型号对飞轮等国产化三大部件的需求非常迫切，但国产化飞轮仍在攻关过程中。一套飞轮产品包含控制电路和飞轮结构两台产品。飞轮结构内部由电机带动大转动惯量的负载在宽转速范围内运转，其电负载具有时变强感性特征，因而自国产飞轮产品研制以来，控制电路产品一直需要飞轮结构产品的配套，才能进行调试、测试和试验。而飞轮结构产品的研制周期长，导致控制电路产品研制进度滞后，成为型号短线。控制电路的设计人员往往处于长时间等结构和赶进度调电路的循环中。

杨孟飞得知该情况后，来到实验室与设计人员共同讨论解决办法。控制电路设计师张激扬首先拿出电路图，逐一介绍了电路工作原理、负载驱动特性以及联调联测的必要性。杨孟飞对其中的细节逐一询问，在了解清楚后，他斩钉截铁地说：“飞轮本体电特性完全可以用代价更低的电子负载来模拟，以后飞轮产品需求量肯定会很大，必须解决电路和结构本体研制耦合问题，你们应该研制电子模拟负载。”

这句话像是茫茫迷雾中突然亮起的一盏明灯，让张激扬和他的团队解决工程问题的思路豁然开朗。尽管当时对模拟负载如何解决指令—转速—电应力匹配调节，以及变工况下的感性负载瞬态开关特性模拟等问题还都一头雾水，但他们沿着这条路线坚定地探索。几年后，研制出能够模拟飞轮本体真实工况乃至拉偏工况的电子负载的设想，渐渐地从模糊到清晰，直至飞轮模拟器研制成功。当研究人员看到飞轮电路连接模拟器输出逼真的特性曲线以及瞬态波形时，都对杨孟飞敏锐的技术洞察力感到由衷的钦佩。此后，借鉴该思路开发的系列控制力矩陀螺电模拟器在产品快速研发及空间站等型号产品研制中发挥了重要的促进作用。

“逼”出来的“玉兔”前身

杨孟飞认为，做每一件事都要考虑宇航技术的进步和院所未来的发展。2003 年，为了推动信息物理系统技术和环境自主感知、规划技术的研究和应用，杨孟飞主动承担起中国空间技术研究院自主研发项目“月面巡视探测器关键技术研究与原理样机研制”，开展嫦娥二期月面巡视探测器原理样机研制。项目伊始，可谓白手起家：经费是院自筹的，人员是各厂所抽调的，就这么“十几个人、七八条枪”，方案自己定、硬件自己调、代码自己写，目标却是要争取探月二期月球车的立项。

航天从不是空中楼阁。立项之初，杨孟飞就提出，技术调研、预先研究成果要经得起工程化检验的要求，通过型号管理规范严格控制从构思到实物的过程。开展研制，也是对未来型号设计师的系统工程培训、指导，经历了杨孟飞的“较真儿找碴儿”，所有团队成员都感到能力提升了一大截。

2006 年，月面巡视探测器原理样机结束总装、精测和内场试验，按照计划启动野外试验场选址。从月壤及地形环境模拟、湿度温度控制、场地反照率、气象特征等方面综合考虑，计划于 7 月在宁夏中卫境内腾格里沙漠边缘开展首次月球车外场试验。

来到试验场地，广袤的沙漠一眼望不到边，灼热的阳光洒满石砾和沙丘，偶见几株灌木紧紧贴向地面，似在努力向地下寻找水源。试验现场没有固定建筑，参试人员的“月球基地” 就是几顶简易的帐篷，用电要从邻近的铁路维保站牵引。时不时会刮起大风，沙粒拍打在帐篷上发出沙沙声响。原生态的自然环境下，风沙、降水、野生动物随时都有来袭的可能，保卫干事荷枪实弹上岗。参试人员在严酷的自然环境的考验下，没有一个人叫苦。每日通勤试验场地需要 4 小时，为了补上通勤耽误的时间，多做些验证调试，他们一刻也顾不上休息。

杨孟飞初到试验现场，看到平日工作在办公室、实验室里白白净净的小鬼们晒脱皮的脸、多日未洗脏到板结的衣服，深感心疼，嘴上却责怪着怎么这么粗心邋遢。他做的第一件事，就是改善工作环境和居住条件，调动保障资源解决生活必需品。

杨孟飞一边仔细观察试验过程、了解试验条件，一边客观审视试验的全面性和有效性，果然，他很快就发现了问题。

在外场试验之前，由于准备周期很短，加之经费所限，无法凑齐所需的大场景三维测量设备，导致现场地形数据测量存在问题。外场准备时，按照预先设计的陨坑、斜坡、石块大小、位置等特征，用放样堆砌的方法实地复制图纸，但工人施工难以保证精确实现，也就难以支撑月面探测器地形适应能力的量化评估。杨孟飞到现场视察后，认为不精确的地形数据给试验结果有效性带来的潜在影响无法量化，如此得到的试验结果不可信，要求在有限时间内，开阔思路，充分利用现有条件找到粗点阵的相对高程实测方法。

参试人员都知道，杨孟飞是严格要求和硬性闭环的“综合体”，被他发现的问题是不可能再放水的了。年轻的工程师们日思夜想绞尽脑汁，拜托后勤保障人员从当地的批发市场买来方木棍、细水管、装修师傅的水平仪，利用连通器原理制作了两点间相对高程差测量“设备”，趁着天气阴雨不能“开月球车”的两日，测绘了基于场地原点的网格式相对高程，虽然精度只有厘米级，但通过数据处理还是成功恢复了试验场地的实际三维图。杨孟飞的“逼迫”又一次发掘了大家的潜力。

两年半的时间，他带领团队突破了 GNC 系统、移动机构等关键技术，推动了双目机器视觉等技术的发展。这个项目研发的月面巡视器就是“玉兔”号的原型，项目的研究成果很好地支撑了 2013 年“玉兔号”月球车的首次月球探测。它还参加了珠海航展，让世界看到了中国月球车的实物。

“逼迫”的方法屡试不爽。2019 年，杨孟飞带领团队又成功立项了科技部的科技创新 2030——“新一代人工智能”重大项目国家重大专项“地外探测无人系统自主智能精准感知与操控研究”，将深空探测任务与人工智能技术结合，提出了空间智能计算平台、弱大气环境无人机、自然柔顺操控设备和足式灵巧移动作业机器人等发展方向。

在其中的“弱大气环境无人机”方向，需要模拟无人机在火星表面的航拍和起降，从而形成更大范围内的环境感知。对此，研究人员初始的设想是在实验室大气环境下开展试验，主要验证飞行控制、环境感知算法等技术，没必要完全复原火星场景。但杨孟飞说：“火星表面的大气密度仅有地球的1%，飞行动力学都不一样，这样的实验怎么能算验证了呢？”他要求必须跟火星表面环境一致，为此，工程师们建设了一个真空罐，罐内抽成1%大气密度模拟火星环境，用以开展飞行试验。

“嫦娥五号”返回那天，恰好是这个项目的测试方案评审。其实杨孟飞承担着万人瞩目的“嫦娥五号”飞控任务，而且这仅仅是一个测试方案评审，他完全可以不参会，更不用自己汇报。但他不仅在会前和项目团队成员一遍遍地讨论测试方案和细则，还坚持亲自汇报完再立即赶往飞控现场。他对项目的一丝不苟，激励着团队的每一名成员。

“要做出有世界高度的研究成果和工具品牌”

2022年1月23日，中国空间技术研究院北京控制工程研究所举办了空间嵌入式实时操作系统SpaceOS-天卓产品发布会，这是北京控制工程研究所第一次举办产品发布会，邀请了多位院士以及集团公司、中国空间技术研究院专家、领导和兄弟单位相关领导出席。SpaceOS操作系统是在杨孟飞一手带领和指导下成长起来的，从2001年起着手研发，在2006年首飞成功，至今已经历了三代产品。

随着我国在轨任务越来越复杂，对计算机软件管理提出了更高的要求，也使得研发中国自己的星载计算机操作系统势在必行。没有借鉴，就从零开始慢慢摸索。杨孟飞带领团队独立自主创新，每两周进行一次大例会，每周进行一次小例会。工作繁忙，例会时间安排在周六，雷打不动，即使出差期间，杨孟飞也要远程进行视频会议。

杨孟飞对团队严，对自己更严，他的自律是出了名的。工作多年，坚持晚上10点后下班，坚持跟踪阅读文献资料。自律源于热爱，他真心热爱所从事的科研工作，他说：“搞科研一定要专注，要舍得花时间，每天思考14

小时，每周工作 7 天，成果自然而然就出来了。”

又是一个普通的周六早晨，北京控制工程研究所中关村所区被鸟鸣声唤醒，一个高大的身影出现在尚未消退的晨雾中，杨孟飞穿着洗得发白的灰绿夹克，夹着文件包，快步走进了办公楼，来到会议室。像往常一样，他是第一个到的，不论大会小会，他往往习惯提前到达会场，严守时间是他一贯的准则。

会议室里摆放着一面立式白板，上面有因长期使用而难以擦除的黑色笔痕。会议按计划开始，项目组成员汇报上周的工作进展。随着讨论越来越热烈，杨孟飞走到白板前，抬手画起了框图。与杨孟飞共同奋战过的同事们都知道，他有使用白板讨论问题的习惯，他会在白板上列写研究思路、现场计算和推导、列出待办事项、下一步研究计划安排等，他觉得这是汇聚注意力、提高效率的有效手段，团队成员们也在潜移默化中养成了这个习惯。

开会经常持续超过 4 小时，但是杨孟飞依旧能从开始到结束保持专注，去解决每位成员工作中面对的问题，为整个团队的前进引领方向，提出下一步的工作指南。

他说：“搞科学研究要注重方法论。在从找到问题到解决问题的过程中，首先要明确问题，然后广泛调研各种解决方法，要对这些方法进行系统的分析，深刻理解，找到合适的方法，针对问题进行方法改进，然后才能得到最好的方法。”

SpaceOS 操作系统终于研制成功了，这是我国具有完全自主知识产权的操作系统，也规避了国外给核心技术封锁带来的风险。“每一行代码都是我们自己写的。”团队常这样自豪地说。

至今，SpaceOS 操作系统已成功应用于 300 多个航天器，在轨可靠运行超过 8000 星年。后续，他还希望增加更多的功能模块，争取做到在后续的文件系统、多核任务调度、网络协议栈等方面继续进行形式化的研究。

杨孟飞非常关心成果的应用，他说：“要做出有世界高度的研究成果和工具品牌，为中华民族伟大复兴做出贡献。”一次，他得知某个在轨软件出现了一个数据访问冲突问题，而这个问题用已有的工具还无法检测出来，立即打电话让团队抓紧研究并改进工具。经过多次技术讨论、连续几个月的攻关，团队研制的工具实现了这一问题的自动化检测，解决了型号中真正亟须解决的问题。问题来源于型号，成果服务于型号，是杨孟飞“方法论”的体现。

第三篇　九天揽月

“要对得起国家的重托”

2011 年，杨孟飞被任命为“嫦娥五号”总指挥、总师，为了一心一意干型号，他辞去了中国空间技术研究院副院长的职务。

担任型号两总，意味着需要完全掌握型号的每个细节。杨孟飞是计算机控制专业出身，为了圆满完成“嫦娥五号”任务，他还认真研学了热控学、机构学，甚至高温火工品专业的知识。

十几本厚厚的专业书籍，摞在一起有两尺多高，为把知识钻研透彻，每一章每一页他都用心地学习，还经常与不同领域的设计师交流讨论，常常能够敏锐地发现并很快抓住报告和试验结果中不合理的地方，也能够欣然接受每个人与他在技术和工作方式上的争论，有时，专业领域的设计师不服气，觉得杨孟飞不可能各领域都精通，经常和他争论，结果往往是设计师被“逼问”得哑口无言，从不服气到服气。

“技术要见底、产品要见底、过程要见底”是杨孟飞常挂在嘴边的一句话。他对每个环节的质量都要求极高，常常“逼”着研制人员把问题想透彻，做到真正可信。以至于在嫦娥团队中流传着一句话：如果谁能够经得住杨孟飞的盘问，就算真正过关了。

这一年的初春，刚刚组建完成的型号队伍召开了第一次座谈会。这是一个年轻的团队，当时平均年龄不到 35 岁，能够作为主要岗位人员参加国家航天重大工程任务，大家都非常激动，摩拳擦掌准备投入战斗。会上，杨孟飞首先说：“我们是国家队，不仅代表着领域内国家的最高水平，更要对得起国家的重托，要站在人类航天文明的基础上来开展工作，要体现技术在未来一段时间的先进性。”

正因如此，他在“嫦娥五号”设计之初就考虑到要为后续航天任务奠定基础，从而选择了一条技术集成度和风险都非常高的技术路线。他要求团队成员与国际前沿技术对标，敢于挑战那些国外还没有做成的工作，比如为保证“嫦娥五号”跳跃式再入落点精度，在返回制导律方面他力排众议选择了国际上领先的全系数自适应预测校正方案。

“不放过一丝疑点，追求极致”

型号研制的10年时间，每年大年二十九他必定会到单位来鼓舞和关心团队。除了鼓励，更多的是高标准、严要求。正是杨孟飞身先士卒的引领和指导，培养出了求真务实的科研攻关队伍，也强化了严谨规范的科学研究氛围。

在“嫦娥五号”一个产品的评审会上，厚厚的设计报告中，一个小电爆阀的数据引起了他的注意。“这个可靠度数据是怎么得出来的？我估算了一下，和你的对不上。”设计师一时顿住，稍稍回忆了一下，一五一十地解释了其中的细节。杨孟飞又追问了其中数据的依据，设计师流利地回答，杨孟飞满意地点点头，设计师这才稍稍缓解了一下紧张的情绪。后来任务成功后，杨孟飞再次见到这位设计师，还夸她：“你们的电爆阀做得很不错嘛。”得到杨孟飞的赞许，对于设计师而言是莫大的褒奖。对报告中的所有数据，杨孟飞一定要弄明白，不允许得过且过、似懂非懂。

一次，他来现场检查工作，年轻的GNC系统主任设计师于丹正愁眉紧蹙，说：“国外都没干过的事情还不多给点时间？”杨孟飞立即回答：“国外都没干过啊？那你应该兴奋得睡不着觉了，还会关心时间吗？”他这种强烈的历史使命感和时代责任感感染了于丹，也一直激励着全体团队成员。为了探索使用资料缺失的法国转台接口，他们爬进地沟逐个推敲每一路信号的变化，从而确定接点定义；为了验证再入方案的鲁棒性，他们进行了近百万次的极端工况打靶仿真。

2014年11月1日，“嫦娥五号”再入返回飞行试验器任务取得了圆满成功，我国成为继苏联之后第二个实现了以“打水漂”方式返回，北京控制工程研究所提出的制导方案也提前美国猎户座飞船一个月成功在轨验证。

将一套复杂系统可信构造和确认的工程方法贯彻项目研究和型号研制全过程，严密落实可信的目标和工作理念。在“嫦娥五号”研制过程中，每个关键过程都眼见为实，每一个细节都了如指掌，每一项新技术都有验证依据，确保万无一失。

“干航天没有苦劳，只有功劳。”这是杨孟飞经常讲的一句话，它时刻提醒团队成员“做事要沉下心，把每一件事情、每一个细节都做到位，不回避难点、不放过一丝疑点，追求极致”。2016 年 5 月，“嫦娥五号”在地面要开展不间断加电五天四夜的 1 ∶ 1 全任务模飞，杨孟飞把自己排在第一个班次的位置上，而此时他仍在回国的航班上。当天凌晨一点，杨孟飞准时出现在电测现场，稍作了解就坐到测试人员旁边的工位上翻看数据。

突然杨孟飞发问道：“陀螺使用多久了？”

测试人员答：“总共不到 200 小时。”

他继续问道：“生产阶段呢？”

“没有统计，反正寿命足够。”

他脸色一沉：“你凭什么说足够，陀螺寿命是多少？”

“指标要求在轨工作不小于 2400 小时”。

这下他火了，说：“我强调多少次做事情要专注，陀螺寿命这么重要的指标，你们没有依据、没有记录，出厂前至少还要加电 1500 小时，你要是说不清楚现在就断电，有超寿命风险。”

团队成员立即连夜进行了详细数据统计，算上单机研制阶段已 880 小时，又进一步针对陀螺地面测试时间与在轨工作寿命进行了专题研究，通过对 400 余只在轨陀螺数据分析，得到不低于 5700 小时无故障的结论。即便是有客观数据支撑，杨孟飞还是不放心，要求继续在地面通过可靠性增长试验进行量化评估，这才算是真正做到了技术与产品双见底。看似“苛刻”的要求，却是对国家任务极度负责、求实求是的写照。

还有一次，“嫦娥五号”返回器的光纤 IMU 在测试中出现了一次导航误差大的现象，对此，单机研制单位按照惯性经验，认为是装机参数标定不准确。因为此前出现过一次，现象与此次故障非常相似。于是沿着这个方向去查找原因，多日无进展，总有不能完全解释的现象。

这个事情引起了杨孟飞的注意，专门前往单机研制单位听取汇报。在了解了单机设计师的定位思路后，他提出异议："在没有确凿证据证明仪表本身测量没有问题的情况下，就主观地往参数标定方向去定位问题，是科学的吗？"

单机设计师归零心切，直接拍胸脯保证："仪表不可能有问题！"

对这种缺乏证据支撑的论断，杨孟飞不同意，要求"务必确认仪表正常，排除所有可能故障树分支"。

几天后，单机设计师再次汇报进展，仪表本身测量的确存在少见的异常，在加减速动态过程中输出滞后。杨孟飞并非光纤 IMU 专家出身，却通过严谨的思维逻辑，发现漏洞，一语中的，单机设计师认识到自己的主观臆断问题，对杨孟飞严谨的科学精神非常敬佩。此事给参会的各位同志上了深刻的一课，科学技术问题来不得半点虚假，必须审慎客观，必须眼见为实。

目的地是月球采样返回，目标是圆满成功

2017 年 7 月，"嫦娥五号"探测器已完成出厂。按原定计划，当年就可以发射。然而由于火箭原因，发射任务两度推迟。如何在超出贮存时间的情况下保证产品的可靠性，如何在不知时间节点的情形下维持团队的战斗力，都是横亘在杨孟飞和型号队伍面前的新的挑战。在重重不确定中，有一点是确定的：目的地是月球采样返回，目标是圆满成功。

面对不利局面，杨孟飞反而认为是机遇，他要求研制队伍凝心聚力、笃定前行，3 年中带领大家逐步探索出一套复杂系统可信构造与确认的工程方法。建立了从系统到单机、零组件、元器件的"嫦娥五号"可信模型，用于对真实产品研制过程数据的量化评估，从而将"设计正确、验证充分、过程受控"的理念落地，为"嫦娥五号"任务的成功奠定了理论基础。

一边等待正式发射的通知，一边踏踏实实地做好复查工作。在复查中发现，当着陆器落月后，由于月球自转和公转周期一致，会存在陆器的一面持续受照的工况，若温度持续上升，则存在推力器的自锁阀高温变形打不开，从而点火失败的风险。受影响的推力器是上升时使用的自控推力器，直接影

响返回时的成败。

杨孟飞立即组织讨论，经过大量实验摸索，提出了两套方案：一是在推力器外增加涂层防护，可以增强散热，缺点是存在涂层脱落的风险，引发多余物次生灾害，并且要对已上星的产品进行拆装等复杂操作；二是选用行程更长的自锁阀，仅需更换自锁阀即可，但是否稳妥可靠需要试验验证。

此时，承担该产品研制的上海航天动力机械研究所已经做了很多工作，觉得通过理论分析即可保证。杨孟飞却要求继续开展大量地面验证，甚至必须进行点火试验。上海航天动力机械研究所的设计师在会上和杨孟飞争辩，委屈地哭了出来。杨孟飞一边安慰，一边解释道："咱们干的是国家任务，不能浪费纳税人的钱，干就一定要干好，一定要成功，做试验是为了确保成功。"

2020 年 7 月，终于迎来了试验队进发射场的日子。盛夏的海南文昌发射场迎来了一批箭在弦上的勇士，7 年的夜以继日，3 年的沉积等待，他们已蓄满了能量。杨孟飞在动员会上对试验队说："一是要统一思想、提高认识，确保全体试验队员全力以赴投入发射场试验任务中。二是要吃透细节、严控过程，确保发射场各项工作符合要求。三是要遵守规章，加强沟通，确保发射场各项工作顺利开展。"

"嫦娥五号"探测器试验队进驻发射场后，严格按照发射场技术流程、计划流程、产保流程和技安流程开展工作。为确保产品最终发射状态满足要求，杨孟飞要求对各阶段工作进行详细梳理，明确了整器共 1000 余项最终操作项目及其控制要求；要求对每一项最终操作项目实施过程及结果进行拍照记录，在现场确认完毕的基础上，汇总最终状态照片，再次逐条对最终操作项目实施情况、产品最终发射状态进行检查确认；各阶段电性能测试结束后，组织各级设计师对各类遥测数据进行了纵向比对、横向比对和联合比对，确保了各类测试结果正确，过程质量受控；最终发射场阶段"零问题"，为在轨飞控工作的顺利实施奠定了坚实的基础。

在发射场总装期间，总装操作人员为 GNC 分系统的一台舱内电子单机的地检电连接器安装了金属屏蔽保护盖之后，进行了整器合舱操作。杨孟飞在检查操作项目时发现，在安装金属屏蔽保护盖操作之前，操作人员并未对保护盖绝缘特性和机械适配性进行检查和确认。为了坚决杜绝带隐患上天，杨孟飞要求总装操作人员重新打开舱板，由各分系统对金属保护盖进行了绝缘检查和安装确认，同时留下测试数据和记录。在各方确认无问题后才重启后续操作流程。这件事充分体现出杨孟飞对微小细节异于常人的敏锐，以及对“零隐患”近乎极致的追求。

“从某种角度也是梦想成真”

针对探测器在轨工作模式复杂、各事件环环相扣、不可逆的重要事件多、对飞控要求高的情况，杨孟飞组织制定了完善的飞行程序，明确了各飞行事件的保障条件、责任分工、操作要求及相应的故障预案，探测器在轨飞行各环节状态均正常，所有动作均顺利完成，返回器于2020年12月17日安全返回地球并在四子王旗预定区域着陆。

“嫦娥五号”钻取采样过程中，“嫦娥五号”月壤采样作业按照预定计划采集月壤时，钻头深入月面以下1.4米，将月壤装入采集带，再传输到返回器带回地面。然而钻头深入1米时，指令下达，钻头却没有反应，全球关注，监视大厅的人顿时紧张起来——遇到了岩石阻碍！

现场指挥尝试停止深入，先将已采集到的月壤传回，但此时采集带又卡在钻头和岩石之间无法拔出，进退两难、情况紧急，怎么办？！

关键时刻，杨孟飞体现了坚定的信心和强大的意志，稳定大家的情绪，基于对钻取机构的深入分析，下达指令：“取消超限限制，再次尝试击碎岩石。”

第一次，失败。

第二次，失败。

第三次，启动电机拔出了采集带……成功了！

举世瞩目的月壤采集任务，杨孟飞带领全体型号团队攻坚克难，集智攻关，通过地面无数次的试验和验证，掌握了采样任务的每个细节，预想了可能的每个问题，确保了任务的成功。

“嫦娥五号”飞控时间长，飞行事件节奏紧凑、关联度高，所以飞控大厅里的气氛通常比较紧张甚至有点压抑，试验队员也是一直绷紧着神经。与研制时的测试过程不同，杨孟飞不总到飞控大厅转悠，即使来也只是跟队员们亲切地打个招呼、缓解下紧张的气氛。在那种高压、敏感的情况下，杨孟飞除了关心大家的生活起居，在精神思想方面更是体贴关怀，不给试验队员增加心理压力。上升、对接、轨控等，几乎每一个关键过程都在半夜进行，每个步骤完成他都第一时间到北指机房向飞控人员表示感谢。

“嫦娥五号”上升器与轨返组合体交会对接完成后，上升器使命结束，为了防止上升器成为太空垃圾，对环月轨道其他航天器造成影响，有损大国责任形象，杨孟飞与工程总体研究决定控制上升器受控落月。即便是一个简单的拓展操作，杨孟飞为了防止出现偏差造成国际影响，仍在紧张的飞控工作之余，与试验队一起制订落月计划，从着陆点到选取飞行姿态设计，事必躬亲，保证了上升器完美落月。

“嫦娥五号”返回那天，恰好是杨孟飞作为负责人承担的“无人装备操作系统技术”课题测试方案评审。他一夜未眠，在北京飞行控制中心和试验队员一起反复演练，确保做好返回前的充分准备后，又赶到课题现场和课题人员一遍遍地讨论测试方案和细则，并坚持在自己汇报完课题测试方

案后又立即赶往飞控现场指导飞控工作。杨孟飞的严慎细实和事必躬亲的精神激励着全体试验队员和课题研制人员，确保了型号任务和研制课题取得成功和突破。

“嫦娥五号”任务作为我国复杂度最高、技术跨度最大的航天系统工程，首次实现了我国地外天体采样返回。作为这一浩大繁复的超级工程的总指挥、总师，杨孟飞满怀一腔爱国情怀，敢于创新、大胆创新，和全国1000多家合作单位，1万多名科技人员一起突破了“嫦娥五号”11大项、几千余个关键技术环节。

而把这一切都落到实处靠的是杨孟飞一贯的“做事要坚持，要把每一件事情、每一个细节都做到极致”的精神。把事情做到极致，一件事情、两件事情容易，难的是事事如此、一直如此，杨孟飞秉持着这种“严慎细实，以细节确保成功”的精神，做事不回避难点、不放过一丝疑点，追求极致，带领型号研制队伍走过10年的研制历程，最终收获“九天云外揽月回”的成功。

谈到任务的成功，他说：“这是一个很难得的机会，从某种角度也是梦想成真。”

尾　声

杨孟飞在推广新技术和新方法的同时，热情关注对年轻人的培养，经常鼓励年轻人多搞一些更深入的研究，要求年轻人时刻站在世界技术发展的前沿去看问题。在一同开会的时候经常会问参会年轻设计师：“知不知道太阳极轨探测近期有什么进展？”“可信软件领域这两天有大新闻，你们关注了吗？”

而在生活中，杨孟飞是幽默和善的师长前辈。开会时偶尔有设计师遇到突来电话，他总会问一下是工作的事还是家里的事，并会笑着说“家里的事最重要”。尽管家住得不远，但为了节省往返的时间，他常常一日三餐都在食堂。打完饭，会主动坐到年轻人身旁，问问家长里短：“孩子上幼儿园了？家里老人身体怎么样？”他很喜欢与人聊天，聊技术、时事、哲学，都能打开他的话匣子。

杨孟飞说："我只是一个普普通通的人干了普普通通的事。"谈到一路走来最重要的依靠是什么，他表示，第一是国家的力量、爱国的情怀；第二是创新的驱动，要敢于创新、大胆创新；第三是做事要坚持，要把每一件事情、每一个细节都做好。

征途漫漫，唯有奋斗。在推动航天强国建设的道路上，杨孟飞从未停下前行的脚步，凭借"以身许国，何事不可为"的勇毅担当、"敢为天下先"的创造豪情，推动我国在星际探测新征程上走得更稳、更远。2021年春晚，在特别节目《向祖国报告》中，邀请了4位航天科技战线的嘉宾，其中就有杨孟飞。面对电视机前的全国人民，他说："未来中国人必将探索更远的太空！"

初　心

——记国家电网有限公司赵庆祥

◎文／黄军峰　庞利鹏

下雪了，雨夹雪！

有人冷不丁地说了一句。此时，距离刘江涛他们接到抢修任务已然过去了 3 个多小时。

夜，24 时。

河北邢台供电公司接到群众的求助电话，10 千伏新路 2 线发生故障，附近居民小区停电。接到任务，正在值班的配电运检室抢修一班的刘江涛与同事即刻赶往事故现场。

深夜。无星，也无月。风力超过六级。气温降至零下。

自然环境降至“冰点”以下。现实环境同样不容乐观。怎么说呢？这个路段，树木繁杂，枝杈交缠，能见度低。手电，手机，探照灯，还有一丝从远处投来的霓虹灯光。好黑夜不如赖白天，这些光交织在一起，仍远远不够。

尽快找到故障源！他们兵分多路，撒网式并进。

怎奈，天公也不作美，雨夹雪来凑热闹，为故障排查再增难度。时间在一分一秒地过去……

刘江涛看看手机，时间已过凌晨 3 时。再这么耗下去，天就亮了。

等到天亮再说？显然不行。绝对不行！背后原因，不言自明。

给赵师傅打电话吧！有人提议。

听了这话，刘江涛心里咯噔一下，一丝亮光闪过，但转瞬即逝。

12 小时前，同事言语中的赵师傅，也就是刘江涛的师傅赵庆祥刚刚被授予“第八届全国道德模范”荣誉称号，各项事情繁杂交错，好不容易休息一夜，他不忍打扰。

是的，赵庆祥太需要休息了。但……

电话很快接通，赵庆祥简单了解了情况，说："我马上就到！"

风更烈，雨雪更急，寒气更深。

故障排查现场，赵庆祥看了看衣服湿透、唇齿打战的同事们，看了看面带惭愧、一筹莫展的徒弟刘江涛，微微笑了笑："你们休息一会儿，我看看……"

凭着对这段线路的熟稔，赵庆祥沿途查找易发故障段。此时，天已微微泛亮。一位环卫工人向他提供了线索："昨晚，那边儿冒过烟。"赵庆祥急忙赶往所指地。

冷静，仔细，认真。在电、线、杆面前，赵庆祥俨然是位经验丰富的"老中医"。随着一番"望闻问切"，他怀疑停电是用户分支电缆头所致。

戴上绝缘手套，用绝缘拉闸杆扒开树枝，赵庆祥深邃的眼睛里闪出一道亮光——没错，就是这儿！

原来，树枝摩擦着电缆头，绝缘外皮历经风吹日晒，已开裂掉落，正是这里发生短路，造成了跳闸！

赵庆祥赶忙喊来刘江涛他们，一个半小时后，故障排除，恢复供电。

返程车上，赵庆祥打了个盹儿，直接去了单位……

这一天，是 2021 年 11 月 6 日。

这一天，距赵庆祥被授予第八届“全国道德模范”不足 24 小时。

一

赵庆祥出生在河北威县一个普通农民家庭。

父母曾为人师，后因成分问题返乡务农。父亲正直刻苦，母亲为人善良，二老待人低调，朴实和善，常帮乡邻。朴实、善良、勤俭、正直的家庭环境让赵庆祥从小就懂得实在做人、诚实守信的道理。

赵庆祥兄弟姊妹七个，他排行老二，家里称作“二小”。性格使然，父亲对赵庆祥喜爱尤佳，常开“小灶”，讲革命人物故事，教他为人做事的简单道理……

毋庸讳言，作为人生第一课堂，作为人生第一任老师，家庭的熏染和父母的教诲，为赵庆祥树立向上的人生观和价值观埋下了种子。

1975 年夏的一天，偶然机会，赵庆祥从同学那里借来一本《雷锋日记》。他一下子就着了迷。

那个下午，蹲在树荫下的赵庆祥，好似钻进了一座神秘宫殿。这神秘的宫殿啊，没有珍奇异宝，没有鸟语花香，更没有属于一位黄口少年所期冀的玩具、糖果和美食。但合上书本，稚嫩的小手把这本书紧紧贴到胸前，他的脑海里澈如碧天，他的内心清似白云。

“二小，二小，二小……”母亲来了，连喊了三次，他都没听见。

“二小，干吗呢，喊你都听不见？”母亲过来扯了他一把。

“娘，看，《雷锋日记》！”回过神来，赵庆祥把书本高高举过头顶，说："长大后，俺也要做像他那样的人。"

"雷锋是个好人，俺二小有志气，将来一定也能做个好人。"看着满脸赤诚与坚定的儿子，母亲会心地笑了。

要做一个像雷锋一样的人！

懵懂的年纪，稚嫩的心灵，青涩的梦想，这也成为赵庆祥许下的人生第一愿。

影响赵庆祥的还有一个人，那就是他的伯父。

还是这年的一个冬夜，生产队里的牛跑了。当时他的伯父负责看守。

"二小，你先睡吧，牛跑了我得找回来。"

"这么黑，这么冷，天明了不行吗？"被窝里的小庆祥探着小脑袋，眼眶里的两颗黑葡萄滴溜溜地转着。

"不行，牛是队里大劳力，咱看牛就得负责。"

"那我也去！"说着，小庆祥噌地钻出被窝，非要跟着伯父一起去。

"外面冷得很，你好好睡吧……"伯父自然不放心让一个孩子深更半夜出门。

"不，不让我去，我就不睡……"小庆祥噘着小嘴，把两颗小葡萄瞪得滚圆。

就这样，在漆黑如墨的冬夜，一老一小，打着手电筒，急匆匆地奔走在田野里、麦场上、池塘边、牲口棚……

凌晨2时，终于在5里外邻村棉花地找到了牛。

从那时起，他记住了伯父的话：凡事要为集体着想。

那年，赵庆祥11岁。

这是赵庆祥讲的一件小事。这件小事对我们来说可能微不足道，但于赵庆祥而言，在他心里，这就是奔向目标的开始。

二

几道闪电划破天际，轰隆隆闷雷响过，刹那间，天昏地暗、狂风肆虐、暴雨倾盆……

2009 年 5 月 9 日的这场雨，来得比往年都要早。据史料记载，邢台市一般年降水量的 70%集中在 6 月至 9 月，较大暴雨、大暴雨多发生在 7 月和 8 月……

暴雨提前袭来，4 小时降水量达 175.6 毫米，创下 55 年历史同期最高值。

恶劣的天气给电网运行带来严重影响，雷击跳闸、接地故障……持续雷电、暴雨冲击着邢台市的电网安全，电网面临严峻考验。

早上 7 时，赵庆祥和同事们冒雨赶往现场突击抢修。

狂风裹挟着越来越大的雨滴，如一捧捧沙子拍到脸上。密集的雨点让人睁不开眼。显而易见，这样的情况下登杆作业，艰难而危险。

但不上杆就无法抢修，不抢修就无法恢复供电，不能恢复供电，人们将在风雨中挨着漆黑过夜……

"我比你们干得时间长，我上去，你们做好配合……"面对工龄尚浅的同事们，赵庆祥站到了最前面。

于是，就出现了接下来的一幕：在风雨交加的早晨，一个 40 多岁的男子，开始爬电杆。此时的电杆，好似抹了油，湿滑无比。他的双脚戴着脚扣，步步扣牢，他的双手抱紧，左右交替。雨水迷了双眼，有时候凭感觉往上爬，有时候需要擦拭眼睛。但一切都是稳稳的，谨慎，慎之又慎。他知道，越是在这个时候，越需要小心，只有自己安全，才不会耽搁抢修……

倒扣，掏工具，接线，换瓷瓶……素日里 1 小时就能干完的事情，因为风雨作祟，至少需要一个半小时。

全身早已湿透，浑身冻得发抖，这一切，他都咬牙承受。

采访多日之后，坐在书桌前，抬头望着屋里明亮的灯光，我们的脑海里曾无数次出现上述画面。

如今，我们每个人都生活在安逸的日子里，水、电、暖、气为我们的日常生活提供着最便捷却又最容易被我们忽略的基础保障。不消多说，被我们忽略更多的是，我们很少去想，这些基础保障背后，永远有一群像赵庆祥一样的人在默默奉献着、付出着、支持着。试想一下：在停电、停水、停暖、停气的时候，如果没有他们，我们的生活又会怎样？

他们离我们那么远，却又离我们这么近。被忽略的他们，很少能够得到最诚挚的赞美！

风雨还在肆虐，故障接连不断。从5月9日早晨开始投入抢修，一直到次日早晨9时，赵庆祥他们一班人，没吃上一口饭，没喝过一口水……

9点多，雨累了，淅淅沥沥，好似有停下来的迹象。稍作休息，简单安慰了一下咕咕苦叫的肚子。本以为可以长舒一口气了，孰料，10点钟的时候，雨滴又密密麻麻起来。报修电话再次接踵而至。

单位组织了6个抢修小分队，赵庆祥统一指挥，他们再一次奔向风雨中。

抢修、指挥、汇报，这一干又是10多个小时。晚上8时许，所有故障抢修完毕，全部高压线路和设备恢复供电。

此时，赵庆祥已连续在风雨现场工作了36小时。

得知这一情况后，公司领导强行命令他休息，同事们也盯着他，不让他再去现场。赵庆祥嘴上应着，可当接到报修电话，他一转身，又出现在现场……

同样的场景，时隔七年之后的2016年，在赵庆祥身上重现。

7月18日，下起了雨。

凌晨3时25分，赵庆祥接到北康庄村民的报修电话：村里停电了，天亮两户要娶媳妇，亟须抢修。

赵庆祥立即与同事们冒雨赶往现场。

凌晨4时，故障点被找到。

7时，故障排除。

7时40分，北康庄村恢复供电，喜庆的喇叭又响了起来！

时隔12小时后的7月19日。8时6分，报修电话又一次响起："豫让站预车1线0446北围城地道桥泵站缺一相电，需停电处理。"

报修就是命令！可此时街道和地道桥的水已漫过膝盖，瓢泼大雨依旧下着，大伙儿的心顿时紧张起来。

"咳咳，共产党员跟我上！"重感冒缠身的赵庆祥扯着几近失声的嗓子喊道。

一声召唤，耿磊、杨志斌等几名同事立即加入抢修队伍。

他们在做好各项安全措施后，迅速拉开了豫让站预车1线0446开关，仅用十几分钟，就处理了缺相故障。

电送上了，地道桥泵站又开始运转，值守人员拉住赵庆祥的手，“是你们保住了北围城地道桥，是你们保住了北围城地道桥！”

雨势逐渐加大，赵庆祥和队员们越来越忙。

同日11时15分，左岸春天小区打来求救电话：小区自备配电室进水，电工不会操作，请求支援。

赵庆祥和队员们再次赶赴现场。

原来，小区配电室建在地下，电缆管道封堵不严导致漏水，如不及时断电，两台1250千伏安变压器和众多配电设备可能被淹没、烧毁。

了解情况后，赵庆祥不顾同事劝阻，履行相关手续后，蹚水进入配电室，在水即将淹至设备警戒线前，断开了配电室所有高压开关，保住了整个配电室。

随后，他又和队员们帮助小区架设临时电源，指导电工处理配电室积水……

21日19时11分，该配电室所有故障处理完毕、恢复供电。

采访过程中，赵庆祥的同事向我们提供了这样一组数据：7月18日至21日，邢台特大暴雨期间，赵庆祥和40名队友共接听报修、咨询电话上万个，处理高压故障124起、低压故障696起，正杆16处，修剪线下树木480棵，两次险些被洪水冲走。

我们把这组数据进行了解析：四天时间，抢修故障820处，以每日24小时全天候抢修时间计算，他们每小时需要处置8处以上的故障点。这还不包括正杆、修剪线下树木……

三

“冬天到了，晚上需要人看炉子，有人愿意吗？”

“老师，我家离学校近，我来看！”

“你？”看着这名目光清澈而坚定的学生，老师投去半信半疑的目光。

这一年秋，赵庆祥升入初中。当时的中学，冬季取暖主要靠煤炉，炉火的看护也多由学生轮流进行。

老师半信半疑的目光不无道理。怎么说呢？彼时的赵庆祥，个子还没长起来，矮矮小小，瘦瘦弱弱，老师不免有些担心。

赵庆祥好似看出了老师的质疑。他当即从座位来到煤炉前：和煤、捅火、填煤……一气呵成，看得老师和同学们直鼓掌。

放下铁铲，赵庆祥扭头看着老师，“老师，我在家经常干这些活儿。”

老师满意地点点头：“行，就你了！”

简单的一件事，赵庆祥一干就是三年。

初二冬日的一天，雪下了多半天，一脚下去，鞋都不见了。晚上 8 点半，赵庆祥写完作业，推门就要出去。

“下这么大的雪别去了，相信老师也能理解。”母亲劝他。

“我不想因为我让明天上课的同学们挨冻。”母亲没想到，自己眼中的孩子已然长成了个小大人。

晚上 10 点多，赵庆祥回到家，浑身是雪，鞋全湿了。母亲心疼地问了句：“二小，你这是图啥啊？”

“不图啥，为集体、为同学们服务，雷锋就是这么做的。”说话间，赵庆祥脸上闪耀着浅浅的满足和自豪。

这样的事，三年间赵庆祥经历了多次。担心炉子火灭了，他总是很早就到了教室。赶上煤填虚了，火灭了，他会立即跑回家，拿来玉米芯、棉花秸秆等，重新生火……

三年里，同学们很少受冻，他却失去了许多次与小伙伴一起玩耍的机会。同学们都亲切地称他为“炉火匠”。

“我很喜欢这个称号，这说明我工作做得不错。”偶尔和初中同学谈及这件时隔四十年的事情，赵庆祥总是这么笑着回答。

1980 年，赵庆祥考上威县第二高中。但由于家里条件有限，弟弟妹妹也要上学，他上了不到一个月，被迫退学，回家帮父母耕作 20 多亩地。

威县位于河北省南部，是全国十大优质棉基地县之一，种植面积占全国的 1%，产量占全省的 15%，总产量连续二十多年保持河北省第一，素有“冀南棉海”的美誉。

赵庆祥家也有规模不小的棉地。那段时间，他成了棉花的“服务员”。拔苗，扶苗，喷药，打场，除草，每日忙个不停。

但是，除了忙农活之外，赵庆祥把剩余的大部分时间却交给了学习，交给了知识，交给了书本。

干活儿时他经常带着《雷锋日记》，还从同学手里借了《林海雪原》《红日》等书籍，抽空儿就看。

书籍，涂彩了他单调的生活，滋养了他贫瘠的心灵。

也正是从那时候开始，曾经如幼芽般的雷锋事迹开始在他心里茁壮生长，雷锋言行的根，在他心里越扎越深……

四

2021 年 7 月 18 日 18 时至 21 日 0 时，河南省郑州市普降大暴雨、特大暴雨，全市出现罕见持续强降水天气。

据中央气象台消息：7 月 20 日 16—17 时，郑州 1 小时降水量达 201.9 毫米。四天累计平均降水量 449 毫米……

暴雨肆虐带来了一系列连锁反应：自 7 月 20 日开始，郑州多地陷入停电停水且无网络信号状态。电力设施受损严重，29 条高压输电线停运，38 条高压输电线路不同程度受损，8 座变电站停运，影响 473 个小区。

电力缺失，往往会引发另一个问题——缺水。

据有关消息，电力受损之后，侯寨水厂、石佛水厂、白庙水厂、桥南水厂皆因停电导致停水。

长时间停水对人们的日常生活影响巨大。大量救助信息不约而同地集中到一点——缺水！

在暴雨后停水停电的 48 小时，受困者无疑备受煎熬。手机没有电，不少求助者只能借助别人发布和扩散求助信息……

告急！告急！！告急！！！

郑州洪灾牵动着中央领导的心，牵动着全国人民的心。

电力恢复，刻不容缓！！

7 月 21 日，赵庆祥向组织提出申请——支援郑州。

对于赵庆祥的请缨，组织上做了慎重考虑。怎么说呢？论能力，讲经验，凭技术，赵庆祥担得起这项重任，毫无问题。问题是年龄，他已经 56 岁了，谁都知道洪灾无情，现场各种危险无处不在，万一有个闪失……

但，组织上更知道赵庆祥的性格和脾气。要是那股子想干事的劲头儿上来，十头牛都拉不回来。

这里需要说明一点，采访过程中，聊起赵庆祥的工作状态，单位领导以及共事多年的同事几乎同时把话题扯到了一个点——他干起活儿来不要命，就像打了“鸡血”。很难说清楚赵庆祥内心的真实感受。他为什么这么拼命地工作？为什么拥有那么大的精力？有时候这些问题找不到答案。

7 月 22 日凌晨 3 时，赵庆祥与同事们抵达郑州，即刻投入战斗。2 处保电点应急供电任务完成后，根据抢修安排，7 月 24 日夜，他从应急保电梯队转移至配网抢修梯队。

25 日晨，他赶到阿卡迪亚小区，与石家庄供电公司分队队员一起抢修被淹的配电室，更换楼道开关、安装断路器等。

正值盛夏，洪水疯狂后的郑州，高温里裹挟着浓重的湿潮，闷热而令人窒息。在这样的环境下作业，再使用吹着暖风的小太阳，无异于满身大汗的时候，还要守着个火炉。

但，任务需要，抢修需要，赵庆祥必须这么做。他举着小太阳电暖风，烘干电源线和负荷线，长时间保持着一个姿势……

工作服湿得可以拧出水来，头上的汗顺着额头淌进眼里，他只能用湿透的衣袖擦一擦。白天接替黑夜，早晨接替黄昏，他们却是最执着的坚守者。两天时间，赵庆祥和队友们更换表下开关 24 个、总开关 3 个，1.3 万余户居民恢复供电。

洪水疯狂后的灾区，电力抢修无处不在，每一处都是战场。

社区电力抢修任务完成，7 月 26 日一大早，赵庆祥他们又赶往百公里外的修武县。

相较于城市，县域河道积水、道路塌方，先遣队员们在齐腰深的积水路段，用木棍摸索着前往抢修台区。彼时，水情仍未完全退去，赵庆祥乘坐的抢修车绕路折返多次才赶到抢修地点——焦作市修武县申国村。

到达后，即刻上阵。上午 11 时，在申国村 8 号台区，赵庆祥满脸是汗，指挥吊车摆正被洪水冲斜的电线杆。

“下一个抢修地点距离这儿有十几里路，从照片看情况要比这里严重。我们这就赶过去勘察现场，以便早日确定抢修方案。请组织放心，送不上电，我们绝不回去！”12 时 20 分，接到新任务，赵庆祥和另一名同事顾不上吃饭，立即乘车赶往抢修现场……

当晚，又接到云台山景区的抢修任务。修武县云台山景区，曾经可谓天瀑气势磅礴、云海蔚为壮观，可暴雨过后的云台山，多处道路和设施毁损，断网、断电情况严重。

密林、蚊虫、毒蛇……他们扛着工具，搬着仪器，摸黑上山。他们，是敢于冒险的“探险者”；他们，是争分夺秒的“急行军”。

可以想象，夜里行进在这样的环境中，除了荆棘密布的艰难，还有随时可能出现的危险。可不是吗，仅这么一段路，他们就跋涉了 3 小时。

抢修地又黑又窄，赵庆祥和队员们蹲着、跪着、爬着，一干又是 5 小时。受损的电缆接好了，3 台变压器正常了，有了电，复工复产就有了保障。

任务全部完成，坐在车里啃着面包，看看时间，已是 27 日 0 时 30 分。

“这几天是有点儿累，但看到受灾地区和渴望尽快重建家园的人们，总觉得这点儿累值得，总感觉自己肩上的担子很重，尤其作为一名共产党员，我们不能辜负了这份重托……”回忆起当时的情景，赵庆祥严肃地说出了上面的话。

这是豪言壮语吗？这是自我表扬吗？

绝然不是。

这些年，我们曾数次深入洪灾区进行采访。当看到满目疮痍的灾区，当看到那么多求助眼神的时候，任何一个有着良知的人的心，都不会是冰冷的、无情的。你会不自觉地伸出援助之手，你会不自觉地甘愿默默付出。

环境可以造就一个人，环境也能改变一个人，细细品味赵庆祥的话，我们深有同感。

焦作抢修任务结束后，闻讯新乡仍有不小的灾情，赵庆祥又主动请战支援。在河南十多天，他先后转战郑州、焦作、新乡 3 地 670 公里，每日连轴开展抢修，共修复倒杆变台 26 处、敷设电缆 5 千米，助力 2.8 万户居民恢复供电，他也成为河北电力去得最早、回来最晚的一名抢修队员。

五

微风吹来，一望无垠的棉花地啊，青青葱葱，蓊蓊郁郁，好似涌动的绿色海洋。

一个身体瘦弱的孩子在这片绿色海洋里若隐若现，像一叶孤行的小舟，如一只孤独的海鸟，似一朵涌起的浪花……

就这样让孩子过一辈子吗？

赵庆祥能吃苦、爱学习的样子被父亲看在眼里，疼在心里。哪一位父母不希望自己的孩子成龙成凤？

不能让孩子面朝黄土背朝天地混一辈子。渐渐地，父亲心里就有了新的想法——让孩子当兵去。

父亲的想法说到了赵庆祥心坎上。原因是：父亲提到“兵”，赵庆祥就想到了雷锋。

当兵去，从某种意义上讲，他离雷锋更近了。

但赵庆祥的部队之路并非一帆风顺。

1982 年征兵，他第一个报名。由于长期营养不良，体质未达标，他被刷了下来。

“未被录上，心里难免有些失落，后来想到雷锋第一次提交参军申请时，也因身高没达到要求，被拒绝了。就觉得这或许是生活对自己的考验吧。我要向雷锋同志学习，不气馁、不放弃……”

时隔多年之后，回忆起当时的情形，赵庆祥明亮的眼睛里流露出一丝遗憾和无奈，更有一丝坚韧和执着。

从那以后，父亲尽量让他少干农活。彼时，家庭条件有了不小的改善，赵庆祥的营养渐渐跟上了。

1983 年，第二次报名，他被顺利录取。这一年的 11 月 15 日，他从家乡威县入伍，成为一名光荣的中国人民解放军战士。

临行前，父亲叮嘱他："到部队一定别怕苦，多磨炼，好好干！"

"一定要以雷锋为榜样，苦学苦练，争做雷锋式好战士！"入伍第一天，赵庆祥在日记中写下了这样一句话。

初到新兵连，内务是基本要求。虽然从小自理能力很强，但距部队要求还有不小差距。于是，赵庆祥抽空儿就跑回宿舍，练习叠军被。晚上别人休息了，他悄悄爬起来再练，直到满意为止。

功夫不负有心人。入伍两个月，每次新兵内务评比，他都名列前茅，尤其是叠被子，他始终是第一名，被部队授予"内务标兵"荣誉称号。

同期入伍的女兵有点不服气，主动要求来学习。当她们看到那四角有棱、豆腐块似的被子时，无不从心底称赞。眼见为实，她们服了。

赵庆祥深知，学历不高是自己的短板。于是，他主动利用训练间隙，自学高中、技工学校等课程，熬夜看书、学习。凭着这股苦学、苦干、实在劲儿，入伍三个月，他就熟练掌握了配电室操作、柴油机发电等技术，成为技术骨干。

1984 年初，赵庆祥所在部队承担了我国第一颗通信卫星发射任务。他作为技术骨干，参加了发射供电保障工作。刚入伍就能参加如此重大的任务，赵庆祥感到既自豪又责任重大。

那段时间，赵庆祥几乎长在了配电室。每日除了仔细研读卫星发射各项保电要求，就是一遍遍检查设备、观察仪表，细化各项预案，保障不出现任何差错。

4 月 8 日，卫星发射成功那一刻，在战友的欢呼声中，赵庆祥激动地流下眼泪。他暗暗鼓励自己：向雷锋同志学习，一直这样干下去，为部队争光。

由于在卫星发射保供电任务中表现出色，不久，他作为唯一一线军人代表，参加了在人民大会堂召开、国家领导人出席的庆功大会。

庆功会上回来，那一夜，赵庆祥心潮澎湃，久久不能入眠。连夜他给父母写了一封信：

爹，娘，今天是我人生中最激动的一天。我作为一名普通战士，第一次来到人民大会堂，第一次这么近距离地看到了党和国家领导人。这是组织给予我的荣誉，也是你们的光荣，我一定继续苦练本领，多做好事，不负组织和你们的期望和重托，争当雷锋式好战士……

六

1999 年 10 月，赵庆祥成为河北邢台供电公司的一名配电抢修工。

“那时就想，咱是当过兵的人，组织让干啥就干啥，干啥都要向雷锋同志学习，无论哪个岗位都要干出色，离军不能离党，退役不能褪色。”这些话，成为赵庆祥日后在配网抢修岗位上的遵循。

配网抢修，技术要求高、突发性工作多。转业前，赵庆祥虽然在部队从事的工作与电有关，但工作性质、业务内容等，与供电企业要求差距较大。

为干好工作，赵庆祥从爬电杆学起，恶补业务知识。

每次抢修，他总是带个小本子，遇到不懂的、不会的，第一时间向老师傅、老同事请教，巡线、抢修间隙，他会把线路杆号、变压器编号、故障原

因等信息记在本子上。

不经意间，这样的小本子，他攒了满满两箱。

闲暇时，他会拿出小本子看看，琢磨一下设备运维、易发故障等情况。不太清楚时，就再次到现场去看看、核实一下。

妻子吕桂林回忆，原本想着转业了，两人到了一起，节假日能陪自己逛逛商场了。未承想，每个节假日，他都要沿着线路走走，说是为尽快熟悉情况，干好本职工作。那些年，他从未陪自己逛过商场，还不如转业前……

有心人，天不负。

慢慢地，赵庆祥将管辖区域的 294 条线路、上万基电杆的位置、辖区设备状况等都刻在了心底。凭着日常积累和抢修实践，赵庆祥练就了“10 分钟”事故诊断绝活。从 2005 年开始，不管他负责的供电区域哪里出故障，他都能第一时间判断出故障原因和故障点，被同事们称为“抢修活地图”“配网医生”。

“抢修就是这样，不但速度要快，还要细心、有耐心。我们早处理故障，客户就能少受点影响，这也是为人民服务。”自 1999 年转业从事电力抢修工作以来，赵庆祥一直坚守这个原则。

时光更迭的二十多年，赵庆祥几乎每天早上 6 点多到单位，晚上最早 7 点多到家。遇到刮风下雨等天气，他一准儿待在单位，有时一待就是两三天，随时准备应对电网突发事故。每逢节假日，别人往家走，他却往单位走，替人值班、巡视线路，从来没有闲。

青春渐逝的二十多年，他的手机没换过号，24 小时不关机，有时夜里听到下雨，立即起来穿戴好，把电话握在手里，或者干脆到单位看看，为的就是能第一时间赶到抢修现场。翻开抢修工作单，“赵庆祥”三个字随处可见。

光阴如梦的二十多年，赵庆祥徒步巡线 16 万多公里，亲手绘制线路图、检修图 1200 余张，梳理、分析上万个事故隐患，参与抢修排险 4 万余次，挽救客户资产上亿元，实现抢修零差错、安全零事故、服务零投诉。

风霜雪雨的二十多年，赵庆祥从未休过年休假，3 次主动放弃到机关工作的机会，连续 22 年在岗位度过除夕。平时走在路上，不管是路灯接线箱，还是通信接线箱，只要开着门他都会随手关上。确保设备安全已成了他的“职业病”……

七

无疑，组织上的认可给了赵庆祥勤奋向上更大的信心。

1986 年 9 月，赵庆祥成功考入国防科工委指挥技术学院，开始学习高低频技术、计算机编程等专业知识。

少年退学，赵庆祥深知求学之艰，十分珍惜来之不易的学习机会。

上课时，他专注听讲；自习时，他认真复习、做作业；课间休息，他又主动向教员请教，虚心向同学取经。学院开设的 13 门课程，他科科优秀。

也是在那段时间，他向组织递交了入党申请书。

赵庆祥的入党介绍人、战友兼同学高天岭记得，当年，赵庆祥学习认真刻苦，各方面都无可挑剔。他总是提前半小时到教室，先擦除前一天上课黑板上的板书，然后把教室打扫得干干净净。每次早操、步伐训练等，他严肃认真，喊口令准确响亮，摆臂踢腿一丝不苟……

1987 年 3 月，赵庆祥在几十名申请入党的学员中脱颖而出，第一个被学员大队党委吸收为预备党员。

自此，他对自己的要求更高了。

高天岭告诉我们，当时有位同学基础差，高等数学课听得吃力。赵庆祥知道后，主动与他结对，帮他补课，一点点地讲解知识点。这一帮，就是一年多，最终这位同学顺利毕业。还有位同学，因婚恋问题与家属有了矛盾。赵庆祥得知后，主动安抚，帮助出主意、想办法，多次陪那位同学打电话、发电报解释、沟通，最终化解了矛盾。

1988 年 7 月，学成毕业的赵庆祥，再次回到原部队。

经过部队院校的培养与淬炼，他的思想更加进步、技术更硬了，时刻向雷锋同志学习、做一名优秀的共产党员，已深深扎根他的脑海，并成为他做人、做事的指南。

他把自己定位为“服务员”，主动“传帮带”，承揽了战士思想工作任务，并摸索出一套“眼中有活，心中有数，身边有人，手中有招”的工作方法。

战士张龙的父亲与邻居发生纠纷被打成重伤，赵庆祥得知这一情况后，主动帮助张龙通过法律方式解决纠纷，使其放弃了回家报复的打算。

战士孙玉柱幼年丧母，家庭生活困难，入伍后立志报考军校，但两年未中，产生了轻生念头。赵庆祥发现后，及时做其思想工作，使其树立了榜上无名、脚下有路的人生信念。从此，发奋自学，退伍后被某国有企业录用……

平时，他还主动承揽部队大院大小服务事项。大到部队电力故障处理、日常维修，小到家属院路灯更换、化粪池清理，不管啥事，只要能干，他都积极主动干。

1989 年 8 月，他看到部队自动化供水机房设备锈蚀严重，存在供水隐患，主动向领导申请设备检修、喷漆，得到了领导的大力支持。

喷漆是一项刺激性很强的工作，对人体有伤害，大多数人不太愿意干。赵庆祥也清楚这点。但他觉得，作为一名共产党员，就是要在急难险重任务中冲锋在前，就是要干别人不愿干的事。

此后几天，他吃住在机房附近，每天爬上爬下，一个人刷除设备锈蚀，清扫干净、细心打磨后，再调配油漆，用喷枪喷到设备上。个别有死角、喷不到的地方，他就用刷子，一点点地刷上漆。就这样，起早贪黑，他一连干了半个月，终于完成了设备检修、除锈、喷漆等工作。由于长时间在油漆环境下工作，他累得被送进医院……

“咱是农村出来的，那时又年轻，吃点儿苦不算啥。”谈及当年累病的事，赵庆祥一笑而过。

这一年，他被部队授予三等功。

八

2020 年 1 月，邢台市突发新冠肺炎疫情。

1 月 27 日，政府下发保电单位名单，邢台供电公司根据安排即刻行动。

“我对这些线路情况最了解，保电工作我上！”赵庆祥再次请缨，承担制订保电预案任务。

一连两天，他冒着疫情风险，深入现场核实供电情况，编制完成全市39个防疫重点客户“一户一案”方案，为保电提供指引。

当得知邢台市第二医院被确定为新冠感染定点救治医院后，他立即与医院联系，将在同一线路上的其他客户负荷改切线路，确保医院实现专线供电。他与医院建立专人联络对接机制和保电微信群，24小时提供用电抢修、咨询等服务。

2月6日，邢台供电公司决定在邢台市第二医院分支线路上安装3台监拍设备。以往，监拍设备都装在110千伏及以上电压等级输电线路上，在10千伏城区配网线路上安装这类设备还是第一次。

赵庆祥又主动将工作揽了下来。

调运监拍设备，详细勘查现场……没有现成安装附件，他就从废旧物资里找，没有安装方法，他就根据情况制定方案。由于准备工作充分，2月7日，赵庆祥与同事仅用2小时，就安装调试好了监拍设备，为定点医院又增加了一道可靠的供电防护墙。

此后一个多月，赵庆祥每天在气温零下的户外，与同事们驻守在移动式应急变压器、发电车旁，并采用“智能运维＋人工巡视”保电方式，每2小时对保电线路巡视一次，先后消除线路和电力设备缺陷隐患11处，组织8次停电事故应急演练，确保了电网安全稳定运行。

4月30日，疫情形势相对趋缓后，赵庆祥及时制定了常态化保电方案，每天特巡邢台市第二医院供电线路，对其他防疫重要客户实行分片轮巡。在疫情防控一线，他一直坚守了3个月，带领党员服务队深入80余个社区，帮群众代缴电费500余次，配送物资千余份……

2021年2月11日，除夕夜。赵庆祥如往常一样在单位值守保电。

晚7时09分，他的手机响起：尚景苑小区2号楼李先生家突然停电，家人正等着看春晚……

赵庆祥和同事立即前往。

15分钟后，他们到达李先生家。经检查，是家里总开关损坏导致的停电。李先生担心买不到开关，处理不了。赵庆祥边安慰，边从随身携带的“百宝箱”中取出一只开关。不到 10 分钟，开关换好，灯亮起来。此时，距春晚开播还有 4 分钟。

归来路上，万家灯火，流光溢彩，到处飘散着浓浓淡淡的年味儿。大街上，清冷人稀，赵庆祥和同事在车上听着春晚，又是一个除夕……

九

始终坚信，每一位英雄或者模范的精神世界都是丰富的。

怎么说呢，单纯的一类事，难以建构和支撑其精神世界的复杂性。或者说，多样性构成了复杂性，复杂性体现在现实生活的方方面面。

就赵庆祥而言，他的工作状态，他对事业的投入，在常人看来或许有些“犟”，有些“轴”，有些“一根筋”。想来，正是因为这种执念，才让他把工作干得风生水起，才让他在行业里游刃有余、得心应手。

自然，赵庆祥身上同样具有复杂性。

采访期间，与他的同事、朋友、领导交谈，我们又从多个角度了解了赵庆祥。于是，便有了下面的故事——

在朋友和同事眼里，他是个“热心肠”“老大哥”。平时，谁家有了红白喜事，他都会主动跑前跑后地张罗、帮忙。谁有了难事、急事，他更是全力相助。

同事王红日工作时不小心踩了钉子。赵庆祥送他去医院，挂号、交押金、找医生，先后垫进去 5000 多元。王红日家里困难，担心住院花费多，就想着早点儿出院。赵庆祥知道后，安慰他安心养病，同时又向组织反映他的实际情况。最终，王红日伤愈出院，经济上也未受到太大压力。

“没有庆祥班长和同事们，就没有我的今天，我一定好好干！”我们相信这是王红日的肺腑之言。

有位同事下电杆时把脚崴伤，骨折住院。赵庆祥又是跑前跑后，前前后后垫进去 3000 多元，他却从未吱声，直到出院，同事才得知钱都是赵庆祥垫付的……

类似的事情若让同事和朋友们讲起来，可以装下几箩筐。

但这么一位被同事、客户称赞的“中国好人”，却得不到妻子的“认可”。

“他是个好人，这点我承认，就是俺娘家邻居都这么说。但对于家庭，他做得真的不够好……唉，不多说了。”谈及自己的丈夫，妻子吕桂林没说上几句话，眼圈儿就红了……

说起来，之所以能和赵庆祥走到一起，吕桂林最初看中的就是他的人品。

有次回娘家，正好遇到一位邻居家停电了。那时，供电服务还不够快捷，急得邻居直跺脚，在街上发牢骚，碰巧被赵庆祥听到了。他主动搭话，说自己在部队是做电工的，可以试试。

邻居有点儿不好意思，抱着试试看的想法，让赵庆祥进了家。没承想，半小时，赵庆祥不但处理了故障，还帮着查找、消除了两处隐患。从那时开始，邻居逢人就说，桂林找了个好女婿，是个好电工，技术好，人更好。

乡亲们夸赞丈夫，吕桂林心里自然高兴。

但正是这种“好”，让她受了“罪”。

那一年，吕桂林下岗了。当时，赵庆祥还在苦练抢修技术，吕桂林也没有觉得有啥。最初，她想通过赵庆祥找个工作。谁知，赵庆祥一句“公是公，私是私，个人不能麻烦组织”，给回绝了。

她只好自己去找。几年间，她站过柜台、卖过建材、跑过销售、拉过广告……钱挣得不多，气受得不少。同住家属院的邻居看她辛苦，告诉她找找单位，可以去三产干个活儿。她也看到有几位家属在那里工作。

吕桂林再次央求赵庆祥。“我早说过，自家的事不能麻烦组织，以后断了这个念想。”没想到，又被赵庆祥怼了回来。从那以后，她再没提这事，也“恨透”了丈夫这个“认死理儿”的劲儿。

妻子工作的事不管。家里的事赵庆祥也顾不上。

有一次家里水龙头坏了，一直漏水，吕桂林一直催促赵庆祥换一个。可一连三天，赵庆祥不是忙，就是说忘了。吕桂林急了，自己找了把管钳，关掉总阀门，换上了新的。

事后，她有了两个想法：家里的事赵庆祥靠不住；她要看看赵庆祥为啥这么忙。

夏季的一天，她上街买东西，远远看见电杆附近围着一群人。走近才发现，原来是自己的丈夫和同事们正在抢修。他在高高的电杆上，一干就是3多个小时。当他从电杆下来，老百姓欢呼“来电了”时，吕桂林的眼睛湿润了。

那一刻，她体会到了赵庆祥的不易。她坚信，丈夫做的是好事、正事，丈夫是天下最好的人。

从那天起，照看老人孩子、料理家庭的事务，吕桂林都一个人担起。房子装修、搬家、购置东西、亲戚来往，她从不让赵庆祥分心。她知道，赵庆祥的付出，不只是为这个小家。

在换水龙头这件事上，我们一直觉得赵庆祥不够爷们儿，曾当着吕桂林的面向他核实。

“换水龙头？我也不会嘛。”赵庆祥两手一摊，一脸茫然和无辜。看来，吕桂林说的是真的，看来，他早忘了家里的这件事……

十

2009年，邢台市开元路实施架空线电缆入地改造。过程中，因不知电缆入地进入环网柜后如何区分相序，影响了进度。

赵庆祥参与了此项工程，这项难题也成了他的心病。

那段时间，他白天跑现场，晚上查资料，有时冒出个想法，不管时间多晚，他都会跑到潮湿的电缆沟里扒开电缆，做试验、记数据，每天下来，衣服湿漉漉的，整个人好似个“落汤鸡”。

即便如此，一连半个多月，进展仍不大。偶然一次，他从修自行车师傅那儿找到了灵感，于是他顾不上吃饭，立即画图、设计，最终研制出了电缆线路核相工具，并获得国家专利。该工具的发明，使得核定环网柜电缆相序效率提升了2倍以上，成为城市网格化供电中不可或缺的仪器。

日常抢修，经常会遇到低压接地问题，尤其低压配电线路相线接地，涉及客户多，难以定位，排查效率低，处理一次需花费三四小时，费时费力。

赵庆祥一直关注这个问题，并努力破解。

经过长期分析、现场比对、接地现象试验等，2010 年，他研制出了“三四一”低压接地查找法。使用此方法，抢修人员用不到 1 小时，就能找到接地故障点，效率提升 3 倍多。该方法在河北南部电网得以全面推广。

同时，赵庆祥还针对抢修时经常遇到的更换变压器跌落保险、带电测试安全距离等问题，及时改进工具，先后研制出可摘取式跌落保险、钳形表夹延长器、随身移位防坠器、架空避雷器摇臂升降装置等，极大地提升了工作效率和安全系数。

20 多年来，赵庆祥主导研发质量管理成果 12 项，10 项成果获国家发明专利授权。他不仅自己想事、琢磨事，还组织单位 19 名退役军人成立“学习合作社”，一起学业务、提素质。在他的带动下，这些人自觉传承工匠精神，14 人获评技师、高级工、工程师。赵庆祥所在班组研发的 72 项成果获国家专利……

近两年，赵庆祥将“互联网 +”理念应用到创新工作中，先后研发出“社区综合服务 APP”“网格化服务定位器”“智慧服务指挥系统”等一批务实管用的创新产品，将 20 多年抢修“活地图”经验移植到线上，通过信息共享、数据分析，让抢修岗位新员工共享到他的知识。

2021 年，邢台供电公司高标准建立了以赵庆祥名字命名的创新工作室，集思广益，提升创新成效。

“干了 20 多年，抢修已融入我的生命中，一天不看那些杆、线，心里就空空的。看到家家户户明晃晃亮着的灯，我心里就特别踏实……”这又是赵庆祥的话。

赵庆祥心里的踏实进一步告诉我们：抢修无小事，抢的是时间，修的是人心。

每个抢修电话背后，可能是使用呼吸机的病人，可能是听网课的孩子，也可能是赶制订单的工厂……每个电话，都饱含着客户对供电人的信任，只有技术硬了，抢修快了，才能少停电、不停电，才能提供最好的服务。

穿刺式验电笔、电表模块绝缘夹、驱鸟器、多功能拉闸杆……在赵庆祥班组办公室，一面展墙陈列着令我们陌生的各种器具，或大、或小、或长、或短、或粗、或细、或方、或圆，他的同事们一一向我们介绍，好奇之余，带给我们的是震惊、是敬佩、是感谢。

他们都是有心人，小小的创造，简单的创新，浓缩着他们长久的经验积累，浓缩着对供电事业的无私奉献……

十一

“有些人看我平时舍不得花一分钱，说我是个‘傻子’。其实他们是不知道我把这些钱攒起来，做一点有益于人民、有益于国家的事情。如果说这就是‘傻子’，我甘愿做傻子……”

这是《雷锋日记》1960 年 8 月 20 日的部分内容。相信读过这本书的人一定能够随口说出那么一两句记忆深刻的话来。

但很多时候，我们只是读读而已，也只是在一些场合拿来炫耀自己的记忆力或者所谓的才华而已。

而赵庆祥，不但读过，而且做了，一直都在做。

这就是我们与他的最大差距。一行胜于万言啊！

工作中，赵庆祥坚持向雷锋学习。生活中，更是向雷锋看齐，主动做好事，积小善为大善，践行全心全意为人民服务宗旨。

那还是在入伍不久，他就主动加入连队学雷锋小组，每周为家属区打扫卫生，每月到福利院为老人们理发、洗脚。3 个月后，他学会了修理电器，就到家属区设点摆摊，义务为家属修理家用电器……

1984 年 7 月的一天，修理电器时，赵庆祥看到一位大娘独自拖着煤气罐到服务社换气。他跑过去，帮大娘灌好气、送回家。在大娘家，赵庆祥得知，大娘姓李，71 岁，是位离休红军，老伴儿去世，没有孩子。

从那天起，赵庆祥暗下决心，一定要照顾好这位老红军。从此，只要有空儿，他就往老红军家跑，陪她唠嗑，帮她做家务。后来，战友刘五岳得知此事，也加入其中。这件事，他俩一干就是三年。三年里，每次老红军询问赵庆祥和战友的名字，他们都找话题避开。后来，老红军把这件事告诉了赵庆祥所在部队政委，政委在全体大会上专门表扬了两位不留姓名、照顾老红军的“活雷锋”，号召全体战士向他们学习。那一刻，赵庆祥别提多高兴了……

1994 年 8 月，他与战友外出途中遇一辆面包车着火，路人惊慌失措。他和战友疏散行人、车辆，从附近门店找来灭火器，不顾火势危险，冲入火中，救出 1 名被困人员。“当兵的，就是不一样，真棒！”围观群众纷纷称赞。“咱是军人、是党员，当时就想着救人，别的没想那么多。”故事细节，赵庆祥依旧一带而过。

1997 月 6 月，赵庆祥光荣转业。据不完全统计，在部队服役期间，他先后参加 20 余次卫星发射保电任务，做好事上百件，义务为家属修理电器上千件，多次受到部队嘉奖，荣立三等功 2 次。

“部队培育了我听党指挥、纪律严明、连续作战、不怕苦、不怕累的精神，当过一次兵，永远都是兵，无论在什么岗位，我都会以军人标准要求自己，以雷锋同志为榜样，学雷锋、做好事，服务人民，为军人争光！”离开军营那天，赵庆祥在日记中写下这样一段话。

十二

“小赵啊，刚装的路由器把衣柜门挡住了，你过来看看吧。”

采访之际，一位老人给赵庆祥打来求助电话。电话里，他一边应承着马上过去，一边安慰老人不要着急。

此时，我们才有机会细细端详眼前的赵庆祥：不高不矮的个头儿，不胖不瘦的身材，不黑不白的脸庞，他就是一个走在大街上不显眼、没特点的普通人。

最令我们记忆深刻的是他那双慈眉，那充满正义与刚毅的眼神。眼睛是心灵的窗口，在“窗口”里，我们能感受到他内心深处流淌着的一汪清泉……

老人名叫张子芳，孩子不在身边，10 年前一次故障抢修后与赵庆祥相识。此后，无论是用电还是生活上遇到难题，张子芳都会习惯性地给赵庆祥打电话。

“正好有段时间没去看大妈了，我买点东西，咱这就过去。”临行前，赵庆祥拐到路边超市，买了牛奶、火腿肠等礼物。

我们悄悄问同行的刘凯：“这是谁出的钱？”

“都是师傅自己出。”刘凯说，“十多年了，每逢节假日，师傅都会带着‘大包小包’去看望这些帮扶老人、残疾人，有时还会送钱，每次都是自己掏，有一次钱不够，还向我们借。”

“这些钱，单位给报销吗？”

刘凯微微一笑：“当然不给报销了，也没见师傅报过。”

20分钟后，来到张子芳老人家。赵庆祥麻利地挪了下衣柜，检查了插座安全等，又陪老人唠了会儿才离开。

此前就听说赵庆祥家的日子并不富裕，妻子下岗多年，前两年买房欠了一屁股债，至今还未还清。他身上的衣服，一年到头都是洗得发白的工作服，仅有的一身西服，还是女儿出嫁时买的，只穿了一两次，就压在了箱底。

工作二十多年，赵庆祥手中其实也有一点小权力，比如，配网设备验收时必须过他这一关。也有些客户为了验收顺利，找他“通融通融，行个方便”。“我手中的权力，是为国家和企业服务、把关的，不是为个人谋私利的！”每次赵庆祥都严词拒绝。

有人劝他别那么固执，他却说：“帮人可以，只要是服务的事，咱都帮到底，但违反规定的帮法不行！”赵庆祥是这么说的，更是这么做的。

2011年12月4日，赵庆祥在新兴东大街刚刚执行完抢修任务。一位拄着拐杖的老人有点儿不好意思地上前问他：“我家一个吸顶灯罩掉了，你们是干电力的，能不能给装一下啊？”

“可以，大爷，我这就陪你过去。”赵庆祥二话没说就答应下来。谈及这件事情，赵庆祥面带严肃地告诉我们，他其实早就看到老人了，老人已经在旁边等了很久。“老人等这么久为什么，不就是对我们寄予希望和信任我们吗？我们不能让老人失望和寒心……”

事后，赵庆祥与老人唠嗑，得知老人名叫孙祥彬，孩子都在外地工作。于是，他便将老人列为帮扶对象，定期到家中走访，做一些力所能及的事。

由于赵庆祥负责的居民小区较多，慢慢地，他发现，小区类似孙祥彬这样的孤寡老人、残疾人不少，他们平时经常会遇到一些用电或者其他方面的麻烦。这些麻烦，专业人员觉得不是事，但对他们来说却是大事。

于是，他结合在部队的学雷锋经验，在抢修班成立了学雷锋小组，并针对辖区老旧小区多、老人多等特点，建立了帮扶档案，制作了《爱心服务卡》，先后将100余户老人、贫困户纳入帮扶范围。

每年赵庆祥都会义务为他们检修线路、更换破损导线，帮助整理家务，逢年过节自掏腰包前去慰问，赵庆祥俨然成了他们的“亲儿子”。

十几年来，他为帮扶对象做好事数千件，慰问出资3万余元，也因此获得“感动邢台人物”“河北省岗位学雷锋标兵”“河北好人”等殊荣。

2014年9月，邢台人民广播电台播出了一条听众留言：自己一句牢骚话，引来了一名“活雷锋”。

他叫王树梓，在邢台市桥东区开了一家饭店。一周前，中午就餐高峰过后，他坐在门口和邻居闲聊：“也不知道是咋回事，这几天店里明明有电，可开关老是跳闸……”

说者无意，却偏偏遇到了有心的赵庆祥。抢修回来的他刚好路过，“电”这个字一下拽住了他的脚步。

“我就是供电公司的，要不我给您看看？”又惊又喜的王树梓赶忙把他带进店里。

赵庆祥很快就找到跳闸原因。他叫来两名同事，不到半小时就消除了故障，又帮助王树梓把饭店里的线路全部检查了一遍。

“我还是头一次遇见这么热心的人，听到的事他也管，真是活雷锋。”王树梓对赵庆祥满是感谢和称赞。

2015年7月21日，邢台市塔林北街因配网改造停电一天。

7时30分，刚停电，家住塔林街21号楼3单203室的张宏英打电话反映，其父亲由于重病必须依靠呼吸机维持生命，能不能先把电送上。

了解到这一情况后，赵庆祥立即拉来一台2千瓦的发电机，为呼吸机提供了一天的“特殊电”。从那时起，张宏英的父亲成了赵庆祥的帮扶对象，一直到老人去世。

2017年冬天的一个晚上，张宏英家的电暖器坏了，赶上市场关门，买不上新的，她试着给赵庆祥打了一个电话，赵庆祥二话没说就把自家原来的一台电暖器拉到了她家。

“当年一个电话，赵大哥帮了我家的大忙。现在，他又帮我，这一帮就帮了我们好几年。”张宏英感激地说。

在赵庆祥心里，学雷锋、做好事已经融入了血液里。百姓的难事，看到了不帮，心里就不舒服。

“那天要是没有小赵，我这老头子就没命了！”

故事的主人公还是孙祥彬老人。两年前，孙祥彬突然感觉心口痛得厉害，赶忙一键拨通了赵庆祥的电话。10分钟后，赵庆祥赶到，将老人送往医院。

老人说的“一键联系法”，是赵庆祥琢磨的服务老人举措。服务老人过程中，他发现大多数老人年纪大了，很难记住他的手机号。为方便照顾老人，2018年，他把自己的手机号设置成老年客户手机上的热键，只要按一下这个键，他就会第一时间上门服务。靠着这个热键，他先后7次救了6位老人的命。

“赵大哥，你这外人，比我这亲儿子还亲啊，给您拜年了！”时至今日，远在百公里外工作的孙祥彬儿子，每年还通过电话给赵庆祥拜年，非要和他结拜。

“百姓找咱，是信任咱。只要能帮，就一定帮，这是一名党员的义务！”二十多年来，赵庆祥的手机不换号，24小时不关机，里面存着1700多个客户的电话号码……

2011年10月7日7时16分，邢台特种合金轧辊厂正准备生产一批价值上百万元的货物，突然全厂停电。第二天就是交货日期，如果不能按时交货，不但收不回货款，还要赔偿巨额违约金。

厂长路通江情急之下拨通了赵庆祥的电话。

20分钟后，赵庆祥和队员赶到工厂。经检查，是厂内部开关出了问题，引发停电。恢复送电，就要先换开关，时间长，会耽误生产。得知第二天就是交货日，赵庆祥立即放弃这个方案，想办法从另外一个地方临时为该厂接通了新的电源。不到 1 小时，厂子恢复供电，避免了损失。

“赵师傅，我这工厂总跳闸，您帮忙看看吧。”

2021 年 3 月 14 日中午，邢台金诺汽车改装厂厂长胡守义给赵庆祥打来电话。正在吃饭的赵庆祥放下饭碗，立即开车前往现场。

这家汽车改装厂与一家快递公司共用一块电表。汽车改装厂跳闸后，快递公司也会停电，说明是客户侧的故障。处理这种故障不是本职，但赵庆祥没有推辞。他钻进充满油污的汽车改装厂车间，又爬上房顶，忙活了一个半小时，帮客户更换了 40 多米低压线路，问题解决了。

“蓝鸟家具有限公司有精密的车床设备，要严防虚接造成电压波动。”“恒进纺织厂要防止在电线杆下堆积异物”……翻看赵庆祥的服务记录本，清楚地写着每家企业的用电注意事项，这些事情记在了本子上，也记在了赵庆祥心里。

类似的事情，二十多年来赵庆祥做了上千件，为 200 多家企业解决难题 300 多个，义务培训企业电工 100 多名，为企业挽回损失数百万元。许多企业把赵庆祥的手机号码写在生产车间最醒目的位置，称赞他是企业用电的“保护神”。

2011 年，单位成立“共产党员服务队”，赵庆祥担任队长。

以前的赵庆祥与同事几个人做好事，现在变成了一群人做好事。服务范围也由以前的抢修服务扩大至抢修、抢险、民生、抗疫、助老敬残等多个方面。

10 多年来，赵庆祥带领大家常年为上百名孤寡老人、残疾人提供上门服务，数百次参与急难险重任务，服务重点民生工程，以实际行动恪守“有呼必应、有难必帮”承诺，用十年如一日的坚守，帮助群众、服务群众，做好电力先行官，架起党群的连心桥。

在常年服务群众过程中，赵庆祥经常会遇到个别客户不清楚电、水、热力等公共服务企业的服务范围或产权，出现到场后不属供电抢修范围或不是供电设施等现象。

如何让客户少跑路，解决公共服务问题？赵庆祥和队友又开始了新的思考。

2017年，赵庆祥向邢台供电公司提出组建公共服务企业联合党员服务队的建议，得到邢台市委宣传部支持。

2018年，邢台市供水、供暖、移动、电信、联通等企业，探索联合成立邢台市公共服务企业共产党员志愿服务队，赵庆祥任队长，打破行业壁垒，整合服务资源，尽最大努力服务群众“最后一公里”。

公共服务企业共产党员志愿服务队成立以来，先后开展70余项志愿服务活动，参与志愿服务6240人次，服务时长46926小时，惠及19万余用户……

“这么多年，赵队长从来都是用身行指挥人，不是用声音指挥人。他啥事都冲在前、作表率，就是希望大伙儿跟他一样脚踏实地地干。”跟了赵庆祥多年的队友李子旺，打心底佩服队长。

现在，服务队队员由最初的46人发展到现在的300多人，服务队被授予“国家电网公司优秀共产党员服务队”称号，赵庆祥被评为“优秀共产党员服务队队长”。

十三

有一件事妻子吕桂林直到现在也难以“原谅”赵庆祥。

2020年11月1日，女儿赵迪结婚。前一天，亲朋好友都在帮忙布置闺房，赵庆祥接到同事电话，称抢修过程遇到了难题，想请他去看看。他招呼都没打，起身就去了现场，直到晚上9点才回家。

“女儿结婚，俺们家最大的事，别人都在帮忙，可他不吭一声就走了，有这样的人吗？”说起这事，吕桂林依旧气冲冲。

“我在那儿待着也帮不上啥忙，这不单位有事了吗，总不能让客户一直停着电吧？”赵庆祥仍然觉得有理。

赵庆祥的女儿赵迪，聪明、漂亮、懂事。虽然从小赵庆祥陪伴孩子少，但他的言行、口碑，潜移默化地影响着孩子。

谈起自己的父亲，赵迪停顿片刻后说：“爸爸早出晚归，平时很少见他，心里有点怨气。直到上小学时，有一次和妈妈一块儿上街，看到爸爸在高高的电杆上处理故障，下来后围观群众鼓掌、喝彩，才觉得爸爸不容易，形象很高大。”

“你理解他吗？”

赵迪想了想：“以前不是很理解，2017 年，通过考试，我也成为一名供电员工，经历的事多了，慢慢理解爸爸了，觉得他还是非常爱我、爱妈妈的。”

赵迪记得，婚后第一年，按照当地风俗，需要回婆婆家过春节。除夕那天，她想回家与爸妈一起吃个团圆饭。本来赵庆祥答应了，但饭还没做好，有了抢修任务，他冲女儿扮了个鬼脸，走了。除夕晚 9 时多，女儿打电话问候他时，他正在抢修路上……

话没说完，赵迪突然停顿下来。这时候我们发现，她的眼圈儿有些红了。

那年除夕是女儿赵迪出生以来第一年没在家过年。赵庆祥则又是在岗位度过除夕。三口人，家里只有妻子吕桂林一人。第二天中午，赵庆祥回家后，下意识地喊了声女儿的名字，话音刚落，他突然意识到了什么，然后就不再言语。悄悄地，赵庆祥独自站在窗前，默默地待了很长时间……

妻子吕桂林悄悄告诉我们，这是结婚这么多年来第一次看到他伤心。

“爸爸年纪大了，这几年身体也不如以前了，我知道他热爱这份工作，但更希望他保重自己，量力而行，多陪陪妈妈。”这一次，赵迪没能忍住泪水……

采访之后，我们留下了他们一家三口的电话，为的是方便对采访内容进行补充。电话留了，但我们却始终没有打。我们知道，这些年，他太需要休息了。

我们想对赵庆祥的妻子吕桂林和他的女儿赵迪再进行一些电话采访。思忖再三，我们决定放弃。

我们还想给赵庆祥打个电话，希望再挖一些故事。思忖再三，我们也决定放弃。

是的，我们不觉得这种放弃是一种遗憾。

于赵庆祥而言，我们只能以放下笔的方式，希望他好好休息……

采访过程中我们还发现一个细节：在赵庆祥的单位和家里各放着一本纸色陈旧的《雷锋日记》，以及与雷锋相关的一些书籍。同事和他的家人告诉我，直到现在，闲来无事的时候，他还会翻一翻，读一读……

“一个人做一件好事不难，难的是一辈子持之以恒地坚持在做好事”。我们曾经对这句话产生过质疑。现在，站在赵庆祥的办公桌前，我们迟疑了……

不忘初心，牢记使命。于赵庆祥而言，这绝不是一句空话。

想到这里，我们纠结着的心释然了。

夜色如幕布般铺下来。无星，也无月。轰隆响过两声闷雷，时间不长，豆大的雨点儿噼里啪啦接踵而至。

站在窗前，凝望着万家灯火，我们仿佛又看到了一个奔走在供电抢修路上忙碌的身影……

丹桂飘香

——记国家电网有限公司周维忠

◎文／傅宁军

【推荐人语】来自国家电网公司最基层的一名村电工周维忠，2021 年荣获了“全国道德模范”称号。他做着最普通的工作，被村民称为“光明使者”。30 多年来，他坚持做好事、做善事，成为智障青年的“爱心爸爸”、孤寡老人的“外快儿子”……《丹桂飘香》是新时代报告文学与电力题材又一次激情相拥。作者傅宁军重点聚焦乡村振兴，突出新型电力系统建设在乡村落地见效，不仅将先进模范周维忠全方位推介给读者，同时展现了社会主义新农村的崭新风貌。从基层走来的周维忠，身上闪耀着共产党员初心和使命的光芒。

——王啸峰

暗香浮动。沿江村这户农家小院，墙角遍布瓜果蔬菜和花花草草，周维忠忙里偷闲，早晚都要精心侍弄。他最上心的是房前屋后散落的桂花树。当初只插了几株小苗，而今已根深叶茂，亭亭玉立。

枝叶繁茂的桂花树见证着周维忠由青年到壮年的全过程，风风雨雨，朝朝暮暮。周维忠眼下的工作，相当于供电系统的一个台区经理。至于台区，通俗来说，因为变压器的量词单位是台，一台变压器导出的线路，有着若干用电客户，这便是一个供电的台区。周维忠管辖的台区，就在他家所在的沿江村一带。

周维忠身板壮实，肤色黝黑，一双眼睛细长而明亮，厚厚的嘴唇，带着浓重的当地口音。他这么多年都没离开沿江村，一直在家乡埋头干活儿。放眼国家电网系统，一个农电工是末梢神经，虽然不起眼却是不可或缺的。遍及天南地北，关乎千家万户。要说乡村振兴，怎能离开用电呢？

2021年，周维忠当选“全国道德模范”。他的工作岗位是国网江苏省电力有限公司仪征市供电分公司滨江业务所运维采集班副班长。第八届“全国道德模范”入选名单上，他是唯一的农电工。

道德模范是奋斗的前行者，也是社会的引领者。2021年11月5日，周维忠等“全国道德模范”获得者，受到习近平总书记的接见与勉励。

要不是老周穿着工作服，平日的他与普通村民没啥两样，经常骑着一辆摩托车走街串巷。他喜欢穿浅色工作服，鲜红的党徽在胸前闪亮。人们见到周维忠，有着不同的称谓，似乎也带有不同的含义。所有的称呼都很亲切，不带一丝生分。大家伙儿脱口而出，心照不宣。

其实，周维忠就是一名农电工，即使当上运维采集班副班长，也依然是基层供电所主管台区的用电负责人。他哪来这么多的称呼？

周维忠这些称呼从何而来、缘何而生，它们的背后又有着怎样的故事？随着采访日益深入，我渐渐明白，这些称呼一笔一笔，都在给周维忠画像。

哦，原来每一个称谓都是一个采访维度。

一声“周师傅”

小周成为周师傅，是在1988年，那年周维忠19岁。

那时供电线路架到乡村，沿江村的老电工岁数大了，干不动了。村干部商量着，要挑选一个接班人。用电可是村里的头等大事，跟家家户户密切相关，村干部可不敢马虎，哪个人接班，必须得征求大伙儿的意见。

说起来，周维忠有些电工基础。中学毕业后，父亲把他带到镇上，交给一个懂无线电维修的朋友，他老老实实当学徒，学会了电路知识。当时家电并不普及，能把收音机喇叭弄响就是能人了。

选谁当村电工，好多人眼巴巴地盯着呢。周维忠得分最多，在于他为人老实，从不惹是生非，更主要的是，他家是一个困难户，村里人都知道。他父母都很勤快，父亲在镇上小厂做工，还会修锁补锅，母亲也在生产队挣工分，但两人收入加起来每月不足 20 元。周家四个子女上学，还要赡养公婆，一直入不敷出。

话说回来，叫谁当电工，这个人选要让大伙儿服气，要一条一条说出理由。有 20 多个候选人，但村民们一致看好周维忠。当他背上工具包为家家户户解决供电问题时，他就发誓，要好好干！

沿江村坐落在长江边。它隶属扬州境内的仪征市，与仪征市区相隔十来公里，是水网密布的大村子。春种夏收，鸡鸣犬吠，是典型的江南鱼米之乡。

村南头是长江，北边则是仪扬古运河，按说最不缺的就是水。早些年，农村地区用电紧张，有时供电线路出故障，打水灌溉用电就难以保证。更不用说哪家的电灯要是不亮了，一家人什么事都做不成。能用上电而且不断电，都要靠村电工的维护，靠周维忠这样的“能人”。

于是，周维忠年纪轻轻，成了大家眼中的“香饽饽”。别看掌握了全村人的用电“命门”，周维忠这个小电工从来不端架子，有求必应，接到电话就出发。先是骑自行车，后来骑摩托车，一喊就到。活儿干得麻利，人家送烟送酒，他都不收，还总说：“有故障了，随时打电话啊……”

出于尊重，出于感激，大家习惯喊上一声“周师傅”。家里有用电“病症”，找周师傅“看诊”，他绝不会推托。从青年到壮年，周维忠的电工活儿越来越熟练，他的扎实肯干也被乡亲们认可。其间，全国电力系统改革，他们这些村电工经过考核，被供电公司纳编，成为正式的农电工。

周维忠像一头勤勤恳恳的老黄牛，这一干就是 30 多年。一项工作时间长了，新鲜感渐渐退去，有人会油滑，有人会倦怠，但周维忠记得当初的承诺，对于自己手头的这份工作，热情与敬畏始终不减。

农电工就相当于“110”，一天24小时随叫随到。虽说周维忠的编制在供电所，但工作仍在沿江村，负责这一片的台区。供电部门对农电工有考核指标，周维忠年年都是优等，群众满意度也毫不含糊。

事实上，农电工要独当一面，他能自觉执行的，可不仅仅是写在纸上的工作守则。这样的自觉，绝不仅仅是一天两天，而是日日夜夜。

夏日半夜，风雨交加。一个农户家里跳闸断电，保险丝烧坏了。周维忠安抚好被电话吵醒的妻子，赶紧挎上工具包，披上雨衣，就着照明灯的光线，冲进大雨如注的夜幕，到那家更换了保险丝……

寒冬腊月，雪花飘飘。团结组的一位老人过世，却家中断电，无法料理后事。睡梦中的周维忠被电话惊醒，他裹上棉衣出门，迎面大雪纷飞。如果骑摩托车过去，说不定会摔倒，自己受苦不说，关键怕耽误人家的急事。于是周维忠弃车徒步，背着抢修工具，钻进寒风肆虐的茫茫雪夜……

大年三十，正是团圆的夜晚，周维忠家热闹非凡，他正和家人忙着准备年夜饭。只要他在家，就是家里的大厨，绝对要七碟八碗，大显身手。这时吕庄组的张锦春急匆匆地跑到周维忠家，说他家突然没电了。张锦春话音刚落，周维忠就脱下围裙，挎上工具包，跟张锦春快步出了门……

上班或下班，在周维忠的工作日程里，没啥差别。平常人休息的时候，是他最忙的时候。又是一个夜晚，周维忠在睡梦中被电话吵醒。黄泥村台区局部线路断电了，想到酷暑炎炎，使用空调的人家不在少数，尤其老人和小孩苦不堪言，周维忠爬起来就走。经过勘探排查，线路上一个养鱼大户的多台鼓氧机可疑。一检查，果然没错，是鼓氧机漏电导致了总闸跳闸。

附近村民很着急，要更换鼓氧机，也得等到天亮去镇上买新的。空调停了只是热点儿，更要命的是，塘里两三万斤鱼等不了那么长时间。耽误几小时，后果不堪设想。养鱼户心痛不已，泪水直流。周维忠感同身受，他一脸汗水，摸黑就着工作灯的光线再排查，直到找到漏电的鼓氧机，先停止这一台的工作，让其他鼓氧机正常开动，电通上了……

“周师傅，辛苦了，多谢多谢！”

“不客气，找我就对啦！”

类似事例太多了，在周维忠的字典里没有“拒绝”两个字，他的应答永远爽快利落。只要能让村民用上电，周维忠从来不讲任何条件，总能看到他风尘仆仆的身影。

“找周师傅帮忙”，在沿江村似乎成了顺理成章的事，以至于人们都忘了，很多时候他在“多管闲事”。任何一份工作，都有自己的边界。拿村电工来说，他的固定职责范围就是全村的供电线路维护，保证通到你家的电表上，其间的故障归电工管，其他事跟电工没关系。

周维忠何尝不知道，只要涉及村民家里的问题，都不在电工的职责范围内。哪家跳闸了、漏电了、保险丝烧毁，哪家鼓氧机坏了，鱼死一大片，那是你使用不当。也就是说，这是户内线路问题，不是电工的责任。

可是，周维忠更知道，农村用电户最信任的就是身边的电工，只要用电出了问题，不找他这个周师傅还找谁呢？

农电工似乎生来就是对付疑难杂症的。他们不分严寒酷暑，尤其是农忙季和夏季，除了高温带来的用电负荷大，强对流天气、台风、暴雨等恶劣天气都可能造成线路故障。为了保障用电农户正常使用照明、空调，他们奔走于田间地头、犄角旮旯，到处都有他们忙碌的身影。

供电所领导换了好几任，周维忠都是最让人放心的电工师傅。沿江村共有 29 个村民小组，1080 户 3664 人，所有的用电详情他都了然于心。当月电费出来，他抄录后查看，有问题一家家联系，弄不清的就上门。在供电所里，周维忠的电费回收和台区线损指标一直排在前列。

总之，周维忠是一个称职的农电工。

“谎言”的秘密

直到 2008 年春节前，时任供电所所长聂有和偶然发现，周师傅还有“秘密”不为人知。周维忠工作干得出色，所长自以为非常了解他，还多次表扬他：“周师傅做人做事都很透明，不会藏着掖着啊。”

那天，朴席镇上人来人往，乡亲们正忙着置办年货。聂有和所长有事路过一家店铺，透过明亮的沿街大玻璃窗，看见周维忠带着一个愣头愣脑的少年，对着柜台旁的镜子量试新衣服。周维忠从来不喜欢逛街，怎么会跑到街上的服装店里挑挑拣拣，哪里来的闲情逸致？

于是聂有和上前问个究竟。原来沿江村有一户唐姓特困人家，少年是先天智力有障碍的唐久亮。非亲非故，周维忠却古道热肠，他对特殊少年的关爱使聂有和非常感动。他和周维忠约好，第二天买些过年的用品和食物，与周维忠、陶永和、朱宝国等供电所同事一起，上门看望唐永富一家。

唐永富看到周维忠，连连作揖，说你又给我儿子买衣服啦。得知聂有和是供电所所长时，老人上前拉住他的手说："感谢政府，感谢共产党啊，这么多年都免了我们家的电费，让我们能用上安心电！"

聂有和有些莫名其妙，按当时的政策规定，根本没有"减免电费"这一项。这到底是咋回事？聂有和离开唐永富家，疑惑地问周维忠。眼看瞒不下去，周维忠只得"交代"了他的"善意谎言"。

"是我替老唐家缴的电费。"

"你为什么对他说是国家减免呢？"

"我这么说，他心里才没负担啊……"这个"善意的谎言"已延续了10年。

那是1998年夏，周维忠在电费登记表上看到，村民唐永富家好几个月没缴电费了。毕竟沿江村有上千户人家，有时等上几天，暂时没缴费的人家就自觉地补上了。但这家老是没动静，在供电所那边也挂上了号。

一个暑气蒸腾的上午，周维忠奉命前往唐永富家，上门催缴电费。唐家已经欠了半年电费，拖了全村电费收缴工作的后腿，不行只能断电。周维忠不免纳闷，用电缴费是常识，这是什么钉子户啊，他倒要见识见识。

踏进那户家门，周维忠非常吃惊。男主人唐永富身后有一股难闻的酸腐气味儿扑面而来。打眼一扫，墙壁净是霉斑，地面长了青苔，几乎家徒四壁，没有一件像样的家具。杂乱不堪的衣物堆在角落，一个脏兮兮的男孩在旁边蜷缩着，看到生人进屋，忙把头低下，抱着膝盖使劲往墙角里藏。

周维忠听说过唐永富家经济困难，却没想到竟然困难到这般地步。经过断断续续的交谈，周维忠了解到，唐永富遗传了母亲的眼疾，随着年龄增长，右眼已完全失明，左眼视力模糊。他娶了一个智力有障碍的妻子，又生了一个同样智力有障碍的儿子。唐永富说，儿子唐久亮和妻子刘秀兰分属

二、三级智力残疾，丧失劳动能力。唯一智力正常的女儿 15 岁就离家打工，走了以后再也没了音信。

唐永富家里有三亩地，仅剩几袋稻米。全家的吃喝拉撒，只能靠他一个人，而他就侍弄三亩稻子，没有更多的收入。

“周师傅，要不你就先掐了电吧，”唐永富无奈地和周维忠商量，“等我明天卖了家里口粮，再给你钱，好吗？”

要么卖粮，要么掐电，似乎没有第三种办法。

唐永富把缴电费的难题挑明了，也让周维忠陷入两难的境地。周维忠理解唐永富的难处。唐永富也是懂事理的村民，并没有拒绝缴电费，只是他没这个能力，周维忠狠不下心真的拉闸断电。

“老唐，我想想办法吧！”周维忠骑车离开了唐家。

一个很现实的问题，仍然在缴费的报表上，摆在周维忠面前。供电系统有规定，唐永富又拿不出钱，怎么办？

难道让唐家黑灯瞎火地过吗？周维忠再次骑车来到唐永富家。

唐永富有些慌乱，以为周师傅又来催电费了。他语无伦次地解释，实在没办法缴费，这些稻米卖了吃什么？

耐心地听了唐永富的话，周维忠微笑着宽慰他：“老唐啊，昨天我不是跟你说，我要帮你想法子吗？”

“我没钱，能怎么办哟？”

“电你家就用吧，我们不收啦。”

“不收，你怎么交差嘛？”

“考虑到你家的困难，”周维忠掏出工具包里的表格说，“公家有电费补贴的政策，我帮你啊，申请免了电费。”

“哎呀，谢天谢地！”唐永富咧开嘴笑了，不停地道谢。

“不用谢，你好好过日子啊！”

“哎，周师傅，你坐你坐。”

唐永富眉头舒展了，眼里闪着泪。

屋子里的椅子歪歪倒倒，周维忠当然坐不下来，但他能感受到唐永富的感激之情。唐永富哪里知道，周维忠说的“困难户用电补贴政策”其实不存在，是周师傅编出来的。他欠下的半年电费，也是老周自己出钱代缴的。此后，周维忠仍然按时到唐家抄表，按期为其支付电费。

本职工作繁忙的周师傅，自掏腰包做好事，而且不图回报，并没有告诉唐永富实情。本来周维忠可以撒手不管或者公事公办，但他不能眼看着唐永富没电用，就管了这个闲事，他已经尽力了。

是啊，唐家过得怎么样跟他没关系。可是，这个特困人家依然牵动着周维忠的心绪，让他内心不安。旁人遇到这种事都躲得远远的，周维忠却不是一般的“旁人”。他不仅走近了，还想帮这个家多做些事。

缴电费不是结束，而是一个开始。

周维忠承揽了唐家应缴的电费，有电了，灯亮了，唐永富仿佛即将落水的时候，被周师傅拉了一把。只不过，短暂的欣喜后，唐永富仍然一脸茫然。这个家庭缺的东西还多着呢。周维忠送些食物来看唐永富一家，能感到老唐对于生活的无奈，那是一种深陷其中而不能自拔的苦楚。

帮帮他们吧！有个声音召唤着周维忠。

于是，连亲戚都不来往的唐家，周维忠却时常上门探望，就像看望自己的亲人。他想着，怎么才能帮上一把。唐家的老屋子是从亲戚家手里买的，别说什么装修了，房顶漏雨非常严重，室外刮风下大雨，屋内就阴雨连绵。唐永富没钱维修，只好用盆盆罐罐接水，水满了溢出来，土泥地面打湿一片。

周维忠实在看不下去了，他与村委会商量，拿出一部分救济款，自己又垫付 5000 元，总共凑了将近两万元，对唐永富家的房子进行翻修：屋瓦、门窗、地面瓷砖，都是新买的；裸露的房梁，吊了顶；厨房改造，照明线路施工，就连窗帘和荧光灯等细节，周维忠都考虑到了。

唐永富听周师傅说要帮他解决漏雨的问题，他以为不过说说而已，因为维修房子不是件小事，要花钱呢，要请人来做呢，否则不会忍到今天。他做梦也没想到，与他毫无关系的周师傅，把他家的事当成了自家的事。周师傅不光帮着筹钱，还亲自当监工，让唐永富再也不怕漏雨，一家人的居住环境干净整洁，仿佛换了个天地。

周维忠给唐永富带来了惊喜，他帮忙改善了唐家的居住环境，也在用心修补这个千疮百孔的家。望着焕然一新的房间，唐永富激动地流下了泪水。现在唐永富也会请邻居来家坐坐，虽然屋里的布置依然简单，但是墙壁刷白了，门窗像样了，感觉起码是个遮风避雨的家了。

一年又一年，唐永富家享受了 20 多年电费“减免政策”，也就是说，周维忠心甘情愿地代缴了 20 多年电费。

记者问周维忠：“当时唐家欠多少电费？”

周维忠说：“没有多少，也就两三百块。”

记者问：“你当时的工资是多少？”

周维忠说：“不到千元，八九百块。”

记者大为吃惊，说道：“你一个月的工资也就八九百块，一下子替人垫付两三百块？这个账怎么算的，你自家的日子不过了？”

周维忠说：“有的过就行，总比他家强多了。”

记者想算算周维忠为唐家垫付的电费是多少。

周维忠说：“不多，不多……”

记者追问：“不多？不多是多少？”

周维忠说：“也就万儿八千块吧……”身为农电工的周维忠，也是要挣钱养家的。村民帮村民，能帮到这个份儿上，听来叫人不敢相信，他却毫不犹豫地做了。

唐永富一家三口，有两个人智力上有障碍，周维忠帮他们打听，能不能享受政府的扶助。周维忠告诉唐永富，现在政策实在，政府对残疾人有照顾。唐永富很少跟外人来往，一头雾水，幸亏周维忠不嫌弃，把他们的困难转达给村委会。不久，村里给唐久亮办了残疾证，每月享有 600 多元补贴，给刘秀兰办了低保。这些收入基本解决了唐家的温饱问题。

周维忠并没有就此打住。他想到，唐永富年事已高，妻子、儿子都丧失劳动能力，要是再病倒了，无疑是雪上加霜。周维忠考虑他们的身体健康，专程到镇卫生院咨询，为唐永富一家办理了两份免费体检，还自掏腰包为唐永富办了一份，并留下自己的手机号码。每年卫生院通知体检时，医护人员就打周维忠的手机，周维忠得到消息后便去告诉唐永富。去年唐久亮体检时，血压有点偏高，周维忠咨询医生，得知没什么大碍，悬着的心才放下。

村里乡亲得知周维忠帮扶唐永富一家，竟然自己“编造”政策代缴电费，而且为唐家做了许多事，像一块石头扔进水池里，激起了阵阵涟漪。也有的人调侃，周维忠太憨了，守着电工的美差，不仅没捞好处，还倒贴钱，真是个“傻帽儿”。传到周维忠耳朵里，他笑笑：傻就傻吧，我乐意啊。

“外快儿子”的慰藉

“外快儿子”，有点调侃的味道。

出自老人家之口，是感到幸运，还是感到欣慰？或许两者兼有吧。你听，赚来的儿子，真的有人愿意倒贴上去？

倒贴的人就是周维忠。

因为一个偶然相遇，所长知道了周维忠帮扶唐家的“秘密”，仪征供电公司负责新闻宣传工作的赵斐到朴席镇采访，意外得知周维忠被“揭发”的好事，可不只是唐家这一户特困家庭，还有更多的孤寡老人。只是周维忠从不张扬，守口如瓶，一个人埋头做好事，同事也都被蒙在鼓里。

说起周维忠，熟知他的村民都有话说。离他家不远的十字路口有家杂货铺“顺兴店”，售卖食品杂货 30 多年，店主周耿兆对周维忠连连称赞：“周师傅好人，好人哪！”你要问他周维忠好在哪儿，为什么是好人，周耿兆老人就以过来人的口吻告诉你，正因为很多人都不知道，他才是真正的好人呢。

耳听为虚，眼见为实。周耿兆老人是周维忠默默助人的见证者。他说，一直以来，周维忠特地关照，唐久亮来店里，要方便面、火腿肠之类的食品，就给他，挂在周维忠的账上；还有，村子里的鳏寡老人，需要柴米油盐之类的必需品，也记个账。隔三五天，周维忠就要来一趟周耿兆的小店结账。

村口的卖肉摊，到了月底，周维忠也按时结账。他同样关照摊主：“只要唐久亮和村里这些老人来称肉，只管给，账我来付。”此外，七八个老人每月的电费水费，周维忠偷偷包干了。谁也不知道，他忙里忙外，成了村里七八个五保户的“干儿子”。

五保户郭敏忠已年近 90 岁高龄。2011 年秋天，郭敏忠老人心脏病发作，躺在床上不能动弹。周维忠像往常一样，下班绕道上门看望，发现情况后，赶紧叫了辆车把郭敏忠送到十二圩卫生院，医生急忙救治，才将老人从“鬼门关”拉了回来。郭敏忠没有一个亲人，周维忠就是他的亲人。此后一个多月的时间，周维忠送饭煲汤，自掏腰包请人陪护，直至郭敏忠康复出院。

同年秋天一个晚上，郭敏忠不小心摔了一跤，不能动弹。他独自在家，躺在床上望着天花板叹气。又是周维忠及时察觉，送他到医院诊治。医生问医药费谁出，周维忠说，你们尽管用药，费用我出。

后来，周维忠带着“郭爸爸”去医院，医生认识“外快儿子”了，看到周维忠就笑着说：“又带你干爸来看病啦！”

“我每个月要吃五盒脑心通胶囊，25 元一盒，都是周师傅出钱，买了按时送来的！”见着周维忠，老人激动地说。

周维忠拉着老人的手，告诉我们说：“郭老浑身的零件都有毛病，基本要靠药物维持，现在恢复得不错。”

郭敏忠坦言，他对周维忠的依赖程度很高，两三天见不着就想得慌，就要托人捎信，让周维忠买点药，或者带点想吃的。

周维忠从来不嫌烦，他在本子上记下给郭敏忠买药的品种和时间，算计着哪种药用多久，什么时候该买，生怕出错。

百密一疏，周维忠也有忙忘了的时候。夏日闷热，汗湿衣衫。忙了一天，周维忠洗了澡，正打算休息，突然摸到口袋里有一只药瓶，坏了！该给郭敏忠买降血压药，太忙给忘了！他没有迟疑，套上衣服，骑摩托车直奔新城镇药店，连夜把药送给郭敏忠。

秋风骤起，郭敏忠右腿突感不适，周维忠赶紧抽出时间，陪他到医院检查，医生诊断为陈旧性风湿性关节炎。毕竟衰老进程不可逆，老人长叹一声，对周维忠说：“恐怕我以后走路需要拐杖了。”

老人随口一说，周维忠上了心。他要帮老人选购一根适用的拐杖，跑了多家商店，总是不如意，有的嫌重，有的怕软，有的太脆。他坐在院里望着树木想辙，看到自家的黄杨树上有根枝丫，感觉正是制作拐杖的材料，而且可以做成“龙头拐杖”！他用锯条锯下，去皮、晒干、打磨，花了一个星期的业余时间，一根轻便实用的“龙头拐杖”打造成了。

郭敏忠老人拄着拐杖在家前屋后走来走去，连声叫好。他拄着拐杖到村里转悠，拐杖戳在地上咚咚响，逢人便高兴地说：“你看，这根拐杖是周师傅特地为我做的，他这个人就是我离不开的拐杖。”

2012 年 4 月 11 日，77 岁的孤寡老人胡加平病重，一阵清醒一阵糊涂。弥留之际，老人已不能说话了，他用手指了指屋顶悬着的灯泡。旁边的邻居明白了他的意思，赶紧给电工周师傅拨了一个电话。

不到 10 分钟，一辆摩托车急切地开过来。周维忠撂下车子，直奔胡加平床前，拉起老人的手，轻声地安抚他。从县城赶来的老人养女啜泣着说：“周大哥，我爸等你呢，他临走前就是想见你一面！”

胡老伯嘴角嗫嚅着，望着周维忠的眼睛似乎要说什么，他紧紧攥着周维忠的手不肯放下，眼角流下最后一滴泪，安详地走了。老人养女朝周维忠扑通跪下：“周大哥，这么多年多亏您对我爸的照顾！这是陪伴他几十年的轮椅，也是他最值钱的东西，他嘱咐我，无论如何要留给您！”

原来，胡老伯晚年高位瘫痪，养女嫁到县城有自己的家庭，不能常年陪在老人身边，只能偶尔回来关心照顾。老人性格倔强，有什么事自己扛着。在老人生活无助的时候，周维忠成了胡老伯家的“常客”，看病买药，洗澡擦身，他跟亲生儿子一样，照顾着老人的生活起居。

老人去世后，周维忠按照乡村的丧事风俗，通知亲友、搭建灵堂、操办丧宴，忙了三天三夜。邻居们竖起大拇指，感叹地说：“胡加平老人虽然无子，周维忠却像孝子一样，丧事操办得风光体面。”

料理过丧事，周维忠帮胡加平缴清了最后一笔电费。两个多月的电费，高达 800 多元。一个孤老汉，怎么用了这么多电？原来，老人病重卧床最后两个月，正逢春寒料峭，老人怕冷，床上用了电热毯，床前开着取暖器。老人舍不得用，一会儿开，一会儿关，周维忠像往常一样宽慰他：“暖和些，好受点。别担心，电费公家给你缴了，上面有减免政策呢！”

胡加平这才放心地用，电热毯和取暖器都开了。他至死都不知道，根本没什么“电费减免政策”，都是周维忠帮他垫付的。

独居老人桂德九喜欢到处走走，他的房子面朝沿江村一条主路，就在堤坝边一排由原来生产队仓库改建的平房里。

理着整齐的短发，脸色也显得红润，干净衬衫外套了一件深蓝色外衣，桂德九看不出有什么病容。老人说：“我的命是周师傅救的！”

谈起周维忠，桂德九有很多话说。

盛夏凌晨，凉风习习。桂德九老人的老毛病肾结石发作，疼得死去活来，躺在床上无力出声，感觉马上挺不过去了。也巧，提前上班的周维忠路过，他不仅没看到平时早起的桂老，而且还关着门，于是便停下摩托车。他推门发现状况，赶紧打电话叫出租车，随后将老人背上车，送去了医院。

求医问药，端茶递水，侍候了一周，老人病愈出院了。躲过这次劫难的桂德九，从此认定是周维忠救了他的命。

桂德九所住的公房多年没有翻修了。看着老人的居住环境不佳，周维忠坐不住了，他拿出自己获“仪征市首届慈善之星”得到的部分奖金，又从工资留出的相应资助款里取出一些，凑齐5000元，请人帮桂老把房子翻新一遍，还购置了电饭锅、风扇等生活必需品。

桂德九康复了，周维忠仍时常探望，知道桂老爱吃利尿去火的西瓜，他隔三岔五地买西瓜送去。一天下午，周维忠给桂老送西瓜，发现他床上垫的草席不见了，再一瞧，草席被挂上了窗户，用来遮挡西边晒进来的阳光。周维忠顿时自责起来，向桂老表示歉意，说当初考虑不周。他让桂老吃西瓜，自己骑车赶回家，扯下窗帘安装在桂德九的窗户上。

2019年正月十三，是沿江村家家“上灯”的日子。独居在家的桂德九门前却热闹非凡，一阵“噼噼啪啪”鞭炮鸣响，众亲友入席。随后，大家纷纷举杯，簇拥着桂老，拍掌齐唱“生日快乐”歌。

桂德九老人乐呵呵的，开心得像个孩子。主持人周维忠笑容可掬，面对众亲友举杯，声音洪亮地祝福桂德九。

“桂老，八十大寿，生日快乐！”

桂德九这一辈子，第一次过生日。

周维忠给这些孤寡老人建了档案，今年桂德九年满80岁。以前和桂老聊过，他平日似乎和亲友没有来往。周维忠想，桂老独身一人，不妨为他筹划一个生日宴，热闹一番。他瞒着家人，特意请了街上开饭店的厨师下菜单，厨师被他的爱心感染，只肯收成本价。生日前一天，他找几个朋友一起帮忙搭场子，自己动手接上临时用电，跑到周边邻居家，请他们来捧场。

寿宴上，和桂德九邻座的是村里其他老人。大家都说桂老的福气好，80岁赶上了好日子。主办这场特别的寿宴，周维忠不仅耗费精力，而且自掏腰包花了3200元。桂老在十里外的侄子也是周维忠请来的，他在寿宴上敬了周维忠一杯酒，动情地说："周师傅为我伯父办了三桌酒，让他风风光光地过大寿，我这个侄子都有些惭愧，周师傅真比儿子还亲！"

周维忠憨厚地笑了笑："这没什么……"将心比心。周维忠能体会这些老人的苦衷，他们不愿离开家去敬老院，也不愿给乡邻添麻烦，虽然享受政府低保救助，却也要独自咀嚼晚年的孤独和病痛，有的老人时常有悲观厌世的念头。周维忠就利用抄电表的机会跟他们聊聊天，做点力所能及的事情，给他们送去精神慰藉。

周维忠为老人们想得很细。他看到两位老人的窗户蒙着塑料薄膜，就帮他们换上铝合金窗户；给7位老人置办围巾、帽子、袜子、衣服等物品；还为病重的独居老人送去临终关怀，让他们安然离世，帮助料理后事。老人们有感于周维忠的善心，无以回报，留下遗嘱：生前用过的轮椅、电视、电风扇留给周维忠。他把这些都转送给其他老人使用，但去世老人的心意，他记在心间。

"外快儿子"的由来，含有沉甸甸的情义。

"电爸爸"的苦心

唐家一对儿女，曾是周维忠的"心病"。

帮唐永富解决了生计问题，可是，他儿子唐久亮那副呆呆的模样，在老周脑海中挥之不去。唐永富年纪大了，唐久亮却长不大。周维忠知道，儿子唐久亮是唐永富一生的牵挂。

天下的父母，没有哪个不疼爱自己的孩子？当唐久亮呱呱落地，唐永富也像所有的父亲那样满心欢喜。他抱着襁褓中的婴儿，看着嫩乎乎的小脸陶醉不已。妻子虽然智障，生下的女儿还是正常的，他很高兴添丁生子，给儿子起名"久亮"，祈求儿子像姐姐一样阳光，拒绝阴霾。不料，智障妻子的遗传基因在儿子身上显得特别强大，命运再次捉弄了唐永富。

不求儿子有出息，只求他能正常生活。唐永富无数次地祈求老天的恩赐，这个最低的要求，成为最高的奢望。

周维忠用手摸摸小久亮的头发，和他慢慢地说话。12 岁的小久亮，10 个数字都数不清，表达也异于常人。周维忠觉得孩子太可怜。他还记得，以前邻村就有这样的悲剧，智障孩子的负担实在太重，那家人就把孩子骗到汽车站，然后躲在一边，眼睁睁地看着智障孩子被别人拐走了。

“要是不管不问，这孩子就难说了。”周维忠说，“万一流落到社会上，成为乞讨儿，或者走上被人利用的不归路怎么办？”

周维忠知道，唐永富要撑起这个家是很难，对儿子小久亮更是有心无力。小久亮的木讷表情，时常被别人嫌弃，后来小久亮也羞于见人，有陌生人来就躲到一边。周维忠每次到唐家抄表，都会给小久亮带去一些好吃的，火腿肠、饼干、瓜果、糖块。虽然都不贵，但小久亮喜欢，脸上挂着舒心的笑容，看他眉开眼笑，周维忠也很开心。

有空的时候，周维忠就会骑车赶到唐家，为唐久亮洗头、剪指甲，带他去理发店，把乱发剪得整整齐齐。唐久亮有些久已形成的恶习，周维忠也不客气，见到他乱翻垃圾，就会拉下脸，厉声喝止。

有时候鼓励，有时候批评，周维忠告诉小久亮，应该做什么，不该做什么。渐渐地，小久亮不再捡垃圾堆的东西吃了，培养起一些卫生习惯，生活能基本自理，还能帮着家里做些简单的家务活呢！

周维忠知道，唐久亮正在长身体，就为他买来排骨和肉，亲自下厨做香喷喷的猪大排和红烧肉。周维忠知道唐久亮食量大，一顿能吃一碗红烧肉，每个月月初，他都顺道买些鱼啊肉的送到唐家。

以前小久亮的痴痴模样让村里人躲之不及，他也能感觉到人家的嫌弃。周维忠对他的关爱，让他心生温暖，变得格外听话。日久情深，小久亮并非木头，他也懂得感恩。周维忠维修线路，他也跟着跑，搬搬梯子，递递工具，跟前跑后，仿佛是一个小助手，乐得眉开眼笑。

乡邻们都跟周维忠说，你认了个“干儿子”，周维忠呵呵一笑，摸摸小久亮的脑袋。小久亮却当了真，一口一个“电爸爸”。唐久亮不能像同龄人那样上学，平时喜欢在村里闲逛，村里人都认识他。谁家有苹果、香蕉、糖果什么的，只要见到他都会给他一些。小久亮渐渐不怕人了，跟着周维忠就有了好人缘，在村里“吃得开”。

日久见人心，村民看到周维忠对小久亮的耐心帮扶，都会说上几句夸赞的话。小久亮这样的智障孩子，周维忠能主动地“管管”，在当今社会何等稀罕啊。村民看在周维忠的面子上，愿意善待小久亮。周维忠的善举感动了很多人。

左旭峰和林老姑老家在安徽，来沿江村承租 200 亩农田已有 10 多年。说到周维忠，林老姑用带口音的普通话说：“周维忠心地真好，只要用电上有什么问题，电话一叫，马上就来，从来不把我们当外人。周师傅把小久亮当自家孩子，不是一天两天，而是这么多年，我们都很佩服。”林老姑他们只要看到小久亮，就会把屋里好吃的东西拿出来送给他。

小久亮的智力停留在孩童阶段，但他的骨骼发育了，个头儿长高了，虽然略显单薄，也有一身的蛮力。夏收农忙期间，沿江村的田间地头，经常会有唐久亮干活的身影。收割机收割完小麦或稻谷，唐久亮就学着别人的样子，弯下腰将一袋袋粮食运上车，忙得满头大汗，但乐此不疲。

下班回来的周维忠，专程绕道看看唐久亮干活的地方，为他加油鼓劲。当着乡亲们的面，赞扬小久亮懂事又能干：“小久亮来做好事啦！”“你干活卖力，不错，不错！”听到“电爸爸”周师傅的热情鼓励，唐久亮一脸灿烂，不好意思地嘿嘿直笑，干活的劲头儿更足啦！

每天收工的时候，村民都会留唐久亮吃晚饭，炒两个好菜，有的还塞给他三五十块钱，给他的劳动以回报。

周维忠说，小久亮心里有数，大家要以平等的眼光待他，多夸夸他，他是能感觉到的。工作之余，周维忠还会带唐久亮到家里吃饭，和小久亮一人一小杯酒，端起酒和他碰杯，夸他是个“有用的人”。

严冬腊月，雪深没膝。周维忠只能放弃骑车，步行去供电所上班。刚走到村口，看到唐久亮正等在路边。“大雪天的，你跑出来干什么？”周维忠呵斥小久亮，让他赶紧回家。可小久亮根本不听，跑到周维忠前面，用双脚划拉着积雪，给周维忠蹚出一条道来。周维忠心头一热，还是力劝小久亮回家。小久亮像头倔牛，死活不听劝，硬是走在周维忠的前面，蹚了近 10 公里的雪路。直到“电爸爸”顺利到达供电所，才呵呵笑着转身离去。

雪地里蹚出的路，让周维忠泪目。

平时，小久亮只要一看到周维忠的身影，就会大老远地迎上去，并跟前跟后地陪他走村串户去“抄电表”。

而今，唐久亮长成大小伙子，不开口说话，几乎看不出痴傻。乡邻建房，他就赶去帮忙挑砖头。庄稼地里收割，上百斤的稻谷口袋，他扛起就走。村里人都说，唐久亮跟着周师傅，“铁树开花了”。

周维忠对小久亮的好，唐永富看在眼里，感激不已。

不过，唐永富还有另一个心病。

当时唐永富最不愿意说，唐家一儿一女，也是儿女双全。唐久亮的姐姐叫秋霞，心智正常。10多年前，因为无法忍受家里的破败和压抑，一气之下离家出走，再也没了音讯。

一家四口，三口不健全，好歹有一个正常的女儿，以为能帮唐永富分担些家庭压力，多少也是个安慰。不料，秋霞15岁外出打工，像人间蒸发了似的，跟这个家断了联系。

活蹦乱跳的女儿不见了，唐永富如五雷轰顶，伤心欲绝。他从仪征找到扬州，在扬州周边的县市和亲戚家找了一圈儿，都没见到秋霞的影子。闺女找不回来，想到还要照料智障的妻儿，实在没精力和财力继续找了，索性就不找了。秋霞这个名字像一根刺，狠狠地扎在唐永富的心头。

村里人看着秋霞长大，难免会问她的去处。唐永富爱面子，对乡邻说，闺女出去打工，每月都寄回一些钱贴补家用。

人们并没看到唐家生活条件有所改善，就是随口问问。唐永富的难言之隐，周维忠看出来了，但他心地善良，嘴上便不说开。唐永富深知周师傅为人厚道，不会戳穿他的假话，就把女儿出走的实情告诉了他。

周维忠跟谁都不提，却多了桩心事。秋霞为什么一去不回？她是走丢了，还是另有隐情？不管看什么报纸、书刊和电视节目，周维忠都会留意“寻人启事”的栏目。怎么帮唐永富找回女儿呢？

逢年过节，周维忠都会到唐永富家探望。唐永富见到周师傅便念叨：秋霞咋还不回来啊？她是死是活，总该来个信儿呀！

唐永富和周维忠说实话，无助而又期待地看着周维忠，好像周师傅会像孙悟空那样能变戏法，能把丢了的秋霞变出来。周维忠反倒有些愧疚，似乎不把老唐的女儿找回来就对不起唐家。

周维忠换位思考，理解唐永富当爸爸的苦衷，就当是自家闺女离家出走了，他很上心地去寻找秋霞的下落。此后四五年间，周维忠自掏腰包，花钱在几家报刊登载寻找秋霞的信息，到处托人打听。只要发现与秋霞相似的线索，他就不厌其烦地打电话联络，结果没有一个是真正的秋霞。

直到2013年春节前的一天，周维忠接到了秋霞打来的电话，因为“寻人启事”留着周维忠的联系电话。秋霞哭着说，她已在宜兴结婚安家，有了孩子，当初离开沿江村就是嫌家里穷，母亲和弟弟又有残疾，生活在这样的家庭没盼头，她不打算回娘家了。说完就挂了电话。

周维忠随即打回电话，对秋霞好言相劝，让她回家看看。秋霞说什么也不愿意，早年她家有太多的无奈，给她留下了深深的心理阴影。周维忠告诉她，你父亲等着你，你的弟弟也好多了，家里会一年比一年好的。周维忠一次次电话，一句句掏心窝子的话，终于把秋霞说动了，她同意回家了！

端午节前夕，离家22年的秋霞回仪征的当天上午，周维忠早早赶到汽车站迎接，用出租车把秋霞接回了沿江村。

事先周维忠把这个喜讯告诉了唐永富，唐永富又惊又喜，简直不敢相信自己的耳朵。电话里周维忠还和秋霞商量，趁她回家的机会，提前一个月为她父亲操办70岁生日。周维忠出面，帮着唐永富联系，请两桌亲友聚聚，让唐家风光风光。

在亲友团聚的饭桌上，秋霞给周维忠敬酒，她说：“谢谢周叔叔，我念这个家，更怕这个家，是周叔叔给我家带来了光明……”

秋霞泣不成声。唐永富更是一把抱住周维忠，哭成了泪人。弟弟小久亮拉着姐姐，一直不肯松手。亲友们都为唐永富一家高兴，秋霞回来了，残缺的家团聚了，寂寞的老唐家也有了久违的笑声。

看到父母和弟弟都有了变化，秋霞感到很意外。小久亮告诉她，周师傅是我的“电爸爸”，秋霞点点头：“你真是有福气啊……”

相聚时短，思念悠长。回去的时候，秋霞就和家人约好，要接他们到宜兴自己的家住上一段时间。不久，唐永富带着妻儿去宜兴探望女儿，周维忠给他们购买了车票，送他们上了长途客车。唐永富和唐久亮将头探出车窗，使劲儿地朝周维忠挥手，脸上带着幸福的笑容……

“露馅”的周维忠

“周维忠”，妻子苏俊琴直呼其名。

苏俊琴老家在镇江丹徒的幸福村，位于沿岸的世业洲，与周维忠所在的扬州仪征沿江村隔着一条长江。周维忠姑妈到对岸的企业打工，与苏俊琴相识，对这个清秀懂事的姑娘很有好感，就把她介绍给周维忠。那时长江两岸间有轮渡，周维忠过江相亲，与苏俊琴一见钟情。

当初谈恋爱，两人都是 23 岁，正是无忧无虑的青春年华。周维忠幽默风趣，苏俊琴却更喜欢他的忠厚耿直。“周维忠是不会绕弯的，我们出去玩的时候，他自己想喝水了，要到小店买矿泉水，问我一句，你要不要喝水。我要是说不要，他就不会帮我买，就是一个直肠子。”

喜结良缘，百年好合。他们的婚事办得简朴，新娘子的金银首饰都没买，周维忠无比愧疚，欠下的情，直到若干年后才还上。苏俊琴记得那天是结婚纪念日，周维忠要送她一个礼物。打开首饰盒子，装着一只金戒指。哪里来的呢？原来是村里有人买来黄金帮客户打制的，结果订货的人变卦了，周维忠就买了下来，只花了 250 元钱。苏俊琴挺高兴，金戒指不就是一份心意吗？

1997 年，周维忠父亲因病去世两年后，相信风水的母亲想要翻建旧屋，以求冲冲家里的霉运。家里只有 800 元存款，差得太多，只能东拼西凑。周维忠说：“乡邻们听说了，主动把钱借给我们，这家 800，那家 2000……两层楼的新房子盖起来，一共欠下了 5 万元的债务。”

乡亲们说，还钱不急。可当时 5 万元绝对不是个小数字，周维忠家的经济条件并不好，两口子节衣缩食，勤俭持家，有一点儿还一点儿。当农电工与外出打工的邻居相比，工资每月 1100 元，尚属低收入者。周维忠有修电视机的手艺，有时揽些修理的活儿，但整体收入也不高。

以周维忠的聪明能干，何愁找不到挣钱的门路。有人劝他“跳槽”外出打工，一年至少挣个三五万。他思前想后，舍不得丢下农电工的活儿。周维忠说：“无论如何，沿江村这么上千户人家，需要一个农电工，这样张家出了用电故障，李家需要新接电源，叫起来也方便。”

欠债还钱，天经地义。当时苏俊琴在玩具厂打工，踩缝纫机做玩偶，早出晚归，计件拿钱。可是几百元、上千元入账，杯水车薪，眼看家里欠债还有 4 万多元，苏俊琴比周维忠还着急。

“巴家”在仪征本地话中是特别顾家的意思。周维忠讲述妻子苏俊琴就用了这个形容词：“我老婆巴家，非常传统。”

1998 年，村里熟人商议结伴“闯关东”，前往离家 3000 里外的东北，到浴室给人搓背。仪征“搓背大军”全国有名，源于扬州浴室的长盛不衰。苏俊琴动了心，人家大都两口子同行，唯有她独自前往。

扬州沐浴，连同扬州园林和淮扬菜肴，属于“扬州三绝”。丰润的水土养育了热爱享受生活的扬州人。“早上皮包水，晚上水包皮”，是扬州有名的俗话。“皮包水”说的是早茶文化，“水包皮”则是指沐浴文化。“扬州传统搓背术”还是扬州市级非物质文化遗产代表项目呢。

苏俊琴勤学苦练，手法和力道都很快了然于心。在闷热的浴室里，东北女顾客对苏南妹子的满意度很高，苏俊琴看上去瘦筋筋的，下手却恰到好处，轻重有度，搓擦周到。有的常来浴室的女顾客，一次享受过，就认准了她的工号，每次来都找她，而她干活认真，绝不偷懒。

“搓背这个活儿，好像很轻松，实际上很累人。”苏俊琴说，“每天都腰酸背疼。工作环境高温潮湿，容易落下关节疼的毛病。这还都是次要的，主要是离乡背井，心里总是很牵挂家里。”

“很对不起她，吃了那么多的苦……”周维忠愧疚，万般不舍。妻子远行是为了这个家，每每说到此，他都潸然泪下。

在海城打工的日子里，苏俊琴和同乡们合租一套房，另两间住了两对夫妻，只有苏俊琴是独居，与丈夫分居两地。

仪征“搓背大军”的基本单元，大都是结伴打工的农民夫妻。那时手机还没普及，打电话要用电话卡，或者到附近的卖报亭。偶尔打一次电话，苏俊琴会劝丈夫一起出来干，一是好有个伴儿，二是能多挣点钱，把家里的债尽快还清，还可以继续装修一下。周维忠回答："干完今年，明年再说吧。"

苏俊琴清楚，周维忠跟她说的"明年"，是无法兑现的诺言。见说服不了丈夫，苏俊琴急了，恳求也没办法，有时在电话那头哭泣，周维忠在这头说好话。后来她明白了，周维忠看重农电工的岗位，丢不下手头的工作，也丢不下村里的乡亲。她默默地支持丈夫，肩负起了家庭重担。

多挣点钱还债，苏俊琴带着朴素的念想，连续12个春节没回家，只是农忙季节回来住几天。"有时过年了，打个电话，孩子哭着要妈妈，我也没办法。"说到春节不能团圆，周维忠心里很不是滋味。

苏俊琴外出打工，周维忠在家"留守"，常年过着夫妻两地分居的生活。还债的代价，是所有开支能省则省。家里用了多年的21英寸电视，坏了后宁愿不看，也不舍得花钱换零件。过年时也没给老母亲和女儿买新衣服，都是苏俊琴在东北趁店铺打折买来的。家中楼梯没顾上装扶手，母亲夜里下楼，不幸从楼梯口摔下，造成小腿粉碎性骨折，卧床三个月……

苏俊琴在海城打工，一拿到钱就往家寄，嘱咐周维忠逐一把钱还上。"我本想寄回来的钱，加起来应该还完债了，但周维忠总对我说，家里开支大，债还没还完。后来才知道，他把钱用在哪里了。"

2005年，在苏俊琴打工7年之后，周维忠家盖房所欠的债终于还清了。即使还清了债务，周维忠家的经济仍然不宽裕。这时，周维忠的发小周华玉找上门，他在城区开了一家洗浴中心，想聘请周维忠去当管事的经理，并许诺，可以夫妻同去，每人的月工资不低于3000元。

周维忠当时收入1100元左右，而发小很痛快，月工资有3000元，等于收入翻了将近3倍，而且夫妻也能团聚了。

然而周维忠婉拒了朋友的好意。全村1100多家乡亲需要他，几个困难户和孤寡老人早已离不开他。他要是甩手走了，对不起这些需要他的人。苏俊琴理解周维忠的心意，此时海城那边的用工负责人仍希望她上岗，老顾客还在问她啥时候回去，于是她就再赴东北，继续打工生涯。

债还上了，家里用钱的地方还很多。"巴家"的苏俊琴，挣钱，寄钱，却不肯花钱，吃的用的能省则省。有时感冒生病，躺在床上，就会想起远在仪征的家人，不由得悲从中来，心酸不已。支撑她的信念是小家庭的建设，债还清了，房子装修了，他们的日子会好起来。

苏俊琴并不知道，不管家中经济多么拮据，唐永富家、孤寡老人及困难家庭每月加起来的电费，还有为孤寡老人置办生活用品的钱，周维忠总是瞒着家人事先留下来，绝不挪作他用。不仅如此，当周维忠看到唐家吃了上顿没下顿时，还悄悄地买点大米和蔬菜，给予接济。

直到有一天周维忠这个农电工的事迹被著名主持人白岩松在中央电视台节目里“捅”了出来。在此之前，周维忠的事迹报道由供电系统到主流媒体，已经引起很大反响，家人却还被蒙在鼓里。

远在镇江的妻妹很少看报，回到家打开电视，几乎是“规定动作”，原因很简单，可以边看电视边做家务事。这天她眼睛瞄过央视节目，正好看到一则农电工的报道，耳畔飘过一个熟悉的名字。她不禁犯了嘀咕：白岩松说的“周维忠”是她的姐夫吗？这可是面对全国观众啊！

可是电视里那个憨厚的周维忠的照片，那个字幕上标明仪征供电公司农电工的周维忠，不是她的姐夫又能是谁呢？

妻妹给姐姐苏俊琴挂了个电话。

这下子捅了娄子，周维忠“露馅”了。“你是大老板还是大官咋的？你家里有这么多钱啊？我说怎么搞的，我们家的债总是还不清呢，原来你根本没说实话！”

“你别急，你听我解释嘛。”

“你能说什么？就你是好人，就你穷大方，这日子还过不过了……”电话里苏俊琴的怒吼，像一阵疾风暴雨朝周维忠砸过来。

妻子的哭泣让周维忠心如刀绞。

“当时没办法啊，就认错呗。”周维忠满怀愧疚地说，“我老婆打工不容易，让她发发牢骚，也是应该的。”

“后来呢，你怎么化解呢？”

“好久没搭理我，慢慢开导，先让她把心气儿平顺下来。”

“你把钱用了，怎么开导？”

“好好说呗。我跟她说，青黄不接的时候，家里口粮根本不够吃。要挨家挨户借粮，兄妹四人都怕难为情，只好抓阄。实在饿呀，是乡亲们省出来的一口饭，给了我们一条活路。这是百家饭的恩情。后来选村电工，想干的人多，大家也是看我家穷，才给我这个服务的机会。”

周维忠保证，以后任何事都跟妻子商量。

对乡亲，周维忠竭尽全力。对家庭，周维忠歉疚多多。举个例子，家里旧电视早已落伍了，女儿周莉想看个像样儿的彩电，老周都没松口，直到 2009 年夏，苏俊琴带回来打工的钱，他们才咬咬牙，换了一台新彩电。

周维忠“管得宽”，还是秉性难改。

村里河道支汊上有一座危桥，原来仅四块楼板铺设，经过风吹日晒，只剩下了三块半楼板。白天行走还好点，晚上一不小心就掉下隙缝，曾有人骑车栽进了河里。周维忠告诉苏俊琴，想牵头把桥修好。老人走路本来就吃力，路面不平整，可能会有危险。

听来有道理，可非得周维忠管吗？苏俊琴放下电话，不放心又打过来。“你这个人啊，不是有村委会吗？”

“村里要办的事多，咱出力不就快嘛。”

“反正这次你别再管了。”

周维忠把话岔开了。苏俊琴的担心并非多余，周维忠又一次食言了，他考虑老人走路的安全，再一次“先斩后奏”。

在危桥上徘徊的周维忠，仔细地察看现场。他向村委会表示，自己愿意出资 5000 元，将这座桥彻底修复。周维忠的爱心感动众人，村民有钱出钱，有力出力，最后筹款 2 万多元。2009 年 9 月，修缮工程使这座老桥抹去了岁月的伤痕，扎实地横卧于小河上，大家称它为“爱心桥”。

也是记者的发掘，苏俊琴才知道，周维忠持续帮扶了沿江村 15 户困难家庭，为他们垫付电费、买米买肉、寻医问药、修缮房屋。而当时家里的债务没还完，这些费用不仅是周维忠“抠”出来的，也是自己一个个后背搓出来的！

苏俊琴是刀子嘴豆腐心，虽然对周维忠有抱怨，但她还是把搓背赚的辛苦钱按月寄回家。抹去眼泪的周维忠，平复了心情说：“在得知我家属的情况后，各级领导想方法帮她找了一份就近的工作。现在女儿也大学毕业，还报考了电力企业，乡邻们可羡慕咱了呢！”

2012 年，苏俊琴从海城回来，有了一份仓库保管员的工作，夫妻终于得以团聚。周维忠不会说甜言蜜语，他用行动弥补深藏多年的愧疚。苏俊琴说：“我回来上班的时候，因为在外打工时间太长了，不会骑电瓶车，他早上把我送去，晚上下班了把我接回家，想想我也蛮感动的。”

晚饭后没有电话来，周维忠的时间就交给苏俊琴了。他们俩一起散步，沿着河边的小路，走到村子外边的马路上。散步也是散心，分居两地时这曾是遥远的奢望。俩人说说家里事，说说村里事，心里就算有疙瘩也融化了。有时太阳余晖尚在，俩人并肩坐在桂花树的浓荫里，漫天霞光如多彩的锦绣铺展，彼此享受着默契的幸福感，人到中年仿佛回到了初恋时光……

老爸的“财富”

爸爸给儿女如山的依靠。

女儿周莉是周维忠的宝贝疙瘩。

孩提时期，周莉就喜欢爸爸那双充满力量的大手，能把自己举得高高地旋转。她开心极了，大喊着：“我会飞咯！”

小女孩很乖巧也很敏感，总希望能在父母的身边。可是爸爸太忙了。等到爸爸下班回家，她就怕家里电话响起来。一放下电话，爸爸就骑上摩托车，急匆匆地往外跑，说用电的事情不能耽误。

妈妈也很忙，先在附近厂子上班，后来到东北打工。平时周莉跟着奶奶生活，在思念妈妈中度日。在长达 13 年的岁月中，只能在照片上看到妈妈的笑脸，在电话里听到妈妈的声音。春节妈妈走不开，只能农忙时回家，每次都给她带新买的衣服。可她最想要的是妈妈不要走。她抱着妈妈泪流满面，妈妈也哭，告诉她，家里欠了钱，她必须工作才能把债还掉。

爸爸在家吃饭，本来多高兴的事啊。爸爸掌勺炒菜，她能跟爸爸说说话，撒撒娇。没想到，却给她带来了好大的烦恼。

那一天晚饭前，周维忠回来，带了一个言行举止很奇怪的男孩，说他的名字叫唐久亮，让他坐在饭桌旁一起吃饭。

周维忠耐心地和小久亮说话，好像忘了周莉的存在。荤菜和素菜都做好了，周维忠盛了满满一碗饭端给唐久亮。小久亮不管不顾，专挑好吃的，吓人的吃相让周莉看得愣住了，她一赌气离开了饭桌。

看到周莉噘起嘴巴，周维忠搂过女儿耳语几句。

“你把久亮当作亲哥哥就不讨厌他了。”

看不惯有人分享父爱，女儿当然要抱怨。

“我想吃糖醋排骨，你每次都忘了，或者说没时间做。可是对他咋就这么大方？我可是你的亲生女儿啊！”

“对不起啊，你要吃，我再烧嘛。”

有时到了吃饭时间，唐久亮会在周维忠家门前转悠。周维忠就把小久亮领进门，和家人一起吃饭。小久亮食量很大，饭桌上周维忠给唐久亮夹红烧肉，让他敞开肚皮吃个开心。也许他认为唐久亮有沟通障碍，而女儿周莉聪明懂事，照顾自己没有问题，用不着他来管三管四。

然而周莉是独生子女，从小到大虽然家里不富裕，但她一直是父母的掌上明珠，哪里受得了爸爸对别人家孩子这般呵护！

况且，唐久亮吃肉没够，狼吞虎咽，邋里邋遢，奶奶能耐心相待，而周莉就不高兴，放下筷子，不想吃饭了。

看得出，女儿对唐久亮有点嫌弃，也有点吃醋。

“小久亮家很困难，我们帮帮他吧。”

每个女孩子都有爱美之心。在周莉的记忆里，小时候爸妈都给她买衣服，后来妈妈买得多。她念小学三年级开始，周维忠自己不上街，想要什么衣服了，都让姑妈们抽空儿带她去集镇的商店买。

可是奇怪，每到春节，周维忠都要领着小久亮买一身新衣服和一双新鞋子，小久亮乐得合不拢嘴，在周莉面前炫耀。

那时周莉年纪尚小，不能理解爸爸的善心，有的只是不满：“反正你对唐久亮比对我还好！我有意见！”

周莉说，回想起来，爸爸那时应该挺为难的。她记得周维忠和她坦率地沟通过：“我们困难的时候，村里人曾经帮过我们，现在我们也要帮人家。小久亮这一家人的日子，比我们家更困难。”

读初中时，周莉寄宿在学校宿舍，每个周末可以回家。有一个周末，周维忠对女儿说：“周莉，今天爸爸带你串个门好吗？”

周莉问：“好呀，去哪里啊？”

“就去你唐久亮哥哥家，你不是很好奇吗？”周维忠说，“今天就带你去看看他们家是什么样子，好不好？”

周莉勉为其难地答应了。

周维忠带着女儿，先去买了盒装牛奶，割了瘦猪肉，想想又去买了水果，这才骑车载着周莉，一起去了唐久亮家。

沿江村很大，很多角落周莉都没去过。感觉摩托车骑了好一阵才到，一进门，周莉真不敢相信自己的眼睛——居然还有这么破旧、随时都可能倒塌的房子！当时周维忠还在琢磨怎么帮唐家修房子，只见碎砖头掉渣，墙上没刷过漆，还裂了好大一块，大白天的也看不见屋子里有什么。过了一阵，周莉眼睛适应了，才看到两位老人家在笑，大爷眯着个眼睛，而大妈似乎有点胆怯。

“周莉，这是唐哥哥的父母，你喊人了吗？”

“大爷好，大妈好！”

周莉突然反应过来，原来爸爸平时说的没有半点儿假话。自己太任性，总觉得爸爸偏心，看来这家人真的太难了。

醒悟的周莉鼻子一酸，赶紧搭手和爸爸一起把唐久亮家打扫了一遍。爸爸去厨房的灶台前做红烧肉，她就把带来的香蕉掰开，给每人递了一根。看到唐家人都吃得很有滋味，周莉的眼角不由得湿润了。

回去的路上，周莉说：“爸爸，我向你道歉，对不起啊，误会你了。没想到唐哥哥家这么困难，以后我也帮你忙。”

“闺女，你有这份心就好。”

偶尔听父母念叨家里欠债，周莉就跟着犯愁，小小年纪就很懂事，不会要什么名牌，吃的、用的一向随意。就是想家里换一台新电视，父母不作答复，她也知趣地闭了嘴，直到好多年才看上了新彩电。

这天周莉从学校回家，翻找以前用过的课本，无意间发现了一个木头箱子。她跑去问奶奶，这箱子里藏着什么宝贝呢？

奶奶笑她想多了："咱家能有什么宝贝啊，要是有的话，欠债也不会到现在也还不清啦，你还是问你爸爸吧。"

她好奇：爸爸会有瞒着我的小秘密吗？

傍晚，周维忠走进家门，刚跟奶奶打了个招呼，周莉就迎上去，迫不及待地把爸爸拉进房间。她指了指箱子，得意于这个重大发现，笑眯眯地问："爸爸，这里面不会是咱家的存款吧？"

周维忠打开箱子，周莉眼睛看直了。"哇——"箱子里满满当当都是存折。连蒙带猜的，没想到蒙对了。

"老爸，你瞒着家里人，有这么多的存折！"周莉和爸爸没大没小，早已习惯了，她要弄个水落石出，看爸爸怎么回答。

"平常老喊没钱，原来是在蒙我啊！""存折是真的，名字不是我们的。""什么意思？地上捡的？"

"哪里去捡嘛，人家送来的。"

没等周莉兴奋劲儿过去，周维忠就把存折翻开说："你看，这里有150多本存折，一部分是村民们委托我存钱、代扣电费，还有一部分是村里的留守老人把家里的存款委托我来保管的。"

他拿过一本最早的存折，告诉周莉："你知道跃进组的周本来吧，他把十年多的存款都交给我，连个收条都不肯要。"

周莉感到非常诧异，毕竟总听说江湖险恶，人与人之间的信任非常难得。她竖起大拇指："哎，老爸，这么多人信任你啊？"周维忠咧嘴笑了："女儿啊，信任虽然只是两个字，但它很重，价值千金，这也许就是成就感吧，我感觉无比幸福！"

那是2010年农忙时节，从事粮食加工的村民周本来，遇到了一件不大不小的烦心事。因为路途不便、业务繁忙，他没空到城区缴纳电费，可他又担心欠费停电影响生产，夹在两难中的周本来很苦恼。这时，热心肠的周维忠上门服务，愿意帮周本来到城区缴纳电费。周本来二话没说，就把银行存折拿了出来，这是周维忠收到的第一本缴纳电费的存折。

村民到供电所缴电费，周维忠能"代办代缴"，很快就口口相传，被许多人得知了。不相信周师傅相信谁？于是他收到的存折越来越多。最多的时候，全村有 700 多户村民把存折或银行卡主动交给周维忠，委托他代缴水电费、购买生活用品等，每年经手的金额超过 100 万元。

这些年，电子缴费越来越普遍。逢年过节，周维忠巡线，特意来到那些有亲人回来的老人家里，推广手机缴电费的功能。这不，他来到吴奶奶家，给回来过节的吴家孙子讲解“网上国网” APP。“这个 APP 功能齐全，你只要下载，注册登录就能随时缴费、查电量和办业务……”

从介绍功能应用，到协助客户完成下载安装，再到讲解操作方法，周维忠不厌其烦，每天重复几十遍，教会老人的家属。他要让村民享受到供电服务的便利，从“最多跑一次” 到“一次都不跑”。

时至今日，放在周维忠家抽屉的银行存折，就是周莉发现的“爸爸的存折”，还有 150 多本，都是非亲非故的老人或者在外打工的村民请他存钱、代缴电费，存了多少年、存了多少钱，全权委托。

农村的老人大都很看重“养老钱”，有的连子女也不愿意托付，但都放心地交给周师傅保管。周维忠要打收条，他们都摆摆手：“不用，不用，你能收着我们就放心了。”没有人肯要他一张收条。

周维忠估算了一下，这些村民存折里的钱加起来，至少超过 20 万元。都说人与人的关系冷漠，不能随便相信别人，周维忠能得到这么多人的信任，他觉得自己就是天底下最幸福的人。

快欠费时，周维忠上门收钱，带到银行存好。“现在手机缴电费的多了，哪怕剩下最后一本存折，我也会把这份工作做下去。”

在电力企业上班的周莉，对爸爸周维忠有了更多的理解。当省电力公司组织“最美国网人” 的宣讲活动时，主办方与周莉商量，能否从女儿的角度写一写父亲。她提笔写了一篇文章，题为《我的父亲》。后来确定的宣讲者就是周莉，这是她第一次写爸爸，也是第一次当众发言。

在她的文章结尾，有一段心里话：“我想说，通过爸爸我学到了很多。心存善念、多做善事，不计较个人得失，是难能可贵的精神品质。于我而言，家人健康是最宝贵的。我很羡慕爸爸知足常乐的心态，幸福感真正由内而外散发出来。我们这一代年轻人还是太浮躁了。为了向他看齐，我在积极地向党组织靠拢……”

演播大厅的掌声响起来，角落里有一个听众泪湿双眼。他就是悄然入座的周维忠。女儿长大了，她的文章要写什么，这是她的自由。但女儿能理解他这个父亲，让他倍感欣慰。周维忠说，我帮助别人，其实也是帮助自己，女儿见我这样做，她懂得了感恩，这会让她受益终生。

“劳模”含金量

最先叫“周劳模”的，是曾任沿江村村委会主任的陈怀忠，他说：“我们打小在一起长大，但他做了这么多好事，邻居们并不知情。过去大家说他人缘好，村里做不通的工作，我们请他出山，他尽心尽力地帮着村里搞定，这么多年了，他默默做好事，我们接受起来倒成了习惯……”

周维忠是一个屡受表彰的老先进了。2008 年周维忠做好事“泄密”后，相继被评选为“仪征好人”“扬州好人”“扬州市劳模”“江苏省劳模”和江苏省第四届“道德模范”；2011 年 12 月，周维忠荣登“中国好人”榜；2013 年，周维忠当选省“三创三先”之星和“十佳文明职工”，荣获江苏省“五一劳动奖章”，作为全省学雷锋先进典型接受省级媒体的联合专访，被国网公司党组和江苏省委分别授予“创先争优优秀共产党员”称号……

评劳模，当先进，周维忠都很低调，一向不张扬。村里人为他高兴，觉得以前看劳模隔着老远，而周维忠就在他们身边，就是村民中的一员，做的好事也在沿江村，还是叫“周劳模”能表达乡亲们对他的认可。周维忠不好拒绝，把这些当成一种鞭策，“分外”的事做得更多了。

沿江村的排涝站建于 20 世纪 70 年代，拥有电动机 3 台，最大抽水量达每秒 12 立方米。村集体没有专款，如何维护与使用，曾使村委会深感为难。1988 年，从周维忠担任村电工的时候起，他就承担了义务维护保养的责任，定期检查电机运行状态，并做到“小修不出门，配件自掏钱”。他当电工归电力部门管，而排涝站归水务部门管，他一干就没脱过手。

紧靠长江的沿江村，对于长江的脾性很警惕。有一年，长江流域遭遇严重洪涝灾害，仪征沿江地区内河水位猛增 1.8 米。排涝站开足全部马力，24 小时内泄洪约 90 万立方米，使村庄和农田安然无恙，度过最危险的时段。

仪征市水务局表彰沿江村排涝站为“抗洪排涝先进单位”。村民说：“排涝站之所以拉得出、打得响，不是靠什么运气，还是多亏了周师傅。”

周维忠告诉我，村里粮田地势偏低，一下大雨，就容易被淹，庄稼一被淹，时间一长，就会影响产量。排涝站平时维护，汛期开启，不排水就会影响庄稼生长。排水时，机器一开就是几天，晚上还得值班。夏天蚊虫多，浑身被咬，那滋味不好受。这么多年他都是义务干活儿，从没领过工资。

“周劳模”是沿江村先喊出来的，供电所同事听了，都说村民们有创意，而且这个创意很贴切，并不觉得意外。

“这是小事，我来”，同事都记得周维忠的口头禅，有一种举重若轻的担当。每当有供电维修任务需要落实，周维忠都会冲在前面。而遇到麻烦问题要解决，他从不回避，主动迎战，情愿比别人多做。

防汛期间，有 5 根电线杆需要登杆操作，三人小组里就有周维忠，他对另外两名同事说：“这是小事，我来爬三根，你们一人一根。”用户家里的接户线坏了，他说：“这是小事，我来。”主动爬杆更换。

有一户自主创业的人家，家境窘迫，手头也有些紧，要办理供电增容，可不懂流程，也找不到专业人士指导，眼看着因无法扩大产量而压着订单犯愁。周维忠得知此事说：“这是小事，我来。”紧接着，他给那家人提供资料，做增容的技术指导，帮助他们走上了生产的正轨。

年前，同事的台区有个“钉子户”，总是不缴电费，同事急在心里却没办法。周维忠安慰他：“这是小事，我来。”他帮忙劝说那个“钉子户”，说话慢条斯理又有理有据，最终成功地回收了电费。

同事们说，只要听老周说“这是小事，我来”，就感到踏实啦！周师傅被叫“周劳模”，他就是一个劳模的标杆啊！

在滨江供电营业厅，每天有许多人来办理业务，有些人对业务不清楚，有些人对柜台不满意，营业厅就开设了调解室，让客户坐下来详谈。周维忠是热心肠，脾气好又有耐心，说话条理分明，解释条款或调解纠纷能快刀斩乱麻，因此他也会坐在调解室，帮着接待前来咨询的客户。

有一天，供电所门前开来一辆拖拉机，下来的是附近榨油厂的老板。一进营业厅大门，老板便气势汹汹地兴师问罪，说话很难听。周维忠一看这架势，赶紧主动前来，将他请进调解室，询问什么事。

“这是我们的周劳模，您请说。”大厅经理跟老板介绍了周维忠。“你就是周劳模啊，你评评理！”

周维忠抚慰他的情绪，了解情况后才明白，原来厂里榨油榨到一半儿停电了，耽误了生产进度，还可能损坏机器，老板恼火，赶来质问。周维忠说，你陪我去现场排查排查吧。老板一愣——周劳模不玩虚的，顿时有了好感。周维忠排查后发现，停电原因是这家油坊的设备漏电。周维忠帮着切除漏电设备的电源，给其他设备恢复供电，设备马上就正常运转了。

老板看到周维忠埋头干活儿，检查到的问题与供电部门无关，还主动帮他维修了，想到刚才的态度，有些不好意思，直挠头皮。周维忠哈哈一笑说，以后有什么情况联系我们，但要有话好好说噢。

“周劳模，遵命！”老板赶紧道歉。

调解室有了老周，总能春风化雨，平静温馨。

同事夸他的“劳模风范”，他赶忙制止：“什么劳模不劳模，我就是周维忠，有事叫我。”

兴建水利设施，周维忠参与其中。

那天下午，周维忠从村支书那里得知，仪征经济开发区建设局将组织对沿江村多条河流进行污水集中处理，兴建水利设施。他立即行动起来，对水利设施建设场地以及周边居民进行勘察和走访。

以周维忠多年的实践经验，按上面要求完成供电线路，工程量并不大。而他所关注的问题超出了供电范围。一连数日，周维忠对五处施工现场的灌机架设、管道埋设位置等做了两遍细致的检查，发现其中有两处要经过群众后门或者前门，周维忠怕群众对抽水的响声、污泥的堆放等有想法，不支持工作，影响施工的进展，就利用晚上进行了走访。

“张大爷，吃过啦？最近身体怎么样啊？”周维忠对耳朵不太好的张大爷大声说道。

“吃过啦，好得很，今儿个吃了两碗饭呢！”

“吃得下睡得着才好呢，”周维忠说，“这边说个事，政府要搞污水处理，管子就在家后，我怕太吵影响您休息，就先来说一声。”

张大爷有些意外："这个管子多大？弄几天？晚上还响吗？"

"我问过了，管子抽水的，大概抽三天，晚上也要连着抽，但这个线我来接，我把管子放到软的地方，尽量把声音弄小点。"

"行行行，没的事，我就信你，周劳模！"张大爷拍拍周维忠肩膀大声说，"只要你说行，那就肯定行！"

周维忠谢过张大爷，赶忙来到李大妈家。

家里孩子们都在外地打工，只有70多岁的李大妈在家。李大妈说："维忠啊，你又来看我啦，有时间帮我取点儿钱吧，我要买点儿农药。"

"好的，明天就带过来，"周维忠憨厚地笑着说，"今天就带了一袋米，我估摸着您家里的米要吃完了。"

"老是麻烦你，你可真是好人哪。"

"没什么啦，我也是顺路。另外说个事，政府想对河污水集中整治，要挖淤泥出来，附近就大妈这边有块空地，就想把污泥堆下，我也跟施工队说过了，保证当天挖出来当晚就运走，您看行吗？"

"行行行，政府也是为我们好的，又是周师傅来说的，"李大妈说，"肯定没问题，我们都支持！"

李大妈家也没意见了。

"周劳模"不简单！预先想到了问题，不把问题上交，而是自己主动解决。村干部想到的，周维忠做了；村干部没想到的，周维忠也做了。供电的保障，村民的支持，让水利设施建设顺利推进。

2021年1月27日晚，沿江村"红颜草莓园"主人蒋林滨，在微信朋友圈晒出了当天的成绩单：首次直播就销售草莓70多斤，卖到了江浙沪。前几天还为草莓滞销犯愁叹气的蒋林滨，怎么迅速搭上了"直播卖货"的高速列车？

他说都是"周劳模"的功劳。

事情得从2019年10月说起，蒋林滨来自浙江台州，看中了沿江村徐庄组100多亩承包地，想用来种植草莓和西瓜。一家人起早贪黑地点播草莓种子，但由于缺乏经验，竟忽视了种子发芽出苗需大量浇水，没有电不行。蒋林滨急得像热锅上的蚂蚁，不浇水，种子就会枯死或发芽率不高。

他赶紧向辖区电工周师傅求救。周维忠答应"开绿灯"。两天后，周维忠带着同事，为种植园安装300多米长的浇灌打水线路，解了蒋林滨的燃眉之急。从那以后，周维忠对这片承包地留了心，隔三差五地到蒋林滨家看看，了解经营中有没有什么困难，帮助排除用电的隐患。

“那是1月中旬的一天晚上，我下班来到蒋林滨的种植园，20多亩草莓丰收喜人却无人问津，再过十天半月不采摘，要烂在地头上了。”周维忠劝蒋林滨不要着急，大家想办法帮他渡过难关。

第二天，周维忠一上班就把这件事告诉了供电所同事，请大家出主意。一位同事说，网络直播带货很火，不妨以周维忠“全国劳模”的身份，在网络上“卖草莓”，吸引消费者关注，说不定能行！

周维忠忙说：“我也不是网红，哪里能出镜？”同事们都说：“网上带货，要讲信用，你这个劳模，就是金字招牌。再说，你又不为自己，为村里脱贫致富出力，当然是好事啦。你不会，我们都来帮帮忙！”

和蒋林滨一碰头，蒋林滨连声叫好，就这么定下来。周维忠头一次出镜，年轻同事当参谋，灯光和设备都齐了。

“红颜草莓园的草莓，鲜嫩汁多，味美甘甜，纯天然生长，欢迎大家品尝。”周维忠身穿红马甲、胸前戴着劳模奖章，和几位青年志愿者在“红颜草莓园”进行草莓销售的网络直播带货。

果然，一炮打响！草莓的订单蜂拥而来。

“劳模”为民所用，周维忠心甘情愿。周维忠做好事的善举影响了许多村民，其中就有一个老党员——当过兵的胡定林。村里人称胡定林是“多面手”，木工、瓦匠和修理工，他都跟着别人学过，平时喜欢鼓捣些小玩意儿。都是乡里乡亲，胡定林看到周维忠为村民忙前忙后，风里来雨里去，敬佩之情久积于心。

有一次，胡定林家里来人请客，中午11点做午饭时家里突然没了电。这可把老胡急坏了——客人在等着呢！他脑海里能想到的就是周维忠。接到电话后，周维忠没过一会儿就骑着摩托车赶来了，排查后告诉他：“老胡你别急，小问题，空气开关烧坏了，我给你换。”一会儿，果然来电了。

胡定林有点儿不好意思，他抱歉地说：“你看这大中午的，连顿饭也不能招待你，你工作这么忙还让你跑一趟！”

“老胡你就别跟我客气了，”周维忠说，“我也顺路去桂德九老人家看看，他说灯不亮，估计阴雨天线路老化受潮了。”

胡定林看在眼里，记在心里。“周劳模”关心孤寡老人的事他早就知道。从那以后，他跟着周维忠学了电工活儿，遇到一些小故障，周维忠忙不过来的时候，就打电话给胡定林，请他分担分担。

周维忠做好事有了“同行者”。

“代表”与“村干部”

周维忠既是一个奉公守责的农电工，也是一个为人正派的好村民，他24小时全天候服务，对所有村民不分亲疏，在沿江村颇有威望，深得人心。从23岁那年起，周维忠被村民们推选为“村民代表”，帮助村委会协调和解决矛盾数以百计，成了大伙儿信赖的“编外村干部”。

沿江村现任村主任汤永军介绍说，原先这里还不叫沿江村，而是叫汴河村。当时村子规模不大，500来户人家，1000多口人，工作量不是很大，加上电力系统还没改革，工作量并不大。2004年，地方上区域调整，原来的汴河村跟相邻的黄泥村合并成沿江村，村庄规模一下子翻了个番，周维忠的工作关系，从原来的朴席供电所转到了现在的滨江供电所。

沿江村被划进了仪征市滨江经济开发区。周维忠的工作区域仍然是他一直居住的这片村庄。有形的工作是负责台区供电的农电工，而无形的工作，就是配合村委会把沿江村的事当成自己的事。

“编外村干部”所言不虚。

有一次，沿江村村委会接到上级指示，村里有个刺儿头上访，老是无理取闹，要求村委会做好安抚工作，不要再出现类似情况。村主任汤永军多次劝说，刺儿头不吃他那一套，还是嚷嚷着要去闹。汤永军只好请周维忠出马。周维忠一眼就看清刺头儿的动机，无非想捞些好处。

动之以情，晓之以理。周维忠明确告诉他，法律的界限在哪里，做人的尊严是什么。劝他找份正经工作，挣钱养家，也给儿女做个榜样。别人的话刺儿头听不进去，但“周劳模”的话，他要掂量掂量。因为他知道，周维忠是为老人们好，为全村人好，做人光明磊落。刺头儿消停了，检讨了自己行为的性质，并承诺好好生活，以后不会再去闹了。

仪征市经济开发区拓展，需要征用沿河村张庄组土地。村委会研究，将所有拆迁户的动员工作分工到人。拆除张锦虎家的房屋，估计比较难缠，就和周维忠商量，想将动员张家拆迁的事委托给他。周维忠欣然从命。白天忙供电上的事没空儿去，等到晚上下班后才能去张家敲门。

张锦虎和周维忠有交情。尽管张锦虎佩服和敬重周维忠，两人相处像兄弟，但动了他的“奶酪”，他也不客气地冷了脸。

周维忠第三次上门说服时，张锦虎情绪激动地说：“是朋友来喝酒吃饭可以，你再谈拆迁就请出去！”

周维忠忍耐住没发火，照样和颜悦色，给张锦虎既说大道理，又说小道理，还给他算了经济账，叫他明白没吃亏。

以理服人，周维忠说服了张锦虎。

还有一次，也是沿江村部分农户拆迁。眼看房子拆了，村民周翠英老人和孙女的住处还没着落。知道这件事后，估计村里安排有难处，周维忠与家人商议，腾出了房间，把祖孙俩接到了自己家里。

这一住就是两年，直到拆迁安置房落实到位，祖孙俩才搬走。这两年里，祖孙俩每天只要交周维忠 10 元钱，水电吃住房租，全算在这 10 元钱里。家里吃什么，她们就吃什么，相处得就像一家人。

“两个人，十元钱怎么够？”

“不够，我自己再贴点呗！”周维忠憨厚地一笑。对他来说，宁可吃亏也要接济别人，这成了一件习以为常的事情。

“我们的家乡，在希望的田野上……”村委会前的广场上乐曲飞扬，农民舞蹈队正在排练。担任广场舞领队的大妈胡宝香，时髦的舞裙，淡棕的头发，滋润的脸庞，看上去根本不像快 60 岁的老人。

原先，胡宝香却是另一番生活状态，天天围着家中的麻将桌，有时不仅下午打，晚饭后还继续打，半夜还不散场。一天到晚腰酸背痛，头昏脑胀，严重时肩周炎发作，手臂抬不起来，医生说是久坐造成的，必须户外运动。医生说归说，可她舍不得放弃麻将。

一次，周维忠来胡宝香家修电灯，看到她在麻将桌上，就笑笑没说什么。他回家后告诉妻子苏俊琴，让她和胡宝香谈谈。

不打麻将可以做什么？可以出去玩玩，或者跳跳广场舞啊。当时胡宝香有些犯难，苏俊琴让她外出锻炼身体增强体质，倒是非常好的提议，但跳广场舞一没有设备，二没有场地，谈何容易？

苏俊琴回家，把胡宝香的困惑告诉了周维忠，周维忠觉得，如果胡宝香能离开麻将桌，就能把村里健康生活的风气带动起来，他找来工匠平整了一块活动场地，不仅自掏腰包购买了音响设备，还特意加上了一盏路灯。

不久，一支近 30 人的农民舞蹈队成立了，由胡宝香带着一帮中老年妇女学广场舞。胡宝香自幼喜爱跳舞，很快胜任了舞蹈队的领舞，她参加仪征市广场舞大赛和各种文艺会演活动，还多次获奖呢！

胡宝香兴奋地对记者说，自从跳起广场舞，她关闭了棋牌室，更重要的是身体比以前更健康了，心情愉悦，生活幸福，更有奔头了。她还应邀去仪征市步行街做广场舞领队。这一切都得感谢周师傅！

谁都知道，村一级的领导直接面对群众，待遇不高，工作难做。近水楼台先得月，沿江村的领导班子，非常感谢“编外村干部”周维忠，他们把周维忠当作身边的榜样，有事与他商量，请他传经送宝。

着眼于增强党的基层组织凝聚力，沿江村委会组织了党员冬训班，内容是“两学一做”学习教育实践活动的再深入。培训班上，村主任汤永军提议，周维忠是沿江村的楷模，因为他生于斯、长于斯，热心助人，这么多年不改本色，在群众中的威望很高，希望周维忠说几句。

盛情难却，面对同乡的党员，周维忠不再推辞，打开了话匣子。周维忠不喜欢唱高调，朴实的汉子从来都用行动表达自己火热的心，对党、对群众的爱，融入自己力所能及的琐碎事情中，群众有难党员就应该站出来。他说自己只是一己之力，相信爱心传递，星星之火，可以燎原。

说到沿江村的变化和进步，周维忠看重的还是传递好的风气。一个人的力量终归有限，只要心往一处想，劲儿往一处使，再大的困难也能克服。他建议村干部带领大家把困难户分摊落实到负责人，形成帮扶的常态化，就能体现制度的优越性，使更多的好政策能够落到实处。

与党员们交心的一席话，说得大家心里暖乎乎的，透亮透亮。没过多久，仪征地区遇到罕见雪灾，沿江地区受灾尤为严重。冰天雪地，寒风凛冽。周维忠和村委会领导并肩作战，他一边和同事清除电力线路覆冰，一边响应村里号召扫雪除冰，给行动不便的村民采买急需生活用品。

一场雪灾下来，村民的生产生活居然没受到大的影响，周维忠和村委们用实际行动践行了冬训班的学习成果。

时值除夕夜前夕，正是各家各户团圆的日子。村民周家平开着小车，拉着年货回家过年。临近家门，突然前方一个人影闪现，由于没路灯加上雪花漫射，周家平紧急刹车，车子差点滑进沟渠里。

到家之后，周家平和妻子说起路上的遭遇，问：这段路怎么没个路灯呢？妻子说："你好歹也是个老板，咱们组的路集资建好了，但一直也没个路灯，晚上走个夜路总是怕怕的。你干吗不学学人家周维忠？人家安装了好几处灯。咱不能光想着自己，把咱们组的路灯建起来，让大家都安全。"

被说动的周家平立马行动，他找到周维忠，说了想出资捐建路灯的想法，到时候想请周维忠帮忙。周维忠答应了，连接路灯的用电设施和线路由他负责协调，他还夸赞周家平有回报故乡的情怀。

等到开春，路灯架设启动，周维忠埋线、敷设、搭接，忙前忙后干了七八天。围观群众问起来，周维忠笑着说："这是人家周家平做的好事，我只是帮忙的，你们要谢，就谢你们组周家平老板啦！"

像做生意的村民周家平一样，因为被周维忠的精神深深打动，越来越多的人尽自己所能，为沿江村的建设添砖加瓦。一位在广东做生意的周姓老板拿钱为槽坊组、三联组安装 20 盏节能路灯；一位建筑公司徐姓老板出资为黄泥组铺设了 400 米长的水泥路；十几家种粮大户从安徽马鞍山、江苏连云港等地来到沿江村；两家西瓜和草莓种植专业户也来到村里……

"周维忠给村民的影响不可小视，致富奔小康的路上有他的贡献。"村主任汤永军欣喜地说。沿江村经济发展有起色，风气也大有好转。周维忠常和汤永军探讨，村子好关键在于经济好，让老百姓过上好日子，要吸引外出打工的年轻人回乡创业，把沿江村打造成富饶的美丽乡村。

爱心“接力”

看得出，周维忠是过日子的“能人”。他家小院的左侧，有三四平方米的人工水泥小池塘，微波清漾，睡莲如盖，莲叶下卧着四五十厘米长的雪白锦鲤，一身瓷白，头和背墨斑如斗。再看旁边的菜地，绿油油的，有生菜、空心菜、绿叶苋菜。墙外的稻田，长势喜人，湿漉漉的，透着泥土的清香，甚是养眼。

以周维忠的聪明能干，要是自己当养鱼大户、种植大户，早就发财了。那样的话，他就是“周老板”，而不是周师傅了。偏偏周维忠最为珍惜的是农电工的岗位，更是为乡亲们用心做事的机会。

眼前周维忠家两层小楼，与附近农家院子相比，最普通不过了，装修非常简单，只是刷了白墙，没什么高档的家具。

周维忠的心思很少用在家里。苏俊琴笑着告诉笔者：“家里楼道电灯坏了，周维忠忙得没空儿修，黑了半年多，他说得好好的，一转眼就忘到脑后了。我故意跟他说，我们家要请电工来修电灯啦。”

直到春节，女儿、女婿要回家了，周维忠才把楼道的灯修好。苏俊琴已经习惯了，周维忠眼里，凡事排个顺序，谁先谁后，自有他的标准和考量。自家的事，再大也是小事，旁人的事，再小也是大事。

笔者问苏俊琴，什么时候思想转变过来支持周维忠的呢？苏俊琴露出了质朴的笑容：“我从海城打工回来之后，村里那些受老周帮助过的人，尤其是那些无依无靠的老人，对我总投来满是善意的眼神，他们会主动和我说话，让我心里热乎乎的，我感到周维忠做的好事值得！”

周维忠在村里做过的好事，苏俊琴也曾不理解，或者嘴上说算了，心里还有抵触。直到她对周维忠有了重新认识，周维忠当初并没有想出名，他只是善心使然，而她间接加入了这一场爱心“接力”。

是啊，周维忠收入并不高，每个月的工资一拿到手，他要买鱼买肉送到唐家，再买东西送到孤寡老人家。到底有多少钱花在唐家和 7 个五保户身上，周维忠没有记账，但他有一个坚持若干年的习惯：月初买鱼买肉去唐家，月中买米买油去五保户家，月底帮唐家和五保户缴电费。

“难怪家里的债还不清，你不该瞒着我！”苏俊琴早就原谅周维忠了，但仍会揶揄他。“瞒着，是我爸爸最聪明的地方。”还是女儿周莉最懂爸爸，一语中的。

采访之前，笔者也有些疑惑：这些独居老人的需求，怎么都会让周维忠发现？采访中得知，周维忠上班和下班的途中，要有意识地多走走，登门探望老人的近况。每天提早上班，推迟回家，周维忠骑车“绕道”一下，看看老人们需要什么，时常带去一些大米、食用油和瓜果蔬菜。

他“绕道”，在于他想看见。

其实，政府近年才出台“电费减免政策”，村里五保户老人每月免费用电 15 千瓦时，超出部分至今仍由周维忠垫付。

近些年，家里没有了还债的压力，女儿大学毕业工作了，周维忠帮孤寡老人垫付电费和照料生活的费用，不再像往年那样吃力了，他当面对家人说：“苦日子算熬过来了，咱们就把好人做到底吧！”妻子点头，女儿赞成，一家人接力把“善意谎言”变成了“爱心诺言”。

对于周维忠的善举，著名央视主持人白岩松这样点评道：“生活中很难用物化的标准来衡量一个人的强与弱，周维忠虽然不富裕，但他用一颗宝贵的爱心帮助弱者，这本身就是一种内心的强大。”

2021 年 12 月，经扬州市委组织部与扬州市供电公司联合考核，任命“全国道德模范”周维忠兼任沿江村党支部第一书记。

在任职宣布会上，周维忠动情地说：“我是土生土长的沿江村人，对农村、对农业，尤其是对农民，有很深的感情，我有信心，团结村委一班人带领群众勤劳致富，使集体经济和村民收入有明显的进步。”

成为“周书记”的周维忠深感责任重大。临近长江而有水乡的风韵，沿江村地理位置优越，虽然发展变化明显，但与快速发展的周边乡村比，没什么像样的企业，集体经济相对薄弱，很多方面照顾不过来。

其实，这也是笔者采访时的一个困惑：周维忠帮扶特困人家与孤寡老人，为什么宁可自己扛起来，也不愿张口跟村里要？采访中了解到，沿江村属于“国家农田保护区”，也就是说，只能以种植业为主，村集体经济发展一直是村干部心中的难题。村委会早就把周维忠当作自家人，对“周书记”拍手欢

迎。周维忠和现任村主任汤永军是“老搭档”，他们和“一班人”规划沿江村的未来。周维忠多方沟通，仪征供电公司与地方政府、科研机构开展党组织“结对共建”，在沿江村建设200亩精品水稻种植基地、55亩绿色农产品种植基地以及一座电气化粮食烘干厂房，促进地方农业从种植到生产、加工、销售全产业链的高效发展，在乡村振兴的宏伟蓝图上画出更新、更美的图画。

周维忠事迹的报道，使沿江村云集了来自各级媒体的记者。有个央媒大报的老记者，是写重大典型的高手，他婉拒所有的陪同，要自己亲眼看，亲耳听。从村头往里走，一家一家，他听到了许多故事。有的事，周维忠忘了，根本就没提到，而受他帮助的人，脑子里清清楚楚，都还记得。

长江大保护工程，沿江村的村民都是受益者。周维忠骑着摩托车走遍村里各个角落，时常穿过江岸大道，他看到长江边上漂亮了，也看到长江的水质变好了。“以前夹江里都是污水，漂浮着杂物，你看现在，长江水多清啊，江风都是甜的。”

感恩，是周维忠提到频率最多的字眼儿——乡亲们的“百家饭”，让他们一家人渡过难关；乡亲们的推荐，给他当农电工的机会；还有家里欠过的债务，也是乡亲们这家那家凑，愿意借给他们的啊。他做的所有事，都是他想做的，他没有想过要公开报道，甚至觉得这都是他的分内事，没有什么大不了。他最感激村民们的信任，让他感受到了快乐与幸福。

幽幽芬芳，丝丝缕缕。笔者想起周维忠家的桂花树。桂花树的小树苗是周维忠夫妇结婚时种下的。在阳光里，在雨露里，一株株小树长成了一棵棵大树。周维忠坚持不懈的爱心，就像淡淡的桂花清香，纯净、质朴而悠远，悄悄地生芽，默默地飘散，开花结果，日久弥香。

水火英雄

——记第八届“全国道德模范”盛恩利

◎文／牟雯雯　毛　瑞

“这个恩利啊，在全国都得表彰了，连习近平总书记都跟他一起照相，真好哦！要不是他，我可能早不在了哦。”2021年11月29日，家住四川省眉山市彭山区公义镇105岁的康佩群老人，早早地让孙女打开电视，等着看中央电视台播出的第八届全国道德模范颁奖仪式。年事已高的她眼神不大好，只能守着电视靠耳朵听，当听到盛恩利的名字时。她一边抹着泪一边念叨。

老人反复念叨的盛恩利，是这次“全国道德模范(见义勇为类)”十名获奖人员之一，这位面相朴实、皮肤黝黑的汉子，来自国家电网四川省眉山市彭山供电公司。两年前，正是他冒着生命危险，从大火中背出了受困的百岁老人康佩群。

盛恩利是名电工，更是老百姓心目中的“水火英雄”。25年来，他救过5次火，水中救起过3人。

从保家卫国的铁血军人到真心真情的光明使者，从忠诚坚毅的人民战士到舍生忘死的“水火英雄”，从普通人到全国道德模范——“水火英雄”是怎样炼成的？让我们走近盛恩利，走近他不凡的历程……

家风：搭把手　改变的或许是一家人的命运

1973年9月5日，盛恩利出生在四川省眉山市彭山区公义镇井泉村的一个农民家庭。父母都是土生土长的农民，靠耕田为生，盛恩利在家里排行老大，还有一个弟弟。

“这孩子，从小就实诚、热心。”回忆盛恩利的成长历程，老邻居都这样说，“别人有困难，他肯定会伸手帮助。”

“一门三英杰，革命一家人。”如今物阜民康的公义镇，曾是彭山红色革命的发源地，是川西南传播马克思主义、建立武装组织、开展武装斗争的发起地，也是眉山第一批共产党员郭祝三、郭祝霖兄弟等人长期从事革命工作的基地。而今，走在公义镇的红色教育研学实践基地广场，一个个“红船精神”“井冈山精神”“长征精神”等红色展板依旧在讲述着光辉的革命故事。

家乡的红色传统文化与革命精神，印刻在了吃苦耐劳和纯朴善良的老一辈人骨血中，而这一代代传承下来的红色基因也成了盛恩利的成长底色。

“母亲勤俭持家，父亲处事公道。从小父母对我和弟弟都非常严格，要求我们兄弟团结，与人友善，懂得感恩。”每当聊起自己的父母，盛恩利神情温和而坚定。他说，父母教会了他很多做人的道理。

“直到现在，父母还经常对我说，是党和国家给了我为群众服务的机会，一定要怀着感恩的心去工作，对待亲属和困难的群众，在能力范围内能帮就帮，但不能做违反原则的事。”

他的名字“恩利”，寄托着父母期望他成为一个有恒心、会感恩、做什么事都很顺利的人——在老一辈人朴素的观念里，只要做一个好人，懂得感恩，那么人生也会过得顺顺利利。

恩利，既是父母对他的一种祝福，也是一种希冀，更是两老身体力行的家风传承。

盛恩利的父亲盛云仲，为人热情正直、勤劳质朴，虽然没读过太多书，但是他常常教育盛恩利，人要向善，做人做事一辈子要问心无愧。

盛恩利从小就懂事能干，只要一放假，就到田里帮着父母干农活，犁地、择菜、插秧……他总是把最重的担子挑在自己身上，让弟弟拿轻巧的农具。

当时同村有个村民叫张中全，他常年体弱多病，家里的农活儿都不能干下来，每年一到水稻收割的季节就犯难，只能眼瞅着近 200 斤的稻谷收成近在眼前却没法挑回家。盛云仲得知后，每年到了收稻谷的时候，他总是忙里忙外，拿起扁担和箩筐，帮张中全和其他需要帮助的邻里乡亲们把稻谷挑回家，小恩利也常常跟在父亲背后搭把手。在盛恩利的记忆里，父亲总是很有力量。

善小而为，父亲的这一挑，便挑起了盛恩利对善良互助最初的认知。

另一位对盛恩利影响深远的人，是他的母亲徐秀彬。

盛恩利回忆，离盛家约 200 米处，有一条河叫通济堰，河水常年丰沛湍急。

在 1985 年一个春天的早晨，母亲和往常一样吃过早饭后到田地里面去看秧苗的长势。突然，听到通济堰里有人在高呼救命，徐秀彬冲上前一看，原来是邻居喻珍到河边洗衣服时，不慎掉进了河里，只见喻珍的一双手正抓着倒在河里的一根竹子，一边呼救一边在水里扑腾，旁边的几个年轻妇女都被吓得惊慌失措。当时正值春灌，通济堰的水流湍急，喻珍被河水冲得左右摇摆，已经体力不支，随时可能被水冲走。

情急之下，徐秀彬急中生智，用脚使劲把倒在河边的竹子踩破，一只手抓住踩破的竹子，借力下到河边，另一只手使劲往前伸，一把抓到喻珍的衣领口，慢慢把她从河水里给拉了回来。把喻珍救起送回家后，徐秀彬又赶紧跑回自家，把衣柜里平日都不舍得穿的干净衣服送了过去让喻珍换上。

“要是没有你的相救，往后我们这一家人可咋活！”盛恩利放学回家，正巧遇上喻珍的丈夫丁志元来家里道谢。他看着丁志元眼含热泪感激万分的情景，深切意识到见义勇为的意义：在别人遇到困难或者危险的时候，搭把手，改变的或许就是一家人的命运。

从那时起，盛恩利暗下决心：以后若是遇到他人有危险的情况，他也要像母亲那样勇敢去伸手帮一把!

虽然父母没有多少知识和文化，但父母立下的家规、常年的教导和身体力行树立的榜样，已经成为他人生路上的一种无形的力量和巨大的精神财富，影响着他的一生。

“小时候家里穷，父母以卖菜为生，但他们总爱帮助比自己还困难的人，我就跟着做嘛，都是些平常的事情。”在盛恩利的记忆中，父母与周围邻居总是相处融洽。夫妻二人的勤俭、善良在周边的十里八村也是出了名的。尽管盛家并不富裕，但遇到条件困难的大爷大娘来买菜，盛恩利的父母都会低价卖出，有的甚至还会免费赠送。

“都是自己种的菜，少卖点钱，也不在乎。”盛恩利父母朴实的一句话，温暖了乡亲们的心，也让“助人”二字刻入了盛恩利的人生字典，成为一种习惯。

勤俭、善良、感恩、和睦的家风浸润，为盛恩利塑造了“善”的本心。而见义勇为的精神在这个朴素的农村家庭代代相传，也为盛恩利种下了“勇”的种子。

在盛恩利 10 岁时，盛云仲便教会了他游泳的本事。小学时，他甚至经常在放学后跳进通济堰里顺水漂流回家，这让他习得了一身好水性。初中时，盛恩利和小伙伴们相约到通济堰河边玩耍。嬉戏打闹之时，突然看见同村 8 岁的小男孩陈某正在河中挣扎。眼看着陈某就要溺入河中，当时年仅 14 岁的盛恩利表现出了超越同龄人的勇气和胆魄，他不及细想便跳下河去，靠着从小练就的好水性救起了陈某。

这次救人经历让盛恩利切身感受到了见义勇为给自己带来的自豪感和成就感，也成了他“水火英雄”之路的开端，“人得救了就好”也从此成为盛恩利不变的口头禅。

“遇到有人发生危险不救，自己的心哪能安宁？”盛恩利说。就是这样一个朴素的想法，注定了盛恩利在往后的日子里一往无前。

历练：人如砧　越被敲打越能绽放火花

盛恩利从小就有一个军人梦，这个梦想与他的成长环境密不可分。

当年还年幼懵懂的小恩利，就常常听父辈们讲述在革命年代，家乡涌现出的一个个优秀将领和军人的故事。“在部队锻炼过，会变成真正的男子汉。”“要做一个对社会有用的人……”老一辈常挂在嘴边的朴素道理无形中成为盛恩利一生的理想追求。

随着年龄的增长，每当在新闻中看到地震、洪涝灾害发生时，军人们总是冲在前头，保卫人民群众生命安全，少年时代的盛恩利心中总会生出一种钦佩和向往之情。“在我的心目中，军人是最可爱的人。”盛恩利在心里默默下定决心，“我们家乡出过那么多军人，如果有机会，我相信自己也能通过努力，成为一名优秀的军人！”

念念不忘，必有回响。

1994 年 12 月，盛恩利高中毕业后光荣入伍，前往遥远的河北服役，成为中国人民解放军某部战士，梦想终于照进现实，他对未来军营生活充满了憧憬。

然而，成功“圆梦”后的盛恩利很快就被眼前的现实困难浇了一盆冷水：体能不出众、动作不协调、体格不高大……一开始战友们并不看好他这个其貌不扬的四川小伙儿。

面对难题，不服输的盛恩利心里暗暗憋着劲儿，入伍的第一天他就用更加严格的标准要求自己：“别人能做到的，我也能做到，而且能做得更好。”

为了让自己有强健的体魄和扎实的基本功，他日复一日狠抓训练。别人训练 2 小时，他便坚持训练 6 小时；别人刚来训练场，他已经跑了一个 5 公里；战术动作不够迅猛，他就利用午休时间，一遍又一遍地练习卧倒起立；耐力不足，他便每天晚上坚持负重跑。

随着训练强度不断加大，他手上的老茧越来越厚，肤色也从小麦色变得黝黑，脚底的水泡让他踏出每一步都无比刺痛，他咬着牙，心里只有两个字——坚持。

“400 米障碍优秀，5 公里越野优秀，单双杠优秀，射击科目优秀……”终于，在年底军事训练科目考核中，他的各科成绩在部队名列前茅，盛恩利的这股“狠劲儿”赢得了战友的肯定和尊重，彻底改变了战友们对他的看法。

当时盛恩利所在部队的主要任务是守卫油库，定期有火车运油入库。石油产品具有易燃、易爆、易产生静电等特点，这就决定了油库消防安全工作的特殊性和重要性，因此，油库的消防安全工作与火灾应急抢险不容小觑。

为了确保油库安全，战士们除了日常训练，还需要练就一身过硬的消防本领。

业务学习、体能训练、消防演练、油库巡查……这些都是盛恩利和战友们的日常，虽然重复、乏味，但无论哪一项都容不得半点马虎。为了做好这项看似平凡的工作，盛恩利在背后付出了不为人知的艰辛和努力。

“原地着灭火防护服，动作要快！麻利点！”“你动作不规范，重新再来！”一开始，在消防操练现场，盛恩利总是被指出各种问题。不服输的盛恩利就给自己立下目标：尽最大努力成为训练标兵。训练跟不上，他就给自己“加餐”，每天出早操他都咬着牙追赶前面的战友，一直到超过所有人。

但体能只是“入门证”，人与消防装备高效匹配操作起来才算取得“资格证”。面对五花八门的消防器材，上百页的油料灭火专业知识，光熟悉手册就有几百页，这对他来说，是个不小的挑战。为了尽快掌握消防知识，提高消防专业素质，他虚心向有经验的战友前辈请教，反复练习、仔细体会，几乎到了痴迷的状态，连做梦都在背技术参数。从不懂到会、从会到精，他日夜加班，遇到问题一定要研究透了才肯罢手。正因如此，才有了他在后来救人于水火中表现出的过人胆魄和专业素养。

“不是天赋禀异，而是百炼成钢。”这是盛恩利的成长秘诀。生命犹如铁砧，越被敲打，越能发出火花。

“踏实，不怕苦、不抱怨、不服输，积极向上。”这是盛恩利在部队时留给战友的印象。面对危险，他总是冲锋在前；面对战友，他总是关怀备至。

由于驻地离家遥远，加之执勤备战任务重，三年部队生活，盛恩利回家的次数屈指可数，更谈不上过年过节照顾帮衬家里了。

“走进军营不想家，走进饭堂不想妈。”想家的时候，他和战友们便这样调侃和安慰自己。战友眼中，盛恩利是个“热心肠”，不管谁遇到困难，他都会热情地伸出援手；谁要是有了思想“疙瘩”，他也总是及时帮忙排解。

在那段激情燃烧的岁月，盛恩利和一帮战友一起吃过苦、受过累、流过汗、出过力，一起为祖国建设奉献了美好的青春，变成了一辈子的兄弟。

在这帮兄弟中，和盛恩利感情最深的要数同样来自公义镇的老乡李骑斌。刚来部队时，李骑斌身子单薄，1 米 62 的个子，身体也不好，在部队里的负重拉练便成了对李骑斌的第一个大考验。

野外负重拉练，比的是“铁脚板”，拼的是“铁意志”，讲的是团队协作。

李骑斌回忆起，印象最深的是那次在张家口沙城县南堡口山区的负重

10公里越野跑。那天天刚蒙蒙亮，大队伍便分为多个团队集体出征，每个团队人均需负重30斤，要在规定时间内跑完10公里路程，其中还要穿越陡坡、密林、山谷等复杂地形。李骑斌跟随队伍深一脚浅一脚地在山间行进着，肩上背囊的压力以及脚上磨出的水泡让他每一步都走得很艰难，正当他想要停下来休息的时候，忽然感觉背上一轻，回头一看，盛恩利在后面托起了他的背囊："跟上我，继续前进！"听着盛恩利的鼓励，一股暖流从内心涌起，李骑斌顿时重整起前行的信心。就这样，盛恩利背负着60斤的行囊，两人一路相伴，一路搀扶着跑完了全程，团队顺利完成了任务，而此时的盛恩利也快要累瘫了。

"这相当于比别人多负重一倍啊。"盛恩利患难与共的担当和那份守望相助的感动，让李骑斌至今记忆深刻，"一起携手并肩战斗，这是一辈子的深厚情谊。"

后来，李骑斌留在了河北石家庄，虽然如今两人相隔千里，但李骑斌常常给盛恩利打电话，好多年不曾提起的部队里的那些苦辣酸甜、点点滴滴，只有在战友间拉家常的时候会提到。

直到现在一说起盛恩利，同样会竖起大拇指的还有战友鲜见忠。"必须给他点赞！"他回忆起了盛恩利当时整个连队都知道的一件事情。

那是一个星期天，部队的休息日，盛恩利下午外出，路过部队门外的苹果地时发现了地里有一沓东西，他越想越觉得不对劲儿，近前仔细一看，是钱！他捡起来仔细数了数，竟然有整整3000元。要知道，在当时，部队里一个月的津贴也就50多元，这笔3000元的"巨款"都可以修半栋房子了。

"会不会是别人的救命钱？得赶紧找到失主。"拿着这厚厚一沓钱，盛恩利没有半点犹豫，赶忙报告了班长并找到当地村委，在一家一家地询问后，终于将这笔钱还给了失主。后来整个连里都知道了盛恩利"拾金不昧"的事迹，一直称赞。盛恩利总是一笑了之，觉得这也就是小事，不值一提。"将心比心，要是自己丢了这么多钱，那得有多着急啊。"虽然出生于农村家庭，家里生活拮据，但啥事该做，啥事不该做，是他从小就一直明白并坚持的做人原则。

除了捡到"巨款"归还失主这件事，鲜见忠还说出一件两人之间的"私密事”。“一次我父亲生病需要一笔数目不小的钱医治，他得知后二话不说就给了我 1000 块钱，这在当时也不是小数目。”

拾金不昧暖人心，在他人有需要的时候搭把手，无论是在军营还是在家乡，盛恩利总是一副热心肠。

1996 年，入伍第二年的那个夏天格外炎热，盛恩利顶着烈日站岗 2 小时后已是汗流浃背，但他仍然一丝不动地观察着门岗周围的情况。突然，他看见门岗不远处，正在苹果地里修枝的村民张玉成昏倒在地。盛恩利立即请示代班班长张云海，经同意后，连忙跑过去将张玉成扶起，盛恩利判断张玉成是顶着日头干农活中暑了，于是将他背到了部队门岗休息，并不断给他喂水解暑。半小时后，盛恩利确认对方没有危险才放心将其送回家。

谈起在部队的点点滴滴，盛恩利感悟很深：“苦过、累过，但更多的是成长的喜悦。收获最大的就是养成了坚毅的性格，遇事再苦再累不会流泪、退缩，也让自己胆量变大了，有了去救人的底气。”

盛恩利坦言：“我是一名退伍军人，在部队我们的信念就是保家卫国、为人民服务。别人遇到麻烦了，举手之劳去帮助是自然的事情，谈不上什么挺身而出。今天我帮你明天你帮我，我总是相信真心就能换得真情。以后我还会继续践行真心，扎实做好自己该做的事，为更多的人输送温暖和力量。”

三年的军旅生活不仅让盛恩利历练出一身好本领，也赋予了盛恩利那股军人的“硬核”劲儿。退伍不褪色，盛恩利身上至今依然保持着人民子弟兵为人民服务的质朴、吃苦耐劳的作风和踏实干事的冲劲儿与韧劲儿，这段军旅生涯的磨炼让盛恩利受益终身。那些助人为乐、见义勇为的点点滴滴浸润着他的日常生活，日复一日，年复一年，未曾改变。

“要勤学苦练，冲锋在前，做党和人民的好战士！”时隔 20 多年，盛恩利依然记得入伍第一天，他在日记中写下的这句话。他是这么想的，也一直是这么做的。

守护：灯亮了　人心就亮了

1997 年，盛恩利从部队退伍后回到家乡，在四川省眉山市彭山区谢家电管站做了一名村电工。

军人出身的他，虽有着坚毅的性格和一身消防救援本领，但对于如何成为一名合格的电工却犯了难。平日里，帮助邻里乡亲修个电器、安个灯泡这些简易的工作通过现场学习，他能够标标准准地完成，但对于复杂的电力原理他便显得有些吃力。

但这并没有让盛恩利灰心，利用周末的时间，他和妻子骑着车到城里的新华书店，买回来《电工基础知识》《电路基础》等书籍，白天跟着同事们跑现场，晚上就挑灯夜战，恶补电力基础知识。

在盛恩利的电工包里，永远背着一个小日记本，里面密密麻麻记满了他不懂的专业知识，工作期间弄不明白的问题，下工后他便拉着师傅为他解答，日复一日，日记本换了一本又一本，盛恩利也从最初的懵懂学徒成长为一名合格的电工。

笔者曾经问盛恩利：你从一名退役军人到专业电工，需要付出多少天的努力？盛恩利说：一天，每一天！

盛恩利刚到电管站工作那年，有一次镇上邮电局架线，作为新人的他并没有被分配到繁重的工作，但细心的盛恩利发现栽杆的基坑挖得又大又深，

虽然做好了安全围栏和警示牌，但镇上的孩子大多调皮，要是玩耍时翻过围栏掉进坑里可不得了。尤其是到了夜里，乡村路旁又没有路灯，仅仅靠着微弱的月光，成年人也容易掉进去。

思来想去，盛恩利决定回家和妻子马良琼讲明情况，在现场日夜守护直到电杆栽立完毕。起初，妻子无论如何都不同意，因为心疼盛恩利。但在盛恩利的软磨硬泡下，妻子最终还是妥协了。于是，盛恩利带着棉被和缺了腿的椅子，“如愿以偿”地把“家”搬到了基坑旁。

而那一年，彭山下了很大的雪，盛恩利就这样整夜整夜地守着，即使身体冻僵他也仍然守护着，遇见深夜里醉酒的人经过，他便搀扶着让其绕过基坑。

凌晨 4 时，马良琼翻来覆去睡不着，实在放心不下的她便跑到基坑前找盛恩利，远远看过去，盛恩利的头上雪白雪白的，似乎睡着了，马良琼不想打扰他，悄悄走近后，只见他眉毛上、睫毛上全是雪，她轻轻拍去盛恩利头顶的雪，摸了摸盛恩利被冻得通红的脸，冰凉！正当她心疼不已时，盛恩利竟睁开眼憨憨地笑了起来——他根本没睡着，也不敢睡着。

“你真不要命了！”马良琼红着眼眶一边责怪道，一边又使劲捂着他冰冷的手，巴不得将所有的温暖都传递给他。那一刻，盛恩利仿佛电流过身，只觉得整个人都暖暖的。也许是盛恩利心系百姓的坚守与坚持，有了这份爱的力量加持，他，越来越勇。

一床薄棉被，一把晃晃悠悠的三脚椅，就这样，盛恩利在现场一守就是五天四夜。

1999 年，盛恩利管辖区内某变压器因负荷过大起火，镇上近 400 户用户突然停电。接到报修电话后，盛恩利条件反射般连忙拿起绝缘杆，唤醒正在熟睡的妻子，来不及过多解释，抱起床上的被子就开跑。

这大半夜睡得暖暖和和，突然被子被拉走，马良琼再也无法安睡。而在另一头，盛恩利先用水打湿了被子，当接到停电后的操作命令，他迅速抱着被子爬上了邻里乡亲找来的梯子，没有半点犹豫，他将被子一铺，火灭了，被子也被烧焦了。

在群众的欢呼声中，盛恩利抱着烧焦的被子默默离开。回家路上，盛恩利心里五味杂陈，并不是因为他手里的这床被子是家里唯一的一床，而是这床被子对他和马良琼来说有着特殊的含义，这是他和马良琼的结婚喜被。

得知喜被烧焦，马良琼气得好几天没有理他，但当邻居们告诉她被子烧焦的缘由时，她心底不知不觉又多了一份对丈夫心系群众、英勇救火的崇拜之情。

多年后，笔者问盛恩利：后悔吗？他坦然笃定地回答："不后悔！"因为他知道妻子打心底是理解他的，更何况这床喜被扑灭了一场可能发生的大火，这比只盖在身上更有意义。

"只要有我在，就要守护好乡亲邻里，让他们都用好电。"这是盛恩利最朴素的心愿。

25年来，盛恩利的辖区居民由最初的400户增长到23个台区2700多户，家家户户遇到不能解决的难题，第一个想到的总是他。

每天只要走在巡线的路上，看着每一个正常运行的电力设备、每一根整齐有序的电线，就让他分外安心。辖区里的一草一木他都谙熟于心，大到变压器故障，小到电费缴纳收取都是他的工作。

电话响起，不用看来电信息，一听声音，盛恩利就能迅速知道是哪家哪户哪个位置，可以说每家每户的情况他都了如指掌，甚至连当地派出所要找人，联系他都是最快的方式。

要知道这公义镇上每一家每一户在哪条街哪条巷道，电线进线出线什么样，早已像回家的路一般，深深地刻在了盛恩利的脑海里。

正因他这种对工作认真负责的劲儿，20多年来，他分管的台区线损合格率一直名列供电所前茅，采集成功率保持100%。2021年新冠肺炎疫情期间，盛恩利负责在他的台区推广"网上国网"线上服务，仅用两个月就实现了线上缴费率100%。

和其他乡镇一样，盛恩利所在的镇上留守老人很多，这其中大多数老人不会使用智能手机。盛恩利在日常巡线中发现了这个问题，便开始坚持在每个月固定的时间上门为辖区里的12名留守老人提供充电费、用电检查服务，偶尔碰到老人家有换灯泡、盖房顶的活儿还会顺便帮忙干了。

这些年来，留守老人们也都跟盛恩利建立起了深厚的感情，每个月到了

29 号总会盼着这个一身蓝色工装的“热心肠”上门。一路走来，盛恩利默默地守护与付出赢得了群众的肯定和尊重。

不仅如此，一年 365 天，但凡群众有需要的地方，总有盛恩利忙碌的身影。

盛恩利的邻居杨庆凡是曾经得到盛恩利帮助的人之一。两家住得很近，杨庆凡常常与盛恩利打交道，从他退伍返乡开始，便见证着他从学徒慢慢成长为独当一面的台区经理。

那时候杨庆凡对盛恩利的印象便是诚恳踏实，学习劲头大。后来慢慢地，他发现盛恩利成了“多面手”，哪里用户用电有困难，哪里就会有他的身影；电力故障发生在哪里，他就会出现在哪里。

“居民群众困难无小事，帮助大家排忧解难是我的责任，何况都是些搭把手的事。”盛恩利经常对周围的人这样说，所以平常哪家哪户家里电器坏了，电线短路了……哪怕是在工作之余，给他打个电话，或在楼下叫一声，只要找到他，他总是二话不说放下手中的活，背起工具包就走。

公义镇居民陈汉全眼睛曾经受过伤，生活中时有不便。在一次上门检修线路时，细心的盛恩利注意到了这个问题，便悄悄记在了心里。临走时，盛恩利主动把自己的电话留给了陈汉全，叮嘱他有困难的时候随时联系。

一开始，陈汉全觉得这位电工师傅干活儿麻利，只是不太爱说话，一来就干活儿，干完就走。遇上用电问题一个电话就会上门来解决，问题处理得又快又好。每次感谢他都是笑着摇摇头、摆摆手后转身就赶往下一家。

渐渐地，随着与盛恩利的交往变多，陈汉全发现这位看似普通的电工师傅的确很不一样。每次来修电线的时候，盛恩利总是自己随身带着需要更换的新电线，如果发现房屋漏雨还会顺带帮他重贴瓦片；检查停电原因的时候，盛恩利会把全屋的排线都严格检查一遍，将问题隐患统统扼杀在萌芽中……虽然平日里为辖区的群众做了许多工作职责之外的事情，但他从不收取群众的一针一线，甚至连水都不喝，每次都是把活儿干完后就默默离开。

街坊邻居眼中的盛恩利总是乐于助人，而在同事眼中的盛恩利更像是"万事通"，平常辖区里有什么抢修难题，他都能靠着日积月累的经验和娴熟的专业技术轻松化解。但让大家没想到的是，这个在工作中认真负责、生活中乐于助人的电工师傅竟然一路走上了中央电视台。

2021 年 11 月 5 日，第八届全国道德模范颁奖仪式在北京举行。中共中央总书记、国家主席、中央军委主席习近平在人民大会堂亲切会见第八届全国道德模范及提名奖获得者，全国共有 322 位候选人。会上，68 名同志被授予第八届全国道德模范荣誉称号。在得知盛恩利要去北京参加座谈会，还有可能与习近平总书记合影留念时，盛恩利的同事们都十分激动，而盛恩利本人却表现得十分淡定。

去北京前的周末，同事给他打电话，准备商量一下去北京的细节问题。接到电话时，盛恩利正在山上清理线路旁边的树枝，同事还跟他开玩笑道："都要去北京了，不好好准备一下吗？"盛恩利却说："没有什么好准备的，继续干好工作就行了！"

从北京回来后，盛恩利告诉大家，虽然提前几天到的北京，但是直到 11 月 5 日的颁奖典礼上，全国道德模范的名单才公布。这次能获评全国道德模范，让他既惊喜又感动。他说："感谢党和政府授予我这么高的荣誉。

我只是一名普通的党员，没做出什么大的贡献，就跟着自己的良心，做了些力所能及的事。”

当乡亲邻里见到从北京载誉归来的盛恩利时，在为他感到高兴的同时却又多了一份担心：“恩利，祝贺你！这些年没有你就没有我们的安稳日子哦。恩利，你不得走吗？”

面对大家的祝贺，盛恩利那张因常年在户外作业而晒得黝黑的脸上又露出了敦实憨厚的笑容：“我不得走，就守到你们！”盛恩利搓着手，不断向乡亲们致谢。

硬核：爱如电　危难面前显大义

“人人都有危难的时候，只要人人都搭把手，没有什么过不去的坎。”关于见义勇为这件事，盛恩利有着自己朴素的见解。

2020 年 3 月 28 日 16 时许，彭山区公义镇一户居民家中突然失火，正在维修自家房顶的盛恩利远远地望见了滚滚浓烟，他立即放下手中的活儿，直奔火灾现场。

随着火势越来越大，楼上玻璃发出砰砰的爆裂声响，碎玻璃夹杂着火星掉落到地上，吓得周围群众无人敢上前。

“二楼还有人！”突然，围观人群中有人发出惊呼，原来 104 岁的康佩群老人还困在二楼！

此时，老人 50 多岁的儿子已经吓得失了神，面对大火束手无策。盛恩利没有丝毫犹豫，直接冲到二楼着火点，此时屋内床上燃起了熊熊大火，康婆婆趴在地上已经不能说话。

情况危急，顾不上思索，盛恩利果断背起老人，低身躲开浓烟，摸索着，顺着狭窄的楼道，奋力将老人转移到楼下的安全位置。可让旁人没想到的是，盛恩利安顿好老人后，第二次冲进火海。

而此时，原本还等着盛恩利搬水泥回来的妻子马良琼闻讯急忙带着儿子往现场赶，还没到着火点楼下，只听见不远处传来“砰砰”两声，第二间屋子的玻璃也爆炸了。7 岁的儿子先是一愣，紧接着扯着嗓门儿大声喊着：“爸爸！爸爸！妈妈，我爸爸是英雄，英雄就不会有事的，对吗？”

马良琼紧紧咬着嘴唇，不知该如何作答，因为她知道隔壁维修铺里存放着不少氧气罐和乙炔罐，她更知道一旦火势蔓延，意味着什么。

在没有灭火器和安全防护用品的情况下，盛恩利就地找了一个水桶扣在头上，牵着水管冲上二楼灭火。靠着沉着冷静的心理素质和日积月累的工作经验，他迅速判断火势发展路线，紧急爬上楼顶，揭掉屋顶瓦片，硬是空出了 1 米多宽的防火隔离带，及时控制住了火势的进一步蔓延，为后续消防救援赢得了宝贵时间。

晚上回到家，盛恩利才发现自己的背上被瓦片砸出了二十多处“青疙瘩”。

救火的新闻一经发出，便在社会上引起了广泛关注，这位默默做好事 20 多年的盛师傅一时间成了十里八乡的“红人”，大家开始叫他“水火英雄”。每次听到这个称呼，他总是害羞地摆摆手，不好意思地笑起来。

人们常说，没有从天而降的英雄，只有挺身而出的凡人，而盛恩利一次又一次挺身而出的背后，是一颗赤诚炽热的红心。

2021 年 3 月的某天下午，正当盛恩利和同事在彭山区公义小学拆除会场保电线路时，不远处传来一声疾呼：“当心！”随后“哐”的一声，循声望去，只见道路中央，一辆电动轮椅侧翻在地，轮椅下正压着一位老人，盛恩利见状放下手里的活儿飞奔而去。只见老人趴在地上，额头冒出了血，整个手臂和背部被轮椅压得动弹不得。他急忙抱起老人，在周围群众的帮助下，将老人扶到轮椅上。

“老人家，你摔到没有？有没有哪里不舒服？别怕，120 马上就到！”盛恩利一边帮老人用清水清洗伤口，安抚老人的情绪，一边查看老人身体其他部位是否受伤。围观群众帮助拨打了“120”，看到救护车驶进场区，盛恩利又主动和同事维持现场秩序，指挥群众让出了一条“救护通道”。看到医务人员为老人检查、包扎，确认没有大问题后，盛恩利才和同事安心地悄然离去。

这位摔倒的老人是 95 岁的退休教师周老师，巧的是，这不是盛恩利第一次帮周老师解困。

2015 年 6 月的一个傍晚，周老师在公义镇家中准备晚饭，电饭煲突然起火，当时家中只有两位高龄老人，他们面对逐渐扩大的火势束手无策，周围的居民们都纷纷冲出家门呼救。盛恩利正巧在附近，听到呼救声后，他二话不说就冲进火场，组织周围居民帮助转移老人后，连忙展开有序灭火，好在这一次火情没有酿成严重后果。而救火结束后，盛恩利默默消失在了人群中。

这个大家平时随喊随到、跑上跑下的“盛师傅”，在群众危急之时挺身相救的事迹远不止这些。20 年前，14 岁的魏军在通济堰边玩耍，一不小心掉进湍急的河里，正在河边维护电力线路的盛恩利跳入河中，奋力将他救起。1998 年夏天，17 岁的毛永强一个猛子扎进通济堰，没料到被河底尖利的东西划破了腿，剧烈的疼痛让他不停挣扎，恰巧路过的盛恩利跳入河中，将毛永强救上岸，并脱下衣服为他绑扎伤口……盛恩利早已将见义勇为融入生活，养成了一种习惯。

盛恩利对群众付出真情，大家都看在眼里、记在心里，他心里始终装着群众，所以也成了群众最信任的人。

2012 年，盛恩利主动加入社区组织的民兵治安夜巡队，10 年间助人无数，发挥专业优势志愿维修路灯上百次。2020 年 8 月，彭山遭遇特大暴雨洪灾，他第一时间冲在洪灾最前沿，挎上电工包，逆流抢险保电，协助政府转移受灾群众。同年 8 月，彭山区暴雨洪涝，多个沿河乡镇的民房和农田被淹，他第一时间挎上电工包，和同事一起到现场抢险保电。2020 年新冠肺炎疫情期间，盛恩利主动加入公义镇社区防疫志愿者队伍，为社区的 2 个疫情防控点接通临时电源，还为锦绣园、红旗安置小区修好损坏已久的大门闸栏，义务帮助社区居家隔离观察的 14 户居民充电费……

闻令而动，关键时刻挺身而出；逆行出征，血肉之躯筑起抗疫堤坝；枕戈待旦，坚守点亮希望之光……

2021 年 8 月，河南郑州遭遇水患灾害，一时间全国人民的心都被揪紧。听说国网眉山供电公司要组织应急抢险队前往郑州支援，盛恩利顿时心潮澎湃，无论如何也想去到前线尽自己一份力，可又怕家人担心自己安危进行劝阻，于是，他便瞒着家人偷偷递交了援豫申请书。

申请顺利通过，盛恩利匆匆告别妻子儿女，踏上了千里援豫的道路。

作为第一批抵达郑州洪灾现场的党员先锋队，盛恩利顾不上休息，就和队友们投入了紧迫的抢修任务当中。钻地下电缆沟、进充满腐臭的配电房、拆装被雨水泡坏的变电箱……哪里有需要，哪里就有着一群穿着橘红色应急服的战士。

在郑州的日子，盛恩利与队友们参与完成了万和城、河南大学、东熙汇等小区的保电工作，用“龙吸水”帮助小区地下车库排水。

依然是挎着那个洗得发白的电工包，依然是脚底生风走路匆忙，盛恩利与队友们逆流抢险保电的背影，已然成为洪灾前沿最美的光。

说起在郑州抢险最难忘的事，盛恩利挠了挠头：“每一次灯光亮起吧。”

那是盛恩利和队友连续值守发电车的第三个无眠之夜，有些疲倦的盛恩利只感觉眼皮在打架，每到这时候他总是狠狠地拧一下胳膊，好让自己保持高度的清醒状态。因为他知道这台发电车的安全稳定运行有多么重要——关联着周围几个小区的居民临时用电，更关系着群众的日常生活。所以，他们把这台发电车看得很重要，一刻都不敢松懈。

第二天早上 8 时许，正当盛恩利想要再次拧自己胳膊的时候，忽然周围有人欢呼，探头一看才发现，原来驻守区域小区抢修已经顺利结束，一栋栋楼房恢复了正常供电，小区居民正在欢呼着迎接送电的抢修队伍。

“我的家乡派人来了，我的娘家人来了，只要他们在郑州工作一天，我就要一直给他们做可口的家乡饭菜。”人群中，在郑州生活了 28 年的彭山籍李大姐两眼含泪地说。

让盛恩利印象深刻的还有当时完成郑州市橡树园小区抢修任务后撤离时，居民们自发组成长长的欢送队伍，抢修车辆经过的瞬间，一位戴着红领巾的小男孩用力地高高举起右手，向他们敬了一个队礼。居民们则是举着锦旗，高声呐喊着“川豫一家亲”，车里的队员们一个个挥着手红了眼眶。那是盛恩利第一次觉得身后楼里的灯光比天上的星星还要璀璨。

其实，对盛恩利而言，他做的事情都是些“小事”，但群众为他做的事，他却能记住一辈子。

有一次，盛恩利正在外参加电力抢修任务，他的妻子马良琼在家发现小儿子不慎走失，四下寻找无果后只能哭着上街求助。

镇上的群众听见了马良琼的呼喊，立即发动熟悉周围地形的邻居们四处寻找。情况紧急，大家一传十、十传百，不一会儿就有 200 多位镇上百姓自发帮助盛恩利一家找儿子，在村民们的帮助下，最终儿子平安回到了家。后来，每当回忆起当年全镇百姓自发帮他找孩子的经历，盛恩利总会热泪盈眶，而他内心的感恩则化作继续助人为乐的动力。

也许，这就是盛恩利奉献精神的本源。

如果说爱会有回声，这么多年来，盛恩利用善小而为、善行无疆的品德滋养着这片洒满善意的土地，也带动着越来越多的人学会去感受爱、奉献爱。

传承：微光如炬　一路走一路亮的时代榜样

在彭山，盛恩利就像助人为乐的代名词，提起“供电公司的盛师傅”没有人不竖起大拇指。一路走来，他始终传递着赤诚与善良，是群众身边一路走一路亮的时代榜样。

就在盛恩利赴河南支援特大暴雨灾害时，他和队友连续多日通宵进行救灾抢险工作，看着周围都是因洪水无家可归的同胞，盛恩利突然想起了自己的妻子和儿女，想起自己到郑州后都还没顾上打一个电话回家报平安。正想着，儿子拨来了一通视频，几日的连续抢修让他看起来有些疲惫，为了不让家里人担心，他赶忙整理头发，把手在衣服上蹭了蹭，又擦了擦脸，这才按下了接通键。

“爸爸，你还好吗？我好想你。”看着儿子在小小的手机屏幕里天真的样子，盛恩利几近哽咽。“我在郑州，你看，这是我们的应急发电车，周围的老百姓都是用这个给手机充电，是不是很厉害。”

“爸爸，周围怎么那么黑？洪水退了吗？你什么时候才能回来？我和妈妈都很担心你。”面对儿子对自己以及灾区的担心，盛恩利别过头去吸了一下鼻子，转回头笑着说：“好好听妈妈的话，等你把这周的作业都按时完成，爸爸就回来了。”安抚了儿子一会儿，盛恩利挂掉了视频，想着儿子可爱的模样，心中不免多了些安慰。

除了儿子，盛恩利还有一个乖巧懂事的女儿盛娇，如今已经上了大学，在外求学的路上，每当听说父亲助人为乐和见义勇为的事迹，她心里既自豪又担忧。

在大多数人眼中，盛恩利是一个英雄般的人物。可在女儿心中，他其实很普通，和天底下千千万万的父亲一样，有着被岁月雕刻出深深沟壑的脸庞，会无声地给予她无微不至的关怀。而更多的时候，她觉得父亲是一个忙碌的人，他的生活被工作填得满满当当。

盛娇常说，她的爸爸像个陀螺，常常忙到还没来得及吃上一口热气腾腾的饭，便要急着接一个又一个关于工作的电话；在一个个忙到深夜的日子，刚刚进入梦乡却又被叫去帮忙，边打着哈欠边马不停蹄地赶向单位；忙到在烈日下工作一天，顺着额头流下的汗水能浸湿三套衣服，换下的衣服甚至可以拧出水来。

这么多年以来，父亲总是早出晚归，多年如一日，从来没有离开过公义镇超过 24 小时，也从来没有给自己放过长假。当别的朋友依偎在爸爸身边的时候，当同学跟她炫耀全家又去了什么地方旅游、吃到了什么美食的时候，盛娇有时也会抱怨。

有一次，她气鼓鼓地问盛恩利："爸爸，工作上的事情真的有那么多吗？为什么在好不容易有的假期和过年的时候不可以休息一下，带我们一家人出去玩呢？"当时盛恩利正在和同事打电话商量工作，听了女儿的话，他缓缓抬起头来，久久地看着女儿，眼神里充满自责与愧疚。半晌，他叹了口气，用粗糙的大手拍了拍女儿的头："娇娇，对不起！我也想带你和弟弟旅行，可如果我离开了岗位，我的工作就只能由同事负责照看了。你看咱们镇上这么多户人，各种线路情况和各家各户的位置很难在短时间内熟悉，你想想，万一有跟你一样大的小朋友和像奶奶一样上了年纪的老人需要帮助却找不到人可怎么办？所以今年的假期不行，我们等明年好不好？明年爸爸就有时间了。"

那是盛娇第一次理解了父亲，她知道除了她和弟弟，还有好多人需要爸爸的帮助。尽管盛娇依然盼望能够在爸爸的陪伴下全家出行一次，可懂事的她再也没有抱怨过。爸爸的确是忙碌的，可是从小到大，只要一有时间，爸爸都会全身心地陪伴她和弟弟，关心他们是否吃饱穿暖，是否健康快乐，陪着他们打羽毛球，下厨做好吃的，小家里的欢乐和温暖是真实且幸福的。

“我有时候觉得爸爸像超人，生活上和工作上都是无所不能，我也希望成为那种被大家需要，能够帮助许多人的超人。”儿子常这么说。如果说父亲的爱是最深沉的爱，盛恩利持续不断的爱的输出也让孩子们真切感受到了这份温暖和力量，这份对百姓的“大爱”和对家庭的“小爱”如同一粒种子，悄悄地在孩子心底扎了根。

在孩子眼里，这个超人爸爸常年奔走在电力抢险的路上，一个破旧的绿挎包，一顶被磨得不再光滑的黄色安全帽，一身洗得泛白的蓝色工作服，一辆陪伴他多年的摩托车，便是他工作时所有的“装备”。

女儿看着他身上穿了那么多年的旧衣服，总觉得心里不是滋味。但每当她说想要为父亲买件新衣裳时，他总是捧着已经有些褪色的衣服爱不释手地说道：“买什么新的，这旧的没坏，买新的多浪费钱哪。”

对于他那辆摩托车他也依旧喜欢得紧，甚至称为“爱车”。尽管摩托车的发动机已经老旧了，总是发出微弱的轰鸣声；尽管摩托车的车头已经被别的车蹭得有些难看，盛恩利却毫不在意，总是细心地擦拭它，把它当作多年的老友。

盛娇一度以为她对父亲十分了解，可直到有一天放学回家，弟弟告诉她爸爸从火场救出百岁老人、听到大家称呼爸爸“水火英雄”时，她才发现平日里做着许许多多平凡工作的爸爸，每天不仅仅是为镇上百姓东奔西走，解决许多的用电难题，而且早已多次为了救人奋不顾身，5 次冲进火海、3 次跳进激流。有呼必应，有难必帮，大灾大难面前总有爸爸逆行的身影。

盛娇也曾好奇地问过盛恩利，为什么能有勇气冲进火海之中去救那位老人。盛恩利回答道：“这有啥的，乡亲邻里遇到危险，爸爸必须上！再说了，爸爸可是共产党员，以前还是军人呢。”盛恩利边说边拍拍女儿的肩膀，开心地笑了。

在那一刻，盛娇才发现爸爸的脸上又多了几道深深的皱纹，鬓角已经微微泛出灰白的头发，不禁有些酸楚。她知道，这些年爸爸为了父老乡亲、为他们的小家付出太多太多。但是看着爸爸坚定的面庞，她又觉得无比安心。在女儿心中，爸爸或许会因为岁月而老去，但他乐于助人、认真负责的精神永远不会老。

在盛娇的印象中，爸爸为数不多的一次生气是因为她的“不老实”。那是个炎热的夏日，盛娇放学回到家便和朋友一起约着来家门口的空地旁打羽毛球。玩到兴头上时，盛娇的手一时没抓稳，一下子把球拍扔到了邻居阿姨的窗户上。

随着哐啷一声，邻居家的窗户玻璃碎了一地。两个小孩子面面相觑，被这个场景吓傻了，由于害怕被训斥，他们便趁着邻居阿姨回来之前把球拍偷偷捡了回来，然后装作若无其事地跑回家躲了起来。当盛恩利满脸怒气地回家时，盛娇才意识到大事不妙。但盛恩利并没有采用激进的方式来教育女儿，而是耐心地与女儿聊天，教她做人的道理。

很多年以后，盛娇依然清楚地记得那一天，记得那一天那个愤怒却强忍怒火对她讲道理的父亲，记得他的谆谆教诲。打那以后，盛娇虽然偶尔还是会犯一些错误，但再也没有想过去逃避问题，而是积极寻求解决方案。

如果说人生是一片浩瀚无垠的海洋，那么盛恩利便是儿女人生海洋中最明亮的灯塔，狂风呼啸，海浪汹涌，可他却始终在那里，明亮又坚定地指引着他们勇敢前进。

盛恩利普通如千万个父亲，一直在用行动无声地提醒和教诲着自己的儿女，要成为一个认真负责、热心善良的人。在对自己的儿女影响深远的同时，他又将无私奉献的种子传递给了他人。

在盛恩利的影响下，他身边的同事和乡亲们也积极加入助人为乐的行列中来，在“绿光计划”、攀亲百岁老人、关爱留守儿童等志愿服务中贡献自己的一份力量。一次次的志愿服务，大家嘴边挂着的都是盛恩利的那句老话：都是搭把手的活儿，我们只是做了些小事。

后记：始于初心　忠于坚守

笔者在采访盛恩利师傅的时候得知，国网眉山市彭山供电公司考虑到盛恩利本人的工作和能力情况，曾有两次要为他做工作调动，但都被他拒绝了。

因为在盛恩利心里，公义镇早已成为他人生的一部分，这里每家每户的进出线、开关设置他都了如指掌，就连老百姓家中的楼梯往哪儿拐，他都记得清清楚楚。如果换一个人，他担心恐怕一两年都摸不熟。为了不影响周边群众的正常生活，他放弃了更好的机会，选择了留守在这片奉献了 25 年的土地上。

在盛恩利心里，群众再小的事情也是大事，个人的名与利都可以为此让行。2021 年盛恩利被提名为第八届全国道德模范候选人时，中央电视台《道德观察》栏目记者前来采访，要为他拍摄个人事迹的短视频。跟拍了两天后，连记者都感慨：盛师傅真的是太忙了，走到哪儿都是在工作，日常工作实拍就是新闻素材。无论走到哪里，群众都对他赞不绝口。

扎根基层的 25 年，为群众服务的 25 年，在家乡这片热土上的奉献成就了盛恩利的初心底色。在他身上，那种为了群众不计付出的纯粹，那种甘于奉献而不畏危难的精神，令人感动，也启人思考。与善人游，如行雾中；虽不需湿，潜自成润。

我们常说，不忘初心，方得始终。初心是什么？每个人都会给出自己的答案。对盛恩利来说，“让老百姓都用好电，尽力守护好公义镇”便是他的初心，更是他坚守的意义，无论过去多少年，无论是被誉为“水火英雄”还是“全国道德模范”，无论飞得多高、走得多远，他依然是大家熟悉的恩利，那个笑容憨厚、话语亲切、随叫随到的恩利。

始于初心，忠于坚守。水火英雄，不仅仅是水火英雄。

最纯粹的心　最清澈的爱

——记中国中化控股有限责任公司李俊贤

◎文 / 张云众

引　言

2021 年 11 月 5 日，第八届全国道德模范颁奖仪式在北京举行，中共中央总书记、国家主席、中央军委主席习近平亲切会见第八届全国道德模范及提名奖获得者。中国工程院院士、中国中化黎明化工研究设计院原院长兼总工程师李俊贤荣获“全国敬业奉献道德模范”称号。这是李俊贤继 2021 年 6 月荣获全国优秀共产党员后的又一项殊荣。

李俊贤 1928 年 3 月出生，1950 年 9 月参加工作，1956 年 6 月入党，1995 年当选中国工程院院士，是中国高性能燃料事业创始人之一、聚氨酯工业奠基者之一，中国工程院资深院士，我国著名的化工合成专家。

在荣获全国道德模范荣誉不久后的新年前夕，李俊贤和全国亿万人民一起聆听习近平总书记发表的 2022 年新年贺词。当听到其中那句“清澈的爱，只为中国”的深情告白时，李俊贤的眼睛湿润起来。在大家的印象中，李俊贤就是一个极其纯粹的人，他对党和祖国的爱是极其清澈的，没有丝毫的做作和掩饰。

毕生创新，一心为国。国家的需要高于一切，为研制高性能燃料，李俊贤脚踏实地，在艰苦的西北默默付出几十年；他具有超前的敏锐性和洞察力，开创国内聚氨酯产业，打破垄断，引领科研院所转型；他一辈子勤俭节约，却在 90 岁高龄时做出惊人之举，捐赠毕生积蓄设立青年创新基金，被誉为“国家腾飞的助推剂”“国家精神的造就者”。

李俊贤不断自励、自觉践行。他为我国的科学技术事业注入了源源不断的强大动力，他为新时代中国特色社会主义精神文明和思想道德建设发挥典范引领作用，他用一名共产党员的实际行动表达着对党、对祖国、对人民最深沉的爱。

让我们一起走近李俊贤，去探寻李俊贤成长、成才的历程，去领略他奉献、贡献、捐献的人生。

一、出身贫寒　深受母亲影响

李俊贤出生于现在的四川省眉山市东坡区崇礼镇光华村，母亲是李俊贤一生都很敬重的人，也是李俊贤少年时期的人生导师。

李俊贤的母亲姓周，1906 年出生于四川眉山县张坎乡一个农民家庭。她没上过学，但经常听家人读《三字经》《弟子规》《蚤起》《习劳》《友爱》《自立》《诚实》《退让》《崇俭》等课文，听得多了，有些课文她也能背下来。但她不认识字，只是根据实际生活去理解书中的内容，随着年龄的增长和阅历的增多，她所知道的有限的课文内容成了她的生活习性。

李俊贤的父母结婚后。母亲当时反对好吃好玩讲排场、到处借贷、压榨威胁佃户等行为，提倡刻苦俭用。

李俊贤曾回忆说：我的母亲很勤劳，爱劳动，她经常在田里工作，为全家生活而辛勤劳动。我假期中都在她的周围帮助种地、拔草，养成我刻苦耐劳的习惯。受环境及母亲的影响，我生活很节俭，没有奢侈现象。母亲的勤劳，以及她希望儿子成家立业的思想，给了我很多、很大的影响。由于母亲爱劳动，心胸宽广，有一定的远见，帮助我养成了不懒惰、诚恳和踏实的工作作风。

1945 年，李俊贤的父亲去世时，母亲才 39 岁，李俊贤 17 岁。李俊贤不忍心加重母亲的负担，产生辍学回家帮母亲干活儿的念头。母亲语重心长地告诉李俊贤：做人要有志气，眼光要向远看，不要因眼前的困难而耽误未来，人生在世应该有所作为。为了让李俊贤能继续上学，李俊贤的母亲向宗祠家族求助，宗祠家族的人念她为人厚道，念李俊贤学习优秀，决定支持李俊贤继续上学，每年从祠堂公田的收获中给李俊贤家拨三石谷子。她还让李俊贤给四叔李耀辉写信求助，李耀辉会不定期寄些钱回来支援。李耀辉和宗族的资助持续了两年，直到李俊贤考上免费的国立中央技艺专科学校。

李俊贤的母亲干农活儿很认真，她相信“你哄地一时，地哄你一季”的道理，所以她带孩子们干活儿，哪怕是拔草，也要认真做好。不会干，她会手把手地教；干了，就必须认真干好，绝不允许糊弄。不仅仅是干农活，对于李俊贤的学习、妹妹织布和做家务，都是如此。李俊贤曾回忆说：我自小做事很少，因为做不好而受到过指责，久而久之养成了做什么事都要做好的个性。

李俊贤的母亲很节俭，她过日子绝不会浪费一粒米、一根线。她还时常给孩子们讲家族如何发家的逸事和败家的原因，使孩子们懂得成由勤俭败由奢的道理。母亲的教诲在李俊贤心中形成了一个重要的价值标准。

李俊贤的母亲是位很讲诚信的人。李俊贤的父亲去世后，李耀辉和宗族对李俊贤上学的资助，以及后来李俊贤考上公费学校，虽然为她减轻了不少的负担，但以前欠的债还是要还的，生活压力依然沉重。她认为欠账还债是天经地义的事，欠人家的钱粮必须还。每当李俊贤回忆起这些往事，他都会感慨母亲有骨气、讲诚信。

李俊贤的母亲要求孩子做的，她自己也总是身体力行，为孩子们做出榜样。母亲的言传身教对李俊贤起到了潜移默化的作用，他这样说：母亲生我养我，教育我怎样做人、怎样干事，我小时候的最大心愿是毕业后干出成就来报答母亲。

1950 年李俊贤参加工作后，领到了人生的第一份工资，他只留下了自己必要的生活费，剩余的全寄给了母亲。以后每隔两个月，他都要给母亲寄一回钱。李俊贤结婚后，工作也忙了，这项任务就由他爱人丁大云来完成，直到 2000 年母亲去世。

黎明院的人都知道，李俊贤不陪客人吃饭，也不会吸烟喝酒。有的人认为，李俊贤是因为身体不好才不吸烟、不喝酒的。其实，这不是主要原因。曾有人就他不吸烟、不喝酒的习惯问过李俊贤本人："李总，您不吸烟、不喝酒，是不是小时候受到家庭环境的影响？"李俊贤答："是。父辈们有的吸烟(鸦片)、喝酒败家，我母亲憎恨、厌恶这种行为。从小母亲就教育我，长大了不要学吸烟。我是很听我母亲的话的。"

2018年6月，李俊贤院士向工作单位黎明院捐赠大部分积蓄300万元设立博士创新基金和退休职工困难帮扶基金。媒体记者曾问李俊贤：捐出一生积蓄的原点是什么？老人讲起了他的少年时代，讲到了他的母亲。老家在四川眉县的他，自幼丧父，靠着母亲、靠着众人的接济读书上学，这才有了后来的学成报国。因此，他这一生都很重视人才的培养，他要回报社会、回报国家。

母亲对李俊贤产生了极大的影响。家教家风影响了李俊贤的一生。

二、党和国家的培养与教育

李俊贤自己曾说过，"早在上中学的时候就萌发了这样的想法：长大后我要自己办一所大学，让穷人的孩子都上学，让穷孩子的父母都不再为孩子上学发愁、作难。"这说明李俊贤在中学时代就有理想、有追求！

资料记载，李俊贤上国立中央技艺专科学校以后，受老师的影响，产生了"我希望做专家当教授，因为专家教授的名望高、待遇厚"的想法。但李俊贤参加工作后，对这种"个人主义思想"进行了深刻的批判。

1953年4月20日，李俊贤向党支部递交了《入党申请书》。他在《入党申请书》的"我为什么要入党"一节中，谈了他的入党动机：要把革命工作搞好，要搞彻底，必须把自己的全部贡献给党和人民的事业。李俊贤是这样写的，更是这样做的，他用了最大力量来完成自己的工作，他不断批判"个人主义思想"，逐渐实现"把个人奋斗目标和国家利益紧密结合起来"的思想认识升华。经过3年的考验，1956年6月6日，党支部召开支部大会，参加大会的党员全体通过，同意吸收李俊贤同志入党。自此，李俊贤的第一身份便是共产党员。

对党忠诚、爱党报国，李俊贤院士在行动上也落在了实处。李俊贤在搞偏二甲肼时，为了满足国家急需，冒着政治上挨处分的风险，瞒着领导做试验；在搞水下装备燃料时，提出“要搞就搞一流的”标准，以及“延误工期我负责”的担当；在规划聚氨酯发展时，有计划、有步骤地确定了赶上世界聚氨酯先进水平的目标。

远大理想是靠脚踏实地苦干出来的。李俊贤从参加工作起，组织上、入团介绍人、入党介绍人等对他的评价就是“一贯积极肯干”；无论是文字记载，还是同事们的回忆，李俊贤在北京化工研究院搞偏二甲肼试验时，每天都是工作十七八个小时；《黎明化工厂简史》记载：生产厂长李俊贤同志吃住在厂内，车间主任也住在车间，夜间随叫随到，每天工作 18 小时左右；搞聚氨酯攻关的 10 余年间，他的家人说，他经常是边吃饭边看资料，同事们说，李总即使外出坐在车上，也是看资料；他几十年来没有休息过星期天，节假日只有春节在家休息两天。

在科研上出成果，在科研岗位上做出贡献，是李俊贤最大的价值追求。

李俊贤同志通过学习马列毛选，在改造客观世界的同时，努力改造自己的主观世界。当时地处三线青海，生活条件比较艰苦。李俊贤同志对自己，工作上高标准，生活上低标准，从不搞特殊化，不走方便之门，不搞歪门邪道。

李俊贤在小节上也严于律己。如新闻报道中提到的：他儿子用他在家的办公电话打了个长途电话，遭到他的训斥；他老伴儿写信，信纸、信封自己买，不准用他放在家里的办公用品。2016 年的一天，有人看到李俊贤正在办公室看《洛阳日报》。因为以前他总是把报纸带回家，晚上看，从未看到过他上班时间看报纸，就好奇地问他：李总，今天闲了？他说：不是。我昨天晚上看到报纸上登的年收入 12 万元以上的要纳税申报，带来让办公室帮我查一查，看有没有少交税的问题。

几十年了，李俊贤一直是这样自觉地严格要求自己。

难能可贵的是，李俊贤“为人民服务到底”、整体利益高于个人利益的人生观，实事求是、辩证看问题、全面分析事物、抓本质、抓要害、群众路线的思想方法和工作方法，将理论应用到实际中去的学风，经常检查自己缺点、严于律己的道德修养，“一贯积极肯干”的工作态度，一直坚持到现在——参加工作近 70 年后！

“全心全意为人民服务”“改革与开放”“三个代表”“科学发展观”“群众路线教育实践”“三严三实”“两学一做”“不忘初心、牢记使命”，李俊贤都从政治上、思想上和行动上真正做到了，而且是提前自觉地做到了。

熟悉李俊贤院士的同志们都说，李俊贤院士是永远在路上的优秀共产党员。

1959 年 3 月至 12 月，国家委派李俊贤等赴苏联化委有机及醇合成研究所留学。李俊贤非常珍惜这次出国学习的机会，在短短 8 个月的时间内，他先后在实验室（裂解）、化工室、氧化室、科学院燃料气研究所、CK 厂学习、实习，共学习了 25 个项目。苏联的留学经历，使李俊贤不但开阔了科研视野、丰富了俄文和化学知识，还培养了良好的研究思维，使他在今后的科研道路上越走越广阔。

对党和国家的培养与教育，帮助自己思想和学识成长，李俊贤始终念念不忘。

2021 年 11 月 8 日，河南省委常委、洛阳市委书记江凌看望慰问刚刚获评全国道德模范的李俊贤，祝贺李俊贤为我们国家的科技事业和经济发展做出巨大贡献，李俊贤院士谦逊地回答：“一切都是党教育和培养的结果。”

一辈子为党工作，最后把一切荣誉都归于党，这就是 94 岁高龄有着 66 年党龄的李俊贤院士。作为一名共产党员，他把对党无限的爱、无限的忠诚始终融入骨子里、血脉中。

三、对党忠诚　爱党报国

在 2018 年初，在 90 岁高龄之际，李俊贤决定捐赠 500 万元，他写了封书面捐赠信，信的内容是这样的：

黎明化工研究设计院有限责任公司党委杨书记、姚书记：我（党员李俊贤）和我爱人（党员丁大云）准备捐赠人民币400万元，作为博士研究创新人才之用，准备捐赠人民币100万元，作为院内退休职工困难补助费。另余200万元，作为家中培养后孙及亲友困难补助。此致敬礼。

党员　李俊贤

2018年1月12日

这封提交给党组织的捐赠信，李俊贤以党员名义开头，以党员身份结尾，凸显了他作为一名62年党龄的共产党员对党员身份的高度珍视和高度自觉。信中，李俊贤还对他整个存款分配做了说明，对党毫无保留，坦诚、忠诚。在李俊贤看来，自己的一切都是党给的，都属于党，都要向党说清楚。

当记者问李俊贤院士怎么看待自己一生时，李俊贤把中心落在了党和国家上，他说："我为国家做了一点点事。我是一名合格的共产党员。"

对党忠诚、爱国报国，李俊贤院士在行动上也落在了实处。

李俊贤常说："在科研攻关事业上，国家的需要高于一切。"

20世纪50年代，美苏开始航天争霸。1958年5月，毛泽东主席发出了"我们也要搞人造卫星"的号召，提出了"两弹一星"及其高性能燃料的研制任务。1959年，苏联撕毁合同，撤走在华专家，国际形势极其紧张。在这一背景下，1960年1月，组织上抽调30岁出头的李俊贤到北京化工研究院第五研究所，加入高能燃料研制队伍，承担偏二甲肼等四个课题的研究，并让他先后担任了燃料研究室副主任、主任职务。正是从那时起，李俊贤的名字与中国高性能燃料的动力源结下了不解之缘。

当时燃料研究室的同志都感到压力很大，因为他们深知自己的研究在特种装备和高科技建设中的分量，尽管存在资料缺乏、经验不足、基础薄弱等客观原因，但如若研究稍有延误，将严重影响整个工程的进度。李俊贤和研究室的同志争分夺秒地干起来。由于偏二甲肼是液体高性能燃料中的主要高能燃料，所以他们把主要精力从四个课题集中到这个课题上来。在总结前两年经验基础上，对偏二甲肼的20多种制备方法一一进行了分析，筛选出可能工业化的制备方法，又经过充分论证，决定集中力量研究毒性很小的液相氯胺法制备偏二甲肼。

氯胺法制偏二甲肼又分为气相法和液相法，李俊贤课题组对两种方法都进行了试验、探索，得出数据表明，气相氯胺法合成液中偏二甲肼含量较高，而液相氯胺法合成液中偏二甲肼含量较低。因此，上级在给李俊贤课题组下达任务时，明确要求课题组只集中力量开发气相氯胺法，不同意他们继续进行液相氯胺法研究。

然而，李俊贤在进行气相法试验中，发现了一些在当时条件下难以解决的困难，不得不对气相法和液相法进行反复对比。经反复试验，他得出了液相法已有一定基础、选择液相法进行深入研究反而能在短期内完成提供大规模生产所需技术数据的观点和办法。但李俊贤十分清楚，如果不按领导部门要求的气相氯胺法进行试验，是要承担责任风险，甚至是会受到批评的！好在他的想法得到了组长于世贤和全组成员的认同。在国家需要和个人利益发生矛盾的关键时刻，在李俊贤心灵的天平上丝毫没有考虑个人得失。他与大家一致表示：国家的需要高于一切。为了给中国特种装备提供强大的动力源，早日满足特殊任务的急需，甘愿一起承担受处分的风险，继续进行液相法氯胺制偏二甲肼研究，并承诺不向课题组以外的任何人员透露此事。

李俊贤和全组同志日夜不停地悄悄干起来。庆幸的是，经过近半年的埋头苦干，他们经合成扩大试验取得的数据，表明完全可以用于工业生产，这意味着他们的“秘密研究”取得了成功！

消息还是被上级知道了。不过，领导部门不但没追究他们“违纪”的责任，反而认同并支持了他们的做法，并于 1964 年评选液相氯胺法制偏二甲肼成果为中国工业交通战线十大成果之一。

1965 年春天的一天，北京化工研究院第五研究所接到化工部紧急通知：周恩来总理要求化工部立即组织“022 会战”，以最快速度生产出高能燃料。化工部立即组织了以李俊贤、于世贤为负责人的 60 天大会战，从各地调集设计、研究等 7 个院所人员参加。在这些人员配合下，李俊贤课题组采用关键工艺过程进行中间试验、纯化，一般分离过程从试验室获取数据直接用于工业规模生产的方法，大大缩短了开发周期，于 1965 年 12 月完成了设计液相氯胺法生产偏二甲肼装置所需的全部数据。

1966年6月，李俊贤接受组织的调令，告别北京，肩负着周总理交给的重任，来到青海省大通县一个山沟里，在一个化肥厂旧址上筹建黎明化工厂，担任副厂长兼总工程师。在极其艰苦的条件下，他们以“誓将装备送上天”的豪迈气概，顽强建设中国第一套液相氯胺法制偏二甲肼装置。他们克服重重困难，用了一年半时间，终于完成了装置的安装、试车、完善和投产工作，于1968年2月正式生产。在这之后，国家利用李俊贤等完善后的技术，相继在不同地区建设了若干套偏二甲肼生产装置并顺利投产，从而保证了我国特殊任务部门的急需。

液相氯胺法制偏二甲肼工艺的特点是，连续生产，无致癌物生成，符合环保要求，成本只约为锌粉法的三分之一。改进后的合成工艺所制备的合成液中的偏二甲肼浓度提高了33%，显著降低了能源消耗。因此这一产品得到广泛应用。我国自1970年4月24日以来，多个系列的特种装备均使用了偏二甲肼。直到今天，它在国内仍是重要高性能燃料品种。该成果曾获得1978年全国科学大会奖。1978年3月，李俊贤获全国科学大会“在科学技术工作中做出重大贡献的先进工作者”称号。1982年，我国还向法

国宇航公司出口 300 吨偏二甲肼，这在当时成为我国外交、外贸战线上的一件大事。1989 年，“氯胺法制高纯偏二甲肼的合成工艺”获国家发明三等奖。

然而，当时国家一穷二白，进行保密研究的条件更为艰苦，建厂之初吃的是盐水煮蚕豆、青稞粉，结果李俊贤得了严重的胃病，最后不得不住院治疗。如今说起这些，李俊贤只是一笑而过，李俊贤回忆道：“那个时候，一般见面不谈困难，大家就是说‘完成没有啊？’主要是想怎么样把这个国家急需的东西搞出来，都希望越快越好，为国家争口气。”

四、敢于创新　勇攀高峰

李俊贤常说“搞科研就要敢担当，要搞就搞世界一流的”，这凸显了李俊贤作为一名科研工作者敢于创新、勇攀高峰的优秀品质。

20 世纪 70 年代初，中国唯一热动力水下装备以煤油、压缩空气为燃料，最大航程 4 千米，只能用于水面任务，技术指标远落后于国外发达国家所用水下装备燃料的动力（最大航程 46 千米），无法满足保卫中国辽阔海疆的需求。差距如此之大的原因之一，是燃料的能量低。为改变落后现状，有关部门将希望寄托在李俊贤等研究人员身上。1973 年 9 月，燃化部向黎明化工研究所下达了研制性能指标类似最大航程 46 千米的水下装备燃料的任务，该燃料后被简称 796 燃料。

1974 年，李俊贤在主持和参加 796 燃料的研制工作中，提出选择该燃料主组分硝酸酯的方法，并从文献记载的众多硝酸酯中选出 1,2- 丙二醇二硝酸酯等五种硝酸酯作为主组分对象，组成专题组展开了硝酸酯实验室研究。他们于当年 10 月开始了多种硝酸酯的制备研究工作，先后制备出 1,2- 丙二醇二硝酸酯等五种硝酸酯的样品。1975 年 5 月，他们用制备的五种硝酸酯样品在水下装备研制单位进行硝酸酯性能测试和配方研究；7 月，他们得到证实，用自己制备的 1,2- 丙二醇二硝酸酯配成的燃料，其物理常数和安全使用性能与外媒公开报道的水下装备燃料参数基本是一致的。

实验室研究虽然取得了成功，但工业化研究还有很多工作要做。因此，1975 年 11 月在昆明召开的水下装备燃料会议上，使用部门提出先用

国内已生产的硝酸异丙酯来研制新一代热动力水下装备，等 796 燃料工业化研究成功后，再用 796 燃料研制新的热动力水下装备。理由是，他们认为新的热动力水下装备难度太大，黎明化工研究所在两三年内很难提供大批量 796 燃料，担心会延误新型热动力水下装备的交货期。

如果接受这个思路，李俊贤完全可以按部就班、深入细致地进行 796 燃料研制，压力较小，风险也少；可当时作为高性能燃料研制单位代表参加会议的李俊贤深知，燃料的性能对新一代装备的影响是何等巨大。796 燃料在航程、航速上要比硝酸异丙酯高一倍以上，一旦硝酸异丙酯用于水下装备，那就意味着中国水下装备要远比世界先进水下装备落后一代。因此敢于担当的他在会上果断提出："要搞就要搞世界一流的！要相信科学，更要相信我们所的实力！"他还在会上当众表示："延误工期我负责！"他主动承诺按预定时间提供所需批量大于吨级的 796 燃料，保证及时满足水下装备研制需要。有关部门领导被李俊贤的执着感动了，他们采纳了李俊贤的意见，国家也因此避免了过渡性型号水下装备的研制，节省了大量人力和物力，也把先进水下装备研制的时间表提前了三年。

会后，黎明化工研究所成立了以所党委书记范炳昌为组长、所主要技术负责人李俊贤为副组长的796燃料会战领导小组，并抽调10余名技术人员和工人充实专题组。经过深入对比试验，终于使总收率和产品性能达到了国外先进水平。同时研究开发了所需的中定剂制备技术。1976年4月开始车间建设，1977年6月30日生产出了合格产品。经过4个月连续运转考核，证明各项工艺参数均达到设计要求。提前向使用部门供应了所需的批量产品，李俊贤的诺言变成了现实！1980年6月，在北京召开的“796燃料中间试验部级技术鉴定会”确认，796燃料的组成、性能均与国外先进燃料参数相符，中试装置工艺是先进的，产品质量已基本达到国际先进水平。从此，796燃料应用于中国多种型号的热动力水下装备，增强了维护祖国海疆权益的实力。

1978年，该项目获全国科学大会奖状，1980年获国防科委科技成果二等奖，1994年获化工部科技进步一等奖，1995年获国家科技进步二等奖。

鉴于李俊贤同志的学术成就和突出贡献，1995年，他光荣地当选为中国工程院院士。

“创新是科研工作者的灵魂。”李俊贤不断强调。继偏二甲肼、796燃料后，李俊贤又先后领导主持完成了主要用于特种设备增速入轨的一甲肼，用于多个系列装置使用的一系列高难度科研项目。

如今，在李俊贤的指导下，相关单位聚焦绿色环保、高能、低特征信号等新型高性能燃料的研制，开发多项新技术、新产品，满足了现阶段新一代多个重要装备和国家高科技工程的研制、定型需求。

我国高性能燃料行业大踏步赶上了时代！专业门类齐全、综合实力雄厚，完全实现自主可控，实现了钱学森对特种化工产品的期待。

这一切，李俊贤功不可没。李俊贤被称为我国高性能燃料的创始人之一。

除了醉心科研，李俊贤还具有对科研前景超敏锐的洞察力，能够迅速转换思路，聚焦国家急需发展的产业。

1978年，在邓小平同志的亲切关怀下，黎明化工研究设计院（以下简称“黎明院”）整体搬迁至洛阳。随着改革的深化，黎明院走上了企业化发展之路。身为科技工作者的李俊贤，在研究如何进一步满足国防科研需要的同时，也在认真思考着黎明院的企业发展问题。

1979 年，时任黎明院院长兼总工的李俊贤，由于长期高原缺氧和胃病的折磨，胃出血复发，被迫到北京边休养边工作。他一边治疗，一边分析影响黎明院发展的有关问题。他考虑到，特种任务是黎明院的大局，任何时候都动摇不得；但“转民”也是黎明院转型为企业的必然，只有“转民”工作做好了、企业发展了，特种任务才有更坚实的基础。当他把中国的政治经济形势与黎明院的优势联系在一起时，不禁为之一振，他敏锐地看到，中国汽车工业国产化只是时间问题，只要把科技创新的重点放在发展与汽车工业相关的化工新材料上，黎明院的“转民”就会有广阔的发展前景。于是，他确定了黎明院在保障特种任务的前提下“转民”的主攻方向，将发展目标牢牢锁定在研发国内大量急需且尚无自主知识产权产品的胶黏剂和聚氨酯两个项目上。

在李俊贤的积极推动下，黎明院于 1983 年组建了胶黏剂和聚氨酯两个专业研究室，为开拓我国民用聚氨酯材料打下了基础。

聚氨酯反应注射成型技术是国外 20 世纪 70 年代发展起来的一种全新的高分子加工技术，可直接把低黏度单体与异氰酸酯在 RIM 机混合器内以高压碰撞混合，注入模具反应，加工成成品制件。这项技术在国外已广泛应用于汽车（方向盘、仪表板、挡泥板等）、建筑、家电（冰箱保温）、家具等行业。但在 20 世纪 70 年代，国内基本靠进口，搞这方面研究的更是凤毛麟角。

“国家需要，我们就要做。”简短有力的话语，显露出李俊贤无比坚定的信念。

在李俊贤的带领下，中国聚氨酯的先驱者们泡在图书馆，从成千上万条国外化学文献中查找信息，频繁往返于洛阳与北京之间，只为到国家专利局或图书馆查找相关详细资料，确定研发路线。最后，李俊贤提出聚氨酯研究以反应注射成型为重点，同时研究原料和助剂。那段时间，在李俊贤的带领下，研发团队挑灯夜战；每天进行 10 余小时 50 多个的配方压片试验；本来已经下班回家，却为忽然想起的一个好方法，马上又回到实验室；为了赶进度，“实验狂人”一次并行做 3 个试验。这样的例子比比皆是。

同时，李俊贤还向化工部辞去黎明院院长职务，专心学术，以实现他规划的聚氨酯发展方向和科研项目。

1986 年，黎明院的聚氨酯反应注射成型技术被国家列为“七五”科技攻关重点项目，立了 24 个课题，“七五”结束时，他们取得了 28 项成果，开发了汽车用自结皮方向盘、填充料仪表板、微孔弹性体挡泥板、冷固化高回弹泡沫、吸能抗冲型保险杠模拟件五种制品，研究开发了组合料、原料、助剂及其他相关技术，填补了国家多项空白。又经过“八五”攻关，聚氨酯反应注射成型技术累计取得 52 项科研成果，经鉴定，其中达到国际先进水平的有 22 项，获国家技术进步奖 1 项，获省部级奖 4 项，转化成果 27 项。

1991 年 9 月，作为我国聚氨酯材料奠基人之一的李俊贤获得国家计委、科委和财政部颁发的“在‘七五’科技攻关中做出突出贡献”的荣誉证书。

1992 年，李俊贤应邀去国外参加国际学术会议，在会上发现一种汽车缓冲止位块的聚氨酯材料将来在中国会有很大的应用市场，但技术算得上是当时聚氨酯领域的最高难度。回来后，他亲自查阅资料，和技术人员一起制定方案进行试验，在最困难的时刻，是李俊贤鼓励大家坚持，敲定最终配方，在屡战屡败、前景一片黯淡、人心浮动、最关键的时刻，也是李俊贤坚定技术和产品前景，满怀信心带头投下股份扩大规模，几经磨难，该产品终于研发成功，打破了国外垄断，这也是大众汽车桑塔纳轿车最后一个国产化配件。目前以该产品为主体已经形成了一家知名轿车零部件高新技术企业，迁至上海，并成功上市，主要用于配套上海大众、长安福特、日本马自达、武汉神龙、奇瑞等国内外主机厂。

1994 年，李俊贤领衔组建国家聚氨酯反应注射成型工程技术中心，开发出了几十种技术，为我国聚氨酯工业的发展奠定了基础。李俊贤被誉为“中国聚氨酯奠基人之一”，黎明院被称为中国聚氨酯工业的发源地。他还牵头成立中国聚氨酯工业协会，助推中国聚氨酯工业蓬勃发展。

黎明院成为中国聚氨酯行业重要的研发单位，长期担任中国聚氨酯工业协会理事长单位，经过技术的产业化，可以生产出多品种民用聚氨酯材料，真正实现了“企业大发展，百姓得实惠”。

一朵忽先变，百花皆盛开。聚氨酯各类产品的成功开发，使李俊贤和黎明院承担起开创中国聚氨酯行业发展的重任。从开发设计，到装置建设；从技术转让，到现场指导；黎明院的技术人员甚至付出了鲜血和生命！正是这种无私奉献和技术支撑，使中国聚氨酯行业迎来大发展的春天。

中国目前已是国际上聚氨酯最大的生产国和消费国。“喝水不忘掘井人”，当今，不论是中国聚氨酯的行业翘楚，还是新入行的新兵，都非常敬佩李俊贤的高瞻远瞩，不会忘却他无悔的付出与奉献！

一个人在一个领域有所建树尚且不易，而李俊贤在高性能燃料和聚氨酯新材料两个领域均取得了惊人的成就，而且是开创性的、奠基性的，他干惊天动地事，却做隐姓埋名人。

纵观李俊贤的科技创新人生，我们发现他的格局非常大，他以国家需要为前提，在近 70 年的工作生涯中，他用“敢于创新、勇攀高峰”的精神真正诠释了一位化工科学家的使命与担当。

2021 年 10 月 5 日，央视新闻联播“奋斗百年路、启航新征程、中国共产党人的精神谱系”系列报道中，头条报道了李俊贤践行科学家精神的先进事迹。报道称，科学家精神作为宝贵的精神财富激励着广大科技工作者追求真理、勇攀高峰，为科技事业健康发展提供了强大的精神动力。为国家争口气，是当年在国家一穷二白时，李俊贤等老一辈科研工作者们最朴素的情怀。

李俊贤，正是科学家精神的缔造者和优秀践行者。

五、甘于奉献　勤奋严谨

李俊贤常说：要做一名成功的科学工作者，就要甘于奉献，耐得住寂寞，一生都要保持勤奋、严谨的工作作风，这是科学工作者的本分。正因为他有着如此鲜明、强烈的科学家意识和精神境界，他才总是能在困难中用生命的智慧凝聚出顽强的探索力、创新力，才总是能为中国的重点装备等注入源源不断的强大动力！

无论是在激情燃烧的岁月，还是在改革开放的今天，李俊贤都在这样痴心不改地坚守着、追求着。

为了这个信念，在建设中国第一套氯胺法制偏二甲肼装置的日子里，李俊贤和大家一样，坚决服从组织调动，毅然舍弃首都的舒适生活，走进生活条件异常艰苦的高原深处。在海拔2400多米、气压低、氧气稀薄、高原反应强烈的条件下无私奉献。他们研究的是国家急需的高科技项目，吃的却是盐水煮蚕豆、煮青稞面，用青稞粉蒸出的馒头总是熟不透，吃的时候总是粘在嘴里难以下咽，吃多了又会腹胀难受。他们住的是干打垒，睡的是大通铺，下雨时泥水滴满被褥无法入睡；冬天刮风下雪时，大家裹紧衣被，互相拥挤着抵抗窗外的严寒。那时，李俊贤得了胃病，时常胃出血，可他常常强忍胃痛工作到深夜。

作为一名干部，他在试制、装配、试车等关键阶段，经常日夜不离现场。对于各种设备的安装，他总是亲自到现场带领大家一起干，反复检查，认真把关。为了获得试验的第一手资料，他和同事们往往要在没有围墙、零下20摄氏度的车间里连续观察十几小时，他亲自检查并及时解决了许多关键技术问题。

黎明院原教授级高级工程师张泉说："搞偏二甲肼那几年，李俊贤根本没有休息时间，也没有节假日和星期天，他每天早上起床就看资料，晚上十点多才休息，甚至外出坐在车上、住在招待所里也不例外。工作就是李俊贤的全部。"

许多与李俊贤共过事的人都说，李老对工作非常认真，一丝不苟。而李俊贤却说，搞科研就是要实事求是，来不得半点马虎。他对数据要求十分严格，科学试验是什么样，反映出的结果就应该是什么样，绝不能掺杂水分。每当技术材料递到李俊贤手上，他总是字斟句酌，对每个疑点都不放过。在回答为什么他总能在科研中取得重大突破提问时，他坦诚地说："成功往往从发现问题而来，只有扭住问题不放，才能找出办法。"因此，他对设计、技术、计算和实验报告、设计图纸等，件件都要仔细推敲，善于发现别人难以发现的问题，而一旦发现问题，就要找出深层次原因，并立即修正工艺方案。

有一次，为了产品宣传，课题组同志把聚氨酯耐热性写得高了一些，李俊贤看见提供给客户的报告一下子火了："做科研怎么能这么干！科学实验结果是什么，报告就写什么，绝不能掺杂水分！"那一天，楼道另一头办公室的人都听见了拍桌子的声音，悄悄互相打听李老是在跟谁发脾气。

李俊贤有个习惯，每天晚上睡觉前要把当天做的事进行勾画，把明天要做的事一条条写出来。几十年如此，从未改变。

进入 20 世纪 80 年代，电脑走进办公系统，李俊贤意识到，要与时俱进就要终生学习，要学会利用信息化手段为科研服务。因此，尽管黎明院当时设有打字员，可他从不假手他人，硬是通过"一指禅"苦练出过硬的电脑打字技术。他每天都熟练地在网上冲浪，查阅资料，阅读外文文献，跟踪最新科研动态。他的电脑里装满各种资料，多到内存都不够用了。

李俊贤 90 岁前一如既往地坚持工作，直到 2018 年 7 月，李院士身体不好才提出退休，但仍在家中看书、查阅资料。之前，每年除春节休息 3 天外，其余时间他都会来单位，一天至少工作 8 小时。有人给他算了一笔账，他这些年加班的时间几乎相当于一个人正常工作 20 年。这笔账是 1997 年算的，如果算到 2018 年，李俊贤加班的时间相当于正常工作 28 年。从 1950 年参加工作到 2018 年，李俊贤工作 68 年，算上加班的 28 年，李俊贤院士为党为国家奋斗了 96 年！他一个人相当于两个半人的工作时间！

每个人的精力都是有限的，李俊贤把一生的心血都投入到了高性能燃料和聚氨酯事业中。同事和学生感受到的他深深的爱与关怀，家人却很少能得到。李俊贤女儿李洁回忆道：

"他在家主要是学习，而且不能打扰，不能耽误他的时间，不能说重复的话。"这是我母亲对父亲的评价。

父亲经常出差，为家操持了一辈子的母亲有时也抱怨："他很少管家里的事，从来不做家务，也没有时间管孩子。"父亲在家从来不做饭，有时硬是给逼急了，就拿着菜谱做，可是在厨房里什么都找不到，旁边必须要有人递盐、递油。

在家，父亲大多待在书房，学习是最主要的事情，在他看来，干别的事都是耽误时间。父亲最爱吃包子，"因为不用筷子，不耽误时间思考问题”。父亲有严重的胃病，不时胃出血，自己又不在意。母亲需要经常提醒他按时吃饭、吃药，可有时他觉得这也是耽误他的学习时间。

李俊贤对青年科技工作者寄予厚望，他的勤奋、严谨给学生留下了深刻印象。

李俊贤在科研立题上有前瞻性，在实施科研上也有战略眼光。李俊贤早在“七五”期间就和北京化工学院、华东化工学院建立了联系，那时是把国家科技攻关的一些分课题委托他们研究。1988 年 3 月，李俊贤被北京化工学院聘请为学院兼职教授，后来又被华东化工学院材料科学研究所聘请为博士研究生副指导教师，被河南科技大学聘为兼职教授。自 1988 年后的 20 余年间，李俊贤先后指导了 26 名博士研究生和硕士研究生，他们给了李俊贤院士极高的评价。

王文浩 2001 年师从李俊贤院士攻读北京化工大学硕士学位。现任黎明院教授级高级工程师、安全总监。

李俊贤被多所大学聘为研究生导师，但因为治学严谨，并没有同时带很多研究生。王文浩有幸在读工程硕士时成为李俊贤的学生。据王文浩回忆，他当时选定的研究生论文项目是“双金属氰化物络合物(DMC)催化剂的合成和应用”。对于研究生论文，王文浩当时想应该手到擒来，毕竟自己承担过多项国家项目，写过那么多立项、可研和研究报告。但实际上并非如此。

选题前已经做了近 10 年的研究开发工作，但很少从理论上加以探讨、从机理上加以研究。研究报告的内容深度远不能达到研究生论文的要求。治学严谨的李俊贤院士本着丝毫不放松的态度，认真审查着王文浩提交的开题报告，提出必须从理论层面加以阐述和论证。DMC 催化剂作为新型的结构复杂的络合物，在当时理论研究不多，这种要求难度是很大的。但是在李俊贤严格的要求和指导下，王文浩查阅了所有国内外相关的理论研究结果，又通过深入研究不同催化剂样品结构和性能之间的关系，最后从理论上得到了催化剂活性和结构之间关系的明确结论。这些结论不但解释说明了现有催化剂的性能优劣，而且可以指导催化剂性能提升的研究方向，为催化剂的进一步发展奠定了良好的理论指导基础。目前以该催化剂为基础的聚醚多元醇产业已经有了很大发展。

李俊贤作为导师的严谨不仅体现在宏观要求方面，在论文分段、措辞甚至标点符号上也都有细致的更改和规范，这种态度对王文浩后来的科学研究产生了很大影响。王文浩说："虽然十几年过去了，我早已在工作中形成了认真细致的态度，但回想起这些事仍然历历在目，李院士是我做人、做事的终身楷模。"

杜颖异是李俊贤2010年指导的河南科技大学研究生。据杜颖异回忆：她曾写了一篇8000多字的《文献论述》交给李俊贤，两周后才拿到李俊贤批改过的文章。李俊贤对文中哪个化学物质简称不规范、哪个单位没使用国标，都一一指了出来。更令杜颖异吃惊的是，李俊贤在一段文字后写下了这样一句话：原文可能不是这个意思。原来李俊贤院士把杜颖异所参考的40余篇文献全看了一遍。

李俊贤曾对采访他的记者说：对人才的培养，坚决反对严进宽出的做法，这是在损害人才，大学不是歇口气的地方。

李俊贤常常告诫年轻人要把持住自己，要拒绝得了诱惑，要顶得住压力，要对认准的目标坚持不放弃。现在的年轻人压力大，不能要求大家像他们从前那样只讲奉献，但一定要摆正工作和待遇的关系，他勉励青年科技工作者要先想工作后想待遇，因为只要工作有成绩，相关的待遇也会随之而来，而如果一心只想有个好的待遇，就一定不能专心干出成绩。

六、淡泊名利　心怀高远

作为院士，李俊贤一直自觉遵守工程院相关规定，严格要求自己，李俊贤做人严谨，对社会上一切"向钱看"的歪风邪气深恶痛绝。在职称评定、项目评估评审、论文鉴定、学位授予等活动中，他从不开"后门"，坚持标准，公开公正，秉公办事。对于"送红包"、学术造假等不正之风他更是坚决抵制。廉洁奉公，淡泊名利，从不参加与专业无关的鉴定、评审、题词。

李俊贤对金钱和名利看得很淡。

多年来，党和国家授予李俊贤许多荣誉。全国科学大会授予他“重大贡献先进工作者”称号，国务院授予他“国家级有突出贡献的专家”称号并批准他享受政府特殊津贴。他还是全国先进工作者、全国“五一劳动奖章”获得者、党的十五大代表，等等。可他却把荣誉看得很淡，常说：“荣誉是党和人民给的，不能把荣誉当成本钱，更不要为荣誉而做事。”

在研究聚氨酯工作中，李俊贤处于领导、指导地位，一些关键问题都是他亲手解决的，但在成果申报署名上，他总是把自己的名字勾掉。他说：“工作是大家一起做的，功劳是大家的。”提起黎明院以往的科技成果，他总是念念不忘为项目做出贡献的其他同事：宁裕尧、董礼川、张泉等同志在偏二甲肼研究中有功劳；徐归德、林可君等同志在聚氨酯开发中起了重要作用……但国家聚氨酯反应注射成型工程技术中心原常务副主任杨颖韬却说：“李院士在科研中是运筹帷幄的统帅，我们只是冲锋陷阵的战士。”

然而，李俊贤这一使人敬佩的美德，却是何梁何利基金评奖制度的盲区。

何梁何利基金是由 4 位香港爱国企业家共同捐资设立的，用于奖励在自然科学的某一领域取得重大发明、发现和科技成果者，每年评奖一次，每人奖金为 20 万港元。组织上推荐李俊贤的那一年，中国工程院按程序报了材料，材料包括李俊贤在聚氨酯领域取得的成就。评委会评选结果：李俊贤没评上。原因是查不到李俊贤在聚氨酯领域的获奖信息。对此，李俊贤笑着说：评委会执行评选条件是严格的，也是认真的。黎明院所有获奖的聚氨酯项目，压根儿就没让他们报过我，他们怎么能查得到？

前几年，流行申报院士工作站，很多企业提出了优厚的条件邀请，但都被他婉言拒绝。后来，苏州一家企业老总找上门来谈了自己的一些想法，李俊贤却同意了，但有一个前提条件，那就是不收取任何形式的工资、奖金、分成、劳务费。他对那个老总说：“你们企业这些年的进步我一直看在眼里，知道你们能干事、想干事，我愿意和你们一起共同为聚氨酯行业做些事情！”

李俊贤对自己和家人要求很严格。

按照黎明院规定，院士外出，可以派车接送。可李俊贤为了节俭，到洛阳市内办事，只要时间允许，总是和大家一起乘公交车。

就在2018年6月的一天，时任黎明院党委副书记姚庆伦同志有一次到他家里没有找到他，等他回来以后才知道，他和丁老师是拿老年乘车卡，乘坐公交车到医院去量一个血压。他说：没问题我们可以的，我们也有时间，我们两个坐公交车也挺方便的，就不麻烦大家了。他自己能做的事情，从来不跟组织提要求。

办公室为他订阅的报纸，他下班带回家看后，上班时依然带回办公室，以便单位集体回收，从不把单位的一张报纸留在家里。他的爱人虽然和他在同一家单位工作，可单位为他配发的信纸、信封，他从不叫爱人私用，他家里的文具放置从来都是公私分明、分开使用的。

黎明院原物业管理部主任陈建东曾撰文回忆道：2002年8月，黎明院决定免费赠送李俊贤院士一套专家房，跟职工购房一起办理房屋所有权证手续。但李俊贤夫妇谢绝了，李俊贤夫人丁大云亲自找到主管房产的陈建东核算房款，很快到财务部交齐房款。后陈建东再三解释“不用交款”也无济于事，李俊贤夫妇依然坚持他们的决定。而在房子装修时，大家看到李俊贤夫妇买的地板砖规格小，并且是较低档材质，好多人劝说买好一点的。李俊贤夫妇说：“二十多块钱一平呢，不便宜，能用就行了。”

对于子女，李俊贤从来没有为他们的职位升迁、调换岗位等事情向组织开过一次口。

李俊贤虽然待人和蔼可亲，但对家人要求很严，希望子女做事都要有一个准则。儿子李浩回忆：“父亲不让我们享受院里给他的待遇。一次我用他的专用电话给我儿子打电话。父亲知道后很生气：‘这是组织上给我装的工作电话，你们没这个权利使用这个电话。’我当时真没想到他会这样。”

20世纪80年代初，单位准备调李俊贤女儿到团委当干事，李俊贤不同意，他希望女儿还是去下面去做一些具体业务工作，理由是基层更锻炼人，女儿最终还是听了他的话。

一次春节家庭聚会中，大家唱起了卡拉OK，李俊贤破天荒地和家人一起待了两个多小时，这是多少年来唯一的一次，也许这位老人感觉亏欠家人太多。他说："这辈子，我还从没帮老伴儿买过一件衣服，从没陪孩子逛过一次公园，以后闲下来了一定多陪陪他们！"

李俊贤院士生活中物质上对自己要求很低。"物质上不要太讲究，能用就行。"李俊贤常常对家人和同事们说。

李俊贤和老伴儿丁大云是 1959 年结的婚，已共同走过 60 多年，他们生活十分简朴，每天粗茶淡饭。他们现在住的是单位家属院一套普通的四居室，每个房间都摆着书柜。书柜是单位淘汰下来处理时，李俊贤掏钱买下的。

李俊贤生活十分简朴，很少在外应酬吃饭，办公室极其简单。到外地出差都是和年轻同志挤在一起，从不计较车船卧铺和机票等级，一切以工作为重。出差吃饭他都主动抢着付钱。

黎明院原工会副主席薛志强介绍："1979 年，作为领导的李俊贤在青海分得一套住房，家里人也去打扫了，他却把房屋让给了家里人口多的李迎贵师傅；他的老母亲从四川老家来洛阳，那时没出租车，他和夫人硬是陪着 70 多岁的母亲步行 3 公里到单位，没向公家要车接。"

生活中的李俊贤，朴素平实得让人唏嘘，言行举止如同邻家大爷。他的家庭完全与普通职工一样，从不搞特殊。家具简朴、装修简单、书柜是铁皮柜。家里至今还摆着他结婚时的几件家具，被大家称为旧家具博物馆。

李俊贤夫妇曾有一辆骑了约 60 年的自行车，从北京到青海再到洛阳，这辆自行车陪伴了丁大云老人和李俊贤院士大半辈子。

李俊贤夫妇家中有台缝纫机，也是从北京到青海再到洛阳，用了五六十年，现在还在用。

还有那张从青海搬过来的铁床，现在也还在使用。

李俊贤夫妇家中纱窗破了，舍不得换新的，就用针缝上，一个纱窗往往好几个补丁。

他的一双凉鞋穿了 20 多年。

李俊贤院士衣服很简单，一年四季就那么几件。

看文章时，习惯拿着尺子画重点，但仔细看，这"尺子"不过是他的一张嘉宾证。

他的卡包，实际上是一个用过的药品包装袋，他说大小刚好装下他进出办公室的员工卡。

他的手提布袋，洗得发白，是外出开会时发的资料袋，他舍不得扔，反复用。

李俊贤家的“宝贝”引起中国化工博物馆的兴趣，还收藏了其中三件，自行车、高压锅和手提布袋。

然而如此节俭的李俊贤夫妇，对他人、对社会又表现出极大的慷慨。

在汶川地震、南方雨雪冰冻灾害等赈济活动中，李俊贤总是带头捐款，慷慨解囊。在“献爱心”等公益活动中，他做了好事从不留名。

2018 年 6 月 8 日，李俊贤、丁大云夫妇捐赠生活积蓄 300 万元设立黎明院创新和帮扶基金，原本李俊贤计划捐赠 500 万元的，黎明院综合考虑他的生活和健康需要，接受其 300 万元捐赠。

大部分人听到一向对自己节俭吝啬的李俊贤捐出大部分积蓄，很是震惊、不理解。然而，了解李俊贤的离退休老同志却说：“对李院士的捐赠做法很理解。李院士一向想的都是别人、都是党和国家发展的长远大事。对于钱的多少，他没有概念，也不会留给子女。不捐出来，他就不是李俊贤了。”

很多人问他：“把这么多钱捐出去心不心疼？”

“真的不会啊，留下的钱，自己够花就可以了，能培养更多的人才，帮助更多的困难职工，这是我们更大的福气。”李俊贤说。

由于年轻时工作频繁调动，李俊贤的一双儿女跟着他从北京去了青海小县城，没有好的生活、学习条件。他的一子一女只是读了大专，目前都是黎明院普通的一线职工，生活过得并不宽裕。对父亲李俊贤、母亲丁大云的做法，他们是支持的：“一开始有些不明白，为啥把辛苦积攒了一辈子的钱都捐了，但当听了父母想为国家做最后一点事儿，便完全支持了。”

一生至简至朴的老人，为了单位、社会和国家需要却能倾囊而出，李俊贤的选择让无数人感动。

七、格局与境界

李俊贤身材瘦小、朴实无华，和李俊贤接触，感觉他就是普通的同事，他就像我们的长辈，和蔼可亲。但李俊贤这一辈子，都是在做党和国家需求的急事、大事。奉献、贡献、捐献是他的人生坐标，他把自己的知识、时间、身体、财富等都献给了党、献给了国家。然而，他平和的面容下、瘦小的身躯中，蕴藏的是大格局、大境界！

为党和国家做事，他一丝不苟。

为党和国家做事，他一尘不染。

为党和国家做事，他一生淡泊。

有人说，李俊贤是国家的财富、人民的骄傲、民族的光荣，是国家精神的造就者、国家腾飞的助推剂、永不褪色的精神丰碑。然而李俊贤对自己的评价就是这么简单的一句："为国家做了一点点事，一个合格的共产党员。"

有人说，李俊贤是一盏明亮的灯，随着新闻媒体的传播，他引发的正能量也传播到祖国的每一个角落，一条 15 秒的李俊贤走路上班的小视频，竟引得上千万人观看、百万人点赞，李俊贤的选择和付出成为很多晚辈记忆中的宝贵一课。

"干惊天动地事，做隐姓埋名人。"习近平总书记的话，说的就是李俊贤这样的人！他不计名利，终身为党、为国，不忘科技报国初心，牢记强国使命，李俊贤是一个忘我的纯粹的人。在全党全国奋进第二个百年目标之际，九旬院士、66 年党龄的老党员李俊贤以另一种方式仍引领时代前行。

李俊贤被称为伟大建党精神和科学家精神的优秀践行者，是新时代科研工作者的杰出榜样，是爱党报国的先进典范，是践行社会主义核心价值观的时代楷模，是"不忘初心、牢记使命"的生动典型，是党史学习教育的特色教材。他身上所闪耀和彰显的"对党忠诚、爱党报国；敢于创新、勇攀高峰；甘于奉献、勤奋严谨；淡泊名利、心怀高远"的精神也必将在央企系统发扬光大，激发、会聚全系统干部职工谱写中央企业创新高质量发展的新篇章！

如今，李俊贤年迈体弱，退休在家，陪伴李俊贤63年的老伴儿于2022年2月不幸离世，李俊贤更是时而糊涂时而清醒，但李俊贤内心始终无比坚毅，还时常看电视新闻，了解国家大事。有时还翻看他主编的《塑料工业手册——聚氨酯》，还有一直放在茶几旁的《习近平谈治国理政》。

大家知道，李俊贤的心是闲不住的。家人劝不住李俊贤，就自我安慰“就当父亲还在岗位上为党和国家工作吧！”

李俊贤曾受到几代党和国家领导人接见、与他们合影，也获得过数十个国家级证书、奖章。虽然李俊贤给家人的爱很少，但对家人的影响却很大，他们都很为李俊贤骄傲。他从年轻时就清楚自己的信仰、信念，并最终为自己热爱的事业终其一生、倾其所有。

几十年来，李俊贤早已习惯了妻子在身边形影不离和无微不至的照顾，如今，只能常常一个人在窗前静坐，话语更少了。子女看着李俊贤消瘦的背影，默默祈祷给他一个好的身体，给子女更多陪伴的时间。毕竟，李俊贤以前太忙了、太累了，与家人相处的时间太少了……一颗最纯粹的心、一份最清澈的爱！当一次次看到伟大的党和祖国繁荣昌盛、越来越强大，越来越多的人开始读懂李俊贤那份深沉、厚重的党员担当和家国深情……

向暖而生　逐光筑梦

——记中国建筑集团有限公司陈重私

◎文／赵　强　秦兆文

“孝老爱亲，血脉情深，孝老抚幼，苦乐相扶，相濡以沫，心有灵犀，以向上向善传承优良家风，以尽忠尽孝升华家国情怀。”2021年11月5日，第八届全国道德模范颁奖仪式上，来自中国建筑一局集团北京分公司海口国际免税城项目机电工长陈重私获得“孝老爱亲类全国道德模范”荣誉称号。

站在领奖台上、聚光灯下，23岁的陈重私眼前似乎又浮现出至亲的面容、成长的镜头、求学的道路，还有那些煎熬又迷茫的日与夜。万千思绪里，他鞠躬接下沉甸甸的奖章，又抬头挺胸，在众人的掌声致敬中高高举起了花束。

“风里雨里，航程壮丽；千里万里，阳光在心里……”

歌曲《新的天地》回荡全场，旋律在陈重私仍显瘦弱的胸腔中共鸣，现实与梦想此时此刻悄然交织在一起，幻化斑斓。

“获授全国道德模范荣誉称号，我感到非常荣幸，也非常激动。”虽获殊荣，但这位“90后”依然淡定、从容、谦逊，“这个荣誉称号不属于我自己，我是代表帮助过自己的人去领的，一路走来非常感谢大家的帮助，我会记在心里，用实际行动回馈社会，帮助更多需要帮助的人。”

从饱经凄风苦雨仍自强不息的小小少年，到成长为热情投身志愿服务的大学生党员，再到奋战在海南自由贸易港第一线的建设者——陈重私遥望着光，追逐着光，也让自己成为光，去照亮更多的人，他用感恩传递播撒爱的种子，以奋斗创造幸福美好的生活，让青春绽放别样的光芒。

人生苦辣，唯爱可解

“椰子林边儿曲歌，文澜江水袅新波。”远远听到悠扬的渔歌“哩哩美”，你就到了临高。

沙白浪平，鸥鸟翔集，海潮，轻拍银滩，海风，柔拂椰林，从远海归来的渔舟高高地升起昭示丰收的旗帜……位于海南岛西北部的临高，东邻澄迈县，西南与儋州市接壤，北濒琼州海峡，盛产水稻、瓜菜、橡胶等，拥有多处天然良港和大片浅海滩涂，海洋捕捞业发达，历来有“鱼米之乡”的美誉，却也曾是全国唯一沿海贫困县。陈重私便出生在这座美丽宁静的海滨小城，然而，翻开他的人生册页，“命运多舛”四个字却如乌云般笼罩童年。

红华农场坐落于透滩村，位于临高县城以东 10 公里处，据史料记载，透滩村始建于南宋开禧元年（1205 年），是“海南四大才子”、爱国诗人王佐的故乡，也是养育了陈重私的地方。

1998 年 12 月，小重私降临世界，他嘹亮的啼哭声给新组建的小家带来了无限希望与温暖，让身体抱恙的父亲暂时愁眉舒展。在他的记忆中，父亲常常生病住院，背影总是模糊、遥远的，母亲陈茹勉强操持摇摇欲坠的家庭，带着年幼的弟弟在家和医院“两点一线”奔波，光是“活着”已是捉襟见肘。为了减轻母亲负担，小重私只好跟着舅舅生活，小小年纪就格外懂事。

陈重私 4 岁时，父亲病逝。幼年失怙，懵懂人生伊始便涂抹晦暗的底色。因小儿麻痹症双腿残疾的母亲以柔弱的肩膀扛起整个家庭的重担。丈夫去世的打击，两个嗷嗷待哺的儿子，让她操劳过度，身体每况愈下，成了医院的“常客”。在舅舅家，母亲为他留下的微薄生活费只能维持温饱，每一笔钱都要精打细算，甚至有时候还要自己买菜做饭，不然只能饿着肚子去上学。两天，一个星期，半个月……小重私总在门前翘首期盼，要是母亲能再早一点，再多一点来看他多好，只要那个拄着拐杖的身影出现在他眼前，只要能长久地陪伴在母亲身边，饥饿、孤单、害怕都能化成一抹若有若无的甘蔗甜。

再长大些后，陈重私终于回到了日思夜想的家中。正是调皮贪玩的年纪，他却自愿放弃了与同龄孩子一起嬉戏的乐趣。每天放学回家，他总抢着多干活儿，替母亲分忧。劈柴烧水、种菜浇田、挑粪施肥，样样都不在话下。看到天色已晚，他就催促母亲先回家，自己在地里把活儿干完，俨然是个“小大人”的架势。虽然家里劳力少，但陈家菜地葱葱茏茏，一派欣欣向荣的景象，四方邻居看在眼里，对小重私赞不绝口。

透滩村底蕴深厚，素有崇古学文、耕读传家之风。学习劳作之余，陈重私常从村里老人口中听到“王佐孝母”的故事：王佐 7 岁时父亲重病身亡，母亲唐朝选除了负担全家（唐氏生两女一男）的生活起居，还非常重视王佐学业，既慈又严，而王佐也谨遵母训，奋发读书，很快成为“两庵”的得意门生。“唐氏教子”被家乡人传为佳话，后来临高县令梁俭专门为其建造“慈训堂”以作表彰，并作《慈训堂记》。直到现在，村民还保留着“耕耘节”祭拜唐母的传统习俗。每年正月初二，透滩村的母亲们会携儿带女聚集在“慈训堂”前，在锣鼓号令声中列队向唐氏神像进香祭拜，口中念念有词：“唐母教子有方，王佐功成名就，求唐母恩泽子孙，勤奋读书，识礼称贤”，希望培养出众多贤能，为国家输送人才。

乡风耳濡目染，再联想到自己的身世经历，陈重私越发体会到亘古不变的拳拳母爱，早早在心底深埋下“孝”的种子，有了“见贤思齐”的懵懂印象。

陈重私记得，那时母亲的眼睛总是红红的，背着人偷偷擦眼泪。家里亲戚三五不时登门，接济帮衬，几句寒暄后就是不停地叹气。虽然不清楚母亲的病情，但他心里清楚，只要多做一些，母亲就能轻松一些。正是这个念头支撑着他，再苦再累都毫不懈怠、毫无怨言。

缺钱，每天一放学，他就拎着袋子走街串巷地捡瓶子卖废品挣零花钱；缺物，他努力学习，争取奖励；缺时间，他早起晚睡，争分夺秒。他也曾无数次“眼巴巴”地望着小伙伴们快乐地嬉闹玩耍而心痒，也曾羡慕他们手中的玩具和美味的零食，每一次他都狠狠掐一下自己，强迫自己回到现实，继续把精力聚焦到书本上、作业里，聚焦到专心致志地找寻角落里那些“跟他捉迷藏”的废品瓶子。物质的匮乏没有挫败他、打倒他，反而令他的精神世界更加强大和丰沛。“守住这个家”，这是小男子汉最大的心愿，而他为之所做的一切，都凝结成生命中闪闪发光的财富。

“麻绳专挑细处断，厄运专挑苦命人。”陈重私 11 岁时，母亲又不幸患上了“不死的癌症”——红斑狼疮。对于刚从风雨飘摇中挣扎脱身，暂时收获平静的家庭来说，这无异于又一个“霹雳”炸响在晴空中。

为了应对红斑狼疮的各种并发症，母亲每天要吃十几种药物。哪种药先吃，哪种药后吃，间隔多久，饭前饭后，护理要注意什么，禁忌又是什么……陈重私把所有要点都记到小本子上。为了帮母亲缓解身体的病痛，这些年，陈重私和医生学习了很多按摩护理方法。看似简单的推、按、捏，却非常讲究，要了解穴位知识，还要控制力度，轻了作用不明显，重了会增加疼痛感……慢慢地，陈重私掌握了一些规律和技巧，手法也越发娴熟，久而久之，他从一个对按摩推拿一窍不通的小男孩儿变成了护士口中的“半个专家”。

对于陈重私而言，时间的指针走得太快了，自己在长高，而母亲却更瘦了、更老了，无时无刻不在被病魔折磨，她每次呕吐、发热、关节疼痛，自己看在眼里，痛在心上，被无以名状的感情裹挟着、压抑着，像“钝刀割肉一样”。

初中一年级时，勤奋刻苦的陈重私成绩名列前茅，是班上的佼佼者。可由于母亲病情恶化，他不得不经常在家照顾母亲，短的一个星期，严重时长达一个月。请假条多了，跟同龄人交往少了，学习上遇到的困难像块块巨石牵绊着脚步。看着自己落下的课程积得越来越厚，进度跟得越来越吃力，与班级“大部队”的距离越来越远，他甚至怀疑自己，想要退缩：“我与母亲的性格相反，母亲要强，想做的一定会想办法做到，而我……”

其实不然，少年陈重私继承了母亲的那股韧劲儿。在班主任老师的耐心谈话和悉心指引下，灰心丧气的陈重私迅速振作，他深知，只有自己有出息了，才能给这个家庭带来“根儿”上的转变。面对不上不下的分数，他暗下决心，非要与过往的自己一较高低，不能经常到校学习，重私就把“课堂”搬到家里，搬到病榻前。深夜里，从窗户透出来的那丝灯光，不仅照亮了路人，更照亮了陈重私倔强的身影。遇到不明白的问题，他就向身边的人请教，不管是来看望母亲的亲朋好友、医生护士，还是邻床病患家的哥哥姐姐，都有被他请教过的经历，确实无法弄懂的，他就单独记在本上，用去学校的课间向老师和同学请教，慢慢地，他又找回了曾经那个不服输的自己，学习成绩逐步提升，重拾信心的他，脸上恢复了笑容，眼神也更加坚定，他坚信，努力就有回报，拼搏就是不断地成就自我。

为了不让母亲担心，学习上的困难，陈重私都自己压在心里，未曾跟母亲牢骚半句，并且尽可能在母亲面前表现出轻松的样子。重私妈妈开明民主，虽然没有普通母亲的精力、体力“紧盯”儿子学习，但每每看到儿子复习功课时不经意间表露出的愁眉紧锁的样子，她也是疼在心里，一直“命令”重私返校学习，但面对孝顺又倔强地守在身边的儿子，她也只能将欣慰又心疼的复杂情绪埋在心底。天道酬勤，陈重私最后考上了心仪的学校——临高县加来高级中学。这所中学离家近，虽然分数线高，但教学质量好，这样既方便照顾母亲，还不耽误学习。

收到录取通知书的那天是全家人几年中最开心的一天。

时至今日，陈重私还记得母亲手捧录取通知书时的盈盈笑脸，仿佛反射着海岛阳光，让他不禁热泪盈眶。母子交往的点滴细节，无声地告诉他奋斗的意义和亲情的美好，成为人生里最清澈的源泉与最坚实的基石。

可是喜悦过后，残酷的现实问题再次摆在了他们面前：学费要 1000 多元，陈重私全家的低保每月也才刚够这个数。交了学费就没有钱吃饭看病，维持基本生活就没法读书。母亲失去劳动能力，医疗开销只增不减，弟弟还在读初中，正是长身体的时候，哪怕再怎么勒紧裤腰带，也难从本就空空的口袋里挤出这笔钱——陈重私一家陷入两难境地。

“只要你们想读书，我就有办法让你们上学。”

踌躇之际，母亲的一句话掷地有声，对于陈重私来说，是定心丸，更是定盘星，正是母亲不求回报的爱和永不言弃的精神，支撑他走过一段段苦涩的旅程。

那年暑假，陈茹拖着病重的身体去找学校，恳求减免一点学费——那是她第一次去陈重私的学校，也是唯一一次。开学前，学校减免部分学杂费，陈重私如愿踏入了高中大门，精进学业成为他新的目标。

苦涩贫寒中也有闪光的日子，足球成了陈重私学习之余最大的爱好，并凭着日益精湛的球技加入了校足球队。因为真的喜欢，也是因为球队补助正好可以减轻家庭负担。

奔跑在绿茵球场，脚步随着足球跳跃，汗水随着风挥洒，瞄准、抬脚、射门、欢呼……酣畅淋漓，暂时抛却学习的压力，不用直面家庭的苦难，纷繁杂事皆可抛诸脑后，这一刻，少年单纯只是少年。足球就像一颗糖，让他可以在疲惫时、倦怠时停下来，细细咂摸生活的滋味。

踢球，也让他有了新的感悟：“人生，不会永远进球，但会一直奔跑在路上。”人生赛场上，他又何尝不像一名“钢铁后卫”，义无反顾地面对生活的冲撞，咬紧牙关顽强守住家的防线。

为补贴家用，陈重私曾利用暑假外出在万宁一家槟榔加工厂打工。闷热的厂房车间，枯燥而高强度的工作，让同批暑期工叫苦不迭，纷纷辞工回家。看着大家收拾行李，陈重私也有过“打退堂鼓”的想法。

“一个月两千多元的工资哪！”最终，陈重私还是坚持留了下来。

即便如此，对于这个入不敷出的家来说，一暑假的打工积蓄还是杯水车薪。

命运从陈重私这里没收了太多本该属于他的幸福，却也让他有幸遇到了无数好人，他们像星光闪烁汇聚，照亮了少年的眼睛。

高一，母亲生病，陈重私无奈请假回家。正要走时，被英语老师在班级门口拦住，询问他去哪里。她见学生神色匆忙，未等到回答，便往他手上塞了 50 元钱，还有一盒牛奶、一个面包：“填饱肚子，路上小心！”每每想起两人推来推去的画面，他都感到无比温暖，始终感恩这位老师无言的关心，而在短暂的青春时光中，这样温暖的故事一直在发生着。

转眼到了高三，大家都投入紧张的复习冲刺阶段。由于长期奔波在学习与生活之间，陈重私的文化课不算特别理想，但他凭借足球特长，计划以体育生身份参加高考，天没亮就起来训练，训练完回去继续上文化课，一天安排得满满当当。训练、学习、照顾母亲，陈重私拥有了过人的“多线程”工作能力，也为他胜任以后的工作奠定了坚实基础。

一切都在好转时，不幸却再次降临。母亲在使用轮椅时，不小心“翻车”。起初，以为仅仅是拉到筋，就买了点药膏来贴，并未到医院医治，却不想病情越来越严重，最后疼痛难忍。陈重私带着母亲到临高县医院检查后，医生建议他们到海口的医院进行治疗。

一分钱难倒英雄汉，陈重私又开始犯愁了。

回到学校，舍友们得知事情原委，一把把他从床上拉下来，从生活费中十几二十元的硬是给他“抠”出了上百元钱。“知道你母亲住院了，这点钱救救急。”舍友们围成一个同心圆，替他抵挡绝望和黑暗。后来，学校还专门为陈重私组织捐款 1 万多元，同学们也自发去医院看望他的母亲。

每个难忘的瞬间，每句宽慰和鼓励，每次“及时雨”般的援助，每颗心迸发的火花……正是来自四面八方的爱，让陈重私这棵小树苗得到阳光雨露、滋养浇灌，抖擞全身枝丫，决心向着更高远的地方伸长。

2018 年高考成绩公布，填报志愿时陈重私犹豫了，母亲身体机能差，加之摔伤拖得时间久了，原本还可以拄着拐做点家务，但现在已基本失去劳动能力。“我可以一走了之，但是妈妈怎么办？”

那些天陈重私就像“热锅上的蚂蚁”，坐也不是，站也不是，眉头拧巴成了深深的“川”字。这些烦恼事儿，他只能自己一个人去考虑，一个人想办法解决，不能再让母亲为这个家担忧。思前想后，他在分数足以报考省外高校的情况下，放弃了去省外求学“看看世界”的打算，留在海南照顾母亲。去海口前，他决定带着母亲去上学，信念一以贯之：要守住这个家！

同年 8 月，通过海南孝敬爱心团队联合海南省残疾人基金会、武警海南边防总队训练基地开展的助学圆梦计划，陈重私还收到军地领导和爱心团队叔叔阿姨捐助的 5000 元助学金。“这是一个传递爱的过程，生命在这个过程中得到成长，社会也因此更加温暖。”海南省边防总队潘孝敬警官在捐助仪式上说。

“杨阳老师 100 元，书银 100 元，木兰阿姨，王晓燕阿姨……”

翻开那个总带在身边的小笔记本，上面一笔一画写下的名字和数字，他已用指尖摩挲不知多少遍，直到它们变得温热。每笔捐款，每位好人，都铭刻心底。

“其实还有很多写不清的名字，比如我的母校为我组织捐款、减免学杂费，同学、同事、朋友对我也照顾有加……”

“有一次，妈妈住院，一个好心人趁我不注意时在妈妈床头放了几千元钱，没有留下手机号码，更没有留下姓名。”

因为自己淋过雨，所以才更想为他人撑把伞。每个人都不是孤单的岛屿，在充满人情味的海岛上，好人总是不经意间出现在身边，陈重私总是一遍遍诉说着这个世界给予他的善意，用他似乎与生俱来的敏锐感悟将它们放大、提炼、升华。这些回忆，像一束束光，让天地温暖，生命芬芳。

人生百味，四季轮回，亲情、友情、手足情、同窗情、师生情，还有陌生人的恩情，就像一剂温和但效用卓著的解药，解开少年关于人生苦涩辛辣的疑惑和困扰。何谓人间大爱，陈重私在 20 多年中已经切实懂得并拥有了！这爱汩汩流淌、生生不息，环绕他，托举他，荫蔽他，疗愈他，为他照亮前进的道路，让陈重私扛住了生活的负重和历练，他又将更多的爱与光播撒，去报答他所爱的那群人，他所爱的那片土地。

赤子柔情，肩扛重担

从临高来到省会大城市，繁华迷人眼，来不及欣赏，来不及整顿，陈重私直奔海南工商职业学院，第一要解决的问题是带着母亲住哪儿。他向负责老师反映诉求，希望学校能提供一间小屋方便同时照顾母亲和上学。“不让一名贫困学生失学！”学校不仅为他寻找合适的出租屋，还减免了学杂费，新生入学时需要购买的军训服、英语听力耳机等学校也免费帮其配备。

有母亲的地方便是家，就这样，陈重私带着母亲开始求学之路。这几年，在往返一趟就是 20 公里的学校和医院之间，总有一个瘦弱的少年，顶着烈日，迎着风雨，骑着电动车来回奔波。长时间暴晒，让他的胳膊“黑白分明”。

母亲每天都要吃药，弟弟的学业也不能中断，加上房租水电等，全家人一个月最少要支出 2000 元。为了攒医药费、生活费，陈重私做过许多兼职，每次应聘时，他对岗位的要求只有一个：中午、晚上可以抽空儿回家给母亲做饭。最忙的时候，他曾经同时做着五份兼职。给老师当助手、去酒店打零工、在超市搬货物、在站点发快递、在早点摊卖蒸包……打工时托着盘子，菜品又重又烫，每一次必须非常小心：“千万不能打碎了，否则母亲下次看病的钱就没有了。”身材瘦弱的陈重私在拥挤的店面中辗转挪移，暗暗和自己较劲，一秒，两秒，三秒，然后，再一趟，周而复始。

刚开始同学们只觉得陈重私是个“大忙人”，“一下课就跑没影”，而当陈重私的母亲又一次住院治疗时，同学们带着水果前去探望，才知道他每天的时间有多么紧凑：

早上6点，租住在海口上丹村一栋民房内的陈重私便起了床。他轻轻带上房门，以免吵醒尚在睡梦中的母亲。他的一天从买菜做饭开始，简单吃过早餐，拿着书本赶到教室上课；中午回家做午饭，下午只要没课就兼职，有时还连着做；晚上做晚饭、做家务，为母亲喂水、喂药、按摩，直到半夜才能坐到书桌前温习功课……他把时间掰成“小段”，恨不得分身数个、一天能有48小时。

弟弟陈重宏此前在海口读中专，一到周末，就想与哥哥共同照顾妈妈，可陈重私不仅没同意，反而严厉“教训”：“好好待在学校学习，这里你不用操心……”

为“撑下去”，撑起这个家，他竭尽全力。

大三上学期计算机考试那天，正赶上母亲办理出院。考虑到母亲的身体状况，陈重私叫了辆出租车，却堵在海府路。刚出院的母亲身体虚弱，一直喊口渴。一路上他又急又担心，既担心母亲的状况，又担心赶不上考试。安顿好母亲，直到开考1小时后，他才回到学校，马不停蹄地赶到考场，在剩余半小时里，顺利完成考试。他长舒一口气，汗水浸透衣衫，仿佛全部力量都被抽光了。

“快点回学校吧，我没事。”有时母亲心疼他，赶他回校，陈重私每次都说“那我走了”，可到了输液时，陈重私又出现在病房里。“你输液时，旁边得有人陪。”重私宽慰母亲，他怕万一出现紧急情况，连帮忙喊护士的人都没有。

经济拮据，加上长期请假导致功课落后，曾让陈重私想过退学：“省下我的学杂费和住宿费也许可以补贴家用。”

侧面了解到陈重私的打算，班主任郑小银头一次对他“生气”，把他拉到角落，小声地说：“别辜负大家对你的期望。”学杂费和住宿费，老师们已经瞒着陈重私，自发凑钱补上。后来，了解到陈重私希望继续深造就读专升本专业时，学校还积极帮助他了解相关政策并提供学费资助。

花季伴随雨季，一路披荆斩棘，大学四年，陈重私珍惜来之不易的机会，并没有因为照顾家庭而耽误学业，成绩逐渐稳步赶上。“用功读书，才能给家人更好的生活。”郑小银的嘱咐，陈重私一直默默记在心里。

“我是妈妈的寄托和希望，我要努力多学点知识，将来凭借一技之长，找份好工作，才能给妈妈更好的生活。”

课余时间，他还主动参加各类比赛、公益活动，穿着红马甲做志愿者。在校期间，大一获得了专业竞赛奖项、学校攀丹书院奖学金；大二获得国家奖学金，同时入选本专科生国家奖学金获奖学生优秀代表名录；大三被学校推荐就业。另外，还曾获得“中国大学生自强之星”奖学金、“恩智浦 MCU 杯”海南赛区高职组一等奖、“中国大学生自强之星”“向上向善海南好青年”等荣誉称号，入选中央文明办 2020 年发布的 10 月“中国好人榜”，并作为优秀学生代表登上《人民日报》。

高尔基曾说：世界上的一切光荣和骄傲，都来自母亲。陈重私用实际行动，成为母亲的光荣和骄傲。

“没有他，这个家不知道会怎么样。”当他将证书和奖学金交到母亲手里时，母亲忍不住流下眼泪，看到已经顶天立地的儿子，心里说不出的欣慰。

“上学有助学金，生活也有低保，住院也有报销，走到今天我切身感受到党和国家的关心，入党的心情也更加迫切。”像水归海、鸟投林，他积极向党组织靠拢，经组织考察顺利成为一名光荣的共产党员。

“妈妈，我入党了！”

得知儿子入党，陈茹的身体似乎也好了大半，到处和别人“炫耀”。“妈妈这并不是虚荣，而是希望你以后能牢记自己的‘新身份’，好好学习，好好工作！”

海岛夏末，满目高楼矗立，路人行色匆匆，坚毅的少年推着轮椅上的母亲，走在校园的榕树下。清风徐徐，斑驳的光影轻轻印在她的脸上……两人没有说话，却已心意相通。

2020 年 9 月，母亲再次住院，最终不治离开人世。在弥留之际，母亲叮嘱陈重私："照顾好弟弟，好好活着！"

午夜梦回，这是陈重私一辈子也忘不了的"岁月静好"。那些与母亲相处的一幕幕、一段段，放电影一般，一遍遍游走在他脑海中，没有起点也没有尽头。

轻轻抚摸着母亲和他们兄弟的合影，哀痛和悲伤像大雨冲刷着少年。擦干眼泪，生活还要继续，带着母亲绵长的爱，陈重私整顿行囊，重新上路。

建设一线，勇当尖兵

钢筋林立，机械轰鸣。地面上，运输车辆往来穿梭；高空中，塔吊挥舞着长臂，按下"加速键"的海口国际免税城项目施工现场，火热气氛扑面而来。

作为国家"一带一路"倡议支点城市、琼北综合经济区的核心——海口，承载着国际旅游岛、自由贸易港定位，产业、金融、贸易、人才会聚发展的重要使命。春潮涌动，前景无限，全新的、具备引领海南国际旅游消费时尚的综合体——海口国际免税城应运而生。项目规划占地面积 675 亩，总建筑面积约为 96 万平方米。项目建成后，与三亚国际免税城南北遥相呼应，将成为免税"新地标"、海口"新名片"。

艳阳高照，免税城项目工地室外气温已高达 31 摄氏度。一个戴着安全帽，穿着工装，劳保鞋上还留有在工地泥泞中忙碌穿行后沾染的尘土的身影，穿梭在工地上。走近看，是个眉清目秀的小伙子，戴着细腿儿金框眼镜，显得斯文睿智，内敛沉静，他就是陈重私。

大学时，自动化专业的陈重私最喜欢听的就是"基建狂魔"的故事，他把能找来的新闻和资料翻看了一遍又一遍，那些故事虽然遥远，但却热血而新奇。中国工人们逢山开路、遇水架桥，用近乎神话的建设速度和质量，在这个星球上留下人类充满创意的"凝固史诗"。年少的他不敢幻想自己未来会怎么样，只敢偷偷将那份憧憬、敬仰变成一种遐思、一个愿望，渐渐地，愿望开始结晶、凝固，变成了他大学生活的精神支柱和奋斗目标。

大学最后一年，他无意间得到中国建筑在海口招聘的消息，这仿佛一下触发了他埋藏多年的“开关”。那天，他早早跑到招聘会现场，鼓足勇气，向面试官递上了那篇自己准备已久却略显稚嫩的行业发展论述。

“我想成为建筑工地上的一颗小小螺丝钉。”对着面试官，陈重私的回答十分笃定。

2021 年 6 月，作为海南工商职业学院的推优人选，陈重私入职中国建筑一局集团北京分公司，参与海口国际免税城项目，来到这片正全力以赴生长着的热土。

俗话说“紧车工，慢钳工，轻轻松松干电工”，可是入职后，陈重私才切身体会到，这个岗位并不是“轻轻松松”就能胜任的。

机电分为水、暖、电，作为负责暖通的机电工长，他主要负责机电安装，对工人工作进行技术交底，探讨工作方案，开展技术协调，检查系统以及材料验收，等等。在同事眼里，陈重私工作主动积极、踏实本分，是看着普普通通又让人亲近喜欢的年轻人。直到全国道德模范名单公布，陈重私获评第八届全国道德模范孝老爱亲类模范及海南省道德模范荣誉称号，大家才知道，原来不善言辞、为人低调的陈重私，还有着如此“不平凡”的一面。

初入职场时，陈重私满脸稚嫩，略显紧张和拘谨，“内向”是同事对他最多的评价，面对工作沟通需要，陈重私有意寻求改变，主动寻找挑战自我、锻炼表达的机会。

2021 年 9 月，海南省建设工程质量安全标准化观摩会上，他主动申请担任机电科技展厅专职讲解员。

第一次面对百余人讲解，本就腼腆的他最开始还是充满了担心：“万一讲解中途卡壳了怎么办？”“万一我讲得不对给项目带来影响怎么办？”担忧、焦虑情绪充斥内心，让他连续几天整夜整夜翻来覆去睡不好。“那几天陈重私就跟魔怔了似的，整天一个人躲在角落比比画画、念念叨叨。”同事开玩笑地说。

经过反复打磨解说词、练习演讲、设想场景、揣摩语气，结合多年的社会兼职经验，陈重私逐渐找到了感觉、找回了自信，正式讲解那天，他不慌不忙，侃侃而谈，从机电材料、机电设备、做法样板等多方面展示了项目机电工艺特色。专业的视角、流畅的表达、老练的表现收获了与会代表的认可和赞扬。这次尝试极大地激励了他自我突破、提升、完善的信心，也鼓舞他在建筑路上行稳致远。

“忙是肯定的，做一行爱一行也是肯定的。”

入职一年来，陈重私参与了屋顶48个机房及室外管线的机电施工工作，他从带着各专业分包单位排施工计划开始，每个机房逐个定工序、定节点，确保各专业工作有序穿插；巡场时会对工序完成预设时间进行检查，不断纠偏、调整，推动现场工作进度。在帮助分包单位协调解决现场疑难问题过程中，他的现场把控协调能力得到了各级负责人一致好评。

干得越多越久，陈重私越体会到自己经验欠缺，在工作之余，他保持对知识的渴望和追求，坚持自学，广泛涉猎工程建设、项目管理领域，翻阅机电安装工艺标准图集和各类专业书籍，认真钻研机电施工工艺及管理要领，并将学到的知识在工作中加以实践。

随着海口市国际免税城免税商业中心项目进入多专业全面攻坚阶段，工作重点集中于室内精装、外立面幕墙、机电安装及室外园林景观等专业施工。他深知机电工作在攻坚时期所扮演的重要角色，时刻鞭策自己，排除万难，快速让业务水平胜任新施工阶段要求，全力支持保障项目冲刺建设。

春天是万物生长的季节，海口市国际免税城“长势喜人”。为确保工期，让免税城按时“开门迎客”，项目工地吹响“大干三十天”的冲锋号。

“做钢筋龙骨的守护者、品质交付的担当者！永葆工程人本色，再铸一座精品工程！”陈重私与同事们立下铿锵誓言。

天微微亮，城市还未完全醒来，陈重私早已准备开启一天的工作。高温、高压、高要求，工作到凌晨更是常事，记不清多少次讨论到口干舌燥；记不清多少次挑灯夜战、废寝忘食，与时间赛跑；记不清多少次，为查清问题症结，一站几小时，甚至忘了吃饭，汗水止不住地流，工作服湿透，留下片片汗渍；记不清多少次摸索尝试，终于寻觅到胜利的光亮，青年不服输的血性在一次次尝试中被激发出来。

每每带着满身疲惫回到宿舍，他脑海里满满当当还是工作的事，可想到作为中建人，能陪伴“亚洲最大免税城”的诞生，把先进的工艺、设备、技术应用到祖国的建设中，付出是多么值得，第二天，他又精神抖擞地出现在工地上。

俯瞰海口市国际免税城项目，外部造型曲线灵动飘逸，它以“九州祥云、南海之冠”为设计理念，整体形象简洁宏大，蕴藏着浪漫飘逸的韵律，寄托了人们对祥云万里般福寿安康生活的憧憬。夜晚屋顶灯光透过表层穿孔板的散射，仿佛“彩云遮月”，星空银河，画龙点睛地为整个项目增添了夺目璀璨之感，美轮美奂。

设计可以天马行空，施工必须一丝不苟。

那一夜，万众瞩目，灯火通明。

凌晨 1：00 海口市国际免税城项目屋面网架最后一块拼装架顺利起吊；

凌晨 5：26 网架升至屋面顶空，进行最后合拢拼装；

清晨 6：05 现场能见度不足 50 米的情况下拼装工作稳步完成；

吊装精度始终维持在毫米级，屋面网架吊装就位完毕！

2022 年 4 月初，“九州祥云”惊艳初显，令人叹为观止。在此高光时刻，陈重私正站在商业中心项目屋面顶端，有幸见证了屋面网架从起吊到合拢的全过程。

屋面网架结构近 8300 吨，总钢量近 3.8 万吨，堪比国家体育馆“鸟巢”的用钢量，包含 3 万多个杆构件和 1 万多个鼓构件——在庞然巨物的对比下，人是如此渺小，似乎不值一提。

当地标沸腾崛起，谁能知道其中寄予了多少建设者的希望？

“功成不必在我，功成必定有我！”一种从未有过的自豪感从陈重私的心底油然而生，他理解了“基建狂魔”背后无名建设者，以及他们的不平凡，他开始明白大学时所景仰崇拜的“中国速度”何以闻名世界，享誉全球。作为其中一员，仿佛获得了无形的“胜利勋章”，中建人浩瀚、磅礴的精神，如今正以更具象、实体的方式铭刻在祖国大地的最南端!

轰轰烈烈的不仅是“中国工程”，置身其中的“人”也在发生着“轰轰烈烈”的改变：风吹日晒雨淋，曾经“书生气”的陈重私比刚出校门时更黑了，还结实了不少，说话办事有了“雷厉风行”的劲儿，而不变的仍是他的赤诚与柔情。

“他是浑身上下充满正能量的人。”海口国际免税城项目机电负责人周发响回忆，陈重私总是眉眼带笑，青年人特有的精气神儿在他的身上闪着光亮。“国际免税城项目地块多、工期紧、任务重，处在机电安装高峰期，小陈在忙完自己的工作后还经常主动帮助身边同事。”

除了长期参加“田螺计划”关爱孤寡老人志愿活动，他一入职就加入了

中国建筑一局集团(海口)“建证未来”志愿服务队，全程参与项目组织的义务劳动、社区救助等将近30场志愿活动。

己欲立而立人，己欲达而达人。2021年12月，在得知海南某研三学生被诊断为白血病急需80万元治疗费的事情后，陈重私虽然与她素未相识，却第一时间捐款3000元，还发动同事们一起帮助她。在陈重私和众多热心人参与下，一场爱的接力融化了冰雪……

“以前我一直照顾妈妈，知道生病是很痛苦的，包括身体上、精神上的折磨，她还这么年轻，后面的路还很长。”问起缘由，陈重私依旧是那句话，“现在我工作了，也要像那些帮助过我的热心人一样，尽微薄之力去帮助其他有困难的人。”

“青春孕育无限希望，青年创造美好明天。”

2022年5月11日，陈重私怀着无比激动、兴奋的心情观看了庆祝中国共产主义青年团成立100周年大会。大会上，习近平总书记寄语青年：“用青春的能动力和创造力激荡起民族复兴的澎湃春潮，用青春的智慧和汗水打拼出一个更加美好的中国。”

作为团支部组织委员，陈重私一直把这句话记在心里。努力练就过硬本领，以抢的干劲儿、拼的姿态、冲的速度，全身心投入自由贸易港建设征程，勇做“铺路石”“栽树人”，为祖国新蓝图的擘画贡献青春力量——这是陈重私和他的青年同事们的共同志愿。

业余时间，他还深入一线，与青年农民工兄弟同学习同研讨，谈领悟、谈体会，从中汲取奋进力量，以更饱满的热情投身到项目建设中。

天地旷远辽阔，扎根家乡沃土，陈重私像一棵挺拔的树，领受阳光雨露的馈赠，生长，壮大，延展，树冠茂密，枝干坚实，根系强健，与千万棵树一起，亲密环抱着琼岛，与云相接，与海岸线相触，融成一片苍翠、连绵的梦想。

追梦路上，初心为伴

“只要有光，就要奔跑。”

人世间的所有美好，只有通过劳动才能实现。越奋斗，越幸福，因为奋斗，所以更加幸福。

在日新月异的琼岛挥洒智慧和汗水，在奋勇争先的事业中架构、充盈自己的梦想，从刚毕业时的“纸上谈兵”到如今理论实践俱佳的“行家里手”，从技术员、队长助理一路历练担任机电工长，陈重私的职业成长之路可谓新时代青年技术工人的“模板”。

近年来，随着机电自动化应用水平的不断提高，机电行业迅猛发展，一茬又一茬的新应用、新知识、新技术让人目不暇接。为高效保障项目建设需求，推动项目施工履约品质完美落地。在技术支持方面，海口国际免税城项目建立了多层级深化设计组织体系，明确管控制度和管理流程；深度应用 BIM 技术，生成深化设计图纸 2000 余份，通过 150 余次 BIM 模型迭代传递，靠这个“千里眼”“精算师”，优化管线综合排布，缩短信息交互时间，提高工作效率。这就要求工长们与时俱进，适应新的趋势和要求。

为弘扬中华民族尊师重道的传统美德，促进新员工快速成长，中国建筑一局集团开展了师徒结对活动。

有了师傅，就有了“标杆”。拜师后，陈重私迅速“投入角色”，并与师傅在日常相处中结下了深厚情谊。跟着师傅现场学习机电安装工艺，不断扎实理论功底，开阔眼界。在师傅“量体裁衣”的帮助指导下，从最基本的看图纸、查资料、学规范开始，他迅速掌握了机电管线设备安装的基本要领，并尝试担当“指挥”，向更深入、细致的方向“进军”。

“干机电，就像干中医，望闻问切，一看，二听，三查，手到病除。病根不一样，下药也不一样。多学点，遇到问题时就能处理得更完美，更得心应手些，否则可能白忙，甚至酿成祸患。”师傅言传身教，潜移默化地影响着陈重私，更让他明白：卓越和平庸间堆砌的便是无数个“看似不起眼的细节”。

免税城区域广，施工项目多，施工单位多，暖通工程量大。如何使众多管线设备“友好相处”，不“掐架”、不“碰撞”、不“摩擦”，需要什么工具，材料型号配置又是多少，标准对不对、行不行，职工们能不能懂……可谓“千头万绪”“千变万化”。棘手难题像割韭菜，割了一茬又长出一茬。单拿线缆敷设来说，需要保证排列整齐，做好标识，就像厨师切土豆丝，考的是眼力，练的是耐心，线缆走的不是直线，不能用工具精确到厘米，放多了浪费，放少了打接头就会存在安全隐患，弯曲半径还要满足规范要求，这就要求考虑再考虑、精细再精细。

“小子，打怵了吧？不要紧，世上无难事只怕有心人，咱们不求建奇功、出奇招，把分内事做好，循序渐进。”师傅带着陈重私走遍海口国际免税城商业中心每个角落，参与屋顶机房及室外管线的机电施工；充分了解施工现场条件、作业面现状、人力和物资供应状况，带着分包在会议室安排施工计划、探讨施工方案；厘清工作间的衔接关系和符合工艺规律的逻辑关系，为每个机房逐个定工序、定节点，确保各专业工作有序穿插；组织各分包、设计等相关单位一起研究施工措施，帮助他们解决现场疑难问题、进行技术协调。

“一个项目，只要从头跟到尾，你就清楚它是如何从无到有的。”师傅的话犹在耳畔，作为项目里承上启下的“关键”，陈重私在雕琢自己的“作品”，也像块璞玉一般被不断打磨雕琢着，不知不觉迎来自己职业能力上“质的飞跃”。

“师傅领进门，修行在个人。”陈重私记得，第一次独自面对异形结构屋面，眼前满是错综复杂的钢构和机电管线，他屏气凝神，抽丝剥茧，梳理每道工序的推进情况，生怕错过哪个环节。一段时间下来，陈重私的确发现若干细节问题。

“这种问题会不会我太大惊小怪了？”作为新人，保险起见，他查阅区域施工的所有资料，并从零梳理各个工序要点。

“怎么？方案不合理？”师傅看到他眉头紧皱，问道。

再次检查确认结果，陈重私鼓足勇气，战战兢兢地和师傅说了自己的建议。

“这个……确实是……好小子！不简单啊，没看错你！”师傅看向他的目光有些惊讶，也饱含赞许。“建筑业是一个对细节质量要求极高的行业，即便是在标准范围也要不惜用上‘绣花功夫’去优化、去调整，工匠精神不就是体现在这些地方吗？自信点，要坚持自己的判断。”师傅拍拍他瘦瘦的肩膀，鼓励道。

夏季是电气设备事故多发季节，对于高温多雨的海口来说，更是如此。“夏季四防”（防风雨、防雷电、防洪、防暑）是最为常态的工作。“做好责任项目‘管家’和设备‘保姆’——像照顾婴儿一样照顾它们。”陈重私和师傅规划最佳巡检路线，电缆沟掀开盖子看看有没有积水，每个开关柜都要检查测量是否超温，还要把巡检数据仔细记录在案。

有次夜间施工，突如其来的大暴雨让屋顶施工不得不陷入停滞。看着雨水越积越多，陈重私突然意识到地下室雨水立管还在施工阶段，大雨很有可能对底部设备造成损害。来不及多想，他边冲向现场，边联系屋顶施工人员准备用盲板临时封堵雨水口。到现场时，雨水已经没过脚踝，陈重私赶紧召集现场工作人员进行应急排险，同时启动区域临时水泵，检查周围设备用房的涉水情况，并对照图纸分布点位指挥屋面人员实施封堵。他有些沙哑的声音，几乎淹没在雨声中。

大家共同努力“奋战”，历经两小时，水终于止住了，避免了地下室配电房、设备间危险的发生以及潜在经济损失。

雨停了，微风吹来，他隐约听见，是母亲“好好工作”的叮咛，是领导和老师傅们的嘱托，更是自己内心的呼唤。不羁的风吹散了紧张和劳累，他悬着的心也终于放平。

——这只是他工作中众多场景里的一个“剪影”。

万丈高楼平地起，打铁必须自身硬。慢慢地，陈重私从师傅的“小跟班”、别人口中的“小朋友”，变成了受大家尊重和信任的“陈工”。这位能吃苦、敢冲锋、手脚勤、业务熟、作风正的年轻人在项目上有口皆碑。

有了电，有了暖，原本冷冰冰、硬邦邦的建筑就仿佛睁开了“眼睛”，有了生命活力，有了经脉气血的奔涌。每天走在工地上，登上一级级台阶，陈重私的脚步轻盈而坚定，好似双手熟练地在钢琴上弹出旋律。那吊挂平直、整齐划一的管路管线，就像五线谱上正在奏响的曼妙乐章，宛如笔直的跑道向远处延伸，再延伸。

2021 年 11 月 5 日，第八届全国道德模范座谈会在北京举行。中共中央总书记、国家主席、中央军委主席习近平在人民大会堂亲切会见第八届全国道德模范及提名获奖者，向他们表示诚挚问候和热烈祝贺。陈重私作为海南省唯一获授“全国道德模范”荣誉称号代表接受会见。

陈重私获评全国道德模范后，中国建筑集团公司在各级广泛宣传，号召全体中建人向陈重私学习，并将这种精神传播给更多人。“陈重私是中建一局北京分公司海口国际免税城项目部所有工作人员的榜样。”项目书记赵强说，“现在项目部的全体工作人员都在践行孝老爱亲、和睦相处、拼搏奋斗、守信实干的好作风。大家工作时笑脸多了，团结一心谋发展的干劲儿更足了。”

陈重私的事迹在海南全省引起热烈反响，掀起了学习高潮。

“我们班的陈重私获得了第八届全国孝老爱亲道德模范荣誉称号！”陈重私的同学微信群里有人发出这条消息，留言就像炸了锅，一遍遍“刷屏”，“优秀”“我辈楷模”“实至名归”“这含金量太高了”……大家纷纷为他点赞。

从老师、同学、亲人、同事和帮助过他的好人的回忆和印象中，能发现这位青年更真实立体的一面。

“重私用自己的双手撑起了整个家庭，用行动诠释了孝义和道德的含义。他能够走到现在，每一步都很不容易，但凡有一点力量、有一点钱、有一点余地，他都想回报社会。”陈重私高中时的数学老师石莹莹说。

“现在大家都毕业出来工作了，虽然不在同一个地方但是在周末空闲时间我还是会约他出来聊聊天。得知他获评全国道德模范的消息，我为他感到高兴。”林锐曾是陈重私的同学，他认识的陈重私富有正义感，每天有用不完的能量，在紧凑课程中见缝插针兼职，还常在足球场上看见他飒爽的身影。

海口市民吴妚梅在陈重私高三时，通过媒体了解到他孝老爱亲的事迹，从那时起对他进行资助。“我第一次在医院见到重私，他对母亲细致入微的照顾深深感动了我。”陈重私获评全国道德模范后，她第一时间通电话表示祝贺，并希望他能够继续以积极的态度努力生活、努力工作，将来回报社会、建设社会。

在陈重私“最亲的人”——弟弟陈重宏的心目中，哥哥更像是一位人生导师。“哥哥是个吃苦耐劳的人，不仅让我享受到家庭温暖，还以身作则，丰富、强大了我的心灵。哥哥获得的这些荣誉对我有着极大的鼓舞，我会努力向哥哥靠近。”

“全国道德模范”是一面旗帜，一座灯塔，也是一面镜子。对于陈重私来说，荣誉是压力，更是动力，是沉甸甸的责任。与他共同登上领奖台的，有不屈服于命运，打拼多彩事业的残疾姑娘；有千钧一发之际守护人民生命安全的退休干部；有深耕科学领域，攻克险阻难关的科学家……陈重私从他们身上感受到一股股质朴、永久的力量，也在心中拥有了更多的榜样。

孝老爱亲是每一位合格的子女都在做的；善行无疆，是助人为乐者们的爱与付出；舍己为人，是见义勇为者们正直情怀的真实写照；一诺千金，是诚实守信者们人格的诠释；恪尽职守，是敬业奉献者们的宝贵品质。他们身份各异，经历不同，所处领域有别，但对道德的崇高追求却高度一致，他们是有形的正能量、鲜活的价值观，为新时代公民立下标杆，为道德的星空增添光华，我们更应该从前辈手中接过接力棒，不负时代，不负韶华，不负党和人民的殷切期望！

回到岗位，陈重私并没有迷失在纷至沓来的荣誉中，而是全身心地投入了工作。对于职业发展，他有着清晰的规划，在“工业建筑的先锋，南征北战的铁军”——中建集团这个大家庭，扎根海南自由贸易港建设，反哺生养培育他的家乡。

榜样的力量激励前行，精神的感召接续奋斗。“海口市五四红旗团支部”、“海口市青年先锋示范岗”、海南省五四红旗团支部……正因为有许多“陈重私”集结，海口国际免税城项目上下齐心、全面发力，处处洋溢着青春朝气和创造热忱。

“未来，我还是要努力把自己的生活过好，让妈妈放心，这是对妈妈的交代。”陈重私始终没有忘记母亲对他的牵挂。而且，他还想告诉母亲，这几年，不仅他在变好，临高也已经正式退出全国贫困县行列。他的透滩村，他的家乡日新月异，全省、全国，都在越来越好。

工地小憩片刻，陈重私突然发觉，对这个项目，他有了强烈的归属感和一种“家的感觉”。喝口水，眺望远方，与落日、繁星并肩，像歌里唱的那样，他还是那个向往着爱、追逐着光、建构着梦的炽热少年。

“先守护好小家，然后回馈大家、报效国家。”

“还有，希望在不远的将来，可以带着弟弟去北方城市走走，看看人生中的第一场雪。”雪到底是什么样的呢？若玉屑？似柳絮？凉到沁人心脾，让大地银装素裹……陈重私想象着他从没有见过的那场雪，心绪升腾成一朵朵洁白饱满的云，飘浮在湛蓝的天宇。

为国为家的丹心、敬业乐业的恒心、重信守约的诚心、崇德向善的爱心……漫漫征途，初心为伴。挥别过去，陈重私相信，向着星辰大海，最美的风景还在前方。

央企楷模

强国之“箭” 筑梦九天

——记中国航天科技集团有限公司长征五号运载火箭研制团队

◎文/金石开 姜 哲 王伟童

2021年，长征五号运载火箭研制团队获评第六届“央企楷模”。评委会在授予他们的颁奖词中写道：

壮志报国 求索中国航天
矢志铸箭 自立自强
勇攀高峰 昂首登上天宫
探月探火 扶摇万里
争分夺秒 精益求精
构筑从航天大国迈向航天强国的梦想天梯
心怀国之大者 筑梦浩渺苍穹
“大火箭”加速助推中华民族伟大复兴

从来没有人像他们一样，10年历经艰辛，让中国一步迈进大火箭国家俱乐部。

从来没有人像他们一样，908天含泪奔跑，让中国最强火箭浴火重生。

从来没有人像他们一样，和时间比速度，搭建中国人追求月球、火星和空间站的梦想天梯。

他们有一个共同的名字——长五人。从他们手中诞生的长征五号运载火箭，是我国首型大推力无毒无污染液体火箭，运载能力位居世界前列。长征五号火箭总指挥王珏在面对媒体采访时，曾骄傲地说道：“它的出现，大幅提升了我国进入空间的能力，是我国由航天大国向航天强国迈进的重要支撑和显著标志。”

一、论证——没有需求的艰难起步

长征五号运载火箭从 20 世纪 80 年代开始论证，2006 年经国务院批准立项研制，由国家国防科技工业局牵头组织实施，中国运载火箭技术研究院（隶属中国航天科技集团，以下简称“火箭院”）抓总研制。2000 年，我国先行启动了 120 吨级液氧煤油发动机和 50 吨级液氢液氧发动机研制攻关，其科研成果直接转化支撑了长征六号、长征七号等新型运载火箭研制并首飞成功。

中国工程院院士、运载火箭技术专家龙乐豪在采访时这样评价长征五号：“这三十年，我是看着长征五号从无到有一路走来的。它既是跨越式的，又是奠基性的。”

1985 年，时任火箭院总体设计部主任龙乐豪，对我国运载火箭的发展进行了思考。他带领团队提出了新一代“大火箭”的构想，其后来被命名为“长征五号”。一年后，“大型运载火箭和天地往返运输系统”被列入“863 计划”，并于 1988 年开始论证。通过对比国外新一代火箭，结合自身需求，专家们认为当时的长征系列火箭存在运载能力低、芯级直径小、所用偏二甲肼和四氧化二氮推进剂毒性大且价格昂贵等问题，希望通过新型火箭来解决。

然而，当时我国载人航天工程尚未立项；即使该工程立项后，对于载人飞船方案，长征五号的运载能力也颇为“浪费”。有航天器专家问：“搞那么大的火箭干吗？我们没有那样的需求……”火箭专家们无言以对。

长征五号用什么推进剂，各方意见不一。所谓新一代运载火箭，最大特点就是推进剂绿色环保，常规推进剂显然不符合要求。但有专家认为，液氢液氧燃料不太好“伺候”，会带来很多麻烦；研制液氧煤油发动机，也需要攻克许多难点。一来二去，围绕长征五号的讨论延续到 21 世纪。

2002 年，原国防科工委确定了新一代火箭“一个系列、两种发动机、三个模块”总体发展思路，以及“通用化、系列化、组合化”设计思想。2006 年，长征五号立项研制得到了国务院的正式批准。

长征五号工程创新难点多、技术跨度大、复杂程度高，代表了我国运载火箭科技创新的最高水平；填补了我国大推力无毒无污染液体火箭发动机的空白，并使我国航天运载能力进入国际先进之列。

二、立项——奠基新一代长征火箭

长征五号运载火箭2006年正式立项开展工程研制，2009年2月转入初样研制，按照国防科工局明确的两级半最大构型状态开展初样研制工作，2013年6月转入试样研制阶段。

长征五号运载火箭，是我国新一代运载火箭中第一个立项研制的型号，它以大幅提升我国进入空间的能力为研制目标，是我国由航天大国向航天强国迈进的重要支撑和显著标志之一。按照系列化、组合化、模块化思想设计，采用5米直径箭体结构、无毒无污染的液氧煤油和液氢液氧推进系统、全新高可靠电气系统，以及以“新三垂”为代表的全新测试发射模式，火箭整体性能和总体技术达到国际先进水平 。

它的运载能力可以达到LEO轨道25吨级、GTO轨道14吨级，承担着我国载人航天空间站工程、载人登月工程、探月工程三期、探火工程等重大发射任务。其他航天大国甚至把“长五”发射成功，看作“改变游戏规则的一次发射”“中国航天的新篇章”。

长征五号已经成为我国新一代长征系列运载火箭的奠基性型号。其方案中的“三个模块”是指使用液氧液氢燃料的5米直径模块、用液氧煤油燃料的3.35米直径模块和2.25米直径模块；“两种发动机”是指地面推力50吨的“液发-77”氢氧发动机和地面推力120吨的“液发-100”液氧煤油发动机。在三个模块的基础上，第一步组合制造出5米直径芯级的大型火箭长征五号，再进一步组合制造出2.25米直径的小型火箭长征六号，以及3.35米直径芯级的中型火箭长征七号。最终形成近地轨道运力覆盖1.5吨至25吨，地球同步转移轨道运力覆盖1.5吨至14吨的“系列”。长征五号的5米直径芯级，还能作为我国重型运载火箭长征九号的助推器，助其实现约140吨的近地轨道运载能力。

三、研制——交着学费实现跨越

向远方前行，必须闯过一个个险滩，向高处攀登，必须翻越一道道山梁，获得优异的性能，势必要解决无数技术难题。从 2006 年立项，到 2016 年首飞成功，长征五号运载火箭研制历程长达 10 年，是中国新一代运载火箭中，第一个立项，最后一个首飞的型号。大的运载能力、大的发动机、大的结构、大的电气系统、大的地面支持系统……给长征五号运载火箭研制团队带来的除巨大的技术跨度、巨大的研制难度外，还有巨大的工作量和空前的挑战。

严峻的形势和任务摆在面前，骨头要硬，要敢于出击。长五人迎难而上，攻坚克难，十年磨一"箭"，突破了 12 大类 247 项关键技术，解决了复杂力热环境、大质量多干扰分离等世界性难题，掌握了一批具有自主知识产权的新技术，使长征五号运载火箭重要性能参数成倍提高，95% 的新技术占比更是打破了"一发新火箭上，新技术比例不超过 30%"的国际惯例。

长征五号拥有强大且绿色环保的"中国芯"：50 吨级氢氧发动机，9 吨级膨胀循环氢氧发动机和 120 吨级液氧煤油发动机。2000 年，120 吨级液氧煤油发动机项目立项，其研制历程一波三折。2001 年进行的 4 次整机试车中，两次起动不正常，另外两次燃气系统烧毁。连续的失败，使研制队伍情绪受挫，背负了沉重的压力。"液氧煤油推进剂我们第一次接触，补燃循环方案是第一次用，自身起动方式是第一次研究。这么多新技术，哪能不交学费？"中国工程院院士、液体火箭发动机专家张贵田鼓励大家。

2002 年 5 月，该发动机整机试车取得圆满成功，首次获得了我国液体火箭发动机补燃循环自身起动特性参数；2006 年 7 月，该发动机进行首次 600 秒试车并获成功，为长征五号正式立项奠定了基础。其研制突破了高压补燃关键技术 80 余项，填补了我国补燃循环发动机的技术空白，实现了从常规有毒推进剂开式循环液体推进技术，到绿色无毒推进剂闭式循环液体推进技术的巨大跨越。

2001 年 12 月，原国防科工委、财政部联合批准"50 吨级液氢液氧发动机专项工程"立项。氢氧发动机是典型的低温发动机，工作前要利用液氢和液氧，将发动机各类部件的温度预冷至零下180摄氏度到零下250余摄氏度，同时要保证液氢液氧在发动机内部的稳定输送。为此，科技人员先后解决了低温发动机起动及关机时序、超高转速高压高效多级泵、大尺寸多孔面板发汗冷却、大口径超低温气动球阀等百余项关键技术。该发动机具有长时间点火能力，可以持续工作500秒，用于火箭芯级，能实现仅用芯一级火箭就将有效载荷送入近地轨道。

长征五号首飞前夕，龙乐豪院士坦然表达了内心的忐忑。“我们看起来笑容满面，其实内心一个劲儿翻腾。”他说，“要到确定星箭分离、卫星入轨，那颗心才能从嗓子眼儿落回去。”

动力系统已初具雏形，但长征五号运载火箭总体研制依然艰辛。“当时我国火箭技术储备和工业基础还无法对长征五号研制提供支撑。别的不说，仅五米级直径的箭体设计、制造以及试验技术，就是很大的跨越。”龙乐豪说。

至今，长征五号研制共突破大直径箭体结构、大型低温捆绑火箭耦合振动抑制等12大类247项新技术，累计开展千余项、7000余次地面试验，创造了我国液体运载火箭研制规模之最。尽管技术攻关全部完成，龙乐豪最担心的却是设备的可靠性。他曾因此经历过惨痛的失败。1996年2月15日，由龙乐豪任总设计师兼总指挥的长征三号乙运载火箭首飞失利，起飞22秒后撞上山头，这也是他一夜白头的原因。

长征五号研制过程中严格执行质量控制管理，并采取了电气系统三冗余措施，即3台相同设备互为备份。但这只能让成功率尽可能提高，谁也没法打包票。龙乐豪说，以长征三号乙为例，其仪器设备近千台，电子元器件超过10万只，电缆总长足够围北京五环绕一圈，而长征五号的规模远大于此。“这么庞大的系统，稍不注意就有可能出差错。”他说，“目前我们还没发现隐患，但仍在冥思苦想。”

火箭院长征五号运载火箭副总设计师娄路亮在接受采访时也提到，长征五号运载火箭飞行时，液氧煤油、液氢液氧两种发动机将同时工作，这在我国是首次，国际上也只有苏联的能源号运载火箭实现过。“风险在于，两种发动机的特性、‘脾气’各不相同，一起工作会出现什么情况，我们缺乏认知，在地面也无法真实模拟，只能靠实际飞行得到完全验证。”

2016 年 11 月 3 日，长征五号首飞成功的消息传回，人们的心放下了。20 世纪 90 年代中期至今，前 10 年是发动机战役，后 10 年是火箭战役，同时还完成了海南发射场等配套设施的建设，这三大战役共同构成了长征五号的首飞成功。

四、初战——惊心动魄的三小时

长征五号是一枚从一出生就注定不平凡的火箭，它寄托了太多人的梦想和夙愿。长期以来，谈及我国的某项技术或某个领域的发展，人们已经习惯用“大而不强”来形容。但航天正在将这种说法打破，而打破这种说法的第一拳就是长征五号——相当于“航天强国”的入场券。

然而，长征五号首飞成功的背后，也有“差一点失败”的插曲。

何巍是长征五号首飞任务的 01 指挥员。他至今记得，那是 2016 年 11 月 3 日，发射时间从原定的 18 时整，推迟到 20 时 43 分。其间经历令人窒息的 6 次时间重置，甚至一度面临发射任务被迫取消的考验。

观看发射的人们因此记住了那“有惊无险”的特殊时刻，也对这枚拉开中国大运载时代序幕的火箭多了几分直观的认识。

时间回拨到当天 17 时 30 分，测发大厅气氛突然紧张起来，数百名科技人员的目光一齐投向大屏——由于火箭一级循环预冷泵无法正常启动，火箭“发烧”了。此刻大屏上显示的温度是 238K，远高于 110K 的起飞标准……

据何巍回忆，这时任务指挥部研究决定，如果到了 19 时 30 分，发动机预冷效果还达不到发射条件，将启动推进剂泄回程序，取消此次发射任务。

19 时 28 分，距离“底线”时间仅剩两分钟，发动机温度降至预定值，火箭成功“退烧”。

“设定点火时间为 20 时 40 分。”何巍长舒了一口气。然而，即便是临发射前的最后关头，紧急情况却一再发生。

20 时 40 分，距离最后发射仅余 1 分钟，中国航天史上罕见的一幕出现了。进入倒计时 10 秒内，因为没有接收到相关数据，射前监测参数不再更新，软件显示异常。控制系统操作人员果断暂停了读秒，任务临时中止。这在以往的发射任务中从未出现过。各系统工作人员面面相觑，脸上写满疑问。接下来，现场一片静默，时间仿佛停滞了。

火箭院长征五号运载火箭总设计师李东回忆，听到这个口令之后，第一反应是告诉我旁边的副总师，你们不要站起来，你们不要过去问发生了什么事情，这时候要绝对相信指挥员能处理问题。

何巍叫停了发射程序，再一次组织排查故障原因。问题最终得以解决。“点火”口令终于下达，火箭腾空而起。

终于，2016 年 11 月 3 日 20 时 43 分 04 秒，长征五号运载火箭喷出千钧之力，缓缓起身、出塔，穿入云霄。

飞入天空的长征五号遥一火箭表现完美，助推器分离、抛整流罩，一气呵成。20 秒后，长征五号一二级成功分离。点火 1821 秒后，长征五号与载荷组合体成功分离，标志着长征五号首飞圆满成功。现场情绪爆发，中国航天人的自信与智慧在这一刻得以释放。

人们欢呼的背后，包括何巍在内的航天人开始整理分析发射数据，他们要面对的是 63 万条原始数据——这些关乎着中国大火箭下一次能否依旧“转危为安”。

中共中央国务院、中央军委对长征五号运载火箭首次飞行任务圆满成功发来贺电，指出长征五号运载火箭是我国运载火箭升级换代的工程，创新难点多、技术跨度大、复杂程度高，代表了我国运载火箭科技创新的最高水平，填补了我国大推力无毒无污染液体火箭的空白，使我国火箭运载能力进入国际先进行列。这一重大成就，是我国由航天大国迈向航天强国的重要标志，为我国新一代运载火箭系列化、型谱化发展奠定了坚实的技术基础。

五、折戟——失利来得猝不及防

长征五号的前两次发射任务，长征系列运载火箭总设计师龙乐豪院士都在现场。他一个明显的感受是，第一次发射任务虽然成功了，但是起飞前 3 小时的“跌跌撞撞”似乎更牵动人心，他说：“这也是难免的，毕竟这是一枚全新的火箭，情况太复杂。”

相应地，第二次发射，对于很多现场的人来说，“原本称得上十分顺利”。“起飞前不像长征五号遥一那样惊心动魄。”龙乐豪说，遥二的发射现场，最初几分钟“要平静得多”“要好得多”。

娄路亮比规定的时间更早一些到位，今天他的工作岗位是在指控大厅。作为长征五号副总师，他已经在发射场工作了 60 个日夜。长征五号遥二火箭在发射场的各项工作进展都很顺利，再加上有首飞成功托底，他对这次发射很有信心。

火箭点火前，娄路亮特意和身边的火箭总师李东握了一下手，给了彼此一个鼓励的眼神。

一切都很顺利，晚上 7 时 23 分，火箭按时点火，娄路亮长舒了一口气。对于一个新研型号而言，“点火”时的那一团熊熊火焰，意味着发动机顺利“点着火”了，最大的不确定因素得以排除。此前长征五号遥一的成功首飞，证明团队把惊心动魄的发动机预冷问题给攻克了。

随后火箭起飞、助推器分离、整流罩分离，无论是参数还是大屏幕显示的火箭飞行轨迹，一切都在向着“完美的结局”奔去。

然而，意外出现了。

当火箭飞行至346秒时，大屏幕上的参数突然出现跳变，数据显示，有一台发动机突然熄火了。

娄路亮的心一紧，大脑瞬间闪过多种故障模式，他感觉时间都已经停滞了。他脑海里始终盘旋着一个疑问：发动机是肇事者还是受害者？

此刻，大厅里的人已经聚集在了“两总”周围。由于一台发动机熄火，另一台发动机仍在工作，给了火箭加速下降的动力。火箭的飞行形成了加速向下的曲线，很快，火箭就掉了下来，坠入海底。

事后有专家分析，如果火箭再坚持飞行50秒，还是有机会入轨的。很多入职不久的“90后”在现场悲伤地目睹了这一场景，见证了航天发射失利的残酷。

当晚，新华社发布了任务失利的快讯。

“这个结果，是谁都不愿意见到的。”龙乐豪说，他很快就告诉自己，科学试验失败在所难免，当下要做的是尽快找出故障原因，采取措施，争取尽早复飞，用实际行动再次证明我们的火箭是可信任的。

那一晚，龙乐豪从测发大厅离开时，并没有和现场的航天后辈有过多的交流。但他相信，这些年轻的航天人有能力顶住压力。

晚上8点多的文昌，暑气渐渐消退，此刻已经完全被夜幕笼罩。很快，长征五号试验队员陆陆续续回到了大本营。长征五号质量主管杨慧留意到，往日里熙熙攘攘的食堂此刻没有一个人说话，给“两总”留的饭桌空空荡荡，不见一人。原本等着庆功的烟花被孤零零地堆放在食堂门口。此刻，再多看一眼都让人觉得悲伤。

娄路亮和其他“两总”饭都没吃就直接从指控大厅回到会议室，一起判读数据，分析原因。

通过初步分析，大家的意见很一致：问题出在火箭芯一级的发动机——YF-77发动机身上。可是，导致出现问题的原因是什么？是诱因还是自身出了问题？

这批次的发动机在地面试车从未出现过类似问题，首飞前 3 万秒的地面考核全部通过。

六、归来——含泪奔跑的 908 天

“5、4、3、2、1，点火！起飞！”

随着 01 指挥员王光义雄浑有力的口令，发控台主操作手于鹏果断按下发射按钮。

12 月 27 日 20 时 45 分，伴随着震耳欲聋的轰鸣，金黄色的烈焰从火箭底部喷涌而出，巨大的声响震撼方圆数十里。在烈焰举托下，长征五号似离弦之箭，向天而去。

“火箭飞行正常。”

“跟踪正常。”

“遥测信号正常。”……

来自天南海北测控点的一声声报告，接力护送着火箭的又一次壮美飞天。2000 多秒后，载荷组合体与火箭成功分离，进入预定轨道。

“星箭分离！”长征五号遥三火箭发射任务取得圆满成功！

指挥大厅内一片欢呼，人们彼此拥抱，哭着哭着就笑了，笑着笑着又流泪了……对于长征五号研制团队来说，积累了 908 天的压力终于在这一刻全部释放出来。908 天的苦与累，908 天的悲与喜，又有谁知道？

2017 年 7 月 3 日，长征五号遥二失利的第二天，火箭核心团队迅速处理完发射场的工作，7 月 4 日就乘坐第一班海口飞北京的航班回京。当乘坐的大巴驶出发射场大门时，看着远处空荡荡的长五塔架，长征五号质量主管杨慧没忍住，流下眼泪。她当时不会想到日后还会为长征五号复飞成功流下激动的泪水。

回到北京的第一站，大家不是回家，而是直接前往会议室。

此刻，后方的数据已经同步分析出来了，证实了大家的判断是正确的。

2017 年 7 月至 2018 年 4 月，归零，艰难前行！

搞航天的人都会“谈归零色变”。“归零”意味着失败，意味着“地毯式搜

查”……对于长征五号这项国家重大型号而言，“归零”只会严上加严。

从 2017 年 7 月 4 日开始，长征五号团队开始了为期 100 天的归零工作。

火箭飞行成功与否，动力系统至关重要。很多人都知道长征五号运载火箭是在 2006 年底立项，却鲜有人知道 YF－77 发动机的立项比火箭立项还要早 4 年，这说明了作为火箭核心关键系统的发动机的重要性和复杂性。

长征五号遥二的问题在随后 100 天的归零工作中逐步得到了聚焦：一台 YF－77 发动机出了问题。简单说，就是为泵输送燃气做功的通路堵了，影响了氧燃料的正常输送，缺少燃料的发动机自然很快就宕机了。

2017 年 10 月 2 日，YF－77 发动机故障定位工作完成；经过半年的改进，2018 年 4 月，长征五号火箭完成归零评审。其间，YF－77 发动机连续经历了 14 次试车考核，其中前 13 次为长程试车。试验很成功，大家都很高兴。

与此同时，火箭总体也加紧了对其他分系统、单机的 200 余项改进升级工作。YF－77 的失利，让很多人都感到头上悬着一把无形的“达摩克利斯之剑”，同时也对长征五号这个复杂巨系统充满了敬畏之心。

虽然这半年对于很多人来说是昏天黑地、没日没夜。但成功找到了“拦路虎”，大家又有了前进的方向。瞄着让火箭尽快出厂、矗立在发射塔架上的目标，他们收拾行装，准备再次出发。

但在 2018 年 11 月 30 日，意外再次降临——就在长征五号遥三火箭总装工作进入尾声，火箭即将出厂之际，有一台发动机试车出现了故障！

从数据来看，故障参数和遥二非常接近。和这台故障发动机同批次的产品已经有两台安装在即将出厂的遥三火箭上！这意味着，火箭如果就这样出厂进入发射程序，后果不堪设想。

“对于长五这个复杂巨系统工程，我们还有问题没有吃透，没有找准。”王珏总指挥和李东总师立即上报集团公司，建议暂停发射计划，火箭重新进行归零，绝不能带着隐患上天。

此刻火箭装配工作已经完成了 80%，装配师傅需要把火箭尾段进行拆解，让“整体变成部段”。

发动机专家们再次回到原点，对发动机的结构进行强化，确保发动机在火箭高温、强振动的“恶劣飞行工况”下能够“岿然不动”，全面提高发动机的可靠性。

随后发动机经历了两次试车考核，全部过关。遥三火箭再次准备出海，瞄着 2019 年年中进行发射的窗口来进行准备。

但长征五号的复飞之路远比大家想象的要曲折。2019 年 4 月 4 日，发射再次暂缓！交付后续飞行的发动机已经经过了地面考核，性能参数全部正常，不出意外的话将执行任务。但是细心的设计人员在分辨振动数据时，发现了一条异常频率线。

绝不带疑点和隐患上天，是中国航天的一条铁律。接下来的分解检查，大家发现发动机依然存在隐患。

这个问题绝对不是偶然，YF-77 发动机氧涡轮泵出问题的原因究竟是什么？

这让所有人陷入沉思，火箭副总指挥曲以广觉得似乎有一种无形的力量一直在牵制整个研制工作。大家要找的那个“鬼”还隐藏在黑暗深处，正虎视眈眈地看着他们。

大家迅速回到厂房，把所有之前经历过试车考核的 YF-77 发动机全部找出来，采用新手段进行加严检测。结果发现在同一个位置，多台发动机都产生了微小裂纹。

一方面是亟待破解的“发动机之困”，另一方面是等不及的“时间后墙”。长征五号团队再次到了绝地反击的紧要关头。

时任火箭院党委书记李明华临危受命，被任命为长征五号遥三火箭的第一总指挥。在中国航天史上，只有当任务面临巨大挑战时，才会增设这一岗位。在他的记忆中，这是他从事航天工作 30 年来，第二次启动“第一总指挥”的模式。历史就是这样巧合，两次都是他来担任。他也被很多人称为“救火队员”。

李明华把自己的工作总结为“把方向、出方法、调资源”。当务之急，他需要带领团队找到解决问题的方法，使大家重拾信心，带领大家冲出重围。

而这几项工作中最难的就是“把方向”。在确定改进方案时，李明华经历了一次艰难的抉择。当时有两种意见，大改和小改。大改就是重新设计、验证、生产，肯定能解决问题，但至少需要两年时间，将导致多项重大工程任务推迟。小改就是针对症结局部改进，影响和代价较小，具有可行性，但谁都没有百分之百的把握能解决问题。

究竟大改还是小改？专家意见发生了分歧，研制再次遇到了瓶颈。在一次发动机改进方案讨论会上，李明华一锤定音，当场就拍板了发动机局部改进方案："这件事是我定的，出了问题我负责；但谁要是不执行，谁负责。"

2019 年 7 月 31 日，北京云岗，按照新方案改进的发动机进行了第一次试车。当时已经转做调度工作的杨慧在日记里写道："现场大家都很紧张。我两个手心都是汗，很久没有这么紧张了。"最终，试车成功。随后两个半月里 8 次试车，八战八捷，产品状态出奇得好，长征五号复飞有了希望。

但也是这个时候，按照发射窗口倒推生产计划，大家发现留给长征五号生产总装的时间不多了。

为了确保长征五号的时间进度，大家把对长征五号的管理精确到小时，把每一项工作的责任都落实到每一个人，一分一秒抢时间。负责调度的杨慧举了一个例子，发动机加工时需要的一种零件，按照正常的加工进度，产品交付需要 3 个月的周期。在长征五号这里，3 天拿货！设计师几乎是拿着刚下线的产品，第一时间飞抵北京。产品到手，会被迅速送到火箭总装厂。"大国工匠"高凤林师傅早已等候一旁。焊接一气呵成，完美！很快又进入下一个操作程序，一环扣一环，一分钟也不能耽搁。中国航天 60 多年沉淀的"大力协同"的精神在长征五号遥三这里体现得淋漓尽致。

2019 年 9 月 26 日，第一台 YF－77 发动机如期上箭装配。为了节省时间，保证总装后墙不倒，李东总师提出采取"垂直上箭"的操作方式。这在航天史上尚属首次。"都说发动机是火箭的心脏，可有谁见过让病人站着做心脏手术的？"发动机总装工艺员龙海波的一席话，道出了"垂直上箭"的难度。但难不等于无法做到，在事先做了大量推演、模拟等准工作后，经过 3 天奋战，发动机装配完成。10 月 6 日，第二台 YF－77 发动机上箭装配。

2019 年 10 月 27 日，长征五号遥三运抵文昌。两年，多少人重担压肩头，多少人青丝变白发。但是，他们对成功的追求和渴望从未减退，誓夺成功的决心和志向也从未减退。李东总师豪情满怀地填了一首新词——《青玉案 · 出征》。

青玉案·出征

夜静不忍忆琼州

志未酬

鬓先秋

万钧重压担肩头

暑往寒来

斗转星流

无暇叹白首

今日点兵风雨后

大纛高擎整兜鍪

铁血誓言壮行酒

砺器明甲

破釜焚舟

大军下龙楼

最终，长征五号遥三发射圆满成功，长征五号研制团队打赢了这场翻身仗。长征五号第一总指挥李明华说："强者不是没有眼泪，而是含着泪仍在奔跑。"

七、送"天问"——新高度、新速度、新精度

最可贵的坚持，不仅是经历磨难时的坚守，更是永葆超越自我的勇气和魄力。

2020年初，一场新冠肺炎疫情席卷了全国。当全国医护人员迎来一场艰难的战役时，长征五号火箭研制团队也正克服万难履行自己的使命。危机当前，考验一支队伍的胆力，也检验一支队伍的实力。在这样的紧要关头，哪个队伍来打响"触底反弹"的第一枪？

大年初六，正是疫情最严重的时候，长征五号B火箭首飞任务先头部队就"逆行"踏上了去往海南的航班。

这一战，是 2020 年长征五号系列火箭的“首战”，为保障长征五号 B 火箭首飞成功，地面设备恢复工作增加了地面前后端多个单机设备开盖检查，拆装电缆、连接器等工作，工作量比以往几次都要大。而在人员上，受到疫情影响，隔离要求非常高，人员的减少给工作带来了很大的不确定性，大家不得不一再加快工作节奏。

2020 年 5 月 5 日，长征五号 B 火箭用首飞成功扫除“阴霾”，扭转了中国航天面临的不利局面。

“失败了，我们没时间悲伤，成功了，也只能高兴两小时。”这是很多航天人挂在嘴边的话。

然而，来不及庆祝，长征五号火箭地面设备恢复人员第二天就投入到了新一轮的工作当中。这时，距离长征五号遥四火箭发射火星探测器只有两个多月了，时间非常紧。

由于火星探测每 26 个月才出现一次发射机会（此时地球与火星处于相对较近位置），如果错过今年的窗口期，下一次得等到 26 个月之后，造成的影响太大了，比如有些元器件可能会超期，所以必须在两个多月后把探测器发射出去。

5 月的海南，平均气温高达 32 摄氏度，湿度在 80% 以上，正值“桑拿天”。就算什么事都不做，待在户外也会大汗淋漓。地面设备恢复作业在没有任何遮挡的户外进行，在烈日的炙烤下，队员们衣服早已被汗水湿透，没有人顾得上酷暑，都在争分夺秒，和时间赛跑。

为了抢进度，他们白天“见缝插针”，晚上“废寝忘食”，一直干到夜里 12 点。每天，他们皮肤晒到掉皮，衣服全部湿透，身体严重脱水，甚至靠喝补盐液坚持，可手里的工作没有停。负责恢复喷水装置的队员中暑，在短暂休息和治疗后，又返回工作岗位接着干；负责支撑臂恢复和氢排氧加管路更换的队员严重脱水，靠喝补盐液坚持；支撑臂主管设计人员突发肾结石，忍着钻心的疼痛坚守岗位，直到完成工作才到医院就诊；有的工作需要队员钻进四五十厘米高的架子，弓着身子操作，一天下来腰酸背疼；配气台、传感器插头恢复工作量大，队员蹲在狭窄的空间里，用头灯照明，从上班一直干到下班，连喝水都顾不上；修复防热涂层时，会产生烟灰，为了不影响其他岗位操作，队员就白天插空干，晚上加班干，时常加班到半夜，第二天一早醒来又接着干……

他们当中，大部分人自长征五号B火箭首飞任务开始，就在发射场工作，已经连续奋战了110多天。他们顾全大局，全力以赴，克服各种困难，提前完成了地面设备恢复任务，为探火任务创造了更加有利的发射条件。

2020年7月23日，长征五号运载火箭在万众瞩目中点火升空，成功将“天问一号”送入地火转移轨道。这次任务，长征五号运载火箭飞出了中国航天的“新高度”，直接将“天问一号”送入地火转移轨道，飞出了中国航天的“新速度”，器件分离速度超过了11.2千米/秒的第二宇宙速度，飞出了中国航天的“新精度”，入轨精度偏差仅为0.126‰，为“天问一号”变轨节约了大量燃料。

八、护“嫦娥”——取回中国人自己的月壤

如果说，长征五号遥三的成功，让长五人从失利的阴霾中走出，实现了对复杂技术问题的“自我超越”；长征五号B遥一的成功，及时扭转了中国航天的被动局面，实现了对疫情干扰、被动局面的“自我超越”；长征五号遥四创造的一系列新纪录，实现了对定力、能力和实力的“自我超越”，那么，长征五号遥五发射“嫦娥五号”探测器任务，既是一次追逐梦想的“再出发”，也是一次超越自我的“再出发”。

实施月球探测是中国航天的三大里程碑之一，这一里程碑也随着探月工程的推进，不断闪耀出新的光芒。2007年10月24日，长征三号甲遥十四火箭将我国首颗月球探测器“嫦娥一号”准确送入预定轨道，实现了中华民族千年的奔月梦想；2013年12月2日，长征三号乙遥二十三火箭，成功发射了携带中国第一艘月球车的“嫦娥三号”探测器，标志着探月工程第二步战略目标的全面实现；2018年12月8日，长征三号乙遥三十火箭成功发射“嫦娥四号”月球探测器，实现了在月球背面的软着陆和巡视勘探，开创了人类历史。

长征五号遥五运载火箭发射“嫦娥五号”，是探月工程“绕、落、回”三

步走的最后一步，也是难度最大、最为关键的一步，将实现我国航天的“五个首次”，即首次在月球表面自动采样，首次从月面起飞，首次在月球轨道进行交会对接，首次携带月壤返回地球。还有一个首次，就是长征五号运载火箭首次执行探月工程任务，长征五号的探月首战，也是探月工程三期的决战，是中国航天的能力之战，中华民族探月梦想的圆梦之战。

1978 年，中美建交前夕，美国曾经以国礼送给我国 1 克月壤，我们将它一分为二，其中 0.5 克用于试验消耗掉了，还有 0.5 克现在还收藏在北京天文馆。这微不足道的 0.5 克，也是航天人心中的千斤重担，一直激励着我们早日拿到中国人自己取回的月球土壤。

长征五号遥五运载火箭发射的“嫦娥五号”月球探测器重达 8.2 吨，是我国目前发射的最重的探测器。“在长征火箭家族中，只有长征五号运载火箭可以将这么重的载荷直接送入地月转移轨道，这是对运载火箭能力的集中检验，也是对中国航天能力的最佳注解。”长征五号运载火箭第一总指挥李明华介绍。

此次发射的“分量”还体现在长征五号运载火箭的技术创新与管理创新上。由于地月相对位置以及轨道设计等因素的限制，遥五火箭的发射窗口只有 50 分钟，一旦在发射窗口时间内不能实施发射，“嫦娥五号”的奔月计划就会受到影响。“为了确保火箭准时发射，研制团队采用了变射向、变滑行时间的多轨道奔月发射方案，应用‘窄窗口多轨道’技术，针对 50 分钟的发射窗口分别设计了五条发射轨道，每条轨道对应 10 分钟的发射窗口，在发射窗口期内，可根据发射时间通过软件自动选择发射轨道，提高了轨道切换效率。”长征五号运载火箭总设计师李东介绍到。

为了确保发射日工作精准、高效开展，研制团队通过发射日流程精细化管理，从过程、岗位和设施维度分别开展梳理和设计，把岗位职责、工作要求和发射流程有机融合，形成了可以指导工作的项目细化表以及工序作业指导书。“采用发射日流程精细化管理后，发射日当天的每一个阶段、每一个项目和每一道工序都有清晰、明确的要求和指导，每个岗位在什么时间做什么事情、达到什么标准、杜绝什么问题，都一目了然，提高了发射日的工作效率，有效防止了低层次问题的发生。”长征五号运载火箭总指挥王珏介绍到。

2020 年 11 月 24 日，长征五号遥五运载火箭在海南文昌航天发射场点火升空，在破晓时分的天空中划出一道亮丽的金色弧线，经过 2200 多秒的飞行，成功将“嫦娥五号”月球探测器送入地月转移轨道，12 月 17 日，“嫦娥五号”携带 1.7 公斤月球土壤样本成功返回，为世界贡献出探测月球的“中国方案”，托举起中国人的探月梦。

九、筑“天宫”——见证中国空间站的每一步

可以说，长征五号系列火箭是“一箭飞天筑三梦”，在一年多的时间里，先后托举“天问一号”“嫦娥五号”进入太空，实现了中国人的“探火梦”“探月梦”，长征五号系列火箭还承载着中国人的载人空间站梦想。

我国载人航天工程于 1992 年 9 月 21 日正式启动，按三步走发展战略实施：第一步，发射载人飞船，建成初步配套的试验性载人飞船工程，开展空间应用试验；第二步，突破航天员出舱活动技术、空间飞行器的交会对接技术，发射空间实验室，解决有一定规模的、短期有人照料的空间应用问题；第三步，建造空间站，解决有较大规模的、长期有人照料的空间应用问题。作为我国航天领域规模最大、技术难度最高的国家重大工程，30 多年来，经过几代人的接续奋斗，我国载人航天工程取得了举世瞩目的成就。

按照空间站建造任务规划，我国将在 2021 年和 2022 年两年间接续实施 11 次飞行任务，包括 3 次空间站舱段发射、4 次货运飞船发射以及 4 次载人飞船发射，于 2022 年完成空间站在轨建造，实现中国载人航天工程三步走发展战略第三步的任务目标。

两年在两个发射场 3 个发射工位，实施 11 次发射，不仅任务周期短、工作节奏快，而且计划刚性强，每一次任务之间环环相扣，其间不能有任何闪失。可以说，任务难度史无前例、任务密度史无前例、任务关注度也史无前例。而载人空间站舱段的发射任务作为重中之重，必须由长征五号 B 运载火箭实施。

目前，我国长征五号系列火箭共有长征五号和长征五号 B 两种构型。

长征五号 B 是专门为我国载人航天工程空间站建设而研制的一型新型运载火箭，于 2020 年 5 月 5 日首飞成功。

为了满足空间站任务要求，研制团队开展了一系列技术攻关和创新，相继攻克了超大整流罩研制、大直径舱箭连接分离、大推力直接入轨偏差精确控制等核心技术，并在此基础上进行了持续优化和改进，实现了独门“黑科技”的再升级。

结合空间站舱段任务特点，长征五号 B 火箭事先规划了应急轨道，在发动机突发故障时可提前舱箭分离保安全，这也是我国首次在非载人火箭上应用该项技术，以确保发射万无一失。与此同时，火箭还突破了零窗口发射技术，能将零窗口拓展到 ±1 分钟的窄窗口，以更好地满足后续实验舱Ⅰ、实验舱Ⅱ与核心舱空间交会对接的需要。

2021 年 4 月 29 日，长征五号 B 遥二火箭在海南文昌航天发射场点火升空，将载人航天工程空间站“天和” 核心舱精准送入预定轨道，发射任务取得圆满成功，实现我国载人航天工程空间站建设首战告捷，标志着中国载人航天工程空间站建设正式拉开大幕，展现出势不可当的“中国力量” ！

习近平总书记在长征五号 B 火箭成功发射空间站“天和” 核心舱贺电中指出，“希望你们自立自强、创新超越，夺取空间站建造任务全面胜利”。

2022 年 7 月 24 日，长征五号 B 遥三火箭将载人航天工程空间站“问天”实验舱精准送入预定轨道，为空间站建造再立新功，向全世界传递出强劲的中国声音，以实际行动迎接党的二十大胜利召开！

2022 年底前，长征五号 B 遥四火箭还将发射空间站“梦天” 实验舱，全面完成我国空间站建造任务，极大地激发全国人民向第二个百年奋斗目标迈进的信心和士气。

习近平总书记给中国航天科技集团空间站建造青年团队的回信中指出：9 年来，从天宫、北斗、嫦娥到天和、天问、羲和，中国航天不断创造新的历史。

可以说，长征五号运载火箭既见证历史，更书写历史。长征五号运载火箭的研制，是我国航天技术从“跟跑” 向“并跑” 转变的重要突破，走出了一条具有中国特色的、完全独立自主的“大火箭” 发展之路。从 1986 年启动论

证，到 2006 年立项研制；从 908 天含泪奔跑王者归来，到 100 天奋战发射场惊艳首秀。无数个日夜里，几代长五人呕心沥血、默默耕耘，砥砺奋进、负重前行，走过了一条不平凡的道路：经受考验，内心更加坚定；共渡难关，队伍更加凝聚；吃透技术，规律更加清楚；开拓创新，方法更加科学；砥砺奋进，能力更加卓越；铸就了“技术精湛、作风精细、操作精准、分析精确、合作精诚”的“五精”精神。

十、未来——初心不改　为梦启航

沧海横流，方显英雄本色；风云激荡，乃见磅礴力量。征途漫漫，任重道远，长五人永远在路上。他们时刻保持清醒，警惕任何可能发生的风险，不断精益求精，不断向前走，让长五系列火箭这发“梦想之箭”真正实现中华民族探索浩瀚宇宙的梦想。

长征五号系列火箭总设计师李东把长征五号系列火箭的运载能力比作住房的面积：当人们住 60 平方米的房子时，有一间 80 平方米的房子就会很满足。但要是有一间 200 平方米的房子呢？用不了多久也会布满一屋子的家具。长征五号系列火箭就是为卫星等航天器的设计者们提供了一间“200 平方米的大房子”，给了他们更高的设计自由度。未来，长征五号系列火箭在构建全域覆盖、泛在互联的航天测控体系，建强深空测控通信网，开展月球探测、小行星探测、木星系探测等深空探测中都会发挥重要的作用。同时，长征五号系列火箭的相关数据还将为我国未来的重型火箭研制提供数据支撑。

面向未来，长五人满怀雄心壮志，在不断超越中成就梦想，立志把长征五号系列火箭打造成为新时代的“金牌火箭”，一步步实现中华民族千百年来的飞天梦。

斗转星移，十年终铸成巨箭。甘苦暑寒，波折历罢捷报传。初心不变，今日梦筑空间站。更待来年，鲲鹏扶摇九重天！勇攀科技高峰的道路，是一条荆棘满地的未知路。奋斗是最好的注脚，实力是最硬的道理。敢于攀登，善于攀登，是长五人一贯的作风。在攀登科技高峰的路上，长五人不忘航天报国初心，牢记航天强国使命，百折不挠、砥砺奋进、阔步前行。

“山东”舰，交接入列那一刻

——记中国船舶集团“山东”舰总体研制团队

◎文／郑　蔚

一、端木海：有没有航母，将来就看你们的了

湛蓝的大海填满了主席台后高高的背景板，和身后的南海一样蓝。

背景板的左上角，是一面飘扬的“八一”军旗，鲜艳亮丽；而背景板最中间的位置是一艘在大海中破浪前行的航空母舰，雄壮威武。

此刻，会场中所有的人都知道，画中的那艘航母，就停泊在他们身旁的三亚军港码头上。它有300多米长、70多米宽、20多层楼高，气势非凡。无论是谁，只要站在它的脚下都不能不心生敬畏，为之震撼。

背景板的中间是一行红色的大字：“002型航空母舰交接入列仪式”。

这是一个历史性的时刻。与已经列装海军的001型航母“辽宁”舰相比，外行人仅从两舰外观上可能分不出它们有多大的区别，但无论是在现场的航母官兵，还是建造航母的专家，他们都知道两者不可同日而语。

002型航空母舰是我国第一艘自主设计、自主建造、自主配套的航空母舰。这“自主”中的甘苦和自豪，非亲历者不可知。

世人所激动的是，人民海军自此进入了“双航母时代”，成为世界上第二个拥有“双航母”的国家。这还意味着中国舰船人不是仅能将一艘乌克兰人造到六七成的航母“瓦良格”号续建完工而已，既然可以造出“双航母”，就意味着可以自主造出更多的航母，迈向多航母时代。

此刻，时针指向2019年12月17日下午3点50分。来自人民海军和航

母建设单位的代表约 5000 人，早已在码头整齐列队，静候 002 型航母交接入列仪式这一激动人心的时刻到来。

002 型航空母舰交接入列仪式主席台的右侧，站立着由人民海军组成的方阵，放眼望去一片洁白的海军礼服，英气勃发；主席台的左侧，是航母建设单位代表方阵，他们激情难抑。701 所 002 型航母总设计师端木海作为航母建设者代表，站在建设单位代表的首排。

南海的湛蓝和辽阔，尤其是那种从海底透出光芒的蓝，端木海早已熟悉和热爱。但此刻，在等待期盼已久的“交接入列”即将到来的这一刻，他却走神儿了，“中国政府提出第四百三十七次严重警告”这句久违的话，突然从他脑海深处冒了出来。刹那间，他也被这句话惊到了。“我这是怎么了，怎么了？”

这句话刻入他的脑海已经有半个多世纪了！那时候，他还是山西临汾的一名中学生，父亲是中学老师，所以家里订了份《人民日报》。但那时的《人民日报》上，他感兴趣和能看懂的文章并不多。记得有一天，他看到一则消息《美国军用飞机侵犯我国领空　我提出第四百三十七次严重警告》：“六月二十八日十一时十九分至十一时三十五分，美机一架侵入我广东省海南岛文昌县东北地区领海上空。同日十一时二十九分至十一时五十九分，美国军用飞机一架，侵入我广东省西沙群岛的永兴岛、东岛地区领空。对于美国军用飞机的这种军事挑衅，我外交部发言人奉命提出第四百三十七次严重警告。”他既为这种军事挑衅生气，更为这种“严重警告”竟然达到了“第四百三十七次”之多而生气！他拿着报纸问父亲：“美国离咱这么远，它的飞机怎么就能飞到咱中国？咱就这么一直没完没了地警告下去吗？”身为数学老师的父亲看着被激怒的儿子，沉默半晌，然后回答他：“人家飞机不是直接飞过来的，是坐航空母舰来的啊！”“那我们为什么没有航空母舰？！”儿子一句话顶了上去。父亲望了望激愤的儿子沉静地说：“问得好，你好好想想，这是为什么呢？”然后加重语气说：“中国有没有航母，将来就看你们的了。”

很多年后，他回想起来，父亲没有说“中国有没有航母，将来就看你的了”，而是说“将来就看你们的了”，这说明父亲知道航母兹事体大，不是他儿子一个人能干得了的，而是寄希望于儿子这一代人。所以，当时端木海并没有感受到多大压力，也没有“天将降大任于是人也”的使命感。再说，那时他还没有迷上船舶建造呢。

2002 年之后，当他担任 001 型航母的副总师时，整天在船厂、北京和 701 所之间奔忙，几乎很少回武汉的家。尽管那时候，年迈的父母亲已经从临汾搬来和他这个长子同住，但严格的保密纪律已经让他养成了不与型号项目以外的任何人谈论工作的习惯，即使父母妻儿也不例外。父亲也不知从哪里学到了军工企业保密纪律的第一条“不该问的不问，不该知道的不要知道”，从来也不问他在忙什么；母亲在他妻子的熏陶下，从不问“去哪里出差，什么时候回来？”，而只问“要带厚点的衣服，还是薄点的衣裳？”。可他在穿什么衣服上总是拿捏不准，结果时常被突如其来的寒流冻得在甲板上打战，只能披上办公室同事找来的棉大衣。

2011 年 8 月 11 日，“辽宁”舰首次海试。父亲是晚上看央视《新闻联播》才知道的。《新闻联播》是老人家唯一的“世界之窗”，一天也不落。妻子后来告诉他，没看完《新闻联播》，他爸就激动得给他打电话，但他的手机却一直接不通。连打了三四次都是一个女声：“您所拨打的电话不在服务区。”这让老人家从兴奋变为沮丧。

“辽宁”舰首次海试，端木海怎么能不在船上？茫茫大海里，他怎么还可能接到家人的电话？

再说，海试还是整个航母建造过程中最紧张和令人兴奋的时候。海试开始时，会有几艘大力拖船将航母这庞然大物拖离码头。而离开码头后，拖船也将陆续驶离，新航母就第一次全靠自身动力驶向大海，从动力系统到船舶保障系统，都开始面对从未有过的考验。每个系统的所有运行数据都要被记录下来，而作为型号副总师，他必须心无旁骛，密切关注海试中的任何一个系统的任何一个测试数据是否异常。整个海试过程中，他几乎每天只能睡三四个小时。

而妻子和他说这番话时，是他海试回来半夜刚走进家门时。他听出妻子话中责备的意思，因为他在海上也一直没有和妻子通话。但毕竟常年如此，妻子的耐受阈值已经大大提高了，无须他解释太多。于是，他轻轻推开父亲的房门，想看看父亲有没有睡，想着怎么向老父亲解释。父亲没睡，坐在床上，似乎一直在等这个儿子回家，他放下手中的《人民日报》对端木海笑了笑。这不同寻常的笑容只有做了他几十年的儿子才能体会得到，那是端木海1978年高考拿到了国防科技大学录取通知书时，父亲才有的笑容。不仅是高兴，高兴和这笑容比算得了什么呢？这完完全全是发自内心的自豪和骄傲，而且是只有父亲才有的那种从根子上才有的自豪和骄傲！

端木海的心不由得颤动了一下。

这时候，当年父亲的那句"将来就看你们的了"，像南海的碧浪一样高高掀起，再重重地砸下，拍在他的心里。

他在父亲的床边轻轻坐下。"电视你看到了？"他轻声地问父亲。

"看到了，看到了！"父子间特有的默契，让父亲好像早已知道他说的是什么。这位从不善于在家人前表达情感的数学老师，破天荒地、赞许地拍了拍儿子的背。

"你去忙吧，去忙吧。"父亲催他说。虽然他不知道儿子具体在忙什么，但肯定在干国家大事，儿子现在已如他所愿，是属于国家的人。

能这样拍端木海背的，701所只有一个人，就是丁大安。对于端木海来说，丁大安是老前辈，不仅年长他近乎"一折"（12个生肖），而且是701所少数几位从国家"八五"计划起就投身航母研发的总师。

国家"八五"计划实施的年份是1991—1995年。1992年，邓小平南方谈话，春风化雨一般解开了多少中国人"姓社姓资"的心结；改革开放的号角，让各行各业萌生了大干一场的豪情壮志。701所也在"八五"期间启动了航母的预研。

不仅是这个团队，701所的所有人，都知道当年的海军司令刘华清说过一句话："中国不发展航母，我死不瞑目！"

这血性感染和激励了中国海军和701所所有的人。

航母预研团队是一支由701所领导精挑细选出来的极为精干的种子队伍，他们秉持的信念是，即使"八五"干不成，锲而不舍，"九五""十五"也要咬着牙继续干下去——中国终有需要航母的一天！绝不能当国家需要航母时，我们701所这个"战舰摇篮"拿不出应有的技术储备！

世界上第一艘同时供飞机进行起降作业的舰船是英国海军的"暴怒"号，

它原本是一艘巡洋舰，于1918年4月改装完成。船体中部上层建筑前铺设70米长的飞行甲板用于飞机起飞，而后部则加装了87米长的飞行甲板，以及简易降落拦阻装置。1918年7月19日，7架英国战机从“暴怒”号航母上起飞，攻击德国同德恩飞艇基地。这是空军第一次从航空母舰上发起的军事作战行动。

1918年的中国，没有人知道和关心“暴怒”号航空母舰作战的消息。那一年，李大钊在《新青年》杂志上发表了《庶民的胜利》和《布尔什维主义的胜利》，周树人第一次使用“鲁迅”这个笔名在《新青年》上发表了中国现代文学史上第一篇白话文小说——《狂人日记》，轰动文坛。中国最优秀的知识分子，在为百孔千疮、风雨飘摇中的祖国苦苦寻求救国救民的出路。

而航母是大工业时代的典型产物，是国家综合实力的象征，也是国家科技水平的缩影。

而当时的旧中国，这三者皆无。

1995年，也就是“八五”计划的最后一年，在遥远的黑海岸边，“瓦良格”号航母正式退出俄罗斯海军的编制，并以偿还债务为由送给了乌克兰。1998年，创律集团以2000万美元的竞标价，拍下“瓦良格”号的所有权，声称要将其改造成一个大型海上综合旅游设施。

1999年7月，一艘拖船拖着已经锈迹斑斑的“瓦良格”号开始了漫漫航程，这万里航程注定不会顺利。在世人都知道是谁的“第三国”的挑唆下，土耳其政府拒绝“瓦良格”号通过其控制的博斯普鲁斯海峡，强令它退回黑海。直到2001年8月，在中国政府的多方努力下，土方才转变态度，同意放行。

就在“瓦良格”回程遇阻之时，丁大安和他的团队奉命赶往土耳其，登上遍体创伤的“瓦良格”号，协助它闯过博斯普鲁斯海峡和达达尼尔海峡的惊涛骇浪。

但苏伊士运河也不向“瓦良格”开放，“瓦良格”只得绕道好望角。终于，在2002年3月3日中午，才由几艘拖船合力将其拖进大连港51区码头。

船体外观锈迹斑斑、船体内部空空如也的“瓦良格”号，用外行人最通俗的话来说，如同一只“船壳子”，究竟能不能重新赋予它生命和活力，让它成为人们曾经希望它成为的样子？这个难题横亘在中国船舶集团和701所航母专家团队面前，这是必须回答的问题，中国海军在等待他们回答，党中央在等待他们回答！

“能！我们一定能！”丁大安说，“我们701所只有这一个答案。”

虽然丁大安、端木海他们，每个人都曾经一千次一万次想过、盼过为中国建造一艘航母，但在这样一艘“空壳子”船的基础上建造航母，是他们过去从来没有想过的。即便如此，他们也必须像刘华清司令员那样血性地回答：

“我们701所设计不出航母，我们都死不瞑目！”

因为中国太需要航母了。

中国别无选择，中国海军别无选择，中国舰船人也别无选择！

对于丁大安来说，为了这艘航母，他还付出了与别人不一样的代价。就在他和团队一起将“瓦良格”号从土耳其拖回国内的路上，他爱人原本平稳的病情突然恶化了。事发突然，组织上一时无法让丁大安迅速赶回国内，只能暂时瞒着他。等他大功告成，坐飞机回到武汉，看到来接他的不仅有所里的领导，还有他唯一的女儿，他感到有点奇怪。再看看领导的表情并没有因为他圆满完成了任务而高兴，而是出人意料地格外凝重，他才反应过来大事不好，一定是爱人出了意外。

“执子之手，与子偕老”，这是丁大安当年与爱人喜结连理时对爱人许下的诺言。“而如今，我欲执子之手，而子撒手西去……”

3年后的2005年4月26日，丁大安、端木海他们站在码头上，看着“瓦良格”号拖入大连造船厂的30万吨级船坞进行改造，耳边回响起当“701要干航母了”这消息传到所里时，所里响起的如同炸裂一般的欢呼声。

中国舰船人，等待这一刻，等得太久了。

6年4个月后，001型航母首次海试。当海风吹拂着站在航母航海舰桥上的丁大安和端木海，他们的兴奋其实不仅仅是亲手参与让曾经的“瓦良格”号满血复活，更是已开始为未来建造一艘国产002型航母做技术准备了！

虽然002型航母具体的设计总图尚未绘就，可它不是001型航母的简单复制这一总体思路已经十分明确。舰岛、船体、航空保障、滑跃起飞甲板、球鼻艏……都要有令人耳目一新的优化设计，002 型航母的总体设计图将出自 701 所总体研制团队设计师手中！

而这一切，在 2019 年 12 月 17 日成为现实：002 型航母交接入列了！

二、刘建国：我成了一名真正的航母总体设计师

三亚军港内，002 型航母伏波静卧、满旗高悬，隆重热烈地期待着激动人心的一刻到来。

在众人期盼的目光中，中共中央总书记、国家主席、中央军委主席习近平登上主席台，出席 002 型航空母舰交接入列仪式。

下午 4 时许，交接入列仪式正式开始，全场高唱中华人民共和国国歌。雄壮的国歌声中，五星红旗冉冉升起。

刘建国站在端木海身后两排，能和全所仰望的行业重量级人物同站一个方队参加这么重要的交接入列仪式，让他感到从未有过的光荣和自豪。

“70 后”的刘建国，从武汉理工大学研究生毕业后，2005 年进了 701 所，那正是 001 型航母建造启动之年。701 有个不成文的规矩，新进人员，不论你是硕士还是博士，一律先去现场。所里给他的第一项任务是去大连船厂。

那时候，“瓦良格”号已经停在码头。之前，刘建国已知晓“瓦良格”号的完工率达到了 75%，但他跟着导师上船一看，哪有 75% 啊：所有的武器装备，包括 12 座“花岗岩”战役战术导弹发射装置、“星座”BR 电子战系统等，全部拆除；属于航空技术装备的着陆阻拦装置、航空弹药运输和航空燃油系统等都不见了踪影；航母上必备的化学设备也全部拆除；动力系统的高压锅炉、推进桨、轴系与锚碇装备、蒸汽泵、主动力装置热交换设备、涡轮发电机和涡轮增压装置，以及海水淡化设备等都被硬生生拆除，整艘船可以用“破烂不堪”来形容。据说还留着减速齿轮装置，是因为乌克兰人在拆除内部设备时发生工伤事故死了人，船方认定是凶兆，不敢再拆了，才幸运地留了下来。

他的导师黄盛龙告诉他，乌克兰黑海造船厂在“瓦良格”号各分段建造中就敷设完毕的管道和足足几万米长的电缆，大部分也被拆了，装到了出口

到希腊的油轮上，又卖了一次钱。

“瓦良格”号百孔千疮的样子，让第一次上“瓦良格”号的刘建国原先即将投身航母建造的澎湃激情受到了“打击”。黄盛龙看他上船前的笑容不见了，拍了拍他的肩膀说：“小伙子别泄气，我们 701 所历来擅长的就是创新和拼搏。设计航母，我们很快就会很擅长。它今天看着难，但不会难住我们的。”

701 所的导师制太重要了，所有新进人员，在进所最初的 3 个月入职教育后，会分配到不同的研究部门。部门给每个新进人员指定一名高工或研究员，担任他的导师，导师从最基础的怎么画一张图纸教起。为了给新进员工更多的帮助，同时还实行了“大导师制”，就是新进人员可以向所在部门所有的高工和研究员请教，这样即使原定的导师出差在外，新进人员遇到技术难题依然随时有专家为其指点迷津。

回首往事，刘建国深感自己得益于黄盛龙的言传身教。黄盛龙 1940 年出生，早在刘建国进所前 5 年就退休了。听说老东家终于要干航母了但苦于人手不足，他就像《三国演义》里的老将黄忠一般风风火火地赶去所里报了名。他的学生刘建国是新进的正式职工，而身为导师的黄盛龙只是“返聘人员”。刘建国至今记得，他第一次领到的月工资是 1142 元，而导师黄盛龙每月的“返聘费”只有 800 元。

“他每天早晨起得都比我早，早早地啃完了 2 个馒头就坐等着上船，每天都是迫不及待去开工的样子，”刘建国回忆说，“一个 65 岁的老人，不在家抱孙子，整天在有十多层的船舱里爬上爬下。只要看他的样子，我就知道‘造航母’这 3 个字在 701 的老前辈们心里憋了多久。”

给刘建国触动很大的另一位导师是位女研究员。在船上，刘建国看到她总是一手拿工作本、一手拿笔，一边走、一边看、一边问、一边记，仿佛有操不完的心。后来，一次试车时有个数据异常，岸上来了个大领导，问：这个数据异常是怎么回事？ 是设计给的数据不准，还是建造出了差错？现场很多人，既有 701 所的，也有大连船厂的，大家都不敢轻易开口。这时，平时不声不响的这位女研究员打破了沉默，她胸有成竹地打开本子，把这套设备几次试车的实测数据都一一报了出来，然后分析指出问题究竟出在哪里，让不同单位所有的人都心服口服。

这两位导师，让刘建国知道了一个船舶设计师该是什么样子。如今，刘建国也是一名带过无数新人的研究员了。

端木海曾总结过，001 型航母的设计遇到的难题是“一无设计经验，二无图纸资料，三无规范标准”。更何况，这实际上是一场“反向设计”，是在“瓦良格”号既定的“船壳子”里进行总体设计，但又不是简单还原。比如，对航母的理解，苏联海军与国际主流军事理论相悖。国际主流的军事观点认为，航母作战应以航母编队的方式进行，其舰载机是主要打击力量；而苏联海军认为，航母无须采用编队方式投入战斗，依靠其自身的打击能力即可自成作战单元，因此它又将航母称为“重型载机巡洋舰”，所以在“瓦良格”号航母的舰艏甲板下，有 12 座“花岗岩”战役战术导弹发射装置。而在中方的 001 型航母设计总图上，肯定没有“花岗岩”的位置。但遗憾的是，“瓦良格”号为“花岗岩”在船体上做的发射井结构难以移除，以致占用了大量宝贵的空间。

已在 001 型航母上积累了“反向设计”经验的刘建国知道，002 型航母是我国第一艘全部国产化的航母，无论是最初的概念设计还是其后的方案设计，都应按照中国海军的总体需求和作战要求来进行。虽然它从总体上保留了“辽宁”舰的滑跃起飞方式，但 002 型航母必须对“辽宁”舰进行现代化重构。

航母最重要的作战指标是舰载机的出动和回收能力，即一艘航母可以一次性出动飞机的数量，如二战中的“全甲板进攻”；以及在一昼夜间连续放飞 / 回收多少架作战飞机执行任务，并在下一次补给到来前，可持续这种作战状态多少天。其次是航母的综合作战能力，包括航母用于自身防卫的近防炮、舰空导弹，以及雷达和通信指挥系统等。按照海军提出的要求，002 型航母总体研制团队拿出的总体设计，可将 002 型航母的作战能力大幅提高。

从外观上看，002 型航母似乎与“辽宁”舰基本相似，但它实际上比“辽宁”舰更长、更宽。它巨大的甲板相当于 3 个标准足球场这么大。002 型航母在设计中彻底移除了“花岗岩”导弹设施，船体结构更适合舰载航空兵作战需求，甲板下也有了更大的空间来装载舰载机。

002 型航母的另一个特点是舰岛变小了。外军观察家对此十分敏感，认为舰岛缩小至少在舰岛的前方增加了一架舰载机的停泊位，由于该位置靠近航母的第一台升降机，方便机库中舰载机的调出，有效增加了航母的作战效率。

通过卫星图像，外军观察家还发现 002 型航母位于两个起飞偏流板之间的弹药升降机舱门也与“辽宁”舰不同，舱门数量从 4 个减少到 2 个，但舱门的长度却从原来的接近 6 米延长到近 8 米，如果仅仅是给歼－15 舰载机装上 5 米多长的“鹰击－83”反舰导弹，显然无须将舱门延长近 2 米。这巨大的舱门无疑还意味着它将要输送的弹药更具威胁性，这神秘而巨大的“大杀器”足以让它的对手不寒而栗。

但 002 型航母舰岛的身高更“挺拔”了。舰岛是航母的指挥中枢。集航母的指挥塔、飞行控制室、航海室、不同用途的雷达和多种通信天线于一身。相对“辽宁”舰，002 型航母前部的舰桥也被拆分，航海舰桥被独立出来，并抬高了一层，而司令舰桥还在原来的高度。其意义是有效避免了相互干扰，扩大了使用面积，提高了作战指挥的效率。不可忽视的是，航母舰载雷达的安装位置进行了优化，之前布置在下层的搜索雷达天线被升高至舰岛顶部的平台，其他诸如战略卫星通信天线和火控雷达等都安装在舰岛的最高处，有效增大了雷达的探测距离，也使航母的远程通信、卫星通信取得了更佳效果。

“其实，002 型航母上 3000 多间舱室，几乎没有一间和‘辽宁’舰是一样的。正如端木海总师说的，002 型航母与 001 型航母，是‘形似而神不似’！”刘建国说。

“举个最简单的例子，食品库、厨房和餐厅的位置应当处于同一层甲板，彼此的距离肯定越近越便捷。但我们发现‘瓦良格’号的设计不是这样的。我们去了和它同样设计的兄弟舰‘库兹涅佐夫海军元帅’号上看了，炊事兵从冷库取了冷冻食品到厨房加工，是必须乘电梯的。这太不方便了，因为一旦投入战斗，舰上所有的资源都首先要服从战斗需要，电梯和通道首先要满足一线作战人员使用。这个冷库设计，我们在 002 型舰上就改了过来。”

刘建国所在的岗位是 002 型航母总体研制团队中的总体设计部门，他说："我们既要充分理解上级下达的国产航母的核心要素和总体需求，也要对船体、动力、航空保障等各个分系统了如指掌，还必须和使用单位及建造单位反复沟通磨合，最大限度地满足海军提出的作战要求。"

赶在2013年11月002型航母正式开建之前，总体研制团队先后完成了理论设计、方案设计和技术设计，施工设计也基本完成。刘建国感慨地说："航母是迄今为止世界上建造要求最高、各个分系统最复杂，同时也是工程量最大的军舰。一艘中型航母的工程量相当于10艘导弹驱逐舰、30艘30万吨超大型油轮。我们总体研制团队为002型航母画的图纸达到了6位数。我有幸完整地经历了一次整个巨舰的建造过程，对航母的总体设计和建造有了直观而全面的认知。正是002型航母，让我成了一名真正的航母总体设计师。"

三、赵大鑫：国产航母常规蒸汽动力系统达世界一流水平

仪仗礼兵护卫着八一军旗、命名证书，正步行进到主席台前。习近平总书记将八一军旗、命名证书分别授予"山东"舰舰长、政治委员。"山东"舰舰长、政治委员向习近平总书记敬礼，从习近平总书记手中接过八一军旗、命名证书。习近平总书记同他们合影留念。

赵大鑫是第一次参加这么隆重的"国家级"军舰交接入列仪式。从武汉出发前一晚，妻子细心地将他出席仪式要穿的一套西装熨烫平整，并关照正在读幼儿园的淘气的二宝不能碰爸爸的西服。平时奉行"简装出行"的赵大鑫，这次还特意多带了一个箱子，专门装这套西装，就怕它被笔记本电脑、移动硬盘等用品压皱了。

昨天，在三亚军港的码头上再次见到挂满彩旗、等待交接入列的002型航母时，他内心充满了自豪。要知道，他可是农家的孩子，当年父母要下地干活儿，五岁半的他就被送进了村小，村小离家不远，大约只有300米，但这300米可是实打实的黄泥路。所以，他最讨厌的就是下雨天，他没有雨靴和雨伞，只能穿母亲下地时穿的"解放鞋"去上学。斗笠对他来说也实在太大了，风雨大作时必须一只手按着，以免被风吹跑。才六七岁的他有时候

顾得了上面，顾不了下面，一脚踩进泥坑就更惨了，得在水坑里把鞋子找出来，然后拎着鞋去上学。有时脚被石子或玻璃碴子扎破，疼得钻心。走这300米路，他感觉就像去西天取了一次经。有一次，他乘母亲帮他清洗脚上的伤口，向父母提出，以后下雨天就不去上学了。边上的父亲不说二话，抓起竹扫把就给了他一顿“毛笋烤肉”，吓得他从此再不敢提不上学的事。

“你为了前途，除了吃苦没有别的路！”父亲的话，他记了一辈子。

而如今，这庞然大物里，已经有了他的一份贡献。那个曾经为改变自身命运而奋斗的孩子，如今在为建造国之重器、为国家强大而奋斗。

其实他是2010年从浙江大学机械电子工程系硕士毕业进了701所后，才知道所里正在干001型航母的。在入职教育中，领导传达了中船集团领导的报告：“船舶建造是规模巨大、高度集成的系统工程，需要研发设计、总装建造、船舶配套、试验验证等各环节和产业链上下游诸行业配合协作。我们中国船舶人将大局观念、协作理念固化凝练成为团结奋斗、通力协作的实践品格。在航母研制过程中，船舶工业将要组织超过1000家参研参试参建单位，形成全国‘一盘棋’干事创业的强大合力。”这报告听得他热血沸腾。

2011年，第一次跟导师到大连造船厂，见到正在进行系泊试验的“辽宁”舰，他还是被惊到了：“这么大个船，我什么时候能搞懂啊，感觉之前学的专业都废了。”

浙江大学毕业的工科男，在就业市场上历来十分抢手。赵大鑫既然事先不知道701所在干航母，那他是怎么回掉了众多中外大企业的offer，而选择了701所？这还得感谢钱学森，在浙江大学读研时，他拜读了钱学森的《系统工程论》，钱老关于系统论的诸多论述打动了他：“系统大于元件”，“系统的优化匹配可以弥补元器件的不足。一个最佳的系统可以让所有的元件功能发挥到最大值”，于是他选中了701所，“701所是总体所，核心技术应该还是在总体所”。

他被分到了动力分系统。对动力系统，他自信还是比较熟悉的。任何一台车打开引擎盖，里面的发动机各部分，他能说出个八九不离十，但当他走进001型航母的动力舱时，有点蒙了，整个动力舱有几百平方米的体育馆这么大，下去的楼梯都有好几层，他的直觉是“人都走到发动机里面去了”。

记得刚进所时，他打开一张图纸，只认识上面的红线绿线，什么也看不懂，于是他天天去请教前辈。搞懂了，打个√；没搞懂，打个 ×，继续问。他坚信“努力付出，成果不一定成正比，但一定不会成反比”。后来有一天，他就一个问题去请教比他早进所一两年的师兄，师兄说，这个我也不太明白啊。这回答反而给了他几分宽慰：我还不算所里最笨的那个人，还有救。

一艘中型航母的排水量只有 4 万 ~ 6 万吨，它和满载 30 万吨的油轮相比，哪个对动力系统要求更高？

肯定是航母啊。油轮是民用船舶，首要考虑的是经济性，满载原油时，它的航速只需 10 节左右；而航母是战舰，不仅航速是油轮的好几倍，还必须具备抗击打能力，万一一套动力系统战损，还要确保其他几套动力系统能正常运行，保持航母的机动能力，如果是使用蒸汽弹射装置的，还要确保蒸汽供给。舰载战斗机的起飞重量等于其自重和载油量、载弹量，载油量和载弹量直接影响其作战半径和作战能力。而航母的最高航速越大，舰载机的离舰速度就越高，起飞重量就越大，战斗力就越强。赵大鑫记得他的导师说过，以典型的 30 吨重的舰载机为例，如果在航母静止状态下弹射起飞，离舰速度为 270 千米 / 小时，而航母的航速如果达到 30 节，可使舰载机的机翼升力增加 3%，这就意味着可额外携带 1.8 吨的燃油或其他弹药，这对战斗力的提升是非常可观的。

由此可见，航母对航速的要求十分严格。但要提升航母的航速，谈何容易。航母推进功率大小和航速是立方关系。例如，同样的排水量，假定航速 30 节，动力只需要 1 万马力；而要将航速提高到 40 节，则需要将动力提升到 2.37 万马力。

用公式表示为

$$P_{(\text{新动力})}=\left(\frac{40}{30}\right)^{3}P_{(\text{老动力})}$$

所以要提高航母的动力，实现动力系统“满负荷” 运行，可没这么简单，有个国家的航母在首次试航中，就烧坏了好几台锅炉，只能灰溜溜地狼狈回港。

动力系统因此被称为“航母的心脏”。而型号研制的紧迫性和动力试验严苛的连续性，让赵大鑫这个年轻的研发团队必须常年在试验现场盯着。那地方可不是滨海城市大连，是还要向北好几个纬度的黑土地。这个年轻的团队在那里整整坚守了 5 年，每个人每年在岗都在 270 天以上。为了确保动力系统研制一次性成功，需要开展动力系统的 1 ∶ 1 陆上试验。在舰船领域，如此大规模的联调联试，在国内尚属首次。

面对系统复杂、实验条件恶劣、经验缺乏等因素，赵大鑫研发团队主动跳出传统工作模式，提出了“精细化设计”的创新思路，还将现代项目管理知识体系（PMBOK）融入研制项目管理过程中，确保项目的进度和质量可控。在试验系统设计上，团队创新性地提出了“基于模型的精细化设计”理念，设计中二维图纸和三维模型设计相互迭代，二维作为三维设计的基础，三维检验二维设计的正确性，从而提出二维的修改方向，由此快速迭代、循环设计，确保项目进度和质量。同时，首次将 PMBOK 项目管理的理念和方法引入该试验中，按十大领域开展工程任务分解，明确任务责任人和时间节点，制订科学详细的二级网络计划，确保动力系统的试验有条不紊地推进。

近年冬月的一个深夜，动力系统首次 1 ∶ 1 陆上联调联试开始了。联调联试指挥员发出口令：“启动油泵！”

油泵发出欢快的节奏。

“启动风机！”

风机应声而动，风力强劲。

“点锅炉！”

“轰”的一声，烈焰熊熊。

“设备预热！”

显示屏显示设备很快达到了预定的温度和压力。

指挥员与监控各项设备的研制人员交换自信的目光后，提高嗓门，憋着劲儿发出命令：“启动主机！”

“轰隆隆……”虽然，动力舱里每台设备都有不同的音高、音质和频率，但当它们第一次汇聚在一起时，就像一支第一次登上音乐厅舞台演出的交响乐队，虽然乐队的各个分部弦乐组、木管组、铜管组、打击乐组、色彩乐器组，事先并没有合练彩排过，但之前各个分部各自的排练十分精心，首次合奏时竟浑然天成，高低错落，十分和谐，气势恢宏，动人心魄！

“终于能串起来了！”赵大鑫非常激动，之前所有的精心计算和调整，不就是为了让动力舱里的那一件件大家伙“串起来”、输出让航母破浪前行的动力吗？

但他马上意识到自己也只能激动一下子，必须在主机启动后，再次确认每套设备显示的数据正常。“加强观察”，他提醒团队成员千万别大意了。

这5年的动力陆上试验，极大地增强了国产航母“心脏”的可靠性。国产动力系统及设备在首次海试中就突破了多项以往水面舰船航行试验的“瓶颈”，一次性通过了航行试验摸底考试，保障了国产航母首次海试的圆满成功。

“可以说，002型航母的常规蒸汽动力系统，已经达到了世界一流水平。”赵大鑫自信地说。

四、常天云：怕什么，我们正好一起去学航空！

授旗仪式结束后，习近平总书记登上“山东”舰，检阅仪仗队。习近平总书记察看舰载机、起降装置等航空装备，了解舰载机飞行员工作生活情况。习近平总书记前往驾驶室，同官兵亲切交流，在航泊日志上郑重签名。

当习近平总书记登上“山东”舰，察看舰载机等作战装备，并与飞行员亲切交谈时，701所“山东”舰总体研制团队中主管航空保障的常天云不是一般地自豪。

别人可能没在意，但常天云知道，这次不同寻常的是：2012年9月25日，“辽宁”舰正式交付海军，当时舰上还没有一架舰载机；直到两个月后的2012年11月23日，优秀飞行员戴明盟驾驶552号歼-15舰载战斗机首次在“辽宁”舰上着舰和起飞。而这次002型航母从大连港出发前往三亚的途中，一架又一架歼-15载机从天而降，002型航母成功地开了“带机交舰”的先河。

常天云本科就读于华中科技大学船舶与海洋工程学院，与航空本来没有半点儿关系。也许是他的名字里有“天云”两字，所里让他干上了航空保障。

他很快发现，大事不妙，之前凡事不懂可请教老前辈，但整个701所老专家里，还找不出一位曾经干过航空保障的，他都不知道去请教谁。就连项目首席专家端木海之前也没有造过航母，更没有学过航空。

“怕什么？”端木海依然是豪情满怀的样子，拍着他的肩膀说，“我们都不懂，正好一起去学航空啊！错过这个机会，你这个‘天云’这辈子最多也就是只能像旅客一样买张票坐飞机看看天上的云，别想懂航空了。”

于是，常天云跟着端木海马不停蹄地去北上广深最繁忙的航空枢纽港学习和调研，请中航工业的飞机设计专家和航空兵部队的特级飞行员来所里上课，无论白天还是晚上，他脑子里整天想的就是怎么保障飞机安全上舰，以树立“航母意识”。端木海给他们开会，言必称“航空飞行无小事”，强调“舰载机才是航母的力量源泉”，必须围绕“让舰载机发挥最大的作战效能”来做设计。

当时，航空保障最大的挑战是既没有技术资料，也没有既定的标准规范。甚至部队选出来的舰载机飞行员，也没有在“实战”状态下在航母上起降过。常天云很快发现，舰机适配的技术难度非常大，船上其他专业的人，干什么专业学什么专业就行，而航空保障涉及的专业面太广，要学几十种专业，从机械设计、液压传动、强电、弱电，到软件设计等，几乎无所不包。

既然航母航空保障领域是个空白，首先就要从搭建技术体系开始。一梳理，发现舰载机和母舰之间牵涉2000多个“接口”，就是说有2000多项业务必须通过航空和船舶两大行业合作才能完成。简单来说，飞机要在空中找到茫茫大海里的航母，航母和飞机的通信技术体制必须统一才能实现“互联互通”，整个归航引导、着舰、起飞的指挥流程和指挥口令也必须统一。在整个航空作业流程中，不能有漏项，如果有漏项，就可能有漏洞。航母甲板上飞机轰鸣，说话根本听不见，舰载机、车辆和人员要靠甲板标志标线和手势开展甲板作业。光是飞行甲板标志标线的确定，就花了很长时间，最后确定了红、白、黄三种最醒目的颜色作为飞行甲板标志性的主色调。

其次，建立标准规范。就是所有人都要知道怎么干。于是2006年就开始启动航母标准规范的编制工作，目的是确定中国航母应当怎么设计和建造，尽量避免设计师的个人倾向和认知盲区带来的设计缺陷。常天云再次为端木海扎实的作风所折服：端木海强调，规范中的每一个名词术语的内涵，都必须定义准确、清晰明了，做到总体设计、建造厂和海军对这个名词术语的理解都是相同的。

航母的总体设计也不是一蹴而就的。如果说，“辽宁”舰的续建设计是在“瓦良格”号给定的条件下改进优化，那002型航母的设计就是按需设计，必须根据我们的需求来重新设计舱室和甲板的布局。002型航母的一大特点是按功能区域划分舱室，涉及航空保障的舱室约占全舰3000多个舱室的十分之一，这300多个舱室没有一间和“辽宁”舰是重样的。飞行员是最重要的战斗员，航母必须为其设立“空勤工作区”，把飞行员的航前体检、飞行准备、值班待命、任务下达、装具穿戴等流程都集中在一起，当战斗警报响起时，能让飞行员不走回头路，以最顺畅的路径、最快捷的速度抵达甲板上的战位。在“空勤工作区”附近的就是“飞行保障待命区”。在舰载机着舰时，甲板跑道上是没有人的；当舰载机着舰后，几十名飞行保障人员必须从待命区以最快的速度抵达舰载机旁，进行加油挂弹。

常天云说，“爱国、创新、科学、拼搏、协作”这十字箴言是航母精神，千万不要以为“协作”两字放在最后就可有可无、不重要，在航空保障方面，没有航空和船舶的通力协作，那么一架战机也无法从航母上飞起来，也就无法形成战斗力。所以我们在002型航母研制过程中听取了很多舰载机飞行员的意见，这些优秀飞行员给我们提了很多很好的建议。所以我们说“优化”是“迭代优化”，就是不断地优化，不仅002型航母要在“辽宁”舰的基础上优化，就是“辽宁”舰也要不断地汲取002型航母的经验，持续进行升级改装。

比如，阻拦索，这是航母的关键核心技术之一，有航母的国家对这一技术秘密历来是严加封锁的。在“辽宁”舰上，用上了我们自主研发的阻拦索。但后来我们的舰载机飞行员对阻拦索提了很多意见，希望能够在新的航母上得到改进。阻拦索非常重要，必须有很高的强度和韧性，还要能够承受舰载机反复钩索的冲击。万一发生断裂，后果很严重。虽然阻拦索有专业的生产厂家，但常天云是总体研制团队的航空保障技术负责人，关于002型航母阻拦索的技术指标必须由常天云团队给出，经过反复论证和协调，提出了新的技术要求，在新的标准下诞生了新的阻拦索，飞行员使用后觉得很好。

如果说“辽宁”舰突破了舰载机起降难题，那在 002 型航母上，首要解决的是舰载机的调度问题。甲板上停满了舰载机，怎么最快捷地出入库、加油、装弹、再次放飞投入战斗是个大问题。就舰载机在甲板上停放的问题，端木海总师亲自带着常天云他们反复论证，舰载战斗机之间的“安全间距”是多少，“舒适间距”又是多少，经过仿真和现场试验，一一确认。舰载机停得太密，出动时就可能影响速度；停得太“舒适”，甲板上停机数量就有限。要在兼顾“安全”和“舒适”中找到最佳值。整个舰载机在舰上的作业流程，也是要常天云他们航空保障团队设计的。

常天云在干航母前怎么也没有想到，自己竟然成了“战舰摇篮”里的航空保障专家。他一生中第一次坐飞机，还是 2004 年从上海到大连现场去报到，时隔 15 年，他竟然成了半个“航空人”。如果说他这些年有什么遗憾，那就是错过了大宝诞生的时刻。并不是领导不放他从建造现场回来，也不是他“公而忘私”，还有什么比新生命诞生更重要的事呢？只是大连上空的老天爷不开眼，让他一早坐在机舱里，先是还可以看到航站楼，后来可以看到停在边上的飞机，再后来就只能看到雾茫茫一片了。这时候，愧疚和绝望涌上心头，他自认作为丈夫和父亲有点不像话，立即在飞机上给一三室的领导拨了电话。

第二天一大早，他还在飞机上，一三室的一大帮领导和工会干部、女工委员就浩浩荡荡地来到了他妻子待产的医院，代替这位还在飞行的奶爸迎接新生命的诞生。现在这个女娃已经 11 岁，取名“星星”。她认定自己的人生目标是要像刘洋一样做一名女航天员；而他 9 岁的儿子洋洋，子承父业，迷上了舰船。同事打趣地说，你们家两个孩子的名字和爱好，加起来正好是“航天”+“母舰”，比你这个老子还厉害！

但当时常天云也只在家里待了一周，就赶回大连参加“辽宁”舰的海试了。

701 所的工作节奏就是这么紧张。2020 年初，新冠肺炎疫情突然袭来，武汉所有的单位、居民都猝不及防。从 1 月 23 日到 4 月 8 日，武汉整整封城 76 天。但因为航母的研制任务太紧，701 所动员住在家属区的员工尽量提前上班。常天云是 3 月 3 日第一批来所里上班的人，也是第一批乘坐专车两天两夜点对点从所里赶往大连现场的人。

“到了办公室，口罩别摘，手套也别脱。”出门前，妻子反复叮嘱他。

“放心放心，我保证吃饭时都戴着口罩。”他和妻子打趣说。

他走在家属区通往工作区的大道上，感觉空气清冽无比，但平时三五结伴去买菜的大姨大妈不见了，往日足球场上晨练的老人也不见了，匆匆行走的身影都是和他一样赶回所里上岗的。“快了快了”，他相信疫情很快就会过去。

此刻，常天云想到，当年他首次参与航母建设时，一三室的许主任传达中船集团领导提出的目标：通过建一艘航母，培育一支航母研制队伍，建立一整套管理和标准体系，打造一个能建造航母的基地，形成一种可传承的航母精神。他不由得感慨：时间过得真快啊！这已经是第二艘航母了！

世界上第一艘航母诞生于 1918 年，我们起步晚了将近一个世纪！我们吃够了没有强大海军的苦头！航母是建设强大海军的标志，所以我们必须迈开大步追赶，什么都拦不住我们前进的步伐，更不要说疫情了。他走进办公大楼时对自己说。

五、汪静怡：我们设计了“山东”舰，“山东”舰也塑造了我们

丁薛祥、刘鹤、何立峰以及李作成出席仪式。张又侠主持仪式，宣布我国第一艘国产航母交接入列和舰名、舷号。

经中央军委批准，我国第一艘国产航母命名为“中国人民解放军海军山东舰”，舷号为“17”。

20 世纪 70 年代出生的汪静怡，参加“山东”舰交接仪式时已过不惑之年，但她天生就是一脑袋艺术细胞。前些年，当她乘坐着有“航母奶妈”之称的“查干湖”号综合补给舰迎面向“山东”舰驶去时，看到“山东”舰的两只硕大的锚紧贴着舰艏的锚唇，就像航母的一对眼睛，她不由得在心里说“好萌啊，太萌了，么么哒”。

您也许不敢相信这个“文艺心”的女生，竟然主管着“山东”舰的甲板

机械这类大家伙，比如，有数十吨重的大锚。有一次，海军的一位首长走进“山东”舰占了几层甲板的锚设备舱，其时“山东”舰正好抛锚，锚爪纵身扑向大海，锚杆拖带着数百米长的锚链，在锚唇上擦出一片火星落进海里，其声真可谓震耳欲聋、惊天动地，而站在锚设备舱里查看锚机作业的竟然是这个身高不过 1.6 米的女子，让这位首长惊讶不已。

其实，过去汪静怡不是这样的。在干航母之前，她都有点不知道干什么好了，喜欢的东西太多，她也太能干，而 701 所一三室派给她的活儿有点打不起她的精神，她嫌一艘又一艘的快艇设计重复劳动有些乏味。晚上临睡前，她总是在床上辗转反侧：我要不要辞职专门去搞写作？还是兼职弄弄翻译？

直到有一天，她发现 701 所几乎所有的人脸上都放了光：要干航母了！这个喜讯像春雷一样在 701 所上空炸响，人人都有种扬眉吐气的感觉。

干航母！这三个字一下子就将她心头云遮雾绕了多年的不确定感刮跑了！

她记得乌克兰的尼古拉耶夫造船厂厂长马卡罗夫曾因为“航母梦”的破碎而哀叹：这不是一艘航母的终结，它更是俄罗斯航母时代的终结，是工厂及全国为之奋斗了近 35 年伟大事业的终结，是成为伟大强国骄傲与威严的终结。

造航母，她对自己说，这对一个国家来说也太大、太重要、太光荣了。一种责任感和光荣感从心底升起：一个造船人如果造过航母，就是极致了，还有什么不满足的呢？

那天晚上，她躺在床上，没有辗转反侧，而是安然入眠：她的人生有了一种从未有过的确定感。

但当她首次登上“瓦良格”号，才知道干航母并不简单，最起码的下船舱就是件提心吊胆的事。因为船舱里没有电，所以规定每个下船舱的人必须自带手电，且必须两人同行。就怕 3000 多个舱室让进去的人迷路失联。最重要的是，还规定“说话不能走路，走路不能说话”，因为乌克兰人当初为了拆走设备，粗暴地在船舱甲板上开了一个个大洞，直接把设备吊走，留下一个个张着大嘴的窟窿。要是没看见一失足掉下去，那可能相当于从几层楼那么高摔下去，致伤致残是大概率事件。

和其他女性相比，她的体质更弱一点，她有过敏性哮喘，以及心动过速，最突出的特点是她觉得自己比别人更怕冷，即使是夏天也必须捧一杯热茶。而在船厂工地上，工作超紧张，总是一个问题接一个问题，她根本不可能有时间和心情去煎药调理，也只能拼了。

"辽宁"舰造下来，她就像变了个人一样。之前，所有人对她的评价是"温文尔雅"，这样的办公室女性在所有的职场里都是最受欢迎的。但一上舰就不行了，造船厂的师傅和军代表，都是喜欢直来直去的实诚人，很直接，也很干脆。而汪静怡说话太含蓄了，人家听不懂。因为现场的事情实在太多了，她还在掂量忖度"这话可以不可以这么说，老张听了会不会不高兴"，大伙儿却认为她的意见已经发表完了，就进入了下一个议题。

这天晚上她破例没有睡着，在下半夜浓浓睡意升上来的时候，她突然听到一个声音在她耳旁响起："你是在造航母！造航母的女设计师，一定要忘记性别！"

第二天，她一如既往地捧着茶杯去工地，但人却像"开挂"了一样，武汉女子特有的聪明、果决和女设计师超强的逻辑思维能力，一下子迸发了出来，简直天下无敌，让她的同事目瞪口呆。"汪老师今天怎么啦？"等她讲完话扬长而去，留下她的同事面面相觑，"汪老师好厉害啊！"

但汪静怡自己知道，真正让她人生改变的是一位老院士。因为有哮喘，对气味敏感，所以她随身挎的包里永远有万托林喷剂和速效救心丸。每次从武汉去现场，她带的大箱子里除了衣服就是一大包药。每次下船舱，她都要穿好硬头儿的劳保大皮鞋，但她的膝盖发不出力，每次出船舱都是用自己的双臂将自己硬拉上去的。但她没有叫苦，因为好几次她是跟着老院士下去的，老院士年长她三四十岁，她爬几层楼梯，老院士也爬几层楼梯，她觉得老院士太硬气了。在老院士面前，她只能算是孙辈，有什么好叫苦的。这让她不能不从心底里折服。

更艰苦的是，她有时还要去正在喷涂的舱室，即使戴了防毒面具，她依然会有窒息感。但当她重新走上航母的甲板，摘掉防毒面具，重新大口呼吸着炙热的海风时，她知道这一关她熬过去了。原来，她是熬得过去的，没有什么大不了的。她感觉自己坚强无比。

老院士教给她的更多。她说："我以前只懂自己的专业，我的思维方式是从我的专业看，对的就是对的，错的就是错的。而作为航母总体研制团队的一员，还需要有系统思维。航母就像一座海上城市，看着很大，但资源具体分配到每个分系统，又相当有限。所以在保障核心功能的前提下，必须坚持'综合兼优'的思维方式。在现场，经常会遇到这个部门和那个部门、这根管道和那根电缆'打架'的事，就要设计师来现场拍板决策。我就特别佩服老院士，老院士是从大系统的角度来思维决策的，而不是本部门的利益，这帮我开阔了思路。"

对于汪静怡来说，最大的考验其实是航母补给系统的设计。补给是航母上仅次于飞行的第二大高危作业。

最经典的故事发生在1912年秋天，当时世界上最大的远洋轮"奥林匹克"号正在大海上航行，在距离这艘大船的100米处，有一艘比它小得多的铁甲巡洋舰"豪克"号正在向前疾驶，两艘船靠得较近，同向行驶着。忽然，"豪克"号好像被大船吸引似的，一点也不服从舵手的操纵，竟一头向"奥林匹克"号撞去。最后，"豪克"号的船头撞在"奥林匹克"号的船舷上，撞出个大洞，酿成一件重大海难事故。

这就是"船吸效应"，根据流体力学的伯努利原理，流体的压强与它的流速有关，流速越大，压强越小；反之亦然。原来，当两艘船平行着向前航行时，在两艘船中间的水比外侧的水流得快，中间水对两船内侧的压强也就比外侧对两船外侧的压强要小。于是，在外侧水的压力作用下，两船渐渐靠近，最后相撞。

如果说，"奥林匹克"号和"豪客"号相撞，是因为当时的舰船操控技术太落后，那么最近的统计资料显示，在过去的十多年里，即使是航母技术最成熟的美军，也曾多次在补给时发生撞船事故。

航母补给时，与综合补给船同向同速而行。两船之间要抛缆，架起用于输送物资的高架索，高架索必须处于恒张力状态，钢索既不能松，又不能过紧。因为洋流和风浪的缘故，即使船长再有驾船经验，船体的航向还是会出现波动。所以高架索一旦松了，它必须自动收紧；如果太紧了，也要自动放松。对于701所来说，这个高架索是由专门的生产厂家生产的，但给定技术要求和参数的是一三室的汪静怡团队。相对过去补给船为驱护舰队补给的情况来说，为航母补给，不仅补给的种类大大增加了，而且高架索的载量也增加了，过去给驱护舰一次只需输送几百公斤的货物，现在航母上有几千人，高架索过一次就要送上几吨物资才行。

但如今，汪静怡已经不再害怕了，她知道，这种时候设计师是没有退路的。再难也要迎难而上。“我也必须有恒张力，这个不难的。”她鼓励自己说。

“山东”舰首次补给试验时，汪静怡站在“山东”舰的航海舰桥上，她看着两舰同向同速并肩而行，油料通过管道输送，而大米、蔬菜等物资整箱整箱地从高架索输送到“山东”舰上。两舰仿佛是静止的，而两舰上的官兵紧张地忙碌着，她感到一种从未有过的动静相间的特殊的美感。

她从随身携带的那只茶杯里喝了一口化橘红片。茶杯还是那只标志性的茶杯，图案是芬兰家喻户晓的动漫人物姆明，我国著名翻译家任溶溶曾翻译过姆明的动漫，深受国人喜爱。少女时的汪静怡也曾很喜欢这个动漫故事。现在的那个“开挂”了的汪静怡，如是。

六、章汉钢：我要造好每一艘能让海军兄弟凯旋的航母

习近平总书记在码头接见了航母部队官兵代表和航母建设单位代表。习近平总书记对我国航母建设取得的成绩表示肯定，勉励他们再接再厉，为党和人民再立新功。

会场后方的大幅标语是“努力把人民海军全面建成世界一流海军”。这既是习近平总书记对人民海军的要求，也是航母部队官兵和航母建设单位的铮铮誓言。

章汉钢作为一三室“山东”舰船体分系统技术负责人，理应参加今天的交接入列仪式，不巧的是，他的下一个型号任务要做一个重要试验，他不得不赶去了西南的大山里。

“别遗憾，下一次交接入列，大领导会不来授旗发证书吗？”领导对

他说。

他一想没错，这是必须的。任务紧急，就搭上飞机出发了。

此刻，他在大山里听着中央广播台的实况转播，立即给自己进所后的第一位导师郑国基打了个电话。

“我在看呢，在看呢，”郑国基在手机里说，“小章，你在第几排呢？咋没见到你？”

“室里让我出差呢，这次错过了。”他的声音低下来，还是有几分失落。

“没事，你都干上第三个大项目了，项目干得多，和领导人握手才有底气。”导师在电话里安慰他。

是啊，他把导师的话细细回味了一下，作为导师的关门弟子，他懂得导师话中有话。

导师郑国基是1936年生人，人生的前10年是在抗战烽火中度过的，日本兵的刺刀和大皮靴在他童年的心里刻下了深深的烙印。新中国成立后，他报考了哈尔滨军事工程学院，为的就是保家卫国。1962年9月他被分配到国防部第七研究院第一研究所三室，这是个舰艇总体研究设计单位，当时七院一所刚在上海组建，军用船舶设计刚从仿制阶段走向自行研制阶段，所里正在进行两型较小的水面舰艇的设计，一型是65护卫舰，一型是037反潜护卫艇。悲催的是，当时护卫舰连主炮都没有，只能到岸防部队将苏式100岸炮和莫斯科指挥仪拆下来整体装到新造舰上才解决了没有主炮的难题。他又被派往广州黄埔造船厂，担任037反潜护卫艇首艇的设计和配试配建工作，首艇的主炮是手动的美式76炮。建造期间，他受命乘该艇前往海南岛的海军榆林基地，艇小，在海上剧烈颠簸，大多数人都晕得呕吐不止，当时海南气温40多摄氏度，在无遮无盖的大海上，直线阳光下更是达到了70多摄氏度，但郑国基他们斗志昂扬，为参加我国自行研制的第一代舰艇试航而无比自豪。这艘反潜护卫艇还没有定型就奉命参加了沿海作战，击沉击伤盘踞在台湾岛内的国民党匪船多艘，俘获蒋军几十人，打击了国民党反动派妄图反攻大陆的嚣张气焰。之后，该艇又发展出多种型号。

1965年“八六海战”打响，该艘反潜护卫艇在鱼雷艇大队的配合下，勇敢地击沉了吨位和火力远超过他们的蒋军“章江”号和“剑门”号，英雄麦贤得也就是在这次战斗中负了重伤。击沉“章江”号和“剑门”号的消息传到701所，平时最多喝1杯啤酒的郑国基，高兴得去街上打了一斤白酒，约了几个一起干反潜护卫艇的同事，把自己喝醉了。

之后就是“文革”时期。直到改革开放，他重新走进新一代产品的研制线，承担总体设计的他，参加了165舰、166舰的研制工作，该型驱逐舰后来获得了国家科技进步奖。

郑国基一生就参加了这两个型号的研制，这让他既自豪又遗憾。他觉得自己一生的一大半时间被虚掷了。他认定徒弟章汉钢这辈年轻人赶上了好时代。

可前些年，刚进所不久的章汉钢，一时没被安排进大的项目组，也有过焦虑时刻。尤其是一次大学同学聚会，章汉钢的一个上下铺同学，前几年辞职去了一家外资在上海的船级社。担任了船级社的首席代表。这次他回武汉，有点炫耀的味道，精心选了一家武汉人都很少知道的私人会所，请老同学们赴宴。章汉钢找到这栋在江边的老洋房，只见“首席代表”从头到脚一身意大利名牌阿玛尼，看上去神采焕发。

“各位同学，当年我们大学毕业时，相约‘苟富贵，勿相忘’。”他给章汉钢等一众同学的酒杯里斟满XO，“我这次回武汉，就是招兵买马，各位都是人才，愿意跟我走的，年薪百万，在船级社干一年，等于在国企干好几年啊。”

最后不知道有没有同学被“招聘”，反正章汉钢没有动心，也没再主动联系这位同学。

“道不同，不相为谋。”但以章汉钢的个性，他也不会主动与人说理论辩，大战三十六回合。他是个理工男，只想专心做自己想做的事。

后来，所里资助章汉钢去清华读博。在清华，他偶然看到一则消息，说的是，在俄乌分家前夕，“瓦良格”号的兄弟舰“库兹涅佐夫海军元帅”号离开黑海，前往北方舰队基地途中和北约舰艇相遇。当美国第六舰队结束对库舰的护航时，第六舰队的指挥官道别说“祝一路平安”，而库舰舰长的回复出乎世人意料：“我已不知家在何方。”

章汉钢想，一个人的内心要有多悲凉、多失落、多愤懑，才会向自己昔日的对手吐露内心的苦衷啊！

博士还没有读完，“辽宁”舰项目启动，那一年，是701所扩招元年，总共招了108人，人称“108将”。导师郑国基将电话打到清华，他立马向自己的博导请了假，回一三室加入船体分系统。

他觉得自己比师傅他们这一辈幸运，他等到了“辽宁”舰。真是生逢其时。

2011年，701所建所50周年。所里复制了两座1 ∶ 1的火炮模型放在张之洞路的701所大门口。门口东侧是北洋水师铁甲舰“定远”舰上的一门副炮，口径150毫米。西侧是当年“中华民国”海军“中山舰”的阿姆斯特朗105毫米主炮。1937年10月24日，“中山舰”在武汉保卫战中与日机激战中弹而罹难。两门大炮的两个底座上分别写着“勿忘国耻，振兴中华”。

什么是爱国主义教育？这就是最形象具体的爱国主义教育。

后来，他听曾参与“中山舰”打捞和复制的所里的高工汪军省说，“中山舰”沉没在武昌金口镇长江的江心，当时有6架日机对其轮番轰炸，船体左侧还留有被航空炸弹炸出的大洞。

他想，“中山舰”上那些只靠高射机枪对抗扑过来的日机的勇士们，是何等的悲壮啊。也许在弹雨交加、舰体被江水吞没的最后时刻，这20多位勇士多想有咱们中国自己的飞机、有自己的航空母舰来打击侵略者啊！

他觉得自己更幸运的是，还加入了“山东”舰的总体研制团队。“山东”舰是我国首艘国产航空母舰，“辽宁”舰的船体结构基本完好，而“山东”舰则是从零开始，真正实现船体结构的自主设计。在船体结构的自主设计过程中，研制团队边研究边攻关，完成了上万次的分析计算、上百项关键技术攻关及试验，突破了航母特殊结构设计的关键技术，形成了大量的科研成果，建立了航母完整的设计标准体系和船体材料配套体系，实现了船体结构的自主设计。

所幸，他们的设计手段出现了飞跃，“辽宁”舰还是二维设计，而这次首次使用了全新的三维设计软件，是全流程的三维设计，为了满足设计需求，团队还自行开发了20多种小软件。他们组每个人，都画了至少200张的图纸。

在“山东”舰之后，章汉钢又进入了新的大项目组。

一会儿，章汉钢的手机又响了，是父亲打来的。父亲告诉他，今天晚饭要庆祝一下。他还听见母亲在边上告状说，你爸今晚还要开那瓶五粮液呢，血压这么高，不要命了！他听见父亲幽默地回应母亲：“这叫开心得不要命了！”

手机一会儿被儿子抢去了，儿子说：“爸爸你怎么不在电视里？我在电视里没有找到你。”

“是啊，”他回答儿子说，“因为爸爸有新的任务，没能去会场。”

儿子一把将手机抱在怀里，嚷着说：“我要抱抱爸爸！”他已经好久没回家了。

这个下午，大山里的他特别忙。不一会儿，章汉钢的手机里又进了一条短信，是在船厂做军代表的大学同学从三亚军港发来的：“老章，今天怎么在交接仪式现场没见你啊？”

他认认真真地回了条短信：“习近平总书记说，建设强大的人民海军的任务从来没有像今天这样紧迫。所以，我们701的人活儿多啊！我现在唯一想的就是造好每一艘能让海军兄弟凯旋的航母。”

笔者感言

航母是海军武器装备领域皇冠上最耀眼的明珠。

航母是海军作战舰艇中体量最庞大、技术最复杂、要求最严格的大型作战平台，设计和建造的综合难度也最大。虽然航母诞生百年了，但迄今为止世界上只有极少数国家能够自行设计和建造航母，拥有3艘以上航母的国家，迄今只有两个。现代航母绝对是综合国力的体现。

那个曾经忽悠赫鲁晓夫说“核时代，航母就是大洋上的死亡棺材”的国家，目前既拥有世界上最多的核武器，也仍拥有着世界上数量最多、规模最庞大的航母编队。

一三室的许主任说过，我们航母总体研制团队的平均年龄只有30多岁。这个团队中有相当一部分是博士，其余的几乎均为硕士人才。他们那么年轻，有的就是“所二代”，已经参与了 2 ~ 3 个重大型号任务，令他们的父辈感慨不已，也对他们寄予了厚望。就像章汉钢他们说的，不是我们比我师傅这一辈人聪明能干，而是赶上了一个我们能有所作为的好时代。

是的，时势造英雄，这是一个需要英雄并能培育出更多英雄的时代！

航母总体研制团队是一个年轻的团队。年轻的优势是知识结构新，充满活力和冲劲，不为经验所困，不为头上的“帽子”所累；年轻的劣势是经验不足，包括没有摔过大的跟头。现在让年轻人多参与大的项目，就是多几次摔打，多几次似乎“山穷水尽疑无路”的挑战，是对他们最好的历练和培养。

我在想：当刘建国、赵大鑫、常天云、汪静怡、章汉钢他们这一代人到了端木海这样的年龄，他们的一生会造过多少航母、会造出多少也许我现在连舰种都说不上来的新的巨舰？

未来的功勋，尚不可知。功勋的成就，仍须靠他们一生的努力。

年轻的他们，是 701 所的软实力；无数个年轻的他们，构成了我们中国的软实力。

我们因此也多了一份自信。

改革开放以来，船舶工业在锻造大国重器中勇担当善作为。船舶工业率先走出国门，成为我国开放最早的领域，用 30 年左右的时间一跃成为世界第一造船大国。同时，中国船舶人顽强拼搏、刻苦攻关，助力人民海军筑牢“海上钢铁长城”，在海军装备建设领域取得了以国产航母为代表的举世瞩目的成就。2012 年 9 月 25 日，我国首艘航母“辽宁”舰正式入列，2019 年 12 月 17 日，我国第二艘航母“山东”舰交接入列，2022 年 6 月 17 日，我国第三艘航母“福建舰”下水命名。在航母事业接续奋斗过程中，中国船舶人铸就了“爱国、创新、科学、拼搏、协作”的航母精神。

“爱国、创新、科学、拼搏、协作”的航母精神，具有与航母同样巨大的力量！

（因保密工作需要，文中 701 所人物均为化名）

把中国的润滑油问题解决掉

——记中国石油天然气集团有限公司伏喜胜

◎文/袁 伟 李 琼

“我这一生，就是要把中国的润滑油问题解决掉。”很多年以前，伏喜胜就立下这样的信念。

一个产品，上万次试验，543 个配方，无数次的失败都没有让伏喜胜放弃。从 1995 年到 2003 年，为了车辆齿轮油技术的突破，他带领团队钻研了 8 年。从 2007 年到 2015 年，为了让中国的高铁更平稳，他与团队历经又一个 8 年……

信心在增强，信念更坚定。2010 年春，当国家领导人亲自将该年度国家技术发明二等奖颁给他时，他在科研一线。2018 年春，当习近平总书记在两院院士大会上发出“建设世界主要科学中心和创新高地”号召时，他在科研一线。2021 年初，当中国石油党组书记、董事长戴厚良将 2020 年度唯一的集团公司“杰出成就奖”授予他时，他仍在科研一线。

…………

初心如磐

“大婶，您儿子出差了，要不了多久就回来了。”

“真的是出差了？”

“我是这儿的领导，您儿子就是我们单位的，我能骗您吗？”

“出差了就好。那你能不能告诉我，他上哪儿出差了。”

“对不起，他执行的是国家的秘密任务，我不能告诉您。”

1989 年夏末秋初的一个上午，兰州炼油厂石油炼制研究所，一位 40 岁出头、知识分子模样的人正在说服一位 60 多岁的农村小脚老太太。

此时此刻，1600 多公里之外，云南边境，一条公路上，12 辆汽车正在行驶。这个车队已经出发近 3 小时，汽车正在一条长达 5 千米的盘山路上艰难地爬行。车队的头车驾驶员身旁坐着一个小伙子，正全神贯注地盯着汽车仪表盘。

“全体停车，取水降温！”突然间，头车驾驶员发出命令。

听到停车降温的命令，小伙子也跳下汽车，迅速而熟练地钻入车下，认真地测量汽车桥包的温度并记录着。一辆车测完后，从这辆车底钻出来，又迅捷地奔向另一辆车。就在他有条不紊地测量桥包油温时，这些驾驶员则挑着水桶，奔向不远处的小瀑布，回来后同样要钻到车下，把水浇向桥包，待桥包的温度降低后，再启动汽车，继续前行。

兰州那位小脚老太太要找的，正是这位在车底钻进钻出的小伙子，他叫伏喜胜，当时的兰州炼油厂石油炼制研究所助理工程师。

那时的中国就像一艘动力强大的巨轮，轰鸣前行，经济社会发展已经驶入快车道。然而，一种无形的力量——摩擦，却阻碍着巨轮的前进。世界摩擦学会公布的数据显示，摩擦对一个国家GDP的影响高达3% ~ 5%。微观到同一个机械运动中，在不增加任何投入的情况下，只要润滑得好，效益就能提升3% ~ 5%。但当时，无论是工业润滑，还是车辆润滑，中国都严重落后于世界先进水平。

半年前，伏喜胜所在的单位接到某部发来的科研课题，指出在执行任务时，面对云贵高原长距离爬坡的特殊路况，常常出现桥包发热甚至抱死的情况。所谓“桥包”，就是汽车上一个齿轮包，形状像篮球，位于汽车两个动力轮胎的中间部位，由一个与之垂直的大轴和汽车发动机相连，为载重汽车提供动力。桥包抱死，就是因为汽车行驶过程中，桥包内齿轮的润滑作用减弱或丧失，导致齿轮间的摩擦增强，进而大量发热，在热胀冷缩作用下，使齿轮膨胀，啮合（俗称抱死）在一起，难以转动或丧失转动能力，轻者迫使汽车停运，重者造成桥包爆裂，车辆报废。

当时，在云南边防，由于润滑不到位，桥包抱死的情况时常发生，不得不频繁地中途停车，给桥包浇水降温，不仅影响任务的执行，还给装备运输带来危险隐患。当时，执行任务车辆用的润滑油是国内最先进的，技术部门在进行了多次试验后，认定问题是桥包内齿轮的润滑问题，但与供应部门多次联络后仍然得不到解决，最终这个问题交给了兰州炼油厂石油炼制研究所。于是就有了伏喜胜的云南之行。

摩擦与润滑是矛盾的两个对立面，在各种机械运行中，有的时候需要摩擦大一些，比如刹车。但更多的时候，则需要通过润滑最大限度地减少摩擦。伏喜胜的云南之行很快就结束了，出发时，他带着由他和老师匡奕九研制的润滑油，通过对比试验，替换了原来桥包内的润滑油，顺利地解决了长距离爬坡桥包发热抱死的问题。

然而，彼时的中国润滑油问题还远没有解决。这个问题不是从N1到N2的进步问题，而是从0到1的起步问题。

而伏喜胜能参与到这一问题的攻关中，起因居然是两年前的一次偶遇。

“伏喜胜，你怎么还没走？”

1987年6月28日，兰州大学应届毕业生宿舍楼稍显冷清。送走了应届毕业生的实验老师吴老师难得闲暇，到宿舍楼前的球场上活动活动，却吃惊地发现本来应该离校到分配单位报到的伏喜胜也在球场上。

“吴老师，您也来打球？”那个被叫作伏喜胜的小伙子怯怯地岔开了话题，没有正面回答吴老师的问话。

“我问你呢，咋还没去单位报到？”吴老师追问道。

“我……”见老师追问，伏喜胜敛住了强装的轻松和笑容，欲言又止。

“是遇到了什么麻烦吗？”吴老师语气平和地问道。

吴老师是兰州大学化学系的实验老师，并不是授课老师。他在设计和指导学生做实验的时候，对认真而且动手能力极强的伏喜胜有非常深刻的印象。

伏喜胜告诉吴老师，自己被分配到了老家秦安县，根据专业，大概率会进入县里一个小化工厂。当时这家化工厂已经快发不出工资了，估计两三年内就会倒闭。更重要的是，即使到了那家化工厂，他的专业也不对口。他不想让自己对有机化工专业的热爱被磨灭在一家即将倒闭的无机化工企业。但如果不服从分配，现在又没地方可去，所以他很苦恼。无奈之下，他还没有离校。

同时，伏喜胜也没有选择考研，因为他的家庭情况已经不允许他再做其他选择。五个姐姐有的已经出嫁，最小的姐姐上完学后工作一直没有着落，在农村老家也到了出嫁的年龄，父亲又身体不好，不能从事重体力劳动，唯一的依靠就是 42 岁才生了自己、裹着小脚、一字不识的母亲，而她老人家已经 61 岁了。所以，作为家里的老六、唯一的男孩，伏喜胜知道自己必须马上工作，拿到工资回馈家庭、回报父母。伏喜胜也很喜爱和尊重吴老师，此时，他毫无保留地向吴老师讲述了自己面临的困境。

吴老师对伏喜胜还是比较了解的。他知道，伏喜胜是他们班年龄最小的学生，毕业时才 19 岁，也就是说，他是 15 岁就考入兰州大学化学系金属有机专业的。而且 4 年大学期间，年年都是“三好学生”，各门功课都名列前茅。

“既然是这样，那你就再等两天吧。”吴老师听了伏喜胜的讲述，沉默良久，心里决定要帮这个学生一把。但此时，事情还没有把握，吴老师什么也不能讲，所以说完就转身离开了。

“你好啊，老同学。”回到家里，他马上拨通了他的大学同学毛学文的电话。

毛学文是兰州炼油厂石油炼制研究所的所长。但当时，兰州大学化学系到兰州炼油厂石油炼制研究所的分配指标全满了，而且毕业生都已经报到。

“我自己的学生，我还是了解的。这个伏喜胜不仅专业成绩名列前茅，而且动手能力极强，人是从偏远农村考进来的，也能吃苦……好了，人我是给你推荐了，但最终要不要你看着办吧。”吴老师最后对毛所长说。

“人都叫你夸得跟一枝花似的，不要我不就成了傻子吗？这个伏喜胜我是要定了。但得让娃等两天，我得跟人事处协调一个指标。”听了吴老师的介绍，毛所长很快就拿定了主意。

两天后，兰州市的天空依然是灰蒙蒙的，像扣着一顶大锅盖，但伏喜胜的天空却豁然开朗了。上午 9 时，一辆轿车开进了兰州大学，在 87 届化学系的宿舍楼前停了下来，毛学文所长亲自到学校，来接应届大学毕业生伏喜胜去兰州炼油厂报到。

直到 35 年后的今天，伏喜胜仍然清楚地记得，当时他的行李、被褥、书籍等，都是毛所长亲手装进后备箱的。

从兰州大学到位于西固区的兰州炼油厂，也就不到 1 小时的车程。伏喜胜感觉却像做梦一样，从最艰难的困境，到梦想中的兰州炼油厂，短短 3 天时间，彻底改变了他的人生。此时，充盈着他周身每一个细胞的只有三种元素：

第一，是惊喜。一夜之间，困扰他的所有问题都解决了，专业不对口问题、可能倒闭失业问题、工资问题、反哺家庭问题……一下子烟消云散了。

第二，是感恩。一次非常偶然的相遇，让陷入极度困顿的伏喜胜一下子解脱出来，是吴老师和毛所长把自己从困境中解救出来的，发自内心的感恩在脑际涌动。

第三，也是最重要的，就是决心。路上，他不止一次地对自己说，哪怕是再苦再难也要干出成绩，哪怕是呕心沥血、殚精竭虑也要把工作干好，把自己的一切献给这份工作，绝不辜负兰州炼油厂和老师们对他的厚爱，绝不辜负这个报效国家的机会。这个信念，纵然山崩于前，也绝不动摇！

汽车在兰州市西固区一栋两层楼的办公楼前停了下来，毛所长带着伏喜胜来到二楼的 212 室，指着办公桌后一位 40 多岁、知识分子模样的人说："小伏，这是咱们所副所长匡奕九，以后你就是他的徒弟。"简单介绍后，毛所长把伏喜胜领到一个实验室，指着一张桌子说："啾，这就是你的办公桌。"此时是 1987 年 6 月 30 日上午 10 时。

至此，前一小时还处于煎熬的伏喜胜，转眼已经成为当时兰州炼油厂炼制研究所的科研带头人、国内著名润滑油专家匡奕九的徒弟。

那时的伏喜胜可能并不清楚他最终要挑战的是一个怎样的难题，并不知道他终生为之奋斗的事业是什么，但他的师傅匡奕九知道，这个叫伏喜胜的徒弟，很可能要跟摩擦较量一生，也要跟润滑结缘一生。

崭露头角

这一年，也就是 1987 年，有 40 多名大学毕业生分配进了兰州炼油厂，他们大多是名牌大学毕业，比如清华、北大、吉大、川大等，其中有 12 名进了炼制研究所。伏喜胜知道，不管你是来自哪所大学，进了研究所，就又站在了同一条起跑线上。

当时的兰州空气质量非常差，弥漫在空气中的总是一种淡淡的臭味，人们的鼻孔里也经常是黑的。这一切都挡不住充满工作激情的伏喜胜，他的天空是晴朗透明的，他的空气是香甜芬芳的，只要有热爱的工作，一切都是美好的。不久之后，满怀激情的伏喜胜，接到了师傅匡奕九分配的第一个任务，居然是一个化合物分子式。

入厂教育过后的一天上午，匡奕九交给伏喜胜一张纸条，上面只写着一个化合物分子式。正当伏喜胜不知所措的时候，匡奕九用平静的眼神看着眼前的年轻人说："你先把这种化合物合成出来，要求只有三个，一是成本要低，二是工艺上要便于生产，三是要能够进入市场，转化为效益。"然后，匡奕九把要合成的这种化合物的分子结构给伏喜胜详细介绍了一下。

"师傅，多长时间？"伏喜胜也很干脆，只问了这一个问题。

“这样吧，你先做一个调研报告。”匡奕九回答道，“合成这种化合物，给你一年时间。怎么样？”

“好。师傅放心。”想象中的摆困难、讲条件都没有出现，只这么一个干脆利索的“好”就完了？匡奕九满怀狐疑。

这是伏喜胜接受的第一个挑战。人们很难想象，一个只有 19 岁的本科毕业生，要自行探索一条途径，然后设计一套全新的工艺，先在实验室里合成一种世界上不存在的化合物，然后还要能实现工业化推广，并走向市场取得利润。

“够狠的，当时匡所长确实够狠的。”多少年以后，伏喜胜的徒弟、现任中国石油润滑油公司上海产品设计中心主任糜莉萍说起这件事，仍然非常感慨，“但这种做法，在别人看来是压力，在我师傅看来是信任，是激励。以后这种充分信任年轻人、敢于压担子的传统，在兰州这所研究院固定了下来。我 2000 年当了伏院长的徒弟，他也是这样带我的。不光我，我前后那些伏院长的徒弟，张超、华秀菱、李军都是这么走过来的。我们毕业那年，都开始独立承担研发项目，从开题到验收，我师傅都放手让我们干。”

拿着那张写有分子式的纸条，伏喜胜也感受到了千斤重担。接下来，他把自己关进了图书室，每天查资料，英文版的、中文版的。忘了吃饭，薄薄的杂志就是烙饼，厚厚的专著就是面包；忘了睡觉，图书馆管理员常常在下班的时候交代伏喜胜“你走的时候别忘了把门关上”。

一个月以后，那是一个周一的上午，一份《调研报告》出现在匡奕九的案头。这份报告，思路清晰，工艺设计大胆，技术上有突破，这是伏喜胜工作以后的处女作。交了报告，他热切地期待着师傅的评价和指导意见。

“小伏，你到我办公室来一下。”当时，周六还是正常的工作日。到周六上午，伏喜胜终于等来了结果，一上班就接到师傅的电话，马上就来到了匡奕九办公室。

“你这一个月没怎么睡觉吧？”进了匡奕九办公室，劈头就是这么一句话，匡奕九手里拿着那份《调研报告》，用赞许的目光看着伏喜胜说道，“报告我看过了，我同意你提出的方案。所里也通过了你的方案，按你的方案执行吧。”

方案通过了，但真正的考验才正式开始。此后的日子里，伏喜胜又全身心投入到了实验室里，一样是没日没夜地做试验。从纸上的分子式，到实验室里反复地试验，又是无数个不眠之夜。半年之后，伏喜胜在实验室成功合成了这种化合物，并把这种化合物和制备工艺流程一并交给了他的师傅匡奕九。

一般情况下，需要 3 ~ 5 年才能完成的任务，他半年就完成了，而且还完成得非常出色。这一下，匡奕九对伏喜胜这个新徒弟有了全新的认识，要知道，此时的伏喜胜还没有转正定级，还是一个见习大学生。

转眼到了 1988 年初夏，伏喜胜刚完成师傅交给的合成新化合物任务，就面临着转正定级的考验。在兰州炼油厂，转正答辩是每个应届毕业生都必须跨过的一道坎儿。一大堆国内炼化行业知名的专家，提出各种问题，既考验答辩者的基本功，也考验答辩者的实践能力。一旦答辩不能通过，往近了讲，将影响答辩者的转正定级，往远了说，形成的专家组意见可能影响一生。

早在 4 月时，匡奕九就对伏喜胜说："再有三个月就要转正答辩了，对你非常重要，要重视。你先写个答辩的初稿，我给你改一改，然后你再下下功夫，消化完善，早动手，早准备。否则拿不到好成绩。"匡奕九知道，这种答辩在伏喜胜看来就是一场比赛，必然会激发他的斗志，他也想让伏喜胜拿到好成绩。

果然，一周之后，伏喜胜就把初稿交给了匡奕九。经过匡奕九的修改完善，形成了答辩稿。

正如匡奕九所说，在 40 多名来自全国各名牌高校的毕业生中，要拿高分，伏喜胜还要克服很多困难。除了要战胜心理上的胆怯，还要克服甘肃口音重、普通话水平差、演讲表情不自然等问题。为此，答辩稿定稿后，伏喜胜白天工作，晚上练习答辩：每天对着镜子演讲 20 遍，每天准备 10 个专家们可能提出的问题，进行自问自答。

这样强度的训练，这样周密的准备，三个月，1800 多遍的演讲练习，近千道模拟题的答辩训练，听着都让对手恐惧。果不其然，三个月后的转正答辩，伏喜胜毫无悬念地拿到了第一名。

通过转正答辩，匡奕九再一次刷新了对伏喜胜的认识，也使伏喜胜在的科研队伍里崭露头角。

转正不久，兰州炼油厂就接到了某部发来的科研攻关项目——解决高原运输车队的“桥包抱死”问题。匡奕九和伏喜胜师徒感到责任重于泰山。

刚刚转正的伏喜胜被任命为攻关小组副组长，第一次直面我国润滑油领域的一个重大课题。组长正是他的师傅匡奕九。正当他感到毫无头绪的时候，他的师傅匡奕九一句话点醒了他：“出路要在你不久前研制出来的那种化合物上找。”匡奕九分析道：“我判断，在全国范围内，已经合成的润滑油添加剂应该都已经试验过了，但全部效果不好……”师傅匡奕九第一次跟伏喜胜进行了长谈，向他传递了我国润滑油技术的落后局面和强烈紧迫感。

“现在，要在兰炼把这个问题解决掉，我们只有从新合成的添加剂里找出路。”匡奕九最后斩钉截铁地说。

伏喜胜按照师傅匡奕九的思路，开始了研制新一代润滑油的实验。基础油加添加剂，搅均匀就生成润滑油，说起来容易，做起来有多难只有做过的人才知道，无数次的比例调配，无数次的模拟试验，无数次的失败。半年多后，伏喜胜以他的坚韧与耐心，找到了那个最佳的配比，制造出了新一代汽车齿轮油。一切都准备好，就差一个行车试验了。

去云南，去跟车，三个月，谁上？伏喜胜！

因为项目是保密的，所以，他出发的时候没有告诉家里人。但母子连心，一个多月没有孩子的音信，做母亲的怎能不牵挂？于是就有了开头的一幕，而接待伏喜胜母亲的，正是她儿子的师傅匡奕九。

为国攀登

“想起当年洗瓶子，真是往事不堪回首啊。”李军是 1992 年 7 月成为伏喜胜徒弟的，说起当年艰苦的条件，李军记忆犹新。

由于经费紧张，当时实验所用的烧杯、广口瓶等仪器都是按“只”或者“个”领取的。用了之后都得洗了再用。其他季节还说得过去，最难的是冬天，接的热水一会儿就凉透了，兰州零下 20 摄氏度的气温，洗着洗着就出冰碴子，大家用毛刷子洗瓶子，冻得人实在受不了。现在好了，用超声波洗，玻璃器皿放一起，加入清洗剂，一开机，唰的一声，全洗得干干净净。

“条件的确艰苦，但我们能明显感觉到师傅有强烈的紧迫感和使命感。”李军说，“当时，我们和国外至少有四五十年的差距。而国外对关键核心技术又严格封锁，攻关组面临的是没有标准、没有设备、没有方法，连台架试验都做不了，一切从零开始。师傅当时就认准了一个方向，就是坚持自主研发。”

当时，我国的润滑油问题主要表现在五个方面：一是起点低，全国连一种符合国际规格的润滑油产品都没有，唯一的标准是“能用”；二是门类缺，只有大路货，适合不同工况条件的专用润滑油严重缺乏；三是研发手段差，全国连一套台架都没有，无法进行相应的模拟试验；四是关键技术落后，尤其是添加剂的单剂和复合剂技术，严重落后于国际先进水平；第五，也是最关键的，就是人才队伍严重短缺，青黄不接。

所谓台架，就是模拟器，模拟各种机械运动，来验证润滑效果。美国的西南研究院是全球台架试验的权威机构，它做出的检验报告，就是对润滑油的“判决书”。在老一辈科研工作者，尤其是匡奕九的带领下，伏喜胜在孤寂、枯燥中寻求突破，屡败屡战、屡败不馁。他在攻关组长匡奕九的带领下逐渐缩小着添加剂的合成范围。1991 年，编号为 85544 的第 544 个齿轮油配方，在寄送到美国后，终于通过了台架试验！这是我国第一个自主研发、达到国际规格的齿轮润滑油（以下简称“齿轮油”）配方，是我国齿轮油从 0 到 1 的跨越。“85544”的意思是“八五”期间经过 543 次失败后取得的成功，是一个有着特殊意义的称号。

曾几何时，很多人眼中的名牌润滑油指的是“美嘉壳”，也就是美孚、嘉实多、壳牌。齿轮油及其添加剂的核心技术是含磷抗磨添加剂的合成与复配技术，这些国外公司对该技术保密非常严，既不出售这种添加剂产品，也不提供任何与该类产品有关的信息，对我国实行全面技术封锁，这给研究工作带来难以想象的困难。只有一步一个脚印，靠自己独立创新！匡奕九和伏喜胜的团队拿下的这个“85544”，就是在国外技术封锁中撬开的第一条缝。从此，一束亮光照射进来，那是希望之光，是中国润滑油的希望之光，中国有了第一款完全自主知识产权的润滑油。它又像一座灯塔，照亮了中国润滑油技术创新的奋进之路。

在伏喜胜成长为攻关组组长后，带领团队潜心向着添加剂单剂到复合剂国产化这一核心技术领域冲锋。从1995年到2003年，团队先后合成了含磷、硫磷、硫磷氮、硫磷氮硼4种不同化学组成结构的极压抗磨添加剂，分别解决了齿轮油通用、清洁、长寿命、抗磨、节能等问题，并于2009年获得我国润滑油领域唯一的国家技术发明奖。至此，历经几代人的艰辛探索，我国在齿轮油领域终于实现了可喜的自我突破，为追赶和超越国际先进水平奠定了坚实基础。

这些大奖背后，是赤诚担当的爱国情怀。伏喜胜的研发团队通过自主创新，接下来又研制出我国第一个齿轮油复合剂。从LAN4201到RHY4208A系列齿轮油复合剂的横空出世，使我国的齿轮油复合剂技术达到了世界先进水平，在被称为润滑油“芯片”的核心技术方面比肩国际知名品牌，并迅速取得较高的市场地位。

这些成就背后，是锲而不舍的艰难探索。在此过程中，以伏喜胜为首的攻关团队从1万多个化学分子结构里进行筛选，再组合成不同配方，先后尝试的500多个配方全部以失败告终，但他们始终没有放弃。

这些成就背后，是日夜钻研的厚积薄发。他深深痴迷于那些化学结构。每种添加剂作用是什么，复配后如何互相影响，车用齿轮油、工业齿轮油等各方面的工艺参数，他了然于心。白天做完实验，晚上继续泡在单位图书馆。新的《美国化学文摘》到了，他一手拿着杂志，一手翻着英文字典，一个词一个词地啃。

油气开发中的压裂，就是压碎储层，在坚固的岩层中人工制造裂缝，形成油气流动的通道。随着我国页岩气开发的推进，大型压裂、体积压裂成为提高开发效果的必要手段。一次大型压裂，需要数十台昂贵的压裂装置同时发力，向储层输入巨大的爆破压力，瞬间压碎储层。其中的大泵齿轮箱，也就是向地层输入压力的关键设备，需要大量的齿轮油，每台泵冲洗一次齿轮箱，就需要齿轮油200升，而换一次油则需要齿轮油500升。

以前，这种大泵齿轮油都是依靠进口，价格昂贵，这是压裂成本居高不下的一个原因。伏喜胜在调研中，认真研究了这种大泵齿轮箱，但对于是否上马，大家有不同意见。有观点认为，压裂作业市场有限，用户也不多，而压裂齿轮箱油的研制势必要投入相当多的人力、物力，恐怕得不偿失。伏喜胜则认为，只要是国家需要的，就要上！伏喜胜依靠长期的技术积淀，很快就确定了基础油和添加剂配方。KLGS 大型压裂车专用齿轮油很快问世，经过台架试验，投入现场实证，各项指标均优于进口齿轮油。

但最初推出我国自主研发的这种齿轮油时，习惯了进口油的市场却持怀疑态度。最后，在川庆钻探摆开擂台，与外方竞争对手同时开动 5 台大型配套装置作对比，结果昆仑润滑油的效果明显优于进口油。原来使用进口油，每个压裂机组一年用油需要上百万元，伏喜胜团队的油上市之后，一下子就可以降到 30 万元左右。

只要有机械有转动，就要用到润滑油。随着我国工业化进程推进，润滑油的用量逐年增加，2020 年全国基础油消耗量达 1099 万吨，国内润滑油企业有 120 余万家，但中央企业一直是技术创新的主体和生力军，发挥着“领头雁”作用。

中国石油润滑油公司高级工程师潘元青介绍，润滑油从来不讲最贵的，也不说最好的，而是强调最适合的。比如盾构机，最早的时候，中国不能生产大型盾构机，都是整机进口，其中的“装机润滑油”，当然也是进口的。盾构机的润滑油用量很大，机器运到工地，润滑油作为消耗品，就要源源不断地进口。如果一直采用进口油，运行成本就会居高不下。后来改用中国石油润滑油公司的，同样有国际公认的试验报告，有工况报告，所有指标都优于进口油或至少不比进口油差，但价格比进口润滑油低很多，用进口的还是用国产的，一目了然。现实的情况是，当国外的技术、配方、产品国内还没有突破时，进口油的价格很高而且很坚挺。当国内实现自主创新，技术和配方推广出来以后，再进口盾构机润滑油，市场不用发通知，也不需要谁去干涉，价格就会马上大幅下降。

潘元青认为，做润滑油就如同做菜，好的厨师用最简单的调料、最科学的手法，就可以做出美味菜肴。而有的厨师各种调料一股脑儿地往锅里倒，流程烦琐，工艺复杂，但做出来的菜，口味未必上乘。伏喜胜就是那个好厨师。从 1987 年开始，伏喜胜搞科研总是站在国家行业发展和用户满意的角度，努力做最好吃的菜，而不是最贵的菜。所谓“好吃”，就是既匹配，又便宜。

“衣带渐宽终不悔，为伊消得人憔悴。”这是伏喜胜始终坚守的精神境界，坚持自主创新就要从国家的需要出发，以国家的利益为最高准则。

灵感之光

“师傅，难道你整夜都在实验室里？”2003 年春天的一个早晨，李军像往常一样早早地来到研发中心。换了衣服，他走向实验室，准备继续前一天的试验，无意间竟然看到师傅正在实验室里工作着。于是，他走过去问道。

“哟，真快，都到上班时间了。”伏喜胜略为惊讶地看了一眼李军，又投入试验中。

昨天晚上，吃过晚饭，伏喜胜出去散了一会儿步，回到家里差不多九点半。冲了一个澡，就上床睡觉了。那些天，他脑海里总是萦绕着一种添加剂的分子结构。那是后来被命名为 LAN4201 系列产品中一个最关键的分子结构，伏喜胜感觉她已经出现，但总有一层如烟似雾的东西笼罩在四周，总是抓不住她的手，也看不清她的真颜。

就在这天晚上，半梦半醒之中，如梦似幻，走出一个白胡子老头，提示伏喜胜应该采用某种化合物。这就像库克当年梦见一条小蛇咬住了自己的尾巴从而发现了苯的分子结构一样，这种化合物的分子结构也从迷雾中款款走了出来，极限思虑后的灵感之光突然闪现，极度冥想后的顿悟之门突然打开，伏喜胜猛然惊醒。灵感稍纵即逝，他来不及停留，也来不及看一眼已经指向 11 点的时钟，抓起衣服就直奔实验室。

直到看到李军那一刻，他似乎一直沉浸在验证灵感的世界里。按说，伏喜胜已不用再如此投入地进行试验，不用再如此痴迷地思考那些分子结构，更不用如此没日没夜地扑在科研创新上呕心沥血，那时他已经是兰州润滑油研发中心的主任。但在伏喜胜看来，岗位虽然变了，但心中那份对国家和石油事业执着的爱一直没有变，对曾经下决心要为之奉献一生的研发工作的爱一直没变。他仍然痴迷着自己的痴迷，执着着自己的执着。

那是 RHY4208A 车辆齿轮油复合剂研制中最关键的一个分子结构！在伏喜胜的灵感中迎刃而解，就像前进路上最难攻破的堡垒，一夜之间轰然倒塌，接下来的技术突破不断出现，创新成果接踵而至。这样一个灵感带来的市场效应以及对我国工业化进程的推动作用无法计算，仅中国石油润滑油公司本身，现在每年因这个灵感而创造的净利润就超过亿元。

顿悟是长期积累的突破，灵感是深度思考的绽放，一切的基础是积累，而积累的前提则是认真执着的精神。

1995 年，华秀菱从兰州石化技术学院毕业，分配到兰州润滑油研发中心，成为伏喜胜的徒弟。上班后，师傅给她安排的第一个任务是查一个专利资料。华秀菱一头扎进院里的图书馆，认真地查阅，认真地记录，满满地记了三个本子。然后交给伏喜胜，本想着交个差就算完成任务了。没想到的是，伏喜胜拿着这三个本子的记录，就开始一页一页地批改，一个字一个字地给华秀菱讲解。

“查资料，是一件小事，但是我从这件小事上学到了我师傅的治学精神，感觉一下子明白了好多东西。”20 多年后，华秀菱对那次经历仍然记忆犹新，“后来，我根据那次查找的资料，写出一篇学术论文，并在有关期刊上发表。”

整夜在实验室里度过的，当然不止李军看到的这一次。每一种添加剂最早都是在实验室里诞生的，对于一般人来说，这是一个神秘的过程：一些物质放在实验装置上，在一定的反应条件下，按照一定的流程让其发生化学反应。有机化学反应大多是比较缓慢的，每次试验一般都是 10 多个小时，反应过程中还要观察记录发生的变化，所以，试验者需要跟踪整个过程。

“我师傅的敬业精神是我从来没见过的，什么叫全身心投入工作，他作到了准确诠释。”李军算是跟伏喜胜时间较长的徒弟。

潘元青不是伏喜胜的徒弟，但她是一个观察者，她父亲就是兰州炼油厂石油炼制研究院的老一辈科研工作者，因此，她中学时代就听父亲讲伏喜胜的故事，后来又加入了伏喜胜的团队。“就是看他一个人坐在那里，思考，阅读资料，来的时候，是一头浓密的黑发，几年后，头发就掉了一大半，年纪很轻的时候，两鬓就染上了霜色，后来干脆剃了光头，就是现在他的形象。”潘元青负责院里的齿轮油技术经济信息研究工作，她最清楚，多少个晚上，夜深人静的时候伏喜胜在查阅什么资料，他脑子里在想什么东西。

“再淡定的人，在那个场合，那种气氛下，也会心潮澎湃，当党和国家领导人亲自为我颁奖时，我抑制不住心中的激动和自豪，热泪盈眶。”每当想起那个时刻，即使10多年后的今天，伏喜胜仍然难掩自豪之情。那是2010年初，伏喜胜获得国家技术发明二等奖时的情形。

数十年来，润滑油领域获得这样高级别的奖项，还是第一次。他甚至想到他的师傅匡奕九，还有他刚入职时的那些老专家们，他们一辈子都在努力，直到退休也没有那份幸运。伏喜胜认为，自己只不过比先辈们稍微幸运那么一点点。

让伏喜胜破除困惑，在某种化合物分子结构上取得突破的那个灵感，正是他获得国家科技发明二等奖4个化合物中的一个。这4个化合物，分别解决了润滑油的四大问题：一是机械的抗磨与长寿命问题，二是减摩与节能的问题，三是防锈防腐问题，四是在极端压力下的高速、高温问题。评奖时，有一位院士评委说：“伏喜胜解决的这四个重大问题，是润滑油界的四大发明。”

正是因为伏喜胜的“四大发明”，我国终于把润滑油的关键核心技术掌握在了自己手里，再也不用担心受制于人。

乘风破浪

“师傅，你紧张不？”一个产品的台架试验正在美国西南研究院进行着，张超给师傅发了一个微信。

如果没什么意外，过不了多大一会儿，她就会收到师傅的回信。

“师傅，是不是结果不太好？”有时候张超也会问这样的问题。如果最终台架试验失败了，师傅就会在微信中长时间地沉默，沉默……然后，张超就会收到很多师傅发来的资料，意图很明显："咱们一起找原因。"

2013 年 8 月 1 日，从中国石油大学（北京）硕士毕业的张超来到兰州，第一次见到自己的师傅伏喜胜。此后，伏喜胜再也没有收徒，因此，她就成了伏喜胜的"关门弟子"。

时间到了 2019 年秋，他们独创的一种低气味重负荷车辆齿轮油正在进行台架试验。师徒都在等待对方的试验结果。这个试验意义重大，伏喜胜团队要向一个原来认为不可能实现的目标冲刺，实现车、机用齿轮油的统一。结果却失败了。

有一次，经过调整配方后的齿轮油再次送去进行台架试验，总共要过 4 个台架。第一个，过了，师徒几人都特别开心。第二个，也过了。到了第三个，张超有点担心，就给师傅发微信。结果，也过了。好了，最难的关都过了。攻关组每一个人都信心满满，最后一个，也是最简单的一个，就是锈蚀试验，大家都相信一定能过。但最终结果，如当头泼来的一瓢冷水——没有通过！热切期待着成功的攻关组一下子像掉进了冰窟窿里，因为这个失败，4 个台架共计 16 万美元的试验费用打水漂了，更重要的是，团队前期付出的努力也没有得到成功印证。

如果一直依赖国外的认证机构，我国自主研发润滑油的认证程序就非常复杂，而且成本也很高。一些高端产品的认证，同一产品上了台架进行试验，分为不同的项目，认证机构就按项目收费。如果其中一个项目没有通过，那么整个产品的认证就失败了，所有项目上花的费用就都沉没了。

伏喜胜决心改变这一局面，他认为，按照昆仑润滑等中国公司的研发能力，应当在国际润滑油认证方面占有一席之地，在世界润滑油界应该有自己的发言权。因此，2009 年，在他担任兰州院院长研发中心主任时，就决定建设我国自己的认证机构，主要是引进和制造台架，目标是建成中国的"西南研究院"。经过 5 年努力，2014 年兰州的台架实验室建成投用，成为当时中国最先进的润滑油认证机构。

创新的道路从来就不可能顺直平坦，试验台架曾让他们苦恼不已，但有一段时间让他们最苦恼的是一种看不见的东西——气味。

以前，车用齿轮油和机械齿轮油是不一样的，因为车辆大部分时间都在野外行驶，对所用齿轮油气味不敏感，但对室内运行的各种机械所用齿轮油气味却很敏感。他们这次攻关的齿轮油是要实现两种齿轮油的统一，它可以用在汽车上，也可以用在大型超市的扶梯上，更可以用在高档酒店的电梯里，如果在设备的运转中，散发出难闻的气味，无论润滑效果多好，都不可能被市场接受。而润滑油的添加剂中，大多含有磷、硫等气味物质，很容易挥发到环境中，为使两种对立的因素实现统一，伏喜胜团队连续攻关已逾 4 年。如今，这个项目在无数次失败中逐渐走向成熟，已经进入行车和现场试验阶段。

伏喜胜的徒弟们对气味都有难忘的经历，这种经历甚至是刻骨铭心的。

“哎哟妈呀，怎么这么臭！”他们坐公共汽车，整车的人都要离他们远点儿。

“你们别过来，太臭了！”这是办公楼里的人看到他们时的态度。

有一个时期，在攻关研发国内第一个齿轮油复合剂 LAN4201 时，气味问题成了真正的拦路虎。李军形容这种奇臭无比的气味跟臭鸡蛋气味相似，而其他人则说“那种气味比臭鸡蛋味还要难闻得多”。

这种实验用的剂量非常小，在环境里会很快被稀释，但在人体近距离接触时，非常难以接受。团队里，男的身上有臭味，但带身衣服，上下班换一下，就算解决了。女同志不行，即使想办法把衣服换掉了，头发里的臭味怎么办？更要命的是，有两种添加剂能穿透皮肤，融入肌肉里，然后缓慢释放出来，怎么洗？根本无法洗干净。

在设计配方过程中，会遇到各种难关，其中气味和性能的矛盾是每个研发人员最难忘的。第一个难关是气味很好闻，但性能不满意。经过反复实验和调配，又来到了第二个难关前：性能大为提高，但气味很难闻。从 LAN4201 到 RHY4208A 的攻关中充满着类似的曲折。

气味和性能的矛盾解决了，还要做台架试验。是在国内做还是在国外做？在国内做，技术跟不上，做了也得不到国际上的认可。但在国外做，价格太高，一旦有一个项目没通过，所有投资都会打水漂，最初大家都很为难。所以，张超总是很紧张，她紧张的原因很复杂，关键是心疼钱，一旦失败了，投入的钱就白花了。

“我师傅，包括我们，就是站在匡院长等老一辈的肩上，对着一个一个的堡垒持续进行科研攻关，遇到的困难现在回头看，都感觉不可想象。”李军回忆道。当时的科研条件非常艰苦，戴的手套是普通的棉手套，口罩也是棉的，根本就防不住气味，尤其是硫化异丁烯。为什么近 30 年还对这种物质记得如此清晰，因为李军当时正在谈恋爱。本来两人都非常忙，见一次面不容易，可每次见面，李军都是浑身的臭味，女朋友不明就里，每一次都抱怨：“怎么这么臭？”险些把女朋友给熏跑了。直到 30 年后的今天，李军的嗅觉仍然比较麻木。一种臭味能把人的嗅觉都给臭麻木了，可以想象它有多臭！

还有一次，调和手动变速箱油的试验中，添加剂就是那种奇臭无比的硫化异丁烯。在从一个桶往另一个桶倒的时候，不小心洒了出来，当时团队里的一位女同志一着急，就用手去扶那个倾倒的桶，结果洒得满身都是油，尤其是头发上，都是油，又臭又脏，洗又洗不掉，用汽油、石油醚都洗不掉，只能带着这种人见人嫌的气味生活了好长一段时间。可以想象，一个姑娘，走到哪儿都散发着臭味，那是多么尴尬。

而在弥漫着这种极其难闻气味的环境中工作，伏喜胜却从没抱怨过。

2003 年，攻关项目进入关键阶段，“非典”来了。当时，华秀菱在实验室里做试验，而伏喜胜从外地回到兰州，需要进行隔离观察。这可把他急坏了。人们常说“急红了眼”，但很少有人见过真急红眼是什么样子，华秀菱见过。

“隔离结束后，第一眼见我师傅，我愣是没认出来。他整个人都变了样，脸红红的，眼里放出红光，胡子拉碴的，完全是急的。”

和李军不一样，华秀菱记忆中最臭的物质是磷酸酯。伏喜胜和华秀菱一起做试验，每组 9 个试验，两个人一起做，失败后再换另一组的 9 个试验，伏喜胜的思路非常清晰，做到第 56 个试验的时候，就获得了成功。后来，每当华秀菱想起这件事，就感叹：虽然磷酸酯很臭，但跟师傅一起做试验，真是一件幸福的事。试验成功后，通过极其严格的审查，最终获得 3 个美国专利，其中两个是伏喜胜和华秀菱做出来的，另一个是伏喜胜和糜莉萍做出来的。

在创新的路上，连泡沫也会给他们设置障碍。那是2014年秋，四川石化新投产的一台挤压机是国内最大的聚丙烯挤压机，润滑油最初用的是国外知名润滑油公司的产品，开机之后，发现装置周围出现大量泡沫，一查原因，是润滑油的问题。没有公司愿意接手这个问题。为什么？一是无利可图，有也是蝇头小利；二是技术上担心拿不下来。

最后，他们找到昆仑润滑兰州研发中心。兰州研发中心也找不到具体原因，当时没有对标产品，也没有原始数据，而四川石化要求一个月内解决问题，时间紧迫。

怎么办？撂挑子不干？由于以上原因，伏喜胜完全可以一推了之，但那不是他的风格，既然把难题交给昆仑，交到兰州研发中心了，那就要干！选基础油和抗泡剂，反复调整配比。没过多久，在伏喜胜的带领下，就提出了新的解决方案，并生产出20多吨的润滑油送到现场。现场应用试验，结果明显好于原用进口油。直到2022年，四川石化仍然使用着昆仑的润滑油。这也成为兰州研发中心解决工业润滑发泡问题的经典案例。

高远情怀

“虽然不在一起工作了，但让我最安心的存在仍然是我师傅。”当了伏喜胜17年徒弟的糜莉萍，虽然已被提拔为处级干部，也是中国石油集团公司的高级技术专家，但她仍然这样评价伏喜胜在她心中的地位。

习近平总书记在院士座谈会上鼓励科学家要具备“甘为人梯，奖掖后学”的育人精神。伏喜胜在培养后人方面，更是尽心尽力。

有一种情怀能超越物质、金钱乃至自我。大多数时候，伏喜胜在用情怀做事，也在用情怀育人。有了这种情怀，伏喜胜在对待徒弟、同事和后辈时，才能用异于常人的态度，才能毫无保留地奉献自己的经验。

“拿来，我签。”一位科研人员想要离开兰州润滑油研发中心，原来的领导不签字，坚持不放行。伏喜胜成为院长后，那位科研人员抱着忐忑的心情找到伏喜胜，让他没想到的是，伏喜胜很快就签字放行了。

“他离开，对中心是有损失的，但他仍然在为国家做贡献。比如他开了公司，也做润滑油，可能跟昆仑润滑有竞争关系，但他照样给国家交税，照样解决了就业，有这两点就够了。我们作为央企，应该有充分的自信，不能狭隘到连一个人都不敢放行的程度。”这就是伏喜胜的胸襟，这就是伏喜胜的家国情怀。

如果出去后干几年不理想，还想回到院里来行不行？当然行。有两位科研人员离职创业后没有达到理想效果，希望回到兰州研发中心上班，当时，伏喜胜还是兰州研发中心主任。他们找到伏喜胜，忐忑地说出了自己的想法，没想到伏喜胜爽快地答应了：“你们本来就对各项业务非常熟练，你们回来，总比从零起步培养新人强，既然你们愿意，那就回来吧。”

就是这么简单，在伏喜胜看来，只要是有利于科研、有利于昆仑润滑、有利于国家的发展，没有什么是放不下的。

“我师傅的心态很好，他说创新是允许失败的，因此，他带着我们搞实验，失败了很平和，成功了也很平和。没有见到他因为失败而火冒三丈，也没有见到他成功之后得意忘形。”糜莉萍在评价自己的师傅时说。

对于他的同事，伏喜胜没有“自己的”。有关技术问题，不管是找他请教，还是跟他探讨，他都毫无保留。即使后来他成了业界真正的权威专家，也从来没有高高在上、拒人千里的做派。

对于徒弟，他更是尽心尽责，大胆地培养和使用。让华秀菱难忘的是 1995 年 7 月，她第一次见到伏喜胜。华秀菱报到的当时，伏喜胜刚跟另一位专家讨论完问题，穿着牛仔服，满脸络腮胡子，戴着眼镜，表面上有点不修边幅。但进入伏喜胜的办公室，感觉完全相反，他的办公室一尘不染。

作为原始学历为中专的华秀菱，伏喜胜照样让她担纲重要课题的研究。2003 年，中国石油有一个新项目，叫“RHY4162 手动变速箱油的研制”。这样集团公司级别的项目，一般都是要有一个处级的领导挂帅。但伏喜胜不同，当时的华秀菱已经给伏喜胜当了 8 年的徒弟，他认为，这个项目华秀菱完全可以独立承担下来，于是就把课题的开题交给华秀菱做，最后取得了满意结果。

一枝独秀不是春，百花齐放春满园。伏喜胜知道，要把我国润滑油事业搞好，需要一代一代接力奋斗。“要做就做最好的”是伏喜胜的口头禅，这也是他每项科研的出发点。但在生活中，在待人方面，他却非常豁达，也要求徒弟们宽以待人、目光长远。张超是伏喜胜的关门弟子，等到她调往大连研发中心也带上徒弟之后，传承了师傅的作风，非常注重对下一代的培养。张超回忆，她毕业分配到兰州研发中心的那一年，一共有 13 名大学毕业生进入该院中心，每人分一个师傅，每个月评比，都要写文章、做 PPT、演讲，最后评比，张超得了第一名，师徒都非常开心。她到大连后，带了一位从曼彻斯特大学毕业的硕士当徒弟，张超照着师傅的样子做，结果这个硕士在大连研发中心也得了第一名，作为师傅，张超很高兴。

“创新不是每一次都必须成功，允许创新过程中的失败”是伏喜胜情怀的又一个体现。高铁齿轮箱油的成功，伏喜胜为什么信心十足？因为他有一个勇于创新、敢于否定自我、不断冲刺新高度的团队。

在高铁齿轮箱油的研发过程中，样品送到国外做台架试验，一次失败了，大家一起找原因，再来。以为什么问题都解决了，再寄到国外做台架试验，结果认证又失败了。一次次的失败，让团队每位成员心里都压上了一块巨石。

最后，终于取得成功的那一刻，消息传来，不管是男同事，还是女同事，都抱头痛哭。每个人的眼泪里，既有成功的喜悦，也有情感的宣泄，更有压抑的释放。

赤诚担当

2006 年，我国开始鼓励建设风力发电厂，伏喜胜敏锐地感觉到这是一个新的需求。当时建设的风电机组都比较小，塔筒、叶片、齿轮、轴承都比较小。装机润滑油都是美孚、壳牌的产品，因为当时国内还没有配套的润滑油产品。同时，风电行业对润滑油普遍不重视，认为风电用润滑油（以下简称“风电油”）进口和国产都无所谓，因为润滑油在整个成本中所占比例太小。比如，一台2000万元的风力发电机，润滑油也就20万元，占比只有1%。风电企业的积极性和认同感普遍不高。怎么办？搁置下来，等上几年？

“不！不能等。”伏喜胜坚决地说。随着风电行业的发展，对风电油的需求必然大幅增加，而且在风电机组国产化浪潮下，润滑油国产化是必然的。总不能风力发电机都国产化了，装机润滑油还从国外进口吧？早在2006年，伏喜胜就带领团队研制出了自主品牌的风电润滑油，不仅通过了台架试验，而且开展了工况试验，效果非常好。到了2009年，由于席卷全球的美国次贷危机等原因，风电行业受到打击，好多风电厂都停止了运行，风电油的国产化进程被迫中断。

2013年从兰州大学化学系毕业的周康，承担起了风电油的研发和推广工作。他介绍说，其实，2012年风电行业就开始整体复苏，设备国产化水平越来越高，除了各种配件实现了国产化，整机也实现了国产化。同时，风电升级也非常快，兆瓦级的大功率风机应运而生。风机都国产化了，润滑油呢？在技术上，无论是从安全上讲，还是从效益上讲，风机主轴承的保护已经到了不得不重视的境地，而保护主轴承，润滑油是关键因素。

与此同时，昆仑润滑也投巨资引进了德国的台架等先进试验装置，于2014年建立了到目前为止仍然是国内最先进的齿轮油评价装置。在这种情况下，伏喜胜团队对润滑油配方进行了改进，兆瓦级别的风电油，打开了国内市场的大门，更是获得了一个美国专利。2016年，国内一家风电企业主动找到昆仑润滑，表示要利用昆仑润滑的风电油开展联合研究，到2021年使用周期已经达到5年，性能表现良好。

可喜的是，在没有昆仑润滑的时候，国际品牌的风电润滑油每吨高达10万～12万元，而且非常坚挺，一分不降。昆仑的风电油出来之后，性能达到或超过进口油，但价格只有5万元一吨。目前，辽宁、黑龙江等东北地区正在大力推动风电油国产化项目，国内越来越多的风电厂采用了昆仑的风电油。在这种情况下，国际品牌的价格也出现降低趋势，2022年已经降至每吨7万～9万元。我国自主研发的技术，以泰山压顶之势把进口油的市场价格“砸”了下来，风电行业的整体成本大幅下降。

2015年7月的一天，核心部件齿轮箱里加装了昆仑润滑油的CRH2A型和CRH380A型高速列车从北京南站出发，沿着京沪高铁驶向上海。在北京，每一个参与高铁齿轮箱油研究的人员，包括伏喜胜，都充满了信心。但他们也知道，台架试验做得再好，也不能代表实车运行。因为，台架试验中没有人，而行车试验中有满车的人，风向、风力、铁轨、驾驶等众多因素下，行车试验能否顺利成功，仍然是未知数。因此，信心归信心，但是每每想起肩上的责任，伏喜胜还是有一点紧张。

在此之前，伏喜胜团队研制的昆仑润滑高铁齿轮箱油先后进行了20多个大型台架试验。这些台架试验，长的，做一次需要两三个月，短的，也要一个月才能完成，主要是在美国和日本的认证机构完成。在进行台架试验的同时，还与清华大学摩擦实验室联合研究，通过模拟试验，进一步完善配方。

黄芸琪是伏喜胜的徒孙，2012年北京化工大学毕业后，成了糜莉萍的徒弟，那时候伏喜胜是兰州院的院长，也是高铁齿轮箱油的“总指挥”，而他的徒弟糜莉萍则是项目长。黄芸琪很快参加了高铁齿轮箱油研发团队，她进入的时候，这个项目已经到了生死关头。

2007年，伏喜胜就预感到高铁时代的到来，高铁齿轮箱油将是一种新的挑战。在超前启动KRG高铁齿轮箱润滑油项目的时候，伏喜胜明确提出：高铁是国家名片，全面国产化是必然的！

然而，高铁润滑油不同于其他润滑油，最大的挑战是安全。而对于润滑油来说，安全面前最凶险的拦路虎是一对非常难以调和的矛盾：附着和转速。齿轮箱油是高铁的核心部件之一，列车高速运行，箱中轴承必然处于高速运行状态，润滑油要发挥润滑作用，就必须要均匀地附着在齿轮和轴承表面，然而，尖锐矛盾的另一个方面是，高速转动的轴承，在强大的离心力作用下，会毫不客气把它上面的润滑油“甩”出去。伏喜胜团队首先面对的就是这个技术难题。

第二个问题是试验条件难以满足。研究开发高铁齿轮箱油必须铁路部门大力协助，但高铁研究也是商业秘密，昆仑润滑是这个系统的闯入者。在最初的研制中，有关企业采用的是国际知名品牌的润滑油。如果将国内企业生产的润滑油加装到数百人乃至上千人乘坐的高速列车上，以每小时300多公里的速度行驶，其风险之巨，责任之大，是难以想象的。因此，面对有关部门和企业一开始的婉拒，伏喜胜十分理解和体谅。俗话说：手握金刚钻，不怕瓷器活儿，伏喜胜仍然自信满满，在坚持自主创新的同时，不断寻求国际上最先进、难度最大的模拟试验。一方面，是要切切实实做出国际上最高端的台架认证指标，让数据说话，让国际权威机构的认证说话。另一方面，他要通过这些最先进的台架考验，说服自己和团队，凝聚起更加强大的团队力量。

高铁齿轮箱油研发的第三个难题是条件艰苦。创新者的路，大多时候是孤单的。从项目启动到最后加装到齿轮箱中，再到500多万公里的行车考验，伏喜胜和他的团队是孤单的。有一天，糜莉萍在福建一个地方取测试数据，由于太偏远，连出租车司机都不敢去，但糜莉萍却必须在半夜三更完成任务。而黄芸琪更是新婚不到一个月就奔赴南方，每个夜晚，当别人都进入梦乡时，她却要与同事一起等待进站的高铁，等待车组放电完毕，她们再

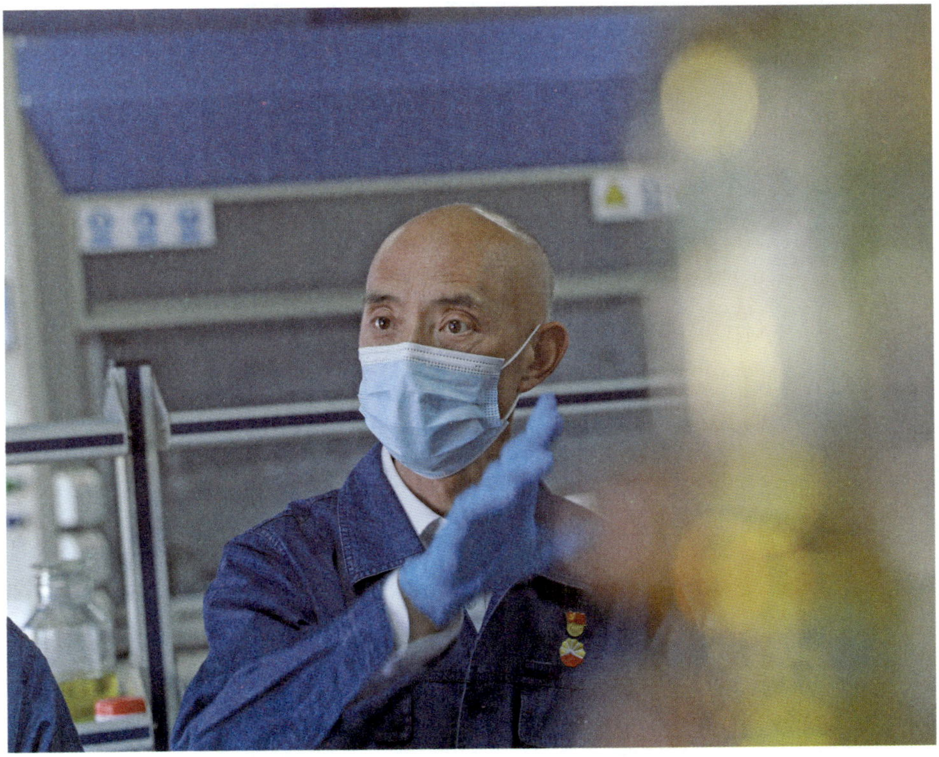

钻入车底，测量油温，提取油样，有时候还需要换油。“漫漫长夜”“半夜出发”“地沟操作”“凌晨收工”，这些词汇用在年轻的女同志身上，是不是有点难以想象？但为了我国高铁的国产化率提升，她们毫不犹豫！

60年前，王进喜喊出了“有条件要上，没有条件创造条件也要上”的口号，60年后，伏喜胜和他的团队演绎了什么是“没有条件创造条件也要上”。

在伏喜胜的带领下，从2015年7月第一次行车试验开始，7年过去了，多少个晚上，巨大的风险、巨大的责任，使伏喜胜辗转反侧，难以入眠，鞭策着他、煎熬着他、压迫着他的就是他一直以来的不变信念。

现在，高铁正风驰电掣般地行驶在祖国大地上，为我国经济社会发展注入强大动力和活力。研究齿轮箱润滑油的8年是伏喜胜呕心沥血的8年，他承受着常人难以承受的压力，但也体会到了常人难以体会的欢乐。比如，高铁齿轮箱油最早的技术来自日本，当时每升价格高达2000多元。现在，他的齿轮箱油成功了，进口价格迅速下降一大半。再如，高铁齿轮箱油成功了，那么长期依赖进口的城铁齿轮箱油、地铁齿轮箱油甚至新车装车用油都可以一次性实现国产化……想到这些，他的内心就充满着欢乐。

在伏喜胜热切的期待中，第一次行车试验非常顺利。此后，是60万公里的行车试验。再然后，是200万公里的行车统计，直到540万公里的考验，都取得圆满成功。中国高铁用上了中国润滑油！

30多年来，伏喜胜发明创造的新技术，有许多获得了国家专利，有的还获得了美国专利。每一个专利都代表着数不清的利益。在中国经济社会发展阔步迈入新时代的今天，伏喜胜不管是拿着这些专利中的哪一项，都意味着每年上亿元的利润。退一步讲，即使他连一项既成的专利也不要，单靠他自己多年的经验积累，也会财源滚滚，但是他根本就没动过这方面的心思。他想的是国家还需要什么，想的是润滑油行业还有哪些技术需要突破。

从1987年6月30日的那个上午开始，无论是在云南边境看到我国润滑油现状时，还是历经无数次失败辗转难眠的夜晚，伏喜胜都默默重复着自己的誓言——要把我国的润滑油问题解决掉！为此，他一个目标走到底，一个事业干到底，百折不挠，百炼成钢。2021年，伏喜胜被评为“央企楷模”。如今，他作为中国石油润滑油公司首席科学家，正带领团队瞄准世界领先的目标，对润滑油领域重大技术难题发起了新一轮冲锋。秋实仅为昨天笑，春花更向明日红。我们坚信，伏喜胜的创新之路会越走越宽广。

鼎立南海

——记中国海洋石油集团有限公司“深海一号”气田勘探开发项目组

◎文 / 钟海轩

“深海一号”气田勘探开发项目组

建设海洋强国，是中华民族伟大复兴进程中的重要组成部分。一直以来，中国海洋石油集团有限公司（以下简称“中国海油”）加大国内油气勘探开发力度，保障国家能源安全的决心坚定不移！进军深水，加快海洋科技创新的雄心坚定不移！

“深海一号”超深水大气田是在国内外具有空前影响的深海油气开发大工程，是迄今为止中国油气开发史上第一个完整意义上的巨型深水项目，是标志着我国深水油气田开发能力和深水海洋工程装备建造水平取得重大突破的超级工程。

“深海一号”工程规模位居世界第四，3 项技术世界首创，关键技术装备获重大突破，12 项关键核心技术装备国产化。没有成套的经验可借鉴，没有成熟的标准可参照，中国海油人通过自主创新、技术创造，破解世界难题、抢占世界尖端，在南海之上铸就深海利器，创造了中国油气开发史上的新奇迹，谱写了一曲波澜壮阔的乐章。

近年来，中国海油持续提升深海油气勘探开发能力，在贯彻习近平总书记能源安全新战略、保障国家能源安全中发挥主力军作用。“深海一号”超深水大气田的发现、开发、建设，对当前国内油气资源分布、开发现状具有举足轻重的现实意义。

“深海一号”镌刻着一家公司艰辛求索与奋斗的历程，凝聚着厚重而磅礴的石油精神和新时代海油精神，这是全体中国海油人在党的坚强领导下取得的巨大成就，寄寓着一个民族复兴与腾飞的梦想。

历尽天华成此景，人间万事出艰辛。“深海一号”从三维动画上的一点一线，逐渐成为挺进深海的大国重器，这背后凝聚着太多海油人的心血与期盼。

在铺满图纸的创新案头，科研工作者焚膏继晷、激荡智慧，用1500米级水深半潜式平台的整体方案设计技术和打破专业惯性的创新胆识，让世界同行看到勇创世界一流的民族志气。

在2020年新冠肺炎疫情防控最吃紧的关头，88名党员递上了印满鲜红手印的“请战书”，带领几千名施工人员夜以继日，现场过春节，雪夜抢工期，创下了比国际同类项目提前18个月完成的中国速度、中国质量。

在夜凉如水的芝罘湾畔，重达2万吨的上部组块与20层楼高的船体精准合龙，全球首座10万吨级深水半潜式生产储油平台主体建造完工，向世界展现了中国力量和中国智慧。

“深海一号”的建成投产，展现的是中国海油人鼎立南海、自立自强的初心与决心，每位参建者心中都有着这样的初心使命，实现的是几代中国海油人挺进深海，建设南海“万亿方大气区”的夙愿。

2021 年 9 月 6 日，随着东区最后一口生产井成功开井，“深海一号”大气田实现全面投产。2021 年 11 月 24 日，“深海一号”日产天然气 1000 万立方米，提前达到设计产量峰值，具备了每年产气 30 亿立方米的能力，标志着我国海洋石油工业全面掌握超深水气田的生产运维完整技术体系。2022 年 2 月 13 日，“深海一号”累计生产天然气超 10 亿立方米，成为我国“由海向陆”保供粤港澳大湾区和海南自贸港的主力气田，对保障国家能源安全具有重大战略意义。

2022 年 4 月 10 日下午，习近平总书记来到中国海洋大学三亚海洋研究院，了解海洋观测设备与信息服务系统研发应用情况，连线“深海一号”作业平台。前方工作人员向习近平总书记汇报了一线工作情况。习近平总书记向他们表示诚挚的问候，嘱咐他们注意安全、保重身体。习近平总书记强调，建设海洋强国是实现中华民族伟大复兴的重大战略任务。要推动海洋科技实现高水平自立自强，加强原创性、引领性科技攻关，把装备制造牢牢抓在自己手里，努力用我们自己的装备开发油气资源，提高能源自给率，保障国家能源安全。

今天，雄壮巍峨的“深海一号”已矗立于南海之上，每年将为粤港琼等地供应 30 亿立方米深海天然气，造福大湾区广大人民，成为中华民族新的骄傲。

“深海一号”超深水大气田建成投产，是中国海油挺进深海征程的新起点。在“两个一百年”奋斗目标交汇的关键历史时期，我们将更加紧密团结在以习近平同志为核心的党中央周围，加大国内油气勘探开发力度，大力弘扬与传承石油精神，发扬新时代海油精神，攻坚克难、砥砺前行，为保障国家能源安全、建设海洋强国勇立新功。

在我国广袤的南海海域，波谲云诡的浪涛中，蕴含着解开深水油气宝藏的密码。中国深水看南海。深海油气资源是未来全球能源领域必将激烈竞争的重要资源。数据显示，全球海域待发现油气资源量超过 1200 亿吨油当量，其中大部分在深水区域；我国海域深水油气储产量潜力巨大，深水油气总地质资源量约 300 亿吨油当量，占我国南海油气总储量的 50%。据统计，近 10 年全球新的油气发现有 74% 分布在海上，其中深水占 23%，超深水占 36%。从新发现油气的储量规模来看，海洋油气的储量规模远高于陆地，其中，超深水油气平均储量为 3.52 亿桶当量，是陆上规模的 16 倍。

近 10 年，从浅水到深水 300 米、600 米、1500 米，海洋石油人肩负着保障国家能源安全的使命，将钻头一次次扎进更深更远的蔚蓝大海。荔湾 3−1 深水气田、流花 16−2 深水油田群、陆丰 15−1 油田群一系列重大油气发现相继进入工程实施和开发生产阶段。2014 年，在琼东南盆地钻探陵水 17−2 岩性圈闭获得的深水自营勘探历史性突破——“深海一号”超深水大气田，让中国深水迈出了真正属于自己的第一步。海洋石油人不仅实现了从浅水思维到深水思维的深刻转变，更克服了难以想象的困难，用汗水与拼搏书写了“七个首次”的灿烂诗篇。

我国深水油气勘探起步较晚，但进展迅速，从 2006 年开始进入实质性勘探阶段，中国海油发展规划中，深水占比由 42% 逐渐上升到 64%。近几年，我国深海天然气探明地质储量和产量快速上升，至 2018 年深水天然气产量占海域产量的 1/3。

为能源需求“解渴”，为现代化建设“造血”，是中国海油自诞生之日起就自觉承担的国家使命。支撑中国海油逐梦深水、抢滩蓝海的是“我为祖国献石油”的报国情怀，是建设海洋强国的使命召唤，是“为美好生活加油”的不懈追求，是“在经济领域为党工作”的主动担当，是薪火相传的石油精神。

2015 年 1 月 9 日，在北京人民大会堂举行了 2014 年度国家科学技术奖励大会，习近平总书记出席大会并为获奖代表颁奖。大会堂里灯光璀璨、掌声雷动，著名核物理学家、“两弹一星”功勋于敏院士获 2014 年度国家最高科学技术奖，与此同时，中国海洋石油首座超深水半潜式钻井平台——“奋进号”钻井平台这个“超深水半潜式钻井平台研发与应用”项目，荣获 2014 年度国家科学技术进步奖特等奖。一生奋斗在海洋石油战线的曾恒一院士从习近平总书记手中接过这份沉甸甸的荣誉。自此，这个诞生于 2011 年 12 月

1日，长114米、宽78米，自重超过3万吨的钢铁巨无霸成为载入史册的“深水利器”，它也许并不知道，当它小心翼翼地驶出船坞、义无反顾地迎向大海浪涛之时，承载着多少人的期盼、梦想与荣光。

2014年8月30日，由中国自主设计和建造的第一座深水钻井平台——“奋进号”，在距离海南省三亚市150千米的陵水海域获得高产油气流。这是中国海域自营深水勘探的第一个重大油气发现，让无数海洋石油人欢欣鼓舞。他们不曾想到，自此之后上千个日日夜夜，天南海北的海洋石油人会因为一个看似并不实际的梦会聚在一起。7年后，“深海一号”超深水大气田的无数勘探突破、成果创新，打开了一扇通往南海深水油气宝藏的大门。

2021年6月25日，“深海一号”超深水大气田投产，堪称我国海洋石油工业实现科技自立自强的最新实践。该气田距离海南省三亚市150千米，是供给海南自贸港和粤港澳大湾区清洁能源的主力气田，每年可为粤港琼等地稳定供气30亿立方米，满足大湾区1/4的民生用气需求，标志着环海南岛并辐射香港、广东、广西的海上天然气大管网最终成型。几代海洋石油人梦寐以求、推进建设的南海万亿方大气区有了强劲动能。

“二探二退”琼东南　一钻成名天下知

我国海洋石油工业起步比西方发达国家晚，再加上南海西部海域地处欧亚、太平洋和印澳三大板块交会处，地质条件极其复杂，深水油气勘探久难突破。20世纪末21世纪初，中外双方两次合作勘探琼东南盆地，从浅水探到深水，钻了近10口探井，一无所获。

莺琼盆地究竟有没有油气？质疑的声音此起彼伏。时任国务院副总理、石油工业部部长康世恩对此信心十足，提出了“建设南海大气区”的愿景。1994年1月，年近八旬的康老在得知莺琼盆地勘探再次失利后，铺陈纸笔写下七个大字——“无限风光在险峰”，鼓励万里之外的海洋石油人。

20世纪末，全球油气行业进入深水勘探活跃期。美国墨西哥湾，巴西、尼日利亚、澳大利亚等深水海域不断传来大型深水油气田勘探突破的消息。

饱尝深水油气勘探的甜头后，各大国际石油公司纷纷掉转船头，驶向素有“第二个波斯湾”美誉的南海，希望在这里尝到更大的甜头。毕竟，南海油气储量十分丰富，其中 70% 蕴藏在深海，是一处极具诱惑力的宝藏。

当时的中国海油刚刚起步，缺资金、缺技术，由陆下海需要对外合作，进入难度和风险更大的深水区，更得倚靠国外石油公司的力量。

对外合作的大门打开，还是一片处女地的南海西部琼东南盆地，迅速吸引了外国石油公司的目光。他们首先从盆地的浅水区开始寻宝。

1995 年，美国阿科石油公司在盆地内的陵水凹陷北坡陆架浅水区，钻探 LS15-1-1 井。但该井完钻后，仅见少量油气显示。

随后，他们又在陵水凹陷西侧的乐东凹陷一口气钻探了 4 口探井。尽管个别井钻遇薄气层，但不成规模，没有经济价值，而且遇到高温高压难题。

至于琼东南盆地南部的深水区，由于缺乏地震资料，又在浅水区备受打击，美国阿科石油公司最终乘兴而来败兴而归。

但是，南海西部油气勘探者们并不气馁。他们始终相信，琼东南盆地是一个巨大的油气宝藏。因为一位老人，早已在他们的心底种下了信心，赋予了嘱托——“建设南海万亿大气区！”“莺歌海不搞出油气来，死也不撒手！”

这位老人，就是时任国务院副总理、石油工业部部长康世恩。

1988 年 2 月，春寒料峭，一条喜讯在南海西部口口相传，“有位大领导来了”。这位“大领导”就是康世恩。当时已 70 多岁的他，专程从北京赶到湛江听取南海西部油气勘探形势汇报。

汇报从 2 月 20 日持续到 25 日。听完最后一项汇报，康世恩沉吟良久后说：“西部公司的奋斗目标，一是在北部湾实现年产 100 万吨原油；二是在莺歌海建设南海万亿大气区。”他声音不大却沉稳坚定，“目前国家天然气少，沿海地区经济建设缺少能源，你们要进一步解放思想，加快勘探速度，希望不久就能实现这两个目标！”说完，他意犹未尽，拿起桌上的毛笔，挥毫写道：“传说哪吒能闹海，吾辈如今翻海底。科学技术显神威，乌龙白龙来朝拜。”

那是大家第一次听到“万亿大气区”的概念。当时，南海西部的海上勘探刚刚蹒跚起步，对于南海西部人来说，“年产 100 万吨原油”“建设南海万亿大气区”，真是想都不敢想！康世恩提出的这两个目标，让海洋石油人欢欣鼓舞。

然而，要实现目标，可没那么容易。经过一年又一年的拼搏，直到1998年，南海西部北部湾“年产100万吨原油”的目标才实现。那一年，南海西部的天然气产量尽管只有34.5亿立方米，但这对于几乎是从零开始的南海西部人来说，已是不小的进步，然而与“万亿大气区”的目标相比，还是少得可怜。

建设大气区的梦想，仿佛依然遥不可及。

那些年，年事渐高的康世恩不顾舟车劳顿，先后四次来到湛江。每次听完勘探汇报他都兴奋不已，无论是油藏“显形”，还是钻井失利，他都会反复讲一句话给大家加油鼓劲：“一定要打成！必成！”特别是1994年1月，已年近八旬的康老在了解到莺琼盆地的崖城构造勘探再次失利后，他特意铺陈纸笔写下七个大字——“无限风光在险峰”，送给南海西部的海洋石油人。

无限风光在险峰！要实现“万亿大气区”目标，领略南海丰富油气资源的“无限风光”，必须经得起失败的考验，更要敢于跨越浅海、攀上深水这座“险峰”。实际上，对于琼东南盆地的油气勘探，南海西部的海洋石油人从未放弃，始终在登攀。

20世纪90年代，外方勘探琼东南盆地陆架浅水区失利退出后，南海西部的科研工作者坚持对琼东南盆地进行深入的地质研究。1991年参加工作的孙志鹏就是其中一员。

孙志鹏回忆，当时他们研究的方向首先是要解决烃源、储层两大基础问题。

“当时由于我们还没在深水区钻过探井，没有钻井资料，不清楚深水区的烃源岩分布。在老一辈勘探工作者的指引下，我们就参考浅水区的钻井资料，研究深水区的烃源。”

1997年，他们在琼东南深水区整体部署了一批长地震测线，获取了地震资料，并精细处理，为研究琼东南盆地深水区的凹陷、沉积、烃源提供了可靠的资料基础。通过对新地震资料的研究，他们基本上落实了琼东南盆地2万平方千米深水区内几大凹陷的分布、结构、烃源等情况，发现凹陷具备深、大、厚的特征，增强了勘探信心。

对烃源有一定认识后，他们接着找储层。海南岛虽没有大江大河，但也有多条河流，由此判断海南岛南部海岸有一定的输砂能力，有存在储层的可能。为验证这个猜想，2001 年，他们在陵水凹陷北部坡折带，自营钻探了 LS13－1－1 井。钻井资料给了勘探人新的启示：琼东南盆地深水区不同于经典的陆坡峡谷沉积环境，不能照搬国外深水海底扇模式。

不能照搬经典，就必须创新。为进一步认清琼东南盆地深水区的真面目，他们又一次在琼东南盆地深水区的长昌凹陷采集了新的地震资料并深入研究。

新资料、新的研究成果，再一次吸引了外国石油公司前来合作勘探。2004 年，中国海油与哈斯基合作勘探长昌凹陷，当年 6 月在凹陷内水深 576 米处，钻探 CC12－1－1 井。

“这是琼东南盆地第一口真正意义上的深水井，它的开钻，正式揭开了南海西部琼东南盆地深水区油气勘探的序幕。”孙志鹏难掩内心的振奋。

这口井由外籍钻井平台 AtwoodFalcon（Semi）承钻。但钻井未开始，麻烦就来了——平台抛锚期间，一根锚缆断裂，平台只好采用 7 根锚链进行固定。20 多天后，该井完钻，结果为干井，所有人大失所望。

投入巨资的哈斯基更是失望。他们随后放弃南海西部琼东南深水区，掉头勘探南海东部深水区的白云凹陷，2006 年一举发现我国首个深水大气田——荔湾 3－1 气田。

荔湾 3－1 气田的发现，给予了中国海油人勘探南海西部琼东南盆地深水区更大的信心与动力。

2006 年，中国海油首次成立深水研究项目组，对南海西部深水区展开系统的地质研究。结合最新的钻井认识，他们深入研究后又有新发现：在琼东南盆地深水区中央，发育了轴向大型峡谷沉积体系。

这个发现，为深水勘探指引了正确方向。

为深入研究这个峡谷，中国海油不仅自营采集该区的地震资料，还与外方合作采集资料，比如与英国石油公司（以下简称“BP”）签订合作勘探合同，2007 年采集加密二维地震资料，开始评价峡谷区，2008 年又采集了三维地震资料，详细评价峡谷内的陵水 22-1、陵水 17-2 构造。

科研人员还"将今论古"，远到青海高原、四川等地峡谷进行野外地质考察，研究沉积充填特征和水道砂岩储层分布规律；与国内院校联合开展重力流沉积实验与模拟研究，分析浊积水道砂形成机制。一系列的研究改变了此前对琼东南盆地"泥盆"的悲观认识。

这是一个认识的巨大突破。

有了这个新认识，2010 年 10 月，BP 在琼东南盆地的中央峡谷钻探琼东南盆地第一口深水井 LS22-1-1 井，钻获气层 55.3 米，一举实现南海西部深水的勘探突破。

为进一步揭开琼东南盆地峡谷深水区的面纱，2011 年 BP 又在峡谷东侧水深 1908 米处钻探 YL2-1-1 井。结果为干井，未能再获发现，又一次的失利让 BP 于 2012 年放弃了对峡谷的进一步勘探。

雪佛龙等其他合作者，对盆地其他凹陷的勘探也在 2012 年遭遇失利。

干井！又一口干井！接连失利，让这些在英国北海、美国墨西哥湾见过大风大浪的石油巨头们不知所措。看地震资料，感觉有油气，打井下去却难觅其踪。

"烃源岩埋藏过深""储层发育不充分""难以找到大油气田，不具备商业开采价值"……多家外国石油公司接二连三给琼东南深水海域写下"诊断"书。

琼东南盆地的深水区勘探再一次陷入低谷。

外方再一次退出琼东南盆地勘探后，我们终于认识到：外国石油公司的勘探模式，就像撒大网、快捞鱼，使用简单的勘探理论，在尽可能短的时间内将一大片海域"扫荡"一遍。

但复杂的南海海域，必须精耕细作。自己的家园，必须自营勘探。

走进深水先交学费。2006 年钻探发现的我国第一个深水气田荔湾 3-1，就是中国海油与哈斯基合作勘探发现的。勘探期间作业的设备，均租借于外方，日租金高达 50 万 ~ 65 万美元，气田发现后，还要与他们利益分成。

即便租用了设备，钻井作业也不顺利。比如，外方在琼东南盆地钻探的 6 口深水井，钻井周期长，基本在 50 ~ 60 天，单井投资高达 1 亿美元左右，勘探成功率极低。

现实让中国海油深刻认识到，走向深海必须奋力追赶世界先进水平，不仅要从装备上追赶，更要从技术、管理等方面全方位追赶，其中最重要的是加快建造一批深水装备，特别是钻井平台。21 世纪初，国外钻井公司的深水钻井能力已经达到 3000 米，装备水平已达第六代；我国深水钻井能力只有 505 米，装备水平总体处于“二代半”的水平。为此，中国海油下定决心——一步到位，自主建造第六代 3000 米作业水深半潜式钻井平台——“奋进号”。

2008 年 4 月，投资 60 亿元重点打造的“奋进号”正式开工建造。

“奋进号”为南海而生。设计最初，它就直接瞄准南海的特殊海况，最大作业水深是 3000 米，钻井深度可达 10000 米，针对油气资源丰富而勘探难度高的深水海域。

变不可能为可能，中国海油最终建成了“奋进号”。2012 年，当这个设计使用寿命 30 年、自重超 3 万吨、从船底到钻井架顶高度为 136 米的庞然大物建成亮相时，世界为之惊叹。

2012 年 5 月 9 日，在中国南海东部珠江口盆地的荔湾 6-1 区块——距离香港东南 320 千米的地方，“奋进号”成功开钻，吸引了全世界的目光。“奋进号”开钻，表明中国已经拥有独立的深水油气勘探开发能力。

2014 年，中国海油在陵水 17-2 构造接连钻探 6 口井，全部获得成功，证实了琼东南深水区陵水凹陷多层含气、规模聚集的模式，单井最大气层厚度大于 200 米。LS17-2-1 井测试获得高产油气流，25.4 毫米油嘴日产气 160 万立方米，日产油 78.4 立方米，创造了中国海油自营气井单层测试日产量最高纪录。中国海油人靠自己的双手捧出了第一个高产大气田！消息传开，全国为之振奋，世人为之赞叹。

我国首个自营超深水大气田“深海一号”，由此浮出水面。

“深海一号”超深水大气田的发现，验证了中国海油对南海深水油气分布规律的科学认识，检验了深水钻井、测试、项目管理能力，坚定了中国海油在南海深水寻找大气田、建设大气区的信心。

摸着石头探深水　两把尺子绘蓝图

经过对外合作和多年的经验积累，昔日在深水“岸边”艰难学步的中国海油已成长得越发强大，逐渐走进世界深水俱乐部。当油价“寒冬”给所有石油人一记重击时，“深海一号”超深水大气田的横空出世给自己也给了世界一个响亮的答案。这是中国海油证明深水能力的开山之作，它标志着我国已具备自主开发全海域油气资源的能力，奠定了建设南海万亿立方米大气区的坚实基础。

2014 年 9 月 15 日，中国海油宣布了中国海域自营深水勘探的第一个重大油气发现——“深海一号”超深水大气田。

时任研究总院工程研究设计院工艺室主任的朱海山当时正在湛江负责另外一个项目，得知南海西部油田“深海一号”超深水大气田发现后，就地召开了一个初步的讨论会。“陵水的储量是荔湾的两倍，天然气质量也相当好，我当时就说，这个气田能开起来。”荔湾 3-1 在当年 4 月刚刚投产，作为荔湾项目副经理的他在海洋石油行业已经摸爬滚打了近 30 年，他义不容辞地接过帅印，担任前期研究项目经理。南海深水天然气开发的蓝图似乎近在眼前，一场意料之外的挑战打乱了朱海山及其团队的计划。

2013 年底，欧佩克秘书长曾乐观预计，2014 年原油市场并不复杂，将是“正常的一年”。这种乐观情绪传导至很多咨询研究机构，包括 EIA、IMF 等，它们均在 2013 年底做出相似的预测和判断。

然而，现实给了原油市场一记响亮的耳光。2014 年国际原油市场“非常不正常”——2014 年下半年以来，国际原油价格一路向下，一熊再熊。布伦特隔月合约价格由 2014 年 6 月 23 日最高点 120 美元，飞流直下降至 46 美元，半年内跌幅超过 50%，创 2009 年以来短期内（6 个月内）最大跌幅。过去 30 年内，6 个月之内油价下跌 30% 以上的情形只出现过五次。从 2014 年下半年开始，国际原油价格从每桶 100 多美元断崖式跌至不足 30 美元，油气行业寒冬突至，全球油气公司迅速调整策略，缩减开支，很多深水开发项目因无利可图而搁浅。

在这样的油价寒冬里，“深海一号”超深水大气田项目正式开启，前期研究和设计的任务落在了有着丰富气田开发经验的朱海山身上。

一个气田能否开起来，经济性是最起码的底线，即便在油价低谷也要拿出一套以当时油价计算能赚钱的开发方案，这就等于给朱海山出了一个几乎不可能完成的命题作文："深海一号"超深水大气田项目的成本必须压缩到荔湾的一半。初步调研之后，开发"深海一号"超深水大气田的方向在朱海山心里逐渐清晰——继续走委托外方开发的老路是行不通的，在深水领域是时候开辟出一条中国人自己的道路了。

这条路该怎么走？

中国海油还从未独立完成过深水油气开发项目的设计工作，但在深水领域的研究攻关和经验积累已布局多年。早在2004年，就成立了深水工程重点实验室，从仅有7位技术人员升级为国家深水重点实验室，中国海油初步建立了自主的深水技术系列。更重要的是，包括荔湾3-1气田在内的国内外诸多深水油气项目中，一批又一批工程技术人员实实在在成长起来了。

此时此刻，朱海山的脑海中出现了很多人选：在深水流动保障领域干出名堂的李清平、在船体设计和创新中颇有想法的李达、深耕立管技术的贾旭、在以往项目中展现出管理能力的魏澈……以及一些刚入职不久但闯劲儿十足的年轻人。在他的挑兵点将以及核心成员的推荐下，一支80余人的科研队伍迅速组建起来。

"深海一号"超深水大气田项目自主开发一方面是公司深水气田建设的需要，另一方面是队伍人才培养的需要。深水领域长期受制于人，朱海山不甘心。他决定争这口气，开山辟路，将"深海一号"作为中国海油自主突破深水气田开发的契机。

要干成这件大事，必须尽可能地集众智、聚众力。朱海山把所有能找到的关于深水气田开发的资料都找来，反复研读思考，初步形成认识和判断后，又一一和团队中各板块业务精英交流意见。一轮讨论过后，大家对深水气田的开发加深了一些认识，但学习的速度和深度还远远不够。为此，项目组想尽办法增加学习交流机会，密集举办深水工程建造安装技术讲堂，增加现场调研，加大内外部培训交流密度，只要对提高深水认识有利的事，就想方设法开展起来。从一开始，这个"尖子生"团队就形成的勤学好问的优良传统，一直伴随传承在“深海一号”项目设计、建造、安装调试等各个阶段。

恶补一段时间后，大家对国际上的深水气田开发模式已了如指掌，对油藏分布、地形条件、哪些开发方案对应怎样的成本和风险，几乎达到了倒背如流的程度。哪怕不懂技术，也能根据“深海一号”的实际情况分析一番。

然而，在大家第一轮研究过后，一个致命的问题逐渐浮现出来：以当时“跌跌不休”的国际油价，要想赚钱，国外已有的方案均无法满足。摆在他们面前的只有两条路：一条是无路可走，像大多数国际油气公司一样，在油价低谷停滞深水项目；另外一条便是自己闯出一条路。

“深海一号”超深水大气田南北跨距 30 千米、东西跨距 49 千米，水深 1500 米级别，井位相对比较分散，没有合适的水面处理设施可以依托，开发投资居高不下。项目刚启动时，气田能够开发的临界气价比当时气价高 20% 以上。常规的方法远达不到经济开发门槛。“困难和挑战从不会凭空消失，关键在于人付出多少努力去克服，采用什么手段去化解。只有挑起担子，迎难而上，事业才干得成。”凭着这份坚韧，朱海山带领团队一鼓气、一股绳、一条心地去琢磨开发方案，开展技术攻关，寻求“突围”之策。

“深海一号”超深水大气田所产天然气去向明确——辐射环粤港澳大湾区和海南岛的天然气大网管进而供给用户，可是伴随天然气产出的凝析油却让人又爱又恨，凝析油价值高，但距离最近的依托设施也有 135 千米，敷设管线代价太大。

通过对国际上多个典型深水气田的开发模式和技术方案的深入研究，朱海山和他的团队意识到，照搬国外的成功经验不是解决办法，采用国内建造和施工资源、大幅降低工程投资至国外同类项目的 2/3，才能“救活”这个项目。

几轮研究下来，一个大胆的想法在他们心中悄然酝酿，实现只需等待一个合理的契机。

在李达办公桌旁边的墙上，贴着一张浮体案例对比图，上面密密麻麻地记录着世界上各个深水油气田所采用浮体的详细信息。在第一轮研究过后，他对国外深水项目的开发方式已了然于胸，每当他找不到头绪的时候，就会站在这幅图前面细细打量、静静沉思。

2014 年下半年的油价寒潮让很多深水项目因开发成本高而搁浅。一味依靠国外现有成熟的开发模式，在“油价凛冬”很难实现经济有效开发。委托外方设计的这条路被彻底堵死，摆在项目组成员面前的路只剩下一条——自己摸索一条出路，而这条路上荆棘重重。

坚持独立自主是贯穿始终的设计思想。无论是设备还是技术，只有掌握在自己手中，才能真正掌握话语权。这里的话语权含义丰富，包括定价权、对时间和工期的把握以及和行业顶尖专家对话的权力，这些在接下来项目实施的各个环节都得到了深刻的印证。

气田的开发难度显著高于同等条件的油田，主要原因有两个：首先，天然气的稳定性比原油差，在开发和储存过程中对安全的要求更加苛刻；其次，开采出来的天然气不能以气体的形式储存，如果不能直接通过管道输送至下游，只能就地液化成液化天然气（LNG）储存，然后外输。

然而“深海一号”超深水大气田给大家出了一个难题：既有气又有油，气多油少。气要找到气的通路，油得去向油的管道，造一条浮式液化天然气生产储卸装置（FLNG）成本太高，且我们还未掌握成熟技术；而陵水的凝析油储量又不值得新建一条输油管线。

“如果有一个平台既能满足气田的生产需求，又能暂时储存少量原油，那该多好！”李达望着眼前的图出了神。

“给生产平台加一个储油功能不就行了！”这个想法在他的脑海中一闪而过。他顿时感到兴奋又紧张得无法呼吸，兴奋的是，这个思路似乎真的可行，气田产出的气通过南海已有的天然气管线外输，而少量油就地存入浮式生产平台，这样可以节省新建输油管线和储油装置的资金数亿元；紧张的是，这样的设计在走过数十年深水路的国外石油公司那里也从未尝试过。

朱海山听了李达的建议后，抑制不住内心的兴奋，看着眼前这个刚刚三十出头却极有胆识的年轻人，就好像看到了年轻时的自己。“这个想法世界上没人做过，但咱们可以试试。”李达提出的浮式储油设想和朱海山的想法不谋而合。在当时低油价的市场背景下，这一创想成了解开“深海一号”超深水大气田开发难题的关键转折。

创新从来不是凭空产生的，为了给“深海一号”超深水大气田找到最经济有效同时又可靠的开发模式，前期研究团队兵分几路，对十几个专题展开研究。不了解南海深水条件，那就扎根南海仔细观察一年；不知道哪种生产平台最省钱，那就把世界上所有的都找来一一对比分析；不清楚井口井位怎样布置能让产量最大化，用勘探气藏每一轮的数据优化计算，能多产一方是一方；油气产出后选择哪种外输方式，摸清周边现有设施，能用现成的就不花钱重建……

就这样，秉持着以安全可靠为底线、尽可能追求省钱高效的原则，项目组组合出了一套最经济实惠的开发方案。对比国外同类项目，可节省 1/3 的投资。同时，由于浮式平台设计更加接近气藏，更低气压需求可增产天然气近 30 亿立方米，额外创造经济效益达数十亿元。

这套方案看似简单，实则要基于海量基础数据，拓展思路，寻找无数可能性，并通过严密的计算推理一一论证。这对于第一次完全自主设计深水项目的研究人员来说，对自我的怀疑比研究本身的不确定性更大。

2015 年 5 月 7 日，前期研究项目组成立半年之后，“深海一号”超深水大气田开发思路研讨会召开。在公司决策层、项目甲乙方和国内专家面前，团队抛出了大家半年来的研究结论——水下生产系统回接深水浮式储油平台。这个创新的构想就像一颗积蓄已久的炸弹，瞬间点燃了会场内各式各样的情绪。

“为什么不用荔湾模式？”

“在深水领域你们经验还不足，为什么要做这样的创新？”

“全世界都没干过，你们有什么把握能做出来？”

质疑声铺天盖地地袭来，有理性的探讨，但更多的是情绪化的宣泄。对于“深海一号”超深水大气田项目来说，这只是一个开始。即便朱海山和项目组同事们一开始已经有了一些心理准备，但洪水般的质疑还是迅速将他们包围、裹挟。

自从他们提出浮式平台储油的构想，遇到的挑战难以想象。这个在外人看来不靠谱的想法，只有团队成员知道，这是一轮又一轮计算、一个专题又一个专题论证后的最佳方案。

项目常务副经理魏澈看到大家情绪低落，急在心里，她来到朱海山办公室商量对策。朱海山想了想说："我相信大家和咱们一样，不怕被质疑，只是苦于没法证明方案的可靠性。国内专家也没做过深水项目，咱们应该找有经验的人啊！"他猛地一拍手，"请他们过来质疑咱们，才有实质性的帮助！"项目组想邀请的人可不一般，对于从来没独立做过深水项目的设计人员来说，有深水经验的前辈、同行的"质疑"更有含金量。放眼望去，这些专家基本在国际知名油气公司，怎么样能请他们来优化自己的方案呢？

"如果你肚子里没货，人家根本不会理你的。"项目副经理李清平对此颇有感触，"以前我们研究做得还不够深入，邀请国外交流时，往往成了人家的产品推销会。只有研究做得够深够细，才能棋逢对手，才有对话的可能。"

为了达到和国外深水技术专家对话的水平，朱海山带着项目组成员继续往深处扎，把所有质疑都当作自我验证的考题，从各个角度重新审视目前的方案。

第一批邀请函正式发出，这小心谨慎的架势不亚于投出去一份标书。

进展超乎所有人的意料，国外公司和技术专家均表达了积极参与的意愿，专题交流的深度让中外双方都颇感惊讶。在一次关键技术方案的交流中，项目组介绍完前期研究成果后，提出了需要解决的技术难题，国外专家一时竟无法解答，只好求助远在欧洲和美国的同事。为了探讨流动安全保障技术，这家国外公司更主动从总部派出 4 位专家，专程来到中国与项目组探讨了两天。在这一年多的时间里，像这样大大小小的交流进行了上百场，朱海山团队的方案获得了全球深水油气专家的认可。每一场交流都像一针强心剂，注入团队成员的心里，大家似乎真的能看清"深海一号"超深水大气田的雏形。

这样的方案完善过程后来被朱海山描绘为"筑巢引凤"，靠我们自己的力量确定项目的大方向，勾勒出大致轮廓，然后邀请各领域专家和我们一起完善细化，描摹细节。这个思路的成功还得益于"天时""地利""人和"。

前期研究时也是油价狂跌之日，低油价让项目不得不省钱到极致，但也给项目带来了机遇。全球油气行业苦不堪言，国外公司裁员的裁员，暂停项目的暂停项目。"深海一号"超深水大气田项目是全球为数不多的，能够在低油价下正常推进的巨型项目，没有一家有实力的油气公司舍得在油价寒冬中放弃这个难得的差事。

士别三日，当刮目相看。带着这份自信，朱海山团队再一次走进向公司管理层汇报的会场。2016年5月12日，距离上次大思路研讨会过了整整一年，此时的项目组成员早已不可同日而语。从大方案介绍、与荔湾3-1开发方案的深度对比分析，到水下和浮体平台的专题汇报，朱海山、李清平、李达接力完成，逻辑缜密、细节严谨、表述一气呵成。

项目组此行的目的是回应大家的质疑，但朱海山团队在汇报过程中并没有直接回答“为什么不用已有的荔湾模式”这个问题，反其道而行之，论证了若采用“陵水模式”，将花费更低的成本，收获更高的效益。会场上，2015年研讨会上质疑的专家都不由得暗暗赞叹。

汇报完毕，公司管理层一锤定音，通过了项目组的方案。至此，水下生产系统回接深水浮式生产储油平台的开发方案正式敲定。

这次汇报之后，项目组成员就像上了发条一样，感觉浑身有使不完的干劲儿。除了一直在深入进行的国际交流，各专题小组也在加快进度完成可行性研究。可研审查前，为了保险起见，朱海山和各专业负责人带着方案去了趟美国，在一周之内同6家国外公司进行了密集的访问交流，为最后的审查做准备。

2016年9月1日至2日，来自中国海油以及国内油气领域的150余位权威人士会聚一堂，听取“深海一号”超深水大气田可研审查汇报。朱海山带着贾旭、李达、李清平等项目核心成员讲了近6小时，分专业提问和讨论又持续了一天多，整整两天下来，项目组不出预料地得到了可研审查通过的消息。

对于一个油气田项目的设计工作来说，最重要的两个节点是定大方向的可研审查和确定大框架的基本设计终审。“深海一号”超深水大气田项目的设计工作已经艰难地迈过了第一道坎，更难走的路还在后面。

新颖的设计引起了多家国际优秀石油公司的关注，最终SBM公司通过招标成为研究总院“深海一号”超深水大气田基本设计的合作伙伴。当时缺乏经验的队伍在深水方面只能算是一只“丑小鸭”，想要与“凤”共舞就要付出艰苦卓绝的努力。

2017 年 3 月 1 日，研究总院正式收到“深海一号”超深水大气田项目的委托书。因为要与外国公司联合设计，第一项要开展的工作就是对外招标。

4 月 24 日，招标会议在北京东直门招标中心举行，6 家优质入围企业的 6 名代表和中国海油的评标专家齐聚一堂。评标工作有条不紊地进行着，根据严格制定的评标标准和流程，经过一轮轮公开透明的筛选，美国 SBM 公司最终拔得头筹。未中标的企业代表露出失望的神色，仍然不愿放弃这次难得的机会，转投作为独立第三方对设计进行审核的标的。而中国海油和 SBM 两家远隔重洋的公司将在之后半年多的时间里，为世界首个深水半潜式生产储油平台的建造共同努力。

在招标工作进行的同时，项目组的工程师们也在加班加点地对设计整体方案进行优化，随后开始了对深水平台设计技术的精雕细琢。

2017 年 6 月至 12 月，研究总院分批派出技术团队前往美国休斯敦与 SBM 公司开展联合设计。由于缺乏深水设计经验，工程师们依据合同向外方寻求培训，边学边干。半年下来，光是录制的培训录像就多达 1TB，为日后提供了宝贵的学习资料。因为时间紧张而“生吞活剥”的知识，有空儿就被拿出来慢慢“反刍”，消化吸收。

“洋老师”们真的愿意倾囊相授吗？对于这一问题，项目组的工程师们给出了肯定答案：“我们提出专业的问题，当然能得到专业的解答。”的确，专业性是他们与经验更丰富、技术更先进的外国公司平等交流合作的基础，也让他们赢得了外方的尊重。

为了尽快弥补团队在深水经验和技术上的不足，李达给技术攻关难度最大的船体分项目组做了一项“硬核”规定：每天工作 12 小时，一周 6 天。他说：“出国交流学习的时间和机会很宝贵，我们浪费不起。”

其实不用规定，面对急需解决的疑难问题，年轻的工程师们早就自动开启了“拼命模式”，像海绵吸水一样汲取知识。加上要和国内“联合作战”，为了不因为时差“贻误战机”，白天高强度的工作过后，他们半夜还会再爬起来处理邮件，实际工作时间往往达到十六七个小时。

北京、海南、休斯敦，他们虽隔着千山万水，却为着一个共同的目标奔波努力；他们面对着不同的困难，闯着不同的“关”，但有着同样坚定的决心、同样顽强的意志。他们各自努力，“深海一号”能源站这一世界首个万吨级深水半潜式储油平台的蓝图将在他们手中诞生！

天将降大任于是人也，必先苦其心志，劳其筋骨。一场突如其来的飓风打乱了项目组忙碌而充实的生活。2017 年 8 月，800 年一遇的“哈维”飓风卷着连绵不绝的大雨造访休斯敦。项目组位于乔治·布什公园西北角的公寓很快被淹没了一层楼。紧急撤离时，连换洗的衣物都没来得及带，慌乱中，煮好的鸡蛋和烧好的肉这种关键的“救灾物资”也被忘在了冰箱里，但没有一个人忘记把工作用的电脑和资料装进背包带走。

“落难”的项目组成员被好心的当地华人“收留”。条件有限，七八个人只能挤在一个房间打地铺。但即便在最“落魄”的时候，他们也不愿放松工作。办公楼被封，就各自缩在房间的一个角落里办公，工作强度也没有降低分毫。李达有个习惯，睡前把数据“跑”上，半夜再爬起来检查一次，这样能把晚上睡觉的时间也利用起来。那段时间，李达每次凌晨 3 点起来，都会看到贾鲁生盘腿坐在地上，用放在凳子上的笔记本电脑回复国内发来的工作邮件。

同事们在美国的境遇让留在国内的项目副经理魏澈牵肠挂肚：“项目组的同事都很年轻，我每天都会打电话询问他们的情况，真担心他们出点什么事。”洪水刚刚退去，她就赶第一趟航班飞往休斯敦。当时，许多地方还是及膝的积水，路边有大乌龟爬过，头顶盘旋着专吃腐肉、叫声怪异的秃鹫……推门看见刚搬回公寓不久的同事一个个面带倦容，魏澈心里一阵酸涩。

谈起那段日子时，刘飞这个三十多岁的大小伙子流下的眼泪让魏澈颇受震动。那段时间对于刘飞来说格外艰难，除了生活窘迫、流离失所带来的不安全感，工作上的压力也不减反增。

SBM 公司做 A 版总图布置时，总图工程师刘飞越看越不对劲：外方的工程师按照以往的习惯，将整体布置做得过于松散，设备选型也未加控制，并提出上部模块重量需在可研基础上预留 1500 吨用于重控风险管控。上部组块面积因此比预定增加了 2000 多平方米，组块重量也超出了上限。半潜式平台对重量极为敏感，超重将影响整个平台的安全。刘飞坐不住了，马上汇报了这一情况。

“重量必须减。”整个项目组行动起来，为了给平台“减肥”煞费苦心，展示可研设计成果说服外方减少预留重量、简化工艺流程、生活楼优化减重……而作为组块减重的具体负责人，刘飞更是感到担子的沉重，三天两头和外方重控工程师交流，想尽办法使项目组的重控方案获得认可。最终，2000多平方米的面积增幅在中方把控下降至200平方米增幅，重控天花板也成功控制在可研范围内。

中间审查半个月前，新的意外出现了。预留的湿气压缩机部分的三维建模，合同中没有明确提及责任归属，SBM不接受这部分工作。缺了一部分三维模型，审查时就无法完整地对设计平台进行展示。靠自己，能不能做？配管工程师韩亚冲爽快地接下了这项任务：“这部分我可以做，保证在中间审查前完成。”

三维建模绝不是一件简单的事，但朱海山相信这个专业扎实、乐于挑战的小伙子。这是韩亚冲第一次独立开展三维设计工作，经过对外方三维模型数据库及元件库的摸索，以及对管网规划的不断调整，韩亚冲于中间审查前成功地将湿气压缩机模块模型和外方模型合并，给与会专家展示了完整的半潜式生产储油平台三维模型，让大家对这个全新的平台形式有了更加直观的感受。

地球的另一端，水下分项目组的设计工作也在有条不紊地推进着。与船体分项目组不同，水下分项目组采取的策略是自主设计加第三方独立校核的方式。外方校核后，返回的意见多达1500多条。对于大部分意见，很多专业负责人给出的回复是简短的“同意”二字。水下分项目组的总负责人李清平不由地担心：大家会不会是出于对外方专家的盲目信任才爽快地接受了意见？这些意见是否真的适用于本项目？本着不放过任何一个细节的态度，李清平把各专业负责人召集到一起，在屏幕上投影出外方意见，一条一条讨论是否真的需要改进，反思之前欠考虑的地方，研究外方思路值得学习之处。这样“灵魂拷问”式被“揪”着回答，使项目组成员对很多问题有了更深刻的认识。

平台设计需要海陆密切配合。南海的海上勘察船将数据实时传送给设计方，由设计方判断勘察船的作业方式是否可行，一旦有问题立刻反馈海上调整作业。“平台设计难，给平台提供设计数据的海上勘察也难。”朱海山回忆起那段在北京、休斯敦、南海多地奔波的日子，感慨良多。

2017年10月，勘察船因为其他紧急任务被突然调走，针对“深海一号”的勘察中断了，没有数据怎么办？朱海山立刻派人调查是否可以用国外的勘察船，国内还有没有其他可用的船舶资源。经过多方询问得知，刚好重大专项推出了一个水下钻机技术，朱海山立即组织评估该技术用在“深海一号”勘察的可行性。不久之后，好消息传来，评估通过，可以启用！但还没有实际应用过的技术到底可不可靠？没有人能回答。工期不等人，朱海山没有退路，也不介意再当一次“第一个吃螃蟹的人”。重大专项和重大工程就这样相互成就，设计工期没有延误，重大专项技术也在实际应用中得到验证。

项目组一路摸爬滚打，跌跌撞撞，却始终保持昂扬的斗志和向前的姿态。时光飞逝，转眼半年时间过去了，基本设计来到了最终审查阶段。就在最终审查前两天，一向被整个项目组当作“定海神针”的朱海山却“掉了链子”，连日的奔波，不规律的作息，让他的嗓子突然“罢了工”，咳嗽不止，沙哑得厉害。项目副经理魏澈“临危受命”，接过了朱海山负责的5个专题汇报的重担。她知道这次汇报是对所有参与者成果的集中展示，是进一步减少外界疑虑的最好时机，因此丝毫不敢懈怠。

2018年1月8日，为了熟悉汇报内容几乎一夜未眠的魏澈，不见丝毫疲态地出现在与会者面前，清晰地对设计工作进行了汇报。在场人员积极的反馈让她一直提着的心终于放下来。至此，“深海一号”能源站基本设计工作完成，“万里长征”迈出了第一步。

蓝图已经绘制完毕，下一步就是绘制“施工图”了，这一步在业内被称作“详细设计”。海油工程接下了“深海一号”详细设计的接力棒。为了能顺利接手，海油工程从基本设计开始就派人全程跟进。如果说基本设计阶段海油工程是在“陪跑”，那么此时他们就真正站上了赛道，压力也实实在在地落在了他们肩上。详细设计阶段需要把全部的基本设计细化到可以落地的程度，之前可以暂时放一放的问题，此时也到了非解决不可的地步。前有宏大的设计蓝图需要实现，后有工程项目等待施工，时间紧到恨不得一天当成两天用。

项目组的工程师们起早贪黑地做设计，连负责接送他们的司机都吃不消了。设计中心总经理王会峰第一次去考察烟台设计团队的工作时，一路和司机有说有笑，时隔一个月再次见到这位司机，只见他顶着两个黑眼圈，整个人无精打采，一句话也没说。一问才知道，设计团队天天干到晚上 10 点、11 点，不关门都不走。

王会峰常说："工作是最难的修行。"除了日复一日地"修炼"，设计团队还时不时要"渡个劫"。2018 年末，他们就迎来了最刻骨铭心的一次考验。

"深海一号"能源站的设计建造是中国深水项目的雏凤初啼，国际大型油气公司一直保持高度关注。荷兰的壳牌一开始不相信以中国海油的能力真的可以建起这座深水平台，但经过一段时间的观察，壳牌对"深海一号"能源站的信心越来越足，还专门派出技术专家团队，为"深海一号"最强大脑注入一份强劲的力量。

壳牌专家对平台设计进行了审查，提出了几点改进意见，其中难度最高的就是立管移位。壳牌专家认为立管设置在生活楼下方存在隐患，需要将其悬挂位置由船体外侧调整到内侧。

事实上，中国的深水项目此刻面临的抉择是"要宝马还是要夏利"的灵魂拷问。经过多次协商讨论，稳妥起见，中国海油最终决定采纳壳牌专家的意见。随之而来的一系列问题却让详细设计的工程师们着了急。

看似只是简单地将立管换一个位置，其实整个平台的压载、总体性能和立管的疲劳寿命等方面都会受到影响，原本做好的设计需要进行几乎颠覆性的调整。项目组收到详细设计通知时已经是 12 月底，而原计划来年 1 月就要出设计图，一点时间都容不得浪费，国内外的工程师们立刻行动起来：在美国的工程师们和 SBM 一起增加了一轮计算，确认立管移位带来的影响。针对移位后立管局部疲劳寿命不足的情况，工程师们拿出了多种方案，经过一轮又一轮的研讨，最终确定采用将立管局部加厚的方法。而此时立管已经采办，国内的项目组成员立刻和厂家联系，询问非常规立管生产的可行性……

一波未平，一波又起。在船体组为了立管移位忙得不可开交的时候，组块组也马不停蹄地核对管道和柔性接头的耐低温性能。前期研究阶段，提出启井、再启等极限工况下，管道最低温度可达零下 29 摄氏度。身在休斯敦的工艺专业负责人李豫第一时间注意到这一点，上部组块经理梅华东马上组织人手进行研究。这是一个专业交叉带来的新问题，其影响不容小觑，英国就有深水井出现过特殊工况下物流温度过低导致压产的情况。工程师们喜忧参半，喜的是现在改进为时未晚，忧的是图纸交付日期临近，而此时不得不给平台设计动一个“大手术”。

组块组和船体组没有一个人过好 2019 年的春节，每天都在想着如何解决各自的问题。过年期间本应空无一人的办公室格外热闹。工位上，有人在拧眉思考，有人三三两两地聚在一起讨论，会议一个接着一个开，电话一个连着一个打，为“深海一号”超深水大气田提供设备的厂家负责人也接二连三地在春节期间接到了工作电话……

经过 4 个多月的努力，一路磕磕绊绊，两大问题终究是解决了。虽然尽了最大努力，但图纸完成交付时，工期仍是延后了 1 个多月。好在详细设计项目组的工作并没有就此结束，他们不敢松气，誓要协助工程建设项目组把失去的时间抢回来！

在以往的常规项目中，设计人员也是首先完成任务，交棒给建造环节人员。但“深海一号”超深水大气田由于其首创性和复杂性，在后续施工建造和调试的过程中也离不开设计人员的密切支持。对于设计人员来说，这个项目成了他们从头至尾参与度最高的项目，也正是因为有了设计人员的全程支持，“深海一号”超深水大气田才得以插上“内存条”，朝着正确的方向全速前进。

2018 年 12 月 8 日，山东青岛。“深海一号”半潜式生产储油平台船体建造正式启动。从 2014 年 9 月发现大气田，到两年后完成可研审查确定气田开发方案、一年后基础设计确定重大方向，时间已经走过了四个春秋。从这一天起，所有的钻研、描摹、憧憬和想象都将从设计图纸跃然而现。

在海油工程青岛场地，在晴冷天气和凛冽的海风中，建造人员即将按照加工设计图纸，郑重地切下整个平台的第一块钢板。就在此时，现场发现了一个问题：图纸上大量细节的位置和尺寸还没有确定，钢板虽然切了，但钻孔、打磨、焊接等大量工作还无据可循，建造现场的全部产能只能发挥三四成。“设计人员给的图是不是有问题啊？”“参数都没写清楚，我们怎么造？”建造现场的热情瞬间被浇灭了一半。

与此同时，“超低温”风险、“立管移位”风波陆续显现出来，详细设计团队此时已是焦头烂额，按原计划至少半年后才能全部完成的设计工作，不得不按建造计划做出调整。

这是初涉深水的海洋石油人必须交纳的“学费”。深水油气开发项目设计具有与浅水油气开发迥然不同的“迭代化”特点，任何一个微小的改动，都如同蝴蝶扇动的翅膀，即将引来一场意料之外的风暴。

怎么办？只能再次使用此前的“多边”策略，只不过这次是边设计、边采办、边建造。先出一部分设计图纸交给建造现场，设计团队同时完善后续的设计工作，这样开工的时间节点算是把握住了，可问题也随之浮现。

“建造与设计并行的方式在常规项目中并不少见，因为浅水的设备大家太熟悉了，只要预留大致的空间和位置，设备来了总能装上。”但是深水的设计是互相影响的，结构里涉及电仪、管线开孔、设备安装位置以及通风照明等细节。设备的厂家没定、型号没定，连设备长啥样都不知道，设计工作也很难往下推进。设计中心副总经理蔡元浪早在几个月前就意识到这一风险，“深水气田设计工作的整体性太强了，任何看似不起眼的改动都可能从根本上影响整个系统的可靠性，因此改动后必须从头进行计算和论证”。

设备还未到位，而建造现场等着出图，设计工作还得加速进行，几方压力和不确定性之下，详细设计团队探索出了“两头抓”的设计策略：一头抓设计前，先把潜在供货厂家的设备调研一遍，摸清设备大致的属性范围，在设计中尽可能满足市面上相应设备的要求；另一头抓设计后，设备采办时按预留参数对厂家进行约束，若不符合要求则进行修改。这种“两头抓”的策略最大限度地减少了设计工作的修改迭代次数，在抢出工期的同时保证了设计的可靠性。

随着设备陆续到位，2019 年 7—8 月，建造现场的产能也逐步完全投入，从蓝图到现实的蜕变开始全速推进。

作为中国海油第一个自主设计的深水气田，“深海一号”超深水大气田从前期研究、基本设计到详细设计，中间存在太多首创和首次应用，不只是设计人员需要克服一个又一个创新的难题，后续建造、安装、调试等每个环节都困难重重。

百舸争流千帆竞　使命催征向南海

建造“深海一号”能源站是一条前人未走过之路，意味着前路布满荆棘，需要一支强有力的项目管理队伍。为此，尤学刚不断“招兵买马”，并把这支队伍成建制拉到一线蹲点式办公，和设计方、施工方展开最直接的接触，第一时间推动和解决所有疑难问题……从此，他们犹如希腊神话中的西西弗斯一样“推石头的日子”开始了。他们千百次地重复一个动作：搬动巨石，滚动它并把它推至山顶，又眼睁睁地看着巨石滚落山脚，然后重复推上山，不停重复，永无止境。面对无休无止的重重挑战，他们依然选择不断出发，依然奋勇前行。

20 多年来，刘孔忠在中国海从北到南参建了十多个大型海上油气田，遗憾的是，没有一个深水项目。所以，了解到项目组正在“招兵买马”，他动心了。

2019 年 1 月，听说他要把工作关系由上海挪到湛江，从此夫妻两地，要吃大苦、受大累，而且只是平调时，不少亲朋好友打来电话，有的骂他傻，有的问他是不是疯了，有的则怀疑他是不是犯了什么错误。

刘孔忠啼笑皆非，“我才 40 多岁，难道就不能有点梦想吗？”

深水是未来全球油气资源的主要接替区和油气巨头争夺的制高点。

如今，中国海油已告别昔日的望洋兴叹，建成一大批世界先进水平的高端深水装备，但在如何将深水油气开采出来的问题上，依然有所欠缺。我国首个自营超深水大气田——“深海一号”，正是中国海油创造历史走向未来的探路者。

这也是项目组副总经理刘孔忠宁愿背井离乡的一个重要原因，“就想告别昨天，在中国油气对外依存度不断提高的背景下，叩开深水油气资源的大门，用自己的双手圆上一个深水梦”。

在深水油气田开发装备方面，世界海洋石油的“昨天”是干式井、桩基平台，“今天”是水下井口、浮式平台，是水下生产系统。

告别“昨天”、直面“今天”、迎接“明天”，浮式平台必须加速建设。而作为浮式平台中的一种，深水半潜式生产平台具有恶劣海况下良好的运动性能，特别适合深海油气开发。“半潜式生产平台，过去中国从没自主设计建造过。对我们来说，是想也不敢想的。‘深海一号’超深水大气田项目让我看到梦想即将照进现实。”刘孔忠说，“所以，我来了。”

和刘孔忠一样心存深水梦想、主动请缨来战的不在少数。尤学刚优中选优招了 89 个人。他们来自中国海油 10 多家单位，都有在半潜式钻井平台、FPSO 等浮体设计建造方面的深厚资历。尤学刚对他们包括自己提出的第一个要求，就是用归零心态重新“入学”——所有的成败相对于前一秒都是过去，过去能支撑现在，却代替不了未来。

“来项目的前三周，颠覆了我 30 多年的浅水开发工程经验。”尤学刚说，“我们在浅水积累了丰富的经验，实践也印证了我们浅水经验的正确性，但在深水可能就是错误的，因为深水是迭代工程，而失误的代价又是高昂的，甚至是一场灾难。”中国深水的创世纪工程，不允许出现任何意外。

这是一条前人未走过之路，意味着前路布满荆棘，需要一支强有力的项目管理队伍。

为了让他们真正融入深水项目，尤学刚把这支队伍成建制拉到天津塘沽、山东青岛、山东烟台、广东深圳等设计和建造场地，蹲点式办公，和设计方、施工方展开最直接的接触，第一时间推动和解决所有疑难问题……他要他们在第一个深水大项目中百炼成钢，也要让他们告别一般性工程中的“远程控制”和“悬丝诊脉”，彻底改变“大项目的风险在于以包代管，干好干坏完全取决于施工方觉悟”的命运。

于是，刘孔忠就开始了前面提到的“推石头的日子”。

2019 年的那个春天，扎堆来到第一现场的项目组所有成员，都成了希腊神话里的那个荒谬英雄——西西弗斯。

这是一个焦灼的春天。

刘孔忠初到项目组时，一瞬间想起来的是临行前妻子的唠叨："希望你像一块坏掉的老表，不要再走了。"

由于对许多世界前沿的设备几乎一无所知，那时的项目进度正如一块坏掉的老表，就算依然在走，也只是微弱地蹦几下秒针。"这不只是我们的问题。我国是海洋大国，还不是海洋强国，尤其是在深水油气工程方面，我们必须承认一个事实：我们还是追赶者。"

大气田开发等不起，保障国家能源安全更等不起！

尤学刚作为大气田开发项目的负责人，更是心急如焚。他一进入项目组，便推动"设计建造一体化"管理思路，并瞄准预定投产日期发起了总攻：轮番轰炸式召开专项协调沟通会，梳理卡滞节点，责任落实到人，每次会上必须对相应的议题有结果……凭借钉钉子的韧劲儿疏通流程，硬是用 3 个月时间，将设备采办由 2018 年 12 月的 17% 加速推进到 60% 以上。

这是一个昏天暗地的春天。

由于缺乏全新船型设计的经验，详细设计遇到大量的困难，仅结构详设完工审查意见反馈就有九大项共 600 多条。为了赶上进度，项目组成员个个成了拼命三郎。那段时间，刘孔忠记得，项目组每周仅送审图纸就超过 700 份；曾在 14 天内召开近 30 场次专题技术讨论会，挽回一个几乎是要推倒重来的加工设计方案，这在其他海洋石油工程项目设计建造过程中是无法想象的……

为减少行差踏错，项目组高薪聘请了 4 位"洋老师"，建造方也搬来几十个"外援"。

但在徐化奎看来这远远不够。"这样一个'首次项目'，面临的是多专业、全方位的挑战，可能需要 100 个专家，因为有太多的东西不在我们聘请专家的熟悉范围内。"

"钢悬链立管不会，我们就请来立管专家，是不是就够了呢？错，立管包含很多个专业，比如总体运动性分析需要专家；立管疲劳问题需要专家；立管防腐加几层、用什么材质，我们不知道，也需要专家……而专家往往只精通一个方面。"

“立柱的水下部分怎么防腐？我们知道牺牲阳极可以防腐。”徐化奎说，“这就像家里的热水器一样，内壁是铁的，装的是水，时间长了壳体会锈穿。在里面定期安装镁棒，就能避免出现这一问题。而在该项目，类似镁棒作用的，是锌块。问题是，这东西全世界都没有，我们到哪儿都找不到可以确保平台 30 年不进坞的锌块！最后，我们在中海油服的实验室里找到了答案。”

这样的问题此起彼伏，压得人们喘不过气来。尤学刚带领技术团队逐一识别、逐一落实，解决一系列问题，精心钻研技术规范，严抓设计质量，创新系统设计，在“质量安全、投产目标”两个条件下，力求项目总体利益最佳。

“原本我们计划 2019 年三四月份陆地建造正式开工，但由于外方专家提出立管问题，我们的开工时间又被卡住了。”刘孔忠说，“按照研究总院的设计方案，立管在平台东面，外国专家认为有风险，一定要移到西面去，同时增加生活楼防爆等级等。按照外国专家的说法，移立管不太费劲，也就耽误两个月。我们没有经验，就觉得耽误两个月，赶赶还是可以的，可实际执行时发现远远不止两个月。”

2019 年 5 月下旬，中集来福士海阳场地切下了第一块钢板，千呼万唤的陆地建造项目，终于在比 ODP 进度计划总体落后 20%、推迟 6 个多月后，正式开工了。

当年 6 月末，青岛场地船体分段预制正式开始。

然而，属于“西西弗斯”们的“推石头的日子”，远远没有结束。

为了推进施工、实现大提速，项目组进一步加强协调配合，形成多方联动，为项目建设提供服务保障；以 MC（机械完工）检查小组为推进器，对照时间表倒排工期，全力确保项目高效推进；进一步加大项目施工监管力度……抢抓一切有利天气窗口推动赶工，协调舾装、结构、防腐等人员穿插开展各项工作。

谁知，项目开工不久，便遭遇“滑铁卢”——长达两个月的返工。其中一个原因是，施工方没有按详细设计要求变直角为 R 角。

一如灵长目动物进化至直立行走，是由于膝关节内侧髁上长轴与水平面间的夹角 R 角进化至接近直角，却也带来了容易磨损且很难恢复的副作用，半潜平台诸多“活动关节”为了提高钢材的疲劳寿命，也需要注意类似的R角问题。

如果没有请来几十个质量监督和专家，天天扫雷似的进行排查，就不会将组对精度控制在毫米级，也不会发现这一问题。

返工期刚刚结束，一个海管生产厂家又出了问题。海管项目通过公开招标交给一家公司，结果该公司由于种种原因无法正常履约。尤学刚被迫联合另一家公司，紧急启动替代方案。

重重困境，你方唱罢我登场，像压在心头的一块又一块巨石，逼退了他浓黑的头发，逼得他终日像陀螺一样高速旋转，转着转着，转出了“坏脾气”。

“前两天通话时，领导批评我态度不够好。其实，不是我承受不了这份压力。我们项目组的每一个人都是终身负责制。我要为深水负责，为‘深海一号’负责，为自己的职业生涯负责。”

一个施工进度曾滞后6个多月的项目，被海洋石油人以非常规手段强力推进。然而，猝不及防的新冠肺炎疫情又给刚刚有起色的项目蒙上了一层阴影。

只有以奋起争先的勇气、开拓创新的精神以及雷厉风行、踏实苦干的作风，去战胜遇到的各种困难，才能为项目的顺利完成抢占先机。

项目组再一次充分调动和运用管理之手，以敢于担当的气魄、敢闯敢试的气概、勇于负责的气度，用锲而不舍、持之以恒的精神，认真、艰苦、细致地落实各项目标任务，让世人眼中的不可能一次次变成可能。

3月的黄岛，雾气氤氲，犹如人间仙境。

属于2020年的春风徐徐吹来，云开雾散处，似掀开一帘，山水入框。

山水之间薄雾渐隐，大大小小的建筑沿着1.6千米的海岸线星罗棋布，一座占地120万平方米的钢铁之城，露出它壮美的轮廓。

尤学刚喜欢看这山、这水、这城，但让他把一年中的大部分时间和精力都放到这里的，却是城中那渐渐筑成的钢铁巨城。

这是一个完整意义上的巨型深水项目，主要工程量包括1套水下生产系统、1座半潜式生产储油平台、海上安装、崖城13-1平台，以及香港终端、高栏终端和南山终端改造等。

作为大气田开发项目总经理，属于他的战场遍布四海，但他把至少半颗心都扑在了青岛场地。在他看来，项目前期最大的风险就在半潜式生产储油平台——“深海一号”能源站。如果它不能按期完工，就会出现“100－1=0”的结果。

由于平台在详细设计阶段遇到了各种瓶颈，详细设计周期大幅滞后，实际留给平台从建造到投产的周期仅约 28 个月。近年国际上统计的半潜式平台项目，从决策实施到投产，平均周期为 38.4 个月。与“深海一号”能源站规模相近的 NaKika 平台周期约 38.8 个月。减去建造初期损失的时间，以及合龙、连接调试至少半年的周期，真实的建造周期实际上只有短短十几个月。

在外国公司、外国专家看来，这简直是天方夜谭。“2019 年 10 月，一家国际石油巨头在和我们交流时，一针见血地说，这么短的时间，你们又是初出茅庐，技术要求又这么高，想要按期完工是根本不可能的。”

尤学刚偏不信这个邪，他决心用活生生的事实告诉全世界：在我们中国，没有什么是不可能的！

2019 年 11 月，项目刚刚全面开工不久，他便做出了一个令所有人震惊的举动——拍板 1 亿多元人民币用于赶工。

这一大手笔，虽然“仅海阳场地年加工量由过去的 1.4 万吨增至 3.9 万吨”，却也吓住了项目组的所有人。只要尤学刚认为路是对的，就直道而行、一往无前。

“船体建造的一个难点就在于时间短，且必须在 2021 年 2 月前拖航，否则后期施工就会赶上南海的台风，一拖就得拖一年。如果拖一年，公司营业收入就会减少 50 多亿元，对下游用户也没法交代，还需要赔偿。你说用一个多亿保 50 多个亿，到底值不值？这就是我拍板赶工的原因。”

2020 年春节前夕，他又不惜代价，留下了 1000 多名施工人员。

“春节期间留人赶工，需要支付比平时高两三倍的工资。但需要说明的是，我们连续给出高昂工资的时间，不是 7 天，而是 23 天！因为我们面对的是许多家在农村的工人，正常情况下，我们要尊重大家的放假习惯。”徐化奎说。

不过，对此尤学刚并不满意。“2020 年对我们来说最可怕的依然是春节出现疫情。横向上比，‘深海一号’项目影响最小，因为其他项目都把人放走了，我们把人留下了。纵向上比，‘深海一号’项目依然是影响最大的，按照计划，初七、初八施工人数会翻倍增长，但由于疫情，人员始终上不来。”

人上不来怎么办？要在等待中将可怜的工期消耗殆尽吗？尤学刚利用“小鱼易连”“可视化智能项目管理平台”等工具建立高效便利的沟通渠道；通过“点对点”包车，将 100 余名项目管理人员动员到青岛及烟台，指导复工及赶工；将项目组及海油工程所有能派出去的车辆都派出去，把天南海北能回来的人都接回来；申请复工“直通车”，制订激励方案，让建造现场 2700 余名分包人员有序复工，解决燃眉之急。

考验，不止一种。全球蔓延的新冠疫情也打乱了项目全球采购的节奏——从意大利、法国等国家购买的设备和材料的到货期，均在不同程度上受到影响。尤其是在疫情严重的意大利，由于防疫物资短缺，有些供货厂家已经处于半停工状态。

为向深受疫情困扰的国际友人传递“海油温度”，并实现项目疫情防控、全面复工复产双胜利，尤学刚结合国内项目施工现场人员防疫物资同样短缺的实际，决定集中采购一批防疫口罩，向国内外项目合作伙伴伸出援手。

出乎尤学刚意料的是，项目组列入计划的一个小小善举，却引起了一系列连锁反应——

中国海油第一时间启动“深海一号”超深水大气田项目防疫物资采办工作，主动减少总部员工口罩发放数量，支持项目组将防疫口罩优先发往建造场地和国外厂家。

在防疫物资同样紧张的情况下，中国海油仅用一天时间就凑齐了项目组申请的口罩数量，在即刻发往青岛、海阳等国内施工现场，进一步夯实 3000 余名一线人员健康防线的同时，紧急驰援国外合作伙伴，赢得了他们的友谊，也换回来一个承诺。“许多国外厂家都表示，只要厂里有人，只要还在生产，就会优先供给中国。”

在尤学刚眼中，在项目组，在施工场地，每一个人都是令他肃然起敬的英雄。为了缩短返工时间，浮体建造经理刘伟杰常年盯守在施工现场，以致晒出了与小丑同款的红鼻头。为了及时解决现场问题，海管部经理侯静，自告奋勇到海上施工一线，像个汉子一样摸爬滚打。患上肩周炎的徐化奎，每天都在船体里上下攀爬，每一次攀爬对于他来说都是一次漫长的折磨，可是“我们是中国深水项目的铺路者，我们挺过去了，下一个深水项目就轻松了”……

还有那些管采办的兄弟们，白天上班，晚上加班，后半夜还要向国外厂家催货——因为中国的后半夜，是地球另一端的白天。

“深海一号”超深水大气田项目，似乎没有把尤学刚打磨成一位铁人，而是让他越发感性起来。他会望着忙碌的高水准、高效率的吊装满面红光，会看着偷偷溜去做了手术又偷偷回来上班的员工而郁郁寡欢，也会在面对那些把白口罩戴成黑口罩的施工人员时两眼通红……

“你见过凌晨三四点钟的黄岛吗？”他说，“那是一种美，也是一种力量。”

尤学刚能为他们做的，就是在疫情期间随时确保各种指令直达现场。“口罩到了没有？到了多少？能不能保证每个人都有口罩戴？”“进场专用交通车落实没有？盒饭怎么解决的？施工人员能不能吃饱？”“施工人员劳动强度大，单纯的矿泉水已经达不到解渴的目的，必须把几千箱运动饮料马上送到现场，管理人员一瓶都不能喝。”……这是属于他的无数个“画外音”。

同样让他充满力量的，是中国海油党组的关怀和鼓励。“疫情期间，我们的心纷乱如麻，既担心施工进度，又怕出现问题。这时，领导对我说，如果 14 天生活观察、两次核酸检测等规定动作都做了还出问题，我来扛！”

2020 年 10 月 28 日凌晨，一天中最冷的时刻，尤学刚站在被夜色吞入腹中的青山脚下，心情莫名地望着灯光下曾被写入吉尼斯世界纪录的“泰山”吊的正下方。

那里，“深海一号”能源站的上部组块，正静静地悬在半空中；不远处，船体部分正由 5 艘船、4 台绞车拖曳而来。

重约 2 万吨的上部组块，由青岛场地独立完成。重约 3.5 万吨的船体部分，分成了 82 个工程包，其中 20 个工程包由毫无半潜式生产储油平台建造经验的青岛场地完成；62 个工程包则分包给了有一些相关经验的外部场地——海阳场地。分批建成后，这 82 个“积木”在青岛场地进行总装。随后，上部组块和船体部分，通过烟台的“泰山”吊进行最后的大合龙。

上部组块有经验，对于中国海油来说，再困难也能克服；组成船体的“积木”，却一度成了一座难以翻越的高峰。

这是用一本书也无法详述的实打实的困难和挑战：首次造船体，施工经验少；从船体建造到组块和船体合龙，重大方案反复调整应接不暇；浮体设计的迭代特性，导致长线设备采办滞后；从 R 角拉直、结构开孔、合同到赶工，和船厂沟通磨合不畅；涂装及精控质量要求高，打破中国海油的纪录——平台 30 年不进坞的高要求，让防腐及涂装工艺面临困境；平台 150 年最低疲劳寿命，刷新了焊接新难度；6 毫米组块精度要求，创下精控新纪录……

90 多个密闭舱室作业，密闭空间多，建造安全管理、施工难度大，这让石油工业曾经引以为傲的“人海战术”失灵了。“许多焊接作业空间高度仅有 30 厘米，”焊接高级技师陈海涛说，“只能趴在地上焊接或者侧着身子钻进去才能焊接，我干了 30 多年焊接工作，在这样的狭窄空间内焊接 90 毫米厚的焊缝，也是‘大姑娘上轿’——头一回。”

再加上 2020 年新冠肺炎疫情突发，带来诸多意外困难；投产目标提前 97 天，工期严重压缩；油价暴跌，公司面临赶工与成本双重压力……一度将青岛场地这支中国海油“王牌铁军”笼罩在巨大的阴影里。

这绝不是青岛场地应有的实力和水平。

在过去的 10 多年间，这里代表着中国海油最高制造水平，是三四十个国际工程公司的合格供应商、国际一流的液化天然气模块化工程建造承包商，为全世界贡献了 100 多座万吨级海上油气加工厂，包括亚洲第一大的荔湾 3-1 导管架、组块，世界最大、纬度最高的液化天然气项目——亚马尔项目等这些牵动世界目光的大项目。

惜败“深海一号”超深水大气田项目，是谁都不能接受的巨大耻辱。与其为惨败辩白，不如用胜利洗刷耻辱！

2020年以来，青岛场地管理手段尽出：逐级召开动员大会和誓师大会，充分认识大气田项目的重要意义，明确目标责任，坚定信心决心，激发攻坚动力；细化五级施工计划，成立18个突击小组，党员带头签订目标责任书，制定了10类250余项赶工措施，全力推进建造赶工；重新调整项目人员，再次抽调精兵强将到青岛场地，形成100多人的项目管理团队；派遣70余名设计人员深入施工一线，全方位、全过程支持保障深水项目运行；派出110余名质量安全人员“蹲守”责任网格区域，全天候管控现场安全质量；通过制定安全管理“一竿子扎到底”的管理策略、搭建人员智能定位系统、推行安全网格化管理等措施，克服疫情影响、作业点多面广、受限空间复杂等挑战，为项目实现投产目标保驾护航；成立了精度控制、重量控制、水下设施管理、吊装大合龙等多个专项风险管控小组，全过程动态跟踪，清单式整改销项，有效管控安全质量风险；创新提出“销项管理”模式，组织各专业成立船体和组块遗留问题联合销项小组，持续梳理、动态更新、跟踪督办，推动2.5万余个遗留项的及时关闭，有效保障半潜平台如期交付；采用国际计划进度管理的“双周预警”方式，每周对当月重点工作进展情况进行梳理，对未完成作业持续报警至最终完成，确保每项重点工作处于有效管控中；根据项目完工节点，确定80多个关键里程碑点，并逐一制定保障措施，确保里程碑点顺利实现；施工人员全员进入了“12+7”工作模式，加班加点挤掉计划中的“缝隙”，强化各环节的衔接，最大限度提高施工效率……

在自主技术和工艺上，青岛场地同样发起了轰轰烈烈的攻坚战，世界首个10万吨级储卸油半潜式生产储油平台建造实施、国内首次陆地滑道建造完成半潜式生产储油平台船体工作、国内首次对半潜式首制船进行无余量建造、国内首次采用SPMT小车将大型船体分段卸船并直接滑道总装、国内首次采用三维重载车对3000吨级大型船体分段精确就位、国内首次采用三台大型履带联合高空吊装船体大型分段、国内首次完成立管SSIV及静态脐带系统的陆地安装、国内首次完成动态脐带缆接头陆地安装与测试等一系列技术和工艺难题得以成功破解，形成了一批核心技术，以及国际先进的半潜船体建造流程全覆盖的精度控制体系等。

上下一心、将士用命，注定攻无不克、战无不胜。自2020年3月29日船体回形段成形后，“深海一号”超深水大气田项目越干越顺、越干越好、越干越快。

在南海，海上施工团队成功进入他们有史以来作业最深的海、铺最深的管、在海底插入了最深的桩。其中，海管敷设首次迈进 1542 米水深，并创造了单日 3.42 千米敷设效率新纪录，同时仅用 5 天完成了 7 套深水海管终端结构安装作业，再一次用实力展现了中国速度。

在青岛，从 2020 年 4 月 14 日到 4 月 23 日，10 天完成从海阳到青岛的 8 个总段装船、海上运输和卸船；从 4 月 19 日到 4 月 28 日，10 天内完成 8 个总段总装搭载，建造速度打破了中国海油建造的历史纪录，且各类建造精度和质量均符合设计要求。船体的整体形状也在 10 天内，从 9 米高的回形段变成了 28.8 米高的一座巍峨城堡。与此同时，三天四吊、一天两吊、海陆同吊……吊装团队也不断刷新吊装速度纪录。

2020 年 5 月，“深海一号”能源站的陆地建造工作已经把所有损失的时间都抢了回来，让进度“飘红”彻底变成历史。

2020 年 6 月 29 日早上，随着立柱分段完成最后一吊，“深海一号”能源站迎来它陆地建造的第一个重大胜利——提前 16 天实现船体结构封顶。

真正一雪前耻的时刻到了！

那天早上的连江路上，一如既往地升腾起袅袅炊烟，洋溢着人间烟火的氤氲。不知有多少人随后涌过来，在这里的地摊上购买小吃，用大块朵颐来庆祝“王者归来”！顺着他们眼角淌下来的，分不清是雨水、汗水还是泪水……

2020 年 10 月 29 日，凌晨。

此时的“泰山”吊，已通过 192 个吊钩，以每分钟约 0.15 米的速度，将上部组块缓缓吊起，陆地建造的最大里程碑——合龙，大幕开启！

这座近乎凯旋门高度、跨度的龙门吊，正如它的名字“泰山”所彰显的一样，力大无穷，曾吊起 1.8 万多吨的重物。

但就算是它，也难以承受组块最大重量，以及合龙后平台的真实高度；它脚下的大坞，也无法满足平台终极形态的吃水深度。包括生活楼在内的 4000 余吨海上结构物，不得已“做减法”，作为合龙作业的遗留项，留待日后在码头进行 20 多次的大型吊装。

尽管如此，曾指挥过“蓝鲸号”半潜式钻井平台吊装作业的此次合龙总指挥——“吊王”李天侠，依然手心冒汗。

一切都在平静而缓慢的节奏中进行，但对于指挥作业人员来说，却是步步惊心。

这不是“泰山”吊吊装最重的一次，却是起吊最高、吊装时间最长的一次，谁也不知道将会对“泰山”吊主结构造成什么影响；同时，一旦某一吊耳发生断裂，将会导致组块钢板撕裂，192 个吊点就会像多米诺骨牌倒下一样演变成一场灾难。

现场测绘工程师不断发来的数据打消了人们的顾虑，但更大的挑战还在后面。

组块在距坞底 83 米高空完成登顶后，需要以每分钟一根铅笔芯直径的速度，缓缓下放到已通过 5 艘船和 4 台绞车拖曳而来的船体上，最终完成两个“巨无霸”的精准“合体”。

在这一过程中，最令人担心的除了船体底部的阳极装置与船坞底部布设的 1300 多个坐墩的刮碰问题，更多的还是辅以各种复杂计算的令人眼花缭乱的“绣花功夫”，以及最终实现的精度控制程度——192 个吊钩必须做到如臂使指，确保组块下方倒插的 8 个插尖进入船体上方的插靴，并将前后左右包括对角线的累计公差控制在 250 毫米以内。超过这个总值，看似一点微小的瑕疵，都可能对必须确保 30 年不进坞、抵御千年一遇台风的平台的安全生产和使用寿命等造成严重影响。

一切看似进行得非常顺利，在悬空组块上的现场作业人员却是有苦难言。凌晨 5 点前便已就位的他们，随身携带的只有午餐。按照他们的设想，合龙完毕完全可以赶得上晚餐。谁也没想到，自己会在上面一干就是 24 小时。

合龙前夕，作业人员已通过模拟仿真等方式，对干涉项进行了全面清理，列出了 68 项干涉元素清单，预处理管线 542 根、电仪支架灯具等 143 项、机械设备 29 项等。但百密一疏，晚上 9 点左右，近 10 项预料不到的干涉问题接连出现。切割、切割、切割……一时间，夜空中的劳动号子此起彼伏。

尽管合龙过程不尽完美，结果之出彩却超乎想象。2020 年 10 月 29 日凌晨 3 点 52 分，平台实现高精度合龙，累计公差仅在 40 毫米左右，在同类工程中，这种合龙精度世界罕见！

至此，“深海一号”能源站历经劫难、终成正果。

2021 年 1 月 19 日，烟台芝罘湾畔。落日收起最后的天光，码头上依然人头攒动。

这是一个“送亲”的亲友团，尤学刚是他们的团长。

下午 6 点，“深海一号”能源站发出了第一条日报：一切正常！出发！奔赴南海！

尤学刚站在队伍的最前方，默默地望着“深海一号”随波沉浮。

出发！出发！

这声音如同惊涛拍岸，发出久久回响。

这绝不是简单意义上的一个平台！

一如大飞机之于国家航天工业，它之于我国海上自营油气田，是走向1500米超深水的突破性项目！由此而始，我国完成挺进深水开发的“临门一脚”！出发！出发！出发的，又岂止“深海一号”！正如陵水速度，不只属于“深海一号”超深水大气田项目！加快建设海洋强国，中国风正帆满。

“深海一号”能源站每一次争分夺秒，都是为了以一种“等不起”的紧迫感、“慢不得”的危机感、“坐不住”的责任感，加快深海清洁能源开发节奏，满足社会高质量发展需要。

出发！出发！

安下半世凤凰巢　此刻沸腾中国海

“深海一号”能源站一抵达南海，项目组就立即对其进行系泊缆回接作业，让其“安家”。经过12天的紧张“战斗”，2月17日大年初六，所有系泊缆回接完成。“深海一号”自此牢牢系于深海。

“深海一号”的到来，吹响了气田加快投产的号角。按照气田6月25日投产的工期，项目组统筹、引领各路人马进行脐带缆回接、钢制悬链线立管回接等一系列作业，打响了一场接一场的硬仗。

事事有方案，步步细落实，项目组带领各路人马最终打赢了海上作业的每一场硬仗。比如经过5昼夜的奋战，完成了我国首条1500米深水动态脐带缆敷设，建立了“深海一号”能源站和水下系统之间的连接，完成了远程控制水下生产系统及其关联设备的安装；100天完成12条196千米海管敷设，单日铺管纪录创国内之最。

这一系列的硬仗，锻炼了队伍，淬炼了技术。我国在深水海洋工程安装领域，由此取得重要技术突破，检验了队伍的作业能力。

关于“胖妞”来后如何“安居乐业”，项目组早有准备。在她南下之前，

"深海一号"超深水大气田的钻完井、海管敷设等作业均已展开。2月6日她一到家，系泊缆回接、设备设施安装等作业，又繁忙地张罗起来。

"送亲团"中的大多数人，将留下来帮"胖妞""安居"。刘孔忠，原计划待"深海一号"抵达南海后就回家——他的儿子考上大学，想乘寒假与他聊聊大学生活及后续学习计划，但"深海一号"有需要，刘孔忠留在了海上。刘克建，原打算春节前后去医院调养，"深海一号"有需要，也留了下来。

"深海一号"到达当天，另有近80人的作业团队从海南三亚乘直升机赶来，投入紧张的系泊缆回接作业。

这注定是一个奋战在海上的热闹中国年。

这个年，头号任务是系泊缆回接。

系泊缆回接作业现场，3米高的浪如沸水般翻腾，百余米长的锚系作业船"海洋石油291"上下摇曳。"深海一号"设计16根系泊缆，2020年9月所有系泊缆的主体部分已预铺在海底。待锚系安装完，就会从四面八方牢牢固定，能抵抗百年一遇的风暴袭击。

在1500米水深海域回接系泊缆，是国内首次，缺乏可借鉴经验；海况恶劣，再加上回接作业时既要避免损伤系泊缆，又要严格把控作业船和"深海一号"的距离，难度可想而知。参与作业的每一个人，都仿佛是在参加一场战争——施工作业船"海洋石油291"上，施工监督坐镇中控室，通过视频全面关注作业状态，用对讲机指挥各岗位操作；现场监督在甲板上指挥作业；水下机器人（ROV）操作手则在ROV控制室，根据指令遥控ROV在水下打捞系泊缆。而在"深海一号"东南立柱顶上，待ROV打捞上来的系泊缆与立柱上的系泊缆连接后，作业人员立即启动锚机，张紧系泊缆。系泊缆与锚轮"咬合"发出的巨大的"嘎嘎"声、低沉持久的风浪声、繁忙的对讲机声，所有声响交织，让春光正好的南海，充满蓬勃的生机。

近10小时的操作，夜幕下，首根系泊缆安装告捷。

随后的每一天，同样的战斗以同样紧张的方式进行着。经过12天的连续奋战，2月17日，也就是大年初六，所有系泊缆回接完成。"深海一号"自此牢牢系于深海。

在做好"深海一号""安居"工作的同时，中国海油还加紧推进"深海一号”超深水大气田水下生产设施安装，以期气田尽快投产，让“深海一号”能源站尽快“乐业”。而紧随系泊缆之后，是气田首座超深水智能水下采气树的安装作业。

“深海一号”超深水大气田部署 11 口开发井，需下入 11 座水下采气树。其中 9 座标准水下采气树已于 2020 年安装就位，剩下 2 座智能采气树于 2021 年安装。“‘采气树’是‘采油树’的一种，位于油气井顶端开口处，承担着控制油气流量、隔绝井口与外部环境等多重任务。‘深海一号’超深水大气田采用‘半潜式生产储油平台 + 水下生产系统’模式开发，水下采气树是水下生产系统的关键装备。”尤学刚说。

在“深海一号”超深水大气田开发之前，国内没有一个团队能够充分了解水下采气树的构造和控制等设计工艺，分布在 7 个井区的 11 口井对采气树的需求均不一样，需个性化定制。

为此，项目组成立专门的攻关小组，2017 年初开始从零起步，开展水下采气树的工艺和控制设计工作。攻关小组先后前往英国、印度尼西亚等国家驻厂监造，与外国工程师、专家、顾问一起解决采气树的设计和制造问题，蒋东雷等员工在国外厂家一待就是 3 个月。经与专业公司技术专家详细研讨交流、反复推敲设计方案，攻关小组联合厂家逐一攻克技术难题，成功生产出了符合要求的采气树。

2 月 10 日安装的采气树，是 11 座采气树中两座智能采气树中的首座。相比标准水下采气树，智能水下采气树是在标准采气树基础上加装了“智能大脑”，不仅能实时监测开发井的压力、温度、生产通道出砂等 6 项关键生产技术指标，还可以根据指令，超远距离控制井下工具关闭或开启开采层，从而实现气藏的单采、合采，以最大限度地动用地下储量、提高气井产能。安装现场，作业船“蓝鲸一号”稳稳立于波峰浪谷上，ROV 全程陪同，时刻调整采气树的水下姿态。各个环节紧密衔接，2 月 11 日，农历除夕凌晨四点，我国首座超深水智能水下采气树下至 1487 米水深并成功安装。

采气树安装的同时，脐带缆安装也紧锣密鼓地开展。

“脐带缆是气田生产的‘中枢神经线’。”作业团队总负责人林守强说，“‘深海一号’能源站通过缆中的各种不同管线，向水下生产系统传送液压油、化学药剂、电力控制信号，以实现对水下生产系统的实时监测及远程控制。‘深海一号’超深水大气田共设计 12 根脐带缆，其中静态脐带缆 11 根，作为主脐带缆的动态脐带缆 1 根。2020 年，已有 5 根静态脐带缆完成敷设。2021 年伊始，脐带缆铺设作业步伐加快，1 月下旬新一批脐带缆到货，我们立即进行铺缆准备。2 月 12 日大年初一，我们就随作业船‘海洋石油 286’前往目标海域。”

“海洋石油 286”是我国首艘作业能力达到 3000 米水深、装备有世界顶级立铺系统的海洋工程船舶。2 月 20 日大年初九，作业开始，甲板上各岗位人员配合默契，水面下两台 ROV 精准操作。各环节高效施工，使得 2021 年首根脐带缆仅用 4 天就完成敷设。

难度更大，也让林守强和他的作业团队更有成就感的是半个月后的主脐带缆敷设。

主脐带缆总长 4938 米、直径 22.2 厘米、重量 15 吨，要在 1500 米水深完成它的敷设，对我国海洋石油装备操作极限与现有技术水平提出巨大挑战，比如，主脐带缆允许最小弯曲半径超过“海洋石油 286”立铺系统导向轮半径，首端拖拉头超过“海洋石油 286”吊机的吊重能力，水下监测距离超过 ROV 极限。但林守强和他的作业团队无所畏惧。

他们首先通过对“海洋石油 286”船的导向轮进行增大改造、自主研制 120 吨应急摩擦卡子、引入长距离无线数据传输系统充当“千里眼”等手段，满足作业要求；反复操作演练，优化流程，确保各环节无缝衔接。一番精心筹备，3 月 5 日凌晨作业开始后，全体作业人员 24 小时倒班施工。

尽管如此，首次“吃螃蟹”，意外还是不断涌现：脐带缆终端接头（UTH）发生 110 度偏转、两台 ROV 没有调整成功、UTH 和水下分配单元（SDU）无法成功对接……作业中，随着一声声警报响起，作业人员的心都是紧绷的。一个环节出错，就可能酿成一次险情，而一次险情就可能导致作业失败，不仅延长作业工期，还将大大增加施工费用。关键时刻，施工总监王伟发出指令：“先把 UTH 拉起离开海床，拉起过程中使用 ROV 调整 UTH 角度。”作业人员稳稳操作，仅用时 5 分钟就成功化解险情。

所有流程精准无误，最终，林守强和他的作业团队用最短的时间完成了最难的施工作业。相比同类作业，工期缩短37.5%。而这次作业，创下我国海上脐带缆敷设长度最长、水深最深、外径最粗、终端尺寸最重等多项纪录。

钢悬链立管作业、海管敷设作业，同样挑战巨大。

钢制悬链线立管是除了脐带缆之外，“深海一号”向水下生产设施输送化学药剂等生产介质的另一个通道。“深海一号”超深水大气田使用的SCR，直径6英寸，总长4.43千米。与脐带缆一样，由于焊接合格率要求高、安装难度大，此前其施工技术一直被国外知名石油公司掌控。

“我们在自己的家门口，必须要用我们自己的装备来完成我们自己的事情，证明我们具备深水作业能力。”尤学刚对项目组提出要求。

为实现深水钢制悬链线立管敷设及回接的技术突破，项目组成立立管提升专项小组，5次专家审查、3次桌面演习，多次论证完善方案。

2月的南海天气变化快，符合施工作业条件的日子很少。为抢抓难得的时间窗口，在“海洋石油201”船、“海洋石油287”船、“海洋石油291”船的密切配合下，2月28日，海上施工作业团队仅用20小时就完成立管回接，比原计划提前2天，回接作业的速度让国外专家惊叹。

深海海管敷设作业更是检验一个国家海洋油气资源开发能力整体水平的重要标志。首次涉足1500米水深海管敷设作业，项目组同样面临极大压力。

工欲善其事，必先利其器。“海洋石油201”船是“深海一号”超深水大气田项目1500米水深海管敷设的主作业船，而要完成深水铺管作业，必须对其托管架进行改造。这也是一场硬仗——需要在7个月内完成1000多吨装置的优化设计、制造及调试工作，工期紧、任务重。刘克建和团队挑起了这项重任。

赛轮套安装是托管架建造过程中的关键环节。安装前，赛轮套要在液氮中持续冷却，从液氮中取出后，6名工人需要无缝配合，在20秒内将赛轮套毫厘不差地安装到轴承孔中，否则昂贵而“娇气”的赛轮套便会由于热胀而废弃。

“要像F1比赛换轮胎一样，又快又准又稳！”按照刘克建的建议，作业人员在施工现场制作出了一件工装设备，开始不断模拟整个赛轮套安装过程。经反复练习与模拟，赛轮套安装一次成功率达 100%，完成了这个大家眼中“几乎不可能完成”的任务。

有了装备，还必须对关键技术进行攻关。项目组和施工团队联合制订了 30 余项深水铺管技术方案，多项技术填补了国内空白。作业中，更是创下了国内深水项目最大单日敷设效率 4.02 千米 / 天的新纪录。

6 月，一望无际的南海，浪潮涌动。在这看似寻常的一天，我国首个自营超深水大气田——“深海一号”如期投产，产量超配产。

消息传来，举国欢庆，业界侧目。

“深海一号”超深水大气田的投产，是南海西部实现稳产增产、建设“万亿大气区”的关键一环。项目投产后，将每年为香港、广东、海南等地区稳定供应天然气 30 亿立方米，这将有力保障国家能源安全和服务地方经济社会发展。

“深海一号”超深水大气田，镌刻了历史。2014 年，中国海油首次钻获我国首个自营超深水高产大气田；2019 年，气田正式进入实质性开发建设阶段。5 年来，中国海油先后攻克了 1500 米水深开发井水合物防治、30 年长周期高产等技术难题，填补了国内空白。

“深海一号”超深水大气田，诠释了速度。像“深海一号”超深水大气田这样千亿规模的气田，国外从勘探到开发大约需要 8 年的时间。中国海油仅用 5 年就实现了开发投产。

“深海一号”超深水大气田，书写了荣耀。如果有人对中国速度和中国创新产生怀疑，不妨听听它的故事。它让我们相信：速度和奇迹的创造者不是一个人或一群人，而是一代人的刻苦与勤勉、执着与坚韧。

“深海一号”超深水大气田，演绎了真理。靠自强不息，靠勇气与智慧，再难的路，再远的路，都可以奋力追赶、拼搏超越。

“深海一号”超深水大气田的投产，是一个阶段的结束，更是一个新阶段的开始。

气田投产后，如何确保其安全、高效生产，同样是一道难题。

实际上，为确保气田投产后的顺利运营，项目建设阶段，中国海油就派出生产人员介入，熟悉情况、培养人员、制订气田投产方案。“我们一定要确保气田顺利投产。”生产准备项目组经理罗飞箭感受到沉甸甸的责任。

此后，罗飞箭带领生产方开展设计沟通、文件编制、设备验收、系统调试、投产准备等各项工作。他和生产准备组成员的每一个人，全部工作只为这一件事——确保气田如期投产。

为了这一天，他们绞尽脑汁想办法驯服“深海一号”超深水大气田这只“钢铁巨兽”。“深海一号”超深水大气田结构复杂、高精尖设备多，他们经常点灯熬夜审查图纸，废寝忘食地澄清技术，不厌其烦地进行设备验收。一次技术交流会上，罗飞箭极力推荐在平台底层甲板的反底面增加维修梁。当时设计已接近尾声，各项工作准备铺开，现阶段增加反底结构，不仅增加工作量，还有可能延误工期，很多人不理解。罗飞箭解释：“平台设计虽进入尾声，但并不是不能优化，我们的底层甲板反底面有大量的管线和结构，后期维修时需要人员搭建脚手架才有作业空间。搭建脚手架风险高，人力、物力耗费大，如果我们现在安好维修梁，看似麻烦点，但以后会轻松很多，我认为值得。”后经反复核算、验证，项目组同意了他的建议，在平台反底甲板增加了 18 根维修梁。

如今，气田投产，梦想成真。即便如此，对于投产后的“深海一号”超深水大气田，大家仍然呵护备至。

“气田投产后，还有难题需要攻克：‘深海一号’超深水大气田的天然气接入崖城管道，崖城作为‘枢纽’的任务更重；‘深海一号’超深水大气田平台没有台风模式导致的停产与保供问题。”相关负责人说，“但再难，我们都会‘照顾’好她，让她建功立业，为祖国奉献更多能源。”

“深海一号”超深水大气田的投产，是我国海洋石油工业的重要里程碑。她吹响了中国海油加快开发南海深水油气的号角。以“深海一号”超深水大气田为桥头堡，中国海油还将开发我国首个深水高温高压气田陵水 25-1，以及我国首个超深水气田陵水 18-1。

而更多气田的开发，让建设南海大气区的梦想越来越近。

为建设南海大气区，中国海油计划用一整套完善的天然气管网，把已投入开发生产的东方气田、崖城气田等一颗颗散落在南海海域的“宝石”穿起来，形成一条“项链”，通过建设“南海大气区”，实现将各气区联网，进而提高开发南海天然气资源的能力。

这种思路，可整体降低南海气田开发成本，提升整体利用效益。尤其是“深海一号”超深水大气田等具有规模储量的深水大气田的纳入，更有利于提升这种整体降本增效的作用。

心中有光，脚下有路。以“深海一号”超深水大气田投产为新起点，中国海油正充分发挥资源禀赋优势，加大南海天然气勘探开发力度，不断加快万亿大气区建设步伐。

万亿大气区，正扑面而来！

耕耘江河的人

——记中国长江三峡集团有限公司杨宗立

◎文 / 彭宗卫

时间永远回不到原点，但是成就事业的人生，都有一个非常重要的原点。从某一个起点出发，锲而不舍地延长自己的半径，就能画出美丽的事业圈。

——题记

一

时隔十几年，面对郁郁葱葱的建设营地，杨宗立仍然会想起满地焦黄向他扑面而来的那个灼热的乌东德黄昏。

3 辆越野车载着 16 位赶路人从成都出发，一路高卷风尘，向着大凉山腹地行进。经四川省西昌市，过凉山州宁南县，再翻越四川一侧的高山，跋涉近 200 公里的蜿蜒土路，来到云南省禄劝县。

前方目的地，是川滇交界的金沙江畔，南国春天最早到来的干热河谷。这里黄昏时分的红壤显得格外耀眼，孤零零的春树伸出瘦小枝条，大地上没有生机，干热河谷迎面扑来阵阵焦土的气息。远处的江水，瘦成一条长长的腰带。

这一年，杨宗立 47 岁。一项重大使命在等着他。

这一天，是 2011 年 1 月 19 日，

距离农历春节还有十多天，金沙江干热河谷里已经暖意融融。

这一天，风尘仆仆，但却注定不凡。一座发挥重大战略支撑作用的大国重器，从此与之紧密相连。

这一年春天来得特别早。春节前，三峡集团向家坝工程建设部原副主任杨宗立接到通知，参加乌东德水电站工程技术审查会议。没过多久，任命文件就到了手上，要求他担任乌东德水电工程筹备组组长、临时党委书记，全面负责电站前期筹备工作。

乌东德在哪里？它在距离云南省昆明市 200 多公里外的金沙江峡谷，在彝语中意为“五谷丰登的坪子”，苗语里意为“云雾缭绕的地方”。听上去颇为浪漫，但这里名不见经传，村庄人迹寥寥，土地荒凉贫瘠，显然与浪漫诗意不搭边。

乌东德有什么？有高山峡谷，有湍急水流，有险滩密布，有日晒风吹，就是没有路，没有水，没有电，没有通信。放眼望去，河谷两岸都是赭红色大山，山是赤裸的，地是焦黄的，草是枯败的。气象资料记载，这里四五月太阳底下的温度高达 48 摄氏度，全年蒸发量是降水量的 6 倍以上。两省交界处是信号盲区，没有基站，不通信号，早期的“摇把子”电话都少见，更别说手机。一江隔川滇，江面不宽，但水流湍急，千古天堑，进来了不想出去，出去了不想进来，交通不便的劣势倒成了历史上人们躲避战乱的最佳选择，久而久之，在半山上聚集成零星的村落，1935 年红军长征路过此地，欲设法从附近的洪门渡过江，没有成功。

乌东德要做什么？要修建一座超级电站。它是金沙江下游河段 4 个巨型水电站中的最上游一级，是“西电东送”的国家重大工程，总装机容量 1020 万千瓦，年发电量可达 389 亿千瓦时。

从金沙江下游最末端的向家坝水电站一路西进，来到乌东德时，这座后来闻名于世的超级工程，彼时还停留在图纸上——也不全在纸上，原来的设计规划方案，在杨宗立团队的审慎研究下，很多都进行了完善。

“组织上安排我来负责乌东德水电站筹备工作，是对我的信任。我们一起努力，打造一个干事创业的团队，把工程建设好！”面对艰苦环境，杨宗立坚定信心，带着随他进山的十几个年轻技术人员，开始谋划一座超级工程。

大工程就是一个大战场。杨宗立很快厘清工作思路：一是尽快通水、通电、通路、通信号；二是尽快建好临时营地，年底形成生产生活条件。筹备前期，缺少生活用水，就临时从山沟里牵出一根水管，就着筷子般粗细的水流洗脸洗澡；没有住房，就在荒坡上修建临时营地，周边是破碎的地质，荒芜的冲沟。

但首要任务是必须打通左右岸对外交通公路。一条路在四川境内，大山里的乡村盘山路不能满足工程需要，要修通二级公路，连接到西昌；一条路在云南境内，沿着当年红军长征走过的大山，穿山打洞，架桥修路，连接昆明。这样，大批物资设备才能运进山来。

四川侧是大凉山地区，修路是当地干部群众“千年的呼唤”。工程预可研阶段，初步确定四川侧对外交通是二级公路，但在崇山峻岭间修建二级公路，几乎无法实现。

地方上坚持要修二级公路，设计院又执行不了，双方僵持不下，怎么办？

“办法总比困难多，而且办法总是人想出来的！”爱动脑子的杨宗立跟设计单位负责人讲，在实际工作中，不仅要有斗争精神，还要有斗争本领和斗争经验。经过反复研究，他发现可以从公路等级上“突围”——二级公路分上线和下线，按二级公路的下线和三级公路的上线标准去执行，这样双方不都讲通了吗？

2011 年底，首批员工全部住进了临时营地。千年沉寂的荒凉土地上有了水、有了电、有了路、有了信号，人工栽培的三角梅吐出了第一抹艳霞。

但作为现场总指挥，杨宗立心里装的可不止这些。整个工程的设计思路、环境布局、管控思维、外部关系、全生命周期管理等，均要做到心中有数，这是建好超级工程的开端，也是工程最终能否发挥良好效益的关键。

他一步步厘清思路，从优化工程设计开始，带领团队对整个工程设计、方案、管理、材料等进行全面的管理创新。

二

谈及杨宗立的水电人生起点，需要追溯到三峡工程建设期。对于他来说，那是一段激情燃烧的峥嵘岁月。

兴建三峡工程，治理长江水患，造福沿岸百姓，是中华民族的百年梦想。1984年，中央财经领导小组召开会议，决定成立三峡工程建设领导小组，筹组中国长江三峡工程开发总公司。

彼时，20岁的杨宗立刚从武汉水利电力学院毕业，立志水电报国的他，坚持到一线去扎根。填报分配志愿时，他毫不犹豫地选择了中国长江三峡工程开发总公司筹建处，从此再也没有离开过水电工地，这一干，就近40年。

1984年到1992年，是三峡工程前期筹备阶段。这期间，三峡总公司筹建处的一项重要任务就是引进大学生，安排到全国各大水电施工局去实习锻炼，为三峡工程储备人才。杨宗立先去葛洲坝工程局实习，一年后回来，正赶上三峡工程重新论证。他参加了论证工作，跟着专家前辈把相关技术完整地学习了一遍，提前思考了很多问题。

1994年12月14日，三峡工程正式开工建设。这期间，杨宗立主要负责三峡双线五级船闸的修建。

三峡双线五级船闸，是世界上规模最大、连续级数最多、水头最高、运行条件最复杂的内河船闸。面对庞大复杂的船闸工程，杨宗立认真研究整体设计，接触了上万张设计图纸，为船闸浇筑的每一仓混凝土都建立了工作台账。三峡工地梅雨季节打雷多，雨季施工非常艰难，遇上下雨打雷天，杨宗立不是往房间里跑，而是朝船闸施工现场跑，确保施工不出问题。

船闸有水调试之际，正是春寒料峭之时。一天深夜，工人发现六闸首闸室进了水，负责抽水的单位、闸室施工单位和闸室检修单位，都未发现属于自身职责范围内的问题。接到现场监理电话后，杨宗立立刻没了睡意，急忙赶到工地。

在询问各家情况并对设备进行查看的基础上，熟悉工程现场情况的他迅速做出判断，可能是集水井的进水口被堵住了。

“不可能！”3家施工单位负责人意见一致。为证实自身判断，他冒着危险爬行60米来到廊道，钻入刺骨的水里仔细检查，发现果然是进水口被堵。症结找到，问题也迎刃而解。

2001年，三峡永久船闸终于建成，2002年6月16日开始试通航，试运行一年多，没有因为设备设施停航一天。从此，万吨级船队可以顺利通过船闸出入川江，长江航运事业迎来全新时代。

君子藏器于身，待时而动。扎根三峡工程20年，杨宗立深刻明白一个道理，不要把问题看作包袱和麻烦，问题恰恰是推动个人进步的一种强大力量，是激励个人思维创新的重要机会，要多跑工程现场，在现场观察问题、发现问题、思考问题，只有想得到、看得见、听得见，才能做得实，才能破解工程难题。

三

梳理自己参与三峡工程筹备和建设的工作经历，杨宗立常常自省：自己究竟积累了些什么？

他的答案是：结合工作学习新知识，结合实践解决新问题，结合问题积累新方法。

三峡工程筹建期间，他动手搞工程设计，搞工程测量，编写招标文件，制订施工方案，自学经济管理。在那个激情燃烧的年代，他没有浪费一天，感觉自己的青春每天都在燃烧，不曾虚度。

三峡工程建设期间，单位配有计算机，他利用业务时间自学编程语言，一学就是一个通宵，自己编程设计管理软件，不断提升计算机思维和应用能力，并在对外交通公路等项目中加以实践。

在三峡工程项目管理中，很多决策要提前做经济判断，管项目必须懂经济。他开始自学经济管理专业知识，学工程概算预算，学招标合同管理。

三峡工程对外交通公路通车后，从三峡工地到宜昌家中只有40分钟路程，杨宗立仍每星期只回家一次，吃住在工地，白天在施工现场检查，晚上在办公室审查图纸，编制施工组织方案，把大量时间用在学习上。

他甚至喜欢在学习上自找苦吃。三峡工程管理工作非常庞杂，各项工作之间都存在逻辑关系。他便逼自己去思考，对于分管工作兢兢业业干好，未分管的工作也投入十分精力去思考学习，努力打通工作中的深层逻辑关系。

“在三峡工程中，我就是一个学徒，从前辈那里学，从施工单位学，得到很大提升，把书本知识变成了实践经验。”多年后，谈到成长的快乐，杨宗立仍津津乐道。

四

杨宗立出生于湖北荆门一个农村家庭，从小养成了节约习惯。大学期间，国家每月帮扶 17.5 元困难生活补助，他便再也没要过家里一分钱，靠困难生活补助读完了四年大学。

骨子里的科学节约意识，被他移植到工程建设中来。

2004 年 3 月，他离开整整陪伴了 20 年的三峡工地，调任三峡集团金沙江向家坝工程建设部副主任，分管经济管理工作。向家坝工程原设计方案中，规划修建油库和加油站，杨宗立牵头审查设计，反复深入调研，拿出新方案，并得到上级批准：“向家坝工程紧挨着宜宾和水富两个城市，当地完全能够满足工程用油条件，没必要专门修建工程油库和加油站。”

有人说他太节约。“不就是说我抠门儿吗？我们不比享受，我们比境界和能力。”他对别人的微词不以为然。

转战乌东德后，杨宗立依然被人称作“杨抠门儿”，但他在乌东德首创“限额设计”管理方式，抠的都是不该乱花的冤枉钱。

施期料场道路，是用于连接乌东德坝址与右岸下游施期料场、大坝砂石加工系统等的场内交通，属右岸永久道路，非修不可。但在坝址与施期料场之间，横亘着一个大麻烦：位于右岸的金坪子滑坡区。

为避开滑坡区影响，设计方想在左岸先建一座大桥，直通滑坡区下游，避开滑坡区后，再修路至施期。看起来，方案似乎没毛病，但杨宗立又把设计方“怼”了回去。“原设计线路全长约 3.6 千米，太长太浪费！”“右岸桥墩缺乏施工条件，工期也不满足实际需要！”

“不就是舍不得花钱吗？”大家似乎对他的“小九九”心知肚明。

“明明能找到一种既节约钱又能完全保证施工效果和工程质量安全，同时又节约资源的方式，为什么不用？”杨宗立坦然回应。

拗不过他一再坚持，设计方只好试一试。这一试，居然真找到了更好的办法：直接从右岸金坪子打一个隧道，通向阿摆缓台，再依山就势，从该处修一条到施期去的明线道路，不就行了？

这么修有什么好处？杨宗立掰着指头，数出了好些条：能不能避开滑坡体影响？能。不用从左岸跨江修桥，道路建设会不会受汛期影响？不会。修隧道的造价低不低？工期快不快？建设难度大不大？又低又快难度又不大，至少可以节约上千万元的资金投入。隧道可不可以同时作为施期砂石料皮带机的运输路线？可以！

但限额设计首先要确保工程质量与安全。在大坝、地下电站、泄洪洞等永久工程的施工中，杨宗立却向来是"不节约"的。

导流洞一旦下闸封堵，水位就会抬升，风险较大。杨宗立要求施工方加强灌浆、预留通道，"花再多钱也要确保安全！"

地下电站灌浆施工，常人肉眼看不见，施工单位在灌浆过程中出现作假问题。杨宗立见状很生气："不管你灌了多少浆，全部重新做！"这还不够，为解决作假问题，他组织研发智能灌浆系统，用智能设备监测灌浆过程和效果，推动行业技术革新，虽然增加了投入，但无人敢作假，工程质量安全有保障，这比节约钱更让他舒心。

五

作为乌东德水电站建设的总指挥，除了点兵点将，杨宗立更重要的任务就是设局布阵。

重大工程建设，都要经过预可行性研究、可行性研究审批，从招标设计到施工图设计等一系列过程，都是在有限的条件下、一般的认识上做出的方案和措施，工期和各个阶段的节点目标都存在调整的可能性。特别像乌东德水电站这样的工程，受地质条件、气候环境、自然灾害、河道水文、社会环境等影响巨大，不确定因素特别多，因此从实际出发，调整各阶段目标就成为工作常态。而要想优化设计，必须实地踏勘整个坝址，熟悉工程环境。

2011 年初，杨宗立带着筹建处和设计院技术人员，步行踏勘峡江两岸的地形地貌。踏勘全靠两条腿，中年人拄拐杖，年轻人背干粮，大清早出门，坐冲锋舟过江，用干粮充饥，石板当办公桌，就地商量解决问题。

梦想有美丽的一面，也有残酷的一面，望着湍急的金沙江水，望着两岸鬼见愁的大山，随行的年轻人心里犯了难。“我们的力量太弱了！现场不熟悉，人手又不足，骨干又少，您一个人能承担这么大的压力吗？”一个山东籍年轻员工问杨宗立。

杨宗立淡淡一笑，只回应了三个字：“怕什么？”

他决心如磐，年轻人的心也跟着定下来。踏勘不是一两周，而是要持续几个月。他们徒步穿越金沙江两岸的花椒地、油桐林，穿越两岸的山崖和羊肠小道。为了让图纸上的施工方案与现场实际情况吻合，坚持用双腿走完整个施工区，杨宗立是乌东德第一人。2011 年 10 月 1 日，杨宗立带着技术人员到金沙江支流鲹鱼河去踏勘，中途要换乘冲锋舟。那是一处回流湾地势，当地人讲，从古至今在这个漩涡里被打翻的船只不在少数。冲锋舟如同一片孤叶，在翻涌的浪花上随波逐流，一旁的小伙子吓得抓着船舷不松手，杨宗立却很淡定，一双眼睛像是扫描仪，早已将两岸山形地势收入眼底。

三个多月以后，他带领团队顺利完成现场踏勘工作。

踏勘工作结束后，他带领年轻同事和设计人员泡进设计图纸堆里，用一年时间，慢慢厘清了工作逻辑，巧妙处理了时空关系，对工程技术、经济、工期等逐一展开论证，对庞大复杂的工程设计每个细节进行了优化，打开了乌东德水电站筹建期“三通一平”的工作局面。

筹备组进场，组织开展筹建项目施工是主要任务，但杨宗立并没有盲目推进施工。他牢牢抓住“规划布置”这件大事，把有些已经安排施工的项目停下来，对正在施工的项目进行清理和调整。

彼时，乌东德左右岸两条低线公路已开始施工，采用明洞结合方式，其中明线路段较多，而且大多处于主体工程边坡施工区域。杨宗立经过科学调研、审慎分析，提出“以隧洞为主、明线为辅”的低修公路建设思路，同时把上下施工存在干扰、时间上难以错开的部位改成洞线。方案调整后，虽然道路修建费用略微增加，但避免了乌东德主体工程边坡开挖对道路不畅或中断施工带来的严重影响，保证了后期工程正常施工。优化大坝砂石加工系统、优化供水系统、优化场内道路、优化工地油库、优化隧洞替代大桥方案、优化物资供应管理……多年以后，谈起“优化调整施工总布置方案”这件事，杨宗立仍津津乐道：“我组织优化设计的工作思路，一是通过优化布置，节约成本；二是方便施工管理，减少干扰；三是注重前后衔接，避免重复，留有余地，保障施工；四是实现本质安全；五是推行环保先行。”

2011 年，杨宗立带队完成了乌东德水电站可研阶段设计审查，确定了工程枢纽总布置、总进度计划、施工总布置、总体实施规划，为筹建工程建设全面开展奠定了坚实基础。有人做过统计，对比国内同类电站，乌东德水电站的可研工作结束得最早，前期设计与后期施工基本无偏差。

2012 年 2 月，当火红的攀枝花盛开的时候，乌东德水电站“三通一平”项目全面推进，主体工程项目招标工作全面启动。

六

时光见证，从 2011 年开始工程筹备，到 2021 年 6 月全部机组投产发电，整整 11 年间，乌东德工地的灯光没熄过一夜，施工现场没有停过一天，施工高潮一个接着一个，攻坚战一场接着一场。技术人员和工人们长年累月奋

斗在工程建设一线，白天头顶着烈日，夜晚披星戴月，节假日放弃与家人团聚，以无私奉献的精神，谱写了一曲曲可歌可泣、催人泪下的重大工程建设新诗篇。

在乌东德，无论是项目管理还是综合管理，无论是经营合同还是费用报销，杨宗立脑子里都有一本“明白账”。“大账本”查得严，“小算盘”打得精，抓方向、谋规划，抓细节、抓落实，他从不做甩手掌柜，对自己承担的工作敢于负全责。他谋划全局、精细管理、厉行节约的工作作风，对身边同事影响很大。

乌东德水电站每年有上百份合同要签订，工作任务极其繁重，责任重大。无论是大到上亿元的合同审批，还是小到几百元的常规费用报销，杨宗立都严格把关。在全面掌控工程建设的同时，他重点关注合同管理，从来没有因为要抓全局工作，就对类似变更、费用审批等工作放松要求。他经常会找来图纸，反复核算工程量，推敲变更依据。

他常常和班子成员交心、谈心，坚持民主集中制，制定主任办公会制度，坚持“三重一大”集体研究决策，涉及招标立项、工程决标、资金安排、技术方案和制度出台，都要经过班子充分讨论，按照“集体领导、民主集中、个别酝酿、会议决定”的要求，采取民主讨论、集体决策与明确分工、落实责任相结合，做到大事上会集体研究决策，小事碰头多商量，班子团结，战斗力强。

他带头落实党委主体责任，通过建立各部门间相互监督、制衡的工作机制，从源头上预防问题的发生。结合工程建设实际，他带头讲党课，将理论学习和工作实践相结合，有力带动了员工学习，提高了团体整体素质。2015年10月26日至29日，党的十八届五中全会在北京召开。全会强调，实现“十三五”时期的发展目标，破解发展难题，厚植发展优势，必须牢固树立并切实贯彻“创新、协调、绿色、开放、共享”的发展理念，这是关系我国发展全局的一场深刻变革。

杨宗立深刻意识到了这场变革的重大现实意义和深远历史意义，按照三峡集团对工程建设板块提出的“五控制一综合”总体要求，有效结合和统筹把控工程施工质量、安全、进度、成本、环保和综合治理，结合学习和深入思考，在乌东德工地推行以“创造综合效益”为导向的管理理念和方式，一步步实践他的“工程辩证法”，绘制出一张乌东德水电站管理的思维导图。

——技术上要可靠、实用、可行，结合当地具体条件能够实现的技术方案，才能实现本质安全。

——效益服从质量和进度要求，实现工程总效益目标。充分把握成本与效益的关系。

——质量是项目的根本。要充分认识项目质量的重要性，始终坚持质量第一，发挥质量控制的主动意识，杜绝隐瞒。通过优化施工布局，从设计阶段就开始抓施工安全质量。

——加强安全管理是质量、进度、成本控制的需要，安全管理要强制执行，发布一系列强制规定，逐步养成按章操作的习惯，树立从“要我安全”到“我要安全”的思想。

——时刻做好预谋预判，包括进度预研、质量预控、安全预判、成本预审，将各种风险降低到可控程度。

——坚持生态优化，绿色低碳发展。建设水电站要节约生产，减少破坏，环保施工，循环利用，还要做好水污染治理、水生态修复和水资源保护“三水共治”，切实保护和改善水环境，实现在保护中发展、在发展中保护。经过 5 年的辛勤筹备，乌东德水电站工程终于迎来重要时刻。2015 年 12 月 16 日，国务院召开常务会议决定对金沙江乌东德水电站项目予以核准，工程建设从此进入全新阶段。

七

在乌东德，对于新技术、新工艺、新设备的应用，杨宗立一直是坚定的支持派。他深知，如果没有配套的新思路、新技术和新设备，重大工程建设的质量安全管理就没有保障。乌东德无缝大坝的成功建设，就是典型代表。

乌东德大坝首仓混凝土于 2017 年 3 月 16 日开始浇筑，但围绕大坝浇筑开展的研究谋划工作早已提前一年多展开。为了建成一座真正的“无缝大坝”，2016 年，杨宗立决定利用开挖向混凝土转序的时机，围绕大坝混凝土施工做好充分准备，提前一年研究混凝土转序工作、制订转序工作计划，成立灌浆、开挖支护、混凝土、信息系统共4个专业小组，明确各方工作任务、责任人和时间节点，持续跟踪落实。通过细化梳理和编排设计供图计划、施工组织设计与施工方案、工艺标准和作业指导书，形成设计图纸清单、管理制度清单、文件报批清单。

大坝正式浇筑前，杨宗立还带领团队研究增设大坝混凝土试验仓，开展浇筑工艺试验，进一步对混凝土振捣时间、模板加固与变形、拆模与冲毛时间、保温被材质等开展对比验证，摸索确定工艺参数。

乌东德水电站地处金沙江干热河谷，河床地形地质条件复杂、自然条件恶劣，大坝工程综合技术难度极大，尤其是混凝土的温控防裂。

大坝是水利水电工程最核心的主体建筑物，它的建设与运行安全是工程成败的关键。乌东德大坝建设需要浇筑大量混凝土，混凝土中的水泥水化反应会产生热量，使得混凝土浇筑后温度上升。如果不采取有效的温度控制措施，任由混凝土热胀冷缩，难免会产生裂缝。

耕耘江河30多年，杨宗立对处理乌东德大坝温控防裂这项世界级难题记忆深刻。从筹备乌东德水电站那一天起，他就带着技术团队开始谋划，为如何建造一座真正意义上的“无缝大坝”想出了无数个办法。

办法一：通过对乌东德大坝体型进行设计优化，减少应力集中的问题。

乌东德大坝最大坝高270米，平均厚度40米，厚高比仅为0.15，是目前世界上最薄的300米级双曲拱坝。

办法二：乌东德全坝使用低热水泥，成功解决了大坝混凝土发热问题。与常规使用的中热水泥相比，低热水泥水化热量低、后期强度高，具有高抗裂、高耐久性、耐冲磨性等特点。乌东德大坝共浇筑907仓270万方混凝土，破解大体积混凝土温控难题，优质高效建成了“无缝大坝”。

办法三：大胆改进工艺，解决大坝散热问题。

大坝浇筑进入强约束区，一般都是浇筑1.5米的薄层混凝土。浇注乌东德大坝时，杨宗立大胆提出，按4.5米升层进行浇筑。他心里非常清楚，4.5米升层可以分两次浇筑，一次浇筑2米，一次浇筑2.5米，这样可以缩短备仓时间，避免仓面出现长间歇，间歇时间保持在10—12天，这是浇筑混凝土最好的间歇期。

办法四：通过研发应用水泥灌浆智能控制技术和成套装备，实现灌浆作业“阳光化”。

乌东德在国内 300 米级高拱坝施工中首次全坝采用无盖重固结灌浆技术，避免了混凝土长间歇。通过研制智能建造的成套设备，实现全生命周期的智能建造，打造全过程混凝土施工精细化管控。全面创新并应用智能灌浆技术，实现隐蔽工程的“阳光化”。

办法五：通过提升管理，应用智能建造技术，确保温控防裂措施到位。

建设乌东德智能大坝，就要给大坝浇筑装上“智能大脑”。杨宗立带领团队开发了一系列智慧管理平台，研制出一大批智能设备。通过研制、试验和规模试验，智能灌浆系统在大坝固结灌浆中成功使用，达到预期成果；设计的施工管理 APP 系统投入运行，推动了标准化的质量管理。

在大坝建造中，埋设了数千个传感器，如同植入大坝体内的“神经元”，技术人员可以全面掌握大坝施工进度、内部温度、受力状态、周边环境变化等第一手信息，及时发现异常，科学研判，辅助对施工进行决策，实现全面感知、真实分析、实时控制，随时可以掌握大坝的“头疼脑热”。为防止大坝混凝土开裂，通过智能通水冷却系统，给大坝降温，大坝可以分析自身温度，通过自行运算后，动态调整通水量，让大坝保持最舒适的温度。

2020 年 5 月 4 日，历时三年零两个月，乌东德大坝主体工程全线浇筑到顶，连续两年实现大坝年上升 100 米、混凝土浇筑 100 万方的“双百目标”，世界首座 300 米级低热水泥混凝土拱坝拔地而起，巍然屹立于金沙江上。

乌东德大坝建成后的各项监测数据表明，各项性能指标均在设计要求范围内，工作性能优良。国家质量监督总站专家给出权威评价：“乌东德大坝混凝土性能优良，称得上是真正意义上的无缝大坝。”

回首“吃螃蟹”的历程，杨宗立说：“乌东德大坝全坝使用低热水泥带来了很多好处，温度可以精准控制，随心所欲掌控。拌合楼出机口温度，设计要求是 7 摄氏度，我们提高到 10 ～ 12 摄氏度，我们大坝浇筑温度在 25 ～ 27 摄氏度，比设计要求温度还低 2 摄氏度，保证了可靠性。”

浇筑大坝，杨宗立也在实践他的“工程辩证法”。他经常跟青年工程师讲，过去的经验不能死搬硬套，一定要实事求是，从实际出发；管工程项目不能局限于权威，不能局限于书本，始终要明白目标是什么；工程目标只有和现场实际条件相结合，才能决定最终采取什么方法——一切从实际出发。

“比如，浇筑乌东德大坝和浇筑三峡大坝，二者的外界温度条件完全不一样。”杨宗立说，“三峡大坝浇薄层混凝土是为了散热，就像人在夏天要穿薄一点，但是乌东德大坝地处金沙江干热河谷地带，环境温度比三峡工程环境温度高很多，人在沙漠里还会穿薄衣服吗？浇薄层会有用吗？答案肯定是浇厚层混凝土更好。”

乌东德水电站推进非常顺利，到 2016 年底，大坝混凝土浇筑准备工作全部到位，砂石骨料输送完成、混凝土生产、运输线都已投入运行，满足乌东德水电站条件的标准化施工器具和设备全部落实，智能大坝建造措施到位。全体建设者终于迎来了大坝浇筑的重要时刻。

八

作为现场总指挥，杨宗立时刻保持清醒头脑，常常自我加压担责。他常说，如果工作中事事都按部就班，很多事都可能做不成，如果逼着自己去担责，每天都有创新故事发生。

在管理上，他大力推行机械化换人、自动化减人，实现智能化、数字化，做到阳光透明，保证质量安全。管理过程中，任何一方提出的问题，他都要认真组织研判，严格办事程序，精心优化方案，严格把控风险，规范工作流程，不留任何影响大局的隐患问题。

乌东德水电站分布在金沙江两岸，数万建设者分散居住在 10 公里狭长的河谷里，民工队伍多，管理难度大，施工交叉多，但杨宗立自我加压，针对他们的日常管理事无巨细。

在现场检查方面，不管夏天多热，不管日常多忙，杨宗立坚持每周至少 3 次深入工地。他叫上司机，随时前往各个施工部位查看。在工地上，他向技术人员了解进度，与一线工人交流，处理现场发现的问题，调动参建人员的积极性。

2018 年是乌东德水电站建设的关键一年。杨宗立给自己压上的担子更重了。他按照认真组织、严格管理、过程控制的工作思路，坚持目标管理、问题导向，带领建设者圆满完成全年生产计划任务，工程质量安全和费用可控在控，工期满足要求，继续朝着精品工程目标大步迈进。

进入 2019 年，乌东德水电站建设已走过辉煌的 8 年，到了临门一脚的关键时刻。围绕工程建设、内业资料、蓄水验收三条主线，工程面临着验收、下闸蓄水的重大考验，必须克服任务重、难度大、时间紧、资金紧张的困难。

面对问题与困境，杨宗立也有过苦恼，但他就像一只不倒翁，所有压力都未把他打倒，他团结参建各方，成功解决了关键之年的关键问题，乌东德水电站顺利通过蓄水验收，工程进度、质量、安全、环保、投资、稳定性均在可控范围，大型设备安装也进入高峰，大坝中孔具备过流条件，水垫塘衬砌、下游围堰拆除及防护满足过流要求；所有与蓄水相关的施工支洞、勘探洞及钻孔的封堵完成，帷幕灌浆防渗满足蓄水要求。

也就在这一年，“不忘初心、牢记使命”主题教育全面开展。杨宗立在主题教育中不断反思自己：党和国家如此信任我，让我担任这项伟大工程的现场总指挥，我不能有一丝一毫懈怠，必须时刻充电！

他继续自我加压，利用晚上和休息时间，读书、看报告、听讲座，结合现场工作面临的实际情况，进一步思考复杂问题，找到盲点，打通堵点，疏通痛点。他重点思考如何处理好建设进度与效益、质量、安全的关系，全面系统地分析判断，实事求是地处理工程建设中的一系列问题，谋划取得良好综合效益的最佳方案。通过学习，他开阔了思路，明确了方向，消除了顾虑，掌握了一些新思路和新方法，实现工程建设目标的思路更清晰，建设好乌东德工程的信心更足了。

2020 年，是乌东德水电站首批机组投产发电之年，乌东德水电站面临的重要节点更多：1 月开始下闸蓄水，2 月实现两台机组转子吊装，4 月完成导流洞堵头施工和第二阶段蓄水验收，5 月大坝提前浇筑到顶并实现水库蓄水目标，6 月实现首批机组投产发电，7 月第二批机组投产发电，8 月提前蓄水至 965 米水位，10 月表孔检修门完成下闸并启动表孔弧门安装，11 月第三批机组投产发电，12 月第四批机组投产发电。这些节点都是乌东德水电站的“结”，解不开，解不好，都会造成极大的被动。

可年初，就在工程朝着首批机组投产发电目标全面冲刺的关键时刻，新冠肺炎疫情暴发，全国各地按下暂停健。世纪疫情与工程建设相互交织，巨大压力，再次向杨宗立袭来。

乌东德水电站总设计单位在武汉，且大多数建设者都是湖北人，在当时湖北的严峻疫情形势下，只要有一个人感染，整个工程建设都将按下暂停键。可是，为了实现首批机组按时投产发电的目标，乌东德水库蓄水工作正在紧张展开，一秒钟也不能停下。要想工程不停工，必须确保整个施工区安全稳定、新冠感染者为零。

在工程重要节点和疫情重大考验面前，杨宗立主动承担第一责任人职责，精心谋划疫情防控，有序推进复工复产。新冠肺炎疫情防控严格，回家过春节的人员不能返岗，现场工作任务增加，在急难险重任务面前，杨宗立带领现场留守人员坚守工地，动员参建单位把现场人员全部集中起来，把非关键岗位上的人员减下来，调配人员支援重点施工部位。而他自己则每天深入疫情防控一线监督检查，一方面做好人员管控、监测、隔离，另一方面加强与地方政府沟通协调，解决物资运输问题，积极推进复工复产。

在他的安排下，工地 2000 多名春节留守人员服从统一指令，以疫情防控和复工达产为目标，发挥党组织及党员作用，迅速成立施工区党员突击队，加班加点完成任务，同时积极落实人员安全返岗，解决各种困难，最终实现了“零质量事故、零安全事故、零疫情报告、零目标延误”。

2020 年，杨宗立连续 8 个月坚守工地，没有回家。在他的带领下，全体建设者一路过关斩将，实现一个个看似不可能实现的节点目标，最终交上了圆满答卷。成绩的取得，与他坚持凡事预判在前、谋划在前、措施在前分不开，下闸蓄水、导流洞封堵、大坝到顶、投产发电、工程验收、尾导改建，这一系列工作犹如神来之笔，每项工作都化险为夷，顺利迈过道道关口。

“我们最终顺利实现所有工程目标，得益于一个‘敢’字，敢担当，敢创新，敢突破。我们敢于提前将 895 米水位抬升到 919 米，敢于在受铁路复建工程制约的情况下将水位抬升到937米，满足了机组调试基本要求。敢于采用上抬下降的调度方式，为机组实现额定甩负荷打好基础；敢于打破常规，不下闸实现了965米水位蓄水；敢于再造机组调试流程，减少外围影响，保证机组提前发电。可以说，没有这些重大突破，乌东德水电站不可能取得按期投产发电的好成绩。”杨宗立犹如当年指挥红军巧渡金沙江的得胜将领，对世界第七大水电工程的建设运筹帷幄、轻松自如、信心满怀。

九

2019年9月底，距离2020年6月乌东德水电站首批机组投产发电还有9个月时间。

发电需要蓄水，蓄水需要封堵导流洞。这一影响因子成为制约电站能否按期投产发电的关键性因素。但乌东德水电站地质情况复杂，该如何完美解决导流洞封堵问题呢？

事实上，早在三四年前，杨宗立就带领团队反复研究过导流洞封堵方案，讨论过是否设置临时堵头，研究过永久堵头的设计型式、止水施工方法、浇筑方式和混凝土升层方案，分析过提前下闸的可行性及风险，以及封堵过程中可能出现的各种风险及应对措施。

在研究封堵方案过程中，为避免导流洞群中隔墙存在的偏压风险，确保最后封堵时不出现意外情况，杨宗立决定打破常规，提出在一个枯水期内，先在低水头下完成3号、4号导流洞下闸封堵，再对1号、2号、5号导流洞进行下闸封堵，确保封堵安全稳定，不留任何隐患。

3号、4号导流洞提前一个月下闸，这可是一个大胆想法。杨宗立组织相关单位反复研究，充分探讨，对比得出10月1日下闸和11月1日下闸的优劣关系——提前下闸，风险小；下闸时间拖后，风险要大得多。

可最终如何决策？已定方案有没有百分之百的把握？

为此，杨宗立组织专业团队，再次对多个设计方案、施工方案、风险分析报告进行研究比选，最后得出结论：所有导流洞只能在一个枯水期内完成封堵，没有其他替代方案。“虽然没有成熟经验可借鉴，但比起导流洞偏压带来更大的风险，只能用创新方法来破解难题，只能采取分批下闸封堵的办法。”杨宗立说。

接下来，便要选择下闸封堵的最佳时机。

杨宗立介绍，长江枯水期一般是从头年 11 月到第二年 4 月，因此，导流洞封堵必须抢在 10 月底丰水期结束后抓紧施工。但监测人员根据金沙江汛期多年平均概率预判得出，2019 年金沙江来水并不多。这意味着原定 11 月的下闸时间存在提前的可能性。

10 月 1 日，人们都沉浸在国庆节的欢乐里，但杨宗立把自己关在办公室里，从上午到下午，反复推算，再三琢磨，左右权衡，当天晚上便下定决心，主持召开下闸蓄水领导小组会议，研究能不能提前下闸。经过对各种条件的深入分析研判，杨宗立当场拍板：10 月 2 日下闸。

工作一环套一环，考验一个接一个，预案一个接一个。“让离炮火最近的人做决策！”身为一线指挥，他以此为箴言，该决策时果断决策，该担责时全力担当。

为了防止现场出现不可预见的情况，封堵期间，他穿着胶鞋，爬进尾水洞里，打着电筒，仔细查看现场。

两年后，再次回顾当时的决策，杨宗立感到既庆幸又后怕：“2019 年 10 月 2 日下闸，接着导流洞堵头封堵，封完的时间是 12 月 28 日，如果要拖到 11 月 1 日下闸，堵头封完时间就是 2020 年 1 月 28 日，武汉疫情暴发的时间是 2020 年 1 月 23 日，那么乌东德水电站首批机组投产发电目标就彻底泡汤了。”

不只导流洞下闸封堵，还有一个个大胆而又审慎的决策，稳固了乌东德水电站建设整体局面。

乌东德水库蓄水至 945 米，涉及库区铁路改建工程，改建工程原计划 2020 年 5 月 1 日完工，这期间不能蓄水。但受疫情影响，铁路改建要推迟到 5 月 30 日才能完工，这将对乌东德蓄水造成巨大影响——首批机组调试要往后推，首批机组投产发电无法按期实现。

怎么办？杨宗立提出，能不能想一种办法，推动铁路改建工程往前赶？他立即组织研究，派技术人员 4 次到铁路改建现场调研，研究铁路运行在哪种条件下能确保安全，最后得出结论：在940米水位以下，老铁路运行是安全的。在民主集中、审慎决策之下，乌东德水电站最终按937米水位控制蓄水，争分夺秒，巧打时间差。

平稳度过下闸蓄水阶段后，乌东德水电站来到首批机组投产发电的决战时刻。按当时的现场条件，2020年5月30日前倒送电最适宜，但受疫情影响，电网通知6月才能倒送电。杨宗立转换思维，又大胆提出：能否用正在逐渐上涨的蓄水水位，把倒送电前的其他试验全部做完？经过计算，满足这些试验的蓄水水位是937米，既能保证铁路安全，又能满足机组有水调试。

决心已下，马上行动。“倒送电必须赶在发电前一个半月实现。”杨宗立说，“从4月下旬到5月25日，我们逐渐将水库水位抬升至937米，满足首批机组有水调试条件。通过流程再造，把倒送电前所有试验全部做完，6月18日至20日，顺利完成2台机组的甩负荷试验。”

6月12日，电网倒送电过来。6月20日，整个机组涉网调试全部结束。6月23日，电网开始甩负荷。

要想甩出85万千瓦机组出力，必须满足957米水头，蓄水水位至少达到952米。杨宗立再次组织研究，一定要想办法满足试验条件，把85万千瓦负荷甩出来。通过反复商讨，决定采取“上抬下降”的运行模式，把上游水位再抬高4米。同时，根据甩负荷的计算时间，只保留1个中孔过流，降低下游水位，增加上下游水头落差，这样机组就能成功甩出85万千瓦额定负荷。

通过采用“上抬下降”运行模式，2020年乌东德水电站发电134亿千瓦时，超计划发电7亿千瓦时，所有泄洪设施经受住了开工以来每秒1.85万立方米的最大洪水考验，削减洪峰流量每秒2000立方米，拦蓄洪水13亿立方米，为长江防洪做出了贡献。

2020年6月29日，乌东德水电站首批机组投产发电，习近平总书记对乌东德水电站首批机组投产发电做出重要指示，强调乌东德水电站是实施“西电东送”的国家重大工程。希望同志们再接再厉，坚持新发展理念，勇攀科技新高峰，高标准、高质量地完成后续工程建设任务，努力把乌东德水电站打造成精品工程。要坚持生态优先、绿色发展，科学有序推进金沙江水能资源开发，推动金沙江流域在保护中发展、在发展中保护，更好地造福人民。

杨宗立带领全体建设者，牢记习近平总书记的殷殷嘱托，高标准、高质量地完成了乌东德水电站后续建设任务。2021 年 6 月 16 日，乌东德水电站顺利实现全部机组投产发电目标，为党的百年华诞献上了一份贺礼。

十

杨宗立是三峡工程培养出来的优秀工程师，接受“为我中华，志建三峡”的精神熏陶，始终把治水兴邦、造福人民作为毕生使命。他一生跟着江河走，用智慧和心血为国家清洁能源建设做出贡献。

他坚持低调做人，生活上坦诚随和，工作上严谨务实，处处追求务实高效，行为上坚守清廉。在乌东德工作 11 年，他每年向组织提交的个人述职报告中都有这样一段话：本人注重按制度办事、按流程办事、按合同办事。严格落实“三重一大” 事项决策制度，实行民主决策、科学决策，以避免个人说了算、避免重大失误的发生。

他把党性修养和个人修养结合在一起。在党委会和主任办公会上，他特别注重决策程序，从不先发言，避免误导及跟从。主持召开各种工程协调会，他都认真听取各方面意见，让大家充分发表个人见解，通过正反比较、经济比较、工期比较等，最终确定意见，绝不盲目下决定。

在 2021 年 9 月的一次专题党课上，杨宗立抛出了他的“问题论”。

——作为项目管理人员，在解决工程问题时要考虑好问题的三个时态，即过去时、现在时、将来时。过去时是分析问题出现的原因，找到根本原因，同时弄清楚过去是如何解决类似问题的，有没有从根源上解决问题的方案。现在时就是现实问题必须解决，到底是从根源上解决，还是从表面上解决，这要看问题产生的后果与处理的难度。将来时就是思考未来工程如何避免再出现此类问题，这需要创新，经验不能装在自己脑袋里，要把经验升华为要求、标准和工法，进行传承。

——解决问题要想得到、要看得见、要听得进、要做得实。想得到，更要想在前，使工程建设按照预定的计划目标推进。在乌东德水电站建设管理中，最初的营地、供电、供水、招标等方面规划，施工过程中工程不同阶段转序的规划研究，都是提前完成。看得见，就是要透过现象看本质，开阔视野、全面观察、扩大范围，从节约、简化、方便、安全、提高等方面分析和发现问题。听得进，就是要听取正反两方面意见，吸取各方经验教训，与所管理的工程对象进行对比、分析、研判，并应用、完善、改进到工程设计、施工、管理中。做得实，就是要找准真问题，把针对问题制定的理念、办法、措施落实到位，要统一思想、敢于斗争、敢于担责。

——在解决问题过程中，要注意原则和方式方法，不要与自己挂钩、不要与组织挂钩、不要与责任挂钩；要注重调查研究、要抓住关键、要追到源头。在方式方法上要从综合效益上、本质上、源头上、长远上考虑，多方案比较，思维上要放开，进、退、绕，增、减、简都可能是出路。

“我们要善于站在国家利益上去考虑问题，发现问题，处理问题。工程管理中不能为了节约而节约，不论是设计规划还是日常管理，成本意识一定要强，绝对不许发生浪费。重点工程部位，现在花这个钱表面上看不值得，但是从工程全生命周期来分析，花这个钱就是值得的。为了保证工程质量和进度，花钱是值得的，对工程质量、安全和进度没有任何好处的钱，我绝对不允许花。”大会小会上，杨宗立反复解读自己“抠门儿”的内涵。

此外，他特别重视人才培养，通过“导师带徒”“请进来和送出去培训”“青年大讲堂”“青年之家”等措施培养青年员工，打造优秀团队，培养和输送了一大批青年人才。随着工程建设进入收尾期及发展需要，乌东德建设部一批青年工程师分赴全国各地，去开辟抽水蓄能电站新战场，又一批年轻人走进乌东德工地。杨宗立安排通过青年大讲堂、讲党课，传授工程的经验、管理方法，同时给青年人压担子，赋予其重任，利用各种机会指导年轻人学习工作方法，拓展工作思路，提高综合判断和分析能力，在实践中得到快速成长。

有人问他，一辈子守在山沟沟里，图什么，值得吗？他说：“我什么也不图，就是听党的安排。组织安排我到哪里，我就到哪里干，听党话，跟党走！”

30 多年来，他保持简朴作风，干净做事、清白做人，在水电建设事业中实现人生价值。他身居重大工程管理岗位，业务关系单位多，但从来不为私人利益打招呼，或找人帮忙。他把对家庭的思念、对家人的愧疚深埋心底。他的全部情感都放在工程上，以一名共产党员的标准严格要求自己，尽心尽力，诠释着水电人应有的情怀和品质。

在参与三峡、向家坝、乌东德 3 座世界超级水电工程建设期间，杨宗立获得 10 余项省部级科技进步奖、技术发明奖、质量技术奖，先后获得“中央企业劳动模范”、三峡集团“最美三峡人” 等荣誉称号,2021 年被评为首批“央企楷模”，成为唯一上榜的水电工程建设者。扎根乌东德深山峡谷的 11 年，他带领团队攻克了一系列世界级技术难题，创造了 8 项世界第一、15 项全球首次的骄人纪录。

“我们以山为伴，与水共舞，从城市到乡镇，再到村野，越走越远，越走越偏，但我们没有退缩，没有后悔。在我们的行动之后，留下的是大坝和电站，产出的是源源不断的绿色电能，照亮的是千家万户。”在他眼里，人生就像看山，一重重的远山，望过去，越看越远，越远越淡，最远的山恰恰是最高的山。从三峡到向家坝，再到乌东德，他朝着最远处的那座山奔去，越走离家越远，越走条件越苦，越走难度越大，但越走人越精神。

彩虹国里的“追风人”

——记国家能源投资集团有限责任公司龙源电力南非德阿风电项目管理团队

◎文 / 李新民 赵君丽 魏 臣 白雪松 肖 蔷 盛 斌

前 言

这是一个特别能战斗的团队。12 年前，他们走进“彩虹之国”南非，同当地合作伙伴携手共建南非迄今投产规模最大的风电项目，在奉献清洁能源的同时获得稳定的投资回报。他们用事实向世界表明，中国企业“走出去”是实实在在的共商共建、合作共赢。

这是一个特别讲奉献的团队。多年间，他们扎根当地，守法运营，不仅用绿电照亮南非千家万户，还助力当地社会公益事业，承担企业公民责任。他们用爱心与善行谱写了“一带一路”民心相通、美美与共的友好华章。

这也是一个特别善沟通的团队。近年来，他们在“干得好”的同时，力争“讲得好”，多种方式讲好中国故事，传播好中国声音，向世界真实、全面、立体地展示了中国企业的良好形象，诠释了中国领导人提出的构建人类命运共同体的精神内涵。

这就是国家能源集团龙源电力南非德阿风电项目管理团队。2021 年 6 月 24 日，中国共产党建党 100 周年前夕，他们凭借自己在异国他乡创造的突出业绩，获得国务院国资委党委授予的“央企楷模”荣誉称号。

第一章：追风“一带一路” 奉献清洁能源

在南非北开普省殷坦尼市德阿镇附近广袤的高原上，163 台银白色的风机亭亭玉立。片片叶轮在蓝天下平稳转动，仿佛蓝色大海里翻滚跳跃的白色浪花。这里便是国家能源集团龙源电力南非德阿风电场。

作为全球最大的风电运营商，国家能源集团龙源电力如何远渡重洋走进非洲、走到南非？他们在当地风电开发中又历经了哪些鲜为人知的故事？

走进“彩虹之国”：共商共建合作共赢

南非“彩虹之国”的美名，得之于南非大主教德斯蒙德·图图(Desmond Tutu)。这位和曼德拉同样重要的南非伟人，在种族隔离后成立南非共和国时提议，把南非称为“彩虹之国”，意在表明这是一个不同肤色、不同种族、不同文化背景的人们和平生活的美丽国家。

国家能源集团龙源电力团队走进“彩虹之国”始于 2009 年。

2009 年，南非正在遭受严重的电力危机。一方面，因为自 2008 年以来持续发生的电力短缺，南非国民经济和百姓生活都受到严重影响；另一方面，以燃煤发电为主的电力结构——燃煤机组发电量占全国总发电量90%以上——让南非面临巨大的减排压力，在2009年哥本哈根气候变化大会上，南非承诺到2020年将二氧化碳排放量减少34%。在此背景下，南非政府决定打破电力市场垄断，批准引入独立发电商，允许私人企业和外资企业在南非投资开发可再生能源项目。

2009年，以风电开发为主业的龙源电力在中国香港上市。作为首家境外上市的国有新能源发电企业，龙源电力一举募集资金177亿元人民币，创下中国电力企业境外首次公开发行融资额最大、市盈率最高等多项第一。境外上市的成功，激发龙源人扬帆海外的创业激情。当年底，龙源电力党委决定进军南非，龙源南非风电项目筹建处悄然成立，由此开启"彩虹之国"的"追风"之旅。

龙源电力团队走进南非，得到中非基金的大力支持，并获得南非合作伙伴穆利洛(Mulilo)可再生能源公司的鼎力相助——2010年11月，在时任中国国家发展改革委副主任、国家能源局局长张国宝和南非能源部部长皮特斯(Dipuo Peters)的见证下，龙源电力同中非基金及穆利洛公司在南非开普敦签署南非风电合作开发协议。

中国企业"走出去"国际化发展之路，从来都不可能一帆风顺。

龙源电力团队尽管完成了测风、环评、电网接入设计、土地租赁变性等一系列艰苦细致的前期工作，但由于海外市场开发经验不足，他们没能如期参加南非能源部组织的2011年风电项目招投标工作；在2012年风电项目招投标中，又因前期沟通不畅、准备不足等，再次失败。中非基金也撤出了项目合作。

然而，龙源电力团队并未就此停止前进的脚步，反而越挫越勇。他们注册成立了龙源南非可再生能源公司(以下简称"龙源南非公司")，经与穆利洛公司协商，决定接纳当地公司及社区基金入股，成立龙源穆利洛德阿/德阿二期北风电项目公司，龙源电力股权占比60%。他们遵循"共商共建共享"的原则，共同参与下一轮风电项目的投标。

时间来到了2013年。这是中国企业国际化进程中具有里程碑意义的一

年，也是龙源电力团队在南非市场获得重大突破的一年。

2013 年 9 月 7 日和 10 月 3 日，中国国家主席习近平先后在中亚的哈萨克斯坦和东南亚的印度尼西亚访问期间，提出了“丝绸之路经济带”和“21 世纪海上丝绸之路”的宏伟倡议，由此奏响“一带一路”中国与沿线国家合作共赢、互联互通、共同发展的时代乐章。

以共商、共建、共享为原则的“一带一路”倡议的提出，在沿线国家引发强烈共鸣和积极反响，为中国企业“走出去”创造了历史机遇、指明了前进方向，也给龙源电力南非风电项目的推进带来重大利好。

2013 年 10 月 29 日，南非能源部第三轮可再生能源项目招投标结果正式公布：龙源南非公司中标位于北开普省德阿镇的德阿Ⅰ期和Ⅱ期风电项目，总装机容量 24.45 万千瓦。

龙源电力南非德阿风电项目不仅是南非当时最大的风电项目，也是中国企业采用中国风机在非洲的首个集投资、建设、运营于一体的风电项目。该项目于 2015 年 10 月开工，2017 年 8 月两期共计 163 台 1.5 兆瓦风机全部吊装完成，并顺利实现带电调试，同年10月成功并网并转入商业化运行。

当地时间2017年11月17日，南非中部高原晴空万里，风和日丽。龙源德阿24.45万千瓦风电项目竣工投产仪式在德阿镇隆重举行。中国驻南非使馆、中国驻开普敦领事馆，南非北开普省副省长和南非中国经贸协会等多家机构的领导和代表出席竣工仪式。时任中国驻南非使馆经商参赞荣延松表示，龙源南非德阿项目对加快我国能源企业国际化步伐，以及加强中南两国可再生能源技术合作与交流等方面具有重要意义。中国将同国际社会一道努力实现（中南两国）政策沟通、设施联通、贸易畅通、资金融通、民心相通，打造国际合作新平台，增添共同发展新动力。

“当前，非洲仍然面临严重的电力紧缺问题，开发新能源在非洲已经成为一种趋势。”南非北开普省主管经济及旅游的副省长麦克·杰克（Mac Jack）在致辞中说，非常感谢龙源南非德阿项目为解决当地人民用电做出的杰出贡献。他同时表示将继续支持中非之间合作项目的开展。

数据显示，龙源电力南非德阿风电项目投产后，每年为当地稳定供应清洁电力约7.5亿千瓦时，相当于节约标准煤21.58万吨，减排二氧化碳近62万吨。该项目是南非首个也是唯一在国际碳汇市场注册并交易的碳减排项目。截至2021年底，项目已经国际组织核证产生230余万吨减排量，取得环境和经济的双重效益。南非资深外交官格特·格勒布勒(Gert Grobler）就此评价称：“中国企业投建的这个新能源项目正在改变南非的能源结构，符合南非降低对火电依赖、开发清洁能源的国家规划，为推动非洲的绿色发展做出了重要贡献。”

作为南非最大的风电项目，龙源电力南非德阿风电项目的发电量可满足30万户居民的用电需求。而且从项目建设初期，龙源电力团队就坚持项目发展一定要惠及当地的原则，除主机等主要设备以外，大范围采购当地设备，使用当地设计和施工企业，推动当地经济社会发展。该项目还为居民百姓提供了就业机会，建设期间为当地创造了700余个就业机会；进入运营期每年仍提供了近100个长期工作岗位。

自2017年10月底投产以来，龙源南非德阿风电场一直保持平稳安全运营。年完成发电量约7.5亿千瓦时，机组利用小时数超过3070小时，可利用率达 99% 以上。2021 年实现利润总额 7881 万元、经济增加值 8461 万元，龙源电力及南非合作伙伴穆利洛可再生能源公司、社区基金和南非教育信托基金等参股方均获得稳定的投资回报。

基于此，龙源电力南非德阿风电项目被中南两国主流媒体称为“中南双方互利共赢的好项目”“金砖国家能源合作的典范”。

携手攻坚克难：合作方伸出了大拇指

世界上没有轻而易举的成功，所有成功的背后都是艰辛的付出和不懈的努力。龙源电力南非德阿风电项目便是如此，无论是在项目招投标时期，还是在项目建设进程中，他们都曾遇到许多意想不到的困难。

在回忆当年项目投标时遇到的困难时，龙源电力团队成员钱贺讲了这样一个故事——

龙源电力进入南非市场时曾给自己制定一个原则，就是风电项目要用中国国产机组——联合动力风机。但是，在历经了前两轮投标失败之后，龙源南非合作伙伴对这一点发生了动摇。在备战第三轮投标时，穆利洛公司代表提出，鉴于竞标激烈——法国电力集团公司（EDF）、意大利国家电力公司（Enel）等众多国际知名电力企业参与竞标，建议更改投标方案，采用“高效率的欧洲风机”。对此，合作双方围绕是否更换风机展开激烈交锋，对方甚至发出一封情绪化的律师函，声称不换风机就解除合作。

“合作才能共赢。但合作的前提不一定是妥协。”钱贺介绍说，经请示集团总部，时任龙源南非公司总经理徐占做出决定，坚持风机国产化的原则不动摇，同时进一步强化与合作伙伴沟通谈判。

在与穆利洛公司的沟通谈判中，龙源电力团队重点阐述两大理由：首先，前两轮投标失败原因不在风机，更为重要的是经过多年的快速发展，中国风电制造业已跃居全球前列，中国风机设备质量和发电效率毋庸置疑；其次，如果在新一轮投标前临时更换风机设备，与之相应的环境评估、并网许可、银行融资许可等一系列前期工作均需要做重新调整，不仅资金成本和时间成本大大增加，甚至有错过投标的风险。

“龙源电力团队最终说服了合作伙伴，双方携手同心备战招标。”钱贺说，第三轮项目招投标在距离开普敦1000多公里的南非行政首都比勒陀利亚的国家能源部办公室举行。这一次龙源电力团队做了充分的准备，光是投标文件就有几百公斤重，装满了20个大纸箱。他们先乘坐飞机把文件运输到约翰内斯堡，然后租赁两辆中巴车把投标文件送达南非能源部……功夫不负有心人，龙源电力团队的付出获得应有回报，最终成功中标南非德阿风电项目。

之后，在项目进入工程建设期之后，面临着更多更大的困难。

根据开发协议，德阿两期总装机容量24.45万千瓦的风电项目，建设期为两年时间——2015年10月到2017年10月；如果不能按期投产，龙源南非公司需要单方面支付高达每天260万元人民币（按照当时汇率计算）的天价罚款。为保证项目如期建成，龙源电力成立南非项目工程公司，原任龙源甘肃公司副总经理魏臣被派往南非，担任龙源南非公司副总经理兼龙源南非工程公司总经理，后任龙源南非公司总经理。

“与国内同类项目相比，两年的工程建设期似乎显得十分充分。但南非则完全不同。”魏臣介绍说，当时，南非合作伙伴穆利洛公司和当地并网验证咨询公司都做出提醒，“千万不可过分乐观，因为南非与中国国情差别巨大，在这里能够按期投产并网的新能源项目尚无先例。”

龙源电力团队很快就体验到了德阿项目建设中的种种艰难：一是由于南非大型基建工程较少，按照中标承诺的本地化率要求约定在当地寻找到有风电建设能力的分包商很难；二是由于当地施工人员技能和技术水平参差不齐，工程推进很难；三是德阿风电场场址全是坚硬的岩石地质，基础施工很难；四是风机主机和塔筒由国内制造商提供，海陆联运超过1.3万公里，设备运输很难；五是南非国家电网参照欧美发达国家编制电网接入并网导则，对风电接入标准要求极高，要全部高质量通过电网公司并网验收也比较难……

在魏臣的记忆里，龙源电力团队遇到的最大难题是融资谈判。

“如果说上述工程建设中遇到种种困难，尚属龙源电力团队有所准备的‘必答考题’，那么在项目融资方面遇到的挑战，则是我们始料未及的‘意外难题’。”魏臣说，德阿风电项目执行概算约 50 亿兰特（南非货币单位），除 25% 的资本金外，其余 75% 大约 37 亿兰特要从南非当地银行贷款。根据协议约定，银行贷款以兰特提取，但项目风机和塔筒等关键设备要从国内采购，需要用美元结算。当时兰特兑美元的汇率一直在贬值，如果继续按照原方案提取兰特贷款用于发支付设备采购款，龙源南非工程公司将面临上亿元人民币的损失。

发现潜在汇率风险苗头后，龙源南非公司立即上报国家能源龙源电力总部。2015 年 11 月中下旬，龙源电力组织会计师事务所、金融机构等多个领域的专家，共同研究南非德阿风电项目融资优化方案，确定了“以时间换空间”的策略，即推迟兰特提取兑换美元时间，先向母公司龙源电力借款垫付设备款，等待汇率变化有利时再提取兰特以化解汇兑风险。

一方面项目工程建设费用要从银行融资提款，另一方面购买国内主机设备的费用要让银行推迟付款。这就意味着，南非德阿风电项目银行信贷条款必须做出相应变更。可是，南非银行有着非常严格而复杂的商业程序，条款变更谈何容易？再加上魏臣来南非时间不长，而龙源南非公司计划财务部主任王双强也于 2016 年 3 月刚刚到岗，他们都对当地很多情况，特别是银行融资业务不熟悉，谈判起来异常艰难。

“魏总下了死命令，再苦再难也得谈！”王双强如是说。为尽快了解南非银行信贷业务规则和谈判技巧，他拜本地财务经理 Sizeka 为师，从财务、网银等具体业务，到联系银行客户经理、解决审计问题等对外沟通，一点一滴学习；同时聘请当地财务顾问公司，优化融资方案，与银行方面反反复复沟通。

精诚所至，金石为开，经过无数次艰苦卓绝的沟通，谈判终获成功。南非当地银行不仅同意新的融资方案（据此方案，直到 2018 年 1 月，即在汇率市场兰特货币明显走强情况下，龙源南非穆利洛德阿风电项目公司才提取兰特换汇，成功化解了汇率风险），银行还同意按照优化方案修改融资协议，支持提取工程建设除对应美元以外部分的贷款，这使得项目施工得以顺利推进，德阿项目于 2017 年 10 月如期建成并网。

“奇迹！这真是个奇迹！”龙源电力南非合作伙伴穆利洛公司总经理约

翰尼·科勒姆伸出大拇指频频赞叹，他说，“在南非，新能源项目如期建成几乎没有可能，工期推迟并被罚款很正常。德阿风电项目能够如期甚至提前建成并网，这要归功于我们的中国伙伴，他们具有惊人地解决问题和克服挑战的能力。”

安全稳定运行：南非高原上的“骆驼人”

事实上，让南非合作伙伴及属地员工最为惊叹的，不只是龙源电力团队解决问题和克服挑战的能力，还有他们坚守岗位、勤奋工作、加班加点、默默奉献的精神。由此，龙源电力团队在当地获得了一个绰号——“骆驼人”。

考证“骆驼人”绰号的由来，最早源于龙源电力员工钱贺、赵明明等人。那是 2011 年，他们初到“彩虹之国”南非，备战风电项目招投标工作。由于人手少，任务重，再加上时差的原因，他们白天忙着与合作伙伴及相关机构沟通洽谈、准备投标材料，晚上要向国内总部领导汇报工作、查收处理邮件，常常是夜以继日、加班加点。忙起来饭都顾不上吃、水都忘记喝。南非合作伙伴和当地员工据此给他们取了“骆驼人”这个颇具南非风情的名字。

德阿风电项目成功中标后，项目进入前期筹备及建设施工期。南非当地员工惊讶地发现，来自中国龙源电力的每一位员工——从龙源南非公司总经理魏臣，到负责项目建设施工的李纪新、负责综合管理工作的赵明明和姚亮，再到负责财务工作的王双强等人，个个都是加班加点、默默干活的“骆驼人”。

谈及加班的原因，龙源南非公司总经理魏臣称之为“工作需要”，属“常规操作”。他说，为了解决项目融资遇到的难题，他们不知道有多少个夜晚在办公室里度过；为了把 163 台风机安全伫立在南非高原，他们又不知道经历了多少风吹日晒的日子，肤色变得与当地黑人员工几乎没有区别……特别是在施工关键期，有的员工一再推迟回国探亲日期，连孩子中考都不能陪伴；有的员工把前来探亲的家属晾在宿舍，自己跑去现场投入工作。现场员工一天忙碌十几小时是家常便饭。

负责项目建设施工的李纪新，曾创造过一次连续工作 25 小时的加班纪录。

那是 2016 年 2 月 17 日，德阿风电项目首台风机进行机位基础浇筑。可承担施工任务的南非工程公司在实际作业时频频出错，不是水泥泵车出现故障，就是溜槽浇筑出现问题。作为项目负责人，李纪新不仅始终坚守在施工现场，而且不断做出专业指导，最后甚至直接上手，参与作业。原计划 12 小时内完成的首台风机基础浇筑，足足干了 25 小时，李纪新也在现场坚守了 25 小时。

最终，当首台风机机位基础浇筑合格通过时，那家南非工程公司的项目经理尤尼奥尔（Junior）紧紧握着李纪新的手连声赞叹："谢谢李先生！你们中国人，真的很了不起！"

"有时候，加班也是为了排遣孤独。"这是质朴的赵明明为加班工作给出的另一个理由。

作为在南非工作时间最长的龙源电力员工，赵明明在南非高原上坚守了 10 个年头，其间 9 个春节有 8 个在当地度过。"和所有被派驻海外的中国员工一样，我来到南非最初几年里，一个突出的感受就是孤独。"他说，"特别在节假日，孤独感如影随形，挥之不去，这时候加班其实成为一种快乐。"

如今，赵明明、李纪新以及负责前期招投标工作的钱贺都已回国，他们担任了龙源电力海外投资有限公司副总经理。职位变更了，工作生活正常了，可他们却常常怀念南非，怀念那些废寝忘食的"骆驼人"的岁月。

中国员工的奉献精神，让南非合作伙伴和当地员工一开始都很难理解。但后来，当看到由此带来的工作效率和项目建设的快速进展时，他们都由衷地竖起了大拇指。

据了解，自 2017 年 10 月德阿风电项目并网发电以来，对于坚守南非高原的"骆驼人"来说，加班加点忙工作的时间少了，但肩上的担子更重了。因为，对于一个生命周期长达 20 年的风电投资项目而言，建成投产并网发电只是万里长征迈出的第一步，能否持续安全稳定运行，则更为关键。

"德阿风电场能否安全稳定运行，关系到南非清洁能源供应，关系到当地 30 万户家庭的温暖和光明。"魏臣说，近年来，龙源电力团队的主要任务是坚守在南非高原、值守在生产一线，撰写值班日志、巡视生产设备、做好安全运维……在平凡的工作中虽没有什么惊天动地的壮举，但偶尔也会遭遇让人“惊出一身冷汗”的风险。

魏臣所说的这个经历“惊出一身冷汗”风险的人，指的是龙源南非公司安全生产技术部主任盛斌。盛斌是一个在国内身披诸多荣誉的技术型人才，曾获得集团“技术能手”“中央企业技术能手”“中国发电行业年度人物”等称号。正是考虑到德阿风电项目安全运行的重要性，2017 年 12 月他被集团派到龙源电力南非风电项目负责生产技术。

那是 2018 年 1 月的一个深夜，盛斌放在枕边的手机突然发出警报。盛斌睁眼查看，这是一则风电场传送过来的设备异常信息，通过德阿风电项目部自动预警系统传至他的手机终端。他当即起床，叫醒已经熟睡的南非应急值班员，带上夜间巡视设备驱车赶往风电场。

根据预警信息提示，出现异常的设备在德阿风电项目一期，这里虽然距离德阿镇更近，仅有 25 公里，但山地地形复杂。他们把车停在山脚下，打开手电筒，徒步上山。

1 月的南非正值夏季，泥泞的山路异常湿滑。突然间，夜色中传来一阵细小的“嘶嘶”声，同行的南非员工一把抓住走在前面的盛斌的胳膊，将他死死拖停在原地。借助手电筒的光柱，他们看到，眼前不远处一个石堆上，一条长度超过 2 米的大蛇正高高昂起脑袋，朝着他们张开乌黑的嘴巴。原来，他们遇到了非洲最毒的蛇——黑曼巴。就这样，盛斌一动不动地与毒蛇对峙着，直到最后黑曼巴低下脑袋钻进石堆边的草丛之中，盛斌这才发现，紧张的汗水早已湿透自己的工装……

这个夜晚，黑曼巴没有阻止他们巡检的脚步。等他们赶到出现异常问题的机位，检查完设备并最终排除故障时，天边已升起了黎明的曙光。

第二章：善行“一带一路” 履行社会责任

“一个个异国奋斗的追风身影，让光明触手可及，点亮千家万户。一座座运转不息的白色风机，让绿电源源不断，助力发展脚步。助学、筑梦，抗疫、公益，心手自然相牵，梦想紧密相连。你们打造金砖国家能源合作典范，奏响美美与共丝路新乐章。”这是在国务院国资委党委 2021 年度首批“央企楷模”发布会上，主持人对龙源电力南非德阿风电项目团队做出的评语。

诚如斯言。多年来，龙源电力团队在为南非奉献清洁能源的同时，坚持贯彻落实龙源电力党委的安排部署，通过龙源穆利洛德阿两个风电项目公司积极履行企业社会责任。他们守法经营，助学筑梦，在教育、医疗、体育、文化、基础设施等多方面，捐助社会公益事业，推动可持续发展，用爱心与善行谱写了“一带一路”“民心相通、美美与共”的友好华章。

助力公益事业：圆梦学子寄来感谢信

2018 年 5 月 27 日，龙源南非公司收到了两封当地大学生写来的感谢信。

一封信是一个叫达思文(Deswin) 的大学生从茨瓦内理工大学写来的。在信中他动情地写道：“我出生在北开普省德阿镇，从小有一个梦想，就是渴望成为一名工程师。可是因为家庭贫困，很难拿钱供我读书深造。就在我几乎要放弃自己的梦想时，是龙源南非可再生能源公司伸出援手，给予我攻读大学工程师专业的费用，为我插上了完成学业实现梦想的翅膀。在这里，我要感谢龙源南非可再生能源公司，感谢中国企业！我相信，中国企业的善举一定会让南非变得更加美好，让世界变得更加美好！”

另一名写信者是一个叫古塔斯曼(Goitsemeng) 的大学生。他在信中称，自己从小学习成绩优异，梦想成为家族里“第一个大学生”，未来“成为一个对社会更有价值的人”。可是因为家里的经济条件所限，他开始在继续接受高等教育和外出打工之间犹豫不决。这时候，龙源南非公司找上门来，资助他圆了自己的大学梦。

“无论是想当工程师的达思文，还是想上大学的古塔斯曼，他们都是南非当地有梦想的贫困学子，都是我们龙源电力团队要帮助的对象。”魏臣说，自德阿风电项目投产运营以来，龙源穆利洛德阿两个风电项目公司便拿出资金在当地开展了“助学 · 筑梦 · 铸人”活动。项目团队每年都会投入 450 万兰特，立足北开普省实施“奖学金计划”，帮助贫困学子圆梦。截至目前，全省已有 112 名成绩优异的贫困大学生得到了资助。龙源穆利洛德阿两个风电项目公司也因为此项计划受到南非能源部的多次表扬。

作为“彩虹之国”，南非是一个多民族、多文化、多语言的国家，基础教育较为薄弱。特别是在一些贫困山区，大多数人没有接受高等教育的机会。由此，龙源电力团队在针对高校贫困学子实施“奖学金计划”的同时，还决定着眼基础教育，实施爱心助困。他们主动联系北开普省的基层政府部门和社会组织，分享“教育兴则国家兴，教育强则国家强”的中国理念，并为一些贫困地区的幼儿教育提供资金。

2018 年至今，龙源穆利洛德阿两个风电项目公司出资成立 4 所儿童早教中心，担负包括师资费用、儿童住宿、用品、食物等在内的全部运营费用。据统计，通过儿童早教中心，320 余名当地低收入家庭儿童，以及心理上和生理上需要帮助的儿童被接收入学。不仅如此，在让当地儿童有更多机会入学的同时，儿童早教中心的运营还解决了 38 名相关人员的就业问题。

爱心善行，无远弗届。据了解，龙源电力团队在致力于捐助当地教育事业的同时，还将目光投向了社区助残养老、医疗卫生、公共基础设施和体育事业等更多社会公益领域。

——在社区助残养老方面，龙源穆利洛德阿两个风电项目公司不遗余力。多年来，他们资助当地社区的残障人士，提供了轮椅、衣食、医药等生活必需品。2020 年，出资援助了当地两所运营困难的养老院，为老人们提供食物、被褥等。

——在百姓医疗卫生领域，龙源穆利洛德阿两个风电项目公司一直倾力相助。特别是针对南非艾滋病高发的现实，他们在每年 12 月 1 日即“世界艾滋病日”，面向北开普省开展免费检测、科普讲座、防治艾滋病有奖比赛等一系列活动，提高公众艾滋病防治意识，为推动当地艾滋病防治工作贡献力量。

——在公共基础设施领域，龙源穆利洛德阿两个风电项目公司看到项目所在地的一些水利项目、体育场等市政基础设施，因缺乏资金，常年失修，影响居民饮水质量和文体运动，他们便出资帮助当地开展水利项目翻修工作，投资约 900 万兰特援助体育场翻建项目。

——在体育事业方面，龙源穆利洛德阿两个风电项目公司注意到南非当地民众热爱体育运动特别是足球运动，他们先后赞助超过 40 家男子足球俱乐部和 13 家女子足球俱乐部，总计近千名运动员受益。2021 年 4 月，在德阿体育场建成移交仪式上，殷坦尼市市长斯通加发表演讲称："感谢龙源电力，感谢中国企业，拥有龙源穆利洛德阿两个风电项目公司这样的社区成员，是我们每个居民的幸运。"

"截至 2022 年 3 月，龙源南非公司在当地社会公益事业上的投入已累计达到 6500 多万兰特。"魏臣说，助力当地社会公益事业，是龙源穆利洛德阿两个风电项目公司在德阿项目中标之初对当地人民做出的庄严承诺。按照这一承诺，在德阿项目长达 20 年的运营期内，龙源穆利洛德阿两个风电项目公司将持续致力于社会公益事业，他们每年用于社会公益的支出将达 1400 万兰特。

龙源南非公司通过当地建立运营的风电项目公司助力当地社会公益事业，既是中国企业的庄严承诺，更是为落实中国国家领导人提出的"一带一路"伟大倡议而履行的神圣职责。习近平总书记高屋建瓴地指出，"一带一路"是一条合作之路，更是一条希望之路、共赢之路；要让共建"一带一路"成果更好惠及全体人民，为沿线国家经济社会发展做出实实在在的贡献。具体到国家能源集团龙源穆利洛南非德阿项目而言，就是要通过与南非合作伙伴携手共建清洁能源项目，与当地民众共享绿色发展成果。

危难之际更显担当：穿梭在社区的医疗大巴

如果说在助学兴教、社区养老、医疗卫生、公共设施和体育事业等方面的持续付出，是龙源穆利洛德阿两个风电项目公司对当地民众的庄重承诺，体现了中国企业的社会责任，那么在新冠肺炎疫情突发时挺身相助，则显示了在危难之际龙源电力南非德阿风电项目团队的爱心和担当。

2020 年是不平凡的一年，新冠肺炎疫情席卷全球，"彩虹之国"南非也未能幸免。特别是在北开普省殷坦尼市德阿镇，由于医疗资源比较匮乏，医院里新冠感染者一时间人满为患。一些居民特别是贫困社区的居民，因为缺医少药陷入困顿和焦虑之中。

在此危急关头，德阿镇居民惊喜地发现，一辆专业医疗大巴车出现在各个社区街头，为居民开展病毒检测和筛查，并提供免费医疗服务。原来，这是龙源穆利洛德阿两个风电项目公司在与北开普省卫生部门沟通后，出资近400万兰特紧急采购的专业医疗大巴车。

“我们公司不仅资助大巴车运营费用，还在车上配备了齐全的医疗设备和医务人员，免费帮助当地开展病毒检测和筛查工作。”魏臣说，疫情期间，医疗大巴车穿梭在德阿街头，停留在居民社区。截至2022年5月底，共开展病毒检测48984人次。而且，这辆医疗大巴，将为社区民众提供常态化服务。也就是说，即使在未来新冠肺炎疫情结束后，医疗大巴车也将常年巡回在社区，为老年人、妇女、儿童、贫困人群等特殊社会群体提供免费医疗保健服务。预计每年服务的社区居民将超过9000人。

巡回在德阿社区街头的免费医疗大巴，只是龙源穆利洛德阿两个风电项目公司疫情之下服务南非民众的一个缩影。

据不完全统计，自新冠肺炎疫情暴发以来，龙源穆利洛德阿两个风电项目公司在德阿风电项目所在的北开普省已捐赠了总额334万兰特的善款和抗疫物资，其中包括向项目周边贫困社区定向捐赠总额为26万兰特的厕所及储水罐项目。考虑到当地部分贫困居民的生活疾苦，他们专门划拨122万兰特预算，采购3000多份食品包分发给受疫情影响急需帮助的居民。

南非北开普省省长苏尔由此感慨地说：“在南非遭遇新冠肺炎疫情的困难时刻，中国政府和企业及时伸出援手，雪中送炭，这是两国友好关系和两国人民友谊的最好见证。”

与此同时，龙源南非项目团队还在疫情期间积极配合中国驻南非开普敦总领馆参与多轮慈善捐助活动。龙源穆利洛德阿两个风电项目公司向开普敦市政府援助91万兰特；积极联系南非开普敦红十字儿童医院以及SOS国际儿童村，详细了解需求，助力疫情防控，捐款15万兰特用来采购药品、卫生清洁用品、消毒用品等。

2020年8月12日，中国驻南非开普敦总领馆专门发来表扬信，称赞龙源南非公司“展现了较高的政治站位和责任意识，树立了在南中资企业良好形象，为推动构建中南卫生健康命运共同体贡献了积极力量，为中南中非友谊添上了动人一笔。”

授人以鱼不如授人以渔。龙源电力团队意识到，要想从根本上战胜疫情，还得提高南非自身的医疗水平，提升南非民众自身抗击病毒的能力。他们由此想到了中医的力量。

2020 年 10 月，龙源电力团队专门联系了国内的山东中医药大学、浙江中医药大学等中国权威医科院校，并协调南非科技部、南非传统医师协会、西开普大学中医系等单位，组织了防治新冠经验交流会。邀请中南两国 80 多名医师、学者，就如何有效防范新冠肺炎疫情和对于新冠病毒的临床治疗经验进行了研讨，向南非分享了中医在抗疫防疫方面的成功经验。

危难之际显担当，对于龙源南非项目团队而言，不只体现在新冠肺炎疫情这样的大灾大难发生之时，也体现在日常工作和生活中——当身边的南非工友遇到困难时，当街头的民众遇到危机需要帮助时，他们都会毫不犹豫地挺身而出，伸出援手。

2020 年 6 月的一个傍晚，在德阿镇一个路口，赵明明看到一个残疾男孩在艰难行走。突然有车辆飞驰而过，小男孩一个趔趄，险些跌倒。赵明明飞身上前，抱起男孩穿过路口。看着这个和自己孩子年龄相仿的男孩，赵明明心绪难平：6 月的南非已进入冬季，德阿镇的傍晚已变得格外寒凉，可这个男孩为何衣衫单薄？他因何残疾？过的是一种怎样的生活？带着这些疑问，赵明明决定送孩子回家。

由于残疾男孩口齿不清，帮其找家也变得十分困难。在当地居民的指引下，几经周折，赵明明终于叩响了男孩的家门。开门的是男孩的妈妈卢桑达·姆法萨（Lusanda Mfaxa）女士。通过交谈，赵明明获知，这个小男孩的名字叫“幸福”（南非语 Axola），可他却有一个不幸的人生。6 年前，他出生在这个贫困的家庭，刚出生不久便被诊断患有脑瘫，无法拥有正常人的视力、听力和语言表达能力。

“我在怀孕的时候，总想象着孩子到来或许能改变家庭贫穷的命运，因此便早早给孩子取名‘Axola’（幸福）。”姆法萨女士哽咽着说，“可没想到，孩子一出生便是一个不幸的残疾儿，这让我们原本贫困的家庭雪上加霜。”

赵明明决定，对这个残疾男孩和他贫困的家庭伸出援助之手。而且，他还联系当地社区组织，收集其他残疾儿童的信息。最终，他帮助姆法萨女士注册成立了一家名为“Saxola：Hope Place”（感激：希望之地）的公益组织，目前社区里共有5名残疾儿童获得该组织的救助。

推动可持续发展：线杆上架设栖鸟支架

“常年捐助社会公益事业，危难之际伸出援助之手，这些无疑是企业履行社会责任的重要内容。”龙源南非公司总经理魏臣表示，但如果站在更广阔的视野来看，作为一家企业特别是国际化企业，最大的社会责任应该是关注生态环境，守法合规经营，造福各利益相关方，以此获得安全稳健、可持续发展的动力。

正基于此，在国家能源集团发布的首份针对南非的社会责任报告——《龙源南非2020年社会责任报告》中，高度重视生态环保，坚持可持续发展目标，被放置在极为重要的位置。该报告显示，作为一家清洁能源企业，龙源南非公司一开始便牢牢树立“敬畏自然、敬畏生命”的绿色发展理念，寻求人与自然共生、企业与社会共赢的可持续发展之路。

谈及生态环保，龙源南非公司李纪新讲述了一个“栖鸟支架”的故事。德阿风电项目所在的南非中部高原上，多岩石荒草，少树木丛林。如今一座座高高耸立的白色风机和一条条整齐的输电线路成为高原独特的风景。若仔细观察，人们便会发现这里的输电线路有着与其他线路的不同之处——在每根电线杆塔的顶端，都安装着一个突出的支架。这就是栖鸟支架，是龙源人为了减少线路对鸟儿的伤害，专门聘请鸟类专家反复论证后设计制作的护鸟神器。

栖鸟支架只是龙源电力团队重视生态环境的一个符号。

非洲有一句意义深邃的谚语：“地球并非祖先给我们的礼物，而是后代交由我们保管的宝藏。”这句话道出了当地对生态环境的重视。特别是在法治环境相对更为完善的南非，政府对项目的环境评价有着极其严格的要求。比如，风电项目对生态环境会产生怎样的影响？项目建设会不会破坏植被或造成水土流失？项目建成后输电线路会不会对鸟类以及蝙蝠等动物的生存造成伤害？等等。而且环保部门要派出常驻工地人员跟踪记录施工过程，有权随时要求项目停工。

“事实上，南非对环保的高度重视，与国家能源集团龙源电力的发展理念完全相同。”龙源南非公司总经理魏臣说，作为一家全球领先的新能源公司，龙源电力始终秉持对环保工作的专业态度和责任意识。来到南非后，龙源电力团队便提出“敬畏自然、敬畏生命”的发展理念，全面落实企业环保主体责任，将绿色环保理念贯穿于项目的开发、施工、运营全过程。

比如，在项目施工前，他们便对当地自然资源、地理环境、考古研究等多个领域进行全面的调研评估，上报环评报告、保护规划以及修复方案，获得南非环保部门的环评批复后开始施工；在工程建设期间，他们严格按照相关要求，在施工现场专门配置安全健康环保经理，同时委托第三方环评机构现场进行环保督检，并接受政府环保部门定期检查和工程完工的终检验收；在项目运行期间，他们继续聘请第三方环保机构，针对鸟类、蝙蝠、植被等开展长期和持续的监测。

谈及龙源穆利洛德阿两个风电项目公司在保护当地生态环境上所做的工作，龙源南非公司综合管理部副主任姚亮动情地讲述了几个细节：为了保护植物，项目公司专门拿出资金并配备专业人员，对施工期动土现场遇到的每一株外来植物，都小心翼翼地移植到风电场之外栽种；为避免叶片旋转造成蝙蝠死亡事件发生，公司又组织专家对蝙蝠飞行轨迹进行了长时间的观察和检测，并准备把叶片涂装成醒目的颜色；还有就是前面提到的为了保护鸟儿，公司在电线杆塔顶端安装的栖鸟支架……

“如果说关注生态环境，是企业履行社会责任，实现可持续发展的前提，那么依法合规经营则是企业实现可持续发展的关键。”魏臣说，作为一家走进非洲的中国央企，国家能源集团龙源南非公司始终坚持“敬畏规则、敬畏市场”的经营理念，依据市场导向、商业原则、国际惯例，守法合规运营，防范经营风险。

——在防范经营风险方面，他们一开始便把合规经营理念融入公司日常管理之中，定期向南非政府提交材料接受项目审查；采取聘请专业律师把关重大合同的措施，全力确保项目建设和运营始终符合中南两国法律法规和国际通行规则。同时，建立健全风险管理责任体系，围绕关键岗位和核心业务开展风险预先识别与评估，先后编制《法治工作报告》《境外法律风险排查报告》，与时俱进地修订境外法律风险与合规管理等制度性文件，针对重要事项和薄弱环节深入开展风险管理及防控，为项目健康发展提供保障。

——在合规纳税方面，他们聘请专业律所编制《南非风电项目相关法律、电力市场及财税政策尽职调查报告》等，提前了解南非投资税收风险及相关规则。项目运营至今，公司坚持依法按时足额缴纳税款，针对涉税现状制订税务管控措施，通过规范的税务管理制度、清晰的税务管理流程、准确的纳税申报与缴纳、专业的财会指导与审查全面避免税务风险，为公司更好地服务南非经济、参与国际竞争提供有力支持。

——在安全生产和保障员工权益方面，他们严格按照南非《职业健康安全法规》等法律法规和集团公司相关管理规定，在安全工作上执行“分层授权”机制，通过逐层授权形成企业管理层安全管理及责任的逐级传递，配备专职安健环经理，确保在生产全过程中安全管理体系和授权体系得到有效落实。同时，为保障员工正当权益，还委托Safe Working Practice咨询公司开展项目现场职业安全、健康检查，确保公司与员工共成长；他们定期为员工举办生日会、赠送生日礼物，全面增强员工的归属感、幸福感。

——在监督执纪方面，他们在项目前期即编制《南非腐败风险国别研究报告》，系统梳理南非腐败预防方面的风险。在项目运维中，则严格开展境外腐败专项问题专项整治自查自纠，并通过建立管控机制，实施垂直管理，抓好关键环节的腐败风险防控，落实财务资金使用管控等，对项目全周期进行有力监控，铲除一切滋生腐败的土壤。

——在信息披露方面，他们高度重视与南非市场、社区的友好互动，定期向银行和股东方披露财务状况，依据国际会计准则出具会计报表及编制年度审议报告，并经具备资质的会计师事务所认证，确保符合南非市场信息披露的节奏和条件要求……

特别是面对新冠肺炎疫情带来的冲击与挑战和南非市场复杂严峻的经济形势，龙源南非公司依法合规经营，稳定创效增收。保障德阿风电项目高质量运维、高稳定发电，将光明和温暖输送到千家万户，为当地经济和社会发展奉献清洁能源做出了巨大贡献。

第三章：传播“一带一路” 讲好央企故事

“一带一路”是合作共赢之路，是可持续发展之路，也应该是跨文化传播之路。

多年来，龙源电力团队追风“彩虹之国”，奉献清洁能源，履行社会责任，为中南两国的合作共赢贡献了力量。近年来，他们按照龙源电力党委的安排部署，运用多种方式讲好中国故事，传播中国企业好声音。

打造央企品牌：干出来还要说出去

“虚心竹有低头叶，傲骨梅无仰面花。”中华民族是一个倡导低调谦逊的民族。“君子欲讷于言而敏于行”的圣人之教及“行胜于言，质胜于华”的处世之道，让中国人历来把“多干少说”甚至“只干不说”当作传统美德，信奉“谨言慎行，方能行稳致远”。

刚开始踏入南非这片热土时，龙源电力派出的市场开拓员工和所有“走出去”的中国国有企业员工一样，保持着低调的作风和谦逊的形象。《南方周末》早年刊发的一篇报道对此做出描述：（对于南非而言）龙源电力的到来显得“仓促而匆忙”。这些来访者有着浓重的中国国企员工特质，谨慎低调，说话滴水不漏，说起公司历史时会引以为荣。初入南非电力市场，龙源电力仅测风就花了一年时间；“第一次谈判介绍公司，讲了半小时对方也没记住龙源电力的名字”……

事实上，作为一家多年来潜心致力于新能源发展的中国央企，龙源电力早在 2011 年风电控股装机容量已近 900 万千瓦，全球排名升至第二位；而到了 2012 年底，龙源电力的风电装机容量则突破 1000 万千瓦，成为全球最大的风电开发企业之一。然而，龙源电力市场开拓员工谨慎低调的工作作风，并未让企业这一优势品牌在南非市场获得充分展示。而这无疑是导致在南非前两轮可再生能源项目招投标中历经挫折的一个重要原因。

2013 年，当龙源电力参与由南非能源部组织的第三轮可再生能源项目招投标之时，正值中国国家主席习近平提出“丝绸之路经济带”和“21 世纪海上丝绸之路”宏伟倡议之际。以共商、共建、共享为原则的“一带一路”倡议，是新时代中国领导人在国际舞台上提出的中国方案、面向全世界讲述的中国故事，为中国企业“走出去”参与国际合作提供了发展的机遇。

“习近平总书记‘一带一路’倡议的提出，为包括南非在内的沿线国家理解中国、牵手中国企业搭建了合作的平台。正由于此，2013 年 10 月 29 日，当南非能源部第三轮可再生能源项目招标结果揭晓时，龙源电力榜上有名。”龙源电力前期市场开拓员工钱贺、赵明明说，南非德阿风电项目招投标的种种经历，让龙源电力人明白了中国企业“走出去”讲好中国故事的价值和做好企业品牌传播的重要意义。

国务院国资委也敏锐地意识到了中国企业特别是中央企业谨慎低调的工作作风对企业品牌传播和国际竞争产生的影响。2014 年初，《国务院国资委关于印发 < 关于加强中央企业品牌建设的指导意见 > 的通知》指出，虽然中央企业进入世界 500 强企业的数量逐年增多，但“大而不强”的问题一直存在，尤其是缺少在全球叫得响的知名品牌。中央企业要实现“做强做优、世界一流”的目标就必须努力打造世界一流的品牌。该通知强调，“加强品牌建设是培育世界一流企业的战略选择。世界一流企业不仅要有一流的产品和一流的服务，更要有一流的品牌”。

2017 年 10 月，党的十九大明确提出了要深化国有企业改革，培育“具有全球竞争力的世界一流企业”的发展目标；同时，党的十九大报告进一步明确，要推进国际传播能力建设，讲好中国故事，向世界展现真实、立体、全面的中国，提高国家文化软实力。

“中央企业不仅代表自身形象，更代表国家形象。这对走向海外的中国企业提出了更高要求，为龙源电力加强海外品牌传播指明了方向。”魏臣表示，按照龙源电力党委的统一部署，龙源南非公司改变过去所秉持的低调谦逊的作风，本着“干出来就要说出去”的原则接受媒体采访，讲好企业故事。他举例说，比如在南非时间 2017 年 11 月 17 日举行的龙源电力德阿风电项目竣工投产仪式上，龙源电力团队便接待了数十位南非媒体记者。媒体对龙源电力的广泛报道，在当地产生了巨大反响。

善用各类媒体：传播中国企业好声音

拿破仑曾说，中国是一头沉睡的狮子，当这头睡狮醒来，世界会为之发抖。习近平总书记说，中国这头狮子已经醒了，但这是一只和平的、可亲的、文明的狮子。中国央企就是这样一只苏醒的狮子，它要用自己的声音，向世界展示自己和平、可亲、文明的形象。

那么，龙源南非公司是如何发声、怎样展示自己的品牌形象的呢？

“在世界全面进入互联网新媒体时代的今天，我们首先想到的是用好新媒体。”赵明明说，从 2019 年开始，龙源南非公司陆续开通了脸书、推特、照片墙和 YouTube4 个海外社交媒体账号，及时主动公开、披露公司信息，特别是在履行社会责任等方面的信息，以此全方位讲述中国故事、传递中国企业声音。

数据显示，截至 2022 年 6 月，龙源南非公司 4 个社交媒体平台的粉丝数达到 49.3 万人，共发布信息超 1400 条，总阅读量超过 4200 万人次。

“社交新媒体有一个重要特点是互动性。我们在传播企业新闻信息的同时，还可以了解居民需求，解答网友的问题。”姚亮说，自己作为龙源南非公司综合管理部负责人，在工作中一直思考的问题是：“如何让当地机构和民众真正了解龙源电力、认识中国企业？”他们发现了社交新媒体的传播力和互动性，为这一问题找到了答案。在脸书、推特、照片墙和 YouTube4 个海外社交媒体平台上，龙源南非公司账号的总互动量超过 100 万条。

值得一提的是，龙源南非公司的社交媒体页面内容获得了包括南非北开普省政府官方账号、非洲联盟下属非洲疾病预防控制中心、南非 SOS 国际儿童村、开普敦红十字儿童医院以及北开普省省长苏尔本人等多个权威账号的关注。依托公司完善的社交网络体系，龙源南非公司在国家形象、公益传播、企业品牌和中国文化“走出去”等多个领域，与南非当地政府机构、社会组织和居民百姓展开互动，扩大了龙源电力的品牌影响力，塑造了中国企业的良好形象。

"特别是在新冠疫情防控工作中，龙源南非公司对当地所做的贡献，获得南非政府机构多名官员的点赞和转发，彰显了中国企业的责任和担当。"姚亮自豪地说，而且龙源南非公司的推特账号还受到南非北开普省殷坦尼市市长斯通加以及时任中国外交部发言人赵立坚等人的关注，这使得龙源南非海外社交媒体平台的关注度和影响力得到进一步提升。

如果说社交新媒体是新闻信息传播的"生力军"，那么传统主流媒体依然是新闻信息传播的"主力军"。龙源南非公司在推进企业品牌建设中，还特别重视当地主流媒体对公司发展的关注。

2021 年 12 月 9 日，《南非开普时报》刊发一篇题为《国家能源集团龙源南非公司捐款 500 余万兰特帮助当地政府解决居民用水难题》的报道——

南非北开普省雷诺斯特贝格（Renosterberg）市政府近日向国家能源集团龙源南非公司发出一封感谢信，向他们在改善当地居民用水条件方面做出的贡献表示感谢。

据悉，此前该地区居民的日常用水主要靠地下水供应。受限于基础设施水平，供应量只能满足约 50% 的日常需求。在了解到这一困难后，龙源穆利洛德阿两个风电项目公司与当地市政府积极沟通，捐款 560 余万兰特（约合人民币 255 万元），提供专业技术支持和人员培训，帮助当地顺利启动供水设备升级项目。

目前设备升级第一阶段工作已完成，不仅满足了当地居民的用水需求，还通过太阳能水泵降低了对电力的消耗。

当地市政府在感谢信中说，"我们非常高兴地宣布项目即将完成，并借此机会感谢龙源南非公司对该项目的大力支持，他们帮助当地居民解了燃眉之急"。

这是南非当地主流媒体对龙源南非公司的众多新闻报道中的一篇。

近年来，南非多家有影响力的主流媒体——比如著名平面传媒《星报》《开普时报》《金融邮报》《商报》等、主流经济类电视频道 DSTV 412，以及多家国际媒体——比如美通社（PR-Newswire）、英国新闻通讯社（PR Newswire UK）、全球新闻网（One News Page Global Edition）、南非地平线（South Africa

Horizon）等，均对龙源南非公司数十个新闻主题展开报道，在当地产生良好的社会影响力。

龙源南非公司在南非守法合规经营、助力当地社会公益事业的一系列事迹受到南非两大主流传媒集团——独立传媒 (Independent Media) 和时代传媒 (Arena Holdings) 的高度关注。据了解，独立传媒集团是南非最权威的主流媒体集团，旗下拥有《星报》《开普时报》等多家有影响力的媒体；时代传媒集团则是南非主要的英语出版集团和第二大数字出版商，拥有非洲大陆最大的音乐和独立电影目录，并经营有电视频道，同时拥有《星期日泰晤士报》《索韦坦》《金融邮报》《先驱报》《加洛音乐》和《联合印刷》等多个标志性品牌。

“作为一家来自中国的能源企业，国家能源集团龙源电力投资南非风电项目，与南非当地公司合作共赢，创造了许多精彩的故事。”南非时代传媒集团代表塞米伊·扎克(Semeyi Zake) 先生表示，近年来，时代传媒通过报道龙源南非公司，传播中国企业在南非奉献清洁能源、履行社会责任的故事，并借此向公众分享发展可再生能源的重要意义。

创新传播方式：搭建民心沟通的平台

习近平总书记指出，“国之交在于民相亲，民相亲在于心相通”。“一带一路”要行稳致远，离不开“民心相通”的支撑和保障。而中国加强海外传播的一个重要目的，就是要搭建“一带一路”沿线国家民心沟通的平台。

如何在“绿电相通”的基础上，搭建起“民心相通”的平台，展示中国央企在“一带一路”建设进程中的良好形象，这是龙源电力团队近年来思考最多的话题。他们通过举办有价值的社会公益活动，彰显龙源电力的品牌和国家能源集团的形象。

2020 年 8 月 10 日，一场以“新能源，新生活”为主题的德阿风电项目“云开放日”活动隆重举行。活动中，龙源南非公司当地员工白茉莉带领观众“深入”到德阿风电场，“走进”升压站、中控室、风机塔筒及机舱，介绍风机发电原理、风机结构、风电场布局及风电场生产运营和疫情防控等情况。

随后，白茉莉和当地早教中心直播连线，请早教中心老师通过镜头展示了龙源南非公司捐赠的 6 间教室及教学设施，讲述了新冠疫情期间龙源南非公司为早教中心孩子和家人购买食物的故事。白茉莉还和风电场工作人员一起与早教中心的小朋友们“隔空”跳起了舞蹈。最后，白茉莉来到殷坦尼市政府，现场采访了经济发展部主任麦森加纳。这位政府官员高度赞赏了龙源南非公司在促进当地经济发展和社区和谐方面所做出的贡献。

德阿风电项目“云开放日”活动吸引了当地民众的积极参与和众多媒体的广泛报道。数据显示，活动当日，超过 140 万人通过“云”平台参观了德阿风电场；共有 120 多家知名媒体对活动进行报道，报道总量达 212 篇，覆盖受众超过 1 亿人。多家媒体在报道中对中国企业和中国制造给予高度评价。南非主流经济类电视频道“DSTV 412 BUSINESSDAY TV”报道称：“国家能源集团龙源南非公司举行‘云开放日’活动，通过多角度立体化呈现南非最大风电项目的生产经营、疫情防控及复工复产情况，讲述‘一带一路’中国央企故事，传递‘一带一路’共商共建共享的精神内核，展现了中国企业的责任和担当。”

媒体对德阿风电项目“云开放日”活动的报道，得到南非著名说唱歌手和国家电视台节目主持人艾法尼（IFani）的关注和点赞。据龙源南非公司综合管理部负责人姚亮介绍，艾法尼创作的音乐作品曾多次获得南非乃至国际大奖，不仅是南非家喻户晓的明星，也是一个在推特上拥有百万粉丝的“网络大 V”。其对德阿风电项目的关注和点赞，让龙源电力项目团队萌生了邀请他到德阿风电场现场参观的想法。

原来，艾法尼大学学的是电脑工程专业，对风电工程有着浓厚的兴趣。在获悉龙源南非公司想请他来德阿风电项目现场参观的消息时，这位有着广泛影响力的南非公众人物，不仅愉快地接受邀请，还明确表示“德阿风电场是南中两国友好合作的典范项目”，他要通过自己的推特账号向粉丝现场直播。

2020 年 11 月 3 日，地处南非中部的德阿小镇风和日丽，气候宜人。艾法尼如约而至，小镇居民闻讯赶来，与他进行热切的交谈。通过自己的推特账号，艾法尼带领网友参观风电场，以及龙源南非团队捐助的学校、体育场等。在现场直播中，艾法尼还兴奋地演唱自己创作的歌曲，并对中国公司能够在南非积极履行社会责任、造福当地社区表示由衷的钦佩。

除了举办有价值的公益活动，龙源电力团队还积极参与有意义的跨文化交流，进一步扩大企业品牌的影响力。

2021 年 6 月 6 日，由龙源穆利洛德阿两个风电项目公司支持举办的第二十届“汉语桥”世界大学生中文比赛南非赛区决赛圆满落幕。此次比赛以“天下一家”为主题，来自南非开普敦大学、罗德斯大学、约翰内斯堡大学等知名学府的 14 名初赛晋级选手，尽情展示自身汉语才能和艺术天分，通过演讲阐述对“天下一家”的理解，讲述中国故事，传播中国文化，并展示了歌曲、朗诵以及中国传统的武术、书法、绘画、舞蹈、烹饪等多种才艺。

“汉语桥”世界大学生中文比赛是由中国教育部中外语言交流合作中心举办的，旨在激发各国青年学生学习汉语积极性，增进世界对中国语言和文化理解的专业比赛。从 2020 年第十九届“汉语桥”世界大学生中文比赛开始，龙源南非团队推动穆利洛德阿两个风电项目公司对该项赛事的南非赛区给予支持。

“感谢‘汉语桥’！感谢中国龙源电力！是你们为我提供了展示自我的平台！”这是第十九届“汉语桥”比赛南非赛区冠军获得者、西开普大学中医药与针灸辅助专业学生半夏（Lauren Willenberg）获奖时说的话。这位美丽的黑人姑娘，自幼受父亲影响喜爱中医，甚至把一味中药的名字“半夏”取作自己的中文名。她说，“通过‘汉语桥’比赛，我更加热爱中医、热爱中国文化！未来我要用自己学到的中医知识服务南非民众，同时还要好好讲述中国中医文化故事，为中南两国的交流多做贡献。”

促进民心相通，重在文化共兴。龙源电力南非德阿风电项目管理团队还结合中南两国的传统节日，在当地开展了一系列活动。每逢春节、端午节、中秋节等中国传统节日，他们举办“美好中国年”“端午节登高”“中秋赏月”等活动，并通过社交媒体向南非网友展示中国习俗，展示中国文化的魅力；而在南非的重大节日——比如 7 月的南非曼德拉月期间，他们组织开展向当地社区养老院、儿童早教中心、残疾人中心、微型黑人企业等多家机构捐赠活动，以实际行动缅怀伟人，推动中南双方的文化交融……

“响必应之与同声，道固从至于同类。”龙源南非公司总经理魏臣动情地说，德阿风电项目把中国风电人与南非民众紧密联系在一起。如果说德阿风电项目是中南两国企业“共建共享、合作共赢”的典范，那我们项目团队就要当好中南两国人民“民心相通、美美与共”的桥梁。在未来的日子里，我们会全力维护风电项目安全稳定运行，持续为南非奉献清洁可再生能源、助力当地公益事业，让“一带一路”建设走实走深、行稳致远，让中南友谊像德拉肯斯堡山一样巍然屹立，像长江、黄河一样奔腾不息！

结束语：中国企业践行“一带一路”的光辉典范

2021 年 6 月 24 日，国务院国资委综合楼三楼多功能厅，国资委党委发布了当年度首批“央企楷模”名单。国家能源集团龙源电力南非德阿风电项目管理团队与来自其他兄弟单位的 3 位个人和 1 个集体获此殊荣。

人民网报道全文摘录于此：龙源电力南非德阿风电项目是中国国有发电企业在非洲第一个集投资、建设、运营于一体的风电项目，也是南非已投产规模最大的风电项目，成功带动国产装备、技术、服务“走出去”。该项目管理团队成立了专门的社区基金，实施精准帮扶支持当地社区发展，包括为当地近万名儿童、妇女、老人等特殊贫困人群提供免费医疗服务，开展“助学·筑梦·铸人”教育行动等。2020 年，全球出现新冠肺炎疫情，该项目管理团队主动对接需求，通过捐资捐物等多种方式助力当地疫情防控，针对疫情捐助达 400 余万兰特，树立了中国企业的良好形象。

“就当前国际局势和舆论环境而言，龙源电力南非德阿风电项目的价值及其管理团队在当地做出的贡献，意义十分重大。”全国政协委员、国务院研究室原副主任杨书兵认为，他们用事实和数据向世界表明，中国企业“走出去”践行“一带一路”倡议，奉献绿色清洁能源；与合作伙伴实实在在的共建共享、合作共赢，实现了项目所在国政府、社区百姓和企业投资者等多方受益，堪称中国企业践行“一带一路”的光辉典范。

时代里的泥刀

——记中国建筑集团有限公司邹彬

◎文/何满力　李晓红　廖　婕　闫诗崎　王佳宇

2022年6月6日夜间，长沙机场改扩建工程T3航站楼项目现场还是一片灯火通明，邹彬走在鼎沸的工地里，仔细检查着每一处细节。偶有细微瑕疵，他眉头一皱就快步上前指出。工友们早已适应了这位项目质量总监的严苛，只要看到他走近并皱起了眉头，就知道自己必定有哪个环节出了错。

仲夏的晚风里已有了一丝燥热，一圈走下来，汗珠就淌了一脸。邹彬环顾着工地——在规划设计里，这块总面积超50万平方米的土地上，几年后将升起一颗夜空里最亮的星。

这一天，正是中国传统二十四节气中的芒种。

芒种啊，忙种。邹彬正了正安全帽，又走进了热火朝天的建设中。

少年·泥刀

如果问邹彬，游家镇离北京有多远？

这个问题，2011年的他连想都不敢想。那一年，连县城都很少去的邹彬辍了学，随父母登上了开往省会的大巴车。坐在车上，邹彬兴奋地看着窗外，家乡正渐渐远离，风景越来越陌生。

父母都在长沙暮云的一处工地上打工，邹彬没有手艺，只能跟着妈妈刘尧妹做杂工，筛沙子、和砂浆、挑砖、切砖……样样都干。铁锹、灰镐在水泥砂浆里像是生了根，不到3分钟手上就起了水泡，疼得他龇牙咧嘴。扁担压得他直不起腰，他挣扎着站起来，颤颤巍巍地往前走，额头上、脖子上鼓起一条条青筋。十几小时后收工，他连饭都不想吃了，只想倒在床上睡下。第二天醒来，身上的酸痛还在，起身都钻心地疼。外面工地上已喧闹起来，邹彬嘴里“嘶嘶”地吸着气，穿好衣服出了门。

刘尧妹看得不忍心，偷偷地抹眼泪。

渐渐地，邹彬适应了工地生活，也练就了一手给砌墙师傅切砖、递砖的功夫。砌墙师傅下一块需要什么形状的砖，他都是提前观察好，从一堆红砖里选出合适的递过去，没有现成可用的就自己动手切。不同的砖有不同的密度、干湿度，不能蛮干，怎么切是门技术活儿。他练了一个月，把手指头砍伤了好几次，终于能把握好力度和角度，几刀下去就能切出正好需要的砖块。如今，他的眼睛里像是装了刻度，砌墙师傅下一块要砌什么砖，切砖时在哪里下刀，他往往一眼就看出来。

舅舅刘尧述也在工地上做泥瓦匠，甥舅俩经常一起搭档干活儿。外甥做事认真勤快，又切得一手好砖，刘尧述乐意带他干活儿，也时不时给他讲点砌墙的小技巧。有一次，刘尧述砌一个马牙槎，邹彬给他当小工递砖。刘尧述越往后砌越流畅，心里也越来越吃惊：马牙槎结构复杂，要用到多块长短不一的砖，而外甥递的砖每一次都大小刚好合适！

刘尧述说，你真是干这个的料。

一句随口的感慨，让邹彬心底蠢蠢欲动。他脱口而出：“舅舅，你教我砌墙。”父母当然同意。一家子都是干这个的，儿子学这门手艺也顺理成章，一来收入比小工高，将来也好找媳妇。二来看到砌墙师傅一手拿砖，一手持刀，脚手架上泥刀上下翻飞，墙就长高了，高楼大厦慢慢成形了。那种在方寸之间逐渐拔地而起的壮观与澎湃，当时只有初中文化的邹彬虽然形容不出来，但看得他着实心痒难耐，跃跃欲试。

就这样，刘尧述成了邹彬学习砌墙的入门师傅。

爸爸邹同石送给儿子一把老旧的泥刀。接过泥刀，邹彬心里有些沉重。这把泥刀的年龄比他还要大上许多，养活了从外公开始的三代人，妈妈、舅舅、表亲包括自己，都曾在它年复一年的咚咚声中得以长大。这外人眼中破铜烂铁都不如的泥刀，却跨越了几十个春秋，维护着一个家族艰难的生生不息。

武者携剑，画师有笔，而邹彬迷上了长不足二尺，宽不过三寸，泥里来、砂里去的泥刀。

第二天，他跟着舅舅上了脚手架。

调浆、抹浆、切砖、垒砖、压实，最后用泥刀轻轻敲击几下……从小的耳濡目染，再加上这么多天递砖时的近距离观察，这一套砌墙的动作和流程，他在心里不知道试过多少遍了。

用泥刀在浆桶里挑了一团砂浆铺在红砖上，还没来得及抹开，砂浆就软趴趴地滑了下去，“吧嗒”一声掉在了鞋子上。邹彬一愣，跺了跺脚，又挑起一团砂浆，重新往红砖上抹，没想到这次砂浆在砖面上停留的时间更短了。

连试三次，都是一样的结果，砂浆在砖面上根本留不住。

刘尧述在一旁看得直摇头，顺手拿起一块砖，又挑起一团砂浆，边抹边说：“砖要斜着点拿，抹的时候要用点力，收刀的时候也要注意点角度……”说完又晃了晃手中的砖，只见砂浆在上面沾得稳稳当当，丝毫没有要滑的迹象。刘尧述又炫技一般，手腕一翻，把抹了砂浆的砖面朝下，砂浆却始终没有落下。

邹彬看得眼都直了。回过神后，试着左手拿砖，右手持刀，挑浆，抹匀，用力压一压，最后也轻轻摇了摇——砂浆真的没有滑下来。他兴奋地托着这块砖，迅速一个翻转，牢牢地按在墙体上，再用泥刀在砖面上轻敲几下。

他小退了一步，把头往后仰，仔细看着自己人生中砌的第一块砖，心中不免泛起小小的激动。

第二块，第三块……他越砌越起劲。砌到十多块砖的时候，却发现一个大问题。砌墙的时候，一匹砖的两边都会扯根线，首尾相连，确保铺砖齐整，横竖都成直线。而邹彬一路铺过来的砖，有些离线稍远，有些又紧紧贴着线甚至把线往外挤出一点。邹彬摇摇头，走过去把这块砖敲一敲，那块砖挪一挪，调完后站在墙边蹲下身，眯起一只眼看一看。

再砌的时候他留了心，铺几块砖后就眯眼瞄一瞄，确定是笔直的一排之后才放心地接着砌。旁边的舅舅和其他工友们动作娴熟，说不出的潇洒，邹彬羡慕得不得了，手不停工，脑子里一遍遍地回放着别人的手法。

一个上午过去了，邹彬走下脚手架准备吃饭。刚一扯手套，掌心就是一阵钻心地疼，咬咬牙把手套脱下，手掌上几个被扯破的水泡触目惊心，几缕鲜红爬了出来。把手放到嘴边吹了吹，端起饭碗就开吃。

比起肚子饿，几个水泡又算得了什么呢？

吃完饭休息的间隙，邹彬缠上了舅舅。这个初学者一个又一个“肤浅”的问题，问得刘尧述都有点不耐烦了，却也只能耐着性子回答。砌砖有什么要点，怎样才能保证横竖都能对齐……有些连他也讲不清，邹彬转头又问起了其他师傅。

到收工时，邹彬的墙砌完了。他拿起刷子清理墙面，结果有些灰浆刷不掉，灰缝里更是难看，有的浆多就鼓了出来，有的浆少又凹了进去。看看其他人刷过的墙，大都是这样。

他却觉得看着别扭，拿起泥刀就上前修修补补。

质检员来进行质量检测：通过。工友们拍拍他的肩膀：“不错啊，第一次就能砌成这样。”他不好意思地嘿嘿一笑，盯着自己砌的墙看得出神。第一次砌墙就能过关，心里多少还是有些得意的。可细看之下，他发现了问题：虽然质量过关了，但美观度不佳。砖块之间的水泥砂浆凝干后是一条条或横或竖的灰缝，粗细不一，越看越觉得心里别扭，那些宽宽窄窄的灰缝就好像一条条虫子在他心里爬。

怎么解决呢？他又去问舅舅。

第二天砌墙时，邹彬除了尽量把红砖砌得齐整，又把心思放在了砂浆上。舅舅告诉他，灰缝的粗细，一是和压砖的力度有关，二是不同的砖块上铺的砂浆有多有少，直接导致了灰缝有粗有细。要想灰缝粗细一致，没别的巧劲儿，只能多练。

那段时间，邹彬就连睡觉脑子里想的都是怎么把墙砌得齐整，砌得好看。休息时也闲不住，跑到工地上给老师傅帮忙，边帮着做事边观察他们的手法。

学到的经验越多，邹彬对自己越严格。只要发现肉眼可见的差距，必定要纠正，哪怕是返工，甚至是把墙推倒重来。

这样一来，速度自然就慢了。工地上的泥瓦匠都是按量计酬，砌得少钱就少。有工友善意地提醒他："砌好了就行了，有这个时间不如多砌几匹砖……"刘尧妹看儿子砌个墙比谁都辛苦，也忍不住劝他："质量过关了就要得，莫太讲究了。"

邹彬点点头，但砌起墙来还是一如既往地喜欢"折腾"。他的想法很简单，要做就要力所能及地做到完美，瑕疵再小，只要能改进就一定要改到顺眼，要不然总觉得别扭。

一面面墙砌出来，一天天过去了。

邹彬砌墙的速度逐渐上来了，挣的钱也多了。基础打得牢，失误越来越少，手法越来越娴熟，别人砌一面 12 平方米的墙要 1 天，他半天就能完成。不光速度快，而且比"标准"更标准：建筑砖墙的垂直度和平整度规范要求是"垂五平八"（墙的垂直方向偏差不超过 5 毫米，水平方向偏差不超过 8 毫米），邹彬可以"垂二平三""垂三平四"；墙面纵横两向的灰缝，他能精确控制在 1 厘米以内。

横平竖直，墙面清爽。别人一眼就能看得出来，"这肯定是邹彬砌的"。邹彬砌的墙，在质检员那里打上了"免检"的标签。

铁打的泥工，流水的工地。一个项目完工了，邹彬把蛇皮袋往肩上一甩，跟着父母、舅舅辗转一个又一个工地。几乎所有的建设施工单位都喜欢他，踏实、肯干，手脚麻利，最重要的是砌的墙质量有保障，可以做样板。

不管在哪个工地，不管是什么项目，邹彬手中的泥刀总是按着自己的方式敲在每一块红砖上。砌墙，是自己吃饭的手艺，学了这门手艺，就要守这门手艺的规矩和底线。

这样做，累是累了点，但他心里不觉得苦。一块块砖砌成一面面墙，在其他人眼里，那是生计，是工钱；在邹彬看来，钱当然重要，但他还得到了一种成就感。垒土成山，块砖成楼，一块块从四面八方运过来的小红砖，在他手中的泥刀咚咚声里，从此固守于此，砌成了多少人一辈子安身立命的庞然大物：这是一件多么有意义的事。

有时候工期紧，晚上要加班，邹彬从不拒绝，多赚点钱交给父母总是好的。夜幕下高挂着的大功率照明灯早已打开，把工地照得亮如白昼，在一片忙碌中，一面面墙就这样站了起来。砌得累了，就扶着墙稍作休息，站在脚手架上看看远方，看着长沙城的夜空被一盏盏灯、一栋栋楼逐渐点亮。

邹彬想，自己砌的这些砖，以后也会融入这万家灯火里，为一个个家庭遮风挡雨吧。

邹彬又想，以后这万家灯火里，会不会有一盏是他亲手点亮的呢？

2012 年，邹彬也开始用上了微信。得空儿时候，他喜欢刷刷朋友圈，看看别人的日常。大部分同学在读高中，仅有个别几个像他一样早早进入了社会。他突然发现，自己待过的工地上，几乎从来没有看见过同龄人，或许就只有他一个人走了一条与众不同的路。看了看身上斑斑点点的砂浆印子，想起初二那年的流行词，邹彬给自己的微信号改了个名——“今天不努力，明天不给力”。

明天到底给不给力，邹彬也没有细想。他收起手机，抬起头就看到了闹哄哄的工地。一片嘈杂声里，工友们挥着泥刀在砖上敲击的咚咚声传来，格外清晰。

汗水·世赛

2014 年，是邹彬在工地上的第三年。

中国建筑五局一个项目的工地上，妈妈刘尧妹在心里盘算着，一家人在工地再干上几年，多存点钱，就可以回老家给儿子讨个媳妇了。

立春过后天气日暖，领队找到了正在太阳下砌墙的邹彬。这一年中国建筑五局举办“超英杯”技能比武，他知道邹彬泥刀要得好，建议他去报名试试。

邹彬兴趣不大，心里也没底气。自己才砌了几年，工地上那么多老师傅，砌墙的时间比他的年龄还长。刘尧妹知道儿子顾虑什么，还是鼓励他去。“输了就输了，你小小年纪怕什么丑？”邹彬一听也对，试试就试试。

这是邹彬第一次拿着泥刀参加比赛。只想着“试一试”，没想到一路闯进了决赛。

邹彬坚持的那些砌墙习惯，在比赛中都成了他的得分优势，帮他拿到了砌筑青年组冠军——这是他人生中的第一个冠军。

颁奖仪式上，邹彬从高级工程师周果林手中接过证书和奖品，转过身和其他获奖选手一起合影。照片里的邹彬，一身蓝色工装，别着参赛证，黑黑瘦瘦，虽然得了冠军，但一脸拘谨，捧着奖品站在最边上。这样的场景，对于当时的他而言，实在是不如站在脚手架上自在。

那时的他也肯定想不到，正是这场比赛，把他推到了一扇能扭转他命运的大门前。他手里的泥刀就是那把开门的钥匙。

前来颁奖的周果林，正是在这场比赛中注意到了邹彬。小伙沉稳的性格、扎实的基础、利落的手法，给他留下了深刻印象。彼时，中国建筑五局已把参加 2015 年第 43 届世界技能大赛砌筑项目的任务交给了旗下主办的长沙建筑工程学校并即时启动参赛工作，周果林被选聘为指导专家。“超英杯”技能比武作为五局技能岗位的一次大练兵，更大的意义则是对参赛选手的征集、选拔，并作为固定赛事延续至今。

进入周果林视野的邹彬，也一路开启了“夺冠模式”，夺得了当年全国建筑行业职业技能竞赛的砌筑冠军；在世界技能大赛砌筑项目全国选拔赛五进三、二进一的比赛中以绝对优势夺冠，拿到了唯一一张代表中国参加世赛砌筑项目的入场券，成功进入备战的第 43 届世界技能大赛砌筑项目国家集训队。

进队的第一天，周果林就告诉所有参赛选手，砌筑、砌墙，虽一字之差，却相差甚远。

砌墙是技术，砌筑是艺术，追求建筑之美。

一幅幅花样繁复、线条多变的砌筑作品在邹彬眼前滑过，他心里早已是七上八下。类型多样的尖顶、圆弧，颜色各异的线条、图案，竟然全都是用砖砌出来的！

砌筑要用到的各种工具也颠覆了他的认知。只知道用泥刀、卷尺、线垂砌墙的他，第一次看到了水平尺、角度尺、激光仪……这样的工具，林林总总上百件。

世赛上比拼的是见所未见的建筑模块，而要砌出这样的作品，就需用到这百余种自己闻所未闻的工具，邹彬只能利用全部课余时间一样一样地学。

工具的用法还没完全掌握，教练又拿出了训练图纸。识图，是砌筑的前提。而掌握大量几何专业知识，是识图的前提。集训的队友们大都在职业技术学校接受过专业教育，理论知识扎实，看图、识图自然不在话下，但邹彬辍学前的数学成绩实在不尽如人意，几何知识更是约等于零。

看着天书一般的图纸，邹彬对自己说，这下完了，只怕不能参赛了。苦和累，他是不怕的，但这种直中命门的打击，让他生出一丝有力无处使的绝望。

退赛？是不可能的。且不说他是整个中建集团唯一的参赛代表，单是集训之初教练们喊出的“为国出征”四个字，就让他只能背水一战，许进不许退。

国庆节过后第一天，邹彬到长沙建筑工程学校办好入学手续，成了一名中职生。从早上 6 点到下午 6 点，白天在训练场实操，晚上回到教室捧起久违的书本，在老师的帮助下从零开始，恶补理论知识。直线、弧线、角度、面积、平面、立体，三角板、量角器……对于这些让他当年看着就想趴课桌上睡觉的术语和文具，时隔多年邹彬又强迫自己一一拾起，强打起精神一个个重新学。他总算知道了，曾经在课堂上偷过的懒，总有一天要通通还回去，那些学习上没吃过的苦，也会加倍地补回来。

砌筑比赛时间长达 22 小时，体能训练是必不可少的。邹彬来自工地，在这方面相对轻松，跑步时还可以在脑子里琢磨操作的步骤，或者回忆一下新学的几何知识。

枯燥的集训中，有人打道回府选择了放弃，有人在一轮轮的考核中被淘汰，训练场上的身影慢慢少了。留下的都在咬着牙坚持，汗水滴在砂浆里，又被砌进了未知的梦想。教练在旁边看得心疼，却还是冷冰冰地说，想要练就一身好本事，不脱几层皮是不可能的。

邹彬理论知识太薄弱，也让周果林和教练组操碎了心。即便是“5+2”“白黑”地练，专业老师使出浑身解数地教，还单独给他“开小灶”，但毕竟时间有限，想通过短时间的突击完全掌握砌筑所需的几何知识不太现实。邹彬最为难的是识图、计算和放样，周果林就编了一套顺口溜，让邹彬像相声演员背贯口一样背下来。

周果林有门绝活，估算的数据误差往往只有一两毫米，这就是经验，邹彬也想学。周果林教他死死盯住尺子上 1 厘米是多长，然后在纸上画出 1 厘米的长度，画完再用尺量，不符合就重新看、重新画，直到不差毫厘。1 厘米在砌筑比赛中是个承上启下的刻度，每块砖平均就隔着 1 公分。掌握了 1 厘米，再练 4 毫米、3 毫米。眼睛和手形成的记忆越准，估算的数据就离准确数据越近。

越学越顺，邹彬又把学砌墙时的“轴劲”用到了训练中。世赛评分苛刻，垂直、水平的误差大于 1 毫米就扣 0.1 分，大于 1 厘米就判 0 分，与国内建筑行业标准相差了几毫米，邹彬在工地上令人咋舌的“垂二平三”，在严苛的比赛中有点不够看了。训练时有些复杂的图形，计分点多达七八项，邹彬砌完后能打 90 分。可左看右看，总有这样那样的失误，邹彬心里的“别扭”又上来了，于是“轰”的一下推倒重砌。砌到上次失误处慎之又慎，极力避免。砌完再检测，分数和之前的差不多，又是一把推倒，再来。终于拿到了 95 分，他这才罢休，一边收拾工具，一边想着到底应该怎样改进才能避免扣掉 5 分。

教练盛良在一旁看得吃惊，这分明就是拿着砖头在“绣花”。

此后长沙建筑工程学校成为世赛砌筑项目中国集训基地，2018 年，盛良成了该校副校长，他对每届来集训的选手都会讲起邹彬当年刻苦训练的事迹，还总不忘加上一句感慨：95 分，什么概念？连当时的工业机器人都难以做到！

这年 4 月，邹彬在新西兰举办的大洋洲技能大赛中夺得了砌筑项目的银牌。这枚银牌，是对他半年艰苦训练的肯定，更是对他技能短板的提醒。大洋洲技能大赛的赛制和标准完全对标世界技能大赛，更客观、更细致地暴露出邹彬在放样、尺寸把握方面的不足。人外有人，天外有天。在国家集训队做到了拔尖，不代表就能站上世赛的顶峰。唯有刻苦，更疯狂地刻苦训练，才能一点点缩短作品与完美之间的距离。

5 月，世赛组委会提前 3 个月公布了 3 张图纸供参赛选手练习，最终的比赛图纸则是在此基础上变化 30%。

最开始，周果林和教练徐贝贝没有去花心思猜测那变化的三成是什么、怎么变，而是从一段段线条、一项项数据入手，帮助邹彬反复拆解、练习，终于做到了完成度、精准度 100%。即便如此，未知的 30% 仍是悬在大家心头的一根刺。训练冲刺阶段，教练组综合往届考题、已公布的 3 张图纸及举办国的特点分析，把带十字架图案的建筑模块作为主攻方向，反复研究，又根据邹彬的习惯和特点，制定了主体砌筑先两边再中间、中间局部处理先两边再底层的砌筑方法，辅以皮数杆定位，确保缝隙均匀，终于帮助邹彬砌出了近乎完美的作品。

邹彬仍不敢掉以轻心。练得越多，越发现自己的不足。民族的就是世界的，他深信中国的建筑不比其他任何国家的逊色。训练之余，他带上手机，去湘江边的杜甫江阁取景，向结构精巧的亭台楼阁取经。那里是离他最近也是他第一个想起的能代表中国古典建筑之美的地方。回到训练基地后，邹彬开始画图、计算、放样、砌筑，把古色古香的黄阶朱栏黛檐砌上了墙。这也成了中国砌筑集训基地展示区的第一个作品，至今仍保留在原地。

8 月中旬，中国派出 32 名选手前往巴西圣保罗参加第 43 届世界技能大赛，与来自 59 个国家的 1200 名选手同台竞技。在这项世界层次最高、影响力最大的职业技能赛事上，当时国内的世赛砌筑奖项还是一片空白。那一届，邹彬是中国唯一的砌筑参赛选手。这个世界级的舞台，是对邹彬 500 多个日夜汗水成色的检验。

第一道考题就让邹彬心里一紧。这张巴西球王贝利的 10 号球衣图片，并没有出现在组委会赛前公布的 3 张图纸之列，也是在此之前完全没有见过的。

同台的选手们已经忙活起来，邹彬赶紧深吸一口气，沉下心来认真研究图纸。看完之后他明白了，图纸的主题部分与平时训练内容无异，最大的难点在于图中字母“PELE”的制作。英文字母的制作邹彬并不陌生，参加大洋洲技能大赛时，他的获奖作品中就有一个带“BRAZIL”单词的模块。而这次的“PELE”4 个字母，除了按常规切出砖块，还需要砂浆的完美配合。这样一来，计算数据大增，砌筑难度也呈几何级增长。

他收起所有的心思，开始了计算、放样。砌下第一块砖，就似乎回到了熟悉的训练基地。在泥刀的翻飞中，一块块砖头有条不紊地落下，垒在了最恰当的位置。砌到最难处理的字母部分，邹彬凝神屏气，切出了尺寸精准的砖块，抹上了严丝合缝的砂浆。

一连 4 天，每天苦战 22 小时，邹彬终于用 600 多块砖头砌完了大赛要求的 3 件作品，夺得了世界技能大赛砌筑项目优胜奖。这枚来之不易的奖牌，结束了世赛砌筑项目无中国选手获奖的历史，也埋下了来年中国选手在这个项目摘金的伏笔。

颁奖期间，邹彬第一次在异国他乡过生日。这一年，他刚满 20 岁。

这一年的邹彬，也终于可以回答那个问题了：从游家镇到北京有多远，到世界又有多远？

在邹彬心中，这只是一把泥刀的距离。

榜样 · 引领

载誉归来的邹彬又回到了工地上，引起了不小的反响。在湖南省 2016

年“十行状元、百优工匠”竞赛砌筑工决赛中，邹彬又拿下了第一名，“全国技术能手”“全国优秀农民工”“湖南省五一劳动奖章”等各种荣誉也纷至沓来。身边的工友们越来越兴奋：一个初中都没读完的泥瓦匠，竟然出了国，比了赛，拿了奖，还成了全国技术能手!

“没想到砌墙砌得好，还可以当状元！”听着都觉得离谱，却又真实地发生在自己身边。

有人慕名来看看“状元”长什么样，有人偷偷去看邹彬砌的墙到底有多好，还有年轻的工友来拜师。不知从哪天开始，“小邹”没人再叫了，从此工地上多了个“邹哥”“邹师傅”。

2016 年，中国建筑五局总承包公司破格录取邹彬为正式员工。泥瓦匠成了国企员工的消息，又像是给工地打了一针鸡血，学习邹彬、向邹彬那样砌墙成了热潮。不少砌墙工人发觉在工地上干活儿也有了盼头，干得更有劲儿了，墙砌得更好了，他们暗暗憧憬着，或许下一个故事的主角就是自己。

邹彬穿着干净的衬衫，戴着白色的安全帽，扛着水平尺，又重新回到了工地上。他的新身份是项目质量管理员，负责打样板、做检测。他的砌筑技术经得起严苛的世赛标准考验，砌出来的样板墙自然可以服众。但当他把自己砌墙坚持的那些原则和规矩用到检测中，纵然容易被接受，却难以被认同。工友们的收入和砌墙量成正比，要像他一样“绣花”，太耽误挣钱。

邹彬也不多说，抄起家伙就做起了示范。左手拿起砖，右手泥刀挑浆抹了上去。工友们来了兴趣，围了一圈看表演。泥刀咚咚响，漂亮的墙就一节节高。“看，也不会比你们的慢多少。”

工友们笑着鼓起了掌。眼见为实，这何止是不会慢，是比他们快多了，这功夫似乎可以学一学。

邹彬还在砌，又讲起了质量问题。灰浆抹得实，厨房、卫生间就不容易漏水；垒砖垒得直，房子就更稳固。“想一想业主买到质量不好的房子怎么办，或者自己以后碰巧买了自己不用心砌的房子怎么办？”

工友们呵呵地笑了起来。是啊，万一以后自己也能买上房子呢？“对的对的，是要砌好些！”

每到一个工地，邹彬只要检查出了问题，就会展示一番自己的绝活，边砌边讲。看，按照标准砌也能砌得快，质量有保证，钱也不会少。“又好又快”的追求成了一种理念，随着邹彬的一次次示范在中国建筑五局的工地上扎下了根，发出了芽。

卧虎藏龙的工地上，又好又快的不止邹彬一个。中建五局承建的一处工地上，拿了 20 多年泥刀的王师傅也是工友们眼中的砌墙高手。邹彬来做质量检测，王师傅有心要跟这个传说中最会砌墙的质量员后生比一比砌单砖。

一声“开始”，两人同时开动。才垒上 3 块砖，邹彬就蹲下身拎着线垂眯眼看，王师傅凭着经验继续往上砌。围观的工友们看得直摇头，到底年纪轻，经验少。

王师傅确实快，开始一段时间始终领先砌几块就拿线垂瞄的邹彬四五块砖。可砌到一人高的时候，他面前的单砖墙就晃了起来。扭头一看邹彬，已砌得差不多和他的一样高了。两人上了脚手架，王师傅小心翼翼地放下第 27 块砖，转身再去拿下一块时，却听见工友们异口同声地喊着“要倒了、要倒了”“王师傅的墙要倒了”。他站起身，看着垒起来的单砖墙晃了几晃，然后在工友们的笑喊声中倒下了。邹彬单砖墙已砌到 28 块，还稳稳当当地立在那里，继续往上砌完全没问题。

“他的垂直度做得好，你的没达到。”旁观者清，工友们做起了点评。砌墙啊，基础要打好，高了也不会倒，邹彬趁机讲起了他的质量经。

奔走在一个个工地，邹彬的质量管理员当得越来越有模有样。每到一个项目，他都会砌一面样板墙，一边砌一边讲，高质量砌墙的技术要点和注意事项砌在了墙上，也说到了工友们心里。

他也发现，自己专心砌和监督别人砌还是有区别的。以前只需埋头砌好自己的墙，不满意就推倒重来，现在做质量检测，职责就是要确保所有的墙都必须经得起检验。一面墙砌得不好可以重砌，但整栋楼呢，整个工地呢？他思索着，一个人的力量终究有限，中建五局的项目遍布世界，就算有 100 个邹彬也不可能全部走完。

视野慢慢打开的邹彬开始意识到，好的经验和方法只有变成了通行的标准，才能最便捷也最有效地普及开来，那些他去不到的工地也能像他一样把墙砌好。就像墙边吊着线垂，只要照着线砌墙就不会歪。

在公司的帮助下，邹彬成立了以他名字命名的“小砌匠·邹彬创新工作室”，把自己砌墙的经验方法和中国建筑的高质量标准融入了每一个细节里。砌筑，已不再仅仅是一门吃饭的手艺，更是一份保品质、创价值的重担。

邹彬也第一次重新考量“工匠”这个词。以前自己砌墙、训练喜欢“折腾”，总要做到满意为止，旁边的人笑他有强迫症。现在他明白过来，一名真正的工匠，就应该是这样“折腾”着追求极致。原来，这些年自己满头大汗拎着泥刀一直坚持着、追求着、践行着的，就是“工匠精神”。

于是，“用十足的韧性接受挑战，用十足的耐心追求极致”成了邹彬的口头禅。他检测时会说，做示范时也会说，就像是在念“紧箍咒”，又像是给工友们点了一盏指路灯。

他的身影，开始频频出现在全国各地技能培训、安全培训、劳动竞赛现场。在湖南省直单位、常德、娄底等地举办的职业技能大赛和企业千人大型观摩会上，累计2万余名建筑工人在他的帮助下提升了技能。他一丝不苟的认真、较真儿，也被越来越多的人从眼底学到了手上。

不管走到哪儿，他都随身带着一把泥刀。泥刀成了他的教具，在一遍遍的演示和讲解中，他告诉所有人，他理解的工匠精神，就是把专注和细致融入每一块砖石之中。

邹彬也时常想起他的世赛之旅。那个舞台给了他精彩，也因为砌筑项目选手21岁以下的年龄限制，他留下了遗憾。

但他的梦想，以另外一种方式在延续。

工友吴深华来到工作室，向他请教技能大赛的参赛经验，他毫无保留地分享相关技术要领。怎样使用比赛工具、如何看懂图纸，将当年他学到的那一套又传到了工友身上。勤学苦练后，吴深华捧回了湖南省第六届职工职业技能大赛选拔赛三等奖，并获评长沙县百优工匠（砌筑工）。

他回到长沙建筑工程学校，成了世赛选手的指导老师，把自己全部本领和梦想一起传给了和他一样热爱砌筑的年轻人。他的徒弟罗杰，在这个师傅流了无数汗、熬了无数夜的梦想摇篮里，也慢慢生出了羽翼，拿下首届全国扶贫职业技能大赛砌筑冠军。师徒俩的目光，又瞄准了世赛。

生长在山村，成长在工地的邹彬，靠着专心砌墙改变了人生。他比绝大多数人更能切身感受到，转变一个观念、练好一门手艺对于人生有多重要。

2018 年 7 月，中建五局承建“精准扶贫首倡地”十八洞村村容村貌提升改造项目，邹彬主动请缨加入其中，为十八洞村砌筑一面形象墙。扶贫先扶志，转变旧思想是关键。他要用自己逆袭的经历和手里的绝活，告诉那些和自己一样出身贫困的同龄人，幸福是奋斗出来的，只要扎扎实实做好事，认认真真学手艺，谁都可以拥有美好的未来。

他提前把沙子、水泥、砖块和工具拉到了现场，等了几天后才接到设计图。花了几个晚上在电脑上画好十八洞村 Logo 图，留给他的工期只剩下 3 天。

早上 7 点天气正凉爽，他就开了工，抡着泥刀熟练地砌着墙，清脆的“咚咚”声引来了乡亲们驻足。邹彬一边忙活，一边和他们聊天，把自己的经历说给他们听，乡亲们听得入了神。砌墙他们都知道，但砌得好能在世界上拿奖，能当状元，能进国企，还是头一次听说。他们笑着议论着这件新鲜事，看这个小伙子的眼光都不一样了，“看看人家，事情做得好就是不一样……”

乡亲们看完后又散去，来了一批又一批。邹彬不怕累，不嫌烦，把自己的成长故事讲了一遍又一遍。十八洞村村民都知道了，手艺学好的人终究是能出头的。

没人来的时候，他就专心忙起手边的活儿。十八洞村的 Logo 由苗族阿哥阿妹头像和村名组成，邹彬对着图纸量了又量，算了又算。这是整面形象墙最出彩也最难砌筑的部分，他不敢有丝毫马虎。

在他不远处就是整个项目工地，同事们正和他一样在太阳底下苦干。任务无上光荣，也无比艰巨，工期紧张，谁也不舍得浪费一分钟。项目经理唐中举，腰椎间盘突出疼起来腰都伸不直，但每天都是早上第一个到场，半夜最后一个离开。这名冲锋在前，始终站在施工一线的老党员，让邹彬感受到了一种蓬勃的力量和斗志。

等到太阳落了山，晚风送来一丝清凉，工地上的机器还在轰鸣作响，邹彬擦了擦黏糊糊的脸，打开手机的闪光灯继续。

光线完全暗了下去，手机电量已不足，他把自己的车子开过来，打开了前车灯。一直砌到夜间 12 点半，拿砖的力气都没有了，他这才去休息，第二天又在 7 点之前起床赶赴施工现场。

十八洞村的夏天烈日炎炎，项目团队的汗水滴在这片山清水秀但尚且贫瘠的土地上，也滴在十八洞村乡亲们世代渴望走出贫困的心坎里。当地小女孩给他们送去了刚摘的红辣椒，中秋节那天在项目搞卫生的施大爷提来野生猕猴桃……质朴的乡亲们时不时地用质朴的方式向他们表达着质朴的感谢。

只用了 3 天时间，形象墙就已基本完工。清理完墙面，邹彬开始收拾行李，准备去北京参加隔天的中国工会第十七次全国代表（湖南代表团）预备会。还没动身，新的任务又来了：形象墙的两边还需再砌筑，以便更美观地展现出 Logo。

十八洞村 Logo 本来铺满墙面，两侧加砌则意味着整体调整，邹彬略一估算，放下行李就去赶工。下午 1 点的太阳正火辣，邹彬管不了那么多，拿毛巾擦了擦汗又继续。38 摄氏度的高温里，他脖子上的毛巾好像永远拧不干，一拧就是一串汗水哗哗往下落。

有人过来提醒，再不走赶不上航班了。他头也不抬，“砌完了再去吧。”

砌完最后一块砖，涂上最后一抹色，时间已是晚上八点半。他匆匆看了看，这才连夜赶回长沙。

十八洞村项目从开工到交付，中建五局团队只用了短短 90 天。大部队走的那天，村民们送来了感谢信，给他们颁了“荣誉村民”证书。邹彬砌筑的形象墙屹立在新建的十八洞村村部门口的广场上，飘逸的“十八洞村”大红字体，蓝绿相配的男女头像，就连头饰上的纹路都清晰可见，苗家人民心手相连奔小康的美好愿景跃然墙上，呼之欲出。

3 天的艰难砌筑，整个项目部战天斗地的豪情，让邹彬心生壮志，他在日记本里写道：“没有我们克服不了的困难、没有我们打不赢的硬仗。”

从十八洞村回来后不久，邹彬正式加入了中国共产党。他每天都把党徽擦拭得一尘不染，金光闪闪的小徽章别在胸前，就仿佛心里装进了一轮太阳。

蜕变・时代

2018 年 1 月，22 岁的邹彬当选为第十三届全国人大代表。

当时邹彬人在江西，得知这个消息后激动地立即打电话给母亲。还在工地干活儿的刘尧妹一开始没有反应过来：“什么选上了？”

“人大代表！全国人大代表！”他把手机从耳朵边拿下来放在嘴边大声强调着，又生怕妈妈不明白其中的意义，特意加了“全国”两个字。

刘尧妹终于听懂了，虽然不知道人大代表具体是做什么的，但也没多问，只是平淡地嘱咐儿子，好好干，加油干。

就这样，邹彬成了“农民工”这个庞大群体的代言人。从这个群体中来，又带着和他们相同的印记以新的身份融入其中，他自然无比清楚，工地上兄弟姐妹们最需要什么，最担心什么。

之后，工地上就出现了有趣的一幕。每到吃饭休息时，邹彬都会笑盈盈地凑过去，一口一个“师傅”地叫着。工友们都知道他的故事，也喜欢跟他交流。邹彬掏出小本子，蹲下来认真地听着、记着。一开始写字慢，还在记这个人说的话，中间已经过去好几个人。他不好意思地挠挠头，麻烦大家再说一次，又惹来一阵笑声。

随着调研的深入，邹彬也有了经验。去外地调研时，他不忙着进正题，先拉拉家常，点工还是包工，多少钱一天，工地语言一出，气氛就轻松多了。又说起自己砌墙和比赛的事，有人不太相信。邹彬就当众一口气砌上十几块砖，技术到位，动作潇洒，大家一看就明白，“小伙子是真干过，砌得好”。于是把邹彬当成了“自己人”，心里话一句句往外掏。

去技能比赛当评委或是做宣讲的间隙他也不忘调研。没有刻意的话术，也不讲高深的话题，回应他的也是纯朴、真实的心声。

新媒体也成了他收集意见和建议的阵地。他在和自己有关的新闻里留言，和网友互动。虚拟的网络上，哪些是客观的，哪些是言过其实的，他自然可以轻易分辨出来。这个普通人最容易参与表达的新兴渠道，他格外谨慎也格外看重，因为在这里，更有可能听到最能代表大家心意的想法。

邹彬工作之余的调研足迹延伸到了黑龙江、北京、上海、江西等地，走过了天南海北各种工地、会场，听到了无数建筑工人的心声：他们时刻担心自己的收入不能得到保障，关心从老家带来的孩子去哪里上学，更忧心下一个工地会是在什么地方。

所有问题其实可以归结为一个：农民工的出路在哪里？

一路走，一路听，建议也好，牢骚也罢，他都记在本子上，也装在心里面。在全国人大代表履职的路上，他见到的风景，永远有着一抹和农民工、跟建筑产业相关的底色。几年下来，他把保障农民工权益、加强农民工技能培训、推动农民工向新型产业工人转型等十余份建议递到了全国两会。

在 2018 年上半年，邹彬把身体不适的妈妈苦劝回了老家，爸爸邹同石还和与之年龄相仿的工友一样继续留在工地上。送妈妈回家的那一天，邹彬突然意识到，工地在变化，产业在发展，但建筑工人这个数量众多的群体，从人员构成到技术种类，几乎在很长一段时间里都没有太大变化，仍然是承袭着故旧的方式和经验，奔走于钢筋水泥之间。而可以预见的是，在一场场产业技术的更新和变革里，日新月异的建筑行业只会越来越规范化、专业化、精细化，会毫不留情地淘汰这一辈逐渐老去的建筑工人，也必然将那些不懂新技术的务工者拒之门外。

邹彬发现，建筑工人队伍出现青黄不接甚至断层严重的问题，年老的想退不能退，年轻的能进不想进，工地上的交接班，仿佛一个难以解开的局，而有激情、敢创新的年轻人正是行业发展的未来。

建筑行业是扎实基础和创新灵感的结合体，老一辈的勤劳和敬业，与年轻人的创新思维，是新时代工匠人才必备的素质，二者又该如何有机结合在一起呢？在与参加过武汉火神山、雷神山建设的同事交流后，邹彬在大受震撼的同时也眼前一亮，开始思考起“两山”建设现场大规模出现的装配式建筑发展——在工厂里做模板，再运到工地拼装好，效率提高了，质量容易把控了，工作环境也改善了，对年轻人进建筑行业更有吸引力。

这些想法都被邹彬写进了建议里。

念念不忘，必有回响。邹彬很快就收到了相关部门和技能培训学校的反馈。住房和城乡建设部答复，实行行业从业人员培训证书电子化，支持跟世赛相关的活动、赛事……“装配式建筑施工员”也因为他的建议，正式成为一个新职业。

2020 年 3 月 8 日下午，邹彬首次亮相全国两会“代表通道”。和他一起亮相通道的，是在抗疫中做出了巨大贡献的张伯礼院士。邹彬开始担心自己的普通话不好会闹笑话，更害怕答错、答漏，不能把亿万农民工的心声更好地反映出来。

直到一片相机“咔咔”声响起，邹彬仿佛听到了在工地上拿泥刀敲砖的“咚咚”声，眼前又浮现起他最熟悉的工地。只要拿着泥刀，站在工地里，他就什么都不怕了。他用带着湖南口音的普通话，平静地回答记者提问，从自己的经历开始说起，简短介绍了砌墙过程和比赛经历，越说越流畅，越说越自信。在侃侃而谈中，邹彬用“坚持干一行、爱一行，成长为大国工匠，为实现‘中国梦’贡献自己的一份力量……”结束了发言。

执着专注，意气风发。新时代中国青年工匠的形象，在邹彬短短 3 分钟的亮相里，通过镜头淋漓尽致地展现在全世界面前。

从代表通道下来的那一刻起，邹彬的事迹更为频繁地出现在各大媒体报道中。他曾经的身份、经历和现在的一切形成了令人咋舌的巨大反差。在最短的时间里，这个从工地上走出来的年轻小伙成了“网红农民工”，成了农民工里的“顶流”。“邹彬”这个名字，在中国建筑的工地上、在越来越多的工地上渐渐流传开来，成了新时代青年群体里的一个特殊符号。

原本有些内向的邹彬也逐渐“高调”起来，一有机会就在媒体上发声，那段努力砌墙、比赛获奖、成为全国人大代表的经历，被越来越多的人知晓。

并非炫耀。他只是想通过自己的前后对比，激发起农民工群体的自豪感；也通过尽量曝光自己，为这个群体吸引到尽可能多的目光，努力提升社会对这个群体的认可度。

他更希望，自己的成长经历能够激励到更多正在专注做事的人。2020年9月17日，习近平总书记在长沙主持召开基层代表座谈会时，邹彬作为建筑行业唯一代表，坐在习近平总书记正对面汇报成长经历，并代表中国建筑提出加速农民工向新型产业工人转变的“十四五”规划建议，他永远难忘习近平总书记的大力肯定和亲切回应：职业没有高低贵贱之分，三百六十行，行行出状元。

是的，每一件小事，追求完美，做到极致，都是值得肯定和尊敬的。虽然他知道自己用一把泥刀砌出一个舞台的过程和幸运并不是工地上每一个泥瓦匠都可以复制的，但他对职业的热爱，对细节近乎固执的专注，对质量近乎完美的追求，却是这个时代所有行业的从业者都可以，也是应当效仿的。

这是成长为一名“大国工匠”最关键的素养。

工匠的产生和培养同样需要土壤。如何进一步完善新时代工匠人才培育机制，产教融合、校企合作怎样助推工匠人才由“学”到“用”，未来建筑行业如何以装配式为突破口向更智能、更智慧方向发展，被他一一写进了建议里。加强对建筑工匠人才的保障和支持，增强他们的获得感、归属感，也是他调研、总结的新方向之一。

他努力地以更广的视野和格局，在更高的层面上思考着建筑行业的未来和建筑工人的出路。

传统意义上靠卖蛮力过活的农民工，通过自我学习和技能提升，转型为有科学知识的新时代工人，在他一份份建议里变成了可能。

他的“小砌匠”工作室，也升级成了“邹彬劳模和工匠人才创新工作室”，申报了课题进行老旧小区外立面翻新及空鼓、裂缝、渗漏修补技术研究，为湖南、江西等地多个重点工程项目解决质量管控难题。仅2020年一年，他就带领工作室团队获得国家专利授权25项，制作样板156个、讲解256次。“砌好每一块砖”的口号，引得“架稳每一根钢筋”“拧紧每一颗螺丝”的理念遍地开花。

干一行，爱一行，敬一行，精一行。邹彬在钟爱的一行悄然写起了大文章。

业余时间里，他学起了CAD电脑制图，又捧起了书本，准备考一个本科文凭。他的管理目标已不再只限于砌墙，材料、架构、装饰等，是他下一阶段的星辰大海。

“十四五”开局之年，恰逢中建五局“较真儿认真”第六次思想文化行动第一年，“较真儿又认真”的邹彬成了长沙首个片区整体提质示范项目——洋湖片区城市环境整治工程项目的质量总监。除了最熟悉、最拿手的墙体质量检测，把控好项目片区内的20条道路、3个风光带、3处建筑外立面的综合整治、提质升级的品质成了他的新挑战。

安身立命之所，唯有当地居民最有发言权。动工之前，邹彬花了许多时间带领团队进街道、入社区，走街串巷收集居民意见，商业、教育、医疗、休闲是他们最关心的，集中整理后采纳当地居民合理建议15条，作为项目规划的蓝本。

在品质管控方面，一向和气的邹彬当起了“黑包公”，当初砌墙时的执着，他又用到了整个项目上。进入工地的原材料，他从源头上把控，形象优质、质量上等、综合效益高的才能入选，不符合要求的谁说情也没用。每一道工序的样板制作他必定到场，不亲眼看着不放心。所有进场的劳务人员都能分批定时看到质量规范交底表，施工的顺序、工具的使用、原材料的保管和用法等，所有的注意事项条条有数据指导，项项有规章制度。6人的品控小组每天建立质量问题整改销项表，在工地上时时巡查，改到位的打钩，通不过的重来。

邹彬的全部心思都在项目上，白天只要不外出就出现在工地上。回到家后也看起了管理、材料方面的书。一如当年集训时，越学越深知自己的不足，越知不足越要学。公司里、工地上经验丰富的同事，几乎被他问了个遍。睡得再晚，学得再困，第二天他又早早地到场，精神抖擞地穿梭在工地上。每一个角落都走到，看到哪里不规范，立马上前指出，看到有问题的墙，袖子一撸，皮鞋踩进砂浆里，拿起泥刀就开始做示范。

即使项目施工复杂，协调难度大，工期紧任务重，邹彬和团队成员仍创造出了全新的“五局速度”，在长沙连绵潮湿的雨季里成了一处亮眼的风景。6 月 30 日，以先导路、潇湘南大道为主的 20 条道路全面放开交通，道路共长 30.8 千米。

在无人机拍下的照片里，邹彬看着宽敞洁净的路上人来车往，两侧绿意盎然，不禁豪情顿生。不到 3 个月的昼夜奋战，项目得以提前完工，团队战斗力再一次提升，他又一次历经蜕变，成为更好的自己。

不远处的湘江静静流淌，带着他们 114 天的辛劳和荣耀北去。

2022 年，中建五局承建长沙黄花机场改扩建工程，邹彬也加入其中。他的成长再一次按下了加速键。他的新征途正向着他期待的星辰和大海徐徐伸展。

每个时代有每个时代的奋斗，每个人的奋斗都在时代的洪流里涓流入海。邹彬感激这个好时代，这个时代崇尚“工匠精神”，也尊重努力和付出。这个人人都能出彩的时代，让一切勤劳和奋斗都涂上了一层耀眼的底色。

被授予第 25 届“中国青年五四奖章”后，邹彬成了“新湖南”形象大使。“把砌筑作为一份事业来对待”的他，用《小事当成大事干　成就人生最精彩》的发言鼓舞广大中国青年，大好时代最好建功立业，新时代的青春在汗水里才最闪亮。

唯愿山河无阻隔　大道通衢向未来

——记中国铁路工程集团有限公司高宗余

◎文／邓　达　曹　雪　王梦宇

匠心谱桥曲，妙手绘飞虹。
为国筑桥，踏平坎坷，
创造一个个世界桥梁纪录；
超越自我，征服江河，
书写一段段"大国速度"传奇。
跨度彰显难度，磨砺中奋起；
只为高铁驰骋，创新中前行。
唯愿山河贯通，
中国梦与世界梦相融，天堑处处变通途。

从胸怀"大桥梦"的大学毕业生，到中国桥梁设计界的领路人，他推动中国桥梁全产业链共同发展，实现三塔悬索桥结构从"不可行"到"可行"的转变，完成了我国公铁斜拉桥由百米级向千米级的跨越，加速了中国海洋桥梁一次次在建桥"禁区"的突破……30余年来，高宗余不畏严寒酷暑，不惧山高路远，一串串足迹留在中国乃至世界版图上，丈量着中国桥梁从"建成学会"到"领先世界"的路途有多远、有多难。

造福人类、惠及百年。这既是高宗余老师方秦汉院士的生前梦想，也是高宗余甘愿为之奉献一生的报国雄志，更是他身旁千千万万中国桥梁工程师奋斗的伟大目标。

瞧，桥！

俯瞰中国大地，座座长虹凌空飞跃，条条巨龙逶迤向前，串联起祖国大好河山，编织着百姓的幸福生活。

那位曾经在南京长江大桥下仰望惊叹的少年，如今已是中国标志性大桥的造就者，走在世界桥梁工程领域的最前沿，在不断追逐"大桥梦"的路上，一路生花……

一、小小少年郎，立志建大桥

天堑变通途，是中华民族一直以来的梦想。

1964年，在长江下游，南京市鼓楼区下关和浦口区桥北之间，由我国自主设计和建造的第一座特大型公铁两用桥梁——南京长江大桥，正在如火如荼地建设中。

这一年初，在距南京长江大桥工程指挥部不远的一处农民家庭里，高宗余出生了。

小时候家里穷，玩具少，但他善于观察，总是会比同龄人发现更多"好玩的”事情。

例如，给他一堆石头和木棍，他就能拼出各种小房子。遇到沙坑，他沾点水，戳个洞，捏一捏，一座“拱桥”就建好了。

那时候，高宗余去舅舅家，需要在长江上乘坐一段轮船，再转乘公共汽车经过长江大桥。

每当过江时，父亲总会把高宗余高高举起，让他坐在自己的肩膀上，共同眺望那不远处即便夜间也灯火通明的建桥工地：“儿子，瞧！那就是长江大桥！咱们中国人自个儿建的！”

之后的 4 年里，随着大桥一点点建成，高宗余也一天天长高。

1968 年 9 月 25 日，年仅 4 岁的高宗余，亲眼看见了 100 多辆重型坦克如何浩浩荡荡地驶过大桥，他感到了前所未有的震撼。

9 月 30 日，汽笛声响，一列 7 节车厢的火车从大桥上平稳驶过，南京长江大桥铁路桥正式通车。

江边满是高声欢呼庆贺的人们，高宗余和他的父母也在其中。

当列车从紫金山脚下越江而来，铿锵的轰鸣声由远而近，越来越响，高宗余似乎感受到一股强大且朦胧的力量。在他心底，一颗小小的种子已悄然埋下。

之后 3 个月里，每天数千人，有市民、有工人、有学生，会聚工地，主动参加义务劳动。

那段时间，高宗余经常坐在家门口的门槛上，一边玩着小石头，一边看着人来人往。只见人头攒动，到处洋溢着大桥即将建成的兴奋和期待。

12 月 29 日，晨曦徐徐拉开帷幕，阳光把桥头堡的红色旗帜照得金黄。

微风乍起，细浪跳跃，搅起满江碎金。

和往常一样，坐在门槛上玩石头的高宗余突然被赶来的父亲一把抱住，右手被母亲紧紧拉着，匆匆向江边奔去……

人可真多啊！

沿途到处披红挂彩，旌旗蔽空，欢呼声、喇叭声、锣鼓声，震撼大地，响彻云霄。

大桥越来越近，人越来越多，当不少同龄小伙伴都往父母背后躲避时，高宗余却几番挣脱父亲的手，尝试在人群中见缝插针地挤向离桥最近处，甚至连鞋子被挤掉了都不知道。

夜幕降临，华灯初上，南京长江大桥就像是天上的银河落到了钟山两旁。

第二天傍晚，务农回到家的父亲进门第一件事，就是从挎包里小心翼翼地拿出一张平整的《人民日报》，带着高宗余手把手地指着报纸上的新闻，一字一句地朗读起来："毛主席无产阶级革命路线的又一次伟大胜利，我国工人阶级创造世界桥梁史上伟大奇迹，南京长江大桥提前全面通车……"

在接下来的岁月里，这座桥仿佛融进了高宗余的日常生活。在年画、月历、钱币、粮票、邮票、橡皮、糖纸、明信片、脸盆、旅客列车时刻表，甚至照相馆的布景、身边弟弟妹妹们的名字里……处处蕴藏着大桥的痕迹。家里墙壁上，一幅红色公交车穿行大桥的挂画，哪怕旧到褪色发黄，父母也舍不得换下来。

进入小学三年级，开学的第一天，高宗余领到了崭新的语文课本。他发现正文前的图片页第一页是《我爱北京天安门》，第二页就是《南京长江大桥》。

"清晨，我来到南京长江大桥。今天的天气格外好，万里碧空飘着朵朵白云。大桥在明媚的阳光下，显得十分壮丽。"

"波浪滚滚的江水中，9 个巨大的桥墩稳稳地托住桥身。"

…………

读着读着，高宗余对大桥通车时的儿时记忆，如大坝开闸，奔涌而出。

多年前，曾经那股力量，仿佛又回来了，直击高宗余心底。只是，这一次这股力量不再朦胧，只有强大。

终于等到放学，高宗余立即拽起书包，来不及和小伙伴打招呼，马不停蹄地奔向大桥。

走到桥前，他放慢急促的脚步。一边回忆着课本中的内容，一边抬头观摩着工农兵塑像、桥头堡、一面面五星红旗和一对对玉兰花灯柱……

走到桥正中间，高宗余手扶栏杆，极目远望——"江上的轮船像一叶叶扁舟，随着波浪时起时伏，侧耳倾听，一列列火车鸣着汽笛，从脚下呼啸而过。”

是啊！滚滚长江东逝水，浪花淘尽英雄。古往今来，多少立志统一中华的英雄，在长江天堑面前都会兴叹：“何日能够一桥飞架南北，天堑变通途？”

此时的高宗余，似乎理解了，为何父母对长江大桥是如此钟情和热爱，为何一座长江大桥在人们心中是如此的神圣和伟大，为何这座长江大桥会成为一个城市乃至整个国家的精神象征和历史丰碑……

迎着江风，历史记忆不知觉间与大江并流，与大桥并立。

高宗余轻轻闭上眼，默默背诵：“滔滔的江水浩浩荡荡，奔向大海。自古称作天堑的长江，被我们征服了。一桥飞架南北，天堑变通途。”

对于高宗余，心中有了力量，学习不再是一件需要被大人“监督”的事。初中升高中时，高宗余轻松考上了南京市重点中学——瓜埠中学。

按学校规定，夏天，每天 6 点 50 分到校；冬天，7 点 10 分进校。高宗余家离瓜埠中学有 3 公里。因此，高宗余常常天不亮就起床，步行半小时赶到学校。

瓜埠中学以严谨严厉的校风被当地人所称道。有一位严厉的老师给班上的学生规定考试成绩“指标”，学生各科考试成绩必须达到“指标”以上，否则就会“挨板子”，高宗余也因此挨过一次板子。

高宗余从小酷爱读书，尤其是与桥相关的书。

若在报纸上看到与桥相关的新闻，他会小心剪下来，贴在专门收藏资料的笔记本里。若在书店看到与桥相关的书籍，哪怕是专业性很强的教材，他也会留个心眼记下书名。宁愿少吃饭，也要存下钱，一旦存够了，他就立即去把那本书买下来。哪怕当下看不懂，他也坚定地认为，总有一天自己会用得上。虽然家中贫寒，但高宗余的父母只要看到相关书籍或有相关内容的报刊，也会毫不犹豫买下来给他。

作为农村孩子，高宗余具备申请学校助学金条件。因为自尊心强，他一直不愿开口，在校午餐经常是自带的馒头就着白开水。

班主任知道了这件事，主动为高宗余申请了助学金。那时，助学金每学期只有 1.5 元，但已经足够高宗余一个月的午餐费用，偶尔还能吃到一点点肉。

1981 年，全国恢复高考第三年。

高宗余身边不少家境贫寒的同学都计划高考结束就出去打工挣钱。当有同学问他毕业后的选择，高宗余沉默了。

虽然心里那股力量不断对他说：“上大学！上大学！”但当他回到家，看到父母头上越来越多的白发，越来越弯的身躯，高宗余实为不忍，第一次主动向父亲提出：“高考结束后，想出去打工。”

刚准备前往田里干活儿的父亲突然停下脚步，目不转睛地看着高宗余，一字一句地问道：“有信心考上大学吗？”

“有……”高宗余埋下头，低声回应。

“大声点！有没有？”父亲的说话音调瞬间高了几分。

“有！”高宗余抬起头，注视着父亲那双布满血丝的眼睛。

“那你就安心考试！别瞎操心！钱的事，我们有办法。”说完，父亲头也不回地朝田里走去。

得到了父亲的支持和鼓励，高宗余收拾好心绪，开始一心备考。

填报志愿时，熟知中国桥梁发展历程的高宗余清楚地知道，若论国内桥梁工程学科的“黄埔军校”，那必是西南交通大学。

那时期，一大批名扬海内外的桥梁界泰斗，尤其是被誉为“中国桥梁之父”，曾四度出任西南交通大学校长的茅以升，还有中国工程院院士、武汉长江大桥的总工程师，曾参与南京长江大桥建造的汪菊潜；中国科学院外籍院士，曾获美国总统里根在白宫颁发的国家科学奖章的林同炎……均毕业于西南交通大学。

班主任也赞同。高宗余在志愿书上毅然写下了“西南交通大学”与“铁道桥梁专业”。

那时，西南交通大学的主校区在四川峨眉山脚下的峨眉县。

离家前一天晚上，母亲将他的路费缝在贴身的短裤里。

第二天一早，父亲默默将他送到了南京火车站。那时从南京到峨眉的行程需要 40 多个小时。虽然大学生回家可以享受半价学生票，但在农家子弟看来这半价车票也不便宜，大学 4 年他只回了 3 次家。那时，他每个月有 17.5 元的助学金，后来还拿过 60 元奖学金，靠着学校的助学金和奖学金，高宗余度过了 4 年的大学生活。

大学期间，高宗余是个精力充沛的小伙儿。平时在宿舍上晚自习，或者到图书馆看书、看杂志，周末和同学一起爬爬峨眉山，每周还要和室友一起拎着小马扎去看学校的露天电影。

课余生活的丰富多彩并不影响高宗余在学业上的稳定输出。

对于高宗余来说，在校期间最重要的一件事是学习编程。

以前的计算机编程，就是在卡片或纸带上“打孔”，然后由计算机识别运算。从高宗余那届开始，学校开设了计算机高级语言课程，学习 Fortran 语言。

改革开放以前，桥梁设计师做设计需要用计算尺手算。在设计南京长江大桥时，进行 3 次超静定结构求解，每算一遍都需要两三个月时间。中国国土面积、地理环境差别很大，结构越来越复杂，想要造出跨度更大的桥，仅靠手算是不行的。

尽管“编程” 在那时是新鲜事物，但高宗余已强烈预感到，“这绝对是个好工具”。

大三时有一次课程设计作业，大部分同学因为缺少实践经验，仅仅依靠书本上的理论知识完成作业，设计作品中难免存在一些纰漏之处。高宗余没有照搬书本知识，而是从另一个角度切入，结果课程设计完成得非常漂亮，得到了老师的充分认可。

高宗余善于思考，暑期到桥梁建设工地、桥梁厂实习时，他总是在现场认真观察。虽然提问不多，但他的问题总能切中要害，让人印象深刻。

临近毕业，高宗余急于在实践中锻炼自己，便放弃了保研的机会。

1985 年初夏，嫩枝舒展，雏燕展翅。

年仅 21 岁的高宗余，背上装满梦想的行囊，踏上一路追梦的列车，来到了武汉。

当列车穿过武汉长江大桥，他打开窗户，迎着江风，俯仰天地，深吸了一口气：“这就是毛主席曾经走过的大桥啊！”

那时的高宗余未曾想到，他的命运会与桥如此紧密地绑在一起。自己设计的大桥，会与百年巨匠詹天佑、茅以升的杰作一起横跨长江，遥相辉映。

更未曾想到，正是这一座座云端“天桥”，不仅连接着一个个城市的过去和未来，也串联起高宗余的童年、少年、青年，乃至整个人生……

二、小荷露尖角　大桥展雄姿

“如果你想翱翔蓝天，就要跟雄鹰一起飞翔；如果你想驰骋大地，必须与骏马一起奔驰。”这是在中铁大桥院内流传最广泛的一句谚语。

在靠近武汉长江大桥之处，有一片约 234 亩的区域。

这里曾是武汉长江大桥建设者们的驻地大本营，是中国现代桥梁的发源地，会聚着新中国成立以来我国“最会建桥的人”。

这片区域叫“建桥新村”，高宗余曾经的宿舍就在这里。

在这里，让他最感欣慰的是，自己能尽情与高飞的雄鹰以及驰骋的骏马，一起遨游在桥梁的世界里。

刚入职，高宗余被安排进铁道部大桥工程局（现中铁大桥局集团）技术处，主要负责编制计算机桥梁结构分析软件。

尽管最初的桥梁设计软件产品大多仅是把力学公式和逻辑路径转化成计算机语言，表面看起来，并没有太多理论创新，但它所带来的成果却是“乘法效益”，能够发挥超出原来很多倍的效力。

从事桥梁软件研发，前提是必须同时拥有“工程师”与“程序员”两个身份。既要有扎实的土木、桥梁工程等学科理论基础，还要有深厚的力学和数学功底，更要熟悉计算机高级语言，具备对计算机硬件发展趋势的前瞻性和预判性。

20 世纪，一个大型桥梁软件的研发和维护，往往需要上百人。而桥梁设计，本是一个小众专业，相关桥梁设计软件的受众面更小。

从市场经济出发，一般企业不可能会为一点“小需求”消耗“大成本”。但从服务国家战略出发，由于公铁两用桥涉及的设计规范标准较多，结构复杂，必须通过计算机辅助计算。甚至可以说，对于大型桥梁，特别是公铁桥梁，没有软件就建不好桥。

但购买国外软件，不仅价格昂贵，使用过程中也会存在许多不可控的问题。

怎么办？

在中国当代桥梁界有着一个特有的行业传统——独立自主，自力更生。这个传统从建造武汉长江大桥和南京长江大桥起，赓续至今。

早在20世纪60年代，为研究如何用计算机做桥梁设计，从最早“打孔”运算，到后来高级编程语言，铁道部大桥工程局勘测设计院长期与中国科学院计算所保持着合作，到高宗余加入时，已有几十年探索经验。

80年代中后期，正值国家改革开放、经济高速发展阶段，国家交通基础设施建设需求旺盛，新技术、新领域也不断涌现，计算机技术是其中之一。

1987年，高宗余调入铁道部大桥工程局勘测设计院（现中铁大桥院），迎来了他工作后的第一个主要任务——牵头研制国产桥梁设计软件。

这份工作当时在其他同事看来非常枯燥。但善于逻辑思考的高宗余，却乐在其中。

编程对代码准确性要求极高，一个符号都不能错。例如，分号不能打成冒号，逗号不能打成点号，否则就会导致计算机故障。

有时候，高宗余遇到怎样都“算不通”的情况，便会对前期工作进行错误排查。通常一查就是两天。但到最后往往发现，其实错误仅是一个符号或者一个字母。

“编程进行不下去了，可以往前排查错误，改过来就好了。但万一是大桥呢？”时任技术处老前辈特意提点。

高宗余顿时背后一阵冷汗。

做工程建设，不同于做作业。有些错误可以改，但有些错误一旦形成，会造成无法挽回的巨大损失，尤其是生命！

之后，高宗余硬是把自己逼成了一位“不允许丝毫错误”的“强迫症患者”。无论是编程还是设计画图，每到下结论前必会反复推演，确保每个步骤和计算百分百精准。

那个年代，计算机是个“稀罕物”，整个单位仅有8台。工作日期间，同事们都得排队抢着使用。高宗余只能选择周末去机房工作，甚至和女朋友约会，他也选择在机房。自己对着电脑心无旁骛地敲着键盘，把女朋友“晾”在一边读书。

20世纪80年代末，正值我国桥梁建设蓬勃发展之初，大跨度、新桥型被提上了议事日程。

由于经济建设的需要，各项工程设计时间、施工周期都必须缩短，这意味着设计手段和施工手段都必须要有飞跃式创新发展，才能满足新形势新要求。

就在此时，武汉长江二桥被提上建设日程。

1990年，高宗余参与到武汉长江二桥设计项目中，这座桥由此成为他人生里设计的第一座长江大桥。

武汉长江二桥，作为当时亚洲第一跨度混凝土斜拉桥，也是长江上第一座斜拉桥，设计跨度为400米，距上游武汉长江大桥6.8千米。

在这期间，高宗余必须一边编软件，一边做计算，一边做桥梁设计。

哪知道，“三管齐下”反而为高宗余打开了一扇新的大门，让他有了更为超前的理论创新方向和紧密联系实际的实战途径。

每当遇到瓶颈，高宗余都会从武汉长江二桥桥址骑车到武汉长江大桥上看一看，吹吹风，想象一下50年代的建桥前辈们是如何攻坚克难的……

这段日子里，高宗余的女朋友也成了他的专属“后勤部长”，白天悄悄潜去他宿舍帮他洗衣服，深夜时给仍在办公室加班的他送上一碗排骨汤。

历经200多个日夜，高宗余终于成功研发出在国际上处于领先水平的“斜拉结构软件系统”。武汉长江二桥的所有指标都能通过这套系统编程求解。这套系统是业内专家公认的一个巨大飞跃。

即便时隔20多年，这套“斜拉结构软件系统”仍被广泛使用，并随着需求变化，各种功能像“滚雪球”一样不断增加和迭代。比如，以前只能计算结构单一的桥梁，现在可以计算结构更为复杂的桥；以前做化简计算，现在可以做详细计算；以前只能做静力，现在可以做动力。

1991年5月，武汉长江二桥顺利开工。陪高宗余在机房加班的女朋友，也自然而然地成了他的妻子。

这一年，高宗余 27 岁。

随着国家经济发展速度加快，交通基础设施建设步伐也在加快，大家意识到国内桥梁行业急需一个能够连接且打通“设计”和“施工”中间环节的机构，这个机构在设计单位完成主体结构设计图和指导性施工组织设计后，跟进并完成实施性施工组织、大型临时结构、施工工艺设计以及材料、装备、人员等要素计划。

2003 年 5 月 12 日，中铁大桥局施工设计事业部(现中铁大桥局设计分公司) 成立。

39 岁的高宗余，被委以重任，担任施工设计事业部首任部长，掌管整个部门所有工作。

中铁大桥局总工程师毛伟琦时任施工设计事业部设计一室主任；中铁大桥局副总工程师李军堂任施工设计事业部首任总工程师。

让毛伟琦印象最为深刻的事情是，在部门招聘考试中，高宗余亲自出题，“考题看似简单，但特别考验基本功，没有深厚实践经验，且不懂活学活用的话，是很难答对的。”

经过层层选拔，以高宗余为首的施工设计事业部共 18 人相聚在了一起。

这 18 人来自五湖四海，从事过不同项目，有着不同的工作方式和做事理念。

高宗余不苟言笑，但为了融洽团队，他专门买了几本《笑话大王》。每次团建之前，他就抓紧时间背几篇，到聚会时“故意”讲给大伙听。

虽然每一次都是高宗余先把自己“逗笑”，大伙反而越发觉得这位新部长亲切可爱。

这 18 个人，虽都有一定工作经验，但到了新部门新岗位，接受新任务，也难免面临许多新挑战。

这时候，高宗余就会主动站出来，把自己架在“火最旺”的位置上，和大家并肩作战，一起完成任务。

部门成立不久，就遇到了一个非常棘手的问题——某座重要大桥在架设过程中，因为受限于当时测量仪器不够精密，导致大桥快合龙时，轴线误差超过了施工规范限制值。由于大桥落成典礼日期已定，留给施工单位解决问题的时间不多了。

时间紧任务重，高宗余和大家群策群力，查阅各类资料，反复推演方案，采用小角度转体的方法，如同推磨一样，最终使得大桥实现了精准合龙，轴线位置满足要求！

这件事也让所有人见证了施工设计事业部存在的价值和必要性。

2004 年，高宗余调任中铁大桥院总工程师。尽管高宗余在施工设计事业部的时间不长，但后面每一个接班的部长在上任不久后都会感慨："高总为部门发展打下了扎实的基础。"

三、追逐"大桥梦" 从长江、黄河走向深海大洋

任何人的成功都不是偶然的。

从北国边陲到南国海域，从大漠戈壁到雪域高原，顶风雨、冒酷暑、踏泥泞，一路走，一路看，一路思考，不断分析、不断破题、不断解题……工作 30 余年，在追逐"大桥梦"路上，从"有没有"到"好不好"，乃至好到什么程度，高宗余始终步履不停。

位于福州市的青州闽江大桥，被公认为高宗余在桥梁界的成名作。

这座大桥主跨达 605 米，在当时全球结合梁斜拉桥中位居第一。作为项目负责人，高宗余面临的难题可不止"大跨度"一个。

闽江大桥由香港一家公司和大桥所在地政府合资建设，由合资公司负责管理，大桥主梁采用钢梁和钢筋混凝土桥面板组合结构。混凝土有收缩徐变特性，随着时间的延长混凝土会缩短，而缩短后的压力便会转移到与它组合的钢材上去。

这种压力重新分配的过程如何？力度多大？

针对这种精确分析的计算难度极大，当时国内没有软件可以进行细致的分析，高宗余带领团队用 1 年时间设计出一款新的计算软件内核。

1998 年，合资方请外国专家来评价技术指标，高宗余自信地对合资方说："我们采用的是自己开发的软件，可以对结构非线性、混凝土收缩徐变引起的内力重分配进行精确的时程分析。"

事实证明，高宗余团队的计算是正确的，他们自主开发的软件是过硬的，横亘在工程开工之前的一大难题迎刃而解。由此获得的高精度计算为该桥节省钢材 20%，节省资金 3000 多万元。

除了组合桥梁的计算分析难题，这座桥在设计理念上也有着许多突破。

当时在国内，这种桥梁的斜拉索在主梁上的锚固通常位于桥面之下，这一位置不仅容易导致锈水、腐蚀等问题，也不方便后期检修。

在思考了可行性后，高宗余大胆提出，把斜拉索锚固放到桥面以上，既容易检查又容易施工。

虽从表面上看，只是“简单”的位置挪移，实际背后却涉及极为复杂的结构研究与计算，同时对相关材料的要求也有所提高。然而，正是得益于该理念的改变，不仅使之后同类型桥梁的施工进度大幅加快，更为工程后期检修和维护节省了大量时间与金钱。

高宗余也由此成为国内第一个提出这个构想并成功将其实现的人。

如今，当出差路过这座桥时，高宗余总要去看看桥的状况。看到大桥稳固地屹立在闽江之上，他有说不出的欣慰：“一座桥从设计到建成十几年，在我心里，它们都像是我的孩子。”

多年以后，很多人都说青州闽江大桥是以高宗余为首的中国新一代桥梁技术骨干的事业起点。

从这个起点再次出发，他在此后的 20 余年中，创造了越来越多看似不可能的纪录。

在武汉，橘红色的鹦鹉洲长江大桥，已成为一张城市名片和“网红打卡地”。

鹦鹉洲长江大桥和普通的悬索桥不一样，它有 3 座塔。这种多塔悬索桥，早在 100 多年前就有人提出概念，但建成的都是几十米和 100 多米中小跨度的，大跨度的悬索桥一直无法实现。

直到 21 世纪初，这个持续了百年的概念，终于被高宗余团队变成现实。

过去的大跨悬索桥，均为两座塔。结构对称，两座塔的受力均匀。在两座塔中间再加一座塔，刚度不好确定，高了，主缆会滑移，不行，低了，桥梁变形过大，也不行。因此，如何设计大跨悬索桥一直是世界性难题。

高宗余带领团队大胆探索，精细求证，提出中塔刚度合理取值设计方法，研发分布式隔板主缆鞍座，成功解决了这个难题。2012 年、2013 年、2014 年，世界上第一批大跨度三塔两跨悬索桥泰州长江大桥、马鞍山长江大桥、鹦鹉洲长江大桥相继通车，随后，我国又建成温州瓯江北口大桥，桥梁界震惊了。英国结构工程师学会评价这项技术将悬索桥前沿技术推进到一个新高度。

随着中国高铁的迅猛发展，高宗余又将精力投放到高铁大跨度桥梁上。从天兴洲长江大桥 504 米的跨度到沪苏通长江大桥 1092 米的跨度，支撑“中国高铁”越来越快的速度里，也蕴含着高宗余团队功不可没的“大桥力量”。

虽然自己是计算机高手，但高宗余却不喜欢过度依赖计算机。

设计郑州黄河公铁大桥时，为提高经济性，高宗余提出倒梯形界面设计构思。

大家心里都没底，一般人会在计算机上先算算再看可行性，但高宗余只用笔在纸上画了个草图，手算分析了主要受力和变形，就敲定了倒梯形设计方案。

看似不经意的一个草图，背后却是高宗余多年的技术积累。他经常说：“对结构和力学要有基本概念，不能什么都靠计算机。”

除了计算机和设计画图，高宗余还经常说，设计好桥梁要“上知天文、下晓地理”。

比如，桥梁工程一般要求 100 年不能被洪水淹没，早些年，如果当地没有 100 年的水位记录，他就去看岸边岩石上的水印子、花草树木中存在的蛛丝马迹，从中推理，就如同侦探一样。

越过长江、黄河，高宗余又把目光望向了大海。

20 世纪 90 年代末，我国东南沿海地区开始筹建多座跨海大桥。杭州湾跨海大桥、上海东海大桥等几乎在同一时间段进入研究和设计阶段。

2001 年，高宗余参与到东海大桥设计工作中。

那时候，国内在跨海大桥建设经验方面，基本一片空白。特别是机械设备，存在极大的能力不足。同时，施工建设者还面临着风大浪高流急，海上施工作业时间短等困扰。

高宗余所在团队一致确定对策为：大跨度、工厂预制、整体吊装，并创新研发了“外海超长桥梁工程关键技术”和“海上长桥整孔箱梁运架技术及装备”等跨海大桥关键技术，这两项技术分别获得国家科技进步一等奖和国家科技进步二等奖。这些技术有效解决了我国跨海大桥设计和施工中的一系列关键难题，极大地提升了我国跨海桥梁建造的技术水平。后来，还被广泛应用到舟山群岛连岛工程、沪崇苏越江通道、青岛胶州湾大桥等跨海大桥的建设中。

为确保东海大桥的百年寿命，高宗余开始从钢结构入手研究，对海面以上的钢结构，涂装采用当时最好的氟碳漆，氟碳漆的性能最稳定；对海面以下的钢结构，则采用“牺牲阳极，保护阴极”的办法。在海水中，钢管桩是阳极，和海水形成电化学作用产生腐蚀。若把性能更活泼的锌块焊在钢管桩上，让锌块和管桩形成电位差，锌块转变为阳极，钢管桩转化为阴极，锌块就慢慢在海水里先腐蚀掉了，而钢管桩得以完好保存。经高宗余测算，海水腐蚀掉这些锌块的时间是 35 年。也就是说，100 年里只要换 2 次锌块，东海大桥钢管桩百年高寿的目标就可实现，从而有效解决了桥址水域海水对钢材的腐蚀性问题。

在福建平潭跨海大桥的设计中，高宗余又成了“气象专家”。

福建平潭海峡大桥的设计难度和东海大桥不同，这里水更深、风更大、浪更高、自然条件更恶劣，而且这一段正好是一个风口，每年有 4 次台风，有 200 天的风力在 7 级以上，有 311 天的风力在 6 级以上，浪高可达 10 米，有效施工时间有限，工期紧张。

如何与时间赛跑?

高宗余建立了外海和桥址区的风力、波浪等气象要素之间的对应关系，通过外海天气预报来预判桥位处的风浪，决定施工作业“窗口期”。同时，首次将“海洋水动力响应”概念引入跨海桥梁工程设计。

但对于高宗余来说，“这点风浪”还算不上什么，更大的挑战正在海底等着他。

这里水深近 50 米，海底是纯的花岗岩，硬度太大，桩根本打不进去。

于是，高宗余决定改用钻头，打不进去就钻进去，采用大直径的钻孔桩。考虑到这里海流的波浪力和涌浪力太大，所以他确定钻孔桩的直径为4.9米，并深入岩层20米左右，然后在海底进行灌装。其中，最长的一根桩长达85米，完成这样一根钻孔桩需3个月以上。

钻孔桩采用的是钢筋混凝土实心桩。打桩时，先下一个直径4.9米的钢管护套“站在”海床的岩石上，然后将一个几十吨的钻头从护套中伸下去打钻，钻孔完成后，先下放巨大的钢筋笼，再向钢护套内灌注混凝土。最大的一个桥墩下面有18根这样的巨型钻孔桩，这18根钻孔桩再由一个潜在海平面下的承台“握住”，承台长度90米，厚10米，浇筑承台所用的混凝土达上万立方米。它的作用就像用手攥住18根筷子一样，使18根桩紧密团结在一起，承载能力大大增强。承台建成后，就可以在上面建桥墩了。

高宗余团队所负责设计的11公里内共有169个桥墩，其中有3个大跨度航道桥、6个桥塔、12个大型桥墩。

不止国内海洋。

2015年，中国援建的马尔代夫中马友谊大桥开工建设，这座桥从马尔代夫马累岛的东南角，跨越一个宽约1.4公里的海峡，在机场岛南段登陆，将寸土寸金的马累岛和机场岛连接了起来，意义重大。

作为印度洋上的第一座跨海大桥，同时也是首座在珊瑚礁岩体上建造的大型跨海大桥，珊瑚礁地质、海洋高盐环境对桥梁结构和材料影响很大，给大桥建设带来诸多挑战。

中铁大桥院承担大桥的施工图设计任务，这座大桥也成为高宗余团队在印度洋中的第一个桥梁作品。

马尔代夫的美，世界知名。但这个人们眼中的度假胜地，却是桥梁工程师们的“实战火坑”。

马尔代夫的海水平均盐度是33.1‰，虽然该指数在全球海洋中是相对较高的，但幸好高宗余已经有了设计建造东海大桥的经验，因此在应对如何满足跨海大桥耐久性方面，高宗余团队稍显从容。采用海工高性能混凝土和适当增加混凝土保护层厚度的基本防腐措施，同时针对不同结构部位增加环氧钢筋、钢梁采用耐候钢+涂装等附加防腐措施的设计原则，便可确保大桥100年的寿命。

蔚蓝的海洋蕴含了大量人类未曾探寻的奥秘，海水之下的地质环境及物理化学性质的复杂程度远超人们想象。这也让高宗余遇到前所未有的挑战。

桥址附近的海床是由生成年代还不太久的珊瑚礁构成的，它的特点是虽然硬，但是太脆，一打桩就崩。

彼时世界上还没有在珊瑚礁上建跨海大桥的经验，在讨论建设方案时，曾有外国专家提议把珊瑚礁炸平。

但高宗余一口否定了。

心有所畏，方能行有所矩。

在高宗余心中，长期有两个“畏”，其中一个是生态环境。

他始终认为，如果设计得当，有条件将建桥过程中对环境的影响程度降到最低，影响时间缩到最短，达到环境可接受范围内的最低状态，最终使桥梁和周边环境和谐统一。

但是，如果必须以过度开发和牺牲生态环境为代价，“那是对后代不负责任”。

否定别人容易，但自己拿出可替代的解决方案却不那么轻松。

于是，高宗余联合施工单位开展理论和试验研究，针对珊瑚礁灰岩密度轻、多孔隙、强度各向变异显著的特点，在主桥主墩基础上创造性地采用“变截面钢管复合桩基础”方案，成功地破解了强涌浪区、珊瑚礁地质条件桥梁基础建造难题；主桥上部结构采用“混凝土 V 构 + 叠合梁”的混合梁方案，既确保了长联大跨受力合理，又避免了涌浪对大节段主梁吊装的影响，降低了施工难度，保证了项目工期，成功破解出珊瑚礁地质的数字密码。不仅开创了世界远洋深海无遮掩环境以及珊瑚礁地质条件下特大型桥梁建设的先河，更攻破了一系列令不少国际工程单位望而却步的世界性难题，再一次向世界展示了中国的建桥实力和水平，交出了一份漂亮的答卷，实现了千岛之国——马尔代夫长久以来的“桥梁梦”，也为世界建设同类型工程积累了宝贵经验。

另外一个“畏”，即是生命。

2016 年 5 月，高宗余和时任中铁大桥院副总工程师肖海珠带队奔赴孟加拉国，进行孟中友谊八桥前期技术踏勘工作。

根据已有技术资料，孟中友谊八桥桥位已基本拟定。但是，当团队抵达实际桥位后，却集体意外发现“不对劲”！

紧邻拟定的桥位处，有一个长期供两岸居民往来的渡船线路，这是两岸居民渡河的唯一途径。

然而，这条渡船线路恰巧与桥梁线位形成了斜交。

——这意味着，如果维持原有桥位，桥梁一旦开始施工，渡船若要过河，将无可避免地经过施工现场，河道水流湍急，渡船人车混装，“这将是很大的安全隐患”！

可是，更改拟定桥位，尤其是海外项目，流程复杂，程序严苛，结局难料。甚至，如果申请被否，接下来的工作如何继续？会不会令企业陷入进退两难之地……

“不管怎样，必须实事求是！绝不能拿百姓的生命安全冒险！”高宗余当即拍板决策。

在高宗余的全力支持和指导下，技术团队紧急展开各项工作。一方面研究桥位处水文、地质条件及当地实际通行需求，对桥址进行优化；另一方面收集材料，撰写报告，把相关问题及时反映到上级管理部门。

问题一经反映，立即得到上级重视。短短两三天，变更申请通过，优化方案也被采纳，并且得到了上级领导点赞表扬。

除了桥梁建设，有关交通运输方面的技术创新也是高宗余关注的重点。

2019 年全国两会时，高宗余曾以全国政协委员的身份建议，开展多式联运技术研究，制定多式联运的标准规范，以提高运输效率、降低物流成本并减少环境污染。

2019 年 11 月，高宗余推动中铁大桥院组建成立了中国中铁铁水联运技术研发中心，以打造铁水联运全链条流程运输方法和装备创新为目标，进行相关领域、技术、装备的研发，研发中心成立后，承担了武汉阳逻港铁水联运等 10 余个项目的设计工作。

作为武汉市政协委员，高宗余心系民生，组织会员积极开展调研，提交的集体提案《培育壮大地方税源、协力共推财税强区》《关于建立居家养老网络服务中心的建议》等，转化为了地方施政的具体措施。

在统一战线开展的“同心”行动中，高宗余带领身边的无党派人士，开展了“同心 · 微心愿进社区”活动，为社区留守儿童、外来务工人员家庭儿童、残疾人家庭儿童和社区低保户家庭儿童实现梦想，用关爱架起了一座无党派人士与弱势群体的“连心桥”。

四、设计长江上首座高铁桥

走进中铁大桥勘测设计院新落成的桥梁科技大厦一层大厅，若干幅大型3D雕刻壁画引人注目。

其中一幅是武汉天兴洲长江大桥，双塔矗立，斜拉索如琴弦一般。

还有一幅是南京大胜关长江大桥，气势雄浑，如巨龙昂首屹立。

这两座横跨在长江之上的高速铁路大桥，贯通了两条贯穿中国经济版图的重要铁路干线——京广高铁和京沪高铁。

这两座大桥都曾获得国家科技进步奖和国际桥梁大会乔治 · 理查德森奖。

它们所形成的具有自主知识产权的技术体系和技术标准，不但科学地解决了高速铁路大跨度桥梁建造关键技术课题，而且共同树立了我国高速铁路桥梁发展的新的里程碑，代表了海内外高速铁路桥梁建设的最高水平。

而这两座大桥背后的主创设计师，正是高宗余。

时间倒回20年前。

21世纪初，随着京广高铁的修建，高铁如何跨越长江，连通大江南北，成为人们关注的话题。

根据京广高铁和武汉市城市道路规划，需要在武汉天兴洲修建一座公路、高铁两用大桥。大桥南起武汉青化立交桥，跨过浩浩长江，直抵江北的汉施立交桥。

在长江上修建公铁大桥，上要确保汽车、高铁安全通行，下要确保各种吨位的轮船顺畅通航，这就要求大桥的主跨要达到500米以上，一系列的挑战也随之而来。

与普通公路桥、铁路桥相比，公铁两用大桥通常“上层跑汽车，下层跑火车”，一条高铁的载重量相当于12车道的高速公路。天兴洲大桥为4线铁路和6车道公路共用的大桥，其中有一条双线高铁，4线铁路加上6车道公路，总载重量相当于34车道公路。

在此之前，我国铁路桥梁最高时速、最大载重仅为天兴洲大桥的一半，世界上也没有先例。

这全部“重量”，首先便压在了高宗余身上。

与惊人的超常规荷载难题相对的，是跨度长达500多米的铁路大桥。跨径如此之大，载重如此之多，如何确保大桥的安全牢靠？——这是技术难点所在，也是高宗余工作以来最大的一块硬骨头。

在这之前我国铁路斜拉桥的最大跨度为312米，国外铁路斜拉桥的最大跨度也不超过500米。公铁两用桥，最多只有两线铁路4车道公路，而且这类桥梁都采用“两主桁”结构。当荷载剧增，传统的两面拉索桥若要达到承重要求，就必须整体抬高桥梁，加大杆件尺寸，从而造成工程量剧增。

能否找到一种新的解决方案？

在他看来，困难不是一下子就能解决的，谁都是“摸着石头过河”，只有一个办法一个办法地研究才能成功。

面对巨大的承重压力，高宗余首先想到的是可不可以做成两座桥？但这样造价和占地面积都巨大。于是，他又想，是否可以像以往一样把桥做宽一些？但经过论证，有些条件满足需求，但也有些不满足。

最后，经过一系列探索论证，他决定采用“三索面、三主桁”这一新方案。

何谓“三索面、三主桁”？

以往的桥梁均采用“两索面、两主桁”的结构，而“三索面、三主桁”就如同将两座桥“挤”在一起，于是中间便多出了一个索面和主桁，同时把主桁改成横卧着的“日”字形，不仅能够增加一个承力面，还可以提高桥梁刚度，有利于高速铁路列车平稳舒适运行。

新方案是否可行，关键是要摸清大桥新增一面斜拉索后结构受力变化。

高宗余需要攻克的第一个难关，是大桥受力分析和计算。

天兴洲长江大桥双层桥面跑车，跑的是汽车、货运列车、高铁动车组三种车型。为此，高宗余和团队自主开发了3D桥梁设计软件(3Dbrdige)，针对天兴洲大桥进行全过程空间仿真分析计算。

高宗余团队耗费半年反复进行试验和计算，得出一个出乎大多数人意料的结论：中间桁受力，跟两边桁大致相同，差别最大不超过 10%。

即便理论可行，但这一史无前例的结构，依然颠覆了很多人的惯性思维，立即引起了业界热烈讨论。

中间的索面受力是否有用？

三面受力是否会不均？

悬臂安装时对接点多，是否会极大地增加施工难度和风险？

…………

于是，接下来一段日子里，同事们会经常看到，高宗余频繁出现在大大小小的会议上，反复且耐心地解释说明受力原理，向大家展示他的数据分析结果。

针对“悬臂安装对接点多”的施工难点，高宗余和团队又夜以继日地寻找解决办法，最终把目标聚焦在架梁吊机上——专门研制 700 吨荷载自动控制架梁吊机，实现桁段架设中的多点起吊和精确对位。

与此同时，钢筋混凝土板和正交异性钢板组合结构、铁路桥面采用钢—混凝土叠合结构等新结构，工程也需采用新材料、新工艺，每一个环节都关系到工程的成败，每一桩看似微不足道的小事，都是高悬在高宗余头顶上的一把“达摩克利斯之剑”。

每一天，都有数不清的人来到他的办公室，反复讨论、计算。他的办公室大门永远是敞开的，他也随时准备着应对解决每一天来临的各种问题。

时任中铁大桥院第一设计院院长刘汉顺当时在天兴洲长江大桥工程中负责钢梁设计。他说，当时大家的压力都很大，但其他人由于只负责工程的一部分，只要做好自己的那部分工作就好，而高宗余作为总负责人，要对全局负责。“下面的人都很着急，生怕出问题，但他看起来总是那么淡定。”刘汉顺说，这么多年来，无论大小工程，高宗余给人的感觉都是胸有成竹 4 字。他的从容也给了团队成员更多的信心与鼓励。

技术问题解决后，国外一家著名公司应邀进行审核。站在江边，外国专家皱了皱眉头说道：“这项工程至少也要 7 年到 8 年去完成。”

而高宗余接到的任务是4年工期。同时，在研究制订方案时，外国专家还提出了许多关于基础、钢梁等方面的疑问。

这一时期，质疑的声音、讨论的声音，或许是高宗余听过最多的声音。

但他知道，越是困难时刻越要坚定信心，越要沉着勇毅。

2009年12月26日，在中国桥梁建设史上具有里程碑意义的武汉天兴洲长江大桥正式通车，结束了"万里长江第一桥"武汉长江大桥独立支撑武汉铁路过江半个多世纪的历史。

实践证明，与传统的双索面结构相比，"三索面三主桁桥梁结构"方案的技术经济可行，节省用钢3330吨，铁路和公路桥面高度降低1米，两岸引桥也可相应降低高度、缩短长度，节省工程造价1.1亿多元。该项技术荣获国家科技进步一等奖，标志着中国从"桥梁大国"迈向了"桥梁强国"。

刹那间，"高宗余"3个字，响彻国内外桥梁界。

但对于高宗余，武汉天兴洲长江大桥只是他众多"孩子"之一，是他不断破题与解题的又一个新起点。

五、让世界高铁大桥跨度首次过千米

南通与苏州，一个在长江以北，一个处长江以南，一江之隔，使两地交通面临巨大阻碍。曾几何时，从南通到苏州、上海，需要绕一个大弯，"南通不通"成为许多人的心头之痛。

百年前，"状元实业家"张謇在家乡南通也曾修建铁路，但没能"跨越"南通与上海之间的长江天堑。

当地人不会忘记，以前若想南下前往张家港，要花上1个多小时乘轮渡过江。即便渡口配有对开的几大马力轮渡，但仍无法满足汽车渡江需要；许多驾驶员吃在渡口，睡在渡口，饱受煎熬。

交通不便，也使投资者望而却步。日本一家做轴瓦的公司原想在南通办厂，经实地考察，最终却选择了别处。

铁路运能大，而在铁路过江通道上，此前的大桥运能也无法满足过江需求。

南京至长江入海口的 380 公里长江河段内，铁路过江通道仅有 1968 年建成的南京长江大桥和 2011 年建成通车的大胜关长江大桥，均位于南京枢纽内，苏北和苏南的其他地区依然只能望江兴叹。

在这样的背景下，一个连接南通与张家港，南北向串联起长三角城市群的过江通道需求，呼之欲出。

2002 年 6 月，长江口沪崇启过江通道被列为江苏省“十五”基础设施建设项目，有关方面提出新建上海至南通铁路的 3 个过江方案。

2005 年，高宗余参与到沪苏通长江大桥前期“论证桥位”工作中。

论证桥位，可不是简单的指哪儿选哪儿。

这项任务不仅要综合考虑国家总体规划、气象、水文、航运、工程地质条件等，还要衡量后期施工以及施工完毕桥梁投入使用之后的安全性、稳定性和经济性。总之，既要考虑当前的需要，又要着眼将来的发展。

规划桥址附近的长江段，接近入海口，江面宽阔，航运密集，可谓黄金水道，通航要求高、建设难度大。

沪通铁路是国家沿海干线铁路的一部分，最初，沪苏通长江大桥的建设定位只是为服务沪通铁路。因此，为了尽可能缩短线路总长度，高宗余一开始就一直在苏通大桥下游找桥位。

当时苏通大桥下游合适的岸线，只有 9 公里可选。高宗余首先考虑的是苏通大桥下游 8 公里处预留的桥位。但经过深入研究后发现，此处位于太仓北面，正对着长江水道分汊口，长江主航道在这里分为南支、北支两条航道，通航环境非常复杂，桥梁船撞风险高，不得不放弃。

之后，高宗余的目光朝着苏通大桥方向上移，先后论证了苏通大桥下游 5 公里、3 公里两个桥位，但通过验证，桥梁建设会导致沙洲和河势变化，影响通航安全，又不行，遂弃之。

最后，高宗余琢磨，能不能与苏通大桥并行，但又发现铁路接线困难，动迁压力太大，不得不再次放弃。

直到 2009 年末，规划明确“（南）通—苏（州）—嘉（兴）—甬（宁波）”城际铁路、锡通（无锡—南通）高速公路也要过江。这时，高宗余才把目光转向苏通大桥的上游，综合各方面的考虑，决定沪通铁路、“通—苏—嘉—甬”城际铁路和锡通高速公路三者共享一座跨江大桥。铁路由原来的双线改为四线，三座桥变成一座桥，一增一减，就可为国家省下至少 100 亿元建桥投入，还大大节省了土地和岸线。

最终决定采用南通九圩港到苏州张家港之间的桥位。

2010 年 2 月，在苏通大桥上游 40 公里处建设沪苏通公铁两用大桥的方案得以确定，国家发展改革委将此列为“多通道合建”的范例。

桥位确定了，紧接着就要确定大桥的跨度。

对于跨度设定，通常要考虑两大要素：通航条件和地质水文条件。

这里的“通航条件”，就是首先要满足交通部门规定的长江通航净空宽度要求。按照规划，大桥北跨点在南通市捕鱼港，南跨点则在张家港市十三圩 (锦丰镇境内，距离越洋码头约 1.2 公里处)。交通部门规定，桥址处的航道净宽度必须要达到 900 米。

其次，为保证长江主航道船舶通过能力、减小船舶撞击风险，大桥通航孔水域宽度必须覆盖桥位历年 −15 米等深线范围，必须覆盖需要设置的多个航道，其中主通航孔按单孔双向通航设计，即主通航孔净宽不小于 900 米，主航道两侧各设一个辅助通航孔，单孔单向通航净宽不小于 200 米。据此要求，主跨跨度为 1092 米，南、北两侧各设一个跨度为 462 米的辅助通航孔，从而使得通航孔覆盖范围达到 2016 米。

不止主桥，还有天生港航道桥。天生港航道岸边聚集了若干大型船舶修造企业，此航道专为这些企业的产品进出提供航路，船舶航行密度较小，但吨位较大，因此，跨越的桥梁提供净宽 284 米、净高 45 米的单孔单向航道。为了尽可能减小桥梁对通航的影响，采用主孔 336 米跨度跨过航道，北侧主墩位于上游最近的码头边缘线后方。

还有横港沙水域桥、跨长江大堤桥梁、两岸引桥……都被高宗余统统塞进大脑里，不断进行着组合和优化。

相比以上“通航条件”，桥位所处的地质、水文条件更为复杂。

桥位所处的长江段宽度达到 6 公里，宽阔的江面对通航的要求高，也必然对大桥的结构有所要求。另外，此处临近长江出海口，地势低平，容易受到潮汐和水流的影响。冬季枯水期时，长江水位下降，还会发生海水倒灌，改变江水流向。并且，从上游江阴长江大桥到沪苏通长江大桥，沿线港口码头众多，每天江面通过的船舶超过 3 万艘，航运繁忙，要求大桥的主跨必须超千米；同时，还要考虑桥墩的宽度和防撞设施，至少要保证桥墩能够承受 10 万吨船舶的撞击……综合上述因素，高宗余带领设计团队，经过精确计算，最终将沪通桥的主跨定为 1092 米。

而当时国内外同类型的桥梁，跨度最大的才 630 米，而且还在建设中，从 630 米到 1092 米，跨度一下提高了 70%。

为确保 10 万吨船的通航，从江阴到出海口的长江大桥净空高度为 62 米。

这给大桥的建设带来不少难题：跨度增大，所需材料数量急剧增长，自身重量也会增加，据统计，大桥建设用钢量达 48 万吨，相当于 12 个“鸟巢”，混凝土用量更是超过百万立方米，如此大的重量，大桥自身能否承受得住？跨度大，能否跑高速列车，其承载能力是否足够？桥的跨度大了，如何更好地防风防震，桥的动力响应如何设计，也是个问题……

在桥梁设计领域有一种说法，工程建设不是学生做习题，已知条件、问题都是明确的，而工程建设的“已知条件”需要设计师去寻找，“问题”也要设计师去思考。有时候从理论上看是可行的，但是到底能不能落地，需要桥梁设计者根据经济、社会、科技等多方面的因素做出判断。

所以面对前所未有的桥梁，拍板往往是最难的，这考验着决策人的胆识、决心和能力。

对于“能不能行”“是不是步子迈得大了些”，大家心里都没底，把目光投向高宗余。

高宗余深知自己的责任，这座桥梁直接影响着长三角一体化战略，只能成功，不能失败。

但他也深知，担当不仅需要不畏困难的勇气，更需要科学严谨的态度，只有深入论证，科学决策，才能圆满完成任务。

他一遍遍走访，一遍遍计算推演，基于缜密的分析，认为可以完成，最后拍板——做！

2010 年 7 月，交通运输部批复沪通铁路桥的通航净空尺度和技术要求，确定了桥位、桥跨和墩位布置。

桥位、跨度确定了，才能设计桥型。

主桥若考虑采用悬索桥，则锚碇须放置于江中，对通航、水利有较大影响；斜拉桥设计刚度大，抗风稳定性好，能更好地满足高铁行车要求。经过几轮比选和优化，高宗余最终确定将大桥设计为斜拉桥桥型，并将方案上报给相关部门。按该方案，大桥建成后将成为世界上最大跨度的公铁两用斜拉桥，也是世界上首座跨度超千米的公铁两用斜拉桥。

高耸的索塔是斜拉桥的关键受力结构，斜拉桥跨度越大就要求索塔建筑高度越高。为确保 10 万吨船的通航，从江阴到出海口的长江大桥净空高度为 62 米。在净空高度之上，桥塔从桥面到塔顶的高度，也要满足合理的比例，通常为大桥跨度的 1/4。既定跨度为 1092 米，因此，桥塔上部至少为 250 米至 270 米，再加上桥面下的净空高度和承台高度，所以最后确定塔高为 330 米，相当于 110 层高楼，为建成时世界上最高桥梁主塔。

从世界范围来看，没有规模相当的工程案例可以借鉴，而工程规模也超出了现有国内外标准、规范的涵盖范围。

要开展桥梁设计，高宗余首先需要解决的是采用什么样的标准进行设计。

“没有标准我们就自己制定标准！”

高宗余从满足结构强度、耐久性、行车性能等方面出发，对荷载取值标准、材料指标、刚度标准、结构动力性能标准、轨道形位控制标准等开展研究，编制形成《沪通长江大桥设计补充规定》，并通过了专家审定。

从此，大桥设计也“有法可依、有章可循、有规可守”。

同年 8 月 25 日，国家有关部门组织专家对《沪通铁路长江大桥主跨 1092 米公铁两用斜拉桥方案》进行评审。

评审会上，国内顶尖的 13 名桥梁专家对方案进行了认真评审。

经质询和讨论，形成一致评审意见——同意推荐的设计方案！世界上跨度最大、荷载最重的公铁两用斜拉桥——沪苏通长江公铁大桥项目的前期工作取得了突破性进展，为工程尽早开工建设奠定了坚实基础。

六、带领中国桥梁全产业链共同发展

对于一座公铁两用大桥，主跨 1092 米，两侧各有两个平衡桥跨，跨度分别为 462 米和 142 米，全长 2300 米，这意味着什么？

首先是桥梁的载重量大大提高了。按设计规范，客货兼运的干线铁路每线的荷载是 8 吨 / 米，只走旅客列车的高速铁路的每线荷载是 6.4 吨 / 米，而公路桥每一车道的荷载标准是 1.05 吨 / 米，三者相加就可以算出 2 条干线铁路、2 条客运专线和公路 6 条车道的沪苏通长江大桥载荷，已经是世界之最 35.1 吨 / 米。全桥满载时，汽车和列车总重量超过 2 万吨！

由此可见，沪苏通长江公铁大桥的公铁荷载完全是一个新的数量级。

那么，桥梁的跨度越大、荷载越重，给桥梁设计带来的难度是什么？

大跨度桥的最大特点是“柔”。即在重力作用下，两座桥塔最中间的桥面变形会比较严重。这在工程上有个专业术语叫“挠跨比”，即桥面变形与跨度的比值。沪苏通长江大桥的挠跨比不能超过 2‰，也就是桥面跨度 1092 米，最中间部分上下变形的挠度不能超过 2 米。

2 米！

如此幅度，高铁列车的时速又高达 250 公里，会不会因轨道变形而影响乘客乘车的舒适感，甚至危及行车安全？

为此，高宗余提出大跨度桥梁轨道形位评价方法，明确了桥上线路轨距差、轨道高差等 10 余项关键控制指标，形成了高铁大跨度桥梁形位控制设计方法，破解了列车高速通过大桥时轨道平顺不平顺、旅客舒适不舒适的难题。他还带领设计团队通过建立计算机空间模型，对桥梁钢结构和斜拉索的稳定性进行分析，以最大限度地减少桥面的挠动幅度。

我国斜拉桥技术起步于 20 世纪 70 年代，大多是桥面两侧各有一排斜拉索系在桥塔上，这在桥梁专业上叫“两索面”，对应的钢桁梁是“两主桁”。

针对沪苏通长江公铁大桥的荷载情况，高宗余决定采用“三索面三主桁”，也就是在两主桁的钢桁梁和两侧的斜拉索之外，在桥中间再加 1 个钢桁梁和再拉 1 排斜拉索，用 3 排斜拉索牢牢拉住桥面。

仅仅结构上加强还不够，面对大跨、重载的需求，大桥的主体结构材料——钢梁和拉索必须足够坚实。

主桥钢梁必须要有足够的刚度，这样才能满足大桥6线公路、4线铁路的荷载需求。同时钢梁还要具备一定的弹性，这样才能在突来的重压下，通过微变形分散压力，在重物通过后恢复如常。桥梁的钢梁犹如一根巨型“扁担”，两个主塔犹如“挑夫”的肩膀，“挑夫”相隔越远，钢梁承载就越重，“扁担”就越容易向下弯曲变形，因此必须有高强度的拉索才能拉住这根刚柔并济的“扁担”。斜拉桥的拉索以主塔为中线依次向两边散开，呈等腰三角形。通过与钢梁连接，拉索为钢梁提供一个强有力的拉力，从而将钢梁承受的荷载传递给主塔，最后通过主塔下面的基础传递给大地，同时避免由于跨度过大造成钢梁严重变形。

那时，国内已有Q420桥梁钢和1860兆帕的斜拉索，并已达到国际领先水平。国外至今也没有造过大跨度的4线铁路桥。

为实现超千米的跨度，高宗余提出研发更高强度的桥梁钢和斜拉索的新要求。

与此同时，高宗余也给团队提出了一项新任务——走产学研用协同创新的道路，国内研制，国内生产，完全国产！

深受南京长江大桥建设精神影响的高宗余，对中国桥梁全产业链的未来发展方向，有着超越时代的精准探索和长远考量。

自新中国成立以来，一代代中国桥梁工程师就致力和桥梁钢“较劲”。

从最初武汉长江大桥采用的由苏联生产的屈服强度不小于240兆帕的A3钢，到南京长江大桥采用的由中铁大桥局和鞍钢联合生产的屈服强度不小于340兆帕的“争气钢”16Mnq钢，到九江长江大桥采用的由鞍钢研制生产的15MnVNq，再到主跨312米的芜湖长江大桥采用的由中铁大桥局和武钢开发的大跨度铁路桥梁用钢14MnNbq，直到建造南京大胜关长江大桥，中铁大桥局和武钢再度联合开发了Q420q钢，成为我国铁路桥梁钢创新史上的又一个重要突破。

高宗余心里清楚，以高强度为代表指标的高性能桥梁钢，是决定大跨度铁路桥梁发展的一个核心因素。而核心技术受制于人是最大的隐患，只有自力更生，把核心技术掌握在自己手中，才能真正掌握竞争和发展的主动权。

之后，高宗余和时任中铁大桥院沪苏通长江公铁大桥设计团队徐伟、张燕飞、郑清刚等成员四处奔波，在建设单位的支持下，联合西南交大、铁科院、鞍钢、武钢和法尔胜等多家高校、研究院、高科技企业进行协同攻关，为大桥“量身定制”了强度达500兆帕的高强度桥梁钢和2000兆帕的斜拉索钢丝，技术指标均达世界领先水平。

500兆帕高强度钢，意味着手指粗的钢棒就能吊起一辆60吨重的火车车厢。

沪苏通长江公铁大桥共有432根斜拉索，每根斜拉索由多根直径7毫米的钢丝组成，单根斜拉索最大拉力可达1300吨，相当于500台轿车的重量。

研发生产之路也并非一帆风顺。

之前南京大胜关长江大桥采用了Q420q钢材，而在沪苏通长江大桥一下就提到500兆帕，其困难可想而知。

至于斜拉索，更是难上加难。彼时，国际上已用的最高强度为1960兆帕，且为小直径；沪苏通长江公铁大桥不仅提高至2000兆帕，直径更是采用7毫米的最大直径，其难度不可预料。

首先得在钢铁厂家生产出合桥的盘条，当时这种盘条在世界上只有极少数国家能够研制；然后由拉丝厂生产出合格的钢丝；最后由索厂生产出成品的斜拉索。环环相扣，每一环都不能出一点问题。

高宗余多次组织召开专题技术会议，召集各研究单位、生产厂家以及施工单位，不停地研究、试制、总结和改进。

历经3年多，终于成功研制出500兆帕高强度钢和2000兆帕的斜拉索，这不仅提高桥梁钢和斜拉索的强度，还能使整座桥梁的结构变轻，从而使沪苏通长江大桥的自重（专业术语为“恒载”）也得到大大减轻。

从确定方案到批准开工，中间经过了一段漫长且复杂的路。

为了拿到大桥“准生证”，自2011年底，高宗余的工作目标和任务节点变得要精确到小时，和团队先后完成了通航、防洪、地质、气象、抗风等20多项专题研究，成立技术攻关小组，先后破解了包括大跨度桥梁刚度控制、主塔斜拉索布置方案、深水基础形式及施工方法众多技术难题。

2012年12月19日，“沪通铁路工程可行性研究”报告终获国家发展改革委批准。

2013 年 12 月 18 日，中国铁路总公司和江苏省人民政府下达了《新建南通到上海铁路沪通长江大桥工程初步设计的批复》。

至此，历经近 10 年论证，世界首座跨度超千米的公铁两用斜拉桥终于取得了“准生证”！

2014 年 3 月 1 日，沪苏通长江公铁大桥正式开工。

如何打造百年工程，造就精品工程，是高宗余设计团队和所有参建团队共同关注的焦点。

设计是一个工程的灵魂，施工则是工程的血肉，两者相互成就。而一个创新理论在实际操作中也往往伴随着难以预料的困难和挑战。

那时，时任中铁大桥局沪苏通长江公铁大桥项目总工程师李军堂坦言：“苏格拉底说过，人不能两次踏进同一条河。对修建桥梁而言，也是如此，没有两座大桥是完全相同的，施工方法也是不同的。虽然之前积累了丰富的经验，但沪苏通长江公铁大桥无论是在设计理念、工程技术，还是在施工组织指挥上，都给建设者们带来史无前例的考验和挑战。对这种规模的超级工程，没有成熟的经验可循。”

“我们相信的不仅是高宗余本人，还有在他带领下的强大且可靠的大桥院设计团队，以及我们大桥局作为‘建桥国家队’的建造水平！”李军堂曾在一次公开场合如是说。

1092 米的跨度，要想“跨得稳”，首先得要“立得住”。

——主墩钢沉井就是这一“跨”的关键所在。

桥塔所在的位置从江面到河床水深有 30 多米，地质勘探发现，河床再往下二三百米，仍是砂土层。通常建桥是在河床上打桩，桩要一直打到岩石层站住，然后在桩上造桥塔，但在这里即使往下打 200 米的超长桩，桩依然站不到岩石层上，这可怎么办？

此关必破！

高宗余团队反复研讨，最后拍板确定了一根桩也不打的“沉井方案”。

这是个超巨型的“钢壳 + 钢筋混凝土”组合式沉井，平面尺寸相当于 12 个篮球场，是世界上规模最大的深水沉井基础。

沉井分为上下两部分，各有将近 20 层楼这么高，下部是钢壳沉井，在南通制造基地焊接完成后，浮运到现场，沉井在着床下沉的过程中引入计算机控制的多向同步快速定位技术，通过智能化装备，大幅提升定位效率和精度，有效将钢索与钢沉井连接，达到共同固定钢沉井的目的，解决了千吨级水流力作用下钢沉井精确定位难题。

这项世界首创的巨型组合沉井技术，将基础打得牢牢的，确保大桥抵御 8 级地震、13 级台风侵袭和 10 万吨船舶的撞击。

沪苏通长江公铁大桥混凝土体量巨大，大体积混凝土施工时，水泥硬化过程中，会产生大量的水化热，而如果内外温差过大，就会产生过大拉应力而导致砼开裂。

为了减少混凝土开裂风险，高宗余多次深入现场，与中铁大桥局的工程师们一道研究减少开裂的办法。最后，他们研究出通过混凝土分区施工、设置后浇带、增加部分补强钢筋等措施，有效减少了大体积混凝土的开裂。

在高宗余的主导下，沪苏通长江公铁大桥的主桥钢梁创新性地采用箱桁组合体系，即铁路面为钢箱梁与主桁组合，公路面为正交异性板与主桁组合。为了破解“正交异性板的疲劳开裂以及在其上铺设砼的耐久性问题”这个困扰工程界多年的难题，与负责主桥施工建设的中铁大桥局深入研究后，高宗余拍板决策，在铁路桥面采用新的 UHPC 铺装层，取代常规的铺装层，以此大幅提高桥面的耐久性，同时也降低了钢板的应力，减少了钢板疲劳开裂风险。

一个个建设难题被一一攻克，大桥逐渐展露雄姿：

2017 年 10 月 22 日，天生港专用航道桥主拱合龙。

2018 年 9 月 28 日，北主塔封顶。

2019 年 9 月 20 日，大桥主跨钢梁合龙。

2020 年 1 月 18 日，公路桥面全线贯通。

2020 年 5 月 26 日，进行荷载试验。

2020 年 7 月 1 日上午，中国自主设计建造，创造了世界桥梁和中国桥梁建设多项纪录的沪苏通长江公铁大桥开通仪式盛大举行。

大桥上层主塔高耸，桥面车水马龙。大桥两岸，绿意盎然，飞鸟翔集，移步换景。

夜幕降临，沪苏通长江公铁大桥全桥亮灯。点点星光璀璨，五彩斑斓的灯光与江水波光相映成趣，宛若黑夜中点亮的“彩虹桥”。主塔的光影，将渐变的霓虹光柱射向了夜空，桥光与天色相连，美轮美奂。

从此，南通不再“南不通”，将是“一通百通”。

数百名建设者在迎风飘扬的党旗下，共同见证着：

他们为之奋斗 6 年的大桥，终于竣工通车了！

他们不仅向世界宣告中国公铁两用桥迈入“千米级跨度”时代，更宣告着中国斜拉桥建设技术达到世界最高水平。

他们向祖国和人民交出了一份漂亮的答卷！

“这份答卷，闪耀着光荣和梦想，也镌刻着汗水和奉献。凝结着方方面面的艰辛努力，也凝结着许许多多建设者的不懈奋斗和倾情付出。我只是‘许许多多建设者’中的一员。”

“所有为中国桥梁事业辛勤耕耘、艰苦付出的幕后英雄，都不是配角，而是支撑中国桥梁事业蓬勃发展的‘主角’，也是中国桥梁走得更远的底气所在。”面对聚光灯，高宗余说。

很多人知道，这座桥历经 6 年建设。

但鲜有人知道，这座桥对于高宗余，却经历了整整 15 年……

在沪苏通长江公铁大桥建设期间，2019 年，巢马铁路马鞍山公铁两用长江大桥进入初步设计阶段。

对于高宗余，破题和解题，一切要从实际需要出发。

作为超大规模、超大双主跨、超高塔、超大直径钻孔桩等的组合体，大桥双主跨，每个主跨 1120 米，全桥长度达到 3248 米，为世界最大跨度三塔斜拉桥；中塔塔高 345 米，相当于 115 层楼高，为世界最高桥塔；中塔基础采用 60 根直径 4 米的钻孔桩，为世界上内河最多和最大直径钻孔桩。承台长 89.2 米、宽 54.7 米，其平面面积近 5000 平方米，相当于 8 个标准篮球场大小，为世界最大规模桥梁桩基础。

为解决斜拉索锚固区超高混凝土泵送、浇筑、养护等施工难题，节省施工工期，上塔柱采用钢塔柱结构形式。但钢塔单块最重超过 400 吨，吊高要求达 350 米，国内目前没有一座塔式起重机能够承担此任务。

为满足桥梁建设模块大型化发展，需要推进建桥装备创新。高宗余和中铁大桥局代表共同找到徐工集团，反复沟通共同事宜。

“就为了建造一座大桥，斥巨资研制生产万吨级起吊设备，值得吗？”

“万一用了一次就被搁置导致浪费，怎么办？”

面对疑问，高宗余分析道：“中国桥梁快速发展，大跨度桥梁需求旺盛，除马鞍山大桥外，还有世界最大跨度公铁两用斜拉桥——常泰长江大桥，未来还有更大跨度的大桥，都需要提高建造装备能力。”

历经 3 年研制，2022 年 6 月 2 日，全球最大塔式起重机——“徐工 XGT15000-600S”在徐工徐州建机工程机械有限公司（以下简称“徐工塔机”）塔机智能制造基地正式下线交付，并成功实现了 1.25 倍动载起吊 750 吨目标，刷新了塔机吊载世界纪录。

这一为“超级工程”配备的“超级装备”，突破了 60 余项关键核心技术，拥有双侧六缸同步顶升、四机构双变幅协同作业、液压系统闭环平衡泵控等 10 项世界首创技术，最大起升高度 400 米，最大起重量 600 吨，将有效解决项目吊装构件重、施工高度高、作业跨度大等行业施工的“老大难”问题。

徐工 XGT15000-600S 是桥梁建设装备领域的重要突破，也是塔机产业的重要里程碑，更是行业超级工程多方合作的典范。此项关键技术使得中国塔机在全球行业领域取得主动权与话语权，在提升我国装备制造业在全球的竞争力和影响力的同时，极大地推进了中国桥梁建设的发展。

七、30 余年 50 余座大桥　院士归来仍是少年郎

高宗余经常说，有大桥的地就有“大桥精神”；精神所在，就是血脉所在，就是力量所在。

自 1950 年成立起，时间的如椽巨笔，标注着中铁大桥院的卓越发展历程，也镌刻着一代代“与桥共存”“与桥共兴”的桥梁建设者，他们为国家四通八达撑起铮铮脊梁，为民族复兴之路铺下块块基石，搭建起“为人民谋福利”的使命和责任之桥，创造了国内铁路桥梁 90% 以上原创技术和 40% 的

世界桥梁纪录。

——其伟大殊荣的背后，是一代接一代，甘做人梯，薪火相传的大桥人。

虽无三尺讲台，却能以工地为教室，山川为黑板，江海为教材，钢筋为粉笔，白天画图实践，夜晚挑灯写书，竭力将毕生所学倾囊相授。

他们在建造百年之桥的同时，也建立了一座座“传、帮、带”的传承之桥，为推动中国和世界桥梁行业发展培养了一批批优秀桥梁工程人才。

1983 年，已至古稀之年的中铁大桥院原总工程师、设计大师王序森虽已退居二线，却仍然关心培养中青年技术人才，积极组织他们钻研技术，帮助他们修改、审定学术论文，有的还帮助译成英文；并将自己毕生的建桥经验，总结编写成约 170 万字的《桥梁工程》一书。

1950 年，中铁大桥院原副总工程师方秦汉院士从清华大学毕业时，正值国家开始着手武汉长江大桥的建设，他因此被幸运地分配到原铁道部武汉长江大桥设计组实习。更幸运的是他还遇到了一位好导师——武汉长江大桥钢梁设计组中方组长、当时国内最顶尖的桥梁设计专家王序森。

实习工作开始时，方秦汉发现大学所学的土木工程专业知识并不能满足桥梁设计的需要。如何从一个土木工程的通才锻炼成一个桥梁设计的专才？导师王序森一步步教给他答案。方秦汉的许多钢梁设计理论知识和实践能力就是在王序森的言传身教中慢慢习得的。

方秦汉作风非常严谨，80 多岁了还能随手写出大学教科书上的力学公式。做他的学生，要有随时被“考试”的准备。

高宗余，就是方秦汉的学生之一。

作为方秦汉的学生，要有一项必备技能，就是能随时随地回答出方秦汉的各种专业问题，否则就会当场挨训。

20 世纪 90 年代，在九江长江大桥的工地现场。

方秦汉突然问高宗余：“在这座桥里，钢桁梁在伸臂施工中的实际变形会比计算的要小，这是为什么？”“钢桁梁的次应力有多大？”

幸好高宗余对这座大桥的相关资料已烂熟于心，很轻松地“挑战成功”。

“我们做工程师的人，要学习别人的长处，也要吸取别人的教训，但不能成为别人的教训。”这是方秦汉对高宗余说过的一句话，也成为高宗余经常给年轻后辈说的一句话。

不仅聚焦“大事情”“硬骨头”，高宗余也将目光对准困扰年轻人的“身边事”“小问题”。

高宗余有个规矩，对刚进院的年轻人一般不批评。他认为，年轻人是为我国未来的桥梁事业储备的人才，在从学生向工程师转变的开始阶段，难免会感到困惑，可以允许他犯错。

那年轻人错了怎么办？他批评主任。

但如果是主任犯错，他会批评得更加严厉。他的理由是：年轻人错了，主任可以把关；但主任犯错，后果十分严重！

因此，在中铁大桥院，年资越高，越怕向高总汇报。“过去是大家‘怕’方院士，现在是我们‘怕’高总。”

刚参加工作的青年工程师一来就知道，在高宗余这里，做不了“差不多先生”，凡事注重落细、落小和落实。

有一次，一位工程师第一次向高宗余汇报工作时，提到某个桥梁数据，说了不少“大概”“差不多”。

原本和蔼的高宗余，突然严肃起来：“先回去，把‘大概’和‘差不多’确定了再过来！”

在严厉的外表下，是高宗余对年轻人敢于挑战尖端技术、勇担重任的殷殷厚望。

20 年前，由于工程界对结构非线性的认识有限，且缺乏有效的实用分析工具，我国桥梁结构计算多以线性分析为主，技术的滞后大大限制了桥梁结构向大跨度发展。

高宗余组织团队攻坚，着力突破这个关键技术卡点。

2013 年 5 月，当时还是清华大学土木工程系博士后的霍学晋，在港珠澳跨海大桥建设中，和他仰慕已久的“男神”有了近距离接触的机会。

在高宗余的引荐下，霍学晋非常激动地加入了中铁大桥院团队，跟着高宗余开展悬索桥非线性理论及相关软件的研发工作。

在这项工作开始之初，霍学晋面临着三个技术路线的选择：一是和高校合作，主要研发工作由高校完成；二是引进成熟的非线性算法程序，在此基础上补充开发；三是完全自主研发。

刚进入这个领域的霍学晋，感觉自己很难准确把握战略方向，便向高宗余请教。

高宗余耐心地向霍学晋分析了国内外行业现状及各条技术路线的利弊，最终师徒二人共同拍板，选择那条布满荆棘的完全自主研发道路。

高宗余给予了霍学晋充分的信任，工作时间发现他不在办公室，只要确定他不是生病，也不会怎么过问。并且，高宗余尽可能抽时间和霍学晋一起走访于各大高校、施工单位以及政府相关部门，为他的技术攻关创造条件。

在高宗余的帮助下，霍学晋和他的同事们自受命之日起，便全身心投入，最终实现了核心非线性算法的自主研发。他们在此基础上自主开发了完全空间悬链线索单元等精细化分析单元，实现了混凝土收缩徐变与几何非线性的耦合计算，无应力状态法与几何非线性的耦合分析，等等，将核心技术牢牢把握在自己手里的同时，也为中铁大桥院培养了一个世界领先的年轻技术创新和软件研发团队。

对技术较真儿的同时，高宗余还鼓励年轻人在思考的基础上多提问。

2014 年，中铁大桥院和中铁大桥局合作建成贵铁路鸭池河特大桥。该桥是外包混凝土，在拱架施工过程中，在某一阶段会出现比较大的拉应力。尽管这对大桥结构安全性不会产生影响，但如果控制不好，则可能导致若干年后混凝土开裂。

高宗余向时任中铁大桥局总工程师潘东发建议："走！一起去请教郑皆连院士！"

有人觉得，为了这点小事打扰院士，会不会不太好。

但高宗余却认为，只要有益于项目顺利推进，"打扰"不是个事。他也相信郑皆连院士会尽力给予帮助。

果然，郑皆连院士接到了高宗余的电话后，表示非常欢迎，并对高宗余和潘东发所提的问题一一给了建议措施。

自己是个"问题学生"，高宗余也常"挑唆"年轻工程师一起当"问题学生"："遇到难题先思考，思考不通，就赶紧问，不要因为个人影响团队工作进度。”

肖海珠只比高宗余小 7 岁，跟高宗余共事 20 多年，说自己是他实打实的“徒弟”。

“刚开始我只有书本知识，他就手把手教我。有一次一个斜拉桥的数据总是不对，又着急要，我急得满头大汗，他就放下手中的工作，一点一点帮我查错，不厌其烦。”

肖海珠说：“他在传授技术上从来都是毫无保留，生怕你学得太慢，恨不得一下子就将你培养成材。”

“高总为人儒雅随和，但遇到困难又特别硬气。有的大桥在建造过程中遇到了困难，有的人就躲得远远的，而高总从不这样，施工遇到困难，他会盯在现场，一定要和大家一起想出办法，解决了难题才离开。这样的设计师，大家觉得贴心、放心。”中铁大桥院第二设计院副院长张燕飞说。

南京仙新路长江大桥主跨 1760 米，建成之后将是国内最大跨度的桥梁。

桥的跨度大，梁却很窄，这种情况下抗风就成了问题，要么把梁做得更高，但是钢梁的制造难度和运输难度就增大，要么干脆就把桥做宽一点，但又会造成浪费。

年轻工程师们犹豫了，不知道往哪个方向努力，建设时间又很紧，耽误不得，大家都很着急。

高宗余了解情况后，马上提出解决方案：宽度不要人为增加，高度不要超过受力需要，在钢箱梁的气动外形上做文章。

大家按照这个思路去做了，既没有加宽也

没有加高，而是和科研单位反复试验，把梁的截面形状改成不同的样子，最后抗风能力顺利通过了测试。

温州瓯江北口大桥，是世界上首座三塔四跨双层钢桁梁悬索桥，该桥中塔沉井基础是整座大桥施工中难度最高、工艺最复杂的关键部分。

大桥沉井所处地质为深厚淤泥层，软土层厚度达40余米，而沉井基础规模却约等于9个标准篮球场，20层楼高，仅中塔钢壳沉井重量就达到1.8万吨。沉井下沉过程，就如同把一座巨型“秤砣”稳固在一块“豆腐”或“奶油蛋糕”中一样。除此之外，沉井过程还要经历2个完整台风期，施工难度远超预期。

2019年，沉井施工过程中出现了大家都没有预料到的难题，如果没有得到及时解决，恐将出现安全质量隐患。因此，建设单位和施工单位都希望高宗余能够前往现场，共同讨论解决方案。

有人劝他不要冒险，安排其他人跟进。“万一去了没解决好，会影响您的行业口碑。”

高宗余淡淡地笑了笑，婉言谢绝了这个好意，拎着行李就出发了。

到了现场，高宗余仔细观摩后，在如何调整下沉姿态、提高出泥效率、优化施工方案等关键问题上反复推敲，创造性地提出了采用钻机搅散井孔内淤泥质黏土，并结合空气吸泥机取土，大大提高了沉井井孔内的取土效率，最终使中塔沉井安全下沉到位，实现了世界首例强潮河口深厚软土超大沉井。

“那时，我正愁得好几天睡不着觉，当我得知高总即将前来，我真是非常感动！”直到现在，中铁大桥局技术部部长田继开回忆此事还会感动不已。

无论是在中铁大桥院还是在中铁大桥局，提到高宗余的技术能力，大家都会竖起大拇指：一张图纸交到他手上，一眼就能看出哪里不对；他知识储备丰富，国内外各种技术流派都如数家珍，大脑里仿佛有一个“资料库”……

而他付出的辛苦却是不为人知的。

长期和高宗余共事的中铁大桥院科技质量部部长梅大鹏说，几十年来，不管他的办公室换到哪儿，里面总有一个大书架，一册册重要文集和文献选编、一摞摞厚重的参阅资料、一页页画满线条的图纸素材、一份份精心整理的专题报告……别人在娱乐休息，他在阅读钻研；过去长期作为总工程师，中铁大桥院每一个技术方案都需要他签字。他深知责任重大，压力大的时候经常失眠掉头发，吃饭睡觉脑子还一直想着事。

对中国桥梁事业建设，高宗余身先士卒、乐观坚定；对个人学术研究中取得的重大成就，他低调谦虚、点到为止。而抛头露面的事、有荣誉的事，他却一再推却。

2011 年，高宗余荣膺全国桥梁界的设计大师，但这个荣誉称号的学名实际上要复杂、专业得多："全国工程勘察设计大师"。按理说，谁评上都是很高的荣誉，没想到这个荣誉给高宗余带来的感受首先是"尴尬"。

高宗余说："之前，大桥院也有多位前辈评上设计大师的，我们都习惯尊称他们为'大师'。我评上这个'大师'后，同事也改称我'高大师'了。我觉得老一辈确实是'大师'，而我就是个小字辈的工程师，工程师是我的本分，一叫我'大师'我反而尴尬了。所以，刚开始同事叫我'高大师'，我不习惯回应，但马上发现不回应不行，刚评上就不回应更不行。人家会想：高宗余怎么一评上'大师'就变得叫他也不睬了？那误会就更大了，所以最后我只好硬着头皮回应了。"

从业 30 多年来，他主持设计过 50 余座大型桥梁，而他仅参与过武汉长江二桥、福州闽江大桥以及沪苏通长江公铁大桥 3 座大桥通车典礼。

2005 年 12 月，东海大桥开通时，他在南通忙着为沪通大桥选址；

2019 年 9 月，福建平潭海峡大桥合龙之时，他正奔走在四川大渡河两岸，为川藏铁路建桥踏勘……

2021 年 6 月底，沪苏通长江公铁大桥即将举行通车典礼。大伙儿叫了他好几次，他都一直推辞。"您是桥梁的总设计师啊，去是应该的！""还是不去，这些都是大家的功劳。"

最后，大伙儿只有把他硬拽了去。

"我就是做桥梁设计的工程师，设计做完，桥造好，这座大桥的工作就告一段落。"他为自己屡屡缺席通车庆典"辩解"。

毕业三十多年，但高宗余给大学同学留下的印象仍出奇一致："三十多年了，他好像一直没变过，还是和以前一样……”

“独特的思维方式和刻苦的学习态度”，作为高宗余同学及室友，西南交通大学土木工程学院的李松教授如是评价。在大学4年里，他们的学习生活单调却并不枯燥。宿舍4人每天一起早起、跑步、吃饭、上课，晚上再去“抢”自习室座位，步调基本一致。但基本上每次考试，高宗余都是班上成绩最好的一个。他永远不会忘记，有一次，自己在宿舍里突然晕倒，高宗余立即和室友将他背到校医院，检查、开完药，再送回宿舍，之后还经常提醒他按时吃药。

“一个瘦瘦的南方人”，这是同班同学蔡军当时对高宗余的第一印象。他还记得，当年桥梁专业85届毕业生，有10人获得优良毕业证书，高宗余就是其中之一。大三预应力混凝土课期末考试，大部分同学刚过60分，高宗余99分，仅错了一个标点符号！

“温文尔雅、干干净净的，有点儿腼腆、可爱。”4年同窗下来，高宗余学习认真、谈吐彬彬有礼、有自己的主见的特质，给同学杨云光留下了深刻印象。“当一个小组做测量、搞设计时，高同学属于埋头苦干型，让人感觉踏实。”

“勤勤恳恳，一心扑在工作上的人。”高宗余同学、西南交通大学土木工程学院的杨永清教授至今记得，大学专业课多，老师非常严格，不及格率很高。一个班三十多人，就五六人没有补考过，而高宗余就是其中之一。

西南交通大学土木工程学院的郑史雄教授清晰地记得，大学4年，虽然学校就在峨眉山脚下，但高宗余也只是去报国寺转转，他把时间几乎都花在了学习上，“金顶都没去过”。

西南交通大学土木工程学院的唐继舜教授每次出差来武汉，都会找高宗余聊聊未来桥梁发展方向和趋势。面对国家高寒、高烈度地区桥梁问题，唐继舜代表课题小组，询问是否能得到他和中铁大桥院的支持，高宗余毫不犹豫地表示“非常愿意”。

2021年，高宗余被评为中国工程院院士后，他特意带妻子回了一次家乡。手牵手，一起走上南京长江大桥。

桥，还是童年时见的那座桥。

只不过——

大桥两岸，沿岸高楼鳞次栉比，桥梁主题公园繁花似锦，千家万户在欢声笑语中度过漫长岁月。

大桥之下，浩荡长江蜿蜒如练，纵贯6300公里，不仅破译出中国桥梁腾飞的密码，也见证着这片神州大地正在经历的史无前例的改变。

高宗余和妻子，伫立岸边，凝望远方，百舸争流。

两鬓间，那难掩的根根白发，是时光溜走时落下的温柔痕迹，也是经验和实力的象征。

眉宇间，那跃动的神采飞扬，是见证一座桥从蓝图变现实的荣耀，也是儿时梦想得以实现的喜悦。

难吗？苦吗？累吗？留，还是走？——人的一生，将面临无数个“十字路口”。对于大多数人，“为了什么”至关重要。

然而，对于高宗余，“哪里需要桥，就去哪里！”是他心中最直接、最简单的理由。

30余年跋涉，30余年笃行，30余年的大道如砥，浓缩于50余座大桥。

经常有人问，每当大桥通车这一刻，高宗余会想些什么呢？

熟悉他的人，异口同声“还有哪里需要桥呢？”

（本文创作期间，得到了中铁大桥勘测设计院集团有限公司总工程师肖海珠及科技质量部等部门，中铁大桥局集团有限公司科技与信息化部，西南交通大学党委宣传部许金砖、蔡京君、侯倩老师的鼎力帮助和支持，在此致以我们最衷心的感谢和最诚挚的祝福！）

穿山越水的探路先锋

——记中国铁道建筑集团有限公司肖明清

◎文／刘新红

泱泱大武汉，两江分四岸。

长江是连接我国东西部航运的黄金水道，但同时也是阻隔南北交通的天堑。

1957 年 10 月 15 日，武汉长江大桥建成通车，成为新中国成立后在万里长江上修建的第一座公铁两用桥，被誉为“万里长江第一桥”。

武汉长江大桥一经建成，便成为武汉市的标志性建筑，它有效地将武汉三镇连为一体，同时，大桥也将被长江分隔的京汉铁路和粤汉铁路连为一体，从而形成了完整的京广铁路，对促进中国南北经济的发展起到至关重要的作用。

毛泽东对武汉长江大桥感情深厚。工程开工后，他第一次横渡长江，面对轮廓初现的武汉长江大桥，即兴挥笔写下气势磅礴的《水调歌头·游泳》：风樯动，龟蛇静，起宏图。一桥飞架南北，天堑变通途。

如果说，有一项工程被赋予与武汉长江大桥同等重要的地位，那么一定是 2008 年 12 月 28 日建成通车的万里长江第一隧——武汉长江隧道。

修建武汉长江隧道是中国人近百年来的梦想。早在 1919 年，孙中山先生撰写的《实业计划》一书中，初次有了修建武汉长江隧道的设想：“在京汉铁路线，于长江边第一转弯处，应穿一隧道过江底，以联结两岸。”

作为长江过江交通建设史又一座里程碑、见证复兴大武汉的重要精神标志物，长江隧道地位无可替代。它让国人实现了“隧穿长江”的梦想，也标志着武汉过江交通迎来了“江上架桥、水面行船、江底通隧”的“三维”

时代。

2022年，武汉长江隧道即将迎来14岁生日。“从来不需要想起，永远也不会忘记”—— 已成为武汉地标的长江隧道，绵延于每一个武汉人心里，为过江的人服务，日复一日，年复一年。

作为一个跨江发展的城市，武汉如今已经建成通车了5条穿越长江的水下隧道。而为长江天险造出一座座“地标”的人，就是全国工程勘察设计大师、中国铁道建筑集团有限公司首席专家、中铁第四勘察设计院（以下简称“铁四院”）总工程师肖明清。

肖明清，1992年毕业于西南交通大学。博士，正高级工程师，一级注册结构工程师，国家有突出贡献中青年专家，入选国家百千万人才工程，享受国务院政府特殊津贴，湖北省首批特级专家。先后荣获“全国青年岗位能手”“全国五一劳动奖章”“全国劳动模范”“央企楷模”称号，2016年当选第八批“全国工程勘察设计大师”。

多年来，肖明清在隧道建设领域勤勉耕耘，潜心钻研，先后获国家科技进步二等奖3项，国家发明专利50余项，中国专利优秀奖2项；出版专著7部，主编和参编行业规范5本，主持编制铁路行业标准设计20项，为推动我国隧道技术进步和发展做出了突出贡献。

作为国内水下隧道设计的领军人物，肖明清一路带领着他的团队，引“龙”过江，屡建功勋。1992年参加工作以来，30年、1万多个遨游于江河湖海的日日夜夜，从风华正茂到年富力强，肖明清在他最有创造力的年纪里，领衔设计和研究了50多座大型水下隧道。从万里长江第一隧到万里黄河第一隧，从世界首座高铁水下盾构隧道到世界最长海底高铁隧道，从穿山、穿城到穿江、穿海，肖明清以不断创新的成套技术，为打通交通动脉，探寻隧道之光，创造了一个又一个世界级重大工程，开创了“隧道强国”的新纪元。

肯吃非常苦

1992 年，肖明清从西南交通大学地下与隧道工程专业毕业，来到铁四院工作。

铁四院是新中国成立后的第一批国家级设计院。自建院第一路——黎湛铁路起，一代代四院人追光逐亮，用山南水北的奋斗时光，见证了中国隧道走过峥嵘岁月，铺就发展坦途。

其中，1992 年荣获国家科技进步特等奖的衡广铁路大瑶山隧道，采用新奥法设计，一举穿越"绵绵百里山连山，悬崖峻岭如铁关"的南岭山脉，打破我国不能建设 10 公里长大隧道的禁区，引领国内隧道的全机械化建设，使得我国隧道修建技术从落后国际二三十年到达到国际领先水平，成为我国铁路和隧道工程建设史上的一座里程碑。参与这座隧道设计的隧道设计人员中，先后诞生了两名全国劳动模范和一名院士。

承继着前辈们的荣光，刚参加工作的肖明清总想做点事。

偶然一次，他看到了隧道专家刘建航院士主编的《盾构法隧道》，这是国内第一本专题介绍盾构法隧道设计、施工的书籍，肖明清如获至宝，得空就读。

肖明清多年的老搭档——水下隧道技术国地联合工程研究中心常务副主任资谊说，肖明清是一个非常爱学习、善学习的人，"他特别喜欢收集资料，每次参加国际隧道协会年会，他都背几大袋外文资料回来，看不懂就查字典"。

特别能吃苦，特别能战斗，同事眼里的肖明清，好像没有什么爱好，几乎所有时间都用来钻研业务、强闻博记。当大家惊奇地发现，随便请教他一个问题，他都能在书上迅速为自己的答案找到注解时；他总能用一些新的理论和方法求证技术方案，各种数据公式都烂熟于心、信手拈来时；当他一次性通过难度很大的专业考试，成为铁四院隧道专业第一个有注册结构工程师资格的人时；当总能从他嘴里听到最前沿的专业知识时，同事们惊叹之余，心服口服：原来，他书柜里那些已经翻烂的大部头工具书，真的没有搁在一旁"睡大觉"。

设计工作需要设计者的有形设计——绘图、计算，更需要设计工作者的无形设计——高度的逻辑思维和创新意识。而这种逻辑思维和创新意识，是建立在广泛而丰富的知识储备和坚强信念基础上的。

1992 年 8 月，处里安排肖明清去宜昌东山隧道配合施工。

该隧道是一座软弱围岩隧道，并且下穿建筑物和宜昌火车站。“当时刚毕业，没有一点设计经验就要去施工现场，压力还是很大的。”肖明清回忆说。

在老同志的指导下，他一步步学习，首先学习监控量测和数据处理。当时新奥法还处在逐步推广应用阶段，采用喷锚支护大断面开挖代替木支撑是隧道工程技术的跨越式创新，铁四院是国内最早试验和应用该技术的设计单位。

试验之初，由于洞内没有木支撑，工人不敢进洞，肖明清带头进洞测量。

监控量测是新奥法的核心技术之一，是隧道施工安全的“眼睛”，肖明清说：“要绝对保证数据的准确性，必须一丝不苟地完成从测点埋设、测量、记录、数据分析的全过程。”测量数据和分析结果不对，就可能对施工安全性造成误判，进而可能引起隧道塌方，严重的甚至会导致人员伤亡。

“做好监控量测就有一种沉甸甸的责任，一种对生命负责的担当。”虽然学校教科书中也学习过该方面内容，但肖明清认为，在工地具体承担任务时要学习的东西还有很多，不入虎穴，焉得虎子？

经过此次磨炼，肖明清不仅掌握了监控量测的全套技术，也对隧道开挖与变形的机理、设计参数与围岩稳定性的方面有了较深的认识。而这方面的知识储备，后来在京九铁路施工过程中发挥了重要作用，1993 年 8 月，在京九铁路南段勘测时，应施工单位要求，肖明清编写了监控量测的讲稿，并在现场为工人们授课。

1996 年 8 月，由铁四院主持承担的铁道部科研课题——双线铁路隧道运营射流通风技术研究，在经历了理论分析、模型试验之后，进入现场实测。

试验隧道为焦柳复线的新龙门隧道，位于河南洛阳龙门石窟附近。参加现场实测的单位有铁四院等多家单位的 50 多人，试验时间为 15 天。

由于铁四院为课题主持单位，老一辈隧道专家安排肖明清作为现场测试的副总负责人，协调试验各方面工作。

因为测试列车是专门组织的，包括其编组、载重、何时进入隧道、两列车在何地点交会等，都需要事先周密策划，并按预定计划完成全部测试。而当时肖明清的儿子即将出生，家里要求他不要出差了。但是这一项测试关系到铁四院的声誉，考虑再三，他还是说服了家人。等肖明清从工地回来时，儿子已出生 3 天了。

不过，坚守换来了认可。后来，该项目获得了铁道部科技进步二等奖。

如果说刻苦勤奋让肖明清储备了丰富的知识，那么骨子里的敢想敢干则是他不断突破创新的更重要的因素。当时的铁四院，囿于地域条件和时代环境，隧道专业难以大施拳脚。全院隧道人员加起来仅四五十人，叫得响的业绩只有一个衡广铁路大瑶山隧道。但肖明清没有懈怠，他相信随着综合国力的日渐强盛，中国隧道“穿山越水”的时代必将到来。这种情怀，支撑着他没有虚度浪掷所有黯淡的日子，总希望学有所长、学有所用，为中国隧道事业发展进步做点事。天道酬勤，机遇总是青睐有准备的人。

1993 年，一项重大任务找上门来——原铁道部委托铁四院完成京沪高速铁路过江隧道方案研究，肖明清成为课题组一员。在全国工程勘察设计大师、铁四院原总工程师陈应先的率领下，肖明清他们开启了一项前无古人的研究——在长江底下打隧道。

“任何一个设计节点，都遇到前所未有的难度。”肖明清说，“但大家跃跃欲试，特别兴奋，感觉一场大戏就要拉开序幕。”

虽然由于种种原因，京沪高铁最终采用了大胜关过桥方案，但肖明清的超前磨剑，为中国隧道设计发展储备了技术。

早期的工作经历，让肖明清对责任担当有了深刻的体会。有一年，他在和新员工交流时，对这些即将奔赴铁四院各个岗位的新人们说道：“作为四院的一员，每个人都肩负着建设四院、发展四院、繁荣四院的责任。以高度的责任感和奉献精神做好本职工作就是对企业最好的支持。”

他认为，无论是各级总工程师，还是总体、专册，乃至刚毕业的见习生，“能不能把工作做好”很大程度上取决于“想不想把工作做好”，只要“有想法”，肯定会“有办法”。

敢为天下先

20世纪八九十年代，当英吉利海峡隧道、日本青函隧道的建设带来了人类地下空间开发的迅猛进步时，我国地下隧道，尤其是水下隧道的发展几乎还是空白。

1998年，当武汉长江隧道项目筹备正式启动时，毕竟是在长江第一次修建隧道，各方顾虑一直不断：“中国人有能力在长江57米深处，攻克高水压、强透水、超浅埋等水底盾构掘进世界级难题，一次性成功穿越长江江底2500米吗？”“当时，欧洲、日本的隧道设计施工技术遥遥领先，一些人总认为建设‘长江第一隧’有太多不可能，但随着我国经济、科技实力的壮大，使得我们敢于在长江上第一个吃螃蟹。”肖明清说。

就这样，28岁的肖明清，走上设计负责人的岗位，把天大的担子扛在了自己肩头。多年后，他回忆自己当时的心情是“如履薄冰，如临深渊”。

“参与隧道主体结构设计的人员年龄最大不超过35岁，平均年龄不足30岁。”肖明清说，“而所有的设计参数，外国人不会给你，只有自己摸索研究。”

开挖武汉长江隧道的每一个施工阶段，几乎都伴随着世界级技术难题的攻关。整个工程施工期间，肖明清要求所有设计人员24小时保持手机畅通，工地上有任何需求或疑问，不管白天还是黑夜，都要及时到场解决。

到了项目上，除了和同事们反复核算设计方案、计算结果，肖明清连走路、吃饭都在思考设计问题与应急预案。

武汉长江隧道江南工作井开挖至坑底，肖明清正在南京出差，凌晨4点多，急促的电话铃声突然响起。“肖工，基坑内有一股很大的水流，无法封堵，如何处理？”

周边都是密集建筑，股水夹砂有可能引起房屋倾斜甚至垮塌。当时武

汉市的深基坑工程还不多，并无现成应对方案。肖明清略经沉思，当机立断：“马上往基坑内灌水反压，稳定后再处理。”一场危机就这样平稳地度过去。

每当对年轻一辈提起这件事，肖明清就会语重心长地说：“应对各种意外事件需要平时多看书、多琢磨，才不至于‘书到用时方恨少’。”

隧道施工期间，37 岁的肖明清被提拔为院副总工程师，成为铁四院当时最年轻的副总工程师。但他没有搬进为他准备的新办公室，而是选择和隧道专业的弟兄们坐在一起，随时掌握和解决设计难题。

4 年工期，肖明清把工地变成大课堂，带领设计团队破解了水底盾构五大设计施工难题，取得了 10 多项国家专利和 14 项创新成果，其中在盾构隧道管片结构设计、同步注浆材料及工艺等方面达到了国际领先水平。

2008 年 12 月 28 日，武汉长江隧道通车运营，中华民族实现了“隧穿长江”的梦想。让肖明清颇为自豪的是，长江天险造“地标”，其中取得的众多创新，为当时正在规划筹建的其他隧道提供了非常有价值的标本。特别是

"穿江越城"的先进盾构技术，为我国城市交通发展的"地铁时代"提供了有力的技术支撑。

"它的建成，最大的意义在于打破了人们思想上的禁锢。"肖明清说，"施工期间，一些地方来考察后，惊叹之余顿觉豁然开朗：长江下面都可以修隧道，其他类似工程能有多难？"

善走自己路

武汉长江隧道直径 11 米，是长江大直径隧道建设的"原点"，在其施工期间，铁四院设计的南京长江隧道、广深港高铁狮子洋隧道等相继开工，多项指标的"难度系数"均超过武汉长江隧道。

南京长江隧道是铁四院设计的第二座水下隧道，是当时世界上在强透水地层中修建的直径最大的盾构隧道。

"设计方案可行的底气何在？"南京市政府多次组织各方专家印证。"工程不可能建成，必须将双孔双向 6 车道隧道改为 4 孔 8 车道，将隧道直径由 14.5 米减小至 11 米，才能保证安全。"有专家断言。

工程施工图完成交付施工时，争议仍在继续："盾构能否以 0.7 倍洞径的浅覆土安全穿越强透水的深槽部位？"

风险面前显担当，肖明清没有退缩放弃。他带着设计团队全心投入，针对结构安全性问题，开展了从理论分析、结构模型试验、结构原型试验、现场测试、火灾试验、耐久性试验等一系列全面的研究，在世界上首次采用盾构机进行泥水劈裂现场试验，取得了超大直径盾构浅覆土施工的技术突破。

南京长江隧道实现了多项世界首创，项目成果获国家科技进步二等奖，将我国复杂地质盾构隧道技术由直径 11 米级提高至 15 米级。

广深港高铁建设时，挺进线路上，横亘狮子洋。

狮子洋是珠江入海口和主航道，水面宽达 3300 米，水深达 26.6 米，要越洋而过，水下隧道可能是最优方案。然而，世界上尚无高速铁路水下盾构隧道的建设先例。

"众所周知，高速铁路对工程的安全性、可靠性要求远高于其他交通项目，但如果因此就一味地保守，显然无法满足经济性的要求。”顶住巨大压力，肖明清带领团队执着求索，系统解决了工程设计、施工、装备、运营中的诸多难题，创建了高速铁路水下盾构隧道结构体系与设计方法。

全长 10800 米，设计最高时速达 350 公里。2011 年 3 月，广深港高铁狮子洋水下隧道全线贯通。它是国内最长的盾构隧道，也是世界上铁路行车速度最高的水下隧道，被称为“世界高速铁路隧道修建技术的里程碑”。肖明清团队开发的“特长盾构隧道地中对接技术”解决了深水、宽海域特长水下隧道的修建难题，也为琼州海峡隧道和渤海海峡隧道等超级工程奠定了坚实基础；形成的“高速铁路水下盾构法隧道设计关键技术”解决了列车高速运行、地层复杂多变、盾构段超长所带来的设计施工运营难题。

站在盾构贯通现场灿烂的阳光下，肖明清笑得也很灿烂：“这是我们铁四院真正依靠自主创新完成的一条水下隧道。”他对记者说：“长江后浪推前浪，我们自己走路，一步一个台阶，越来越得心应手。”

中国首条千公里级高铁——武广高铁途经鄂、湘、粤三省，穿越湖南全省，经过长沙市星沙区和浏阳河，原设计方案是以桥梁通过。由于线路与浏阳河的交角小，水利部门坚决不同意桥梁方案，因此被迫改为隧道方案。

浏阳河隧道全长 10115 米，这是铁路第一次以隧道穿越城区和河流，为确保工程的施工安全和运营安全，需要更新的设计理念和更高的技术要求。当时铁路隧道多采用顶上排水法，但这种方法不适用于穿越市区的水下隧道。

根据自己从国外相关规范中看到的仅仅 3 行、不足 100 字的有关“城市隧道指南”的论述，顺着“如何不让水进来”的思路，肖明清联合参建各方开启了“武广高铁全封闭防水技术研究”。

“不入虎穴，焉得虎子”常用来比喻风险与成功的关系。肖明清说：“不过，依我看，一般在技术工程中不会有冒生命危险的风险，但没有风险意识或不敢承担风险，也是不会有所作为的。”

经过模型试验、计算分析、现场调查，肖明清团队联系各方，攻克了超大断面隧道全封闭防水抗压衬砌技术，成为铁路以隧道方式进入城市的一个创新范例。

勇攀众山之巅

2003年起，中国铁路迎来了大规模、高标准的建设黄金期，一批客运专线相继进入开工跑道。其中，铁四院承担了武广、郑西、合武、甬台温、温福、广深港等客运专线，隧道总长度约480公里，而且多条客运专线均将隧道作为先行开工的工点。

一系列技术问题突然出现在肖明清等隧道设计人员面前，几乎给大家来了个措手不及。如何实现高速铁路隧道的安全可靠、经济环保、技术先进，需要在较短时间内给出一个满意的答案。

“我们早在20世纪90年代就结合京沪高速铁路，开展了高速铁路隧道的设计研究。”肖明清介绍说，但由于京沪高速铁路上的隧道很少，因此铁路全系统对高速铁路隧道的技术研究都不多，且主要为隧道净空面积的前期研究。

初步设计阶段，隧道设计人员尽快收集了国内以往研究资料和有关高速铁路隧道的一些文献，对隧道的关键技术和难点进行了分析，提出了长大隧道防灾救援、超大断面隧道支护结构参数与施工方法等一系列课题，并与有关高校和研究机构合作联手形成了专题研究报告，为初步设计的完成奠定了较坚实的基础。

“当然由于研究时间短，也留下了不少问题。”肖明清说，“需要我们在后续设计和施工中不断优化完善。”

这期间，发生了一件令肖明清印象深刻的事。

2005年5月，武广、郑西客运专线初步设计在北京审查。时任铁道部总工程师何华武以敏锐的洞察力发现，为何隧道净空有效面积为100平方米，但每延米最大开挖量却达到160多方？

经过认真核查和专家会审，大家意识到隧道仰拱过深、隧底填充过厚是造成开挖和回填量大的根源。初步设计方案中的仰拱结构，当时是参考德国高速铁路隧道断面进行设计，而德国为何要设计如此深的仰拱，设计人员却回答不了。

经多方查阅资料，肖明清等设计人员终于搞清楚了原因。

原来德国高铁隧道一般长度较短、埋深较浅，其规范要求埋深小于60米时必须采用全封闭防水，使仰拱承受较高的水压力，因而从结构受力上需要加深加厚。而我国山岭隧道一直采用排水型衬砌，可大幅削减二次衬砌承受的水压力，结构断面相应需要进行调整。

找到原因后，根据铁道部鉴定中心安排，肖明清等铁四院隧道专业的工程师们，在北京中土大厦初步设计审查会议现场，对结构断面进行了整整一周的优化，研究了两个较优方案。

紧接着，何华武总工组织了多方面专家对优化方案进行研讨，确定了推荐方案。其后，铁道部经规院又安排铁四院在现场完成了《时速350公里客运专线双线铁路隧道复合式衬砌通用参考图》的初稿，经随后的专家审查修改完善后，形成了报批稿。

由此，我国第一套高速铁路隧道复合式衬砌通用参考图诞生了！

由于隧道是先行开工点，还有一个问题是洞门结构采用何种形式。

当时，斜切式洞门被公认为"环保洞门"，但与国内公路隧道不同，德国高铁隧道一般采用帽檐斜切式洞门，即在斜切式洞门的斜切面上增加了一个"帽檐"，这又是为何？

肖明清和团队一起研究后认为，由于高速铁路行车速度快，即使是很小的落石也可能对行车安全造成致命的危害，因此需要较高的"帽檐"进行拦挡。考虑到我国隧道施工单位一直习惯于修建挡墙式洞门，而帽檐斜切式洞门为空间曲面结构，为方便"按图施工"，他们在施工图设计中，首次对该种洞门进行了三维制图，并在图中列出了结构的控制线的详细坐标，确保了结构完成后形状、位置、尺寸均符合设计要求。

此后，该洞门施工图又上升为铁道部的通用参考图，并在参考图的编制过程中研究发现，其对缓解隧道空气动力学效应具有良好的效果。

自此，肖明清和团队勇攀众山之巅，截至2021年初，已完成铁路隧道3700余座。其中，高速铁路隧道方面，主持了我国首批总长近千公里的高铁隧道设计，主持了时速350公里高速铁路隧道衬砌、新型洞门、缓冲结构等多方面的标准设计，形成了高铁隧道结构、防水和气动效应缓解的成套技术，为我国高铁隧道技术体系的建立奠定了坚实基础。

遨游江河湖海

从武汉长江隧道起步，铁四院在大型水下隧道新的领域不断“破题”，自主创新比重进一步扩大，成为国内设计水下隧道最多、拥有施工工法最多的设计院。2011年度国家科技进步奖评选中，肖明清作为第二完成人的“大型及复杂水下隧道结构分析理论与设计关键技术”科技成果荣获二等奖。

穿长江、过黄河，飞越狮子洋、横跨胶州湾，近年来，肖明清带领团队以日臻成熟的技术，引领中国隧道科技进入穿江越海新时代。拥有盾构、矿山、沉管、围堰明挖四种工法设计实例，形成了四大设计方法和30余项创新技术，其中14项为世界首创。

从单一软土地层向复杂地层、从大直径向超大直径、从中等水压向高水压和超高水压、从一般地质向不良地质、从中等烈度地震区向高烈度地震区、从单一工法向多工法组合……“四院隧道”遨游江河湖海，以一项项世界级工程托举起一个“隧道强国”的星辰大海。

“万里长江第一隧”——武汉长江隧道，开创我国复杂条件下修建大直径盾构隧道先河，实现了中华民族“隧穿长江”的百年梦想。

“万里长江第一难隧”——南京长江隧道，是当时世界上在强渗透地层修建的直径最大、水压最高的水下隧道，形成了中国人自己的“现代盾构隧道技术”。

世界首座高铁水下盾构隧道——广深港高铁狮子洋隧道，创新解决了深水宽海域隧道建设、复合地层轨道平顺性控制难题。

世界首座公铁合建盾构隧道——武汉长江公铁隧道，解决了稀缺过江通道资源集约利用的难题，开创了盾构隧道新的建设模式。

世界首条特高压电力管廊——国家电网苏通GIL长江隧道，是国内已建成水压最高的水下隧道，创新解决了高水压接缝防水难题。

国内首座钻爆法水下铁路隧道——武广高铁浏阳河隧道，研发的“铣挖+弱爆破法施工技术”为复杂敏感环境下采用钻爆法施工提供了一种全新技术，极大地拓展了高铁选线的技术空间。

目前，铁四院已在全国20多个城市跨越天堑，成为水下隧道设计业绩最多的设计院。其中，在 14 米以上超大直径盾构隧道市场中，占据国内半壁江山。业务范畴已由公路、铁路、市政交通逐步拓展至电力、石油天然气、水利等行业领域。拥有院士工作站、首个国家级“水下隧道工程研究中心”创新平台。承担国家级研发项目 10 余项，省部级课题 50 余项；主编行业标准 30 余部，编写学术专著 10 余部，拥有发明专利 100 余项。

最新，最大，最长，最复杂！肖明清领衔的“四院隧道”，正以前所未有之势推动自主创新，以振奋人心的突破，在隧道建设领域摘取桂冠。一系列“四院隧道”超级工程正以春潮风采、惊涛气概，引领行业面向未来、不断进阶。

世界最大直径盾构隧道——深圳荷坳隧道，实现了盾构直径由“特大”到“超大”的飞跃。

国内最长水下高速公路盾构法隧道——江苏海太长江隧道，推动我国水下公路隧道迈上 10 公里级台阶。

世界最长海底高铁隧道——甬舟铁路金塘海底隧道，将海底高铁隧道修建长度推上新高度。

世界规模最大海底公路隧道——青岛胶州湾第二海底隧道，开启世界超长超大规模跨海通道建设发展新的未来。

肖明清坚持把“一人作贡献变为一群人作贡献”“把一人引领变为团队进步”，在他的言传身教和悉心指导下，一批批隧道专业技术骨干在国家重点工程项目中锻炼起来，快步成长，并逐步独当一面，擎举着铁四院“水下隧道”的金字招牌，为企业高质量发展贡献着力量。

肖明清说，铁四院隧道专业越做越大，工程越干越多，经验的积累和新的技术挑战反而让职业的焦虑常常猝不及防地警醒着他。他深知牵一发而动全身，工程细节上 1% 的缺陷，可能带来 100% 的失败，会将铁四院多年积攒的声誉毁于一旦。所以在提出工程技术方案时，他越来越精心精细、科学求证，在审核图纸时，他不仅审核本专业的图，对其他相关专业的重要图纸也要过目审查、系统把关。

2005 年参加工作的薛光桥来到铁四院后，就跟着肖明清从事水底隧道设计和方案研究。他说，肖总每次去工地，晚饭后散会儿步，就开始工作，不工作时喜欢和年轻人聊天，谈工作、谈生活、谈专业发展。“他思维敏捷，看问题由表及里，每次聊完后都特别受启发。”如今，薛光桥已成为肖明清的传承者，担任了国内多项复杂地下通道工程的设计负责人。

为了事业的延续和发展，肖明清不仅披挂上阵、披肝沥胆，而且用自己的肩膀托举年轻一代。每当在项目团队中发现好的苗子，从方案设计到技术总结直至专利选题，他都要逐一和他们反复讨论，帮他们厘清思路，掌握国内外动态、把握好学科前沿。更重要的是，他通过言传身教，让后来者在前进的道路上正确把握好压力与动力、机遇与挑战、风险与创新的关系。

正是在这样的科研氛围内，铁四院一大批极具潜质的青年才俊，不断成长，生生不息。

心心在一艺，其艺必工；心心在一职，其职必举。2021 年 6 月，肖明清荣获首批“央企楷模”称号。组委会授予他的颁奖词是：“敢为天下先，越江海、跨天险，‘万里长江第一隧’气势如虹，肯吃非常苦，斗艰险、迈难关，延续百年梦想。探索光明路，能负千钧重，造‘地标’，创纪录，奋发图强，绘制壮美蓝图，一条条隧道，穿山越水穿江越城。装点大好河山，天堑变通途！”

现场，主持人问了肖明清一个问题，长江大桥让天堑变通途，为何还要引隧道过长江？

在台下观众的关注中，肖明清成竹在胸，响亮地给出了解答：“随着我国经济的快速发展，城市过江交通需求越来越大，需要修建更多的过江通道。”

他解释说，桥梁和隧道都是解决过江交通的一种方式，各有优缺点。桥梁的主要优点是行驶舒适性好，可以作为城市的一个景观。缺点是对通航、防洪、岸线资源利用有一定影响，与两岸城市连接时需要占用较多的土地，拆迁量较大，且交通噪声对周边居民有一定不利影响。

“而隧道刚好相反，虽然隧道行驶舒适感相对较差，但隧道可以‘静悄悄’地与城市相融合，占地少，拆迁少，没有噪声扰民问题。”

肖明清进一步阐释说，在经济性方面，需要结合具体的建设条件进行比较。随着水下隧道修建技术的发展，目前，在长江中下游修建双向 4 车道、6 车道过江通道，隧道的造价往往低于桥梁。“因此，在桥隧方案选择时，需要结合具体的条件进行比较，按‘宜桥则桥、宜隧则隧’的原则进行选择。”

他说，世界上临江临水而建的城市，都是采用“桥隧并举”的方式来解决穿越水域的交通问题，包括我国的武汉、南京、上海等城市。“比如武汉，长江大桥与二桥之间的距离约 7 公里，已经建成通车的水下隧道有 4 座；再如南京，长江大桥与上游的大胜关桥之间的距离约 18 公里，已经建成通车的水下隧道也有 4 座。”

一席有理有据的解答，让主持人和台下观众频频点头。

同年 12 月，由中组部、中宣部联合各中央主流媒体开展的“卓越工程师”主题报道活动，聚焦全国 10 位不同领域追逐梦想、接续奋斗的卓越工程师。肖明清因为“在平凡的岗位上刻苦磨砺职业技能，成为具有突出技术创新能力、善于解决复杂问题的工程师，并取得了不平凡成就”，而成为十大“卓越工程师”中首位接受采访的工程师，事迹登上了《人民日报》海外版、新华社、《经济日报》、《光明日报》、《科技日报》、中国新闻社等媒体。

我国已经进入了创新驱动阶段，无论是制造业的转型升级、开发高新科学技术，还是发展优质服务业，都离不开对卓越工程师的需求。

“放眼未来，工程建设环境更为复杂，建设条件也更为苛刻，不断突破现有技术制约、提高设计水平是技术发展的必由之路。”肖明清表示，任何已取得的成就只能说明过去，只有以更加谦虚谨慎的态度、更加求真务实的精神、更加敏锐和严谨的研究、更加细致和贴心的服务，才能为祖国的交通事业发展贡献出更大的力量。

2021 年 5 月 28 日，中国科学院第二十次院士大会、中国工程院第十五次院士大会和中国科学技术协会第十次全国代表大会上，习近平总书记讲到的“最大直径盾构机顺利始发”，正是运用到铁四院与北京市政院联合设计的“北京市东六环路（京哈高速至潞苑北大街）改造工程”中的盾构隧道。这让四院隧道人备受鼓舞，倍感自豪！

作为全国劳动模范，在建党百年之际，肖明清参加了北京的盛典，现场聆听了习近平总书记的重要讲话。7 月 4 日，央视《新闻联播》播出《大力弘扬伟大精神　不断创造中华民族新的辉煌——习近平总书记在庆祝中国共产党成立 100 周年大会上的重要讲话精神引发热烈反响》专题节目。肖明清在《新闻联播》出镜，他表示，今后将在重点领域久久为功，创新突破，昂首阔步地向实现第二个百年奋斗目标进军！